U0940127

JODI PICOULT

[美] 朱迪·皮考特——著
欧睿智——译

渺小的伟大
SMALL GREAT THINGS

中信出版集团·北京

图书在版编目（CIP）数据

渺小的伟大 /（美）朱迪 · 皮考特著；欧睿智译
. -- 北京：中信出版社，2018.6
书名原文：Small Great Things
ISBN 978-7-5086-8696-7

I. ①渺… II. ①朱… ②欧… Ⅲ. ①长篇小说－美国－现代 Ⅳ. ①I712.45

中国版本图书馆 CIP 数据核字（2018）第 041240 号

渺小的伟大

著　　者：［美］朱迪 · 皮考特
译　　者：欧睿智
出版发行：中信出版集团股份有限公司
（北京市朝阳区惠新东街甲 4 号富盛大厦 2 座　邮编　100029）
承 印 者：北京盛通印刷股份有限公司

开　　本：880mm×1230mm　1/32　　印　　张：15.75　　字　　数：429 千字
版　　次：2018 年 6 月第 1 版　　印　　次：2018 年 6 月第 1 次印刷
京权图字：01–2018–1704　　广告经营许可证：京朝工商广字第 8087 号
书　　号：ISBN 978-7-5086-8696-7
定　　价：49.80 元

如有印刷、装订问题，本公司负责调换。
服务热线：400-600-8099
投稿邮箱：author@citicpub.com

目 录

第 一 阶 段

分娩早期

只有当那些旁观者像受害者一样愤怒之时，正义才能得以伸张。

——本杰明·富兰克林

○ 鲁斯 ○

那场奇迹降临在西 74 街，就在我母亲所服务的人家。那是一处气势恢宏的府邸，铸铁打造的围墙环抱其外，装饰华丽的大门两侧各安置了一座怪兽状的石雕，那两张冷酷的面孔和我噩梦中的常客如出一辙。因为对石雕心存畏惧，我倒不介意经常从朴素的侧门出入。妈妈在侧门的钥匙上系了一条缎带，收在自己的钱包里。

早在姐姐和我出生之前，妈妈就开始为萨姆·哈洛韦尔一家服务了。虽然听到这个名字未必能想起他是谁，但他开口打招呼的瞬间，你就会立刻恍然大悟了。他那辨识度极高的声线出现在 20 世纪 60 年代中期每场节目开始之前："下面是由美国全国广播公司（NBC）为您带来的彩色电视节目!"1976 年，也就是奇迹发生的那一年，萨姆·哈洛韦尔正在美国全国广播公司担任节目制作部负责人。府邸的门铃设在怪兽石雕下方，一按就会发出家喻户晓的三响音阶①，让人立刻联想到美国全国广播公司。有时我会随着工作的母亲来到这里，然后偷溜出来按门铃，边按边跟着低声哼唱。

---

① 美国全国广播公司从 1931 年开始使用三响音阶，这也是第一个在美国专利及商标局注册的"声音商标"。——译者注

我们之所以正好在妈妈身边见证了奇迹，是因为那一日天降大雪，学校因此取消了课程。我们当时年纪还太小，妈妈无法把我们留在公寓里，自己出去工作——不过其实之前下雪或者下冰雹的日子里，她的确曾经把我们单独留在家里，我甚至觉得哪怕赶上地震或世界末日，她也会选择这么做。她一边低声抱怨，一边把我们塞进防雪服和靴子里。就算那天她不用领着我们穿越暴风雪，她还是一样会抱怨的。

我觉得偶尔一次让麦娜太太不得不亲手往三明治面包上涂花生酱，上帝也是可以谅解的。我记忆中妈妈唯一一次在工作时请假，已经是她在哈洛韦尔家工作了 25 年之后的事了。当时她两侧都做了髋关节置换手术，这个手术也是由哈洛韦尔家慷慨出资的。手术完成后，她在家休息了一周，虽然此时还未彻底恢复，但她还是坚持回到了工作岗位上。麦娜太太给她准备了一堆工作，让她忙得无暇喘息。我小的时候，每每赶上学校放假、我发烧，或者是遭遇像那天一样下雪的天气，妈妈都会带着我们一起坐上开往市区的 B 线地铁。

奇迹发生的那一周，哈洛韦尔先生正好去了加利福尼亚州，他经常需要往返两地。也就是说，此时麦娜太太和她女儿克里斯蒂娜对妈妈的依赖比平日更甚，当然对我和雷切尔来说亦然。但是我觉得我和雷切尔照顾自己的能力比起麦娜太太恐怕还是略胜一筹吧。

当我们终于挪到 72 街时，天地间已然白茫茫一片。中央公园仅仅是这个偌大的“水晶雪球”中囊括的一部分。穿越疾风劲雪前去工作的男男女女，和我的外貌没有一丝相似之处，在我的亲人和邻居里也找不出一个和他们相像的人。

整个曼哈顿我只进入过一户人家，也就是哈洛韦尔家，因此一个家庭住在这么宏伟的一座建筑里是多么的不同寻常，我对此全无概念。但是我还记得当时的疑惑，为什么我和雷切尔就要把防雪服和靴子塞到狭小局促的厨房柜子里，而克里斯蒂娜和麦娜太太家的大厅里则有许许多多闲置的挂钩和开放的区域可供她们挂自己的大衣。妈妈会藏起她的大衣和她的幸运围巾。那条柔软的围巾散发着她的气息，我和雷切尔会为了谁能系着这条围巾在家里走来走去而大打出手，因为它摸起来的手感就像是在爱抚一只小豚鼠，又像是手指在小兔子身上游走。我等着妈妈像小叮当[①]一样，穿过漆黑的房间打开电灯开关，拉开房门，或者拧开把手，这样一来房子里就会渐渐充满生机。

妈妈叮嘱我们："只要你们两个保持安静，我就给你们冲麦娜太太的热巧克力喝。"

她的热巧克力是从巴黎进口的，堪称人间绝顶美味。所以当妈妈套上白色的围裙开始系带时，我乖乖地拉开厨房的抽屉，取出一张白纸和一小包我从家里带来的蜡笔，然后安静地开始画画。我先是画了一栋大房子，和这栋房子一样恢宏，然后我在房子里画上了一家人，有我、妈妈，还有雷切尔。我还试着画出雪花，但是效果不太理想。因为用白色的蜡笔画出的雪花，落在纸上之后就看不到了。我只得把纸张凑近枝形吊灯的灯光，把纸向一侧倾斜，这样用白色蜡笔涂抹过的地方会闪起微光。

雷切尔询问妈妈："我们可以和克里斯蒂娜一起玩吗？"那一年克里斯蒂娜6岁，比雷切尔小一点，比我大些。克里斯蒂娜拥有我所见过的最大的卧室和最多的玩具。如果我们跟着母亲来工作的时候正赶上她在家，我们就会一起用泰迪熊扮演学校的场景，用由真正陶瓷制成的袖珍茶杯喝水，并把她的洋娃娃玉米穗丝一般的头发编成辫子。如果恰好她有朋友来访，我们两个就只能待在厨房里自己画画。

妈妈还没有来得及回答雷切尔的问题，一声尖利的叫声就划破了长空，像是直接刺穿了我的胸口。我能理解妈妈也是相同的感受，因为她本来正端

---

① 小叮当是剧作《彼得·潘》中的角色之一，是梦幻岛的仙子、彼得·潘的好朋友，经常在他冒险时提供帮助。——译者注

着一壶水向洗手池走去，结果听到叫声的瞬间差点把水壶打翻在地。我们只来得及听到她叮嘱一声“待在这里别动”，就眼看着她的身影冲上了楼梯。

雷切尔比我反应迅速，一下子从椅子上跳了起来。她向来不是一个听话的孩子。她的这个举动也让我如梦初醒，一直以来我就像是拴在她手腕上的气球一样随她而动。沿着弯弯曲曲的楼梯向楼上奔跑时，我的手在楼梯扶手上方来回摆动，都顾不上抓稳扶手。

此时麦娜太太的卧室大敞着门，而她本人窝在绸缎床单上痛苦地扭作一团。她的腹部隆起的样子好像圆圆的月亮，她翻出的眼白让我想起了飞驰时猛然定住的旋转木马。她虚脱地说：“路，这次也太早了吧？”

妈妈回答：“这话等孩子出生你再和他说吧。”麦娜太太死死地攥着妈妈的手。妈妈宽慰道：“你现在不要这么紧张，救护车随时都会到。”

我在一旁暗自思忖，在这种暴雪天气里救护车过来要花多长时间。

“妈咪？”

听到克里斯蒂娜的这声呼唤，我才意识到这一阵嘈杂的声音把她吵醒了。她站在我和雷切尔中间。妈妈用坚定的语气命令我们：“你们三个，去克里斯蒂娜小姐的房间。立刻过去。”

但是我们三个就像脚下生根一样一动不动，而妈妈立刻忙了起来，很快就将我们抛诸脑后了。她现在全身心都在痛苦和恐惧的麦娜太太身上，她是唯一能指引她走出这段困境的希望。我看到了麦娜太太呻吟时脖子上暴起的青筋，我看到妈妈跪在床上，将麦娜太太的睡裙撩到膝盖上面，我看到麦娜太太双腿之间的粉红色的嘴唇收缩、膨胀，然后分开，从那里冒出了一颗圆圆的小脑袋，之后是肩膀，伴随着喷薄而出的血液和其他液体，然后，突然之间，妈妈的手上就捧了一个小婴儿。

她的脸上洋溢着爱意：“瞧瞧你的样子，你怎么这么迫不及待地来到这个世界上。”

就在此刻，突然同时发生了两件事情：一是门铃大作，二是克里斯蒂娜开始哭了起来。麦娜太太温柔地低语："哦，我的宝贝。"她的声音里已经不再有恐惧，但是仍然一身汗水，脸颊泛着潮红。她伸出了手，但是克里斯蒂娜被刚才看到的一幕吓得魂不守舍，反而贴过来紧紧依偎着我。雷切尔像平日一样理性，她跑去开门，回来的时候带着两名护理人员。他们快步走进来，立刻接管了接下来的所有事宜。刚才妈妈为麦娜太太所做的一切，就像她平日为哈洛韦尔家所做的其他事情一样：毫无痕迹，迅速被人遗忘。

哈洛韦尔家给这个孩子命名为"路易斯"，取了妈妈的名字。当时由于气压意外降低而导致破水，也就是胎膜早破，使得路易斯早产了将近一个月，不过他的身体状况没有什么问题。当然，那时的我还不知道这些事情。当时我唯一知道的是，在某个大雪纷飞的日子里，我在曼哈顿见证了一个人生命的最初一刻。早在他发现这个世界并不那么完美之前，我便已经与他产生联系了。

目睹路易斯出生的这段经历，对我们三个人有截然不同的影响：克里斯蒂娜结婚后选择让别人代孕。雷切尔前后生了 5 个孩子。而我则成为一名产科护士。

每当我和别人谈起这个故事，他们都认为我所谓的"奇迹"是指那么多年以前目睹婴儿出生给我带来的冲击。诚然，这绝对是一件震撼的事。但是就在那一天，我见证了一个更大的奇迹：当这边克里斯蒂娜握着我的手，那边麦娜太太攥着妈妈的手时，有那么一刻，我们的心跳似乎融为一体，我们的呼吸不分彼此；那一刻，不再有什么校园中的区别对待、经济上的云泥之别，肤色造成的鸿沟一如沙漠里的雾气一样，蒸发得不留痕迹。就在这一刻，所有人都是平等的，此时发生的事，只是一个女性在帮助另一个女性。

而当我再次见证这个奇迹的时候，已经是 39 年之后了。

第 一 阶 段

分娩活跃期

我们并非要去改变所面对的每件事，

但如果都不面对，就什么都改变不了。

——詹姆斯·鲍德温[①]

① 詹姆斯·鲍德温：1924—1987，美国作家、小说家、诗人、剧作家和社会活动家。作为黑人和同性恋者，他的不少作品关注 20 世纪中叶美国的种族问题和性解放运动。其代表作有小说《向苍天呼吁》《乔瓦尼的房间》《另一个国家》等。——译者注

○ 鲁斯 ○

我平生见过的最美的婴儿，出生时却没有长着人脸。

如果从脖子向下看去，这个婴儿堪称完美：他有着十根手指、十根脚趾和肉乎乎的小肚皮。但是本应是耳朵的地方，却长着两片扭曲的嘴唇和一颗孤零零的牙齿；而在本应长着人脸的地方，则是褶皱扭曲的皮肤，没有五官。

婴儿的母亲 30 岁。她是我的病人，我负责为她进行一对一产前护理，其中包括了超声波检查，但是当时婴儿在她腹中的位置导致我们未能检测出面部扭曲。检查结果显示胎儿的脊椎、心脏和器官看起来都发育正常，所以没有人料到问题竟然出在脸上。可能正是因为产前检测一切正常，她才选择在梅西－西黑文医院这家小诊疗所进行生产，而没有选择耶鲁－纽黑文，那家医院针对突发状况的设备配备得更加齐全。她来到我们这里的时候已经是足月妊娠了，足足折腾了 16 个小时才把孩子生出来。医生把新生儿拎起来的时候，空气好像突然一下子凝固了，沉默中似乎弥漫着一种嗡嗡的声响。

新生儿妈妈突然焦躁了起来："这个孩子没事吧？他为什么不哭啊？"

正在这时，那个一直跟着我的实习护士突然尖叫了起来。

我语气坚决地对她说："你出去。"说罢就把她推出了产房。然后我从妇产科医生手中接过新生儿，把他放在保温箱里，拭去他四肢上的胎儿皮脂。医生对他进行了快速检查，然后默不作声地给我使了一个眼色。他转向了新生儿的父母，现在他们已经察觉出一定发生了什么相当严重的事。医生用柔和的语气对他们说，这个婴儿有先天缺陷，将不久于人世。

死亡降临在产科的次数可能超乎常人的想象。每当遇到先天无脑畸形或是死胎，我们知道那些父母和婴儿之间仍然维系着感情，会为孩子的离世而悲痛不已，现在这个婴儿虽然尚不知道还能活多久，但他还活着，现在他仍然是这对夫妇的儿子。

我给他做完清洁，用襁褓把他包了起来，和对待其他新生儿的方式没什么两样。而在我身后，新生儿父母和妇产科医生的对话突然无法进行，那对夫妇发出了堪比冬天汽车排气管阻塞时发出的那种悲鸣。“为什么？怎么会这样？”“怎么变成这样的？”“如果当时采取其他措施……”“这个孩子还有多少时间？”这些都是所有人最不愿问出的问题，更没有人愿意回答这些问题。

我把新生儿放入他妈妈的臂弯时，这个妈妈仍在哭泣。新生儿正在胡乱挥舞着小手。他的妈妈微笑着低头向他看去，眼中是藏不住的爱意。她轻声念他的名字：“伊恩，伊恩·迈克尔·巴恩斯。”

这一刻她脸上的神情我只在博物馆的画作里见到过，是一种浓烈的爱意与强烈的悲痛的糅合，它们交织在一起，形成一种无法形容的情绪。

我转向新生儿的父亲，问他：“你想不想抱抱你的儿子？”

他看起来似乎下一秒就要呕吐，只听他小声咕哝道：“我可做不到。”话音刚落他就从产房夺门而出。

我追了出去，但是被那个实习护士拦住了。她一脸愧疚和沮丧地向我道歉：“对不起。实在是因为，那……那是只怪物。”

我纠正道：“那是一个婴儿。”然后我便推开她继续向前走了出去。

我在家属休息室里找到了这位父亲。我说：“你的妻子和儿子现在需要你。”

他低声说："那才不是我的儿子，那个……东西……"

"他在这个世界上活不了多久了，所以现在你最好就把对他这一辈子的爱都倾注在他身上。"说完我便一直默默等待着，直到他终于抬起头对上我的目光。我转身便往回走。我不用回头，也知道他正在跟着我。

我们走进病房时，他的妻子仍在亲昵地用鼻尖蹭着婴儿，亲吻着婴儿光滑的眉骨。我从她的怀中接过这个小小的襁褓，然后把婴儿举到了她丈夫面前。这个男人吸了一口气，终于掀开了盖在婴儿"脸"上的毯子。

当然，我也不是没有思考过自己的举动：我强迫这个父亲去面对这个将要不久于人世的婴儿，这是不是一个正确的选择，是不是我作为一个护士应该做的事情。如果那时护士长问我为什么这么做，我会说让新生儿的父母不再悲伤难过本就是我作为护士的训练内容之一。如果这个男子不能明确认识到发生过这么一件非常可怕的事情，或者更糟糕的情况：如果他余生都在假装从来没有发生过这么一件事，那他的心上就会出现一个洞。即使刚开始这只是一道细小的缝隙，但是这个空洞会越长越大，越长越大，直到某一天他才惊恐地发现自己的心早就空了。

这个父亲开始哭了起来，他的身体伴随着抽噎而抖动，就像被飓风撼动而弯折的大树。他在病床上坐下，倚着自己的妻子，婴儿的母亲则把一只手轻轻抚在丈夫的后背上，另一只手包着婴儿的头。

两个人轮流抱他们的儿子，足足持续了十个小时。母亲甚至还试图给婴儿喂奶。我无法移开注视他们的目光，这并不是因为婴儿畸形而丑陋，而是因为这实在是我所见过的最不同寻常的一幕。看着他们就像直面阳光：一旦别开头，我就看不清其他的东西了。

其间我带着那个愚蠢的实习护士走进病房，假意给婴儿的母亲进行检查，但我其实是想让这个实习护士亲眼看看，爱无关乎你在看什么，爱只关乎是谁在看。

小生命最终离去时非常安详。我们留下了小家伙的手印和脚印给父母留作纪念。我听说两年后，这对夫妻又回来了，这次诞下了一个健康的女儿。虽然那天没有赶上我当班。

这件事告诉我们：每个婴儿生来都是美丽的。

唯一丑陋的是我们看待他们时带有偏见的目光。

17年前，我在同一家医院生下埃迪森，那时我担心的不是新生儿的健康，也不是由于丈夫远在海外，我要一个人扛起做父母的责任，更不是成为母亲之后，我的生活会产生怎样的变化。

我只担心我的头发。

产妇在分娩过程中最不可能担心的就是自己的形象了，但如果你是个像我一样的人，那么孩子刚一出生，你的思绪就会立刻回到自己的形象问题上。我经手的所有白人产妇在生产时，流出的汗水使得她们的头发贴在额头上，但对于我来说，汗水只会让我的头发卷着立起来。每次梳头发时活像用蛋筒转着圈去接冰激凌，每天晚上睡觉前我还要用头巾把头发包扎起来，这样第二天早上取下头巾时，才能保证头发是直的。白人护士估计并不知道（也不能理解）医院后勤部赠送的小瓶洗发水，只会让我的头发越来越卷吧？当那些好心来探望埃迪森的同事们走进病房时，一看到我头顶上那乱糟糟的头发，肯定会被吓一大跳。

最终我还是选择用毛巾把头发包起来，然后告诉那些来探望的人，我刚刚洗过澡。

我认识一些在外科楼层工作的护士，她们给我讲过从手术室用轮椅推出去的男病人，坚持在手术后的恢复室把假发戴牢，然后才允许配偶进来看望。连我自己都数不清有多少次遇到在夜里呻吟或大叫的产妇，在丈夫的陪伴下生下孩子后，立刻把丈夫从房间里赶出去，以便我帮她们穿上漂亮的睡衣和长袍。

我其实非常理解，人需要用某种特定的面貌去应对这个世界。因此早上

6点40分刚刚到医院时，我并不急于先进入员工办公室去和夜班的护士快速交接工作。相反我会沿着走廊向我昨天交班之前照顾过的病人的房间走去。她的名字叫杰西，是一位身材娇小的女士。刚刚来到医院的时候，她看起来并不像一个待产的产妇，而更像要出席重要活动的第一夫人。她的头发精心打理过，脸上化着精致的妆容，甚至连身上穿的孕妇装都是定做的时髦款。这和一般产妇截然不同，怀孕满40周的准妈妈都会比较喜欢穿宽松的孕妇服。我扫视了一下她的表格：第一次怀孕，现在要面临第一次生产，看到这里，我的嘴角扬了起来。把照顾杰西的工作转交给负责夜班的同事前，我告诉杰西，等下次再见到她的时候，我就会多出一个需要照顾的小病人了。当晚，我沉浸在睡梦中时，杰西就生下了一个6斤7两的健康的女儿。

我推开门的时候，杰西正在打盹儿。小婴儿用襁褓包着，正躺在母亲床边的摇篮车里。杰西的丈夫瘫坐在椅子上，鼾声如雷。我进来的时候惊动了杰西。我立刻把手指放到嘴唇上，示意她安静。

我从钱包里掏出一面折叠小镜子和一支口红。

和病人进行对话是我工作内容的一部分，这样可以转移注意力以减轻她们的痛苦，还可以加强护士和病人之间的联系。除此之外，还有什么情况能让一个医学的专业人士花上长达12小时的时间，仅仅用于和某一个人进行沟通呢？通过对话，我和这些女性之间建立了非常坚固的关系，短短几个小时，我就能对她们知根知底，其中很多事情连她们最亲密的朋友也未必知晓。比如有的人是怎样在酒吧里喝多了之后遇到现在的丈夫的；或是自己的父亲没能坚持到亲眼看到外孙的诞生；抑或是对成为母亲这件事有多么忧虑，因为从青春时代开始，她就非常痛恨看管小孩了。昨天夜里，杰西产前疼得最厉害的那段时间里，她身体透支，眼中噙着泪水，忍不住猛咬了自己的丈夫。我便建议他去咖啡厅喝一杯咖啡。他前脚刚离开，病房里的气氛便一下子缓和了许多。杰西再次躺回到医院提供的质量极差的塑料枕上。她悲伤地啜泣着：“要是这个孩子颠覆了我的生活该怎么办？”然后她向我坦白，她在任何情况下都“戴着假面”，甚至连她丈夫都没有见过她卸妆后的样子。而现在她丈夫就要亲眼看着她被“开膛破肚”，她不敢想象以后他将会用什么样的眼光看待她。

我对她说：“你听我的，你应该让我来操心这件事。”

我觉得取走压在她身上的那最后一根稻草可以给她力量，适应这种转变。

有件事非常有意思。每当我告诉别人我做了20多年的产科护士时，他们留下深刻印象的都是诸如我曾经协助过剖腹产，我在睡梦中都可以完成静脉注射，以及我还能分辨出胎心率下降中哪些属于正常情况，而哪些需要进行干预。但是对于我来说，作为一名产科护士最重要的一点是了解自己的病人以及她们的需求，这可能包括背部按摩、硬膜外麻醉[①]，有时还包括上点妆。

这时杰西瞥了瞥她的丈夫，他仍然睡得昏天黑地。她从我手中取过口红，轻语道：“谢谢。”我们会意地交换了眼神。我为她举着镜子，让她再次焕然一新。

每周四我的值班时间从早上7点持续到晚上7点。在梅西－西黑文医院，每天白天一般会安排两名护士在妇产科，如果缺人手的话就会安排三名护士。我随意溜达着沿长廊走过，这时我才注意到有多少间产房里有人：现在是三间。这对于一天的工作是一个节奏较慢的好开端。等到我走进早上开例会的房间时，护士长玛丽已经在里面等待了，但是今天和我一起值班的另一名护士科琳娜仍旧不见踪影。玛丽快速翻阅着手中的晨报问我：“你猜今天会是什么理由？”

---

① 硬膜外麻醉是指通过硬膜外腔阻断支配子宫的感觉神经，减少疼痛，由于麻醉剂用量很小，产妇仍然能感觉到宫缩的存在。——译者注

我回答："应该是爆胎吧。"这种猜测游戏已经成为我们日常生活的一部分了：科琳娜今天会用什么理由来解释迟到？今天是 10 月一个美好的秋日，所以显然她不能说是天气的缘故。

"可是她上周已经用过爆胎这个理由了。我猜今天肯定会说是得了流感。"

我突然想起来："艾拉最近怎么样？"艾拉是玛丽的女儿，现在 8 岁，她前一段时间被大面积流行的胃虫病[①]感染了。

玛丽回答道："谢天谢地，她今天已经回到学校了。现在有戴夫照顾她，在下一轮毁灭性打击到来前我还有大概 24 小时的时间。"她从正在看的地方新闻上抬起头来，说："我看到这里又登了埃迪森的名字。"

我的儿子在高中生涯期间每个学期都会登上学校的最高荣誉榜。但是我一直告诉他，这没什么可值得炫耀的，这个镇上有许多天资聪颖的孩子。

玛丽坚持说："即使这样，像埃迪森这样的孩子竟然能取得这么大的成功……对吧。不管怎么说你应该为他骄傲。我唯一希望的是艾拉也能成为这么出色的学生。"

像埃迪森这样的孩子。虽然她很注意，并没有把那个词直接说出来，但我明白她话中的深意。高中部的黑人孩子本来就屈指可数，据我所知，埃迪森还是其中唯一一个登上了学校最高荣誉榜的。听到这种言论感觉如同被纸割伤，但迄今为止我已经和玛丽共事 10 多年了，所以我尽量忽略她的言辞给我带来的刺痛。我知道这些都是她的无心之言。毕竟对我来说她是一个朋友，去年复活节她带着家人在我家一起共进晚餐，当时我还邀请了另外几名护士。我们也会一起在下班之后出去喝鸡尾酒、看电影，还有一次几个女同事周末一起去做了按摩。但即使这样，玛丽也完全意识不到有多少次我都需要深吸一口气，才能稳定情绪接着说下去。白人说出一段话时也许伤到了听

---

① 胃虫病：九虫病之一，症见呕吐，哕逆，嘈杂，嗜食泥炭、生米等异物。——译者注

者，但他们其实并没有伤害对方的本意，我也在试着控制自己，不要过度解读他们的意思。

我回答说："也许相比这件事，你应该担心的是艾拉能不能快点恢复健康，安然地上完一天学。"

玛丽听完笑了起来。"你说得对，应该首先关心最重要的事。"

科琳娜突然闯进门来，她说："对不起我迟到了。"我和玛丽偷偷交换了一下眼色。科琳娜比我小 15 岁，她总是撞上许多"意外状况"——汽化器出了故障啦，和男朋友吵架啦，在北 95 街撞了车啦，等等。对科琳娜这种人来说，生活就是一个接一个紧急情况之间的空隙。她脱下大衣的时候还不小心撞翻了一盆几个月前就枯萎了的盆栽，这么长时间以来都没人顾得上把它换一下。她小声抱怨道："该死。"她边说边扶起盆栽，然后把散落在地上的泥土用手拢起来，重新倒回花盆里。她搓了搓手掌上的泥土，然后交叉着双臂坐到自己的座位上。她说："玛丽，真的很对不起。上周换的那个轮胎简直糟糕透了，也不知道是漏气了还是出了别的什么毛病。我开过来的路上时速连 50 公里都不到。"

玛丽把手伸进口袋，掏出了一张 1 元的钞票，然后隔着桌子对我摇了摇。看到这个场景，我不禁笑了起来。

玛丽说："好吧，那现在来说一下楼层的情况。2 号房间是一对夫妇，女方叫杰西卡·迈尔斯，怀孕过一次，生产过一次。怀孕 40 周零 2 天，今天凌晨 3 点顺产生下了一个婴儿，过程很顺利，没有服用止痛药。新生女婴通过母乳进食正常，她已经小便过了，但是还没有大便。"

我和科琳娜异口同声地说道："让我来接管这个病人吧。"

每个人都想负责已经生产的病人，因为这个活更轻松。我指出："从她分娩活跃期开始就是由我负责的。"

玛丽妥协了："也对，鲁斯，那由你来负责她吧。"她把眼镜向鼻梁上推了推，"3 号房间的病人名叫西娅·麦克沃恩，怀孕过一次，还未生产过。

现在怀孕41周零3天，她现在处于分娩活跃期，宫口已经开了4厘米了，羊膜完整。从监视器上看，胎心率正常，婴儿很活跃。她要求进行硬膜外麻醉，并进行大剂量的静脉注射。”

科琳娜问：“她的麻醉已经记录下来了吗？”

“记了。”

“我来负责她吧。”

我们尽可能每次只同时照顾一个处于分娩活跃期的病人，所以说第三个病人（也就是今天早上的最后一个病人）将会交给我负责了。“5号房间是一个处在恢复期的病人。布列塔妮·鲍尔第一次怀孕，这是第一次生产，怀孕39周零1天生产的。男婴，父母希望给孩子做微型包皮环割术。孩子母亲是妊娠期糖尿病A1级[①]，新生儿血糖连续24小时的三小时血糖耐量测试都持续在Q状态。婴儿母亲非常希望进行母乳喂养，她到现在都没松开孩子。”

即使已经进入产后恢复状态，也依然有很多工作要做，例如需要建立护士和病人一对一的服务关系。诚然，生产环节已经结束，但是还有很多后续的收尾工作，对新生儿身体状况的评估，以及堆积如山的文字工作。我说：“知道了。”然后便起身去找夜班护士露西尔，布列塔妮生产时她就在现场。

结果我在员工卫生间洗手的时候她先找到了我。她把布列塔妮·鲍尔的文件递给我说：“来，下面交给你了。她今年26周岁，第一次怀孕，已经完成第一次生产，今天早上5点30分顺产，没有侧切。她是O型血，风疹免疫。没有诊断出乙肝和艾滋病，也没有诊断出乙型链球菌。对妊娠期糖尿病，已经进行饮食控制，不过并无大碍。她的左前臂仍在接受静脉注

① 妊娠期糖尿病A1级：妊娠期糖尿病（gestational diabetes mellitus，简写成GDM）是指孕前没有糖尿病而在孕期（尤其在孕晚期）出现高血糖水平的状态，即妊娠期首次发生的不同程度的糖耐量异常。——译者注

射。我进行了硬膜外麻醉，但她还没下过床，你可以问问她需不需要起来去小便。她的出血已经好多了，子宫底高度稳定在U[①]。”

我打开文件，目光扫过注释，将上面的详细内容记在脑中。我读出了上面的名字：“德维斯，这是那个新生儿的名字？”

“对，他的生命迹象正常，但是他的一小时血糖值达到了40，所以我们试着给他进行母乳哺乳。虽然左右乳房都让他吃过了，但是他有点呕吐，还总是犯困，总共也没吃进去多少。”

“他的双眼和腿部情况怎么样？”

“还不错，他小便了，但还没有大便。我还没有给他洗澡，也还没做新生儿测评。”

我说：“交给我吧。还有其他事吗？”

露西尔的口气似乎相当犹豫：“婴儿的父亲名叫特克。这个人有点……不太对劲。”

我问她：“就像上次那个色鬼爸爸吗？”

去年曾经有一个婴儿的父亲竟然趁妻子在产房里生产时，在病房里和一名实习护士调情。当我们最终不得不给他的妻子采取剖腹产时，这位本该在产房里陪伴妻子手术的丈夫，却漫步走出产房去找那个实习护士说：“我觉得好热，是因为这个屋子呢，还是因为你？”

露西尔说：“他倒不是那样。他对待婴儿母亲很正常。他只是有些……复杂。我没法准确形容出来。”

我一直觉得如果当年不是做了产科护士，我会成为一名优秀的心理学家。我们感受患者所思所想的能力很强，甚至在她们自己意识到需要什么之前，我们就已经替她们想到了。而且我们对微妙的气氛也很敏感。就在上个月，一个有精神缺陷的病人和一名年长的乌克兰女人走了进来，她们两个是在乌

---

① 产后子宫底高度会升高，子宫缩小。——译者注

克兰女人工作的杂货店相识的。当时我感觉到她们之间的气氛有些不对。我相信自己的直觉，于是报了警。最后查出来这个乌克兰女人曾经从肯塔基州一名患有唐氏综合征的女人那里偷走了她的婴儿。

虽然我是第一次踏进布列塔妮·鲍尔的病房，但是我并不担心。我心里想着：我能搞定这一切。

我轻轻地敲了敲门，然后推门进去。我说："我叫鲁斯，是今天负责您的护士。"说完我径直向布列塔妮走去，低下头微笑地看着她怀中的婴儿。"这个孩子多可爱呀！他叫什么名字？"当然我早就知道他的名字了。但是这种方式可以引出对话，以便和病人建立联系。

布列塔妮并没有回答。她看向她的丈夫。她的丈夫是一个高大粗壮的男子，坐在椅子的边沿上。他剃了军队里那种短发，一只靴子的鞋跟不停地敲击着地面，仿佛他就不能安安静静地待着。我突然明白了露西尔话中的意思。特克·鲍尔让我想起经受不住暴风雨的摧残而突然断掉的电线，这截电线垂在地上，就等待着被什么东西扫过，然后迸出几个火星。

无论生性害羞或是谦逊，每个刚刚有了孩子的人都会充满表达的欲望。他们渴望分享这个改变他们人生的时刻。他们渴望再次体验这个过程，怀孕、生产、欣赏美好的新生命。但这个布列塔妮嘛，看起来甚至需要得到丈夫首肯才能开口说话。我心里暗想，难道是家庭暴力吗？

她有些哽咽地回答我："德维斯。他的名字叫德维斯。"

我小声对他打了招呼："哦，你好啊，德维斯。"

我边说着边向病床靠近："你介不介意我听一下他的心跳和肺部情况，然后给他测个体温？"

她将怀中的新生儿抱得更紧了。

我说："我在这个房间里就可以完成，你不用担心我会带走他。"

你要学会让刚刚成为父母的人稍微放松下来，尤其是之前还告诉过他们新生儿的血糖含量过低。我把体温计插到德维斯的腋窝里，结果显示体温正常。我又看了看他的头旋儿，如果头上有一块白，可能说明他的听力不太好，如果头发向另一个方向旋转，则可能是新陈代谢方面出了问题。我把听诊器放在婴儿的后背上，听他肺部的情况。我的手来回在他和他母亲之间摆动，听他的心跳。

呀。

声音太过微弱，我甚至以为自己听错了。

于是我又用听诊器听了一次，想要确保我的判断没有出错，但是我还是在强有力的脉搏声中听出了微弱的呼呼声。

特克站了起来，他的身高对我有一种压迫感。他把双手交叉在胸前。

每个父亲表现紧张情绪的方式不尽相同。有时他们会变得很有攻击性，就好像他们可以将一切错误都恫吓走似的。

我斟酌着词句说："我听到了非常细微的噪声，但可能并没有什么问题。现在他才刚出生没多久，心脏有的部分还没有发育完全。而且就算真的是杂音，也可能过几天就消失了。当然，我还是会把这个情况记录下来。我会请一位儿科医生来听听。"

我一边尽量冷静地进行表述，一边又给新生儿测了一次血糖。因为用了罗氏血糖仪，所以立刻就可以看到测试结果，这次他的血糖是52。为了给鲍尔夫妇一些希望，我说："现在有一个好消息。他的血糖值好多了。"

说罢我走向洗手池边，用一个塑料碗接水，然后把它放到保温箱里。我对他们说："现在德维斯的精神明显好多了，他可能很快就会开始进食。你们看这样如何，我先给他做完清洁，让他恢复一点活力，然后我们再试试母乳哺乳?"

我弯下腰将新生儿抱了起来，然后转过身去背对着这对夫妇，把德维斯放到保温箱里开始进行检查。当我检查到婴儿头上囟门[①]部分的缝合线，确

① 囟门指婴幼儿颅骨接合不紧所形成的骨间隙。——译者注

保婴儿的头部骨骼没有出问题时，我可以听到这两个人压低声音激烈地争执。这对父母的担心非常正常。虽然产科护士经常是第一时间注意到问题或者症状的人，但很多婴儿父母却不喜欢将护士的话作为医学建议看待，他们必须要听到医生亲口说出才肯相信。负责他们的儿科医生是阿特金斯。等我做完检查，会给她一份记录，让她再来听一听婴儿的心跳。

但现在我的全部精力都在德维斯身上。我检查他脸上是否有瘀青、血肿，或是头部的骨骼发育是否出现了问题。我又看了看他小手上的掌纹，还有他的耳朵和眼睛之间的相对位置。我量了量他的头围，还要想办法给这个不断扭动的小家伙量身长。此外我还检查了他的嘴里和耳朵的裂纹发育情况。我通过触诊检查了他的锁骨发育，还把小手指放到他的嘴里，检查他吮吸的反应本能。我观察了他小小的胸腔上下起伏的样子，检查他有没有呼吸困难。我还按了按他的小肚皮，来确认肚子很柔软。我不仅逐一检查了他的手指和脚趾，还仔细看了一圈有没有出现皮疹、皮肤受伤或者胎记的情况。我检查了他的睾丸和尿道是否发育正常，确认了尿道的位置正确。之后我小心翼翼地帮他翻了个身，查了他脊柱的尾端是否出现皮肤损伤、毛发的发育情况，以及是否存在其他表示出现神经管畸形[①]的现象。

检查完我才突然发现背后的小声议论声已经停止了，但这并没有让我感到更加轻松，反而油然升起一种不祥的预感：他们认为我哪里做错了吗?

等到我把德维斯翻回到正面，他的眼皮已经开始打架了。一般新生儿会在出生几个小时后开始感到困倦，所以我现在才需要帮他洗澡，延长他醒着的时间，让他撑到下一次哺乳的时候。保温箱里有一沓抹布，我用准确娴熟的动作拿出一块，蘸了蘸热水，然后把新生儿从头到脚擦拭了一遍。擦完之后我给他换了尿布，然后熟练地用毯子将他包裹好。此时他的样子活像一个墨西哥卷饼。之后我用强生婴儿洗发露给他洗了洗头发。最后一步是在他手

---

① 神经管畸形又称神经管缺陷，是一种严重的畸形疾病，神经管就是胎儿的中枢神经系统。——译者注

腕上系了一个证明身份的标牌，这个标牌和他父母的牌子是一对，然后我在他的脚踝上拴了一个小小的电子安全环。不论婴儿离哪个安全出口的距离过近，都会触发警报。

他父母的注视对我而言如芒刺在背。于是我转过身去，摆出职业的微笑，边把婴儿还给布列塔妮边开口道："接好。他现在干干净净的了，我们可以试试能不能用母乳喂他。"

我弯下身要帮她摆正婴儿的位置，但是布列塔妮向后躲了躲。

特克·鲍尔突然说："你给我离她远点儿。我要找你的老板谈谈。"

这是我进入这个房间陪伴他和他的家人这20分钟以来，他对我开口说的第一句话。我能明显地感觉到他的语气里流露着一种不满。我很确定他并不是想对玛丽夸我刚才做的工作有多么出色，但我还是生硬地点了点头，走出了房间。我一路在脑海中细致地回忆，从刚才我向布列塔妮·鲍尔进行自我介绍之后，我所说过的每一句话和做过的每一个动作。我走到护士站的时候玛丽正在那里填表，我努力让自己的声音保持平静，对她说："5号病房出了点问题。婴儿的父亲想见你。"

玛丽问："出什么事了？"

我回答说："根本什么事也没出。"我说的都是真心话。我是一个称职的护士，有时候甚至可以说是相当优秀。我刚才对待那个婴儿的方式和对待这家妇产医院里其他婴儿的方法毫无二致。我接着说："我告诉他们婴儿的心跳听起来似乎有杂音，所以我会帮他们联系儿科医生。之后我就给那个婴儿做了清洁，然后做了检查。"

我肯定还是没有掩藏好自己真实的情绪，因为现在玛丽用一种充满同情的目光看着我。她安慰我："他们可能只是担心孩子的心脏吧。"

我们重新走进病房的时候，我紧紧地跟在玛丽身后，所以我才清楚地看到了这对父母见到玛丽时一脸如释重负的表情。玛丽说："鲍尔先生，听说您想见我是吗？"

特克说："就是那个护士，我希望她不要再碰我儿子了。"

我能感到一股热浪从领口向上喷薄而出，直冲头顶。谁都不希望当着自己监管护士的面被病人批评。

玛丽站正了身体，她的脊背挺得非常直。她说："鲍尔先生，我可以向你保证，鲁斯是我们这里最优秀的护士之一。如果你想通过正式途径提出投诉……"

但是这位父亲双手紧紧交叠在胸前，立刻打断了她的话："我不希望这个护士，或是任何一个像她一样的人碰我的儿子。"我刚才离开病房的期间，他把袖口卷起来了，因此我看到他其中一条手臂从手腕到胳膊肘之间文着一面联邦旗①。

玛丽突然不再说话了。

有那么一瞬间，我的脑子的确没有转过弯来。但反应过来的那一刻，感觉就像被一股强有力的巨浪击中：他们对我所做的事情并没有什么质疑。

一切都是因为我的肤色。

① 联邦旗：美国南北战争时期其中部分南方兵团所用的军旗，对该旗的使用是保守主义意识形态的体现，被视作南方种族主义情绪的蔓延。美国南卡罗来纳州的州府广场上就出现了联邦旗、美国国旗、南卡罗来纳州州旗共同飘扬的场景。随着种族隔离主义的节节败退，心有不甘的南方各州纷纷效仿南卡的"符号政治"，或更改州旗设计加入联邦徽章，或在政府大楼悬挂联邦旗帜，或在议会厅前摆放联邦军政人物甚至3K党领袖雕像。——译者注

○ 特克 ○

我人生中遇到的第一个黑人杀死了我的哥哥。那时我坐在佛蒙特州的法庭上，坐在我父母之间。我还记得当时穿着的那件衬衫领口非常硬，勒得我都快喘不过气了。我看着几名身穿西装的男子指着印有汽车和防滑轮胎的图表相互争辩。那一年我 11 岁，哥哥坦纳 16 岁。他在去世之前两个月才刚刚考下驾照。为了庆祝，妈妈给他烤了一个蛋糕，上面用水果装饰出了一条高速公路的样子，还放上了我的一辆旧的火柴盒小汽车。杀害他的那个男子来自马萨诸塞州，年龄比我的父亲还要大，他的肤色比他身旁的证人席上的木头颜色还要深，所以在肤色的衬托之下，他的牙齿简直白得发亮。我根本忍不住地一直盯着他看。

陪审团一直无法达成共识，陷入了一种叫“陪审团僵局”的局面，所以最终这个男子被无罪释放了。我的妈妈整个人都垮了，她时而高声尖叫，时而喃喃地念着她宝贝的名字，控诉法律的不公。这个杀人犯和他的辩护律师握手之后，转身向我们走来。我们之间只隔着一道栏杆。他开口道：“鲍尔女士，我对您痛失爱子深表遗憾。”

他说这话的语气，仿佛这件事与他毫无瓜葛。

听到这句话，妈妈停止了啜泣，绷紧了嘴唇，然后朝他吐了一口痰。

我和布列塔[①]似乎一生都在等着这个时刻。

我开着皮卡[②]的时候，一只手搭在方向盘上，另一只手放在我们两人之间的座椅上。每次宫缩袭来，她都会紧紧握住我这只手。我能看出来她肯定疼得死去活来，但是布列塔只会眯起眼睛，咬紧牙关。我对她的反应并不感到吃惊，因为我曾经目睹过她把一个讲西班牙语的人的牙打掉了，因为那个人用 Stop & Shop[③] 超市的手推车把她的车撞出了一个坑。但是所有这些过去都及不上她现在的样子——最美，隐忍而又强大。

当我们在慢悠悠地等着红灯的时候，我偷偷地瞥向她的文件。我们已经结婚两年了，但我至今都不敢相信布列塔竟然嫁给了我。她是我此生遇到过的最漂亮的女孩，而且在大运动中，她也是离核心权力最近的那个人。她一头深色的长发卷曲着沿后背垂下来，脸颊上泛着潮红。她喘着气，呼吸急促，感觉就像是正在跑马拉松。突然她转过身来，蓝色的眼睛充满光辉，一如火焰的焰心。她气喘吁吁地说："从来没人和我说过会这么痛苦。"

我使劲攥着她的手，这个方法肯定对她有帮助，因为之前她感到疼痛时就已经主动攥紧了我的手。我对她说："你肚子里的这个小战士，将会和他母亲一样强大。"这么多年来，我接受的教育都是上帝需要战士，我们都是这场种族战争中的天使，如果没有我们，这个世界上到处都会重新冒出所多玛和蛾摩拉城[④]。弗朗西斯是布列塔那个充满传奇色彩的父亲，他总是站出来对那些新人宣布我们有多么需要增加人手，这样我们才可以予以还击。但是在现在这一刻，我和布列塔马上就要迎来一个新生命，我的内心既感到喜悦，也感到恐惧。虽然我之前一直非常努力，但是这个世界仍然肮脏得很。

---

① 布列塔：布列塔妮的昵称。——译者注

② 皮卡：又名轻便客货两用车或是货卡，通常指带开放式载货区的轻型卡车。——译者注

③ Stop & Shop 是美国的连锁超市，直译即为"停下来购买"。——编者注

④ 所多玛和蛾摩拉城：《圣经》中的两个城市，首次出现在《希伯来圣经》。因为城里的居民不遵守上帝戒律，被上帝毁灭。后来成为罪恶之城的代名词。——译者注

我的孩子在出生之前是完美无瑕的，但是等到他真正降临到这个世界上，一定免不了被这个世界弄脏。

布列塔尖叫道："特克!"

我向左猛打方向盘，结果差点开过了医院的大门。为了想办法减轻她的痛楚，我把话题又引回到孩子的名字上："你觉得叫他'索尔'[①]怎么样？我在推特上认识的一个人也刚刚有了孩子，给孩子起名为'洛基'[②]。"有些老一辈的人非常喜欢借鉴北欧神话中的名字，虽然现在他们已经拆分成规模较小的团体了，但是古老的传统很难抹去。

布列塔突然说："那你觉得'蝙蝠侠'或者'绿巨人'怎么样？我才不会给我的孩子起一个漫画书里卡通人物的名字。"这时又一阵宫缩袭来，她缩了缩身子："而且如果我们生的是女孩，你想起什么名字？"

我提议："那就叫她'神奇女侠'，和她妈妈一个名字。"

哥哥去世之后，我的整个世界都崩塌了。感觉就像是那场审判剥下了我们全家最外层的皮肤，而我的家庭只剩下一大摊血和内脏，再也拼不回去了。父亲离开了家，自己搬到了一间公寓里。那栋公寓里的一切都是绿色的：墙面、地毯、卫生间、炉灶。我每次去看望他，都会忍不住觉得反胃。而我的母亲开始酗酒，吃午饭的时候本来要喝一杯红酒，之后却干脆把一整瓶都喝掉了。她在操场上值班期间晕倒了，结果一个患唐氏综合征的孩子从单杠上摔下来，摔断了手腕。妈妈就这么丢掉了在小学做助理教师的工作。一周之后，我们把全部家产都塞进了搬家的大车里，然后搬去和外公住了。

外公是一个退伍军人，但是他从来没有停下过斗争的脚步。我对他没有

① 索尔：北欧神话中负责掌管战争与农业的神，职责是保护诸神国度的安全与在人间巡视农作。——译者注

② 洛基：又译洛奇，北欧神话的神祇。母亲属于巨人族，正由于母亲是奥丁的养母，所以和奥丁结为兄弟。——译者注

那么熟悉，因为他一直都不喜欢我爸爸，但是鉴于现在我们之间的这个“障碍”已经消失了，他觉得自己终于可以接手，把我按照他认为正确的方式养大。他认为我父母对我太过温柔，现在的我根本就是一个娘娘腔。我将在他的教导下变得坚毅不屈。每个周末黎明刚至，他就把我从床上叫起来，把我拉到森林里去进行所谓的“基础训练”，我也因此学会了怎样分辨有毒的梅子和可食用的梅子，怎样通过分辨动物的叫声追踪动物，此外我还学会了通过太阳的位置来判断时间。感觉有点像童子军训练，唯一不同的是外公教我的那些东西，都加入了他在越南战争里打仗的故事。他给我讲了那些真的会吞噬掉人的雨林，还有一个人被活活烧死时身上发出的味道。

某一个周末他决定带我去野营，虽然那天室外有零下 14 摄氏度，而且预报有雪，但是他丝毫不以为意。我们一路开到了东北王国①的边界，这里已经接近加拿大的国境线了。我下车去了趟洗手间，但等到我回来的时候，外公已经不见了踪影。

他的卡车本来停在一个抽水机旁边，但是现在不见了。唯一能证明他曾经来过这里的证据只有雪地上留下的轮胎印。他给我留下了我的双肩背包、我的睡袋，还有帐篷。我又走回了加油站，然后问服务人员还记不记得刚才开蓝色卡车的那个人去哪儿了，然而她摇了摇头，用法语说：“什么?”虽然现在严格来说我们还在佛蒙特州境内，但她装出一副根本不会说英语的样子。

现在我有一件大衣，但没有帽子和连指手套，这两样东西都在卡车里。我的口袋里一共只有 6 角 7 分钱。我一直等到下一个停靠在加油站的顾客的到来，当收银员忙着给他结账时，我从商店里偷出来一副手套、一顶橙色的猎人帽子，还有一瓶苏打水。

---

① 东北王国：美国佛蒙特州东北地区，是埃塞克斯、奥林斯和喀里多尼亚三个县的统称。境内有很多未开发的山区和森林。——译者注

之后我花了5个小时才追踪到外公的踪迹。我一面回忆当天早上我半梦半醒之间他抱怨方向时说的话，一面沿着高速公路向下走，寻找线索，例如有没有留下包裹他喜欢嚼的那种烟草的纸，或者会不会有其中一只连指手套正好掉在地上。等我终于在路边看到他停靠在那里的卡车后，我沿着他留在雪地上的足迹一路走到了森林里。这时我已经不再发抖了。我的胸中燃烧着熊熊的怒火。愤怒原来可以提供源源不断的能量。

我走到空地上时，他正弯着腰在篝火旁边摆弄。我一声不吭地走过去，猛推了他一把，他差点就摔在灼热的灰烬上。我大叫道："你个狗娘养的，你怎么能就那样把我扔下了！"

他反问我："我不该这么做吗？如果不由我来把你培养成一个真正的男子汉，还有谁来做这件事？"

虽然外公的块头足有我的两倍大，但我还是紧紧拽住他夹克衫的领子。我举起了拳头打算揍过去，但是早在拳头打在他身上之前，他就一把抓住了我的手。

外公问："你是想跟我打架吗？"他边说边向后退，然后开始绕着我走。

之前父亲教过我怎样揍人，握拳的时候要把拇指握在外面，在拳头要击打到目标时再转手腕。当然，这些只是纸上谈兵，我在现实生活中可从来没打过人。

现在我收起拳头，像离弦的箭一样使劲冲他挥拳，结果换来的却是外公抓过我的胳膊扭到我的背后。他温热的呼吸喷在我的耳朵上："这就是你那个娘娘腔的父亲教给你的吗？"我试图挣扎，但是他把我固定得死死的。他说："想知道该怎么打架吗？还是想知道该怎么赢？"

我使劲咬着牙关，从牙缝里挤出一句话："我……想……赢。"

他渐渐地放松了钳制我的力量，一只手抚在我的左肩膀上。

"现在你的年龄还小，所以你进攻的高度很低。你应该用身体挡住我的视线，我会觉得你想向上冲拳。如果我蹲下来，我的拳头会直击你的面门。

所以我势必选择站直，但这样一来我的身体就会露出很多破绽。我最不可能猜到的一种进攻方式，就是从我的肩膀上这样打过来。”

他举起了自己的右拳，用令人炫目的速度使劲抡了起来，这一拳在打到我颧骨之前的一寸停了下来。这时候他放开了我，然后向后退了一步说：“你接着来吧。”

但我只是站在那里瞪着他。

这就是暴打一个人的感觉：就像使劲拽一根橡皮筋的时候，如果拉得太长就会绷得很紧，橡皮筋也会开始抖动。如果你把蓄好力的这一拳打出，也就是松开橡皮筋的一瞬间，效果会非常惊人。你会觉得充满了斗志，而之前你可从来没有想过自己是个好斗的人。

外公鼻子里喷涌出鼻血，滴落在雪地上。这些血覆盖在他的笑容之上。他说：“这才是我的外孙。”

生产之前每次宫缩袭来，疼得不得了的时候，布列塔都会坐起来。那个红头发的名叫露西尔的护士就会叫她重新躺下。但是等布列塔躺下来之后，宫缩就停止了。露西尔让她出去散个步。这就是个恶性循环，到现在已经折腾了 7 个小时了，我甚至都开始怀疑我的孩子是不是打算等十几岁的时候再出来。

但是我没有和布列塔说过这些想法。

麻醉医师准备硬膜外麻醉器的时候，我紧紧地抱着布列塔。我感到很意外，之前我们已经商量过了，要在不注射药物的情况下自然生产，但是现在她主动要求进行硬膜外麻醉。像我一样的盎格鲁人和常人不同，绝大多数人都很看不起药物依赖。她在床上弯起身体，让医生摸脊柱时，我在她耳畔低语，问她是不是确定要接受麻醉。布列塔说，等你生产的时候，你也会做出这个选择的。

不过我必须承认，不管他们给她注射了什么药，还真的挺管用的。她现在虽然还躺在床上，但已不再因痛苦而扭动了。她说已经感知不到自己身体肚脐以下的部分了。如果不是她已经和我结婚了，她现在恨不得立刻向那个麻醉医师求婚。

露西尔走进了病房，走到了连接在布列塔身上的机器旁，检查机器打印出来的图表。这台机器是用来检测胎儿心跳的。她说："现在一切都很好。"我敢打赌她对每个人说的都是这句话。露西尔和布列塔开始交谈的时候我回避了，这倒不是因为我不关心她们谈话的内容，实在是因为如果你还想保持妻子在自己心中性感的形象的话，最好想都不要去想这些技术层面的事情。正在这时我听到露西尔对布列塔说，已经到了需要她"使劲"的时候了。

布列塔死死盯着我。她才刚刚说出："亲爱的……"喉咙就被体内涌出的东西堵住了，什么也说不出来。

我意识到她是因为感到害怕。这个无所畏惧的女性对马上要发生的事情感到不知所措。我和她手指交叠在一起，虽然其实我的内心也恐惧不已，但我还是安慰她："我就在你身边呢。"

如果这个孩子完全改变了我和布列塔之间的关系怎么办？

如果我发现我对这个孩子没有任何感情怎么办？

如果我成为一个反面的例子怎么办？我会不会成为一个非常糟糕的父亲？

露西尔叮嘱她："下一次你再感到宫缩的时候，最好能把身体弯起来。"说完她抬起头看向我："孩子父亲，请你站到她身后。等她下次宫缩，你要扶她坐起来，这样就方便她使劲了。"

我对她这些建议心存感激。这些好歹还是我能力范围内的。随着布列塔的脸色涨得通红，她的身体弯得像一张弓，我把双手扶在她的肩头。她发出了低沉而粗哑的声音，仿佛一个生命离世前那最后的一声悲鸣。露西尔指导她："现在深吸一口气，现在是子宫收缩最厉害的时候……现在把头埋在胸前，然后让力气一路向下走……”

随着一声粗喘，布列塔变得瘫软无力。她虚弱地挣开了我的手，仿佛不能承受我放在她肩头的双手。她说：“放开我。”

露西尔示意我靠近一些：“她不是那个意思。”

布列塔说：“我当然不是那个意思。”说完又一阵宫缩袭来，她吐了出来。

露西尔抬起眼看向我建议：“你就站在这里。我负责拉住布列塔的左腿，你负责拉住右……”

这不是冲刺短跑，而是一场漫长的马拉松。过了一个小时，布列塔的头发就已经浸透汗水，贴在了前额上。她编好的辫子也散开了。她的指甲在我的手背上留下了半月形的掐痕，胡乱地说着毫无意义的话。我不知道这种情况，我们两个人都还能再承受多久。但是之后有一次长时间的宫缩，布列塔的肩膀突然挺了起来，脸上的表情也变得不一样了。露西尔说：“坚持一下。”然后赶紧把情况给医生做了记录。她说：“布列塔，请你慢慢呼吸，听我说……你现在已经准备好当妈妈了。”

短短几分钟之后，妇产科医生就闯进门来，干净利落地戴上一副橡胶手套。但是努力让布列塔不要使劲，根本就等同于蚍蜉撼树。医生向她打招呼：“你好，鲍尔太太。现在咱们来把孩子生出来吧。”布列塔的身体再次绷紧的时候，医生在病床旁的椅子上趴了下来。我用胳膊肘卡住了她的膝盖，这样她就能使上劲了。我低头看去，我们孩子的眉毛从她的双腿之间冒了出来，好似山谷中升起的一弯月亮。

孩子是青色的。片刻之前那里明明还空无一物，现在那里就出现了一个完美的、圆圆的小脑袋，和垒球一般大小。这个小脑袋是青色的。

我惊慌失措地看向布列塔，但是她在使劲的过程中双眼紧闭。我的血液里似乎时刻充盈着怒火，现在我感到热血沸腾：他们纯粹是在要我们。他们在撒谎。这帮可恶的……

宝宝突然哭了起来。他裹在血水和液体的混合物中滑到了这个世界上。他一边尖叫着，一边用那对小小的拳头捶打着空气，肤色也渐渐变得红润。他们把我的宝宝（我的儿子）抱到布列塔的怀中，并用一块毛巾进行擦拭。布列塔正在啜泣，我也忍不住哭了起来。布列塔的目光已经无法从宝宝身上移开了。她说："特克，看看咱们创造了什么。"

我亲密地贴着她低语道："他是那么完美。你也是完美的。"布列塔弯起手掌环住宝宝的头部。我们三个人连在一起，就像一个终于完整的电路。我们似乎可以成为整个世界电力的源泉。

我 15 岁那年，外公在洗澡的过程中心脏病突发，像一块石头一样重重地砸到地上，去世了。那时的我只会不断惹麻烦上身。大家都不知道该拿我怎么办，连妈妈也不知道。那时她的存在感已经很淡薄了，有时她似乎和墙面融为一体，有时候我穿过房间经过她身旁的时候也没能意识到她就在那里。爸爸就更不管我了，他当时住在佛蒙特州的布拉特尔伯勒，在本田代理商那里负责卖车。

高中第一年结束后的那个暑假，我去和爸爸住了一个月。我就是在那时遇到雷恩·特斯科的。我爸爸的朋友格雷格当时开了一家咖啡厅，他给我提供了一个兼职的工作机会。严格来说我还没有达到法定的工作年龄，所以格雷格偷偷向我支付费用，而我负责做一些整理仓库或者是跑腿儿的工作。雷恩是咖啡师，他的小臂上文着刺青。他会抓紧一切休息的机会，在咖啡厅后面一支接一支地抽烟，他养了一条 3 公斤重的吉娃娃，取名为肉肉。他还教会了这条狗吸烟。

雷恩是第一个真正吸引我的人。我第一次在咖啡厅后门看到他，是我要出后门去倒垃圾。虽然当时我还只是个孩子，但他还是邀请我过去一起抽一口。我装作是一个熟手，但是我被烟呛到咳嗽得肺都要出来了，他并没有取笑我。他说："你也太惨了吧。"我点了点头，他向我解释："我的意思是你有那么一个爸爸。”他的五官拧作一团，然后惟妙惟肖地模仿了我爸爸在咖啡厅点一杯中杯、低咖、不加奶泡的豆奶拿铁时的样子。

每次我去看望我爸爸，雷恩都会留出时间来见我。我会向他倾诉：别的小孩管我妈妈叫酒鬼，我跑去把他们痛打一顿，结果被拘留起来，真是太不公平了。他会告诉我，问题不在我，而在我的老师身上。他们根本没有意识到我是一个多么有潜力、多么聪明的孩子。他还给了我很多像《特纳日记》[①] 这样的书读，他让我认识到自己并不是唯一一个觉得周围的人都在合谋打压我的人。他还会把唱片借给我回家听。那些传播白人力量的乐队的作品节奏感非常强，听起来就像用锤子猛砸钉子。他还会开车带我到处走，给我讲那些最主要的网络巨头的领导者里有很多犹太人的姓氏，比如穆恩维斯和祖克尔。我们接触到的所有新闻都是他们提供的，所以他们想让我们相信什么，我们就得相信什么。他谈论的事情可能大家都曾经想过，只是没有人敢在公共场合谈论。

每个人可能都会觉得，一个 20 多岁的人愿意和一个 15 岁的孩子出去混，是一件相当奇怪的事情。但是我的父母倒是对此事很是欣慰，因为当我和雷恩在一起的时候，我既没有跑去和别人打架，也没有逃课或是惹出什么麻烦。所以雷恩来邀请我和几个朋友一起去参加庆典时，我欢呼雀跃地答应了。听说这将是 7 月份佛蒙特州的乡村音乐节之一，我问他：“那儿有没有，嗯，乐队什么的?”

雷恩说：“乐队倒是有，但更像是夏令营。我已经和所有人说过你要来了。他们都等不及要见你了。”

但实际上根本没有一个人等不及要见我，可我还是相当兴奋。那个星期六我收拾好自己的背包，装上睡袋，坐上了副驾驶的位置。肉肉坐在我的大

---

① 《特纳日记》：由安德鲁·麦克唐纳于 1978 年撰写的政治小说。书中描绘了因美国政府没收私人枪支导致的右翼革命战争，最终联邦政府被推翻，并且伴随而来的种族清洗消灭了所有美国犹太人、同性恋者及非白种人。——译者注

腿上。雷恩开车带我去接另外三个朋友。他们都听过我的名字，感觉就像雷恩确实和他们提到过我。他们都穿着黑色的衬衣，胸口部位文着一个标志，写着“NADS”。我问他们：“这个词是什么意思？”

雷恩向我解释：“北美敢死队。这是我们的一个组织。”

我实在太想拥有一件这样的衬衫了，于是尽量假装用平静的语气问他：“那我怎样才能成为这个组织的一员呢？”

另一个男子听罢笑了起来，他说：“你得去别处问问。”

从那个瞬间开始，我打算为了得到加入的邀请而不择手段。

车开了将近一个小时，雷恩才从一个出口开出去。开到一个手写的标牌时，他向左转弯。这个标牌插在一根棍子上，上面只简单地写了 IE 两个字母。之后陆续出现了很多相似的牌子，指引开车的人在玉米地、谷仓里拐弯，甚至还有一次指引我们开过了一群奶牛的地盘。最后当车开到一处山脊上时，我看到一百多辆车停在一片泥地上。

这里看起来就像在开狂欢节。一个小小的舞台，上面有一支乐队正在演奏非常吵闹的音乐，我的心脏也跟着“怦怦”直跳。迎面走过来一家人，吃着热狗和薯条，一个小孩坐在爸爸的肩头，穿着一件印有“我就是保证你们种族延续的白种人孩子”的 T 恤衫。肉肉绕着我的脚跑来跑去，为了去吃掉在地上的几粒爆米花，结果被自己的拴狗绳缠住了。一个男人拍了雷恩的肩膀，用一种非常熟络的方式和他打招呼。而我则被晾在一边，于是我走过去看不远处的射击场。

一个壮硕男子朝我咧嘴笑了笑：“年轻人，你想试一试吗？”他的眉毛活像趴在眉骨上的两条毛毛虫。

现在正有个和我年纪相当的孩子在冲着钉在树桩堆上的靶子开火。他把手中的半自动勃朗宁枪交给老人，然后走向靶子去看自己的射击成绩。这个靶子上印着一张长着夸张的鹰钩鼻的男子的肖像。那个男子咧起嘴笑着说：“巩特尔，瞧瞧你，刚杀了那个犹太人。”说罢他一把抄起肉肉抱在怀中，然后指向桌子对我说："我来抱着这条杂种狗。你去拿一把你喜欢的枪吧。"

那里挂着许多张靶子：还有更多犹太人的肖像，以及黑人的，他们都长着丰满的嘴唇和突出的额头。其中也有马丁·路德·金的肖像，他的脸上印着靶环，上方印着一行字：我的梦想实现了。

有那么一瞬间我觉得腹中作呕。这些肖像让我想起我们在历史课上学习的那些政治卡通画，那些可怕的人导致了世界大战。我很想知道是什么公司生产出这种靶子，因为我非常肯定沃尔玛的打猎商品区是肯定不会卖这种东西的。我这才意识到还有一个我不曾接触过的完整的隐秘社会，他们刚刚轻声向我念出准入的邀请。

我看到其中一张靶子时停下了，靶环上方冒出来黑人特有的圆形蓬松的头发。男子把这张靶子固定在一条晾衣绳上。他窃笑着说："这个剪影是不是生动逼真？"说完他把肉肉放在桌子上去闻那些靶子，然后把我那张又挂到了树桩堆的边缘。他问我："你知道怎么拿武器吗？"

我曾经用外公的手枪开过枪，但是我从来没有用过这种武器。我仔细听他讲解这种枪的运作原理，之后我戴上了隔音耳机和护目镜作为保护，把枪抵在我的肩膀上，眯眼，然后扣下扳机。几弹连发，就像一阵咳嗽袭来。这个声音吸引了雷恩的注意，他觉得我很厉害，于是为我鼓掌。把靶子拿回来时，我发现连续三发都干脆利落地击中了靶子的额头部分。他说："你看看你，就是个天生的射手。"

雷恩把靶子折好，塞进了自己的背包口袋，待会儿他要拿着这张靶子向朋友炫耀我是个天生的神射手。我又牵过了肉肉的绳子，然后我们走过了人群聚集的场地。舞台上矗立着一个男人。他实在太过威风凛凛，连他的声音都充满了吸引力。我发现自己不由自主地想要走近，努力看清他。他开口道："我想给大家分享一个小故事。纽约市曾经有一个黑家伙，当然是无家可归那种。有一天他正走过中央公园，有几个人都表示听到他咆哮自己'在睡着的时候也能揍白人男子'。但是这些人当时并没有意识到我们其实正面临着战争。我们正在为保护自己的种族而战。他们没把这种威胁当回事，所以他们当时没有采取什么行动，只将其视为一个疯疯癫癫、头脑有毛病的人的胡言乱语。大家猜猜之后发生了什么？这头野兽接近了一个盎格鲁白人，一个像你、也像我的人，那只是单纯地按照上帝的指引过日子的男人，照顾自己90岁的老母亲。那头野兽开始揍这个男人，导致他摔倒在地，然后头磕在了人行道上，就这样离世了。这个白人来到公园里只是为了散散步，结果却天降横祸。现在我让大家来猜猜，最后那个黑人怎么样了？唉，兄弟姐妹们……他没有承受一丝一毫的惩罚。”

这番话让我想起杀害我哥哥的人，他那么大摇大摆地走出了法庭。我看到周围的人都开始点头、鼓掌，心里升起了一个念头：我不是孤独的。

我问：“他是谁？”

雷恩轻声告诉我：“他叫弗朗西斯·米彻姆。他是老一批的守护者之一。但是他自己就堪称一个神话。”雷恩念出他的名字时，虔诚得如同一个信徒叫出上帝的名字时那种柔声细语的祷告。“你看到他手肘上文的蜘蛛网了吗？只有杀过人的人，才有资格文上这个图案。每杀一个人，你就能在上面文一只飞虫。”说到这里雷恩顿了一下，“米彻姆的身上有10只飞虫。”

弗朗西斯·米彻姆用夸张的语气抛出问题：“为什么那些黑人犯下仇恨犯罪[①]的罪行后从来不用付出代价呢？为什么他们可以为所欲为？如果没有白人的帮助，他们可能至今都未被驯化。瞧瞧他们是从哪儿来的：非洲。那里可没有文明的政府。在苏丹，每个人都在互相残杀。胡图人[②]残杀图西

---

① 仇恨犯罪：针对某一特定社会群组的歧视性犯罪行为。这些社会群组包括种族、宗教、性倾向、身心障碍、族群、国籍、年龄、性别、性别认同及政党等等。而在现实生活中的具体案例则大多是部分人群针对与其本身不同的种族、种族特征、国籍、语言、宗教、性别、性取向、性别认同、性别特质、政治立场等由于歧视（仇恨）而导致包含但不限于凌辱、攻击甚至是谋杀等罪行。——译者注

② 胡图人：胡图族是中部非洲的一个族群，主要聚居于卢旺达和布隆迪，是该两国的最大族群。——译者注

人[1]，而现在他们在我们的国家故伎重演。他们在我们城市里的帮派火拼，这和那些黑人之间的部落战争没有本质上的不同。现在他们随着盎格鲁人进入了我们的国家。他们敢这么做是因为他们知道自己可以逃避惩罚。”他扫视人群，音调也随之提高了，“杀死一个黑人和杀死一头鹿没有什么区别。”说到这里他顿了一下，然后又说，“好吧，其实是有区别的。鹿肉好歹还可以吃。”

很多年之后，我才意识到当我第一次前去“无形帝国”[2] 集会，也就是我第一次听到弗朗西斯·米彻姆演讲的时候，布列塔肯定也在现场。她是跟着她父亲去的。我很喜欢猜想或许当时她就站在舞台的另一头，听着自己的父亲用充满魅力的话语鼓舞听众。也说不定我们两个在卖棉花糖的小摊前相遇了，又或者在他们用光线照射夜空的时候，我们两个恰好肩并肩站在一起。

命中注定我们就应该在一起。

我和布列塔花了整整一个小时像互相投掷棒球那样轮流提出名字：罗伯特、埃贾克斯、威尔；加思、埃里克、奥丁。每次当我自认为想出了一个强有力且充满雅利安人风格的名字时，布列塔就会由这个名字想起她班里的某个同名同学，那些人要么是吃了牙膏，要么是吐在了自己吹奏的乐器里。而每当布列塔提出一个她喜欢的名字时，又总会让我想起我曾经遇到过的浑蛋。

而当终于又轮到我的时候，我像突然被雷电击中一样。我低头看向熟睡的儿子，轻声叫出“德维斯”，这是联盟国总统的姓氏。

---

① 图西人：图西族是中部非洲的卢旺达和布隆迪三大土著族群之一。图西族与胡图族十分相近，他们的语言、体格和文化都没有很大的分别，其差异主要在于社会阶级，传统上图西族是牛主人，而胡图族则为牧牛人，图西族是胡图族之主人，所以长久以来图西族拥有主导地位。——译者注

② 无形帝国：继承3K党精神的组织。3K党是指美国历史上和现代三个不同时期奉行白人至上主义运动和基督教恐怖主义的民间仇恨团体，也是美国种族主义的代表性组织。该组织常使用恐怖主义方式来达成自己的目的。——译者注

布列塔玩味着这个名字，然后说：“这是个很不一样的名字。”

“不一样是好事。”

她和我强调：“要叫‘德维斯’，不要叫‘杰斐逊’。”

“对，不叫‘杰斐逊’，不然他的昵称就变成‘杰夫’了。”

布列塔加了一句：“我就认识一个叫杰夫的男孩，他不光吸毒，还住在他妈妈的地下室里。”

我说：“但是德维斯这个名字听起来会成为其他孩子的榜样。”

“也不要叫戴夫、戴维和大卫。”

我向她保证：“不管是谁把他叫错成这些名字，他都会把这些人打趴下的。”

我抚摸着包裹儿子的毛毯，现在我还不想吵醒他。我又念起了这个名字：“德维斯。”听到这个名字，他的小手突然张开了，就像他已经知道我是在叫他似的。

布列塔轻声说：“我们应该庆祝一下。”

我低头对她微笑：“你觉得他们会在咖啡厅里卖香槟吗？”

“你知道我现在最想喝的是什么吗？巧克力奶昔。”

“我还以为你在把孩子生出来之前才会想要吃这吃那呢……”

她大笑了起来，说：“我觉得我至少还有三个月的特权可以向你任意提出要求……”

我站起身，想着咖啡厅在凌晨4点时会不会开门。但其实我并不想离开病房。德维斯毕竟才刚刚来到我们身边。我问布列塔：“我如果出门会不会错过什么事情？就是那种他生命里成长的重要时刻。”

布列塔说：“我觉得这段时间里他应该不会突然站起来学会走路，或是突然说出人生的第一个单词。我觉得你唯一可能错过的就是他人生中第一次排便吧，但其实你应该反而不想见证这种时刻。”布列塔用那双蓝色的大眼睛看向我，有时那种蓝色似大海般深邃，有时又如玻璃般纯粹。她看向我的时候，我愿意为她赴汤蹈火。最后她说：“反正你只出去5分钟而已。”

我说：“我5分钟后就回来。”然后我又望了一眼小宝贝，我觉得自己的靴子好像已经钉在了地上。我还是想留在这里，重新数一数他的小手指，再看看那些小得不可思议的手指甲。我想看着他的肩膀随呼吸起伏。我想看他皱起小嘴，就像在睡梦中亲吻别人。看到他有血有肉地在这里，会让我变得非常疯狂，真实地感受到我和布列塔那虚幻的、精神层面的爱情竟然可以创造出这样一个可以触碰的实体。

布列塔的话打断了我的沉思：“如果有的话，再帮我买点鲜奶油和樱桃。”

我拖着非常不情愿的脚步走出了病房，穿过走廊，经过了护士站，乘电梯下楼。咖啡厅此时还开着门，有一个戴发网的女士在值班，她低头玩着搜词游戏。我问她：“你们这里卖奶昔吗？”

她抬头瞥了我一眼，说：“不卖。”

“那卖冰激凌吗？”

“有倒是有，但是现在已经卖完了。等到早上才会补货。”

她看起来似乎不太情愿帮助我，说完她又重新专注于自己的搜词游戏。我突然脱口而出：“我刚刚生了孩子。”

她毫无感情波动地说：“哇，在所有在我这里排队的顾客中，你这可以称得上是医学上的奇迹了。”

我纠正了一下：“应该说是我的妻子刚刚生了孩子。她现在想喝奶昔。”

她看着我，就仿佛我的后面正排着几百号人的长队，而我现在纯粹是在浪费她的生命：“我还想赢彩票大奖，并且被本尼迪克特·康伯巴奇[①]忠贞不渝地爱着呢，但是现在我过的是另一种人生。要我说，你给她买糖吧，或

---

① 本尼迪克特·康伯巴奇：1976年于英国伦敦出生，男演员，演艺触角涉及电视剧、电影以及剧场。最为人熟知的作品为英国广播公司制作的电视电影《万物理论》（*The Theory of Everything*），康伯巴奇在剧中饰演英国天文物理学家史蒂芬·霍金。2010年因主演电视剧《神探夏洛克》（*Sherlock*）而声名大噪，拿下包括艾美奖在内的多个最佳男主角奖，并得到金球奖最佳男主角的提名。——译者注

者是每个人都喜欢吃的巧克力。”她伸手向背后胡乱摸去，然后拽下来一盒吉尔德利巧克力。

“就没有别的了吗？”

“吉尔德利巧克力现在打折。”

我把盒子翻过来，看到了美国犹太正教公会（OU）[①] 标志，这个标志代表这个食品是符合犹太教规的，说明这笔钱会落到犹太黑手党手上。我把这盒巧克力重新放回货架上，然后拿下来一包彩虹糖，直接把两元钱和彩虹糖拍在柜台上，说：“不用找钱了。”

才刚过7点，病房的门就被打开了。我立刻警觉了起来。

自从德维斯降生后，露西尔已经进来两次了，给布列塔和婴儿做了检查，并且看看德维斯喝奶的情况怎么样，但是这一次进来的人并不是露西尔。

她向我们宣布：“我叫鲁斯，是今天负责您的护士。”

当时我的脑海中只有一个念头：除非我死了，否则你敢。

我用尽全力才控制住自己，没有把她从我妻子和我儿子身边推开。毕竟只要她按下按钮，保安就会立刻赶过来。如果他们把我从医院里扔出去，我们又能得到什么好处呢？如果我不能留在这里保护我的家人，那我岂不是已经输了。

所以我采用了另一种方式，我坐在椅子的边沿上，绷紧身体上的每块肌肉，随时准备出手。

布列塔把德维斯使劲护在怀中，我觉得德维斯都要被勒得开始尖叫了。这时只听到那个黑人护士说：“这个孩子多可爱呀！他叫什么名字？”

我的妻子把目光转向了我，眼中充满疑惑。她根本不想和这个护士对话，就像她根本不会想和一头山羊或其他动物说话一样。但是她也像我一样明白，白人已经成为这个国家的少数族群，我们随时暴露在危险之中；我们

① 美国犹太正教公会：犹太洁食认证机构。——译者注

必须学会融入其中。

我抽动了一下下巴，这个动作轻微得难以察觉，我甚至都怀疑布列塔能不能看到。她坚定地回答说："他的名字叫德维斯。"

那个护士向我们逼近，似乎说着要给德维斯做检查什么的，布列塔向后缩了缩。那个护士让了步："你不用担心我会带走他。"

她的手开始在我儿子上方游走，看起来就像一个疯狂的巫医。她先是把听诊器贴在他的后背上，之后把它插入了布列塔和我儿子之间的空隙中。她好像提到了关于德维斯心脏的什么事，但我一个字也没听进去，因为血液已经涌到了我的耳朵里。

然后她把我的儿子拎了起来。

我和布列塔呆若木鸡地看着她就这么直接把我们的宝宝带走了，虽然只是带他去保温箱里洗了个澡，但我和妻子还是被震惊得说不出话来。

我朝她走近了一步。她正弯着腰忙活，但是布列塔抓住了我衬衫的衣角。

"不要把事情闹大。"

"那你就让我站在这儿眼睁睁地看着吗？"

"你难道想让她发觉你对她很愤怒，然后让她把气撒在儿子身上吗？"

"我只是希望换回露西尔。露西尔出什么事了？"

"我也不知道。可能是辞职了吧。"

"她怎么能这么做呢？就这样把自己的病人撂下不管吗？"

"特克，我怎么能知道呢，这家医院又不是我开的。"

我像鹰一样全程盯着这个黑人护士给德维斯擦干身体、洗完头发，然后重新用毯子把他包起来。她在我儿子的脚腕上装了一个电子环，和那种被保释的监狱囚犯身上的电子环一模一样。仿佛他已经感受到了来自这个体制的惩罚。

我用灼灼的目光瞪着这个黑人护士，就算她下一秒就在我面前燃烧起来，我也不会觉得奇怪。她脸上挂着微笑，但眼中可没有任何笑意。她说：

“他现在干干净净的了。现在我们可以试试能不能用母乳喂他。”

她走过去拉下布列塔病号服的领子，我已经忍无可忍。我用低沉、犀利的语气警告她：“你给我离她远点儿，我要找你的老板谈谈。”

我参加“无形帝国”集会之后又过了一年，雷恩问我是否有兴趣加入北美敢死队。对我来说，像雷恩那样只相信“白人是所有种族的领导者”这件事对我来说是远远不够的；只读三遍《我的奋斗》[①] 更是远远不够的。要真正成为他们之中的一员，我必须要证明自己。雷恩向我保证等到时机到来，我自然就会知道了。

有一天晚上我正在爸爸的住处睡觉，结果被我卧室窗户上的一阵敲打声惊醒了。我并不担心这个声音会吵醒房子里的其他人。那天晚上我爸爸正好去波士顿参加一个工作晚餐会，12 点之前都不会回家。我刚刚来得及打开窗户，雷恩和两个朋友就翻了进来，穿着忍者那种黑色的夜行衣。雷恩立刻把我摁倒在地，用小臂抵住我的喉咙。他说：“第一条规矩，如果你不知道门外是谁，就绝对不要开门。”直到我开始眼冒金星，他才放开我，并补充道：“第二条规矩，为达到目的不择手段。”

我说：“我有点不明白。”

他对我说：“特克，今晚我们的角色是监管人。我们要负责清理佛蒙特州肮脏和污秽的东西。”

我找到一条黑色运动裤和一件印着网格的运动衫，我干脆把它翻过来穿，这样上衣也是黑色的了。鉴于我没有黑色的编织帽，雷恩把他那顶让给了我，他则把自己的头发扎成了马尾辫。我们坐进了雷恩的车中，一路飞驰，轮流喝着一瓶野格力娇酒[②]，用喇叭大声放着朋克音乐，驶向多蒙斯顿。

---

① 《我的奋斗》：纳粹德国元首阿道夫·希特勒的自传，曾在德国引起巨大反响，并成为德国纳粹党的思想纲领。这本书有“世界上最危险的书”之称。——译者注

② 野格力娇酒也称野格圣鹿，是一款源自德国下萨克森沃尔芬比特尔的药草开胃酒。——译者注

此前我从来没有听说过“彩虹牛公司”[①]。但我们一到那里，我就立刻明白了这是个什么地方。我看到两个男人手拉着手从停车场一路走进酒吧，每次酒吧的门被打开，舞台上明亮的灯光都会扫射出来，舞台上男扮女装的变装皇后正在高歌。雷恩说：“不论你待会儿做什么，都要保持气势。”

我不太明白他把我带到一家同性恋酒吧做什么，问他：“我们是来做什么的?”

话音刚落，两个男人勾肩搭背地走了出来。雷恩大喊：“就是他。”然后他跳到其中一个人身边，把他的头一下子按到地上。他的同伴见状向另一个方向拔腿就跑，但是被雷恩的另一个朋友制服了。

这时酒吧的门又打开了，另一对男子摇摇晃晃地走进了门外的夜色中。他们的头凑在一起，分享着一些私密的事。其中一个人把手伸进口袋找钥匙，当他把脸转向停车场方向时，他的脸被经过的车辆的灯光照亮了。

其实我早就已经发现了蛛丝马迹，但是一直没把这些线索拼凑起来——药柜里摆着电动剃须刀，而我父亲用的是手动剃须刀；每天父亲下班后一定要绕道去格雷格的咖啡厅买咖啡；很多年前，他突然不作任何解释地离开了我的母亲；我的外公从来没有喜欢过他。我把黑色针织帽的帽檐向下拽了拽，然后一把拉起保暖羊毛衫的领子，这样就不会被认出来了。

雷恩喘着粗气，冲着被他抓住的人又补了一脚，然后才放开他们。他们急匆匆地冲进了夜色之中。雷恩直起身子，微笑地看着我，高高地昂着头，等待着由我来带头进行下一步动作。这时我才突然意识到虽然我之前毫无察觉，但是雷恩早就知道我父亲的这件事了。

我还记得6岁那年，有一天家里没有人的时候，我们家的锅炉爆炸了。我还记得有一个保险理赔师来到家里评估受损程度，我问他到底出了什么

---

① 彩虹牛公司：一家酒吧，女同性恋者、男同性恋者、双性恋者与跨性别者的胜地。——译者注

事。他提到了关于安全阀的腐蚀，然后和我说这种结构无法承受过多蒸汽，如果蒸汽过多，发生这种爆炸是迟早的事。之后的 16 年间，我一直在积攒这种“蒸汽”，因为我和已经去世的哥哥不是一类人，也永远无法成为一类人；因为我无法劝服父母在一起；因为我不是外公所期盼的那种外孙；因为我是那么愚蠢、那么易怒、那么奇怪。有时当我回想那个瞬间，仍然觉得眼前蒸腾着灼灼的白气：我一把掐住父亲的喉咙，然后把他的头直接磕在人行道上，把他的胳膊扭到身后，一直踢他的后背直到他吐出一大摊血。之后我把他已经瘫软的身体翻过来，大声斥责他是“同性恋”，然后一拳接一拳不停地揍在他的脸上。警报声越来越响，雷恩冲过来把我拽到安全区域，而我还在不停挣扎。我们已经可以看到红蓝相间的警灯灯光充斥着整个停车场。

这件事很快就传开了，所有故事都会在传播过程中被人添油加醋：北美敢死队最新的成员（也就是我）一下子就跳过了 6 个人。我一手提着铅管，一手拿着刀，直接用牙扯下来一个家伙的耳朵，把他的耳垂吞了下去。

虽然这些都是人们臆想出来的，但是其中的确有真实的部分：我把自己的亲生父亲揍得半死，导致他在医院接受了几个月的治疗，依靠一根吸管进食。

这件事让我变成了传奇。

我对那个不知叫玛丽还是玛莉的护士说：“我们想换回原来那个护士。就是昨晚负责我们的那个。”

她让那名黑人护士离开，现在病房里就剩下我们三个人了。我把袖口又放了下来，但是她的目光仍然盯在我的小臂上。

她说：“我可以向你保证鲁斯在这里已经工作 20 多年了。”

我说：“你我都应该清楚，我并不是对她的工作经验有质疑。”

“我们不能仅仅因为一个人的种族就让她中断工作，这是歧视。”

布列塔插嘴说：“如果我希望把妇产科医生从男医生换成一个女医生，

这算是歧视吗？如果是要求把医学院学生换成一个真正的大夫呢？你们绝对会满足这些要求。”

护士说：“这两件事情是不同的。”

我问：“是哪里不同呢？根据我的理解，你们是为消费者提供服务的，而我就是那个消费者。你们应该尽全力满足消费者的要求。”说完我站起身深深地吸了一口气，特意用我高大的身形压迫着她，让她感到害怕。“如果待会儿事情变得无法控制，这个产科医院里的其他新生儿父母会怎么想呢。本来我们可以安静、平和地对话沟通，如果我们的音调越来越高，说不定其他病人也会因此觉得他们自己的权益也被忽视了。”

那个护士紧紧地抿着嘴唇：“鲍尔先生，你这是在威胁我吗？”

我回答说：“我觉得我根本不需要威胁你。你说呢？”

这个世界上的互相痛恨是有顺序可循的，只是每个人都有所不同。对我个人而言，我对美籍西班牙人的痛恨，远超对亚洲人的痛恨，但是我对犹太人的痛恨比这两者还要深，而首当其冲的，就是黑人。但我甚至有比对黑人还要痛恨的，那就是那些反歧视主义的白人。因为他们是背叛者。

我静静等待着，打算看看这个玛丽是不是其中一员。

她喉咙上的一块肌肉抖动了起来。她小声说：“我相信我们能找到一个双方都满意的解决方式。我会在德维斯的文件上记下这件事，写出您的……愿望。”

我说：“我觉得这是一个好主意。”

当她气鼓鼓地走出病房时，布列塔大笑起来说：“亲爱的，你凶起来的时候真是了不起。但你知道吗？这样意味着他们端来果冻之前是会往里面吐痰的。”

我把手伸进婴儿摇篮里，把德维斯揽入怀中。他还那么小，勉强够得上我前臂的长度。我对布列塔说：“你还是吃我从家里带来的华夫饼吧。”之后我把嘴唇贴上儿子的眉毛，亲密地对他轻语我们之间的秘密，我向他保证："我会用余生来保护你。"

我加入白人势力运动之后几年，那时我正在康涅狄格州领导一支北美敢死队，我妈妈停止了呼吸。我赶回家去处理房产，还要出售我外公的房子。我在整理妈妈遗物的过程中，翻到了我哥哥那次庭审的记录。我不知道她为什么能有这些东西，可能是通过自己的手段弄到的吧。我在客厅的木地板上席地而坐，身边堆满了或将被卖掉、或将被扔掉的文件。我拿起这份文件，开始一页一页读起来。

虽然庭审时我从头到尾都在场，但上面的很多证词我之前都没有见过。我都不知道是因为当时我年纪太小记不住，还是我主动把它们从脑海中抹去了。但是这些证据都是关于道路的中间分割线，以及毒品检查结果。不过这些证据不是关于被告人的，是关于我哥哥的。是坦纳的车冲进了对向行驶的车流，因为他当时嗑了药，正处于恍惚状态。有一张图表展现了车胎的状况，这个证据展现了那个所谓的过失杀人犯，其实已经尽自己最大的努力，避免撞上这辆突然冲进自己车道的汽车。这也就是为什么陪审团不能单纯地说这件事是由于被告人的过失造成的。

我呆呆地在地上坐了很久。这份证词就摆在我的大腿上。我又把它拿起来，一遍、一遍地读了起来。

但我是这么看待这件事的：如果那个黑家伙当天晚上没有开车，我哥哥也不会死。

○ 鲁斯 ○

在这 20 多年的工作经历中，我被病人解雇过一次，不过总共只持续了两个小时。她在生产时无法承受剧痛，大吼着“血腥的刽子手”，然后朝我的头扔了一个花瓶。但是等到我把药给她带过去时，她又重新雇用了我。

玛丽叫我出去时，我在走廊里定定地站了一会儿，摇着头。我走到护士站时，坐在那里看着图表的科琳娜抬起头来问我：“发生什么事了?”

我面无表情地说：“我只不过是被一个孩子的父亲彻底击败了。”

科琳娜缩了缩身子：“他比做了输精管切除手术的那个家伙还糟糕?”

我负责过一名产妇，她的丈夫两天前刚刚做了输精管切除手术。每次我的病人抱怨自己疼，他也会跟着抱怨。有一次，他居然把我叫到卫生间里，脱下裤子给我展示他发炎的阴囊。他的妻子在门外喊道：“我跟他说他可以叫医生看一下。”

但特克·鲍尔既不愚蠢，也不自私。根据他炫耀手臂上联邦旗文身的样子，我猜他肯定不太喜欢有色人种。我说：“比那个家伙还糟糕。”

科琳娜耸了耸肩：“好吧，玛丽很擅长和别人沟通以及解决问题。不管是什么问题，我敢肯定她都能解决。”

我内心暗想，除非她能把我变成一个白人。“我打算花 5 分钟去一趟咖啡厅。给我打个掩护吧？”

科琳娜说：“除非你给我带扭扭糖回来。”

走进咖啡厅之后，我在吧台前站了几分钟，思考着特克·鲍尔胳膊上的文身。我和白人的交往素来没有什么问题。我住在白人社区，我有白人朋友，我把儿子送到以白人为主的学校。我用将心比心的方式对待他们，我们交往的基础是建立在人类感情本身之上，而与我们的肤色无关。

而且那些和我共事、和我共进午餐、教我儿子知识的白人对我们都没有明显的歧视。

我帮科琳娜拿了一包扭扭糖，又给自己点了一杯咖啡。我端着咖啡走到摆调味品的柜台，那里摆放着牛奶、普通糖和代糖。柜台前站着一位上了年纪的女士，在那里折腾着奶油罐。她的钱包本来放在柜台上，但随着我走近，她连忙拿起手提包，把钱包扔了进去，然后把包挎在肩膀上。

我关切地说：“那个罐子就是很难开。我能帮上什么忙吗？”

我把奶油罐打开递给她的时候，她对我表示感谢，并报以微笑。

我很肯定她自己甚至都没有意识到刚才我走近的时候，她下意识地把钱包收起来了。

但是我意识到了。

我告诉自己，忘掉这件事吧，鲁斯。我不是一个只能看到别人身上阴暗面的人，但是我的姐姐阿蒂萨是这种人。我上了电梯，回到了护士站所在的楼层。我走过去把扭扭糖扔给了科琳娜，然后走向了布列塔妮·鲍尔的病房。她和小德维斯的表格都挂在病房门外。我取下德维斯的那一份，想确认一下儿科医生已经被通知到新生儿的心跳有杂音这件事了。但是当我打开文件夹的时候，发现文件上有一张刚粘上去的粉色便笺纸。

不能派非裔美国人照顾这个病人。

一股热浪“腾”地蹿上了脸颊。玛丽现在不在监管护士的座位上，我开始沿病房一间一间寻找她的身影。最后我在儿童室找到了她，她正在和一个儿科医生讲话。我的脸上堆上笑容，我叫她："玛丽，能和我谈一下吗？就几分钟。"

她跟着我走回了护士站，但是我真的不想在众目睽睽之下和她谈这些。所以我转身进了一间休息室。我开口就说："你是在开玩笑吗？"

她也没有装傻充愣，她说："鲁斯，这没什么大不了的。你想想，那些有宗教信仰的家庭在选择陪护人员时，也会提出各种各样的要求。"

"但是这种事怎么能和宗教信仰同日而语呢？"

"只是走个形式。这个婴儿的父亲是个鲁莽的人，只有通过温和的方式让他冷静下来，避免他做出什么过激行为。"

"这还不算过激？"

玛丽说："你想想看，怎么说我也是在帮你呀？这样你也不用再和这个家伙打交道了。说句心里话，鲁斯，这件事又不是针对你个人的。"

我不客气地说："哦，是吗？那除了我，这家妇产医院里还有几名非裔美国人呢？"

我们都知道这个问题的答案，是一个大大的零。

我直接看向她的眼睛："你不是不希望我碰那个婴儿吗？行，就这样吧。"

我推开门冲了出去，门在我身后重重地撞上了。

曾经有一次，我照顾的新生儿和宗教因素有非常紧密的联系。有一对穆斯林夫妇来医院生产，新生儿的父亲向我们解释，他必须是第一个对新生儿说话的人。他说完之后，我说我会尽自己最大的努力来尊重他的要求，但是如果在生产过程中出现什么情况，我的第一要务是要保证婴儿的安全，而这时就需要沟通，也就是在那种情况下基本不可能保证在产房里面保持安静和沉默。

我留下那对夫妻两个人私下进行沟通，最后孩子的父亲把我叫回去。他对我说：“如果真的发生什么复杂的情况，我希望真主可以理解。”

最后他的妻子的生产过程简直和教科书一样标准。就在新生儿即将出世之前，我向儿科医生提醒了病人的请求，于是医生不再像平时一样喊“头出来啦”“现在是右肩膀”“左肩膀”，就像橄榄球比赛的详细解说那种。产房里唯一的声音就是新生儿的啼哭。我接过新生儿，他像鲇鱼一样丝滑，然后把他放进他父亲手上拿的毯子里。这个男人弯下腰，用脸抵住他儿子小小的脑袋，用阿拉伯语和他说了什么。说完后他把婴儿交到了妻子怀中，这时产房里才重新充斥了各种声音。

当天晚些时候，我走进病房检查母子的状况，发现他们俩都睡着了。这位父亲站在摇篮边上，呆呆地看着自己的孩子，仿佛还不太明白这一切是怎么发生的。我经常在新生儿的父亲脸上看到这种神情。对他们来说怀孕的整个过程直到孩子出生那一刻才变得真实起来。当母亲的则有 9 个月时间慢慢让孩子成为自己未来生命的一部分，而对于一个父亲来说，事情发生得太突然了，就像一场风暴袭来，并永远地改变了地貌。我开口说：“你的儿子真漂亮啊。”他吞了吞口水。我发现世界上有一些感情是永远无法用语言去精确描述的。我有点犹豫，但最后还是问出了孩子降生之后一直盘旋在我脑海中的问题：“希望这个问题没有冒犯到您，您当时究竟对儿子说了什么？”

这位父亲向我解释：“我念的是宣礼词。安拉至大，我证明安拉以外再无神灵。我证明穆罕默德是安拉的使者。”他抬起头微笑地看着我说：“在伊斯兰教中，我们总是希望祷告词是孩子来到世界上听到的第一个声音。”

每个新生儿都是一个奇迹，所以这种做法真是再合适不过了。

这位穆斯林父亲的请求和特克·鲍尔的要求简直是云泥之别。

因为这是爱和恨的区别。

当天下午我忙得无暇顾及给科琳娜讲她从我这里接手的新病人。直到下班后披上外套往电梯走时，我们才重新见面。科琳娜问我："到底发生了什么事？"

我告诉她："玛丽让我不要插手他的事了。就因为我是个黑人。"

科琳娜听罢皱了皱鼻子："这听起来可不像是玛丽干的事情。"

我转身面向她，这时我的两只手还停在衣领上："那你觉得是我在说谎了？"

科琳娜伸手抚上我的胳膊："当然不是啦。我敢肯定还有其他的原因从中作祟。"

我的确不应该把自己的挫败感发泄在科琳娜身上，毕竟现在这个难办的家庭已经交到她的手里了。而且实际上惹我生气的人是玛丽，我也不应该向科琳娜发火。每次不论发生什么事，科琳娜都站在我这一边，而不是站在我的对立面。但我觉得这件事就算我喊破喉咙，她也不能完全理解我的感受。

也许我真应该跟他们去吵个面红耳赤。也许这样鲍尔夫妇就可以接受我了。

我说："管他呢。反正那个新生儿也与我无关。"

科琳娜歪着头问我："回家之前你想不想跟我去喝一杯？"

我试着让肩膀放松："我可能去不了。埃迪森还在等着我呢。"

电梯发出"叮"的声音，电梯门打开了。因为已经到了换岗的时间，现在里面挤满了人。里面的每一张脸都是苍白的。

要是搁在平日，我根本不会把这当回事。但突然之间，我的眼中就只能看到肤色了。

我已经厌倦了当妇产医院里唯一的黑人护士。

我已经厌倦了假装我并不在意这件事。

我已经厌倦了。

我转头对科琳娜说："我觉得我还是想走楼梯下去。"

我都长到5岁了，但还是没有学会连读。其实我母亲每天工作回来之后都非常认真地教我，所以我从三岁就会读书了。但如果我遇到“树”这个词，我会读成“户”。连我自己的姓氏“布鲁克斯”，都会被我读成“卢克斯”。于是母亲去书店买了一本教发音连读的书，持续教了我一整年。之后她领我去参加一个测试天赋的项目。最后她没有让我们去我们所在的哈林区上学，而是每天早上带着我和姐姐坐一个半小时的公交车去上东区的一所公立学校上学。那所学校里绝大部分都是犹太学生。妈妈会把我送到教室门口，自己再坐地铁去哈洛韦尔家工作。

我的姐姐雷切尔是个和我完全不同的学生，不过坐这么长时间的公交车，我们俩倒是一样的累。等到了二年级，我们又转回了在哈林区的原来那所学校。之后的一年时间，我原本显露出天赋的方面都开始变得很迟钝，妈妈为此感到很绝望。她和哈洛韦尔家沟通过这件事之后，麦娜太太给我争取到了一个去参加道尔顿学校[①]面试的机会。这是他女儿克里斯蒂娜上的私立学校，而且这所学校也希望可以增加学生的多样性。我获得了全额奖学金，一直在班里名列前茅，每次大赛都会获奖。我像发疯一样学习，以期回报妈妈对我的信任。雷切尔和我们小区里的孩子交朋友时，她的朋友我却一个都不认识。其实我并不适合道尔顿学校，但是我更不适合哈林区。所以到最后我变成了一个特优生，但却是一个不会连读的特优生。

邀请我去家里做客的朋友屈指可数。有的女孩会说诸如“你说话可一点儿都不像黑人”或者“我并没有那么看待你啊”之类的话。当然，没有一个女孩会到哈林区，来我家里拜访我。每到这个时候，她们总是会正好要上舞蹈课、家里有事，或者有太多功课没有做。有的时候我会幻想她们那如丝一般的金色秀发飘过我所住的街道拐角处。这感觉就像是幻想一只北极熊出

---

① 道尔顿学校：位于美国纽约的曼哈顿，不仅是全美国当前最负盛名的学校之一，也是一所颇具国际影响的学校。——译者注

现在热带地区。而且我也尽力阻止自己去想，她们是怎么看待我出现在道尔顿学校的。

当我被康奈尔大学录取的时候，我们班的大部分人却没能被录取。很多流言蜚语传到了我的耳朵里。就因为她是个黑人。她们根本不在乎我的平均绩点达到了3.87[①]，或者是我的学术能力评估测试[②]考了高分。不过这些已经不重要了，因为我根本读不起康奈尔大学。我最终选择了给我全额奖学金的纽约州立大学普拉茨堡分校。我的妈妈说："宝贝，对于一个黑人女孩来说，实现自己的梦想可并不轻松。你必须用行动告诉她们，你不是一个黑人女孩。你是鲁斯·布鲁克斯。"她会紧紧地攥着我的手说："生命会将好的东西馈赠给你，这并不是因为你向上帝祈祷，也不是因为你的肤色，而是因为你是个值得拥有好东西的人。"

我内心非常清楚，如果不是我妈妈拼命工作，让我得以在中途改为接受更好的教育，我也没有机会成为一名护士。我也知道，从很久以前我便决定在和自己孩子的相处过程中规避一些我既有的问题。所以当埃迪森两岁那年，我和丈夫决定搬去一个有更好学校的白人小区，虽然这意味着我们是小区里极少数的有色人种家庭之一。我们从原先位于纽黑文铁道旁的公寓搬走，有好几次在房地产经纪人发现了我们肤色的秘密之后，我们看中的房子就从列表中"消失了"，几经辗转我们最终在纽约东区一个富庶的小区找到了一个小小的落脚之处。我给埃迪森在当地办理了学前班手续，这样他就能和其他孩子一起按时上学了。他从一开始就是这个群体的一分子，所以他们不会把他视作一个异类。如果他想带朋友来家里过夜，没有家长会因为我们住的地方太危险而不让小孩过来。毕竟我们都住在同一个社区里。

这个方法果真奏效了。天知道是怎么奏效的。刚开始我不停地为他四处

---

① 平均绩点（GPA）的满分为4.0分。——译者注

② 学术能力评估测试：其成绩是世界各国高中生申请美国大学入学资格及奖学金的重要参考，它和美国大学入学考试都被称为美国高考。——译者注

奔走，我要确保他的老师既意识到了他的天赋，又意识到了他的肤色。结果是埃迪森一直是班里的前三名。他获得了全美优秀学生奖，他的成绩足以读大学，并可以自由选择任何一条他喜欢的路。

我从来没有间断过关注这个问题。

当我下班回家后，埃迪森正趴在厨房桌子上写作业。我叫他："嘿，宝贝。"然后俯身下去亲吻他的额头。只有当他像这样坐着时，我才能够着他的额头。我依然记得发现他已经比我高的那个瞬间的心情；我要抱他时已经不用再垂下双臂了，反而要举起双臂；我还意识到本来一直需要我帮助的那个人，现在反过来可以帮助我了。

他都没有抬眼看我，直接问："今天工作怎么样？"

我在脸上挤出一丝笑容："也就那样，还能有什么变化。"

我转身脱掉大衣，把埃迪森丢在沙发靠背上的夹克衫捡起来，然后把两件衣服一起挂进衣橱里。"我可不负责给你洗衣服……"

埃迪森突然爆发了："那你就别动那件衣服！为什么每件事都是我的错？"他"腾"地从桌子边站起来，差点把椅子撞倒。桌上还摆着他的电脑和摊开的笔记本，而他本人已经大步迈出了厨房。我听到他重重地撞上了卧室的门。

这才不是我的儿子。我的儿子是在拉斯卡太太还没开口让他帮忙之前，就会主动帮她把买的东西抱上楼的男孩。我的儿子是经常为女士扶着门的男孩，是经常把"请"和"谢谢"挂在嘴边的男孩。他的床头柜里仍然一张不落地收藏着我写给他的每一张生日贺卡。

有的时候新手妈妈会抱着瑟瑟发抖的婴儿来问我，她怎么能知道孩子究竟需要什么。从很多方面来说，养一个青春期的孩子和养一个新生儿没什么两样。你要学会理解他们的反应，因为他们无法用准确的语言描述究竟是什么伤害到了他们。

所以虽然现在我最希望做的是走进埃迪森的房间，像他小时候觉得受到伤害时那样，把他紧紧抱在怀里，然后前后摇晃，但现在我还是选择深吸了一口气，转身走进了厨房。埃迪森给我留了晚饭，盘子上面还盖着锡纸。他只会做三道菜：芝士通心粉、煎鸡蛋和牛肉酱面包。一周剩下的日子里他就加热一下我在休息日做的砂锅。今天晚上他做的是玉米卷饼派，但是埃迪森还炒了些豆子。因为几年前我曾经告诉过他，餐盘里有不止一种颜色时才能称之为一餐饭。

我给自己倒了些葡萄酒，这是去年圣诞节玛丽送给我的。此酒口感微酸，但我还是强迫自己小口喝下去，渐渐地我能感觉到肩膀放松了下来。我闭上眼睛，已经想不起特克·鲍尔的样子了。

10 分钟之后我站在埃迪森的卧室门口，轻轻地敲了敲他的房门。他 13 岁就开始单独使用这个房间了，我则睡在客厅的沙发床上。我拧开门把推门进去，发现他正枕着双臂躺在床上。他的 T 恤衫皱了起来，露出肚皮。他使劲扬着下巴，这个样子和他父亲几乎一模一样。我仿佛一瞬间就被拽回到过去。

我在床垫上倚着他坐下，问他："咱们是开诚布公地谈谈，还是就假装什么也没有发生?"

埃迪森撇着嘴问我："这么说我还是有的选?"

"没有。"我边说嘴角边浮上微笑，"跟你的微积分考试有关吗?"

他皱起了眉头："微积分考试? 那算不得什么大事，我得了 96 分。主要是今天我和布赖斯起冲突了。"

从五年级开始，布赖斯就是埃迪森最亲密的朋友了。他的母亲是家事法庭[①]的法官，父亲是耶鲁大学教授。他们的客厅里摆着一个博物馆里展示用的那种玻璃箱，里面摆放着一尊希腊骨灰瓮。假期的时候他们曾经带着埃迪

① 家事法庭是指一种独立的法庭，或者是州初审法院的一个独立部门，一般来说，家事法庭审理的案件仅限于离婚、子女监护与抚养、领养，以及其他与家庭关系相关的事项，如家庭暴力案件中禁止令的下达。——译者注

森去过格施塔德[1]和圣托里尼岛[2]。

我非常高兴能有一段时间卸下照顾埃迪森的重负，这段时间就让别人烦恼去吧。我的这种个性也导致我对今天发生在医院里的事深感沮丧：我是一个解决问题的人，总是提出解决问题的方案。我从来不会尝试制造问题，也从来没有出过什么问题。

我拍着埃迪森的肩膀对他说："我相信这件事总会过去的，你们俩就像亲兄弟一样。"

他翻过身背对着我，把枕头挡在脸上。

我边拽枕头边叫他："喂，喂。"突然我发现枕头上有一道泪痕，然后又看到他脸上从眼角滑落的泪水。我低声问他："宝贝，出什么事了？"

"因为我告诉他我打算叫上惠特尼参加返校节[3]。"

我重复着这个名字："惠特尼……"在想她是埃迪森那么多朋友里的哪一个。

他说："是布赖斯的妹妹。"

我的脑海中突然闪过一个长着酒糟鼻、把金发编成辫子的女孩形象。几年前活动结束后我去接埃迪森时见过她。我问："是那个戴着牙套的胖胖的女孩吗？"

"是她，不过她现在不再戴牙套了，而且她现在一点儿也不胖。她……"说到这里，埃迪森的眼神变得温柔，我开始猜想浮现在我儿子眼前的画面。

我快速地说："不用说了，我明白了。"

"怎么说呢，她非常棒。她现在上高中二年级。虽然我从小就认识她了，

---

① 格施塔德：瑞士滑雪圣地。——译者注

② 圣托里尼岛：希腊岛屿，旅游胜地。——译者注

③ 返校节：美国各个高中、大学以及其他高等院校的一个重要的传统，是一年一度往届毕业生回母校感受母校的发展与变化、追忆学校生活的日子。一般都选在9月底或10月初。学校通常会举行很多庆祝活动，例如：体育比赛、彩车游行和文化类的活动，最后，还会选出一个"返校节女王"或者是"国王"作为活动的形象代言人。——译者注

但是最近我才开始不再把她当作布赖斯的小妹妹看待了。我规划了整个流程，每节课结束后我都会有一个哥们儿在她的教室外等她，手里举着一个笔记本。第一个本子上会写着‘你的’，第二个写着‘返校节’，然后依次是‘舞伴’‘可不可以’‘是’；等到放学的时候，就会是我举着写着‘我’的那个本子站在她面前。这样她就知道是谁策划的这件事了。”

我突然打断他：“所以现在是这么回事吗？你没有直接去问一个女孩愿不愿意和你一起去返校节舞会……而是策划了一场堪比百老汇演出的活动来问她？”

“什么呀，妈，这不是重点。重点是我问了布赖斯愿不愿意做帮我举‘返校节’这个词的人，结果他勃然大怒。”

我吸了一口气，字斟句酌地说：“毕竟有时对于一个男孩来说，很难接受自己的妹妹要成为别人女朋友这件事。这和追求自己妹妹的人与自己多么亲密并没有多少关系。”

埃迪森转了转眼睛说：“我想说的不是这个。”

“布赖斯可能得花一点时间才能接受这件事。也可能他也没想到你竟然对他妹妹，嗯，有那种感情。因为在他眼里你们就和一家人一样。”

“但问题就是……我和他不是一家人。”说到这里我儿子坐了起来，他的大长腿从床边垂了下来。“布赖斯笑了，他说‘哥们儿，咱们两个出去玩是一回事，但是你和惠特尼？还不他妈的把我的父母吓死’。”说到这里他避开了我的目光：“不好意思说得这么粗鲁。”

我鼓励他：“没问题，宝贝，接着说。”

“我问他为什么。因为我完全不能理解。毕竟之前我还和他全家一起去希腊玩了。他说，‘我不是想冒犯你，但是我父母绝对不能接受我妹妹和一个黑人男孩约会’。对他们来说，在休假的时候请黑人朋友来一起玩是可以的，但是那个朋友和自己的女儿扯上关系是不可以的。”

这么多年我一直努力不让埃迪森触到这条底线。但是正因为之前我一直避免他接触这件事，所以当这种事真的发生的时候（当然是迟早会发生的），对他造成的伤害反而更深，因为他之前完全没有心理准备。

我牵起儿子的手，紧紧攥住："早在你和惠特尼之前，已经有很多对情侣需要跨越巨大的障碍才能在一起。罗密欧和朱丽叶、安娜·卡列尼娜和渥伦斯基、玛利亚和东尼、杰克和罗丝。"

埃迪森用一副惊恐的表情看着我："你有没有意识到你给我举的每一个例子里，都至少有一方最后死掉了？"

"我想说的不是这个，如果惠特尼发现你有多么特别，她自然就会想和你在一起了。如果她没有发现，那她就不值得你追求。"

我用双臂环抱着他的肩膀，埃迪森靠入我的怀中："但是这样丝毫不能减轻我的痛苦。"

我脱口而出："语言的确无法减轻你的痛苦。"

之前有过很多次，我像现在这般期冀着卫斯理要是还活着该多好。我多么希望他没有踏上第二次去伊拉克服役的征途，我多么希望他在开车执行护送任务的时候地下的炸弹没有爆炸，我多么希望他不仅仅见过小时候的埃迪森，还能一路见证他成长为少年、青年。我多么希望他现在就在这里，可以亲口告诉儿子，虽然这是第一次有一个女孩能让你热血沸腾，但你在今后的人生里还要经历更多的第一次。

有的时候，我真的希望他在这里。

我静静地想着，你要是能看到我们爱情的结晶就好了。他集合了我们两个人所有的优点。

沉默半晌之后我突然发问："汤米怎么样了？"

埃迪森皱起了眉头："你是说汤米·菲普斯吗？他去年因为在学校后面吸海洛因被开除了。现在在少年犯拘留所。"

"你还记不记得在托儿所里，那个小流氓说你长得像烧焦的面包？"

他的脸上渐渐绽放了一个微笑："我还记得。"

这是第一次在他的班里有小朋友提到埃迪森和他们都不一样，而且他的表达方式非常不合适。烧焦的、焦黑的、坏掉的。

或许埃迪森在此之前就有所察觉了，当然也可能没有意识到。但那是第一次我和儿子讨论肤色的问题。

“你还记得当时我和你说了什么吗？”

“我的皮肤是棕色的，是因为我比学校里其他同学的黑色素都要多。”

“没错。而且每个人都知道，拥有一样东西的时候总是多比少好。黑色素可以缓解阳光对你的皮肤造成的侵害，还能让你的视力变得更好，而汤米·菲普斯永远都不会拥有这些。所以其实你才是幸运的那个。”

慢慢地，埃迪森的笑容就像灼热的人行道上的水，蒸发得无影无踪。他说：“但我现在不觉得那么幸运了。”

当我和姐姐还是小女孩的时候，我们两个看起来截然不同。雷切尔的肤色和妈妈一样，像是现磨咖啡的颜色。而我虽然也是从同一个咖啡壶里倒出来的，但是因为加入了太多牛奶，你可能都尝不出来是哪种咖啡了。

而其实我的肤色更浅这件事给我带来的优势连我自己都没有意识到，但这种差异让雷切尔感到难以承受。银行的出纳员会给我棒棒糖吃，然后似乎经过一番思索，才给了我姐姐一根；老师会叫我“布鲁克斯家的小可爱”或是“布鲁克斯家的小聪明”；而在课堂展示中，我会被挪到前面几排，雷切尔则只能淹没在后排。

雷切尔告诉我，我的亲生父亲是个白人，我其实根本不是家庭的一员。之后的某一天，我和雷切尔突然大吵了起来，我脱口而出要搬去和自己的亲生父亲一起生活。那天晚上妈妈在我身旁坐下，给我展示我亲生父亲的照片，也是雷切尔的父亲，他有着和我一样的浅棕色皮肤，怀里抱着新生的我。从照片上的日期过了整整一年之后，他撇下我们母女三人撒手人寰了。

虽然我和雷切尔是姐妹，但是我们的成长过程迥然不同。我是个小矮个儿，而她有着像女王一样的修长身材。我是个热情十足的学生，而她天生就比我脑子灵光，但她痛恨学校。在她 20 多岁的时候，她说要尊重她“文化的根源”，于是更名为阿蒂萨，而且坚持让头发保持在那种自然的卷曲状态。虽然有很多我们文化的名字来源于斯瓦希里语，但她挑选的名字“阿蒂萨”则源自约鲁巴语[①]，从这个名字可以看出源自西非的痕迹，她说：“我们的祖先就是从那里被抓到这片土地上做奴隶的。”她所做的这一切让她的身份非常清晰。能看出来吧，她甚至都能通过名字展现自己比我们懂得多。

阿蒂萨现在住在纽黑文一处靠近铁轨的社区，那里的住户光天化日之下就敢贩卖毒品，有时整夜都有年轻男子相互射击；她有 5 个孩子，她和孩子的父亲都领着最微薄的薪水，只能勉强维持生计。我深爱我的姐姐，但是我完全不能理解她的选择，正如反过来她也不能理解我的选择。

我也曾感到疑惑：我梦想当一名护士，梦想追求更多，希望尽可能给埃迪森提供更多机会，是否因为在我们还是黑人小姐妹的时候，我在起跑线上就已经比她领先了呢。我也很疑惑：雷切尔把名字改为阿蒂萨是否正是因为她内心渴望着通过这个机会，为自己赢得赶超的可能。

每周五是我的休息日，我和阿蒂萨相约去美甲店。我们并排坐下，把手指放在紫外线烘干机下烘烤。阿蒂萨看着我挑选的鲜彩系列指甲油，摇了摇头：“我真不敢相信你挑了个叫‘欢乐果汁吧’的亮甲油。这可能是最‘白’的颜色了。”

我纠正她：“这是橙色的。”

“鲁斯，我说的是名字，名字。你在果汁吧里见过黑人兄弟姐妹吗？没有。因为没有人会走到酒吧里去喝果汁。就像没有人会点一杯龙舌兰酒，然后用鸭嘴杯装着喝。”

---

① 约鲁巴语：非洲西部地区的代表性语言。——译者注

我转了转眼球："你是认真的吗？我刚才和你讨论的是一个新生儿的父母拒绝让我继续服务他们，结果你想和我聊的就是我要往指甲上涂什么？"

阿蒂萨说："妹妹，我说的是你选择过'什么颜色'的人生。发生在你身上的事情每天又何尝不会发生在我们身上。每时每刻都在上演。你只是太习惯按照他们的法则生存了，你都忘了自己的肤色是不一样的。"她讪笑起来，"不过嘛，你的肤色虽然更浅一点，但终究还是黑皮肤呀。"

"你到底想说什么？"

她耸了耸肩："上一次你告诉别人妈妈还在当仆人是什么时候的事情了？"

"她现在几乎不工作了。你也知道的。她现在基本上算是麦娜太太善心资助的对象。"

"你没有回答我的问题。"

我面露不悦之色："我不记得最后一次提到是什么时候了。这就是你最想和我聊的事情吗？而且，我的肤色是什么颜色又怎么样呢？我的工作做得出色。我根本不需要考虑这件事。"

"我还觉得自己根本不该住在教堂南街呢，但是除了我以外总要有更多人加入，去逐渐改变过去200年既定的历史。"

我姐姐总是喜欢扮演受害者的角色。此前我们也就这个问题有过很多次白热化的交锋。我一直认为，如果你不想被人们按照刻板印象看待，那你自己首先就不要按照他们的刻板印象来做事。但对我姐姐来说，这就是屈服于白人的游戏规则了，这样她会变成白人希望她变成的样子，而不是倔强地坚持做她自己。每当阿蒂萨提起"同化"这个词的时候，她语气中的狠毒劲是包括我在内的任何人都想象不到的。

我姐姐还喜欢把我遇到的问题，变为她发泄的机会。

接下来从我姐姐口中说出的话更让我惊讶不已："医院发生的事情根本不是你的问题。"之后我才明白她是指这件事发生在我身上，是因为我一直假装是白人的一员，而在这个过程中我忘记了自己本来的样子。“鲁斯，这是他们的天下。我们只是生活在其中。这就像你长大后搬到了日本，你可以选择忽视当地传统、永远不学他们的语言，但是如果你主动去学习接受的话，日子会更好过一些，不是吗？你就是这么个情况。每次当你打开电视或收音机，你看到和听到的都是白人去上高中、大学、吃晚餐、订婚、喝着他们的黑皮诺酒。你学习了他们的生活方式，你相当熟练地使用着他们的语言，这样足以融入他们。但你认识的白人里，又会有几个人跑去看泰勒·派瑞[①]的电影，以便学习怎样在黑人圈子里生活呢？”

“这根本不是重点……”

“不，重点是你如果喜欢当然可以入乡随俗，但是这并不意味着皇帝就会允许你进入他的宫殿。”

我争辩道：“阿蒂萨，白人并没有统治这个世界。这世上有很多成功的人都是有色人种。”我随口说出了最先进入我脑海的三个名字：“科林·鲍威尔[②]、柯瑞·布克[③]、碧昂丝[④]……”

阿蒂萨反击道：“但他们之中有谁的肤色和我一样深吗？你知道他们常说：你肤色越深，埋藏得越深。”

我又说了一个名字：“那克拉伦斯·托马斯呢[⑤]？他的肤色可比你的要深，而现在他在最高法院任职。”

我姐姐笑了起来：“鲁斯，他那么保守，可能身体里流淌的是白人的血液。”

这时我的电话铃响了，为了避免蹭到指甲，我小心翼翼地把它从钱包里

---

① 泰勒·派瑞：美国男演员、导演、编剧、剧作家、作家和福音音乐作曲家。由于该演员是黑人，故阿蒂萨以此人举例。——译者注

② 科林·鲍威尔：第65任美国国务卿，美国历史上官位第二高的非裔美国人，仅次于美国第44任总统巴拉克·奥巴马。——译者注

③ 柯瑞·布克：美国民主党政治人物，自2013年成为新泽西州联邦参议院议员。——译者注

④ 碧昂丝：美国格莱美奖获奖歌手、作词人、金球奖提名女演员、舞蹈家、时装设计师。——译者注

⑤ 克拉伦斯·托马斯：美国法学家。自1991年以来担任美国最高法院大法官，他是美国最高法院继瑟古德·马歇尔后第二位非裔美国人大法官，他属于美国最高法院大法官的保守派。——译者注

掏出来。

阿蒂萨立刻问我："是埃迪森吗?"不管我们两个之间有多少分歧，但不可否认的是她像我一样深爱着我的儿子。

"不是，是我的同事露西尔。"刚才一看到来电显示上是她的名字，我的嘴唇就开始发干。德维斯·鲍尔就是她负责接生的。不过她打电话找我的原因和那个家庭毫无关系。露西尔的胃病犯了，她需要找个人帮她值今天的夜班，所以希望能跟我换岗。这样周六我就不用值一整天班，11 点就可以下班了。但是听她说的时候我就在想，周六下班之后我还能做些什么。今年埃迪森需要一件新的冬天的大衣，这个夏天他的个子至少蹿了 10 厘米。逛完街之后我可以请他吃顿午饭，说不定还正好能赶上一部电影一起看看。最近我受的打击太多了，因为我突然意识到等到儿子被大学录取的时候，我就要开始面对一个人的生活了。我告诉阿蒂萨："他们希望我今天晚上去工作。"

"他们是谁？纳粹党吗?"

"不是，另一个护士生病了。"

阿蒂萨纠正我："是另一个'白人'护士。"

我没有搭理她。

阿蒂萨向后靠上了椅子靠背："我觉得他们就不应该找你帮忙。"

我本来是要为露西尔辩驳几句，毕竟她和玛丽做出的决定毫无关系，又不是她把那张便笺纸贴在新生儿的文件夹里的。结果这时美甲师走过来，打断了我们的谈话。她过来看我们的指甲油是不是已经干了。她说："好了，已经完成了。"

阿蒂萨甩着手指，上面涂了难以置信的鲜亮的粉色。她压低声音问我："为什么我们总是来这家店呢？我特别讨厌这家沙龙。这里的美甲师说话时根本不看我的眼睛，而且不会直接把找零放在我的手心里。就像是害怕我会把黑皮肤的颜色蹭到他们身上一样。"

我指出："他们是韩国人。也许在他们的文化里，这两种行为都是不礼貌的？"

阿蒂萨扬了扬眉毛说："好吧，鲁斯。你就不停地麻痹自己，和自己说这一切都和你无关吧。"

我刚来代班10分钟，就已经后悔答应换班这件事了。天气预报根本没有提到会下雨，但是窗外已经噼啪作响，气压计上的数值大幅降低。这些现象导致孕妇羊膜过早破裂，因此病房爆满，我们只能把无处安置的孕妇安排在楼道里。我像一只被砍掉了头的公鸡一样四处跑来跑去。这是一件好事，因为这样一来我就没有精力去想特克、布列塔妮和他们的孩子的事了。

如果我是第一个来值班的人，我总是会快速浏览一下每个人的表格。我告诉自己，我只是希望确保有一个白人护士，已经为那个孩子安排了儿科心脏专家的咨询。然后我看到心脏咨询的确已经排上日程，旁边还记录着科琳娜周五下午给新生儿做了脚跟取血，样本将被送去化验。这时有人叫我的名字，我就跑去照看一个马上要生产的孕妇了。她已经被推到急诊室，她的伴侣看起来一脸惊恐。他是那种自认为可以解决一切问题的男人，但是他突然发现，这件事并不在他的掌控范围之内。每一轮宫缩袭来的时候，这个孕妇都把身体缩得更紧。我对她自我介绍："我叫鲁斯。我会一直在这里陪着你。"

孕妇的名字是伊莱扎，她的丈夫乔治告诉医生，现在她每次宫缩的间隔差不多是4分钟。这是伊莱扎第一次怀孕。我把这位病人安排在现在唯一空着的产房里，取了一点尿样。然后我把监测器的线连到她身上，看了一下弥漫性毒性甲状腺肿的监测结果。我开始问她一些比较关键的问题：你的宫缩感有多强烈？你觉得宫缩是从哪里开始，从前部还是后部？你有没有排出什么液体？你有没有流血？宝宝的胎动怎么样？

我说："伊莱扎，如果你准备好了，我就要检查一下你的子宫颈口的状况了。"我边说边戴上手套，走到床尾，手放在她的膝盖上。

她脸上有个表情一闪而过，我不由得停下了手中的动作。

到了这个节骨眼，绝大部分产妇都希望不惜一切代价赶紧将宝宝生出来。诚然，产妇在生产过程中的确会感到恐惧，但是这和害怕被人触碰的那种恐惧完全不一样。而我从伊莱扎脸上看到的正是害怕被人触碰的恐惧。

无数问题涌到了我的唇边。伊莱扎在丈夫的帮助下在洗手间换完了衣服，所以我也没有机会检查她身上有没有遭受家庭暴力的证明，例如瘀青之类的痕迹。我瞥了一眼乔治，他看起来反应非常正常，因为马上要成为父亲而紧张得不知所措，并不像是一个有暴力倾向的人。

但是话又说回来，在特克·鲍尔卷起袖子之前，我觉得他看起来也很正常。

我摇了摇头，试图忘掉这一切。然后我本能地微笑起来，转向乔治说："可不可以麻烦你去一趟厨房，取一些碎冰片过来？待会儿会派上很大用场。"

其实这是护士的职责。但是乔治得到这个任务之后看起来如释重负。他前脚刚走出房间，我便转向伊莱扎，看着她的眼睛说："一切都还正常吧？有没有什么话，是刚才乔治在房间里时你不方便告诉我的？"

她摇了摇头，但是随后泪水夺眶而出。

我把手套扯了下来，子宫颈检查可以等一会儿再做。我拉起了她的手："伊莱扎，你要是有什么事，可以和我说啊。"

她开始啜泣起来："我怀孕是因为我被强奸了。乔治根本不知道发生了这种事。他是那么期待这个孩子的到来……我根本没法开口，告诉他这个孩子可能不是他的。"

午夜时分，伊莱扎轻声向我诉说着这个故事。这时她的宫口已经开到7厘米了，而乔治现在正在咖啡厅给她买零食。生产的过程就是一起承担某种痛苦，而正是这种痛苦使得联系更加紧密。所以虽然我对伊莱扎来说基本也只是个陌生人，但是她向我毫无保留地诉说内心的秘密，她就像一个从船上掉入大海的求生者，而我是她在这片海域唯一可以看到的陆地。这件事发生在她出差期间，庆祝他们终于要和一个重要但很难伺候的客户达成交易。这个客户邀请她和另外几个人共进晚餐，还给她带了酒。再之后伊莱扎能记起的就是第二天早上在酒店房间醒来，全身酸痛。

等她讲完最后一个字，我们两个人都静静坐着，让这些词句沉淀下来。伊莱扎的手紧紧攥着医院的亚麻床单，她说："我根本没法告诉乔治这件事。他可能会直接跑去找我的老板，但我的老板才不会为了在我身上发生的事情而丢掉这个订单。最好的结果也无非是给我一笔离职补偿金，来堵我的嘴。"

"那就没有人知道这件事情吗？"

伊莱扎说："现在你知道了。"她看着我问道，"如果我不爱这个孩子可怎么办？如果我每次看这个孩子的时候，就回忆起那天可怎么办？"

我说："你可以考虑去做一下亲子鉴定。"

"这么做有什么好处吗？"

我说："这样，你就知道答案了。"

她摇了摇头说："那再接下来又该怎么办？"

这是一个很好的问题，引起了我的深思。是掩藏这个丑陋的过去，假装这一切都没有发生过比较好呢，还是去面对这件事比较好呢？虽然这可能意味着这段经历一辈子都会压在你的心头。

当我正要表达自己的想法时，伊莱扎又感到一阵宫缩袭来。这个瞬间，我们又变回了同一个战壕里的战友，一起为迎接新生命而战斗。

伊莱扎花了三个小时才终于把女儿带到这个世界上。她哭了起来，很多刚当上妈妈的人都会哭，但我知道她是为了别的原因而落泪。妇产科医生把新生儿交给我，我低头看向小婴儿愤怒的蓝眼睛。重要的并不是她妈妈是怎么怀上她的，重要的是她一路坚持下来，终于来到了这个世界上。

我把婴儿放在伊莱扎怀中，说："伊莱扎。这是你的女儿。"

乔治从妻子的肩膀上伸过手来，抚摸婴儿颜色斑驳的大腿。伊莱扎至今都拒绝看向这个孩子。我把这个婴儿向上抱了抱，让她凑近伊莱扎的脸，然后用一种更加坚定的语气说："伊莱扎，这是你的女儿。"

这时她才终于把目光转向我手中的婴儿：一双和她丈夫从一个模子里刻出来的蓝眼睛。一模一样的鼻子，唇边还有和她丈夫一样的酒窝。这个孩子根本就是乔治的翻版。

压在伊莱扎肩膀上的重担瞬间消失得无影无踪。她用双臂紧紧将自己的女儿搂入怀中，抱得那么紧，已经丝毫不再怀疑这不是乔治的孩子了。她轻声说："你好啊，小宝贝。"

这个家庭会创造自己的生活。

我多希望对于我们其他人来说，问题都可以这么简单地解决。

第二天早上 9 点的时候，不知为什么似乎整个纽黑文的人都跑来医院生产了。我必须不停地喝咖啡，才能让不停奔波的自己撑住，来照顾三对产后的新生儿父母。在忙乱中我还要抽时间祈祷在我 11 点离开之前，别再增加新的即将分娩的产妇了。前一天晚上除了帮助伊莱扎生产，我还照顾了另外两名产妇：其中一个生产过三次、怀孕过三次，说实话她都可以独立把孩子生出来了，最后也差不多是这么个情况。另一个产妇怀孕四次，但这次是她第一次生产，她中途改为了紧急剖腹产。她的婴儿只有 27 周大，现在正在新生儿重症监护室。

7 点钟的时候，科琳娜来换班了。当时我正忙着负责照看那位剖腹产的产妇，所以直到早上 9 点我回到新生儿室，我们才有时间交接工作。她推着一辆婴儿车走进房间，问我："我听说你忙得团团转。怎么来新生儿室了？"

一般当妈妈因为折腾了一晚上需要补觉的时候，都会把新生儿安排在新生儿室。之后婴儿才会每天 24 小时都和妈妈待在同一个病房里。现在这个房间主要用来存放东西，以及给婴儿做微型包皮环割术等等父母不想亲眼看到的手术。我告诉科琳娜："我正在躲人呢。"我边说边从口袋里取出一根格兰诺拉麦片棒，三两口就吞到了肚子里。

她哈哈大笑了起来："今天到底发生什么了？我是不是错过了世界末日的启示之类的？"

"可不是嘛。"我说话的时候才第一次低头看她推进来的那个婴儿，一阵电流贯穿了我的脊柱。这是鲍尔家的小儿子，婴儿车上挂着他的牌子，我下意识地向后退了一步。

我问："这个婴儿现在怎么样了？他现在吃东西顺利一点了吗？"

科琳娜说："他的血糖已经升上来了，但行动还是有点迟缓。过去两个小时都没有给他喂奶，因为阿特金斯要给他做微型包皮环割术。"

似乎是科琳娜的话把儿科医生召唤来了。阿特金斯医生走进了新生儿室。她看向婴儿车说："来得正是时候。麻醉药有充足的时间生效，我也已经跟婴儿的父母谈过了。鲁斯，你有没有给这个孩子涂甜水？"

这种甜水是在水里加一点点糖，一般涂在婴儿的牙龈上用来安抚他们，还可以分散他们的注意力，减轻不适。如果我是负责他的护士，我肯定会在进行微型包皮环割术之前就给他涂甜水。

我语气僵硬地说："现在我不再负责照顾这个病人了。"

阿特金斯医生扬了扬眉毛，打开了病人的文件。我可以看到那张便笺纸。她念出了上面的内容。寂静的房间里充满了尴尬，仿佛一瞬间吸走了所有空气。

科琳娜清了清嗓子说："5 分钟前我给他涂过甜水了。"

阿特金斯医生说："太好了。那我们就开始吧。"

我静静地站了一会儿，看着科琳娜把婴儿的包裹解开，开始按流程进行准备工作。阿特金斯医生转向我，我能看到她眼中的同情，而这是我最不希望看到的东西。我不希望因为玛丽做出的愚蠢的决定，我就要被别人同情。

我更不希望因为我的肤色而遭到同情。

所以我试图活跃一下气氛："你们给他割包皮的时候，可以再顺便给他做个绝育。"

紧急剖腹产的可怕程度世间罕有。只要医生做出要紧急剖腹产的决定，气氛就开始高度紧张，对话都变得简明扼要：我已经进行静脉注射了；你能把床推过来吗？来个人把药箱拿过来，再把这件事记下来。还要告诉病人现在出了点问题，我们需要快速移走。你和护士长忙着把病人推到产房的同时，医院领导会通知到每一个现在不在楼里的团队成员。护士长把包装纸撕开，拽出里面消过毒的器具，打开麻醉设备。与此同时你负责把产妇扶到产床上，把她的腹部露出来，把围挡布帘拉好。医生和麻醉师冲进门来，切开腹部，取出婴儿。整个过程不到 20 分钟。而在耶鲁 – 纽黑文这种更大的医院，他们甚至能在 7 分钟内完成紧急剖腹产。

德维斯 · 鲍尔的微型包皮环割手术结束 20 分钟后，科琳娜负责的另一个病人羊水破裂了，缠绕着的脐带从她的两腿之间流了出来。科琳娜被从新生儿室紧急叫走去处理这件事。她边冲向那个产妇的病房边冲我喊："帮我盯着这个孩子！"没过多久我就看到玛丽走到这个病人的床头，拉着她向电梯走去。科琳娜跪在病人的双腿之间，她戴着手套的双手在阴影处忙活，试图把脐带塞回去。

帮我盯着这个孩子。她的意思是希望我来照看德维斯 · 鲍尔。按照规矩，在这个手术完成后应该对婴儿定时检查，防止他流血。而现在玛丽和科琳娜忙着照顾那个紧急剖腹产的病人，所以理论上已经没有人手来盯着这个婴儿了。

我走进了新生儿室，德维斯 · 鲍尔从早上手术之后一直在昏睡。

我劝慰自己，科琳娜回来之前我只需要看他 20 分钟，说不定在此之前玛丽就先回来解救我了呢。

我紧抱双臂，低头盯着他。新生儿不过是一张白纸，他们来到这个世界的时候并没有带着他们父母的观点，或是宗教的习俗，或是把人按照自己的好恶划分。准确地说，他们来到这个世界的时候什么想法都没有，可能唯一的想法就是希望被照顾。他们不加评判地吸收别人传达的内容。

我在想后天的教育在多长时间之内会腐蚀掉那种天生的纯净。

等到我再次低头向婴儿车里看去时，德维斯·鲍尔已经停止了呼吸。

我弯腰靠得更近了一些，才确认原来是我没有看清他胸部微小的起伏。但是从我这个角度看，他的肤色开始泛青了。

我立刻伸手，把听诊器贴在他的心脏上，拍打他的脚后跟，解开了包裹他的毯子。很多婴儿都会在睡觉过程中窒息，但如果把他们稍微挪动一下，把他们从平躺翻成趴着或者侧躺，他们就会自动恢复呼吸了。

我的手突然顿住了。那句话又出现在我的脑海里：不能派非裔美国人照顾这个病人。

我急忙回头向新生儿室的大门看去。以我现在的姿势，如果有人进来，他们也只能看到我的背影，而看不到我具体在做什么。

他们会认为我给他刺激实际是在救助他，我碰他是一种关爱的体现吗？

他们会不会因为这个举动而解雇我？

我是在为了区区小事斤斤计较吗？

如果这个婴儿恢复了呼吸，是不是就没事了？

这些想法在我脑海中激荡盘旋：这一定是呼吸骤停；因为新生儿从来不会出现心脏问题。一个婴儿停止呼吸的时间可能达到三到四分钟，但是心跳还能保持在100。这是因为正常的心跳是150……这说明就算血液无法抵达大脑，但仍然会流到身体的其他各个部分，只要能让婴儿吸氧，心跳很快就会恢复。因此一般都不会选择给婴儿进行胸部按压，而是直接给他们输氧。而对于成年病人，处理方式正好是相反的。

现在我试图把这些疑虑赶出脑海。我尝试了每一种在手边缺少药品和设备的情况下可以使用的方式。一般遇到这种情况，我会拿一个脉搏探测器，测量一下他的吸氧量和心跳速度。或者是拿一个吸氧面罩。再或者，叫人。

我究竟应该怎么做?

我究竟不应该做什么?

科琳娜和玛丽随时都可能走进新生儿室。她们会看到我介入了这个婴儿的事，这会导致什么结果?

我手忙脚乱地重新把婴儿用毯子包起来，汗水顺着我的后背流了下来。我盯着这个小小的婴儿，我的耳鼓因心跳过快而剧烈地震动着。我失败了。

我不知道是过去了3分钟，还是只有30秒。玛丽的声音突然从我背后响起:“鲁斯，你在做什么呢?”

我虚脱地说:“我什么都没有做。”

她越过我的肩膀看向婴儿，发现他的脸颊已经泛上青色。她立刻看向我的眼睛，给我下命令:“去拿我的急救包。”她边说边解开婴儿的毯子，拍了拍他的小脚，并帮他翻身。

和我刚才采取的对策一模一样。

玛丽把婴儿用面罩罩在德维斯的口鼻上，开始按压气囊，向他的肺里充气。她说:“你去拨……”

我根据她的指示拨打了1500。我对着广播说:“新生儿室出现紧急情况。”我想象着大家都抛下了手头的工作向这里赶来:麻醉师、重症监护护士、记录护士，以及从另一个楼层赶来的护士助理。还有儿科的阿特金斯医生，几分钟前她才离开这个婴儿身边。

玛丽对我说:“开始按压。”

这一次我没有犹豫。我用两个手指向下按压婴儿的胸部，每分钟按压200次。当急救车被推进新生儿室时，我伸出空着的那只手拽过导线，把电极贴到婴儿的身上，这样我们就可以通过心跳监控器看看我的按压是否奏效了。这间狭小的新生儿室里突然挤满了人。这个身长不到50厘米的小病人周围人头攒动。麻醉师对正在寻找头皮静脉的重症监护护士大叫道:“我试一下把管子从这里插进去。”

护士喊着："我没有肘部穿刺[1]的导管。"

麻醉师说："我来了。"然后他向后退了一步，让护士可以更靠近地操作。护士把针刺了进去，我又加重了按压的力度，希望这样至少能有一条静脉明显地突起。

麻醉师盯着显示屏，对我大声说："不要按了。"我抬起手，感觉就像在犯罪中途被人抓了个现行。

我们都看着屏幕，但是婴儿的心跳只有80。

麻醉师说："按压的作用还不明显。"所以我继续更加使劲地按起了胸腔。他的胸腔线条是那么漂亮。现在他的肚子上还没有长出肌肉，来保护那个小小肚皮里的各个器官。

如果我的手指太过向下，或者远离了中心部分，我甚至可能会把婴儿的肝脏按碎。

玛丽说："这个婴儿的脸色还没有恢复红润。氧气还在加吗？"

麻醉师说："谁能去拿一下血气仪？"他们两个人的声音交织回荡在婴儿的上空。

那个重症监护护士把手伸到婴儿的腹股沟测试脉搏，从婴儿大腿动脉上抽了一点血样，检查一下他有没有酸中毒。急救小分队的另一个人立刻拿着血样向实验室冲去。但是等到我们拿到检测结果时，已经没有任何意义了。因为等到那时，这个婴儿要么已经恢复了呼吸，要么永远地停止了呼吸。

"可恶，为什么现在还没拿到导管？"

重症监护护士说："你想试试？请便吧。"

麻醉师又命令道："停止按压。"我停了下来。此时显示屏上显示心跳为90。

---

① 肘部穿刺：对小孩来说，肘部是静脉穿刺的好选择，但需要一个夹板来固定导管。——译者注

“给我阿托品[①]。”有人给医生递过去一个注射器。他拔掉了针头上的盖子，挪开充气气囊，把液体注射到婴儿体内，让它流到肺里。然后他继续按压气囊，让氧气和阿托品进入婴儿的细支气管。

在这种生死攸关的时候要分秒必争，这个过程中的每一分每一秒都是那么难挨，到最后你都说不出来自己是正在经历这一刻，还是在想象中完成每个动作。你可以看到自己的手正在飞速忙碌，仿佛这双手根本不受你自己支配。你可以听到周围的声音渐渐增强，升级成骚乱，最后汇成一股震耳欲聋的刺耳音调。

重症监护护士提议：“要不我们给他的肚脐插管吧？”

玛丽否定了：“不行，他现在出生的时间太久了。”

情况很快急转直下。出于本能，我按压的力道更大了。

麻醉师说：“你按得太使劲了，轻一点儿。”

此时一声尖叫打断了我按压的节奏，布列塔妮·鲍尔走进了这个房间，然后开始哀号。她挣扎着想冲到婴儿身旁，负责记录的护士拉住了她。她的丈夫则错愕地站在原地，一动不动，盯着我在他儿子胸口按压的手指。

布列塔妮哭着喊道：“他怎么了？”

我不知道是谁让他们进来的，但是现在这个局面下根本没人有精力顾得上把他们挡在门外。从昨天晚上开始，妇产科就一直超负荷运转，而且人手不足。直到现在科琳娜还在产房里处理那个紧急剖腹产的产妇，而玛丽和我一起在这里抢救这个婴儿。鲍尔夫妇可能是听到了刚才的紧急广播，或是看到医护人员冲向新生儿室。而他们知道自己的孩子接受完微型包皮环割术后，本来应该在这个房间里安静地沉睡。

换作是我，我也会立刻奔来的。

---

① 阿托品：一种用来治疗神经毒气或杀虫剂中毒的药物。阿托品的静脉剂型可用于心动过缓时急救。——译者注

房门被一把推开，儿科的阿特金斯医生推开众人径直走到婴儿车的床头，问："发生什么事了？"

没有人回答。此时我才意识到应该由我来回答这个问题。

我说话的节奏仍然和手中的按压频率一致："当时我和这个婴儿在这个房间里。他的脸上渐渐没了血色，呼吸也停止了。我们给了他刺激，但是他并没有吸入空气，也没有自主呼吸，所以我们给他进行了心肺复苏。"

阿特金斯医生问："你按压多久了？"

"15 分钟。"

"好吧，鲁斯，现在你可以停一……"阿特金斯医生看向显示屏上的数字。心跳现在掉到了 40。

玛丽轻声说："墓碑。"

这是我们之间的暗号。每次心电图上 QRS 波群[①]的宽度过宽时，我们都会说这个词。因为这种波形表示右心室对左心室的反应过慢，所以没有心跳输出。

已经没有希望了。

几秒钟之后，他的心跳彻底停止了。阿特金斯医生说："我来宣布……"做这种事的过程总是很艰难的，更何况还是一个新生儿。她深吸了一口气，把气囊从呼吸管上拽下来扔进了垃圾桶里。"现在的时间？"

我们都抬头看向时钟。

布列塔妮一下子跪到地上，哭喊着："不！你们不要停下来，不要放弃。"

儿科医生说："鲍尔太太，我们深表遗憾。但是我们已经尽了最大的努力，他已经去世了。"

特克挣扎着从他妻子身旁冲过来，从垃圾桶里掏出气囊。他一把推开麻

---

① QRS 波群指正常心电图中幅度最大的波群。——译者注

醉师，试图把这个东西重新装到德维斯的呼吸管上。他祈求我们："快教教我怎么用，我来负责按，你们不要停下来。"

"请你……"

"我可以让他恢复呼吸的。我肯定可以做到……"

阿特金斯医生把手搭上了他的肩膀。特克缩起了身体，爆发出一阵悲鸣。阿特金斯医生告诉他："不管你做什么，德维斯都已经回天乏术了。"

特克用手捂住脸，抽泣起来。

阿特金斯医生又问了一遍："现在的时间？"

关于病人死亡有一个惯例，死亡时间需要得到房间里每个人的认可。玛丽说："10 点 04 分。"我们都小声附和：同意。听起来就像一首压抑的大合唱。

我后退了一步，看向自己的双手。我的手指因为长时间按压而痉挛了，我的心里非常痛苦。

玛丽给婴儿测了体温，很低，只有 35 摄氏度。现在特克回到自己妻子身旁，支撑她站着。他们两人脸色苍白，表情因为难以接受事实而显得麻木。阿特金斯医生语气轻柔地和他们说话，希望通过解释让他们接受这件事。

科琳娜走进了新生儿室："鲁斯？这里到底发生了什么？"

玛丽用毯子把德维斯紧紧包裹起来，把他的小绒线帽重新戴到他头上。他身上唯一异样的地方是一根像吸管一样细小的管子，从他紧闭的嘴里伸出来。她把这个婴儿抱在怀中，仿佛他还能感受到这种温柔的举动。然后她把婴儿递给了婴儿的母亲。

我对科琳娜说："不好意思。"其实我内心真正想表达的是"请原谅我"。我推开她向外走去，绕过悲痛的父母、死去的婴儿，还没有坚持走到洗手间，胃中强烈的不适就涌了出来。我用额头抵着冰凉的陶瓷马桶圈，闭上了双眼。即使到了这时，我仍然可以感受到：我的手指触摸到的突起的肋骨，他的血液流动的声音还回荡在我的耳边，以及我无法说出口的那个酸涩的真相：如果我没有犹豫，这个婴儿可能现在还活着。

我曾经接手过一个病人，一个青春期的小女孩，她的孩子因为Ⅲ级胎盘早剥[①]，生下来的时候就是一个死婴。胎盘从子宫内膜脱落下来，导致婴儿没有氧气。那次大出血非常严重，差点连孩子的妈妈也没有保住。婴儿被送到陈尸所进行验尸。在康涅狄格州，只要是死婴都需要送去验尸。12 个小时之后，产妇的祖母从俄亥俄州赶到了这里。她希望能抱一抱自己的曾孙，哪怕只能抱一下。

我下楼来到了陈尸房。所有的死婴都被放置在一个普通的阿玛纳牌冰柜里，它们被放在小小的装尸袋里，整齐地排放在架子上。我把这个小婴儿取出冰柜，把他从袋子里抱出来。有那么一分钟，我一直盯着他精致的五官。他长得就像一个娃娃，看起来就像睡着了一样。

我觉得我不能就这样把一个冰凉的婴儿递给这位老人，所以我又把他包了起来，去急救室取了几张加热毯。我回到陈尸房，把毯子一条一条包在他身上，希望可以驱散他皮肤上的凉意。我还取来了一顶一般会给新生儿戴的编织帽，以便遮住他的头顶，那里凝固的血液已经开始发紫了。

如果新生儿去世，我们有一个规定：不能把他们从母亲身旁抱走。如果悲痛的母亲希望24 小时都抱着自己的孩子，想在睡觉时让孩子枕着自己的心脏，想给孩子梳头发、洗澡，无时无刻不和自己的孩子待在一起，我们会帮她实现这个愿望。我们会一直等，等到这个母亲准备好“放下”了。

而这个产妇的祖母整个下午都抱着她的曾孙不松手。最后她终于把婴儿交还给我。我在肩膀上搭了一条毛巾，假装我要带他去喂奶。我抱着他坐电梯回到了地下室，也就是陈尸房所在的楼层。

---

① 胎盘早剥：妊娠20 周后或分娩期，正常位置的胎盘在胎儿娩出前，部分或全部从子宫壁剥离，称为胎盘早剥。——译者注

你可能觉得在这整个过程中最艰难的一刻，是母亲最终把孩子交还给你。但其实最让人痛苦的不是这个。因为在那一刻，对母亲来说，这仍然是一个孩子。最痛苦的一刻莫过于摘下小小的编织帽、解开毯子、取下尿布，把他放进装尸袋里、拉上拉锁，最后关上冰柜的门。

一个小时之后我出现在了员工办公室，从衣柜里取出我的大衣。玛丽突然把头伸了进来："你还在啊？太好了，有时间简短谈一下吗？"

我点了点头，和她在桌子旁边面对面坐下。不知道谁在桌子上摆了一大把硬糖。我取过其中一颗，剥开糖纸，让奶油味在我的舌尖化开。我希望这么做可以尽量避免自己说一些不该说的话。

玛丽叹了口气："今天早上发生太多事了。"

我回答说："昨天晚上也是。"

她摇了摇头说："你说得对，你连续值了两个班。唉，那个可怜的家庭。"

"的确太可怕了。"我不一定赞同他们的信仰，但我也不认为他们就该因此失去一个孩子。

玛丽告诉我："我们不得不给那个母亲服用了镇静剂。我们已经把孩子抱到楼下了。"

她很机智，没有提到孩子的父亲。

玛丽在桌面上摊开一张表格。"这只是走一个流程。我必须要客观记录下来德维斯·鲍尔呼吸停止的时候究竟发生了什么。当时你在新生儿室里对吧？"

我说："当时我只是替科琳娜临时照看一下。"我的声音坚定而柔和，虽然我所发出的每一个音节都像嗓子上抵着尖刀一样危险。"当时她突然被叫到产房去帮忙了。鲍尔家的小孩9点钟做完了微型包皮环割术，必须要留一个人在那看着他。因为当时你去处理那个紧急剖腹产的病人了，只剩我有时间，可以站在那儿看着他。”

玛丽手中的笔在表格上飞驰，我所说的这些都在她的意料之中。“那你是什么时候注意到这个孩子的呼吸停止的?”

我卷起舌头，包住了嘴里的那颗糖，把它抵在我的上颚。我说：“你进门之前我才刚注意到。”

玛丽正想开口说什么，但转而咬住了嘴唇。她轻轻磕了两次钢笔，然后把它放在桌子上，发出了清脆的声音。她重复着我的话：“才刚注意到。”似乎是在玩味这个词的深意。“鲁斯……我进门的时候，你只是站在那里。”

我更正她：“我当时做的就是我应该做的，我没有碰那个孩子。”我从桌子旁站起来，开始系上大衣的扣子，希望她没有注意到我的双手正在颤抖。“还有其他事吗?”

玛丽说：“今天的事情太多了，好好休息一下吧。”

我点了点头，转身离开了休息室。我没有像平时那样坐电梯到一楼，而是改道走进了陈尸房。陈尸房里荧光灯太亮，我眨了眨眼睛才适应了这里的光线。我不知道为什么这种灯的灯光总是这么白。

现在这里只有一个死婴，就是他。他的四肢还很柔软，皮肤也还没有变得冰凉。他的脸颊和脚上已经出现了一些斑点。除此之外，他怎么看都仍然像是一个被人爱着的活着的小宝贝。

我倚靠在一个钢制的轮床上，将他抱在我的怀中。如果当时他们允许我照顾他，我就会用这个姿势抱他的。我轻声念着他的名字，为他的灵魂祈祷。我对他来到这个不完美的世界表示欢迎，并且用同样的语调和他作别。

○ 肯尼迪 ○

那是一个和平日别无二致的早晨。

首先，我们两个人都起晚了。我以为迈卡上了闹钟，而他以为我肯定上了闹钟。之后，我们4岁的女儿维奥莱特拒绝吃脆谷乐。她哭啊哭啊，直到迈卡终于同意给她煎鸡蛋吃。但是此时为时已晚，在我们摆盘子的时候她就像核危机爆发一般，大声尖叫："我就想要他妈的刀！"我和迈卡本来都在抓紧时间做事，听到这里我们双双停了下来。

迈卡问我："我没有听错吧？"

维奥莱特又开始大声哭号起来，这次她的发音更清楚了："我就想要餐叉和刀！"

我大笑了起来，迈卡用挖苦的表情看着我。他说："我都告诉你多少次了，不要随便骂人。你觉得咱们4岁的女儿说话像个粗鲁的水手一样，是件很好笑的事吗？"

"准确来说，她说话并不像水手。而且本来就是你自己听错了。"

迈卡咕哝着说："你别像律师一样反驳我。"

我回敬他："你别像医生一样教育我。"

等到我们两个出门的时候，迈卡负责带维奥莱特去幼儿园，之后他要去连续做6场外科手术；而我要开车去相反的方向到自己的办公室。一家三口里唯一心情好的人就是维奥莱特，她吃早餐的时候用光了家里的餐具，还成功穿着时髦又亮闪闪的玛丽珍鞋[①]出门，因为无论是她的爸爸还是妈妈，都已经没有精力阻止她了。

才过了一个小时，我的这一天竟然变得更糟糕了。虽然我当年就读于哥伦比亚大学法学院，毕业时成绩在全班排名前5%，但是之后我浪费了三年时间给一位联邦法官做速记。我的老板是康涅狄格州公共辩护服务部纽黑文司法区的负责人，今天他派我去谈判关于文胸的事。

沃登·阿尔·沃伊诺维奇是纽黑文地区罪犯待遇监管机构的主管。现在我们一起坐在闷热的会议室里，列席的还有副主管，以及一位私人企业的律师亚瑟·王。特别提一句，我是这个房间里唯一的女性。我把这个会议形容为“女权俱乐部”，我们之所以现在坐在这里开会，是因为两个月前发生的一件事：如果女性律师穿有钢圈的文胸，就不得进入监狱，因为会引发金属探测器报警。

但是监狱也不接受拍打搜身，他们坚持要进行脱衣检查，这种行为不仅违法，还很耗时间。所以只要有条件，我们就会进入洗手间，把文胸留在里面。但之后监狱又告诉我们不能不穿内衣就进监狱。

阿尔揉了揉太阳穴说：“麦考瑞太太，希望您理解，我们只是想将风险降到最低。”

我说：“沃登，你带着钥匙进去他们却不管。你觉得我会用文胸做什么呢？用一件文胸就可以把犯人从监狱里带出来吗？”

副主管不敢对上我的目光，清了清嗓子说：“我去塔吉特百货公司的文胸专柜看了看正在打折的……”

我的眉毛都快挑到发际线里了，我转向阿尔说：“你竟然还派他去实

---

① 玛丽珍鞋：对绑带鞋的美式统称，尤指那些低跟、圆面、脚踝搭扣呈绑带式的鞋子。——译者注

地考察？”

在他回答我之前，亚瑟向后靠到了椅背上说：“你也明白，这关系到是不是整个着装政策都需要重新审核。”之后他降低了声音说，“去年我本来要趁着度假前最后一点时间赶去看一个委托人。当时我穿着夹脚拖，但是他们不让我穿着这双鞋进监狱。可除了这个，我就只有一双带鞋钉的高尔夫球鞋了，结果这双鞋反而可以穿进去。”

我重复了一遍他的话：“鞋钉。也就是鞋底真的有钉子的那种吗？为什么会允许穿着带鞋钉的鞋走进去，反而禁止夹脚拖呢？”

沃登和副主管对视了一眼。副主管说：“因为监狱里面有恋脚癖。”

“你们担心里面会有人舔我们的脚趾？”

副主管面无表情地说：“是啊。请相信我，这些规定都是为了保护你们自身的安全。”

有那么短暂的一瞬间，我设想了一下，如果当初我选择了另一条人生道路，成为律师事务所合伙人，现在的生活会变成什么样子？我想象着自己在镶木板的会议室里会见我的委托人，而不是像现在这样，在一个飘着漂白剂和尿骚味的贮藏室里和他们会面；我想象着自己去和一个不会发抖的委托人握手，因为这些委托人没有服过冰毒，也没有对他所不信任的司法系统产生极端的恐惧。

但是有失必有得。当我遇到迈卡的时候，他是耶鲁－纽黑文医院眼科的一名医生。他给我做了检查，和我说我拥有他见过的最漂亮的眼组织缺损。我们第一次约会的时候，我就告诉他，我发自内心地认为在法律界正义总是缺席，人们对那些不公正现象视而不见，他说这只是因为他还没有机会给司法系统做一场眼科手术。如果我没有和迈卡结婚，我现在很可能会和其他律师一起在大城市的豪华办公室里井然有序地工作着。与之相反，我们结婚后，他走上了一线岗位，而我则暂停工作，生下了维奥莱特。等到我准备好重返工作岗位时，是迈卡提醒我去做过去我最擅长的法律相关工作。他担起了养家的重任，让我有机会去做我喜欢的但收入微薄的工作。迈卡常常对我说："我来负责挣钱，你来负责改变这个世界。"作为一名公共辩护律师，我永远不可能指着这份工作挣大钱，但是这份工作可以让我反思自己。

在我所在的国家，理论上讲每个人在司法体系下都应该是平等的，无关乎财富多寡、年龄长幼、什么肤色、什么性别、什么种族，按照这个道理，为什么公共辩护律师就不能像那些私人雇用的辩护律师一样聪明、强势又有创造力呢？

想到这里，我把双手拍在桌子上："沃登，你也知道，我不穿高尔夫球鞋，但我要穿文胸。你知道除了我还有谁会这么做吗？我的好朋友哈里特·斯特朗，她在美国公民自由联盟[①]当律师。当年我们两个一起在法学院上学，现在我们还每个月一起吃一顿午饭。我觉得她肯定会对我们今天的会面很感兴趣的，毕竟康涅狄格州禁止基于性取向和性别身份的歧视。而进一步来说，只有女性和那些身份被认定为女性的律师才会在去监狱会见委托人时穿文胸。也就是说您的政策侵犯了辩护律师的权利，并且还阻止我们提供法律建议。此外我相信哈里特一定很乐意和康涅狄格州的女性律师协会谈谈，看看有多少其他女性律师反对这件事。也就是说这件事如果被媒体曝光你就完蛋了。所以下次我来见委托人的时候，我会穿着莱梅施黛[②] 34C 的文胸，希望下次可不要再让我把它'取下来'。我表达得够清楚吗？"

沃登紧紧地抿着嘴唇，然后才开口道："我相信内衣禁令还有再进行探讨的余地。"

---

① 美国公民自由联盟：美国大型非营利组织，总部设于纽约市，其目的是为了"捍卫和维护美国宪法和其他法律赋予的、这个国度里每个公民享有的个人的权利和自由"。联盟通过诉讼、推动立法和小区教育达到其目标。——译者注

② 莱梅施黛：目前西方内衣市场上销售实力强劲、设计独树一帜的高档内衣品牌，在全球五大洲内衣销售市场名列前茅。——译者注

我拎起了我的行李箱说：“很好。感谢您抽出宝贵的时间，但是我现在必须赶去法庭了。”

我走出了这个小房间，亚瑟紧跟着我走了出来。我们走出监狱，被令人眩晕的阳光笼罩。他咧嘴笑了起来：“记得提醒我，千万别在法庭上跟你作对。”

我摇了摇头：“你真的打高尔夫球吗？”

“如果是为了拍法官马屁，我是会打高尔夫球的。”然后他反问我，“那你的胸围真的是34C？”

我大笑着说：“亚瑟，你这辈子都别想知道这个问题的答案了。”然后我们分别走向自己的车，驶向了两个截然不同的世界。

我和丈夫不会互相发“情色短信”。相反，我们会在电话中展开关于不同国家的讨论：越南、埃塞俄比亚、墨西哥、希腊。举个例子，“我们应该从哪家餐馆点外卖呢？”当我结束会面，从监狱里走出来后，手机上已经有一条迈卡发来的未读短信了：很抱歉，今天早上我的表现非常不可理喻。

我扬起了嘴角，给他回复了一条短信：怪不得我们的孩子爆粗口。

迈卡立刻回了短信：今晚约会？

我的拇指不停在手机上敲击：今晚我都是你的。印度菜？

迈卡回复：非常期待哦。

明白了吧，这就是为什么我对他根本生不起气来。

我的母亲在北卡罗来纳州崇尚社交的环境中长大，她坚信没有什么问题是软化角质层的面霜和眼霜不能解决的。因此，她总是试图让我对自己更加上心，用直白的话讲就是学会打扮自己。这真是太可笑了，毕竟我要带一个小孩，而且每时每刻都有上百个委托人在等着我，他们的时间远比我做头发或是染发宝贵得多。

母亲送我的生日礼物，我直到今天都特意没动过：一张可以去做一个半小时按摩的礼品卡。一个半小时足够我做很多事情了：把一两篇简报归档，驳回一个请求，给维奥莱特做早餐并看她吃完，甚至（我诚实地说出来）和迈卡裹着床单再嬉闹一番。如果我真的能有一个半小时，那我最不希望做的就是光着身子躺在一张床上，让一个陌生人往我身上抹精油。

但是我妈妈提醒的一件事很有道理，这个卡只有一周的有效期，现在我都还没有用它。由于她非常清楚我根本没有时间关注这些细节，她已经主动帮我预约好了。这是一个针对忙碌的职业女性的全天候按摩，反正他们的介绍上是这么说的。我坐在那里等着，心里一直在想他们究竟有没有认真设计过店名。最后他们终于叫到了我的名字。

我想了好几个店名，但还是觉得哪一个都不怎么样。

我挣扎了半天，考虑是否应该在浴袍下面穿内裤。纠结完这个，又变成开始纠结怎么打开我的储物柜，以及怎么把它锁上。说不定这一切都是按摩店的巨大阴谋：等到客人终于开始进去做按摩的时候，早就被各种问题折磨得很沮丧了，所以等到他们离开按摩店的时候，无论如何心情都肯定变好了。我的理疗师说："我叫克拉丽斯，我先出去，等您觉得准备好了我再进来。"她的声音像西藏的鸣锣一般柔和。

房间相当昏暗，只有幽幽的烛光。房间里播放着非常寡淡无味的歌曲。我脱去了浴袍和拖鞋，爬到床上，盖上了被子。我趴下来，把脸塞进床头的洞里。过了一小会儿，传来轻轻的敲门声，"我们准备好了吗？"

我也不知道。我们？

克拉丽斯说："现在您只要放松休息就可以了。"

我的确非常努力，试着照她的话去做。我闭上眼睛大约 30 秒，然后睁开眼睛，眨了眨。我透过床上的洞盯着她脚上穿的一双舒适的运动鞋。她的双手开始用力地沿着我的脊柱按摩起来。我问她："你在这里工作很久了吗？"

“三年了。”

我说：“我估计你遇到过一些你看到第一眼就知道自己碰也不想碰的顾客。呃，比如梳大背头的人之类的？”

她没有回答我的问题。她的脚在地上挪来挪去。我有些怀疑我是不是正是她讨厌的顾客之一。

她会不会用医生那种眼光看待我的身体？认为只是一个要在上面工作的大板子？还是她可以注意到我的臀部和大腿之间的性感曲线，还有我经常用文胸藏起来的脂肪？她会不会觉得她一个小时前按摩过的另一个练瑜伽的妈妈身材更好？

克拉丽斯，这不是《沉默的羔羊》里面女孩的名字吗？

我低声说：“我就着蚕豆和酒①……”

“您可以再说一遍吗？”

我低声说：“不好意思。”我的下巴卡在了洞里。“把头塞在这个特别的装置里，我很难讲话。”我觉得自己的鼻子开始有点不通气了。如果我像这样脸向下趴着的时间过长，鼻子就会不通气。然后我就只能改成用嘴呼吸。我觉得理疗师可以听出来，有时我的口水甚至会滴在地上。当然我不喜欢按摩的原因还有很多。

我接着说：“有的时候我也会想象，如果我出了车祸，然后像这样头朝下卡住会是什么样。也不一定是在车里，但是等到被送进医院，就得戴那种支撑脖子的器械，这样脊椎就不会变形了。如果这时医生按压我的肚皮，我会不会像现在一样觉得充血，但是又无法说出我的感受？再比如我的肉体陷入昏迷，虽然精神清醒了，但是因为身体不能动，所以说不出来话，又赶上自己实在是受不了，好想擤一擤鼻子。”我一直保持着脸向下的姿势说，“其实

① “我就着蚕豆和酒”：原文为“Fava beans and nice Chianti”，出自《沉默的羔羊》。整句为汉尼拔所说：“曾经有人想调查我。我就着蚕豆和酒，把他的肝脏吃掉了。”——译者注

都不用举这么复杂的例子。如果我已经 105 岁了，正在一家养老院里，结果得了感冒，但是没有一个人想起来给我滴几滴盐酸羟甲唑啉滴鼻液怎么办?”

克拉丽斯的脚走出了我的视线范围。这时我感觉到双腿上一阵凉风，她开始按摩我的左侧小腿了。我说：“我妈妈把这次按摩作为生日礼物送给了我。”

“那很好啊……”

“她对保湿深信不疑。按照她的想法，如果我希望我的丈夫围着我团团转，那我最好平时就要多注意护肤，这又不会要我的命。我说，如果我的婚姻是靠一瓶护肤霜维系的，那问题可就严重了，和这个相比我来不来按摩已经无足轻重了。”

理疗师说：“麦考瑞太太？我从来没遇到过像您这么需要按摩的顾客。”

不知道为什么，她的话让我油然自豪起来。

“虽然这么说我可能也拿不到小费了，但我还是想说，我也从来没遇到过像您这种在按摩时表现得这么奇怪的顾客。”

这句话让我更骄傲了，我说：“谢谢!”

“我觉得您只需要试着……放松下来。别再说话了，什么都不要想。”

我再次闭上了眼睛。开始在脑子里思考接下来要做的事。

我小声说：“我应该再补充一点，我的瑜伽也练得很糟糕。”

有的时候我需要加班，而迈卡也在医院回不来的时候，我妈妈会负责去学校接维奥莱特。这是一个互惠互利的方法——我不用花钱雇保姆，我妈妈可以和外孙女共处，维奥莱特也很喜欢她。我妈妈至今还保持着老式下午茶的传统：她坚持用她婚礼上那套旧瓷器，摆亚麻餐巾纸，甜茶也必须是从茶壶里倒出来的。我知道当我到家的时候，维奥莱特肯定已经洗完了澡、读完了书、小肚皮塞得饱饱的。家里还会剩下一些下午茶的柠檬糖、燕麦葡萄干饼干，放在塑料食盒里，尚有余温。厨房也会比今天早上我离开的时候更干净。

迈卡也很受不了我妈妈。他总是将这句话挂在嘴边："我知道艾娃是好意，但要这么说，约瑟夫·麦卡锡[1]也是好意啊。"他把我的妈妈形容为一个城府极深的厉害角色。从某个角度来说，他说的不无道理。在你意识到自己被控制之前，我妈妈总是不动声色地达到了她的目的。

我把公文包扔到沙发上，一把抱住蹭到我怀里的维奥莱特说："你好呀。"

维奥莱特用郑重其事的语气对我说："我用手指画画了。"她举起手掌给我看。她的手上还有淡淡的蓝色。"但我现在还不能把画拿回家，画还没干呢。"

我妈妈从厨房里走出来说："嘿，甜心。今天过得怎么样?"她的声音总能让我联想到那种向阳的植物，或者是敞篷车，让你感觉仿佛阳光直接照射在你的头顶。

我说："哦，和平时差不多。今天也没有来追杀我的委托人，所以应该说比平时更好。"上周，由我辩护的那个被控恶性攻击的男子听到法官提出了一个高得离谱的保释金数额时，竟然试图在辩护桌上勒死我。我到现在都不确定我的委托人是出于气愤，还是为了被判定为精神失常而埋下伏笔。如果是后者，我倒是要赞扬一下他的深谋远虑了。

"肯尼迪，不要在一孩一子一面一前说这些。亲爱的维奥，你可以帮外婆把钱包拿过来吗?"我把维奥莱特放到地上，她立刻全速跑向了储藏室。我妈妈叹了口气："你知道吗，每次你说到这些，我都恨不得去开一份阿普唑仑[2]来吃。我总觉得，等维奥莱特上学了，你也要开始找一份正经工作了。"

---

① 约瑟夫·麦卡锡：美国共和党政治家。麦卡锡主义一词在1950年出现，指代麦卡锡的做法，并很快就被应用于类似的反共活动。今天该词更普遍的用法是指代表面看起来是"为你好"，实际是在操纵控制别人，不择手段。——译者注

② 阿普唑仑：常见的精神药物。临床一般用于抗焦虑和安眠。——译者注

“首先，这就是一份正经工作；其次，鉴于你现在本来就在吃阿普唑仑，你这个威胁还真是没有什么效力。”

“你对任何事情都要反驳吗？”

“对啊，我是个律师。”说到这里我突然注意到妈妈穿着大衣，“你觉得冷吗？”

“我和你说过，今天晚上我不能待到很晚。我和达拉要去柜面舞，去会会那些有魅力的老家伙。”

我纠正她：“是‘对面舞’。第一，真让人起鸡皮疙瘩；第二，你之前根本没和我提过。”

“我提过，上周说的。亲爱的，只是你自己选择不听我说话。”这时维奥莱特又跑了过来，把妈妈的钱包递给她。妈妈说：“真是个乖孩子。来，亲外婆一下。”

维奥莱特一把抱住我妈妈。我说：“但是你不能走啊，我约了人。”

“肯尼迪，你已经结婚了。如果说到有约会，那也应该是我。况且我和达拉还有一个大计划呢。”

她走出了门。我在沙发上坐下，维奥莱特问我：“妈咪，咱们可以吃比萨吗？”

我看着她脚上那双闪闪发亮的小鞋子，说：“我有个更好的主意。”

当迈卡看到我和维奥莱特坐在印度菜餐馆里时，他说：“哦！这可真是个惊喜。”毕竟之前维奥莱特从来没去过比美式休闲餐厅更高档的地方。

我告诉他：“给咱们看孩子的人跑掉了。”然后我看向坐在旁边的维奥莱特说：“如果我们再不吃上东西整个地球可能都要不保了，所以刚才我就点好菜了。”

维奥莱特正在桌布上涂颜色，她说：“爸爸，我想吃比萨。”

迈卡说：“维奥，你不是喜欢吃印度菜吗？”

但她坚持说："我才不喜欢吃。我想吃比萨。"

话音刚落，服务生端着菜来到我们的桌边。我小声咕哝："来得正是时候。"然后我对女儿说，"看到了吗？宝贝。"

维奥莱特仰起脸看向服务生。她看到他头上的丝绸包头巾的时候，蓝色的眼睛睁得老大说："他为什么要包着一条毛巾？"

我说："甜心，不要这么没有礼貌。这叫穆斯林包头巾。有一些印度人就戴这个。"

她皱起了眉："但他看起来一点儿也不像《风中奇缘》[①] 里的人。"

我现在恨不得找一条地缝钻进去，但还是努力挤出了微笑，对服务生说："真是太不好意思了。"他现在正用最快速度给我们上菜。"维奥莱特，看，这不是你最喜欢吃的吗？烤咖喱鸡块。"我用勺子往她的盘子里盛了一些，试图在服务生离开前分散她的注意力。

我轻声对迈卡说："我的天啊。他会不会觉得我们是一对糟糕的父母？或者是很糟糕的人？"

"要怪得怪迪士尼。"

"我刚才是不是应该换一种说法？"

迈卡盛了满满一勺咖喱羊肉到自己的盘子里。他说："对，你应该改成讽刺意大利人。"

---

① 《风中奇缘》（*Pocahontas*）是一部由迪士尼于1995年制作并发行的动画电影，主要讲述主角宝嘉康蒂和英国探险家约翰·史密斯相遇后发生的爱情故事，以及来自弗吉尼亚公司的商人们踏上了印第安人的土地后给原住民的生活带来的变化。——译者注

○ 特克 ○

我站在婴儿房里。但我儿子再也用不上这个房间了。

我的拳头就像垂在身体两侧的铁砧，我想把它们挥起来。我想在石灰墙上砸出大洞。我想把这个可恶的房间整个夷为平地。

突然有一只强劲有力的手搭上我的肩膀。“你准备好了吗？”

岳父弗朗西斯·米彻姆站在我的身后。

这是一套公寓套房，我和布列塔住在一侧，弗朗西斯住在另一侧。他走过房间，突然一把扯下印着彼得兔的窗帘。之后他开始往一个托盘里倒颜料，重新把墙抹成白色，以便遮住我和布列塔不到一个月前才涂好的淡黄色。第一遍上色并没有完全盖住原本的颜色，还可以隐隐约约看到被遮盖的黄色，就像被困在了冰层下面。我深吸了一口气，在婴儿床的旁边躺下。我举起了扳手，开始松螺丝。当时我是多么认真地把它们一颗一颗拧紧，因为我不希望我的儿子躺在婴儿床上的时候出什么事。

谁能想到，他就这么莫名其妙地出事了。

我让布列塔服用镇静剂之后去睡觉了，相比她今天早上在医院时的样子，现在她已经好多了。我觉得最糟糕的莫过于一直哭得停不下来，从哭声可以听出她有多么心碎。但是等到了差不多凌晨4点，布列塔突然止住了哭泣。她不再发出任何声音，而只是双眼空洞地盯着墙面。我呼唤她的名字，她也没有反应，连看都不看我一眼。医生给她开了一些安眠药。他们说睡眠是让身体治愈的最好方法。

而我毫无睡意，连眼睛都没有合一下。但我知道能让我觉得好过一些的方法并不是睡觉。我需要通过破坏来发泄一下，我需要释放出我内心的痛苦，把它释放到别的地方去。

我用扳手拧完了最后一圈，整张婴儿床应声而倒。沉重的弹簧床垫压在了我的胸口。弗朗西斯听到撞击声急忙赶过来："你没事吧？"

"没事。"我差点没被砸晕过去，但这是我所能承受的那种疼痛。身体上的伤口总会愈合。我从散乱的木片堆里挣扎出来，用穿着靴子的脚踢了一下。"你们也就是一堆垃圾。"

弗朗西斯皱了皱眉头："你要怎么处理这些？"

我不能留着它们。如果运气好，将来我和布列塔还会生下另一个孩子。如果把这张婴儿床重新放回婴儿房，感觉就像让我们的新宝宝和一个鬼魂睡在一起一样。

看我没有回答，弗朗西斯用一块破布擦了擦手，然后开始弯腰收拾这些木头片。他说："雅利安人女性联盟会回收的。"之前布列塔曾经参加过几次他们的聚会。他们原来都是一群骗子，拿着作假的身份证件去全国妇幼营养补助机构免费领取婴儿配方奶粉，然后卖给那些正在备孕的夫妇。

弗朗西斯早已威风不再，泯然众人了。他经营了一家生产纸面石膏板的公司，我就在这里担任一官半职。公司在安琪消费者点评网上的排名很不错，而且支持茶党①（原来那些光头党并未绝迹。他们以前加入3K组织，

① 茶党：茶党运动是2009年初开始兴起的美国社会运动，主要参与者是主张采取保守经济政策的右翼人士。最初是由部分人士对2009年刺激经济复苏计划（正式的说法为2009年复苏与投资法案）的抗议发展而来的。其成员绝大多数是不满现实的中产阶级白人和少数白人工人阶级。现代茶党名字来源于波士顿茶叶党（Boston Tea Party），亦有评论员将TEA引用为Taxed Enough Already的简写，意为"税已经收够了"。——译者注

现在他们已经都转而加入了茶党。不相信我说的话吗？你们可以去找一篇原来3K党人的发言，然后对比一下他们和茶党爱国主义者发言的异同。他们的说辞有所改变罢了：从“犹太人”改谈“联邦政府”，由“苦工”改成“社会阶层”，不谈“黑人”改谈“福利”）。但是在80和90年代，弗朗西斯是一代传奇。他领导的白人同盟军足以和汤姆·梅茨格带领的雅利安白人抵抗组织、马特·黑尔带领的创世主世界教会、威廉·卢瑟·皮尔斯带领的全国联盟，以及理查德·巴特勒带领的雅利安国家相抗衡。那时他还需要独自一人抚养布列塔，他带领的那群可怕的手下拎着平头金锤、损坏的曲棍球杆和铅管，穿着黑夹克，漫步在纽黑文的街头。这边他们殴打黑人和犹太人，而那边还是一个婴儿的布列塔在旁边的车上睡得正酣。

到了90年代中期，一切都变了。政府开始追捕这些光头党。像弗朗西斯这样的领导者反而被自己玩得轻车熟路的锁链套上，被投进了监狱。弗朗西斯深谙一个道理，与其硬碰硬，不如适时服软。是他把白人势力运动从一个庞大的组织拆分成小团体，每个团体以朋友为基础，一起学习普通的政治知识。他让我们蓄发，让我们去上大学，让我们加入军队，让我们混入敌人当中。在我的帮助下，他创建并管理着一个网络信息平台。他总是不断对我重复，我们已经不再是一个大群体了，我们是许许多多对这个体系不满的小团体。

这个转变反而让人们感到更害怕了，因为他们就居住和生活在这些隐形的极端主义分子身旁。

我还在考虑让雅利安人女性联盟拿走这些婴儿床的木板。我在一次旧货拍卖上买下了一张可以调节的桌子，然后自己用砂纸打磨光滑。布列塔从二手店带回来的婴儿服装整齐地叠放在衣柜里。还有婴儿爽身粉和洗发露的瓶瓶罐罐。我在想其他孩子可以用上这些，其他活着的孩子。

因为起身太猛，我突然间觉得头晕目眩。等我回过神来，发现自己一直盯着镜子。镜子边框上画着气球。有时我回家看到布列塔正坐在桌子边，手中拿着画笔，那时我还取笑她会变成玛莎·斯图沃特[①]。她说她们两个人之间的区别是玛莎·斯图沃特很可敬，而她很可笑。她在我的脸颊上画了一个气球，我吻了她，把她拥入怀中。那一刻我抱着她，未出生的婴儿抵在我们中间，一切都是那么完美。

而现在我有明显的黑眼圈，胡茬儿也冒了出来，头发一片凌乱。一副心力交瘁的样子。

“去他妈的。”我摔上了婴儿房的门，向浴室走去。

我找到了电动剃须刀，插上插头，干净利落地把头部正中的头发剃光了。接着我又把两侧的头发剃掉，任凭碎发落到我的肩头，再落到洗手池里。随着这些头发飘落，我的头顶就像魔法一样闪现出一个画面。就在我的发际线上方，出现一个又粗又黑的纳粹党标识。在这个标识的正中央是我和布列塔名字的首字母。

布列塔答应了我的求婚之后，我就去文了这个刺青。

那年我刚21岁，大部分时候都臭着一张脸。

当我顶着这个刺青向布列塔展示我的爱意时，她还没来得及说话，弗朗西斯就走过来使劲抽了我的后脑勺。他说：“你真的和你的长相一样愚蠢吗？你是不是不懂什么是掩饰啊？”

我说：“这是我的秘密。”说完我对着布列塔笑了起来，“是我们的秘密。等我的头发长出来，除了我们，没有人知道那里有个标识。”

弗朗西斯问：“那如果你谢顶了怎么办？”

他看到我脸上的表情就明白了，我根本就没有考虑到这个问题。

接下来的两周弗朗西斯禁止我出门，直到我的头发长出来。有刺青的地方看起来稍微暗一点，就像得了皮肤病似的。

---

① 玛莎·斯图沃特是一个在抑郁的大家庭中长大的女孩，凭着百折不挠的精神最终成为亿万富豪。——编者注

现在，我又抹了一些刮胡膏，精心修剪了一下，终于把头发剃了个干干净净。我用手抚过光滑的头顶，这样感觉轻松多了。我似乎都能看到空气从耳朵后方掠过的样子。

我又重新走回了婴儿房。当然现在这里不再是婴儿房了。婴儿床已经搬走了，其他家具被我们堆在门厅里。感谢弗朗西斯，他把其他东西都塞进箱子里了。趁着下午布列塔醒来之前，我会重新把床架和床头柜拉回这个房间。等到她进来的时候，这里又恢复成几个月前客房的样子。

我盯着弗朗西斯，看他会不会责怪我。他的目光捕捉到了我头上的刺青，就像看到一道疤痕般心痛。他说："我明白了。孩子。你现在是要去战斗了。"

世界上最糟糕的感觉，莫过于你走出医院，怀里却没有抱着本该抱着的孩子。布列塔是坐着轮椅从医院出来的（这是医院的规定），被一个护理员推着（这当然也是医院的规定之一）。我只能跟在轮椅后面。我把帽檐拉得很低。布列塔一直看着自己的双手，握成拳头放在自己的大腿上。是我的错觉吗，为什么我觉得所有人都在盯着我们看？他们会不会好奇这个女人得了什么病？

弗朗西斯已经把他的越野车停到了医院门口的U形马路上。一个保安帮我们打开了车后座的门，我扶着布列塔从轮椅上站起来。我吓了一跳，布列塔竟然这么轻。我甚至都怀疑如果她的手没有抓着轮椅的扶手，一阵风就能把她刮跑了。

有那么一瞬间，她的脸上闪过了非常明显的慌张神色。我立刻明白过来，她是在盯着后座的阴影。她可能觉得那里藏着一头怪物。

或是放着一个婴儿安全座椅。

我用手环住她的腰，轻声说："亲爱的，没事的。"

她的后背僵直起来，本能地抵抗着不想坐进车里。等到她意识到自己不用坐在一个空空的婴儿安全座椅旁边时才如释重负。她向后靠在椅背上，闭上了眼睛。

我坐到了副驾驶的位置上。弗朗西斯对上我的目光，扬了扬眉毛：“你现在感觉怎么样，瓢虫小姐?”这是布列塔从孩童时代起的爱称。

布列塔没有回答。她只是摇了摇头，脸颊上滚落了一颗豆大的泪珠。

弗朗西斯发动了引擎，一拐弯驶出了医院门口的车道，仿佛这么做就可以将医院里发生的一切甩在身后。

我的孩子躺在某个地下室的冰柜里。现在他可能已经被带走了，像一只万圣节的火鸡一样躺在验尸官的桌子上，被开膛破肚。

我知道发生了什么。我可以给验尸官讲述我每次闭上眼睛都能看到那可怕的一幕：一个黑人婊子在不停地击打我儿子的胸部。

我从谈论这件事的其他护士那里偷偷听到了，那时房间里只有她和德维斯两个人。她根本就不应该和我的儿子单独在一起。谁知道没有人在场的时候，究竟发生了什么?

我转身看了看布列塔。我看到了她的眼睛，她的眼睛是空洞的。

如果最可怕的结果不是我失去了孩子该怎么办？如果我连我的妻子一并失去该怎么办?

高中毕业之后，我搬到了哈特福德[①]，然后在科耳特制造公司[②]谋到了一份工作。我在当地的社区大学上了几门课，但是这些教授所讲的东西毫无用处，我实在无法忍受，就退了学。但是我仍然在大学周围流连。我招来的第一个手下是一个玩滑板的家伙，一个披着长发的瘦瘦小小的孩子。有一次他在学生咖啡厅排队的时候，因为和一个黑人争执而剪掉了长发。排在他身后的黑人推了他，于是约克又反手推了回去，说：“如果你这么讨厌这里，

① 哈特福德：美国康涅狄格州的首府。——译者注

② 科耳特制造公司：美国两家有名的枪支商品制造公司之一。——译者注

滚回非洲去吧。”之后当然爆发了一场史诗级的食物大战。最后还是我一把拉走约克，才结束了这场大战。我们站在外面一起抽烟的时候，我说：“你不一定要当受害者。”

我递给他一份《最后的呼声》[①]，这是一份伊斯兰报纸，我之前把它们钉在了校园的各个公告板上。“你看这个了吗？”我说完转身就走，因为我知道他会跟上来的。“你知道为什么虽然黑人学生联盟又游行，还发表仇恨言论，但没人闯进去逮捕他们吗？相反，为什么我们连白人学生联盟都没有？”

约克轻蔑地哼了一声：“因为，这样就叫作歧视了。”

我看着他，仿佛看着聪明绝顶的爱因斯坦：“就是这个道理。”

而之后一切都顺其自然地发展了。我们四处寻找那些被人欺凌的孩子，把他们解救出来，让他们知道这里有保护他们的人。我邀请他们课后和我们一起出去玩，给他们放英国光头党组织、无悔乐队、狂战乐队和百夫长创作的歌曲。那些代表白人力量的音乐听起来就像魔鬼在咆哮，听到它们就会让人产生毁灭世界的冲动。

我让这些人相信，因为他们出生时所赋予的肤色，他们生来就是有价值的。当他们抱怨这个学校里的一切时（比如注册流程、食物），我就会提醒他们学校的现任校长是一个犹太人，这些全都是犹太复国主义政府为了镇压我们而下的一盘大棋。我教给他们，“我们”的意思就是“白人”。

我把他们的大麻和莫利[②]扔到垃圾桶里，因为我知道瘾君子往往会变成告密者。我用我的方式改造他们。我对约克说：“我有一双特别棒的马丁靴，

---

① 《最后的呼声》（*The Final Call*）是在美国芝加哥出版的一份报纸，该报由路易斯·法拉汗部长创办，于1979年首次发行。这是伊斯兰民族的官方报纸。如今，该报在北美、欧洲、非洲和加勒比地区均有发行，每月发行量超过200万份。——译者注

② 此处莫利（Molly）指派对上流行的一种毒品。它的主要成分是亚甲二氧甲基苯丙胺（简称MDMA），能够刺激脑部，让大脑快速释放出大量血清素，让人感到兴奋、愉快，其副作用包括脱水、厌食、焦虑和磨牙。——译者注

正好是你能穿的鞋号。不过我可不想把它交给一个头发油腻，还扎着发髻的男人。”第二天我再见到他的时候，他的头发已经修剪得整整齐齐了，连后颈都剃过了。不久之后我就组建了自己的独立小队，刚刚成立的北美敢死队之哈特福德小分队。

我敢发誓我教给这些孩子的东西，比他们从学校教授那里学到的东西要多得多。我向他们展示了不同种族之间的根本性差别。我向他们证明：你只有两种选择，要么当猎手，要么当猎物。

我经过一番挣扎才从噩梦中醒来，醒来的时候全身都被汗水浸透了。我立刻下意识地伸手去摸布列塔躺着的地方，但是那里已经没有人了。

我急忙下床，像小心翼翼地穿行过拥挤人群一样，在黑暗中摸索向前。我甚至都觉得自己可能是在梦游，因为我不由自主地就来到了那个房间，就是我和弗朗西斯趁着布列塔出院之前，费尽九牛二虎之力重新布置好的那个房间。

此时布列塔正站在门口。她搂着自己，看起来似乎需要别人搀扶才能不倒下去。月光透过窗户洒进室内，她的身影困在自己的阴影中。我的眼睛终于适应了黑暗，于是也转头向她看的方向看去：她的视野里是一把老旧的扶手椅，上面盖着雕花的布单，还有放在客房里的铁架双人床。这个房间的墙壁又恢复成了白色。我甚至还能闻到新涂的油漆的味道。

我清了清嗓子，低声说：“我们觉得这样会好一些。”

她动了动脚，但是并没有离开。有那么一瞬间，她的身体好像在发光。布列塔轻声说：“会不会其实这件事根本没有发生？会不会其实这只是一场噩梦？”

她穿着我的法兰绒衬衫，她最喜欢穿着这件衣服睡觉了。她的双手仍然抚在自己的腹部。

我靠近了一步，叫她：“布列塔。”

“要是没有人记得他怎么办？”

我把她拥入怀中，能感受到她在我胸口呼出的温热气息，感觉就像一团火。我向她发誓：“宝贝，我会让所有人永远不忘记他。”

我有一套西装。更确切地说，是我和弗朗西斯有一套共享的西装。如果你白天在一家纸面石膏板公司工作，晚上又管理“白人势力”的相关网站的话，其实并没有什么机会穿西装之类的衣服。第二天下午，我穿上了这套西装。它选用了黑色细条纹的布料，我估计如果穿在阿尔·卡彭[①]身上，会显得特别犀利。我在西装里面穿了一件白色衬衫，打上领带。待会儿我和布列塔要开车回到医院，去见卡拉·卢翁戈。她是医院风险控制部的律师，她已经同意和我们见面了。

我又修了一下头发，现在头上的刺青已经毫无遮掩地暴露出来了。等到我从洗手间出来时，却惊讶地发现布列塔仍然穿着我的法兰绒衬衫和一条宽松的运动裤蜷缩在床上。我提醒她：“亲爱的，你还记不记得，我们该去见律师了。”其实半个小时前我刚刚提醒过她一次。她不可能这么快就忘记。

她转动眼球，看向我，眼球就像可以在眼眶里随意转动的滚珠轴承。她艰难地从嘴里挤出这些话：“不想……再……回到那个地方。”

说完她转身背对着我，把被子拉到身上。这时我注意到了床头柜上摆着的瓶子：这是医生给她开的安眠药，帮助她熬过这段时间。我深深地吸了一口气，然后把我的妻子扶了起来。她就像一个沉重又难以移动的沙袋。我突然想到，还没洗澡呢，现在这个情况，我需要陪她一起进浴室洗澡，但是已经没有时间了。所以我干脆换了一个方式，直接从床头柜上拿过一杯水，泼到了她脸上。她气急败坏，但这样至少让她自己坐了起来。我脱下她的睡衣，然后从柜子里随便找了一件可以穿去见人的衣服：一条黑色的裤子和一

---

① 阿尔·卡彭：20世纪20至30年代黑手党的领导人，以强硬残忍的作风闻名。——译者注

件前面系扣的毛衣。我给她穿衣服的时候，突然一个恍惚，想起我给自己的孩子穿衣服的场景。结果我下意识猛地一拉布列塔的手臂，她惊叫一声。我吻了吻她的手腕，小声说："对不起，宝贝。"我尽量温柔地给她梳头，尽最大努力把她的头发扎成马尾，再把她的脚塞进一双黑色的鞋子里，就是在卧室里穿的拖鞋。然后挽着她的手臂，一起出门进了车里。

当我们开到医院的时候，她已经濒临崩溃了。我们一起走向大楼时，我把她拉到身边请求她："请你保持清醒吧。这都是为了德维斯。"

可能是这句话触动了她，因为当我们走进律师办公室的时候，她的眼睛睁得更大了。

卡拉·卢翁戈是一个美籍西班牙人，我看到名字时就猜出来了。她坐在椅子上，并请我们坐对面的沙发。我刚摘下羊毛帽子，她就惊讶得张大了嘴。很好，就要这么直截了当地让她知道她正在和谁说话。

布列塔向我靠过来。我向律师解释道："这是我妻子。她现在状态仍然不是很好。"

律师充满同情地点了点头。"鲍尔先生，鲍尔太太，请你们节哀。"

我没有说话。

她说："你们肯定有很多问题想问。"

我向前探了探身："我倒是没有什么问题。我知道这件事情是怎么发生的。那个黑人护士杀了我的儿子。我亲眼看到了整个过程，她一直在击打我儿子的胸部。我之前告诉过她的监管护士，我不希望她碰我的孩子，结果呢？我们最担心的事情还是发生了。"

"你应该知道吧，杰斐逊女士只是在履行自己的职责……"

"哦，是吗？那她的职责也包括违抗监管护士的命令了？德维斯的档案里可都写得清清楚楚。"

律师站了起来，从办公桌上取过一份文件。这个文件夹的侧面贴着一些五彩的小纸片，我猜这可能是某种暗号吧。她打开了文件夹，甚至从我的角度都可以看到里面那张便笺纸。她皱了皱鼻子，但是没有说话。

我说："那个护士根本不应该负责我的儿子。结果他们竟然在一个房间里独处。"

卡拉·卢翁戈看向我说："鲍尔先生，这件事你是怎么知道的呢？"

"因为你们员工说话的嗓门都很大。我听到他们说那个黑人护士是在帮另一个护士代班。但前一天，就因为我请她不要再管我儿子的事，她就声嘶力竭地尖叫。看看这之后发生了什么？她狠狠殴打我儿子。我亲眼看到的。"说到这里，泪水涌出我的眼眶。我擦去泪水，觉得自己非常愚蠢、非常软弱。"你知道我想什么吗？去他妈的。我要把这家医院告上法庭。你们杀了我的儿子，就得付出赔偿。"

其实我并不知道司法系统是怎么运作的，我一直尽最大努力避免被警察抓到。但我看过不少电视上的宣传，例如在生产石棉的过程中染上尘肺病，通过集体诉讼可以得到经济赔偿，那么如果你的孩子在接受治疗时死去的话，应该也可以得到赔偿。

我用一只手拽过西装外套，然后半推半拉带着布列塔向办公室的门走去。我正要开门的时候，律师的声音从我背后响起："鲍尔先生，请问你为什么要起诉这家医院呢？"

"你不是在跟我开玩笑吧？"

她向前走了一步，轻柔但坚定地关上了办公室的门。她又说了一遍："请问你为什么要起诉这家医院呢？现在一切证据都指出，鲁斯·杰斐逊才是杀了你孩子的人，不是吗？"

我的北美敢死队哈特福德小分队运行一年左右的时候，已经有了稳定的收入来源。我通过篡改存货清单，从科耳特制造公司那里顺走枪支，然后卖给街头那帮人。大部分时候我们都卖给黑人，反正他们拿枪都是为了自相残杀，而且他们肯付的价钱是意大利人的3倍。我和约克负责运营小分队。某天晚上，我们刚完成了一单交易准备回家的时候，一辆警车停在身后，警灯闪烁。

约克吓得脸色苍白：“伙计，咱们该怎么办？”

我说：“靠边停车。”反正偷来的枪现在已经不在我们车里了。如果警察问起的话，就说我和约克刚参加完派对，从一个朋友的公寓里出来。但是当警察让我们下车的时候，约克一身大汗，看起来就像是犯了事，警察因此起了疑心，开始搜车。我一直镇定等待着，反正我是清白的。

但是很显然约克真的有些麻烦。真相是那天晚上我们交易的不仅仅是那些枪，我正在跟对方协商的时候，约克给自己买了 8 块冰毒。

因为是从我的汽车上的储物箱里搜出来的，我替他背了锅。

监狱里的世界很符合我的价值观，每个人都是按种族分开关押的。我被关了半年，这期间我每一分每一秒都用来策划复仇。早在约克加入北美敢死队之前他就开始吸冰毒了，玩滑板的人就流行这个。但是我不允许我小分队里的任何人碰毒品，他们更是死都不敢把毒品藏在我汽车的储物箱里。

在监狱里，黑人的黑帮成员数量力压其他人，所以有的时候拉美人和白人的黑帮成员会团结在一起。但是在监狱里，你需要尽可能只管自己的事，不要惹麻烦。如果这时正好有白人势力运动的人来坐牢的话，他们很快就会发现我的真实身份，即便如此，我还是希望第一个识破我真实身份的不要是黑人。

我一直埋首读着《圣经》。我的生命中需要上帝，因为负责我的是一个公共辩护律师，如果赶上这种律师，你就更需要上帝保佑了。但是我读的并不是原来常读的经文，就是在我学习有关基督教徒身份理论的教规时曾读过的那些。我在那些讲述折磨、拯救和希望的书页上折了角。我开始戒食，因为我在《圣经》里读到了相关的部分。在我戒食期间，上帝告诉我，要和与我相似的人一起出入。

所以第二天我就加入了监狱里的《圣经》学习小组。

但所有人里，只有我不是黑人。

刚开始我们只是面面相觑。之后，负责组织会面的人用下巴向我示意一个比我大不了多少的孩子，他见状空出了自己身旁的位置。我们手拉着手，他的手很柔软，就像原来我牵过的父亲的手。我也不知道为什么脑海中会有这样的想法，但这的确是我当时的感受。当他们开始念上帝的祷告词时，我突然发现我也跟着他们念了起来。

我每天都去参加《圣经》学习。经文阅读结束之后，我们会说阿门。然后小组负责人“万事通”[①] 会问我们：“明天谁上法庭？”这个时候总有人会说自己要参加预审听证会，或者逮捕他的警官需要调查他的证词之类的，“万事通”就会说：“好的，那现在我们大家来帮他祈祷，警察不会把他直接扔到大车下面。”然后他就会找到《圣经》里讲述救赎的部分。

那个和我同龄的黑人小孩儿就是笨笨，我们的话题经常围绕着女孩子，还有泡妞失败的经历。说出来你可能都不信，我们聊得最多的还是那些现在监狱里死活吃不到的食物。我宁可为了一个塔可钟[②]犯下重罪，而笨笨心里想的只有番茄牛肉酱。不知道为什么，我并没有太在意他的肤色。如果我是在哈特福德的街上遇到他，我可能会踹他的屁股。但是在监狱里，情况就大为不同了。打牌的时候我们两个会组成一队，用我们事先商量好的方式做手势、转眼球来出老千，反正没有人认为一个主张白人势力的家伙会和一个黑人小孩合作。

有一天，我正和一群白人坐在休息室里，午间新闻突然插播了一起黑社会之间的枪战。电视上的主持人正在大谈子弹四下飞溅的情况，有多少人意外被击中。我说：“这就是为什么每次我们和这些团体开战，总是我们赢。他们不像我们只对着目标射击。他们不知道怎么握武器，怎么看瞄准镜。这

---

① 此处万事通的英文为 Big Ike，是美国中南部和南部方言，表示自以为了不起的人、自负的人。有轻蔑之意。——译者注

② 塔可钟：墨西哥食物名。——译者注

是典型的愚蠢黑人。”

这时笨笨没有和我们坐在一起，但是我看到他在房间的另一边。他的目光似乎掠过我的身上，之后又拉回目光，继续做他的事情。那天晚些时候，我们正在为了赌香烟而打牌，我给他使了个眼色，让他把牌变回方片，因为我的手里都是方片的牌。结果他打了梅花，我们就输了。走出休息室的时候，我转向他问：“伙计，你到底怎么了？我给你使眼色了啊。”

他直直地看向我说：“可能因为我是一个典型的愚蠢黑人吧。”

我当时心想：完了，我伤害到他的感情了。下一个想法却是：那又怎么样？

虽然之后我仍会说“愚蠢黑人”，但是我必须承认，有时当我说出口时，会感觉如鲠在喉。

弗朗西斯找到我的时候，我正站在双层公寓楼的窗户边，要把我的靴子放到阳台上。结果我碰掉了老化的窗框，它一下子就砸在门廊上，摔成一地碎碴。弗朗西斯见状抱起胳膊，扬了扬眉毛。

我向他解释：“窗台生锈了，但我没有撬杆，够不到那里。”

墙上有一个大洞，冷风从这个洞口灌进来。我觉得舒服极了，因为我现在浑身冒火。

弗朗西斯说：“你这么做和你今天的会面没有任何关系吧。”但他的语气根本就是在暗示，我所做的一切都和半个小时前我在本地警察局遭遇的事有关。我们离开医院之后就去了警察局。我先回家把布列塔放下，她继续躺回床上。之后我自己径直开车去了警察局。

说实话，那都无法称作一场会面。我只是和一个胖胖的警官面对面坐着，他的名字叫麦克杜格尔。他登记了我针对鲁斯·杰斐逊的指控。我喃喃地说：“他说他会做一些调查，听起来我再也不会从他那里得到反馈了。”

“你怎么跟他说的？”

“那个婊子杀了我的孩子。”

麦克杜格尔对我的儿子以及在医院发生的一切一无所知，所以我必须从头给他讲述完整的故事。麦克杜格尔问我他能为我做些什么，就好像这个答案一点都不明显。

我告诉他：“我想安葬我的儿子，此外我还希望她为她的所作所为付出代价。”

那个警察问我，会不会我只是被悲痛冲昏了头脑。说不定我是误解了我所看到的场景。我告诉麦克杜格尔：“她肯定不只是在做心肺复苏。她就是在伤害我的孩子。当时还有一个医生让她下手轻一点。”

我说，她其实就是在报复我。这个警察立刻看了看我头顶的刺青，说：“你不要开玩笑。”

现在我对弗朗西斯说：“这就是因仇恨而犯罪，不可能是因为别的。但上帝会原谅每一个代表盎格鲁人的人，虽然我们现在也只是少数人了。”

岳父走到我的身边，徒手撕掉了窗口外面一小块遮雨板。他说：“特克，你是在宣扬真理。”

弗朗西斯已经很多年没有在公共场合宣扬过白人势力了，但是我偶然得知他在距离这里5公里的仓库里，正在为了未来的种族圣战囤积武器。弗朗西斯说：“我希望你能想办法尽快解决这件事。”我假装听不懂他指的是这个窗户。

这时，我的电话铃响了。我从口袋里掏出来，发现显示屏上是个陌生的电话号码。“喂?”

“鲍尔先生吗？我是麦克杜格尔警官。今天咱们刚刚见过面的。”

我用手捂住话筒，转过身靠在墙上，用我的后背隔离出一个私密的空间。

“我想告诉您，今天我找机会和医院的风险控制部谈了一下，还有验尸官。卡拉·卢翁戈证实了您所言属实。验尸官告诉我，您的儿子死于低血糖发作，因此导致呼吸骤停和心脏停搏。”

“所以这是什么意思?”

“医院已经收到他的死亡证明了，您可以安葬您的儿子了。”

我闭上了眼睛。一时间，我甚至都不知道该如何作答。

我勉强说出口：“好的。”

麦克杜格尔又加了一句：“鲍尔先生，还有另一件事。验尸官证实您儿子的胸骨上有瘀青。”

我全身紧绷，屏住了呼吸，等待着他接下来说出的话。

麦克杜格尔说：“有证据证明鲁斯·杰斐逊的失误可能导致了您儿子的死亡。这可能是一场基于种族原因的事件，我会给本地的辩护律师办公室打个电话。”

我生硬地说了一句“非常感谢”，然后挂断了电话。这时我的膝盖再也支撑不住，“扑通”一下跪倒在已经损坏的窗户前。我可以感受到弗朗西斯的手扶着我的肩膀。虽然现在可以直接呼吸到室外的空气，但我还是觉得窒息。

弗朗西斯说：“特克，别难过。”他误会了我的反应。

我说：“我不难过。”我支撑着站起来，跑进黑暗的房间里。布列塔正缩在几张毯子下面。我一把扯开窗帘，让阳光灌满房间。我看着她翻了个身，眨了眨眼，然后眯起眼睛看着我。我牵起了她的手。

我不能把我们的孩子还给她，但我还可以给她仅次于这个的东西。

公正。

我在监狱里的那半年，一直在筹划怎样找约克复仇。这段时间他也没闲着，他和一群叫“异教徒”的自行车手厮混。那些人都是愚蠢的暴徒，我猜他们可能是因为吸冰毒才走到一起的。他们对他的归来表示热烈的欢迎，这意味着他们拿下北美敢死队哈特福德小分队的头目了。街头势力经常是这样更迭的。

我出狱后的第一天，就打算把我原来的部下都召集回来。但是他们都知道重新“下水”意味着什么，所以他们找了五花八门的理由来拒绝。甚至劝小队里资历最浅的成员时，我都讲得口干舌燥：“我为了你们放弃了一切，你们就是这么回报我的吗?”

我最不希望他们感觉到的就是，进监狱之后我不再像原来那么锋芒毕露。所以那天晚上我去了一家比萨饼店，这里原来是我们小队的聚点。我一直等着，直到听到十几辆自行车呼啸，然后停放在这里。我一把扯下了夹克，掰响指节，走到餐厅后面的小路上。

那个狗娘养的约克躲在一圈肌肉男的后面，他们个个高大威猛，连“异教徒”里面个头最小的那个家伙都将近2米，体重有130多公斤。

我在身高上可能没有优势，但是我的速度快，这些家伙里没有一个人像我一样，在躲避自己外公的拳脚进攻中长大。

我也希望我能告诉你那天晚上发生了什么，但是关于那天晚上的回忆，我只能从其他人的叙述中拼凑出来。他们说我像一个狂怒的战士一样冲向了个头最大的家伙，边跑边举起手臂，一拳头正中他的嘴，直接把他前排的牙打掉了。还有我是怎么把其中一个家伙从地上拎起来，把他像一颗炮弹一样扔到他的同伙身上。我是如何使劲踢了那个自行车手的肾，据说之后的一个月他一直在尿血。那天小巷里血流成河，就像人行道上积攒的雨水。

那时我知道我已经没有什么可以输的了，我唯一不能放弃的就是我的名誉。而这个信念足以支撑我打这场仗。关于这件事我已经完全没有印象了，我只记得第二天早上在比萨饼店醒来，我打断了的那只手上敷着一袋冰，其中一只眼睛肿得睁不开。

我真的什么都不记得了，但是这件事一传十，十传百。我因为这件自己毫无印象的事，再一次成为人们口中的传奇。

我儿子下葬的那一天，阳光很好。风从西方吹来，打在人身上有点疼。

我站在地上挖出的那个小洞前面。

我都不知道是谁安排的这场葬礼。总有人要去打电话规划整个流程，让负责的人知道要办这场葬礼吧。我猜应该是弗朗西斯做的。他现在正站在小棺材前，读《圣经》里的一段话：“我为这个孩子祈祷，主同意了我的请愿。”之后他放下书开始背诵，“因此我要把他还给主，不论生命长短，他都会回到主的身边。我们以此来表达对主的尊崇。”

参加葬礼的有来自纸面石膏板公司的人，还有一些布列塔在白人势力运动中认识的朋友。但是也有一些我不认识的人，他们是出于对弗朗西斯的尊敬才出席的。其中一个人是汤姆·梅茨格，雅利安白人抵抗组织的创始人。他今年78岁了，和弗朗西斯一样是个孤家寡人。

当台上读起《圣经·旧约》的时候，布列塔开始哭了起来。我伸手去拉她，她却躲开了。她反而去找梅茨格，在她成长过程中一直叫他“汤米叔叔。”他甚至还抱住她，我觉得这简直是一种侮辱，但我尽量不去想。

今天我听到了无数的陈词滥调：他现在去了一个更好的地方，他是一个倒下的战士，时间会治愈一切。但是从来没有人给我讲过，悲伤竟然是这么的孤独。不管还有多少其他人在哀悼，你都会觉得自己被关在单独的小监牢里。即使人们试图安慰你，你也会意识到现在你们之间隔着一道屏障，这屏障就是那件可怕的事造成的。这道屏障让我孤单一人。我曾想过至少我和布列塔会一起承担这份痛苦，但是她几乎连站都站不住，更别说看着我了。我不知道是不是基于同样的理由，其实我也在躲避她：因为我看到她的眼睛，就仿佛看到了德维斯的眼睛；或者是当我看到她下巴上的酒窝时，会想起我的儿子也有那样的酒窝。她曾经就是我所想要拥有的一切，而现在她的存在不断提醒着我我所失去的一切。

我把注意力集中在慢慢沉入土坑中的小棺材上。我使劲瞪大眼睛，因为只有这样眼泪才不会喷涌而出，我才不会看起来很软弱。

我开始在脑海中罗列出所有我再也没有机会和我儿子一起做的事情：第

一次看到他笑，第一次和他庆祝圣诞节，给他买一把玩具枪，给他和女孩子约会的建议。现在对我来说，在做父母的这条路上这些重要的路标已经被铲平了。

弗朗西斯突然举着一把铲子站在我面前。我艰难地吞了一下口水，取过铲子，由我开始作为第一个安葬孩子的人。我铲完第一捧土，就立刻扔下了铲子。汤姆·梅茨格帮助布列塔举起铲子，她的手颤抖着，铲完了她那一下。

大家帮忙安葬德维斯时，我知道自己应该守护在这里。但我一直在和内心强烈的念头做斗争，我想跳进那个小小的坑里，直接用双手把土刨开，挖出小棺材，打开盖子救出我的孩子。我在用力思考，身体也止不住颤抖起来。

之后发生了一件事，释放了我所有的压力，就像一个人打开了阀门，高压锅里的蒸汽就消失了。布列塔握住了我的手，她因为服药和内心的痛苦，眼神仍然空洞，她的身体和我仍然有点距离，但是的确是她向我伸出了手。她肯定需要我。

过去的这一周时间里我第一次开始想，也许我们能渡过难关。

弗朗西斯·米彻姆的召集，你是不能不去的。

在我那次击溃“异教徒”的行动之后，我收到了来自弗朗西斯的亲笔信，他在信中说他听说了我的事迹，想见见我，了解一下这件事是不是真的。他邀请我下一个周六去纽黑文见他，信上还写明了地址。我怀着惊讶的心情开车过去，发现那里正好位于一个住宅小区的中央。但我看到外面停放的那些车辆时，猜测他的手下可能聚集在这里。我摁响门铃，没有人应门，这时后院传来嬉闹的声音。我沿着房子的外围走动，找到篱笆墙一处没有锁门的地方溜了进去。

我刚一进去就差点被一群孩子撞倒。他们应该都在 5 岁上下，我对这个年龄段的小孩并没有多少概念。他们正和一个拿着球棒的女性竞赛，她正试图让这些四处乱跑的小孩排成有序的队伍。其中一个小男孩喊：“今天是我的生日，所以我要当第一个！”他伸手去抓球棒，然后开始击打一个物体——那是一个吊在绳索上的用纸糊的黑人形象。

我知道我来对地方了。

我转过身，正好撞上了一个手里拿着星星贴纸的女孩。她有一头长卷发，眼睛是我所见过的最深沉的蓝色。

此前我被人击中过不下一百次，但都比不上这一次。我甚至连怎么打招呼都忘了。

她说：“你参加这个游戏的话年龄未免太大了。但如果你想参加，也可以让你玩儿一次。”

我就那么愣愣地看着她，感到困惑，之后才意识到她指的是去打那张贴在房子上的鹰钩鼻形象的海报。我的确也想试试，但是在犹太人脸上贴星星并不是我现在想干的事情。

我说：“我来找弗朗西斯·米彻姆，是他叫我过来见他的。”

她眯起了眼睛：“你一定就是特克吧。他正等着你呢。”说罢，她转身优雅地走进房子里，似乎已经习惯了给别人带路。

我们路过厨房时，有几个女人在那里忙活，在冰箱、橱柜之间跑来跑去，就像煎锅里蹦来蹦去的玉米粒一样。每接到一个任务都会炸开一次锅：去拿盘子！别忘了冰激凌！房子里的孩子比外面更多，但他们的年龄更大，我猜是10岁出头吧，因为他们让我想起不久之前的自己。弗朗西斯·米彻姆比我记忆中的更矮一些，不过，我上次见到他的时候，他是站在舞台上的。他有着一头浓密的银发，从两侧梳向耳后。他正在教基督认同理论：“那条蛇和夏娃发生性关系。”孩子们在听到性这个词的时候互相看去，就好像这个随口大声说出的词带领他们进入了成年人的秘密基地。“为什么上帝告诉夏娃不能吃苹果呢？夏娃和苹果都在一个花园里啊。苹果象征着和人发生关系之后的堕落。撒旦化作一条蛇来找夏娃，他们在草地上翻云覆雨，夏娃就怀孕了。但之后她又回去诱骗亚当，与他发生了关系。她生下了该隐。该隐出生的时候身上就有恶魔的标记：666和大卫星。对，该隐也是第一个犹太人。夏娃继而生下了亚伯，亚伯是亚当的孩子。该隐出于嫉妒杀死了亚伯，而该隐就是撒旦的子嗣。”

坐在我旁边的那个漂亮女孩问我：“你相信这些胡编乱造的故事吗？”她的声音非常平静，感觉就像在开玩笑。

有一些白人势力的拥趸也是基督认同理论的拥护者，但有些不是。雷恩是。弗朗西斯是。我也是。我们都相信我们才是以色列真正的主人。犹太人是冒名顶替的，他们会在种族战争中被我们彻底消灭。

我咧嘴笑了起来说：“我和这些孩子一样大的时候，因为肚子太饿，我从加油站偷了一个热狗。我对偷窃倒是不那么在意。但在那之后的两周，我一直确信我会因为吃猪肉而遭到上帝惩罚。”

她对上我的视线的瞬间，就像有人打开了炉子上的开关，然后燃起了蓝色的小火苗，似乎立刻就要发生爆炸。

她大声喊：“爸爸。你的客人到了。”

爸爸？

弗朗西斯·米彻姆看了过来，他不再理会那些刚才听课的小孩。那些小孩也正在盯着我看。

他穿过他们走了过来，用手拍上我的肩膀，说：“特克·鲍尔。我很高兴你能来。”

我回答：“能被您叫来是我的荣幸。”

弗朗西斯说：“看来你已经认识布列塔妮了。”

原来她的名字是布列塔妮。我说：“不算正式认识吧。”说罢我向她伸出手：“你好。”

布列塔也说了句“你好”，然后笑了起来。她握住我手的时间比寻常握手时间长一些，但是没有长到让其他人注意到。

不过米彻姆注意到了。我觉得他一直都在盯着我们的举动。他提议："陪我走走好吗?"我紧紧跟在他身边，一起走回后院。

他和我谈了谈天气（今年的春天来得晚），还有从哈特福德开车到纽黑文的经历（I－91S这条路上施工太多了）。当我们走到院子角落里的一棵苹果树旁时，米彻姆在草坪躺椅上坐下，并示意我也坐下来。从这个角度我们可以俯视那些小孩跑来跑去地玩，现在又轮到那个过生日的男孩击打目标了。但是到目前为止他还没能把糖果打出来。米彻姆说："这是我的教子。"

"我有点好奇，为什么我会被邀请到一群孩子的派对上。"

他说："我喜欢和下一代交流。这样会让我觉得我没有和时代脱节。"

"哦，先生，这点我不敢妄议，但我必须说，您和时代的联系很紧密。"

米彻姆说："现在来说说你自己吧。你最近可挺出风头啊?"

我只得点点头，现在还是搞不清楚为什么弗朗西斯·米彻姆想要见我。

"我听说你的哥哥被一个黑人给杀了，你的爸爸还是一个同性……"

我立刻抬起了头，一股热浪冲上脸颊："他现在再也不是我的父亲了。"

他看向我："不要那么紧张，孩子。我们都无法挑选自己的父母，重要的是我们选择怎样看待他们。你最后一次见到他是什么时候?"

"是我把他打到昏迷的那次。"

我再次感觉到好像在接受一场测试，而我必须要回答正确，因为米彻姆一直在问话："据说你建立了自己的小分队，而且大家都说你是东海岸最好的领队。你为你的副手背了黑锅，一出监狱就立刻去教训了他。"

"我只是做了我应该做的。"

米彻姆说："现在这个社会上像你一样的人很少了。我觉得荣誉这个东西都快灭绝了。"

正在这时，另一个小男孩打断了人偶的脖子，糖果在草坪上撒了一地。孩子们全都扑上去，拼命把更多的糖果抓在手里。

过生日的这个男孩的妈妈从厨房里走出来，端着一盘杯子蛋糕。她开始唱生日快乐歌，孩子们都在一张野餐桌的旁边围坐下来。

布列塔妮走到了门廊上。她的手指冻得发紫。

米彻姆继续说："原来我只带领一支小分队的时候，参加咱们运动的人没有一个会因为吸毒被抓个现行。现在，我的天啊，雅利安男孩和印第安人已经联合起来，找一个不会被警察发现的地方制作冰毒。"

生日快乐！

我告诉米彻姆："他们并没有联合起来，他们只是因为共同的敌人走到一起：因为墨西哥人和黑人。我不是为他们的所作所为进行辩护，但是我明白他们并不是坚固的同盟军。"

生日快乐，亲爱的杰克逊！

米彻姆听罢眯起眼睛，重复了一遍我说的话："不是坚固的同盟军。那我举个例子，如果有一个上了年纪、有经验的人……此外还有一个年轻人带领着最大的一支队伍。前者认识再之前那一代的盎格鲁人，而且知道怎么带领下一代的盎格鲁人。后者在街上混迹成长起来……但是在技术时代成长起来的。怎么样，这是不是一对完美的组合？"

生日快乐！

站在院子另一边的布列塔感觉到了我的注视，脸唰地红了。

我说："啊，我听着呢。"

葬礼结束后，大家都回到了我们的房子里。我们给大家准备了法国砂锅菜、派、鱼和其他肉食，其实这些我平时都不吃。人们一直在不停地说为我们痛失爱子感到遗憾，似乎他们跟这件事有关。弗朗西斯和汤姆坐在门外的门廊上，那里还散落着玻璃的碎片。他们正在喝汤姆带来的一瓶威士忌。

布列塔坐在沙发上，被她的朋友环绕，就像花蕊，而她们就像花瓣。当一个她并不熟悉的人靠近时，她们就会紧紧将她包围住。最后他们都离开了，嘴里说着“如果需要倾诉，随时给我打电话”或者是“每过一天心中的痛楚就会减轻一些”。用一个词来总结就是：撒谎。

我送最后一个客人出门的时候，一辆车停在了门前。车门打开，那个负责帮我登记的警官麦克杜格尔从车里走了出来。他踏上台阶径直向我走过来，手插在兜里。他开门见山地说：“现在还没有什么新的进展可以告诉你，我只是过来表示一下我的哀悼。”

我感到布列塔像影子一样跟在我身后。“宝贝，这就是要帮助我们的警官。”

她问：“什么时候能有结果？”

“呃，太太，调查这件事需要花一点时间……”

布列塔重复着他的话：“这件事，这件事。”她推开我径直走了过去，贴在警官身上说，“我的儿子可不是一件事。”说完她更正了一下，“我已经死去的儿子。”她的声音有些尖锐，“我死去的儿子可不是一件事。”

说罢她便转身消失在了房子里。我转向警官说：“今天我们经历得太多了。”

“我理解。一旦检察官联系我，我就会……”

他还没有说完，我身后就传来了剧烈的撞击声。我说：“我必须过去看看。”但话还没有说完，我就已经一把关上了门。

我冲到厨房之前就传来了第一阵撞击声。我刚一走进去，就有一盘装鱼的盘子飞过我的耳边，砸在我背后的墙上。我边靠近边大叫道：“布列塔！”她又朝我的脑袋扔了一个玻璃杯，正好砸到了我的眉骨，那个瞬间我眼冒金星。

布列塔尖叫着：“这样我就能觉得好受一些吗？我他妈恨死这些芝士通心粉了。”

我抓住她的肩膀说：“宝贝，他们只是想安慰你。”

“我可不需要他们的安慰，”现在她泪如泉涌，“我不希望得到他们的同情。我什么也不想要，我只想杀了那个害死我儿子的婊子。”

我环抱住她，怀中的她还是那么僵硬：“这件事还没有了结呢。”

她突然非常使劲、毫无来由地推了我一把，我不由得向后退了一步。她用让我震惊的恶毒语气说：“如果你还是一个真正的男人的话，这件事情就会了结的。”

我绷紧了下巴上的肌肉，双手握拳，但是我没有说话，也没有动。弗朗西斯不知何时走进了厨房里，他走向布列塔，双臂环住了她的腰。“来吧，瓢虫小姐。咱们上楼去吧。”他把她领出了厨房。

我知道她是什么意思：一个人如果只能躲在电脑后面攻击，他算不得真正的战士。当然转战到地下去作战是弗朗西斯的主意，而且是一个非常明智而狡猾的决定，但布列塔也是对的。一拳打出去直接感受到的喜悦，和在网络上传播恐惧而慢慢感受到的骄傲是完全不同的。

我从厨房的台面上抓起汽车钥匙，没过多久我就出现在离铁道不远的地方了。心脏在胸腔中剧烈地跳动，我希望可以找到那个黑人护士的住址。我在这方面可是专家，两分钟内就能搞定。

如果她本人或者她的财产真的受到损害，警察也要花很长时间才能发现是我干的。

我选择在火车经过的天桥下把车停下来。我的心脏在怦怦跳动，肾上腺素飙升。距离我上次打劫已经过去很久了，我都快忘了这种感觉是多么令人怀念。喝酒、运动，甚至坠入爱河时所产生的感觉都不能和它相提并论。

我在街上遇到的第一个人是流浪汉，他要么是喝醉了，要么是嗑了药，或者是睡着了，反正已经失去了意识。他身上盖着成堆的塑料袋，睡在一个板子上。他并不是黑人。他只是……无所谓。

我伸手掐住了他的喉咙，他从噩梦中惊醒，发现现实比噩梦更为恐怖。我冲着他的脸大叫道：“你看什么看？”其实是因为我把他的脖子固定住了，他除了看我之外根本没法转头。“你他妈到底有什么毛病?”

然后我用头撞他的嘴，把他的牙齿撞松动了。我把他重新扔回到人行道上，听到他的头骨砸到地上发出的声音，我觉得心满意足。

每把他的头砸到地上一下，我都觉得呼吸轻松了一分。我已经有很多年没有做过这样的事了，现在感觉就仿佛是昨天的记忆一样鲜活。我拳头上的肌肉是有记忆的，我把这个陌生人打得面目扭曲，只有通过这个方法，我才能想起来自己是谁。

○ 鲁斯 ○

如果你是一个护士，你会比绝大多数人都更清楚地认识到日子一直在往前走。工作有顺利的时候，也有不顺的时候。有一些和你非常合得来的病人，也有一些你恨不得立刻忘记的病人，但是总会有新来的待产妈妈、生产的妈妈，她们推动你不断地向前走。当然其中也会有一些小婴儿，甚至还来不及写下生命篇章的第一句话就死去了。其实生产的过程就像是流水线作业，有时候当我不得不停下来重新审视的时候，我总会感到吃惊，恍惚间好像我昨天才刚刚帮助接生的婴儿，今天就成了需要我照顾的产妇。直到电话铃响起，才把我拉回现实，是医院的律师叫我过去和她谈话。

我都不太确定此前我有没有和卡拉·卢翁戈说过话。甚至可以说我都不知道这家医院（更正一下，应该叫作风险控制部门）的律师名字叫作卡拉·卢翁戈。正因为我之前从没有出过问题，我从来都不是一个“需要被控制的风险”。

德维斯·鲍尔去世已经两周了，那天之后我又花了 14 天去上班、给产妇挂点滴瓶、告诉产妇使劲，然后教她们怎样照顾新生儿。但这 14 个夜晚，我每晚都会突然从梦中惊醒。我想起的并不是这个婴儿死亡的情景，而是这之前发生的事。我在脑海中用慢镜头回放，然后在脑海中慢慢抹去我不想面对的细节，我努力说服自己相信我告诉自己的话。我也是这么告诉别人的。

接到卡拉·卢翁戈的电话时，我也是这么说的。

我说："我很期待和你的会面。"但我的潜台词是：我是不是惹上麻烦了？

她说："那太好了。你10点钟方便吗？"

今天我的值班时间从11点开始，所以我说就那时见吧。我随手写下她办公室所在的楼层，这时埃迪森走进了厨房。他经过我身旁，打开了冰箱门，拿出一瓶橙汁。看起来他好像马上要直接对着瓶子喝，我挑了挑眉毛，他立刻改了主意。

卡拉·卢翁戈的声音突然响起："鲁斯？你还在听吗？"

"哦，还在，抱歉。"

"那就待会儿见了？"

我语调轻松地说："很期待见到你。"然后我就挂了电话。

埃迪森坐下来，往自己的碗里倒了一大堆谷物。他问我："你刚才是在和白人讲话吗？"

"你问的这是什么问题？"

他耸了耸肩，往碗里倒牛奶。他似乎边用勺子在碗里搅拌边思考，然后他舔了舔勺子说："因为你说话的声音都变了。"

卡拉·卢翁戈穿的丝袜被钩坏了一点。我本来应该考虑其他很多事情，比如说思考为什么一定要见这个面，但我发现自己的注意力都集中在她丝袜的裂口上，心里想着如果她是另一个人，是一个我当作朋友的人，我一定会找机会悄悄告诉她，以免她之后觉得尴尬。

现在的情况是，虽然卡拉一直不停地告诉我，她是站在我这边的（原来还分立场？）以及这是一个必须要走的流程，但我还是觉得很难相信她的话。

我刚刚花了20分钟事无巨细地向她解释为什么我会和鲍尔家的小宝宝

单独待在一个房间里。她说："他们要求你不能碰那个孩子？"

我第 20 次重复："对。"

她咔啪一声盖上笔帽说："所以你一直都没有碰那个孩子，直到……你刚才怎么形容来着？"

"直到监管护士玛丽要求我去碰他。"

"她当时是怎么说的？"

我叹了一口气："她让我开始按压。你已经把这些都记下来了，我可以告诉你一些我还没有告诉你的事。现在马上就要到我值班的时间了，所以咱们两个算是谈完了吗？"

这个律师向前倾了倾身子，胳膊肘抵在膝盖上："你和孩子父母有任何互动吗？"

"我们接触的时间很短，都是在他们让我不要再负责他们的孩子之前的事了。"

"你当时生气了吗？"

"你能再说一遍吗？"

"你当时生气了吗？我是说，当时你单独一个人被留下来照顾这个婴儿，但你已经接到指令，不能去照顾他了。"

"我们当时人手不足。我知道科琳娜和玛丽很快就会回来接我的班，"这时我才意识到我没有回答她的问题，"我没有生气。"

律师说："但是阿特金斯医生说你还轻描淡写地说要给这个婴儿做绝育。"

我猛然一惊："你都和儿科医生谈过了？"

她说："我的职责就是和每个人都要谈一谈。"

我抬起头看向她："那对父母肯定觉得我是一个内心肮脏的人，这不过是个愚蠢的玩笑。"如果这些都没有发生的话，这个玩笑其实根本不算什么，当然前提是——如果没有发生。如果，如果。

“你当时在照顾那个婴儿吗？你有没有至少看看他？”

我犹豫起来，就在那一瞬间，我清醒意识到这才是问题的关键，我要回到那个时间点，重新将我的头绪理清，我现在已经记不清每一个细节了。我不能告诉律师，我违背了玛丽的指令，因为这样我可能会丢掉工作；但是我也不能告诉她我曾经试过让婴儿恢复呼吸，因为这样他们的指控看起来就合情合理了。

事实就会变成我碰了那个婴儿，然后他就死了。

我小心翼翼地字斟句酌：“当时那个婴儿一切正常，之后我就听到他急速地喘气。”

“之后你做了什么？”

我看向她说：“我遵守了指令，毕竟他们告诉我不能擅自行动。”我告诉卡拉·卢翁戈，“所以我就什么都没有做。”我犹豫了一下，“你也知道，如果另一个护士和我遭受同样的待遇，她们看到婴儿文件夹里的便笺纸时，可能会觉得内容有点……偏见。”

她明白我的弦外之音：我可以起诉这家医院歧视，至少我希望她能明白我可以起诉医院。但其实这么做要花很多钱，可我没有钱请律师，而且还可能会失去我的这些朋友，以及我的工作。

卡拉很自然地说：“一般来说，我们也不希望出现这种管理者。”这句话的另一层意思是：你就接着威胁我去起诉医院啊，那你的工作就立刻不保了。她在黑色皮面的笔记本上记了几笔，然后站起来说：“感谢你抽出宝贵的时间。”

“没问题。如果需要随时都可以找我。”

她说：“当然。”走回妇产医院大楼的路上我一直在试图摆脱这两个简单的字带来的威胁感。

等我回到我所在的楼层时，已经没有时间再沉湎于对自我的怀疑。玛丽看到我从电梯里走出来，拽住我的胳膊，一脸如释重负的样子：“鲁斯，过来见一下弗吉尼亚。弗吉尼亚，这是鲁斯，她是我们这里最有经验的产科护士。”

我看向站在我面前的这位女性，她正看我后面沿着走廊推过去的移动病床，瞪大了双眼。那一定是送去做紧急剖腹产的。现在我彻底明白这是怎么回事了。我自然地说：“弗吉尼亚，玛丽现在忙得不可开交。你不如跟我来吧？”

玛丽轻声对我说了一句谢谢，然后立刻就冲向移动病床了。我问弗吉尼亚：“你是在传统年龄上的学吗？”

她和那些来医院实习的娃娃脸的人有些不一样，弗吉尼亚其实已经30多岁了。她向我解释：“我开始读书比较晚。不过也可以说早，看你怎么想了。我年纪轻轻就生了孩子，我希望等他们独立之后再开始自己的事业。你可能觉得我到了这个年纪还回到学校里，是一件非常疯狂的事。”

我说：“晚做总比不做好。而且从某种意义上来说，自己当妈妈本身就是作为产科护士的提前训练，对吧？”

我和那些结束值班的护士对接，她们告诉我应该去照顾哪些病房的病人：一个患有妊娠期糖尿病，第一次怀孕，现在怀孕40周零4天，今天凌晨5点已经顺产的病人。24小时里婴儿的血糖指数都维持在Q3。另一个是第二次怀孕、现在要第二次生产的，目前怀孕38周零两天，已经进入分娩活跃期。弗吉尼亚说：“听起来就像背数字表。”

我笑了：“你要慢慢习惯。这些数据总结起来就是——今天我们要负责两个房间。第一个产妇患有妊娠期糖尿病，今天早上生产，她的孩子每3个小时就需要服一次糖。另一个产妇即将临盆，之前已经生过一个孩子，所以至少她算是有经验了。你跟着我走就可以了。”

说完我就把她推进了房间。我向病人招呼道：“你好啊，布朗斯坦太太。”她正死死地抓着丈夫的手。“听说你是个‘回头客’。我的名字是鲁斯，这位是弗吉尼亚。弗吉尼亚，布朗斯坦先生现在好像需要一把椅子，你可以帮他拉过来一把吗？”当我脱下她的衣服为她检查腹部的时候，我的手法非常流畅、冷静。我告诉她没有任何问题。

产妇咬紧牙关说："但我觉得不太舒服。"

我淡淡地说："我们会处理好的。"

布朗斯坦先生转向弗吉尼亚："我们想进行水中分娩。"

弗吉尼亚敷衍地点了点头，说："好。"

我说："待会儿我们会用仪器给你监测20分钟左右，看看现在婴儿的情况如何。如果情况允许，我们一定给你做水中分娩。"

布朗斯坦太太说："还有一件事，如果生下来是个男孩，我们不想给他做包皮环割。我们犹太教徒会自己给男婴做割礼。"

我告诉她："完全没有问题。我会在你的文件上标明的。"

她说："我很确定现在应该已经开到6厘米了。当年我生伊莱的时候，差不多就是在那个时候开始吐的。我现在就觉得有点儿想吐……"

我走过去拿呕吐盆递给弗吉尼亚。

"我们现在抓紧时间，争取在你吐出来之前给你完成检查。"我边说边戴上橡胶手套，把床单从床尾拉起来。

布朗斯坦太太转向弗吉尼亚，问："你觉得应该这么做吗？"

她犹豫地转向我："嗯，是这样吗？"

我把床单放下来，说："布朗斯坦太太，弗吉尼亚现在还是一个学护理的学生。而我干这行已经20年了。如果你希望的话，我觉得她也很乐意在旁边观摩学习：比如看看你的子宫口现在开到了多少厘米。但如果你现在感到不舒服，想尽快结束痛苦的产程，我愿意来陪着你度过这段时间。"

这个病人的脸突然涨得通红，说："哦！我只是猜测……"

只是猜测弗吉尼亚才是负责人。因为虽然弗吉尼亚比我要小上10岁，但她是一个白人。

我呼出一口气，就用平时我教给那些即将生产的产妇呼气的方式。果然，这个呼气让我像产妇一样把压力释放了出来。我把手轻柔地搭在布朗斯坦太太膝盖上，露出职业性的微笑。我提议："现在我们把这个宝宝生出来吧。"

我妈妈还在上西区那栋奢华的房子里给麦娜·哈洛韦尔工作。自从萨姆先生去世，麦娜太太就由我妈妈照管了。她女儿克里斯蒂娜住得不远，但是她过着自己的生活。麦娜太太的儿子路易斯和男伴住在伦敦，他的男伴是伦敦西区的一名导演。显然只有我觉得这事非常讽刺，我妈妈比她照顾的人还大了三岁。每次我和妈妈谈及退休的问题，她都会反驳我说，哈洛韦尔家需要她。其实反过来说我妈妈也一样需要哈洛韦尔家，只有这样才会让她觉得还有奋斗的目标。

我妈妈只有每周日休息。每周六晚上我都会连续上一个大夜班，因此周日我都是在睡觉，平时只能在她工作的日子里，直接去哈洛韦尔家看她。不过我去得并不频繁。我总是为自己开脱，那是因为我还有工作，还要照顾埃迪森。当然，除此之外，还有成百上千个理由排在看望妈妈前面。但事实是，每次走进去看到妈妈穿着那身已经不成形的蓝色制服、腰上围着白色围裙，我的心就会凉掉一半。一般人都会觉得，过去那么多年了，麦娜太太怎样也会让妈妈随意穿自己喜欢的衣服工作了，但完全没有。也许正是因为这个，每当我前来探访的时候，我都选择走有保安的正门，而不是从建筑的后方乘坐仆人的电梯上去。我内心里总有个倔强的声音告诉自己，只有这样，他们才会像通报其他客人的到访一样，通报我的到来。女仆女儿的名字也会被登记在访客名单上。

今天妈妈见我进来，给了我一个大大的拥抱："鲁斯！发生了一件天大的喜事！我就知道今天肯定会走运的。"

我说："真的吗？发生什么事了？"

"今天不是要变天吗，我就穿了那件很厚的外套。你猜怎么着？去年秋天我穿它的时候在兜里放了20元。于是我对自己说，'路，这要么是一个好的兆头，要么说明你开始得老年痴呆了’。”她咧嘴笑了一下说，“我宁愿相信是前者。”

我非常喜欢她笑起来时皱纹叠在一起的样子，从她的脸上我能看到自己未来老去之后的模样。

她看向我身后的走廊，问道：“我的乖外孙来了吗？你有没有带他去看看别的大学？”

“还没有。他现在正在上课呢。很可惜这次只有我一个人陪你。”

她装作一脸不满的样子说：“只有你啊。不过你能来我已经很开心了。”我开始脱大衣的时候，她关上了我身后的门，又伸出手来等着接我的大衣。我没有把它挂在衣架上，而是直接放进了衣柜里。我最不喜欢的就是让妈妈等我了。我把我的大衣挨着她的大衣挂起来，然后就像过去那样，我的手指划过妈妈柔软的幸运围巾。做完这些我才关上了衣柜的门。

我问：“麦娜太太呢？”

“她正在市里购物呢，还有克里斯蒂娜和小宝宝陪着她。”

“你现在是不是很忙？我不想打扰你。”

“宝贝，只要是为了你，我总是有时间。跟我到餐厅来吧，我还有一点清洁工作没有完成。”她沿着走廊向下走去。我跟在她后面，注意到她把重量都压在右膝盖上，因为她的左膝盖有滑膜炎①。

餐厅的桌子上铺着白色的桌布，上面还放着从头顶的枝形吊灯上取下来的一条条水晶，就像一道道泪痕。桌子的正中央摆着一盆散发刺鼻味道的氨水。妈妈坐下来，重新投入到工作中。她要把每一条水晶都清洗干净，摆在那里风干。

我盯着那盏枝形吊灯，问她：“你是怎么把它拿下来的？”

---

① 滑膜炎：当膝关节受到暴力打击、长期负重慢性劳损时，会使滑膜遭受损伤，出现充血、肿胀，引发炎症。——编者注

妈妈说：“小心地拿下来的。”

我脑海中设想了一下她在桌子上，甚至可能是站在椅子上试图保持平衡的样子，担忧地说：“现在对你来说，做这些事情实在是太危险了。”

她不耐烦地向我挥了挥手：“这件事我都做了50年了，我在昏迷的时候都能把这些水晶擦干净。”

“那好吧，你就接着往桌子上爬吧，这样你就可以实现你昏迷的梦想了。”我皱了皱眉，“我上次给了你那个整形外科医生的联系方式，你去看了吗？”

“鲁斯，不要再把我当成一个大宝宝了。”为了活跃气氛，她开始问我埃迪森最近的成绩。她告诉我阿蒂萨正在担心她16岁的儿子要从高中辍学（但是我和她一起在美甲沙龙的时候，她没有和我提过）。我走过去，帮她把水晶链拿起来泡在氨水里。我能感觉到那液体灼烧着我的皮肤。我觉得连嗓子也开始有些疼了。

我和姐姐小的时候，周六妈妈经常带着我们来这里工作。她将其视为一件很重要的事情，看作我们两个人的一种优势：并不是所有的小孩都能表现得那么好，可以和父母一起去工作的！如果你表现得好，就可以去按餐桌旁上菜架的按钮，然后把餐盘从餐厅运到厨房了！但是这种看似奖励的行为很快就让我感到不适。的确，有的时候我们能有机会和克里斯蒂娜一起玩她的芭比娃娃，但如果她有朋友来家里做客，我和雷切尔就只能退回到厨房或是洗衣房。这时妈妈就会向我们展示如何熨烫袖口和领口。10岁那年我终于反抗了：“也许你觉得这没有什么，但我不想再当麦娜太太的奴隶了！”那时我的声音大到别人都可以听见。妈妈扇了我一个耳光：“我不许你用这个词来形容通过辛勤劳动获取报酬的工作。”妈妈提醒我，“我就是靠这份工作才让你穿上身上的衣服和脚上的鞋的。”

当时我没有意识到的是，妈妈让我们跟着她学习其实是有深层次目的的。我们一直都在学习，例如怎样像医院的床单那样折角，怎样洗去污渍，怎样做乳酪面粉糊，等等。妈妈一直在教育我们如何自给自足，这样我们永远不用担心像麦娜太太一样，自己无法独立完成任何事情。

我们终于清洁完了这些水晶。我站在椅子上，妈妈负责把水晶一根一根递给我，由我来把它们挂在枝形吊灯上。这些水晶熠熠生辉的样子非常美丽。当我快要挂完的时候，妈妈说："你现在愿不愿意给我讲讲到底发生了什么？还是由我来一点一点问出来？"

"没有什么问题。我只是想你了。"

这句话倒是真的，我来到曼哈顿是因为我想见她，我想要回到我被重视的环境中去。

"鲁斯，你的工作中发生什么事了？"

作为母亲，她的直觉准到可怕。我花了很多年才确认她不是一个巫师，她不能预测未来，她只能看穿我的所思所想。

"一般来说你会不停给我讲工作中的琐事，例如一个岳父在休息室打了自己的女婿。今天你还完全没有提到医院的事呢。"

我从椅子上爬下来，抱住双臂。最高明的谎言莫过于在事实的基础上添加一些错误的细节，所以我丝毫没有提到特克·鲍尔、那个死婴或者是卡拉·卢翁戈。相反，我给妈妈讲起了那个学护理的学生，病人直接把她而不是我当作主管护士的事。我滔滔不绝地讲着，我比自己预想的还要有表达的欲望。当我终于说完的时候，我们两个人静静坐在厨房里，妈妈在我面前放了一杯茶。

她噘起了嘴，似乎是在思考我所说的那些猜测："说不定是你自己想太多了。"

如果我要帮除了自己以外的所有人找一个借口，并且要让这个借口非常自然，我就会把责任往自己身上揽。我很怀疑是不是因为这种习惯，我才形成了现在的性格。这个习惯是多年以来我从妈妈那里耳濡目染的。

但如果妈妈说的是对的呢？我会不会反应过激了？我开始在脑海中回想我的反应。这和特克·鲍尔的那件意外完全不是一个性质，布朗斯坦太太甚至都没有提到我的肤色。妈妈会不会是对的，我真的是过于敏感了？是不是我在假设这个病人所言是基于弗吉尼亚是白种人，而我不是？所以在这件事里，是不是反而是我自己戴着种族的有色眼镜在看待问题？

我的脑海中清晰地回荡起阿蒂萨的声音：这就是他们所希望的，希望你怀疑自己。只要他们能让你觉得自己没有那么重要，你就仍然套在他们的枷锁之中。

妈妈肯定地说："我敢打赌那位女士根本不是这个意思。"

但是这番话还是不能让我摆脱觉得自己渺小的感觉。

我没有大声说出这句话，而是在心中细细思量。我不由得打了一个冷战。这太不像我做的事了，我不会假设，我不会认为大多数白人对我做出的判断都基于我是一个黑人，或者认为他们更优于我。我不会四处寻找一个可以用来和他们对抗的借口，这都是阿蒂萨干的事情。而我，我会避免成为公众注意的中心。我知道种族歧视是确实存在的，像特克·鲍尔那样的人到现在还在为了深化歧视而摇旗呐喊，但是我不会因为一部分白人在历史上的行为，就把这种偏见加诸所有白人。

更准确地说，在此之前我是不会这样的。

德维斯·鲍尔档案里夹着的那张便笺纸似乎在我的动脉上割开了一道大口子，而我不知道要怎样才能止住喷涌而出的血。

这时我们突然听到了"咯嗒咯嗒"钥匙开门的声音，还传来了争吵声。麦娜太太、她的女儿和外孙回家来了。妈妈听到声音急忙冲到大厅去帮她们拿大衣和购物袋，我也跟着她过去了。克里斯蒂娜看到我的时候睁大了眼睛，然后冲过来抱住我。这时妈妈正在帮克里斯蒂娜 4 岁的儿子菲力克斯脱掉防雪服。克里斯蒂娜大喊着说："鲁斯！这是命运的安排啊。妈妈，我刚才不是正和你说鲁斯儿子的事吗？”

麦娜太太抬起头看了看我：“可不是嘛！亲爱的鲁斯，你还是这么漂亮。皮肤连一道皱纹都没有。我发誓你一点都没变。”

这时我仿佛又听到了阿蒂萨的声音：黑人是不会长皱纹的。她的声音是那么响亮，我试图抑制住这个声音。我走过去给了娇小的麦娜太太一个拥抱：“麦娜太太，您也还是那么年轻。”

她假装对我的话感到不耐烦：“哦，你就瞎说吧。”但嘴角还是忍不住偷偷上扬。“不，我骗你的，你继续说。我就喜欢听这些话。”

我暗示妈妈：“我是不是该走……”

麦娜太太说：“千万别因为我们突然回来就这么急匆匆地走。你想待多久就待多久。”她从妈妈的手上抱过了菲力克斯，对妈妈说：“路，我们要在金色大厅里喝茶。”

克里斯蒂娜牵起了我的手：“跟我来。”她拉着我上楼去她的卧室，就是我们小时候经常一起玩儿的地方。

这里收拾得像神殿一样干净，还摆放着她小时候使用的那些家具。

靠墙有一张婴儿床，地上也散落着一些玩具。我不小心踩到什么东西，差点儿被绊倒。克里斯蒂娜转了转眼球：“哦，天啊，这是菲力克斯的摩比小人。是不是很疯狂，花好几百美金就买回这些塑料。但是你也知道，菲力克斯就是喜欢他这些海盗玩具。”

我弯下腰来，仔细看着克里斯蒂娜从衣柜里翻出来的精致船模。上面站着一个穿红外套的船长，戴着一顶有特色的黑帽子；还有几名海盗，被缠在塑料做的绳索中。甲板上有一个用塑料做的深棕色皮肤的小人，他的脖子上拴着一圈银色的东西。

我的天哪，这难道是一个奴隶吗？

的确，这真实地还原了历史，但是不管怎么说，这只是个玩具啊。为什么要还原这部分历史？那下面会推出什么玩具？日本战俘集中营套装吗？美国西进运动[1]系列乐高？猎杀塞勒姆女巫[2]的游戏？

克里斯蒂娜对我说："我希望你从报纸上看到这个消息之前，先从我这里听到。拉里正在考虑竞选众议员。"

我说："哦。你对这件事是什么感觉？"

她一把抱住我："谢谢你。你知道吗？我对所有人说出这件事后，你是第一个不把它当成迈向白宫、成为总统的第一步，或者开始谈论我们是不是应该在贝塞斯达或者阿灵顿买房的人。你是这段时间第一个表达出，在这件事上我还是有选择余地的朋友。"

"难道你没有其他选择吗？这个选择看起来会很大程度上分裂这个家庭。"

克里斯蒂娜说："是的。我都不确定自己有没有勇气当一个政治家的妻子。"

我笑起来："你都有勇气自己来治理这个国家。"

"我想表达的就是这个。显然，如果决定帮助拉里从政，我就必须忘记自己的事。作为一个最高荣誉毕业生，我反而要抱着我可爱的孩子站在那里微笑，仿佛我的脑子里唯一能装下的就是'什么颜色的唇膏比较配我的裙子'。"克里斯蒂娜叹了口气，"能不能答应我一件事，如果哪天我真的被迫剪了一个波波头，或者剪了一个像钢盔一样的发型，请你帮我安乐死。"

我对自己说，你看，这不就是证明吗？我对克里斯蒂娜熟悉到骨子里了。也许我们之间真的存在差异，社会经济、政治、种族上的差异，但这并不意味着我们不能互相理解。人和人之间，朋友和朋友之间那种理解。

---

① 美国西进运动指美国东部居民向西部地区迁移和进行开发的群众性运动，始于18世纪末，终于19世纪末20世纪初。运动大大促进了美国经济的发展，但是，随着西进运动的进行，大批印第安人遭到屠杀，幸存者被强行赶到更为荒凉的"保留地"。印第安人被迫迁徙之路也被称为印第安人的"血泪之路"。——译者注

② 1692年2月至1693年5月期间，美国马萨诸塞州的塞勒姆发生大规模女巫审判事件，使得19人被处以绞刑，1人被石头堆压死，5人死于狱中。——译者注

我指出："听起来你已经做好决定了。"

她用绝望的眼神看着我："但是我又不能拒绝他的请求。我爱他也包括他的这部分性格。"

我说："这我知道，但这个选择可能会更糟糕。"

"会怎么样？"

我说："众议员的任期是两年。两年不过弹指一挥间。但是你要担心的是，如果之后他想继续参选参议员了怎么办？"

克里斯蒂娜抖了一下，之后咧嘴笑了起来："如果他真的进了白宫，我会雇用你当我的参谋长。"

我回嘴道："也可以当卫生和公众服务部部长。"

克里斯蒂娜挽起了我的手臂，我们一起走到了金色大厅。妈妈正在摆放一套瓷器和茶壶，还有一盘手工制作的杏仁饼干。菲力克斯正坐在地上玩着他的木头小火车。克里斯蒂娜说："路，我还梦到你的这些饼干了呢。"她先抱了抱妈妈，然后才过来和我说："能拥有你们作为家庭成员的一员，真是我的幸运。"

我心想，家庭成员是不会收支票的。

我微笑了起来，就像硬要穿一双不合脚的鞋子，这样是会弄疼自己的。

在某个学校放假的周六，我和克里斯蒂娜还有雷切尔玩捉迷藏，结果我跑错了方向，跑到了一个超出范围的房间里。哈洛韦尔先生的书房一般都是锁着的，但是当克里斯蒂娜尖声高叫着说"你们准备好了吗？我要过来啦……"的时候，我一心急，转了一下门把，结果就这么跌跌撞撞地走进了这个秘密的殿堂。

我和雷切尔曾经花了很长时间，幻想这扇关着的门后面隐藏着怎样的世界。她觉得会是一个实验室，里面装满了成排的人体碎肢；而我则认为房间里放了很多糖果。从当时年仅7岁的我看来，这才是最值得被锁着藏起来的东西。但是当我跪下来，双手撑在哈洛韦尔先生书房里那张东方地毯上时，我才发现真相是那么的令人失望：房间里只放着一张皮沙发，一排又一排银色的书架，一个可移动的电影屏幕，站在那里正往投影仪里面塞胶片的正是萨姆·哈洛韦尔先生本人。

我一直觉得哈洛韦尔先生长得像个电影明星，而妈妈原来总是说，他本来就是个明星。他转过身来，目光锁定在我身上。我试图爬起来，快速构思着找个什么理由来解释为什么我会闯进这片禁地。但那时我的目光被屏幕上那幅有条纹的画面吸引了，上面正播放着小仙女把城堡里的烟花变活了。

他说："你的探索就到此为止吧？"我意识到他说话的方式非常有趣，每个词和另一个词之间会有连音。他拿起一个玻璃杯递到嘴边，我可以听到冰块撞击的声音。他说："你根本想象不出看到这个世界在你眼前变化会是什么感觉。"

这时屏幕上有一个我不认识的男人开始说话。"彩色的画面的确可以让物体亮起来，不是吗？"他和我说话的这个瞬间，他身后屏幕上黑白相间的墙突然一声爆响，变成了彩色。

哈洛韦尔先生陷入沉思，说："沃尔特·迪士尼是个天才。"他拍了拍身旁的座位，我爬了上去。一只戴着眼镜的卡通鸭子操着浓重的口音，把手伸进了会动的油漆罐里，然后把罐子里的东西都倒在了地上。卡通鸭在那里说：你把它们都混在一起，就会变成泥土的颜色……然后你会得到黑色。它用脚蹼搅拌着这些颜料，此时颜料变得像黑檀木一样漆黑。万物在初始的时候就是像这样的黑色，人类当时对颜色一无所知。为什么？因为人很愚蠢。

此时，哈洛韦尔先生和我挨得很近，近到我可以闻到他呼出的气味有点酸臭，像我的叔叔以赛亚。他去年圣诞节没有来我家，妈妈说他去别的地方戒酒去了。"克里斯蒂娜、路易斯、你，还有你姐姐，你还不知道你们之间的不同。你觉得万事万物都按照生来已知的样子存在。"他猛地站起身转向我，投影仪的光在他脸上形成阴影，还在他身上勾勒出亮色的轮廓。"下面是由美国全国广播公司为您带来的彩色电视节目！”他突然大声说话，把双臂使劲甩开，玻璃杯里的液体一下子就泼到了地毯上。他问我：“鲁斯，你觉得怎么样？”

我当时只希望他能赶紧让开，我想知道那只鸭子接下来发生了什么。

哈洛韦尔先生的声音开始变得温柔，他告诉我：“以前每期节目之前我都会说这些话，直到彩色电视变得非常普及，再也没有人需要我提醒他们彩色节目是一个奇迹了。但是在那之前，在那之前，我的声音就代表着未来。带来奇迹的是我，萨姆·哈洛韦尔。下面是由美国全国广播公司为您带来的彩色电视节目！”

我没有让他挪开一些，好让我看到卡通片。我把双手放在大腿上，就那样坐着。因为我知道，有的时候当一个人和你说话，并不意味着他们说的话本身很重要。他们只是有强烈的需要，渴望别人倾听。

那天晚些时候，妈妈把我们带回家，赶我们上床睡觉。当天晚上我做了噩梦，当我睁开眼睛的时候，所有东西都染上了灰色，就像电影屏幕上那个背景在爆炸变成彩色之前的样子。我看到自己在哈洛韦尔家的大房子里奔跑，使劲拽一个锁上了的门，哈洛韦尔先生最终帮我打开了书房的门。我看着投影仪放出的影片，但是现在画面都是黑白的。我开始尖叫，然后妈妈、雷切尔、麦娜太太和克里斯蒂娜，甚至哈洛韦尔先生都冲了进来。当我告诉他们我的眼睛失明了，看不到世界上的色彩的时候，他们都开始嘲笑我。他们说：“鲁斯，这个世界不是一直如此吗？今后也会一直这样下去。”

等到我坐的火车开回纽黑文时，埃迪森已经到家了。他正趴在厨房的台面上写着作业。我走进房间说：“嘿，宝贝。”我边说边在他的头顶吻了一下，然后使劲抱了抱他。“这一下是替外婆路易斯抱的。”

“你现在不是应该在工作吗？”

“我在值班开始之前还有半小时的时间。比起堵在路上，我更想和你共度这段时间。”

他看向我，目光有些闪烁：“你要迟到了。”

我告诉他：“为了你迟到很值得。”我从厨房正中央桌子上摆的碗里拿过来一个苹果，我总是在这里摆放一些健康食品，只要食物没坏掉，埃迪森都会吃的。我咬了一口，开始看我儿子面前摊开的那些纸。我读了起来：“亨利·O. 弗利普，听起来像是爱尔兰民间传说的小妖精。”

“他是第一位从西点军校毕业的非裔美国人。所有修大学历史先修课的人都需要介绍一个美国英雄，我正在挑选这节课我要讲什么。”

“你还选择了其他哪些人？”

埃迪森抬起头看了看我：“比尔·皮克特，一个黑人牛仔，也是一个竞技明星。还有克里斯蒂安·弗利特伍德，他是内战中的黑人战士，他获得过荣誉勋章。”

我看着这些模糊的照片：“这里的人我一个都不认识。”

埃迪森说：“就是因为这样。我们对黑人的认识都只局限在罗莎·帕克斯①和马丁·路德·金。你之前有没有听过一个名叫刘易斯·雷帝默的黑人兄弟？在亚历山大·格雷厄姆·贝尔申请专利的过程中，他负责画电话那部分。他还是托马斯·爱迪生的制图员和专利专家。但你不知道他的存在，所以没有用他的名字给我起名。像我们这样的人在创造历史的时候也只能是一个注脚。”

他说这些话的时候语气中并无酸楚，就像在说“我们的番茄酱吃完了”或是“我的袜子在洗衣服时被染成了粉色”一样平常。总之就像是他无所谓的事。但是就算他情绪激动也没用，即使他愤愤不平地表述一切，结果也永远不会再改变了。我发现我现在又开始思考起了布朗斯坦太太和弗吉尼亚

① 罗莎·帕克斯是一位美国黑人民权行动主义者。1955 年，她在公交车上拒绝让座给白人乘客，因此遭逮捕，引发联合抵制蒙哥马利公交车运动。美国国会后来称她为“现代民权运动之母”。——译者注

的事，似乎我的思绪总是会被这些琐碎的小事拽回去，而埃迪森的话让我更深地陷入对这件事的思考。我之前真的从来没有注意过这些吗？还是我一直故意假装对这一切视而不见？

埃迪森看了一下手表："妈妈，你现在真的快要迟到了。"

他说得对。我告诉他哪些食物可以加热当晚餐，几点应该上床睡觉，我的值班几点结束，等等，然后我就急匆匆地跑出去开车到了医院。我尽可能走所有的捷径，但还是迟到了10分钟。当我冲进妇产医院时，我没有坐电梯，而是直接跑上楼梯。当我终于赶到时已经呼吸急促、满身大汗了。玛丽正站在护士站的桌子旁，看起来就像正在等着我似的。我立刻道歉："对不起，我刚才在纽约，和我妈妈在一起，然后我被堵在路上了，然后……"

"鲁斯……今晚我不能让你工作了。"

我目瞪口呆。科琳娜一大半时间都会迟到，而我只犯了这么一次错误，就要惩罚我吗？

我说："我再也不会迟到了。"

玛丽重复道："我不能让你工作了。"这时我意识到她在说这话的时候从来没有对上过我的视线。"人力资源管理部的人刚刚通知我，你的执照被暂停使用了。"

我突然感到胃里像被灌了铅一样，我说："什么？"

她小声说："我感到很抱歉。等你把你的私人物品柜清干净之后，保安会护送你走出这栋楼。"

我注意到有两个不太一样的人正在护士站后面徘徊。我说："等一下，你是在和我开玩笑吗？为什么我的执照被暂停使用了？这样我还怎么工作呀？"

玛丽吸了一口气，转向保安。他们向我走来。其中一个人说："女士，这边请。"然后他用手向我示意休息室的位置，就好像我在这工作了20年还不知道休息室在哪儿。

最后我搬回车上的纸箱子里只放了一把牙刷、一管牙膏、一盒感冒药、一件羊毛衫，还有几张埃迪森的照片。我一直把它们放在我工作时的私人物品柜里。现在我把纸箱子放到车的后座上，我总是忍不住从车的后视镜里看它，它就像是一个我本来没想到会上车的乘客。

车还没有开出停车场，我就给工会律师打了一个电话。这时是下午5点钟，他基本不太可能会坐在办公桌前。所以当电话被人接听的时候，我的泪涌了出来。我给他讲了特克·鲍尔的那个婴儿的故事。他让我冷静下来，告诉我他会做一份调查，然后给我回电。

我应该回家去，确认一下埃迪森一切都好，但这样就难免会让他问我为什么没有去工作，我不太有信心现在我可以回答得滴水不漏。如果工会律师真的去履行他的责任的话，说不定明天晚上我就可以恢复正常的工作了。

我的电话响了起来，科琳娜问我：“鲁斯，到底发生了什么？”

我向后靠在驾驶座的靠背上，闭上了眼睛。我说：“我也不知道。”

“稍等一下。”我听到她把话筒捂住了，“为了不被别人听见，我现在躲进了这个鬼储藏室里。我刚一听说就给你打电话了。”

“听说什么？我现在什么都不知道，只知道我的执照被暂停使用了。”

“医院的那个贱货律师对玛丽说了什么专业上的失误……”

“卡拉·卢翁戈？”

“谁？”

我苦涩地说：“就是你说的那个贱货律师。就是她把我往火坑里推。”我和卡拉都偷看了对方手里的牌，我们两个人都各有一张王牌。但我从来没想到她会这么快就打出这张牌。那个种族歧视的孩子父亲肯定威胁她要起诉医院，所以她牺牲了我一个人，来保住整个医院。

她停顿了一下。这个停顿很短，如果我没有一直用心听可能都注意不到。科琳娜（我的同事，同时也是我的朋友）说："我确定她不是有意的。"

在道尔顿学校，校方专门设了一张桌子，让所有的黑人学生坐在那里吃午饭，除了我。有一次，另外一个得奖学金的有色人种的学生邀请我加入他们一起吃午饭，我说，谢谢，但是我午餐时间一般都用来给一个三角学学得不太好的白人朋友补课。其实并不是因为这个，我真正担心的是如果坐在黑人桌上，我的白人朋友会感到紧张。大家一起坐在那儿，其他人虽然嘴上不会说什么，但心里肯定不痛快。他们在这个世界上的其他地方都能轻松融入，但在这张桌子上，他们并不受欢迎。

另一个真正的原因是，如果我和其他有色人种的孩子坐在一起，我就不能假装自己和他们不一样了。当我的历史老师阿达姆松先生开始讲解马丁·路德·金，并且不停地看我的时候，我的白人朋友会说"他不是那个意思"。但在黑人学生的午餐桌上，如果一个学生提到上历史课的时候阿达姆松老师说到这里盯着他看的话，另一个非裔学生也会用自己的经历证实：他身上也发生过同样的事情。

我实在是太渴望能融入那所高中了，与我一同出入的人都让我确信，如果我觉得自己因为肤色被孤立，肯定是我自己臆想出来的，要么是想得太多，要么是在开玩笑。

医院的咖啡厅里面没有专门为黑人设置的桌子。医院里的有色人种很少，包括几名保安、一两名医生，还有我。

我很想问问科琳娜有没有设想过如果她是黑人会怎样。因为只有当她自己也是黑人的时候，她才有权利告诉我卡拉·卢翁戈的所作所为是不是有意的。但最后我说出口的话还是变成："我要走了。"她还没说完我就挂掉了电话。然后我开车出了医院。我在这家医院躲藏了 20 多年。我现在开到了高速路下面的一条支路，纽约联结的道路就像血管的脉络。我开过了一群无家可归的老战士用帐篷搭起来的一片地方，目睹了一场毒品交易，然后把车停在我姐姐房子的外面。她过来开门的时候，背上挂着一个婴儿，手里攥着一把木勺，脸上的表情仿佛这么多年来一直在等着我的到来一样。

阿蒂萨问我："你为什么会那么惊讶呢？那你觉得事情会怎么发展？搬到怀特维尔吗？"

我纠正她："是搬到纽约上东区。"她白了我一眼。

我们站在厨房里，靠着桌子。她和几个孩子一起生活，但这间公寓仍然保持得非常干净。从涂色书上撕下来的纸贴在墙上，炉子上有通心粉和法国砂锅。阿蒂萨年纪最长的女儿蒂安娜也在厨房里，站在高脚凳上喂着小婴儿。两个男孩正在客厅里打着任天堂游戏。她的另一个孩子不见了踪影。

"我最讨厌说'我都告诉过你了'……"

我小声嘟囔着："你没有说这句话。你的一辈子都在等着这个机会和我说这句话。"

她耸了耸肩表示赞同："因为你一直不停地对我说，'阿蒂萨，都不知道你在说些什么。我的肤色又不会影响别人的判断'。那现在你可以承认了吧，你根本不是他们其中的一员，对吧？"

"如果我只想出口气的话，我大可以留在医院。"我用手捂住脸，"我应该怎么告诉埃迪森这件事呢？"

阿蒂萨建议："不如和盘托出。这件事情又没有什么难以启齿的，又不是因为你做错了什么。他正好能借此机会从他的妈妈这里早点学到——虽然他可以和白人混迹在一起，但这并不代表着他不再是个黑人了。"

当埃迪森的年龄再小一些的时候，每次赶上我下午值班，我就会拜托阿蒂萨在他放学之后照看他。之后他就央求我，他宁可自己一个人待在家里。他的表兄弟因为他说话没有他们的黑人口音而嘲笑他。当他终于开始能熟练运用黑人口音的时候，他在学校的白人朋友，用一种见到外星人的表情看着他。连我都有点不能理解我这两个外甥，他们坐在沙发上挥舞着胳膊打闹嬉戏，直到蒂安娜用洗碗的毛巾狠狠地打他们两个才停下来，要不然她都没法把婴儿哄睡着。[我听到其中一个外甥说“哦，姆在儿”（Oh，we out chea)，而我花了几分钟才反应过来，他想说的是“哦，我们在这儿”。塔巴里正在开他哥哥的玩笑，他觉得这一轮游戏他赢了。] 埃迪森在学校里没有真正融入白人朋友，他至少可以觉得是因为肤色。他无法融入他的表兄弟，那可能就是性格原因了，他们从外表来看可是非常相像。

阿蒂萨环抱双臂：“你应该去找一个律师，直接反过来把这家破医院告了。”

我呜咽着说：“这要花钱的，我只希望这些事情都不要再来烦我了。”

我的心脏开始剧烈地跳动起来。我不能失去这个家，我不能花掉我所有的积蓄，这些都是存起来给埃迪森上大学用的。剩下的钱还要用来支付日常的开销、付房子的抵押贷款、付天然气费什么的，我不能因为自己的机会马上就要消失，就去剥夺我儿子的机会。

阿蒂萨肯定看出来我已经濒临崩溃了。她伸手过来，拉住我的手，轻柔地说：“鲁斯，你的朋友可能会攻击你，但是你知道有一个姐姐的好处是什么吗？我会永远站在你这边。”

她坚定地看着我。她的眼睛非常黑，你很难看清眼球和眼白之间的界限，但她的目光非常坚定，她也不允许我移开目光。慢慢地、慢慢地，我的呼吸恢复了平稳。

晚上 7 点的时候我回到了家里，埃迪森一路跑到前门来迎接我：“你怎么现在就回家了？没出什么事吧？”

我在脸上挤出一丝微笑：“我没事，宝贝。我们的值班时间调整了，所以我和科琳娜去橄榄花园吃饭了。”

“你们有什么剩下的菜吗？”

愿上帝保佑处在青春期的男孩，他们总是在承受着饥饿的折磨。我告诉他："没有什么剩下了。我们两个点了一道主菜，分着吃了。"

他咕哝道："唉，那真是太可惜了。"

我问他："你写完关于雷帝默的作业了吗？"

他摇了摇头："没有，我现在想改成去写安东尼·约翰逊了。他是第一个黑人地主，可以追溯到1651年。"

我说："哇，这还挺让人眼前一亮的。"

"对啊，但我还是遇到一些困难。他是一名从英国来到弗吉尼亚的奴隶，在一家烟草种植园里工作。后来这家种植园被当地的印第安人攻击，只有5个人幸存下来。他和他的妻子玛丽搬家之后分到了1平方公里的土地。问题的关键是，他自己还拥有奴隶。我也不知道是不是应该由我来给全班同学讲这个故事。也许未来的某一天，他们就可以把这个作为一个例子来反驳我。"他摇了摇头，思绪有些混乱："我是说，如果一个人自己曾经做过奴隶的话，他怎么会做出这种事呢？"

我开始回想所有让我觉得自己占据优势地位的事情：教育、婚姻、这个家，在自己和姐姐之间画出一道线。我慢慢地说："我也不知道。可能在他的世界观里，掌握权势的人就可以拥有别人。可能他就想通过这种方式来感受到自己也是拥有权力的。"

埃迪森说："但我不能保证我的想法就是对的。"

我用双手环抱住他的腰，紧紧地将他拥入怀中。我的脸靠在他的肩膀上，这样他就看不到我眼里落下的泪水。

"你怎么了？"

我喃喃地说："因为你的存在，这个世界变成了一个更美好的地方。"

埃迪森也使劲抱了抱我："如果你给我带回来鸡肉的话，我能让这个世界变得更美好。"

他上床睡觉之后，我开始在信件里翻找。账单、账单，全是账单。其中有一封来自公共卫生部的薄薄的信，宣布取消我的护士执照。我整整盯着信看了5分钟，上面的句子都表达着同一个意思。这封信证明了这一切都不是一场可以醒来的噩梦，都不是我自己一个人疯狂的想象。我坐在客厅里，思绪飞驰。我清楚地知道这是一个彻头彻尾的错误，但我现在需要让别人也明白这一点。毕竟我是一个护士，我要治愈病人，给他们带来安慰，我会“修复”他们的损伤，那么我也可以“修复”这个问题。

放在口袋里的电话突然响了起来，我瞥了一眼号码，是工会律师打来的。我打了招呼，他说：“鲁斯，希望我没有因为太晚打扰到你。”

我差点笑出了声，他说的就像我今晚还能睡着似的：“为什么公共卫生部会取消我的执照？”

他向我解释：“因为一项针对你在工作中疏忽的指控。”

“但是我什么也没有做错。我都在这家医院工作20年了，他们还能开除我吗？”

“你犯的错误比较严重，这种错误足以导致你被开除。鲁斯，现在已经有了一份针对你的犯罪起诉。本州州法院认为你对那个婴儿的死负有责任。”

我说：“我不太明白。”这句话像刀一样割在我的舌头上。

“他们已经说服了大陪审团。我建议你雇一位辩护律师，这已经超出我的能力范围了。”

这怎么可能是真的？怎么可能？“我的监管护士告诉我不要碰那个婴儿，我就没有碰他。现在我要因为这个受到惩罚吗？”

“州法院并不在乎你的监管护士说了什么。”工会律师说，“他们只看到了一个死去的婴儿。他们针对你，是因为他们认为你作为一个护士是失职的。”

我在黑暗中摇了摇头：“你错了。”然后我说出了那句这辈子都一直藏在心底的话，“他们针对我，是因为我是一个黑人。”

虽然发生了这么多事情，我最后还是睡着了。我知道自己睡着是因为凌晨3点的时候，一阵手提钻的声音把我从梦中惊醒。当时我还以为那是梦境的一部分。我梦到自己被堵在车流里，上班要迟到了，但是道路施工队在我所在的地方和我要去的地方之间造了一道深谷。在梦里我使劲按喇叭。但是现在，门外手提钻的声音并没有停止。

我突然之间清醒过来。手提钻的声音爆发出一声巨响，警察切断了门上的铰链，蜂拥进入我的客厅。他们手里都拿着枪。我大声叫道："你们在干什么?!你们在干什么?!"

其中一个人叫道："你是鲁斯·杰斐逊吗?"我突然发不出声音，一句话都说不出来。我的下巴绷得紧紧的："是我。"他立刻把我的胳膊扭到背后，然后一下把我的脸按到了地板上。他的膝盖抵在我的后背上，捆住了我的手腕。另一个人正在推家具，把抽屉都拉到地上，并且把书从书架上扫下来。一个警官说："大陪审团以谋杀罪起诉你谋杀，过失杀人罪。现在你被捕了。"

他的话余音未歇的时候，另一个声音响起，埃迪森问："妈妈?到底发生了什么?"

所有人的目光都锁定在卧室的门前。另一个警察大喊："不许动!"然后他用枪指着我的孩子，"把手举起来!"

我开始尖叫。

他们全都围到了埃迪森身边，其中三个人把他扭到了地上。像对我一样，他们也把他的手捆住了。我看到他用尽全力想向我靠近，他脖子上的肌肉因为紧张而绷起，他为了朝我这边看我是不是没事，眼睛使劲地转动着。

我啜泣着："你们放开他吧，他和这件事情毫无关系!"

但他们不知道我说的是不是真的。他们眼中看到的就是身高一米八的黑人男孩。

我哭着喊："埃迪森，听话，按他们说的做。一会儿给你的大姨打电话。"

负责押着我往外走的警察突然拽着我的手腕往一个我不想去的方向走去，我的关节咔咔作响。另一个警察跟在我们后面，留下厨房柜子、我的书架、我的抽屉……所有东西在地上一片狼藉。

现在我穿着睡衣和拖鞋，头脑完全清醒，踹跚着走下门廊。我的膝盖擦伤了，又被一把推进警车的后座上。我向上帝祈祷，有人能记得把我儿子手腕上的绳索松开。我向上帝祈祷，那些在凌晨3点被警车的声音吵醒，站在自家的门廊上，脸庞被月光笼罩的邻居，能在某一天记起，他们曾经这么冷漠。没有一个人上前来询问他们有什么可以帮忙的。

之前我曾经去过警察局。那一次是因为我的车在杂货店的停车场被撞到了侧面，而撞我的人直接就开走了。我曾经牵起过遭受性虐待的病人的手，让她鼓起勇气向负责人说出自己的遭遇。现在我从后门被带进了警察局，荧光灯发出的光让我晕眩。我被交给了另一个警官。说实话，他看上去就是个小男孩。他让我坐下，询问我的姓名、地址、出生日期，以及社会安全号。我说话的语调非常轻柔，有好几次他都不得不叫我提高音调。之后我被带到了一个地方，里面摆着看起来像复印机的机器，但那不是复印机。我的手指轮流按在玻璃上，屏幕上显示出我的指纹。男孩说："是不是挺酷的？"

我怀疑之前系统里已经有过我的指纹了。埃迪森上幼儿园的时候，有一天我跟着他去参加社区安全日活动。要录他的指纹，他很惊恐，所以我先给他示范了一遍。当时我觉得世间最可怕的事情，是他被人带离我的身边。

我从没想过，最终是我被带离他的身边。

之后他们让我靠在一堵煤渣砖做的墙上，在那里给我拍照，录入档案。

那个年轻的警察把我引向这个警察局唯一的牢房。这间牢房非常小，不仅黑，而且冷得要命。在这个牢房的角落里，有一个马桶，还有一个水槽，我的背后传来房门上锁的声音。我清了清嗓子问："不好意思，请问我需要在这里待多久？"

他看向我，脸上有一点同情，然后含糊地说：“该待多久就待多久。”说完他就离开了。

我在长椅上坐下。这个长椅是用金属做的，寒气立刻透过我的睡袍侵入我的身体。我需要上厕所，但是，在这里上厕所实在是太羞耻了。这是一个开放的空间，要是我上厕所的时候他们进来找我怎么办？

我很想知道埃迪森有没有给阿蒂萨打电话，她现在是不是已经在想办法把我从这里救出去了。我很想知道阿蒂萨有没有告诉他事情的始末，告诉他那个死去的婴儿的事情。比起这些，我更想知道我的亲生儿子怪不怪我。

我突然想起了仅仅 12 个小时前的我。那时我正把吊灯的水晶一条条浸泡到氨水里。哈洛韦尔家的房子里回荡着古典音乐。这种不和谐的感觉让我“扑哧”一声笑得咳了起来。也可能我是在哭吧，我自己都分不清了。

如果阿蒂萨没法把我从这里救出去，那么哈洛韦尔家可以。他们家的人脉很广，但是首先要有人告诉妈妈这件事。我当然知道她誓死都会保护我，但是她也一定不可控制地去想：这些事是怎么发生的？这个我倾其所有让她过上幸福人生的女孩，最后为什么会沦落到监狱里？

我也不知道问题的答案。在跷跷板的一头是我所受的教育、我的护士执照、我在医院 20 年的奉献、我整洁的小家、我那辆干净的丰田 RAV4、我那个加入国家高中荣誉生协会的儿子，这些东西证明了我的存在。然而在跷跷板另一端只有一样东西，巨大又沉重，每次都是它打破了平衡——这就是我偏黑的肤色。

好吧。

我这么多年的努力并没有白费。我还可以利用那个傲人的大学学历，以及这么多年我和白人在一起工作的经历让这些警察知道，是他们误会了。我和他们一样住在这个镇上，像他们一样纳税，他们和我有那么多的共同点。

我都不知道过了多久才有人回到这个牢房。这里没有手表或者时钟，但是这段时间已经足够让我重新燃起希望了。所以当我听到门锁突然发出声响的时候，我转过头，脸上露出了感激的笑容。

他说："我要带你去问话。嗯，你知道这是例行公事。"他向我伸手示意。

我站起来，对那个年轻的警官说："你肯定已经很累了吧，一整夜都没有睡觉。"

他耸了耸肩，但是脸上泛起了潮红："总得有人来做这件事吧。"

"我敢打赌，你的母亲肯定以你为傲。如果我是你的母亲，我一定很骄傲的。我儿子比你小不了几岁。"我伸出手腕，瞪着眼睛，一副无辜的样子。他低头看了看我的手腕。

他想了一下，说："我觉得不戴也没有什么问题。"他用手拽着我的胳膊，坚定地为我引路。

我收敛起了笑容。我把这当作一次胜利。

之后我被单独留在一个房间里。房间里有一面大镜子，我很肯定从另一面看应该就是普通的玻璃。桌子上摆着一台录音机。虽然这里已经冷得刺骨，但头顶上的风扇还在转动。我两手相握，放在大腿上，等待着。我没有看向镜子里自己的样子，因为我知道他们正在看着我。因此我只能稍微瞥一眼自己。我穿着睡衣，看起来可能就像个鬼一样。

当门终于打开时，走进来两位侦探，一个高高壮壮，另一个矮小又精悍，那个人介绍说："我是麦克杜格尔侦探，这位是梁侦探。"

她向我报以微笑，我试图解读这个微笑的意思。我心想，你也是一个女性，我希望能感受到你的所思所想，你是一个亚裔美国人，从某种程度来说，我们站在相同的立场上。

梁侦探说："需要给你倒杯水吗，杰斐逊太太？"

我说："好的，谢谢。"

当她离开去给我倒水的时候，麦克杜格尔侦探向我解释流程。我不需要和他们交谈。如果我说了什么，那可能会被当作呈堂证供。之后他又强调了一次，如果我没有什么需要隐瞒的，可以从我这个角度给他们讲讲事情的经过。

我说："好的。"虽然我看过很多关于警察的电视剧，知道自己最好什么都不要说。但那些是虚构的，现在才是真实的生活。我没有做任何违法的事情，而如果我不解释的话，他们又怎么能知道我没有违法呢？如果我不解释的话，不是让我自己看起来更像是有罪吗？

他问我可否打开录音机。我说："当然可以。还要谢谢您，感谢您愿意听我说。恐怕这完全是一场误会。"

就在这个时候梁侦探回来了，她把水递给我。我一口气把水都喝光了，这个玻璃杯子足有250毫升，这时我才意识到自己有多渴。

麦克杜格尔侦探说："杰斐逊太太，但是现在的情况是我们掌握了一些强有力的证据，证明你所说不属实。你并不否认德维斯·鲍尔去世的时候你在场吧？"

我说："我当时确实在场，那个场面糟糕透了。"

"您当时在那里做什么呢？"

"我是急救组的成员之一。那个婴儿的身体状况急转直下，我们尽了最大的努力。"

"但是我刚刚从验尸官那里看完照片，那些照片证明这个婴儿遭受了肉体上的虐待。"

我脱口而出："你就是想说这个吧？我没有碰那个婴儿。"

麦克杜格尔侦探追问："但是你刚刚才说，你是急救组的成员之一。"

"但是在得到碰他的指令之前，我没有碰他。"

"你是什么时候开始捶打那个婴儿的胸部的？"

我的脸一热："什么？我没有捶打他，我只是在做心脏复苏。"

这个侦探说："但根据目击者的证词，你未免太使劲了。"

哪一个目击者？我开始在脑海中列出当时所有和我一起在场的人。谁会看到我的行为，又认不出来我正在做什么：紧急药物护理师吗？

梁侦探问我："杰斐逊太太，你有没有和医院里的任何人交流过你对这个婴儿，以及对他的家庭的想法？"

"没有，他们已经规定我不能插手这个病人了。"

麦克杜格尔侦探眯起了眼睛："你和特克·鲍尔之前没有过结吗？"

我强迫自己深吸了一口气："我和他连目光都没有对视过。"

"你对所有白人都是这样的吗？"

我直截了当地看向他说："我最好的朋友里有一些就是白人。"

麦克杜格尔侦探盯着我看了良久。我可以看到他的瞳孔缩小了，我猜他是想看看我会不会先暴露自己。然而我扬起了下巴。

他推了一下桌子，然后站了起来。他说："我需要去打个电话。"说罢他便走出了房间。

我把这也当作我的胜利。

梁侦探坐在桌子旁边。她把徽章别在臀部的口袋里。徽章闪着光，像一个崭新的玩具。她说："你肯定已经累坏了吧？"我发现她的语气就像是当时我在监牢对提审我的年轻警官用的伎俩。

我不动声色地说："护士已经习惯了很少的睡眠，以及大量的工作。"

"你当护士已经有一段时间了，对吗？"

"20 年了。"

她笑了起来："天啊，这份工作我刚干了 9 个月。我无法想象任何一份工作能坚持那么长时间。如果不是因为热爱，你也坚持不下来对吗？"

我点了点头，但仍旧保持警惕。不过如果我要抓住机会向这些侦探表明我是蒙冤的，那她应该是我的首选。我说："我非常热爱我的工作。"

她问："那当你的监管护士告诉你，不让你再照顾那个婴儿的时候，你一定觉得很不舒服吧？毕竟你的业务都那么熟练了。"

"那的确不是我人生中最高兴的一天。"

“我给你讲讲我工作的第一天吧。那天我撞烂了一辆警车。我本来应该把车开到一处建筑工地设置障碍的地方。说实话，我在侦探理论考试上获得了最高分，但每次到了实地，我就会闹笑话。班里其他人到现在还叫我‘撞撞’。坦白说，一个女性侦探员必须要比男性付出两倍的努力，可无论怎么努力，最后他们记住的只有我犯下的那些简单的错误。当时我感到特别沮丧，直到现在也对这些事情耿耿于怀。”

我看着她，真相就像我舌尖上的一块硬糖。我不应该去碰那个婴儿。但是我明知会惹上麻烦，我还是碰他了。现在我还需要完善这条逻辑链。

这个侦探接着说：“鲁斯，你看，如果这是一场意外，现在就是你自证清白的时候。我非常理解，可能你现在内心充满了痛苦，毕竟现在的情况都这样了。你只需要把真相告诉我，我就会帮助你用最快的方式结束这一切。”

就在这个瞬间我才意识到，她仍然觉得我是有罪的。

她给我讲自己的故事并不是对我友善。她是在利用这个故事操控我。

电视剧上演的都是真的。

我艰难地吞了吞口水，真相就藏在我的心里。我用我自己都不认识的声音蹦出五个字：“我要请律师。”

第一阶段

转　变

钢琴键只有黑白两色，但是可以在脑海中奏响七彩的旋律。

——玛利亚·克里斯蒂娜·米娜[①]

① 玛利亚·克里斯蒂娜·米娜：以短篇小说闻名的作家。——译者注

○ 肯尼迪 ○

当我走进办公室的时候，我的同事埃德·古拉奇正在滔滔不绝地谈论新同事。办公室的一位初级公共辩护律师去休产假了，还顺便告诉人力资源管理部，她不会再回来工作了。我倒是知道老板哈利正在面试招人，但是直到我在小隔间里遇到埃德，才知道原来最终人选已经确定了。

“唉，所有人都问我‘你见过他了吗’？”

“见过谁？”

“霍华德，那个新人。”

埃德是有足够资本才做公共辩护律师的。他的信托基金里有很多钱，所以就算我们的工资低到可怜，他也不在乎。虽然他在成长的过程中享尽了各种优待，但他还是觉得生活方方面面都不尽如人意：街对面的星巴克卖的咖啡太烫了，I－95N 路上发生的事故导致他迟到了 20 分钟，法庭的自动贩卖机再也不卖彩虹糖了。

“准确地说，我 4 秒钟之前才走进这里，还没见着任何人呢。”

“他到这里之后已经遇上很多事情了。你看看咱们地板上那些水吧，他从法庭上下来的时候耳朵后面都湿透了。”

“首先，我觉得这个比喻不怎么样，没有人耳朵出汗。其次，如果他很年轻，这种情况很正常。像你这种已经有了多年经验的人一定不记得刚工作时的状态了，但是要记得你自己也年轻过。”

这时埃德突然压低了声音说：“其实明明还有很多更适合的应聘者。”

我在桌上堆的东西里翻找我需要的那个文件夹，发现一张之前被我忽略掉的粉色便笺纸，上面记录着电话留言。我小声说：“嗯，很遗憾，听说你的侄子没有被选上。”

“麦考瑞，这里一定有问题。”

“埃德，我现在有工作要做，所以没有时间在办公室里闲谈。”我转向电脑屏幕，点开了第一封邮件，让自己装出很忙的样子。结果竟然是一封来自诺德斯特龙折扣店的邮件。

埃德终于意识到我不想再搭理他了，于是使劲跺着脚回到了休息室。当然休息室里摆着的咖啡肯定达不到他的标准，没有他最喜欢的味道，也没有奶泡。我闭上眼，靠到了椅子上。

突然我听到小隔间的另一边传来一阵“窸窸窣窣”的声音。一个又高又瘦的年轻黑人男子站了起来。他穿着一身廉价的西装，打着领结，戴着一副新奇的眼镜。很明显他是这间办公室的新成员，看来他坐在那儿，全程听完了埃德的评论。

他说：“这样见面略显尴尬，你可能有点好奇吧，我叫霍华德。”

我在脸上挤出了一个最夸张的微笑，估计就像维奥莱特看的动画片《芝麻街》中的木偶的表情，它们出现极端感情的时候嘴角可以上下拉 180 度。我立刻跳起来，伸手过去和他握手：“霍华德，我叫肯尼迪，见到你真是太高兴了。”

他问：“肯尼迪？就是‘约翰 · 肯尼迪’的那个肯尼迪吗？”

我总是被人问这个问题。虽然霍华德说的是对的，但我还是说：“是‘罗伯特 · 肯尼迪’那个肯尼迪！”我可能更希望自己和一个为民权做出很多贡献的政治家叫同样的名字。不过其实我叫这个名字只是因为我妈妈非常喜欢他，因为他那个命途多舛的兄弟，还有卡米洛时代[①]那些不为人知的谜团。

我想要尽我最大的努力让这个孩子意识到，在这间办公室里至少有一个人是为他的到来而开心的。我说："欢迎你的到来！如果你需要什么，或是对我们这里的办事风格有什么问题，可以随时来问我。"

"太好了，谢谢。"

"你愿不愿意一起吃个午餐？"

霍华德点了点头："当然了。"

我说："我要去法庭了。"说完我犹豫了一下，还是向他讲了在这间办公室的生存法则，"你千万不要听埃德说的。"我对他微笑，"比如说，'我觉得你选择回馈你的社区，是一个相当棒的选择'。"

霍华德也向我报以微笑："谢谢，但是……我是在达连长大的。"

达连是这个州最富有的小镇之一。

说完他坐下来，又隐匿在我们两个中间的隔板之后。

我还没有喝到今天的第二杯咖啡，路上就已经堵得一塌糊涂，然后又被一群记者包围住。这让我很好奇高等法院的法庭里究竟发生了什么事？因为如果电视台节目组跑去报道审讯，唯一可能的结果就是让电视观众睡得更香。现在我们已经完成了三个案子：第一个案子是为一名违反禁令但不会说英语的被告进行辩护；第二个案子是为一个把头发和眼袋染成白色的惯犯辩护，她为了买一个设计师的钱包，开出了1200美元的空头支票；第三个案子的被告是一个愚蠢至极的男人，他不仅偷走了一个人的身份证件，还用她

① 20世纪60年代初期，尤其是1961年到1963年肯尼迪总统执政这一段时期，被誉为"卡米洛时代"。"卡米洛"源于英国传说故事中的亚瑟王。传说中的亚瑟王正义、勇敢、追求真理，亚瑟王的宫殿和城堡"卡米洛"即传承了其象征意义。肯尼迪总统让人们看到了希望和理想，许多人都被他的演讲和远见所激励和鼓舞。——译者注

的信用卡和银行账号，而被盗人的名字是凯茜[1]，即便如此他都没想到自己会被抓住。

我总是一遍又一遍地劝自己，如果我的委托人都聪明点的话，我可能就会失业了。

纽黑文高等法院传讯日的运作方式是，从我们公共辩护律师事务所出一名律师，为所有被带到法官面前、没有律师但是需要律师的人进行辩护。这感觉就像被困在了旋转门里。每当转到建筑里面的时候，你都会看到全新的装饰和布局，理论上你应该知道自己的目标是什么，以及怎样可以走到那里，可大多数时候我都是在法庭上的辩护桌才第一次见到我的委托人。每逢此刻我的心都会跳得很快，我需要快速理解他们被捕的前因后果，然后试着把他们保释出来。

我之前提过我很讨厌传讯日吗？我很讨厌佩瑞·梅森[2]，虽然我也非常擅长保释被告，让他们在判决之前都不用被关起来。而我基本争取不到诉讼的机会。这种机会要么会被律所里更资深的律师抢走，要么就会转交给私人（又名：付费）律师。

我觉得我的下一个委托人也逃脱不了相同的命运。

此时，法庭书记员念道："下一位，本州州法院起诉的约瑟夫·道斯·霍金斯三世。"

约瑟夫年纪尚小，脸上还长着粉刺。他看起来已经吓坏了。这也难怪，毕竟昨天晚上他整晚都被关在牢房里。而他唯一可能做过的和犯罪有关的事情，也不过是一口气连看了很多集《火线重案组》。法官说："霍金斯先生，能否请您先陈述自己的身份？"

那个男孩儿回答道："嗯。乔·霍金斯。"他说话有点破音。

---

① 凯茜：女性名字。——译者注

② 佩瑞·梅森：作家贾德纳笔下的律师，以替杀人冤犯洗清罪嫌出名。小说集名叫《梅森探案集》。《佩瑞·梅森》也被拍成电视系列剧。——译者注

“您的住址？”

“韦斯特维尔格兰街139号。”

然后书记员宣读了他的罪名：毒品贩运。

我根据男孩价格不菲的发型，以及他听到宣读时瞪大的眼睛，猜测他运送的货物可能是可待因酮，而不是冰毒或者海洛因。现在法官进行到了为男孩请求无罪的官方流程。他说：“乔，你被以毒品贩运的罪名起诉。你能理解这个指控的含义吗？”男孩点了点头。法官又问：“今天有你的法律顾问到场吗？”

他转头向后看了看，脸色变得更白了，他回答说：“没有。”

“你想和公共辩护律师谈一谈吗？”

他说：“我想谈谈，尊敬的法官大人。”这句话出口，我就要出场了。

在法庭上，只有在辩护桌的静锥区[①]才有隐私可言。我说：“我叫肯尼迪·麦考瑞。你今年多大了？”

“18岁，我是霍普金斯中学的高三学生。”

果然，他是私立学校的。我继续问：“你在康涅狄格州住了多久？”

“大概从两岁开始吧？”

“你这是问题还是答案呀？”

“是答案。”他边说边吞了吞口水。他的喉结和一只猴子握起的拳头一般大小，让我联想到航海，又进一步联想到维奥莱特像水手一样“骂脏话”的样子。

“你现在工作了吗？”

他犹豫了一下，然后问我：“你是说除了贩运可待因酮之外的工作吗？”

我立刻回答：“我没有听见你的话。”

---

① 静锥区是指以天线为顶点的一个锥形区域，因为辐射方向和辐射量的限制，此区域不能被天线扫描到。此处指法庭上被告和辩护律师可单独交谈的区域。——编者注

“哦，我是说……”

“我没有听见你的话。”

他挑起眉毛，点了点头：“我明白了。啊，没有。我没有工作。”

“你和谁住在一起？”

“我的父母。”

我边说话边在脑海中列出一个表，给他列出了成百上千的问题。最后我问他：“你的父母有没有能力给你雇一个辩护律师？”

他瞥了一眼我身上这件从塔吉特百货公司买来的西装，上面还有今天早上，维奥莱特扣翻装麦片的碗时留下的牛奶痕迹。他收回目光说：“他们有能力雇辩护律师。”

我指导他：“下面你一句话都不要说，让我来说。”我转身面向法官的方向，开始陈述：“尊敬的法官大人。年轻的小伙子约瑟夫，目前只有18岁。这次是他初犯，他是高中生。他的父母，一个是幼儿园老师，一个是银行行长。他的父母有自己的房子。我们请求他为自己进行担保，保释自己。”

法官转向了我的对手，也就是站在辩护桌对面的检察官。她的名字是奥德特·劳顿。她现在就像被告被判了死刑一样的开心。绝大部分检察官和公共辩护律师都很清楚，我们不过是同样拿着州政府的钱扮演两种角色的人。我们会在法庭上扮演互相仇恨的角色，但是出了法庭，双方仍然私交颇深。但现在奥德特·劳顿坚守着自己的立场。她问：“请问法律顾问，本州法院的关注点是什么？”

她抬起眼看了看我，头发紧紧贴在头上，眼珠的颜色很深，几乎看不清瞳孔。她看起来气色相当不错，还化着一脸无懈可击的妆容。

我低头看向自己的双手：手上长着老茧，指甲隐隐发出绿色，看起来就像生了重病。

奥德特说：“这是一次严肃的起诉。我们不仅发现霍金斯先生本人服用了处方开具的麻醉剂，而且还发现他试图销售这些药品。如果就此将他释放，让他回到社区里，无疑是一个巨大的错误。本州法院请求保释金至少一万美元。”

法官重复道：“保释金至少一万美元。”说罢约瑟夫·道斯·霍金斯三世就被法警带出了庭外。

好吧，你没办法次次都赢，但好消息是约瑟夫的父母付得起这笔保释金。虽然这意味着今年圣诞节，他的巴巴多斯之行要被迫取消了。更好的消息是，我再也不用见到约瑟夫·道斯·霍金斯三世了。他的父亲没有雇用私人辩护律师立刻将他保释出来，可能就是为了让他在牢房里挨一个晚上，让他长长记性。但我相信过不了多久，我们律所里的另一个律师还会接起电话，接到约瑟夫的新案子。

这时我又听到书记员宣读：“本州州法院起诉鲁斯·杰斐逊。”

我向门口看去，一个身上戴着铁链的女人被带进了法庭。她还穿着睡衣，头顶上包着头巾。她的目光在旁听席里焦急地搜寻。这时我突然意识到，现场来的人比每周二审讯日来的人要多得多，甚至可以说是非常拥挤了。

法官说：“请你陈述自己的身份。”

她说：“我叫鲁斯·杰斐逊。”

一个女人突然尖叫起来，高喊：“杀人犯!”人群开始小声低语，突然慢慢地化为了高声的呼喊。鲁斯·杰斐逊缩了缩身子。我看到她把头深深地埋了下去。等我再注意到她的时候，她在擦掉被旁听席的人吐在脸上的口水。

这时法警已经把那个吐口水的人拖了出去。我在法庭后侧，从我所在方向看去，他是一个块头很大的蛮横的男子。他的头顶上文着纳粹党的标识，旁边还文着字母。

法官要求法庭肃静。鲁斯·杰斐逊挺直了腰，仍旧在旁听席里寻找着谁的身影，也可能是在找什么东西，但看起来她没有找到。

书记员宣读："鲁斯·杰斐逊，你被以两项罪名起诉。罪名一，谋杀；罪名二，过失杀人。"

我一直都在努力理清究竟发生了什么。这时突然意识到所有人都在看着我。显然，这个被告已经向法官申请需要公共辩护律师。

奥德特站了起来："这是对一名仅有三天大的婴儿的残忍的犯罪行为。尊敬的法官大人，这个被告曾经表达过针对婴儿父母的敌意和仇恨。本州州法院将出示证据，证明她曾经在经历了恶毒的筹划之后，有意且故意地实施了这一行为，丝毫不顾及这个新生儿的安全。这个婴儿就是在她的手中陷入了昏迷，最终走向死亡。"

这个女人杀了一个新生儿？我在脑海中消化这些信息。她是一个保姆吗？她是摇晃婴儿致其死亡吗？还是说婴儿罹患了猝死综合征？

鲁斯·杰斐逊突然爆发了，她说："你们都疯了。"

我用胳膊肘捅了捅她，暗示她："现在还不是时候。"

她坚持说："请让我和法官谈一谈。"

我告诉她："不，让我来代表你和法官谈话。"说罢，我转身面向法官，"尊敬的法官，我可以申请休庭吗？"

我带着她走了几步，来到辩护桌。我说："我的名字是肯尼迪，咱们之后再就你的案子细节进行沟通。现在我需要问你几个问题。你在这里住了多长时间？"

她用阴沉又激烈的声音说："他们给我拴上了锁链。这些人大半夜冲进我的房子里给我戴上了手铐，他们还铐住了我的儿子……"

我解释说："我非常能理解你的心情，但现在我总共只有 10 秒钟的时间来了解你，这样我才能帮助你度过这次庭审。"

她说："你认为你通过 10 秒钟就能了解我吗？"

我在心里劝自己，如果这个女人想要搞砸她自己的庭审，那不是我的责任。

法官说："麦考瑞太太，你们有望在我退休之前讨论完吗？"

我转向法官："我们说完了，尊敬的法官大人。"

奥德特说："本州出现了这样一桩用心险恶、令人胆寒的犯罪行为。"她现在毫不掩饰地直接盯着鲁斯。这两名黑人女性之间的巨大反差相当引人注目：检察官穿着隆重、得体的衣服，脚蹬高跟鞋，身穿荷叶边的衬衫；而她对面站着的鲁斯，则穿着皱巴巴的睡衣，头上系着头巾。这个画面隐藏着太多深意，感觉就像是要表达某种深刻思想的作品，就像一个课堂上讲过，但是我没有记住的案例。"鉴于此次起诉的严重性，我们再次要求剥夺她保释的资格。"

我可以感到鲁斯肺中的空气喷涌而出。

我刚开口说："尊敬的法官大人……"说到这里，我就停住了。

因为我没有任何可以为她辩护的说辞。我不知道她做什么工作。我不知道她是在本州有住房，还是昨天刚刚搬到康涅狄格州。我甚至都不知道她是不是拽过了一个枕头压在那个婴儿的脸上，直到婴儿停止呼吸；还是说她现在的确是在为一起捏造的罪名而感到愤怒。

我重复道："尊敬的法官大人，本州州法院并没有为这一场似是而非的起诉提供任何证据。如果无法提供证据，这个起诉的确过重了。因此，我希望请求法庭根据这个情况给她判决 2 5000 美元的保释许可。"

因为我对她的情况一无所知，这是我所能做的最大努力了。我的职责是让鲁斯·杰斐逊尽量快速地度过这次庭审，并得到相对公平的判决。我偷偷瞄了一下挂钟，在她之后我可能还有另外十几个委托人要负责。

突然我觉得袖子被人拽住了。鲁斯小声对我说："你看到那个男孩了吗？"她正注视着旁听席，她的目光锁定在一个年轻的男孩身上。他在庭审大厅的最后一排，就像被吸铁石吸住似的，站得笔直。鲁斯说："那是我的儿子。"之后她转向我问道，"你有孩子吗？"

我想起了维奥莱特。我突然开始想，也许为人父母，最可怕的场景并不是看到自己的孩子伤心，而是看到自己的孩子被铐上手铐。

我说："法官大人，我想要收回我刚才的言论。"

"法律顾问，你可以再重复一遍刚才的话吗？"

"在我们讨论保释之前，我希望有机会和我的委托人沟通一下。"

法官皱了皱眉："可你们刚才已经谈过了。"

我补充道："我希望能和她有超过 10 秒钟的沟通时间。"

法官揉了揉自己的脸，他最后让步了："好吧。你们可以趁着休息时间沟通一下。等待会儿再次开庭的时候，我们再重新讨论这个问题。"

法警拽住了鲁斯的胳膊，她肯定不知道现在是什么情况。我试着告诉她："我很快就来。"这时她已经被拽出了法庭。等我回过神来的时候，我已经在为一个 20 岁的年轻人做辩护了。他说自己是一个有代表性的人物，不是王子而胜似王子。他不过是在高速公路桥上用油漆喷绘而已。他不能理解为什么这被视为一种犯罪行为，而不是艺术。

之后我又为 10 名委托人进行了庭审辩护。在此期间，我心中一直都在思考着关于鲁斯·杰斐逊的事情。感谢速记员委员会的合同条款，每个人都能获得 15 分钟休息时间。我穿过潮湿肮脏的走廊，走向了关押着我的委托人的牢房。

她正坐在铁床上，听到我的声音抬起了头，揉了揉自己的手腕。现在她的身上并没有佩戴着在庭审大厅时的锁链，所有被指控谋杀的人都会戴这种锁链，但看起来她还没有意识到锁链已经被去掉了。她的声音有些尖利："你去哪里了？"

我回答说："我刚才在工作。"

她看向我的双眼："当时我也只是在工作，我是一名护士。"

我开始把所有的线索拼凑起来。一定是在鲁斯照顾那个婴儿的过程中，情况变得不可挽回，而检察官并不把这件事视为一起意外。"我需要从你这里得到一些信息。如果你不希望一直被关到审判的话，我们就需要站在同一战线上。”

鲁斯沉默良久。这让我感到很意外，大部分和她境遇相同的人，一定会抓住公共辩护律师这一线生机。然而这个女人似乎是在评判我是否符合标准。

我必须承认，这个感觉让我挺不好受的。我的委托人很少评判别人，他们往往是被评判的那一方。

终于，她点了点头。

这时我才吐出了一口气：“好的。”我才意识到刚才我一直都屏住了呼吸。“你今年多大了？”

“44岁。”

“你有丈夫吗？”

她说：“没有。我的丈夫第二次被调度出征的时候在阿富汗阵亡了，他被爆炸装置炸死了。那已经是10年前的事情了。”

我问她：“你的儿子是你唯一的孩子吗？”

她说：“对。埃迪森现在是高中生，正在申请大学。那些冲进来给他戴上手铐的禽兽铐住的是一个优等生。”

我向她保证过后我们会再详细讨论这一部分。“你有护士资格证是吗？”

“我毕业于纽约州立大学普拉茨堡分校，之后读的是耶鲁大学护理学院。”

“你有工作吗？”

“我在梅西－西黑文医院工作了20年，在产科，但是昨天他们辞退了我。”

我在本子上记下来她所说的话：“那你现在有什么收入来源？”

她摇了摇头：“可能只有我丈夫的军队死亡补贴了吧。”

“你有自己的房子吗？”

“在东区，有一座联排别墅。”

我和迈卡就住在这片区域。这是一个富有的白人区，我在那里看到的黑人往往都是坐在自己的车里。这片区域很少会出现暴力事件，虽然有时候也会有行凶暴力和劫车。《纽黑文独立报》的网页上总是充满了住在东区的住户的评论，描述来自耶鲁狄思威和纽哈芬穷人区的那些家伙是怎么袭击他们的。

当然，他们口中的“家伙”指的就是黑人。

鲁斯说：“你看起来挺震惊的。”

我下意识地说：“不是，只是因为我也住在那个地区，但我从来没有见过你。”

她干巴巴地说：“我不喜欢引人注目。”

我清了清嗓子：“你在康涅狄格州有亲戚吗？”

“我的姐姐阿蒂萨住在这里。她刚才就坐在埃迪森身旁。她住在教堂南街。”

这是黑尔住宅区里低收入者住的公寓，就在联合车站和耶鲁医疗区之间。那里大概有97%的孩子都生活在贫困之中，我在那个地区也有一些委托人。其实那个地方距离东区不过几公里之隔，但却是两个截然不同的世界。孩子们贩卖毒品，大一点的孩子贩卖毒品是因为他们找不到其他工作。女孩子会接客。每天晚上都有枪战发生。我很好奇为什么鲁斯和她姐姐的生活如此天差地别。

“你的父母还健在吗？”

鲁斯移开目光：“我妈妈在曼哈顿上西区工作。你还记得萨姆·哈洛韦尔吗？”

“就是那个在电视台工作的家伙吗？他是不是去世了？”

“是的，但我妈妈现在还是他们家的女佣。”

我打开了那个写着鲁斯名字的文件夹，那里面放着大陪审团交给我的起诉书，上面描述了对她进行逮捕的过程。现在我除了起诉内容，并没有时间细看其他部分。我先暂时不去管这个不太一样的委托人，我的目光被起诉书上的某个名字吸引了，我问她："德维斯·鲍尔是谁?"

她的声音变得柔和："是一个去世的婴儿。"

"给我讲讲发生了什么吧。"

鲁斯开始"编织"故事。她像蜘蛛吐丝一样，吐露出来的沉重的事实中，总是隐藏着羞愧的闪光。她给我讲了孩子的父母、监管护士放的那张便笺纸、微型包皮环割术、为处理紧急剖腹产被叫走的护士、婴儿的突然发作……她告诉我那个文着纳粹标识的男子，也就是刚才在庭审中途向她脸上吐口水的人，就是那个婴儿的父亲。一条一条的线索都交织在了一起，就像用蚕丝织出了一匹丝绸。

鲁斯说："等我再次意识到的时候……婴儿已经去世了。"

我低头开始扫视警察的记录。我和她确认："你从来没有碰过他?"

她盯着我看了良久，似乎是想看一看我是否值得信任。之后她摇了摇头："我从来没有碰过他，直到监管护士让我去给他进行按压。"

我向前探了探身子："如果我让他们释放你，让你回家去找你的儿子，你就需要付一笔保释金。现在你的手上有存款吗?"

她绷直了后背："我为埃迪森上大学攒了一笔钱，但是我是不会动这笔钱的。"

"那你愿不愿意卖掉房子?"

"你这是什么意思?"

"就是让州政府把房子扣押。"

"那之后我该怎么办呢? 如果我输掉这场官司，是不是就意味着埃迪森没有住的地方了?"

"不会的。这样做只是为了保证如果让你保释回家的话，你不会逃走。"

鲁斯深深地吸了一口气，说："好吧。请你帮我一个忙，向儿子转达我一切无恙。"

我点了点头，她也点了点头。

在那个瞬间，我们之间不是白人和黑人的区别，而是辩护律师和被告的区别。我们并不会因为我所熟知而她一无所知的司法系统而对立，我们只是肩并肩坐在一起的两位母亲。

当我再次进入法庭的旁听席时，我觉得自己似乎戴上了矫正眼镜。我开始去注意那些刚才未曾留意的旁听者。他们可能并不像那个婴儿的父亲一样文着纳粹的标识，但他们都是白人。只有一部分人穿着马丁靴，剩下的人都穿着运动鞋。他们会不会也是光头党？他们之中有人举着写有德维斯名字的牌子，而有的人的T恤衫上，别着蓝色的丝带，来表达他们的团结。刚才我第一次走进法庭的时候难道忽略了这些吗？他们是不是都是聚集过来支持鲍尔家庭的？

我开始设想当鲁斯沿着自己在东区的小区里走路时，有多少这个小区的其他住户会怀疑她在那里做什么。虽然他们可能从来没有当面问过她这句话。我突然开始思考，躲藏在一个白人的皮肤后面是一件多么有优势的事情。看看这些可能是白人至上主义者的人就知道了。怀疑别人使他们受益，反正他们自己永远不会被怀疑。

而在旁听席中的几个极少数的黑人面孔与此形成了鲜明的对比。我走向鲁斯之前给我指过的那个男孩。他立刻站了起来，我问他：“你是叫埃迪森吗？我的名字是肯尼迪。”

他比我高出将近30厘米，但是他的脸上仍然没有褪去青涩的模样。他向我确认：“我的妈妈还好吗？”

“她很好，就是她让我来告诉你她的情况的。”

站在他旁边的女人突然说：“那你们两个好好享受甜蜜的时光吧。”她用红色的绳子扎了一条麻花辫，肤色比鲁斯要深不少。虽然庭审大厅里不允许吃吃喝喝，但她正在喝着可乐。她发现我注意到可乐罐时抬了抬眼睛，仿佛就在等着我说点儿什么。

“你一定就是鲁斯的姐姐了。”

“为什么？因为我是这个房间里除了她儿子以外唯一的一个黑鬼吗？”

听到她的回答，我不由得后退了一步。我敢肯定，这正是她最期待的反应。如果说鲁斯看起来警惕又敏感，那她的姐姐生气的样子简直都可以和一头豪猪媲美了。我说：“不。”我说话的语气就像平时我在说服维奥莱特时的语气一样：“首先，你并不是这里唯一一个有色人种。其次，你妹妹之前已经告诉过我，你正和埃迪森在一起。”

埃迪森问我：“你可以帮她出狱吗？”

我把注意力转回到他身上：“我正在尽我所能。”

“我可以去看看她吗？”

“现在还不是时候。”

法庭的大门突然打开了，书记员走了进来。宣布法官入场的时候，他让在场的所有人都站起来。

我告诉他：“我要走了。”

鲁斯的姐姐死死地盯着我说：“好好干你的工作去吧，白人女孩儿。”

法官在椅子上坐下，我们重新开始讨论鲁斯的案件。鲁斯又沿着逼仄的走廊被带进了法庭，然后站在我的身边。她一脸询问地看着我。我点了点头，告诉她：他很好。

法官叹了一口气，开口道：“麦考瑞太太，您是否已经有充足的时间和委托人沟通过了？”

“是的，法官大人。几天之前，鲁斯·杰斐逊还是一名梅西－西黑文医院的产科护士，负责照顾那些即将临盆的产妇以及新生儿。过去 20 多年以来，她一直都在做这份工作。当医院中一个婴儿的身体状况进入了紧急状态，鲁斯和医院的其他员工一起尽自己的努力挽救这个婴儿的生命，遗憾的是他们最终没能成功。而针对这件事情所进行的调查，导致鲁斯丢掉了工作。她本人是一名大学毕业生，她的儿子是优等生，而她的丈夫为了我们的国家牺牲在了阿富汗。他们全家都住在这个社区里，她拥有她所住的那栋房子。我希望请求法庭给予她一个合理的保释金额，我的委托人没有潜逃的风险，此前她也没有任何犯罪记录。不论怎样判决她的保释金额，她都乐于接受。这个案件已经没有什么存疑的地方了。”

我把鲁斯描绘成一个被人误解的、善良正直的美国公民。我觉得我就差掏出一面美国国旗，然后挥舞着国旗绕场跑步了。

法官转向鲁斯问道：“你那套房产值多少钱？”

“抱歉，请您再说一遍。”

我给她解释了一下：“就是说你那套房子如果抵押的话，值多少钱？”

鲁斯说：“10 万美元。”

法官听罢点了点头：“我宣布保释金为 10 万美元。作为保释的条件，我们将给房子登记。好了，下一个案子。”

旁听席上的白人至上主义者开始发出嘘声。我有点怀疑，是不是只要最后没有行刑，他们都不会觉得满意。法官开始维持秩序，敲起了小木槌：“把他们都请出去。”法警顺着走廊向喧哗的方向走过去。

鲁斯问我：“现在是什么情况？”

我说：“你很快就会出去了。”

“谢天谢地，大概要多久？”

我的目光向上飘移：“就几天吧。”

一个法警拉起了鲁斯的胳膊，把她又带回了牢房。在她被拽走的时候，她的眼中第一次流露出了慌张的神色。

这完全不像是在看电视或是电影，你不能就那么轻松地走出法庭。相反你会拿到很多文件，并且需要和保证人进行交涉。我是一个公共辩护律师，所以我很清楚这套流程；而我的大部分委托人也清楚这套流程，不过这都是因为他们不是初犯了。

但是鲁斯和我绝大部分的委托人都不太一样。

确切来说，她甚至都不能算是我的一个委托人。

我当公共辩护律师至今已经快4年了，而我也已经摆脱了一些品行不端的案件。之前我办理过太多的入室抢劫、盗窃犯罪、盗取身份、开空头支票等等的案件。现在我就算闭着眼睛都能为他们辩护。但这是一桩引人注目的谋杀案，等到开庭日期确定下来的时候，案子就与我无关了。这个案子会落在我们办公室另外一位更富有经验的同事手上，或者是某一个和我的老板打高尔夫球的人手上，或者更准确地说，是某个男性手上。

在未来相当长的一段时间里，我都不会再担任鲁斯的律师。但至少现在我还是她的律师，我还能够用自己的能力帮助她。

我悄悄对那些正在怒吼的白人至上主义者说"谢谢"，然后沿着中间那条走道走向埃迪森和鲁斯的姐姐。我对她姐姐说："听我说，你需要去拿一份鲁斯房契的复印件，还有她纳税记录的官方复印件。你妹妹最近一次抵押付款的复印件，能证明她现在的开销是多少。请你把这些文件带到书记员的办公室。然后……"

我突然意识到，她姐姐现在看我的表情，仿佛我刚才说的是匈牙利语。但是我又突然想起，毕竟她住在教堂南街，没有自己的房子。所以我说的事情对她的陌生程度不亚于对她讲一门外语。

这时候我注意到埃迪森正在把我所说的每一个字都记在他从钱包里掏出来的一张收据背面。他向我保证："我会完成的。"

我给了他一张我的名片："这是我的手机号。如果你有任何问题，就给我打电话。但是你母亲的案子到了后期，就不再由我负责了。等到你母亲从这里保释出去，我办公室的另一位同事会联系你们。"

听到这句话，鲁斯的姐姐又激动起来了："原来你为了把她弄出监狱，赔上了她的房子？你的好人已经做完了？估计因为我妹妹是个黑人，你认为肯定就是她干的吧。所以为了不弄脏自己的双手，都不想碰这件案子对吗？"

这番话简直可笑至极，我甚至都不知道应该从哪里开始反驳。其实我接手的绝大部分委托人都是非裔美国人。我还没有来得及向她解释公共辩护律师办公室里的权力等级，埃迪森就插嘴说：“您冷静一下。”然后他转向我说，“对不起。”

我说：“不要说对不起。我才想对你说对不起。”

那天晚上我身心疲惫地回到家，看到妈妈脚上穿着丝袜，蜷缩着腿坐在椅子上，正在收看电视上的迪士尼幼儿节目，手里捧着一杯白葡萄酒。从我懂事开始，她每天晚上都要喝上一杯白葡萄酒。在我还小的时候，她把这个叫作她的“药”。维奥莱特躺在她旁边的沙发上，缩成一团睡得正熟。我妈妈说：“我可不忍心叫醒她。”

我轻手轻脚地在女儿旁边坐下，拿过了放在咖啡桌上的葡萄酒瓶，直接灌了下去。妈妈的眉毛挑了起来，她问我：“你遇到的事情有这么糟糕吗？”

我摸着维奥莱特的头发回答：“你根本无法理解的那种，今天你肯定让她累得够呛吧。”

妈妈踌躇着：“那个，我们在晚餐的时候吵起来了。”

“又是因为炸鱼排吗？自从她看过《小美人鱼》之后，就拒绝吃炸鱼排了。”

“那倒不是，她还是吃了炸鱼排的。再告诉你一件让你高兴的事，阿里尔从这栋楼里搬出去了。维奥莱特之前那么生气和困扰，完全都是因为他的存在。后来我们开始看《公主与青蛙》，维奥莱特告诉我，今年万圣节的时候她想打扮成里面的蒂安娜公主[①]。”

我说：“谢天谢地。一个礼拜之前她还誓死要穿贝壳形状的比基尼文胸

① 蒂安娜公主：迪士尼动画《公主与青蛙》女主角，非裔美籍，也是迪士尼动画中首位黑人公主。——译者注

呢。我告诉她除非她在下面套一条长袍，不然根本别想穿。”

妈妈听到这里挑了挑眉毛，说：“肯尼迪，你不觉得维奥莱特扮成灰姑娘的话会更开心吗？或者是长发公主？或者是新出的那个一头白发，可以让任何东西都结上冰的那个角色？”

我奇怪地问：“艾尔莎[①]？为什么选她？”

妈妈回答说：“宝贝，别让我把原因大声讲出来好吗？”

我说：“就因为你觉得蒂安娜是个黑人吗？”说出这句话的瞬间，我突然想到了鲁斯·杰斐逊，还有那些在旁听席大发嘘声的白人至上主义者。

“我不觉得维奥莱特对人种的区分能力会比对人和青蛙的区分能力好到哪里去。她还告诉我她打算在圣诞节的时候找一个人，假装他是宠物然后亲一口，看看会发生什么。”

“圣诞节我才不会送给她青蛙呢，但是如果万圣节时她想打扮成蒂安娜，我会给她买服装的。”

妈妈纠正我：“我会亲手给她缝服装的。我才不会允许我的任何一个孙子辈穿着从商店里买来的衣服去挨家讨要糖果，那种破衣服说不定在走过南瓜灯的时候就会被点着呢。”关于她的这个想法我不做争辩。我可是连把布缝起来都做不到。我的衣柜里有一条工作穿的裤子，边缘是用强力胶水粘上的。

“太棒了，我很高兴你终于松口了，这样维奥莱特就可以实现她的梦想了。”妈妈扬起了下巴，“肯尼迪，我和你说这些可不是为了让你批评我。我虽然在南方长大，但是我对其他种族并没有偏见。”

我指出：“妈妈，你有一个黑人奶奶。”

妈妈说：“我对待贝蒂就像家庭成员一样。”

“但是……其实她并不是家庭的一员。”

---

① 艾尔莎：迪士尼动画片《冰雪奇缘》女主角。——译者注

妈妈往自己的杯子里又倒了些白葡萄酒。她叹气道："肯尼迪，这只是当地的愚蠢习俗，没有人有意为之，也并非出自歧视。"

突然间我感到无比的疲惫。这并不单纯是因为工作的强度、处理案件的数量让我感到身心俱疲，而是因为我开始怀疑，自己有没有做成过什么真正能带来改变的事情。

妈妈用温和的声音给我讲述起来："当我和维奥莱特现在差不多大的时候，有一次趁着贝蒂没有看着我，我试着去偷喝公园喷水池里五颜六色的水。我迈到水泥块上，拧开了水龙头，希望能看到一些不同寻常的东西。那时我期待能看到彩虹，但是你也知道——那里的水和其他地方的水并没有什么两样。"她看着我的眼睛接着说，"维奥莱特肯定能扮演成最漂亮的小灰姑娘。"

"妈妈……"

"我只是想说，你看，迪士尼花了多少年才给那些黑人小女孩设计出专属于她们自己的公主？你觉得维奥莱特应该去夺走她们一生都在期盼的那个角色吗?"

"妈妈!"

她举起手，仿佛在投降："行。就让她扮蒂安娜。这个话题到此为止。"

我抄起葡萄酒瓶，冲着喉咙里灌了进去，直到喝干瓶子里的最后一滴酒。

妈妈从房间离开后，我和维奥莱特一起躺在沙发上睡着了。等到我醒来的时候，迪士尼少儿频道正在播出《狮子王》。我努力睁眼的时候正好看到屏幕上播出木法沙死亡的那一刻。他被一群水牛包围住了。这时迈卡走进屋子里，用一只手扯下了脖子上的领带。我说："嗨。我都没有听到你开车回来的声音。"

"因为我是一个假装成眼科医生的有超凡技艺的忍者。"他边说边俯身亲我，还闻了闻维奥莱特的气息。维奥莱特正在轻轻地打着鼻鼾。“今天我度过了被青光眼和玻璃体包围的一天。你今天过得怎么样？”

我说：“精疲力竭的一天。”

“‘疯狂的莎伦’回来了吗？”

他说的“疯狂的莎伦”是一名惯犯，一个崇拜彼得·沙洛维的跟踪狂。彼得·沙洛维是耶鲁大学的校长。她会给他寄花束、写情书，甚至还有一次寄了内裤。我已经为她进行了6次庭审辩护，但问题是沙洛维是从2013年起才开始担任校长的。

我说：“她倒是没有回来。”之后我给他讲了关于鲁斯、埃迪森，还有那些旁听席中白人至上主义的拥护者的事。

迈卡对我提到的最后一种人最感兴趣，他说：“真的吗？是那种手里挥舞着绳索、穿着飞行员夹克、脚蹬靴子，备齐了所有这些行头的人吗？”

“第一，不是的。第二，我是不是应该对你非常熟悉这一切感到恐慌？”我把脚从咖啡桌上挪开，这样他就可以坐到我的对面了。“说心里话，他们看起来和我们一模一样，这才是最可怕的地方。你怎么能知道你的邻居是不是一个白人至上主义者呢？”

“我愿赌服输，我打赌格林布拉特太太并不是一个种族歧视者。”他边说边轻柔地把维奥莱特揽进自己怀中。

“不管怎么说，这个问题都很大，不是我一己之力可以解决的。”我们边说着话边上楼向女儿的卧室走去。我突然补充了一句：“鲁斯·杰斐逊也住在东区。”

迈卡哼了一声，他把维奥莱特抱到床上，给她盖好被子，然后在她的额头上轻轻地落下一个吻。

我用充满攻击性的语气问他：“你哼一下是什么意思？”话音未落的时候我也轻轻地吻了维奥莱特的额头。

迈卡说：“这不代表任何意思，这只是一种反应。”

“你真正的意思恐怕你不敢表达出来吧。你是不是觉得东区不应该有黑人家庭?”

“我可能真是这个意思吧?”

我跟着他一起回到了卧室，拉开裙子上的拉锁，脱下连裤袜。套上平常睡觉时穿的T恤衫和短裤后，我走进了洗手间，和迈卡一起刷牙。我把嘴里的泡沫吐出来，用手背擦了擦嘴角，说：“你知不知道在《狮子王》里面，那些土狼就是反派角色，它们说的话都是黑人用语或者拉丁美洲人的土话?而那些小狮崽都被警告不能靠近这些土狼的住所。”

他饶有兴味地看着我。

“你有没有意识到那个大反派‘刀疤’，肤色比木法沙的要深?”

“肯尼迪。”迈卡用双手握住我的肩膀，弯腰向前，吻了吻我：“我觉得有那么一点可能是你想得太多了。”

就是在那个瞬间我下定决心，就算要上刀山下火海，我也要担任鲁斯的公共辩护律师。

○ 特克 ○

我看到了这个律师的办公室有多么时髦，因此推测他应该是一个非常有钱的人。墙面不是涂漆的，而是镶嵌着木板。他的秘书递给我的那个水杯，是一种很沉的水晶平底玻璃杯。连办公室里的空气都散发着富有的味道，就像走在街上会躲开我的女人身上喷的那种香水味。

我穿着的夹克衫也是和弗朗西斯共有的，但我穿了一条随意的裤子，头上戴着羊毛帽子，把帽檐拉得很低。我的手指不停把玩着无名指上的结婚戒指。我要假装和普通人无异，绝不能让人看出我经常会无视司法系统公正，利用法律漏洞钻空子。

洛克·马修斯先生毫无预兆地出现在我面前。他的西服熨上了刀口状的褶皱，皮鞋擦得锃亮，整个人看起来就像一个即将登台的歌星。他唯一的瑕疵恐怕就是鼻子，好像是高中时期玩橄榄球时把它撞坏了。他伸出一只手向我表示欢迎："鲍尔先生，请随我进来吧。"

他带我进来的这间办公室更加令人印象深刻。房间里充满了黑色的皮制品和金色。他示意我在其中一张双人沙发上坐下。马修斯说："请允许我再次表达对您痛失爱子的同情。"这几天所有人都在对我说同样的话。他说出的这些话，就像飘在空中的雨丝，连地皮都没润湿就消失得无影无踪。现在再听到此类安慰我已经没有反应了。“我们之前在电话里讨论过，是否有可能将它作为一场民事诉讼进行起诉……”

我打断他：“不管是什么名义，我只希望有人能为此付出代价。”

马修斯说：“啊。我就是为了这个才邀请你来这里和我谈谈。你也知道，情况相当复杂。”

“这有什么复杂的？你去起诉那个护士不就行了。她就是凶手。”

马修斯有些犹豫：“你当然可以起诉鲁斯·杰斐逊，但从现实的角度来说，起诉她对我们来说的确不是一个明智的选择。你也知道吧？这个州有自己的一套司法流程。如果你在刑事诉讼的同时民事诉讼，杰斐逊太太会被留下来进行全面的调查。在检证期间，她是不能走刑事诉讼流程的。而你已经向她提起民事诉讼，那么在刑事诉讼中，她也许会在法庭检证中反击你，这反而可能会对你造成不利。”

“我不太明白。”

马修斯坦率地说：“打个比方，你本来是想着去淘金，大捞一笔，但这场诉讼只会让你自寻烦恼，什么好处都得不到。”

我向后靠了靠，把手放在膝盖上：“所以事情就这样了？我不能起诉她了吗？”

律师说：“我可没这么说，我只是觉得你选错目标了。和杰斐逊太太不同，这家医院还是有些很可观的资产的。此外，他们也有监督自己员工的责任，他们对护士的所作所为和不作为都应该承担责任，因此我建议你把起诉对象换成医院。好，现在让我们重新说回鲁斯·杰斐逊。当然你也不能凭借她现在一贫如洗的状态推测她的未来，说不定明天她就中了彩票的大奖，或者继承了一笔遗产。”他扬了扬眉毛，“鲍尔先生，等到那时候，你不仅能得到公正的结果，也许还能得到相当可观的赔偿。”

我想象着这个场景，点了点头。我心里想着回去和布列塔沟通。“那德维斯这件事情应该采取哪种方式？我们怎么开始第一步呢？”

马修斯问我：“你是说现在吗？现在什么都不用做。刑事诉讼结束前，我们还什么都做不了。不过等到刑事诉讼结束后，民事诉讼依然有效。你不能用这个理由来起诉被告。”他向后靠去，双手摊在身体两侧，继续说：“等到刑事诉讼结束后再来找我吧。我会一直在这里等你。”

刚开始当弗朗西斯说盎格鲁－撒克逊至上主义的新浪潮的主力将不再是暴力，而是在网上广泛流传、匿名传播思想的时候，我并不认同这个观点。但是我还没有笨到当面告诉他，他是一个疯狂的老笨蛋。不管怎么说，他都是这场运动的传奇人物。更重要的是，他是我心中魂牵梦萦的那个女孩的父亲。

布列塔妮·米彻姆出落得十分标致，我一下子就拜倒在了她的石榴裙下。她拥有我碰过的最柔软的肌肤，那双清澈的蓝眼睛上勾勒着暗色的眼线。但和其他女孩不同的是，她没有把头顶周围一圈的头发弄得蓬松，或是从脸颊两侧和脖子上垂下两缕头发。相反，布列塔的头发比较稀疏，披散的时候，大概垂到后背的中间。有时她会编辫子。她的辫子和我的手腕一样粗细。我总会想象当她俯身吻我的时候，她的头发像窗帘一样垂落，扫在我的脸上，会是怎样一种感觉。

她也是我最不敢追求的人。毕竟她的父亲只要打一个电话，我的脊椎骨可能就会被打得粉碎。所以我换了一个策略。我经常前去登门拜访，假装有问题要请教弗朗西斯。他非常喜欢见到我，因为这样他就有机会对他要建设的安德鲁主题网站高谈阔论。我帮他换卡车里的机油，还帮他修理了一个会漏的垃圾处理器。我总能让自己表现得有点用处。但是，我也只会在远处默默地关注布列塔。

有一天发生的事给我印象很深。那天我正在角落里帮助弗朗西斯劈柴。布列塔走出房子来找我，问我：“那些谣言都是真的吗？”

“什么谣言?”

“他们说你单枪匹马干掉了一整支摩托车暴徒队，还亲手杀死了你爸爸。”

我说：“这么说的话，不能算真的。”

“所以你只不过是和其他家伙一样的懦夫。把自己伪装成一个高大威猛的盎格鲁人形象，只是为了得到我父亲的庇护。”

我抬起头，震惊地看着她，发现她绷紧了嘴角。我把斧子举过头顶，肌肉蓄力，然后把斧子径直向下劈到柴火，动作非常干净利落。我说：“如果让我评价，我觉得自己在两种极端的中间。”

她说：“我还是想亲眼证实一下。”说着又向我靠近了一步，“等到下一次你的队伍出去‘狩猎’的时候。”

我笑了起来：“我不可能带着弗朗西斯的女儿和一堆男人出去。”

“为什么不可以?”

“因为你是弗朗西斯的女儿。”

“这并不是我问题的答案。”

可恶，她说得对，虽然她不知道真正的原因，但她知道我说的肯定不是真正的原因。

“从我记事开始，我父亲就带着我和他队伍里的男人出去了。”

不知为什么，当时我觉得这句话很不可信（之后我才发现此言不虚。但是他总会让布列塔系上安全带留在车上，在卡车的后面熟睡）。我说：“你还不够坚强，不能和我的队伍一起行动。”其实我这么说只是为了赶紧结束这个话题。

但我没有等来她的回答。我本以为对话就此结束了，于是拎起斧子，一下一下劈了起来。突然间，布列塔一个箭步，飞速冲到了斧刃马上要劈落的地方。我吓得立刻松开了斧子的把手，能感受到斧子从我手中旋转着飞出去，使劲砸到距离她只有 15 厘米远的地面上。我大叫起来：“我的天哪！你是疯了吗?”

她只说了一句:“你说我不够坚强吗?”

我说:“这周四，天黑后见。”

我每天晚上都可以听到儿子的哭声。

每次哭声响起我都会醒来，因此我知道他现在是一个鬼魂。布列塔从来没有听到过他的声音，她仍然需要服用大量的安眠药，还有我上次弄坏膝盖时得到的一大批可待因酮才能睡着。我翻身下床，去了一趟卫生间，然后循着声音走过去。声音越来越大，但等我走到起居室的时候，哭声戛然而止。起居室里一个人都没有，只有电脑屏幕冲我发出幽幽的绿光。

我在沙发上坐下，连喝了6罐啤酒。但即使这样，儿子的哭声仍然环绕着我。

我的岳父给我留了两周左右的时间沉湎于伤感中。两周过后他陆陆续续把啤酒从家里扔出去。有一天早上，弗朗西斯在起居室找到我的时候，我正坐在沙发上，把头埋在双手之中，因为思念儿子而哭泣。有那么一个瞬间，我以为他会把我打翻在地。别看他已经上了年纪，但是干掉我还是绰绰有余的。他一把拽过笔记本电脑朝我扔过来。他简短地说:“控制情绪。”说罢便转身走回房间去了。

我继续在沙发上坐了很久很久。电脑就蜷缩在我的旁边，就像一个祈求着和我共舞的女孩。

不能说是我主动拿过电脑的，而是电脑主动来找我的。

我的手指刚刚碰到键盘就弹出了一个网页。自从布列塔生下孩子之后，我就再也没有登录这个网站。

我和弗朗西斯合作建设网站时，我负责学习编程和元数据，而弗朗西斯负责提供我们要发布的内容。我们给自己的网站命名为“孤狼”，因为我们最终都会变成那种人。

如今的社会已经和80年代截然不同了。我们队伍中最出色的人都被关进了监狱，而上了年纪的坚守者，也已经再也没有能力去亲自杀出重围了。队伍里的新鲜血液，和周围一堆老江湖喝着酒、聊着过去美好时光的时候，对3K党已经失去了兴趣。他们一点也不想听那些老掉牙的故事，例如弄湿黑人的头发后，他们的头发会散发出臭味之类的。他们寻找着可以带回去给左翼分子的老师和亲戚交差的数据，因为那些人认为白人才是这个国家种族歧视的真正受害者，而这些数据可以帮助他们理清头绪。

所以他们需要什么，我们就提供什么。

我们公布的都是真实的数据。美国人口调查局调查显示，等到2043年，白人就会成为少数族裔。有40%拿社会福利的黑人有能力工作，却不去工作。而充满了犹太复国主义者的政府正在接管我们的国家。这可以直接追溯到美国联邦存储系统的艾伦·格林斯潘[①]。

孤狼网很快就超出了我们的控制。它代表这场运动中更年轻、时髦的一种方式，是复仇运动的全新发展方向。

我的手指在键盘上飞舞着，登录到我的管理员账号。运行这个网址的一部分原因是它可以匿名。我可以在匿名的庇护下展示自己的信仰。我们都是匿名者，我们也都是团结的兄弟。这支军队是由没有名字、没有面孔的朋友组成的。

但是今天一切都变得不同了。

我相信很多人都是通过我的博客文章知道我的，你们也在下面发表了自己的评论。你们和我一样，是真正的爱国者。你们和我一样，愿意去追随一个观点，而不是一个特定的人。但是今天我要走到灯光下，因为我想让你们了解我，我想让你们知道我遭遇了什么。

---

① 艾伦·格林斯潘：犹太人，美国第十三任联邦储备局主席。——译者注

我写道，我的名字是特克·鲍尔，今天我来讲述一下我儿子的故事。

等我按下发送键之后，我看着关于我儿子那短暂又勇敢的一生的故事出现在电脑屏幕上。我更愿意相信，如果他注定死去，那么一定要死得其所。他的死是为了我们。

那天晚上我再也没有喝酒，但是也没有回去睡觉。我盯着网页上方记录阅读次数的数字。每增加一个数字，就意味着多了一个读到这篇文章的人。

1 个读者。

6 个读者。

37 个读者。

409 个读者。

等到朝阳的光辉洒落到屋子里，已经有超过 1 3000 人知道了德维斯的名字。

我给自己冲了杯咖啡，然后边喝咖啡边浏览起评论区。

> 请您节哀顺变。
>
> 您儿子是种族的战士。
>
> 该死的黑鬼，就不应该允许他们在白人医院里工作。
>
> 我用你儿子的名字向美国自由党捐款了。

当我看到其中一条时，我突然如坠冰窟。

上面写着，《罗马书》12：19：亲爱的弟兄，不要自己申冤，宁可让步，听凭主怒。因为经上记着，主说，申冤在我。我必报应。

布列塔躲开我斧子之后的那个周四，我和她，还有她父亲共进了晚餐。我们已经相安无事，开始吃甜点了。布列塔突然抬起头，仿佛突然想起一件事情需要告诉我们。她说："今天我开着你的车撞了一个黑人。"弗朗西斯听完向后靠在椅背上："他当时在你的车前干什么？"

“我也不知道，可能只是在走路吧，但他把挡泥板撞得凹了进去。”

我说：“我去帮你看看，我对车身修理略通一二。”

布列塔的嘴角泛起了微笑：“我就知道你很懂。”

布列塔转身告诉她父亲，她已经说服我吃完晚餐，陪她一起去看爱情轻喜剧电影。我的脸漫上了红霞。弗朗西斯的大手拍在我的后背上，他说：“你去总比我去要好。”然后我和布列塔双双上了车，准备出发去享受这个晚上。

布列塔总是精力充沛，坐在副驾驶座上仍旧说个不停。她一刻也无法安定，总是接二连三地问各种问题：我们现在要去哪里？我们的目标是谁？我之前去过那儿吗？

我当时觉得这个晚上只会有两种结果：要么就是我的表现太出色了，赢得布列塔永远的尊崇。要么就是我的表现太糟糕了，我让她身处险境，她父亲之后会折断我的脖子。

我把她带到了一个废弃的停车场，就在一个同性恋经常光顾的热狗摊旁边。那些同性恋有时就在这里见面，然后在后面的灌木丛里做一些见不得人的勾当。（不过说实话，同性恋选择在热狗摊前见面已经是一个老掉牙的习俗了。就为了这个，他们都应该被打一顿。）我曾经想过今晚欺负黑佬。但首先，他们本质上只是动物；其次，打起来他们可能身体更占优势。而且布列塔自己就可以打倒一个同性恋男子。

布列塔问：“待会儿还有谁在这里和我们汇合吗？”

我只好承认：“只有我们两个。原先我有一个自己的小分队，但是其中一个家伙背叛我之后，我才意识到自己还是喜欢单独行动。也是从那时开始，关于我和那些骑车党的谣言被广泛传播。不过其实能单枪匹马干掉整个车队，现在我愿意自己行动只是因为我已经不可能再相信除了自己以外的任何人了。”

布列塔说：“我明白了。本来应该支持你的人却抛弃你，这感觉真是糟糕透了。”

我瞥了她一眼：“我觉得你度过的人生倒是相当养尊处优。”

“确实如此。但当我还是一个婴儿的时候，我妈妈突然离开了。在她眼里我仿佛只是……一件垃圾。”

我知道弗朗西斯没有妻子，但我此前并不知道前因后果：“天哪，这感觉的确糟糕透了。对不起。”

让我惊讶的是，布列塔的样子并不是沮丧，而是怒火中烧。她的眼睛就像燃烧的煤块：“我不遗憾，爸爸说她是跟一个黑人跑了。”

话音刚落，就有两个男人走到热狗摊点餐。他们拿到热狗之后，朝一张已经有些破败的野餐桌走去。

我问布列塔：“你准备好了吗？”

“我随时蓄势待发。”

我收起了笑容，不知自己究竟有没有那么勇敢？我们从车里出来，慢悠悠地踱步过了马路，一副我们也打算去热狗摊买点什么吃的样子。但是我刚走到野餐桌就停下了脚步，礼貌地笑了起来：“嗨，你们这两只小弱鸡，有烟吗？”

他们互相看了一眼。我爱死他们的眼神了，就像一个动物意识到被逼到绝境时露出的那种眼神。金发的男人对矮小瘦弱的家伙说：“我们赶紧走吧。”

我边说边一步步靠近。“嘿。这招对我不管用。我已经知道你们打算跑了。”我一把掐住金发男人的喉咙，打得他眼冒金星。

他像一块石头，重重地砸到地上。我转身向布列塔看去，她已经跳到了那个瘦弱家伙的后背上，骑在上面，就像噩梦一样压在他身上。她用指甲挠他的脸颊。等到他摔到地上，布列塔开始踢他的肾，然后又直接坐在他的后背上，拎起他的头，使劲把他的头一把按回行人道上。

之前我也曾经跟女人并肩战斗过。普遍的误解认为加入光头党的女人都习惯屈从，整天光着脚，而且总是行动不便。如果你要在光头党做女性领袖，就必须是一个彻头彻尾的狠角色。布列塔的双手之前或许没有沾过鲜血，但是她天生就是这样一个人。

她还在继续殴打那个已经失去意识、浑身瘫软的人，我一把将她拽了起来，催促她："快跟我来。"我们两个一起朝车跑去。

我们开上了一座山丘。那里的视野极佳，可以看到特威德机场的飞机起落的场景。我们坐在车顶上，机场跑道的灯光对着我们一闪一闪，布列塔立刻激动了起来。她大喊着："上帝!"她扬起下颚，面向夜空，"我简直不敢相信，感觉就像……就像……"

她一时语塞，但我知道她心中的话。感觉就像是胸中积郁了太多的感情，终于爆发出来了。有时我会有那么几秒的时间，意识到给别人造成痛苦是什么感觉，但我从未因此感到痛苦。布列塔的坐立不安可能和我的原因不太一样，但她一定也像我一样完全沉浸其中，她刚刚找到钻出牢笼的那道裂缝。我说："感觉就像是自由。"

"是的。"她沉重地喘着气，直勾勾地看着我："有时候你是否觉得你并不属于自己这身皮囊?就像你本来应该是另外一个人?"

我想，我总是如此。但我并未说出口，而是俯身过去吻了她。

她挪了过来，坐在我的大腿上，面对着我。她更加用力地吻了我，咬我的嘴唇，唇齿缠绵。她的双手伸进了我的衬衫下摆，摸索着我牛仔裤的纽扣。我说"嘿"，试着去抓她的手腕："不必这么心急。"

她对着我的脖子轻语："可我就是这么急。"

她已经欲火焚身了。如果你离火焰太近，也会引火上身。所以我任由她拉开我的裤子拉链。我撩起了她的裙子，扯去她的内裤。布列塔栖身上来，我在她体内探索，就像一个新的开始。

在传讯日的当天早上，布列塔还在睡觉的时候，我就穿好衣服了。她还穿着那身已经连续穿了 4 天的睡衣。我吃了一碗麦片，就准备去打一场硬仗了。

法庭里出现了 20 位我从未见过的朋友。

他们都是孤狼网的忠实读者，经常在我的网站上发表文章。这些男男女女都读到了德维斯的遭遇，他们希望不只可以用文字安慰我。他们像我一样有着和人们心目中种族主义者完全不同的外表。除了我以外，没有一个人是光头，都穿着看似正常的衣服。有的人的领子上别着小小的太阳轮的胸针。其中很多人都为了德维斯系着淡蓝色的蝴蝶结。有人拍了拍我的肩膀，还有人叫了我的名字。也有人只对我轻点了头，头部的移动微不可识。我在经过走道的时候，他们通过这种方式告诉我，他们站在我这一边。

突然之间，一个黑人向我走来。她开口说话时，我差点下意识地一把将她推开。这已经是一种条件反射了，突然我意识到我听过她的声音，她就是那个检察官。

此前我和奥德特·劳顿通过电话，但她的声音听起来不像是黑人。我突然感觉受到了奇耻大辱，仿佛他们共同编织了一场骗局来骗我。

也许这倒是一件好事。怪不得运作法庭系统的自由主义者试图和盎格鲁人一决高下，因此我们根本不可能得到一次公正的裁决。这件案子他们会针对我，而不是针对那名护士。但是如果给我辩护的律师是个黑人的话，我可能就不会被歧视了，对吧？

他们永远都不知道我真实的想法是什么。

有人宣读了法官的名字：杜彭，听起来不像是犹太名字。这是个不错的开始。我坐在那里，一直等了 4 个被告人，才终于听到他们叫到鲁斯·杰斐逊的名字。

霎时间法庭里发出像煎锅一样的嗞嗞声。人们开始发出嘘声，举起印有我儿子头像的标牌表示抗议。这张照片是我传到网上的，也是我给他拍过的唯一一张照片。之后那个护士被带进来，穿着睡衣，手腕上拴着锁链。她向旁听席看来看去，我猜她是不是在找我。

那我就帮她简单地解决这个问题。

眨眼之间我就冲到了低矮的栏杆旁边，把身子探出去。这个栏杆是用来分隔旁听者和律师、速记员的。我深深地吸了一口气，猛地吐出一口痰，正中她的侧脸。

我发誓这个瞬间她就认出我了。

法警立刻把我架走，将我拖出了法庭，这也无所谓，就算我被拉走了，那个护士依旧可以看到我的后脑勺蜿蜒的纳粹标识。

打输一场战役并不可怕，毕竟最终你会赢得整场战争。

两个笨蛋法警把我扔在了厚重的法院大门外。其中一个警告我："你别再想着进来了。"说完他们消失在了门里。

我双手扶着膝盖，试图让呼吸平稳下来。我也许不能再进入法院。但好在这是一个自由的国度，他们无法阻止我在这里亲眼看到鲁斯·杰斐逊被投到监狱里。

我下定决心，抬起头向上看。我就是在这时看到他们的。那些装着天线接收器的厢式货车，那些出镜记者整理着包臀裙，测试自己的麦克风。媒体已经赶过来报道这起案子了。

律师说在这个案子里需要一对痛不欲生的父母，而不是勃然大怒的父母。这一点我可以满足他们。

我做的第一件事是掏出手机，给留在家里的弗朗西斯打了一个电话，让他把布列塔从床上叫起来，带到电视机前面。我瞥了一眼那些报道新闻车，说："让她看 4 频道。"

然后我从兜里掏出来一顶帽子。今天早上我就是戴着这顶帽子走进法庭的，戴上帽子的话别人就不会注意到我的文身，我可以想展示的时候再展示。我又把帽子戴上了。

我开始回想德维斯，只有想到他，我的眼中才能出现需要的泪水。

“你看到了对吧？”我朝一个我在美国全国广播公司频道上见过的观点有倾向性的记者走了过去：“你有没有看到我被他们从这栋楼里扔出来？”

他上下打量着我，说：“啊，看到了。不好意思，我们到这里是要报道另一个故事。”

我说：“我知道，我就是那个死去的婴儿的父亲。”

我向那个记者描述，我和布列塔因为第一个婴儿的到来有多么的兴奋；我说我从来没见过比他的小手、小鼻子更完美的东西，它们就像和布列塔从一个模子里刻出来的一样；我还描述了我的妻子至今还在为德维斯的事情沉浸在悲痛之中，连床都下不了，甚至今天都无法来到法庭现场。

我还说，一个人明明发誓去治愈生命，结果却故意杀死手无缚鸡之力的婴儿。这完全是一场悲剧。她这么做仅仅是因为不被允许照顾这个病人。我看着记者说：“我理解，我和她的确没有目光的直接交流，但这并不意味着我的儿子就该死。”

他问我：“鲍尔先生，你希望最终获得怎样的结果？”

我告诉他：“我希望我的儿子回来。但是这永远不可能了。”

说完之后，我向他打了个招呼，离开了。其实是因为一想起德维斯，我就激动得说不出话来。我可不想被拍到像个女孩子一样哭诉的场面。

其他记者一窝蜂地拥上来，想采访我，我躲开了。当法院的大门打开，奥德特·劳顿走出来的时候，他们就被她吸引过去了。她开始向记者宣讲人心竟然能如此恶毒，以及本州法院一定保证给出一个正义的结果。我沿着建筑物外围快速地走来走去，其间经过了一个正在抽烟的看门人。我走到了大楼后面，我知道这里有一扇没有那么厚重的门，直接通往关押的监牢。

但我进不去，门口有保安守着。我在不远处停下脚步，微微缩着身体挡着风，直到一辆车身写着“约克劳改所”的厢式货车在这里停下。这个机构是本州唯一关押女性犯人的监狱，也是这个护士一定会被押去的地方。

在车靠得非常近的时候，我突然向前迈步挡住去路。那个司机急忙打方向盘转向。

我知道在车里面的鲁斯·杰斐逊一定会因为我这个动作而惊慌失措，她一定会向外看是谁干的。

这样在她进监狱之前看到的最后一幕就会是我的脸。

自那次带着布列塔疯玩之后，我便常常去她家看她。我经常在弗朗西斯的起居室运营那个网站。我们会在孤狼网上主持辩论：关于税负探讨，一方是受害合法公民、白人员工乔；另一方是非法居民、抢饭碗的胡赛。还会公布奥巴马毁掉国家经济的一些来龙去脉。此外我们还运营了一个在线的图书俱乐部。还有一个为有创造性的文章和诗歌开辟的板块，其中有一篇长达300页的改写国内战争历史的文章。还有一个板块可以让盎格鲁女性彼此建立联系。也有为青少年建立的板块，这里的知识会教给他们，如果他们的朋友向他们坦言自己是同性恋时，他们应该怎样处理（立刻绝交，或者向他们解释没有人是生来如此的，并最终和他们断绝关系）。也有一些观点供他们选择。（哪一种更糟糕：一个白人同性恋还是一个黑人异性恋？哪一所学校最反对白人？）我们集中讨论最热烈的是关于建立一所全都是白人种族主义者的K12学校[①]。这篇帖子下有超过100万条回复。

我们还建了一个板块，可以给那些想要单独采取行动，或如果采取行动肯定会进监狱的人提供建议，不用通过直接的暴力方式就可以达成。大多数情况下我们都会想办法对那些少数族裔传递信息，让他们相信，在他们的人群中隐藏着我们的军队，而现实情况是可能只有那么一两个人而已。

我和弗朗西斯会去实践我们所传播的那些理论。我们开车经过一条途经

① K12学校是kindergarten through twelfth grade的简写，是指从幼儿园（Kindergarten，通常5~6岁）到十二年级（grade 12，通常17~18岁），这两个年级是美国免费教育头尾的两个年纪。此外也可用作对基础教育阶段的通称。——译者注

黑人聚集区的高速公路，在中途立下一个标牌，上面写着“这里已经被3K党接管了”。或者挑某一天晚上，开车到西哈特福德的犹太人聚集地中心。周五晚上，我们会在每一辆车的雨刷下面夹传单：一张高呼胜利的希特勒照片，在图片的下方用粗体字写：大屠杀是骗局。而在传单背面，我们会列出一些要点：

齐克隆B[①]其实只是一种除虱剂。需要在密闭空间中大量喷洒这种药物才能生效，而集中营里，显然不符合上述两个条件。

集中营并没有留下大规模屠杀的痕迹，那些尸骨和牙齿都在哪里呢？那些成堆的骨灰又在哪里呢？

美国的焚化炉要花8个小时才能焚毁一具尸体，奥斯威辛集中营的两座火葬场，每天都可以烧毁25000具尸体吗？不可能。

红十字会每三个月都会去集中营检查，虽然他们提出了很多不满意的地方，但是从来没有提到过给500万犹太人喷毒气。

自由的犹太媒体一直揪着这些事情不放，只是为了实现他们自己的目的。

第二天早上，《哈特福德新闻报》会发表文章，报道正在渗透这个社区的新纳粹主义。家长会担心自己的孩子，每个人都会感到紧张不安。

这正是我们所追求的结果。我们不当面恐吓，照样能把他们吓得半死。

我们开车回家的时候，弗朗西斯说：“昨天晚上那一仗打得漂亮。”

我点头表示赞同，但是目光没有离开街道。弗朗西斯有自己的坚持，例如如果开着收音机，他坚决不会让我开车。他怕我太容易分心。

他说：“特克，我有一个问题要问你。”我等着他问我怎样可以让孤狼网的搜索结果显示在谷歌最前面，或是我们能不能做播客流媒体之类的。但结果他只是转向我，问：“你什么时候才能让我的女儿承认自己的心意呢？”

我差点没咬到自己的舌头：“我，呃，我会帮她做到的。”

---

① 齐克隆B（Zyklon B）是被公认为用来杀害犹太人的神经性毒剂。——译者注

他看着我，表示肯定："很好。快点做成吧。"

我花了相当一段时间才筹备完毕。我希望这是一次完美的经历，在孤狼网上到处搜罗建议。有一个小伙子是全副武装地穿着党卫军[①]军装求婚的。另一个人带着自己心爱的人去第一次正式约会的地方求婚。但我不觉得选在一个专门让同性恋约会，并且在后面的草丛里亲热的热狗摊是什么好主意。还有几张海报引起了关于"求婚钻戒是不是必要"的激烈争论，因为毕竟钻石企业掌握在犹太人手中。

最终，我希望只是向她坦率地表达自己的想法。某天，我接上布列塔开车回了自己的住处。她惊讶地问："你是说真的？你要下厨做饭？"

我说："说不定咱们两个可以一起做。"我提议我们一起走到厨房里。我转过身去，因为她肯定可以看出来我有多么紧张。

"咱们吃什么？"

我说："你可别失望。"我取出一罐鹰嘴豆泥。我在罐子顶上写着：语言无法表达我"鹰"（有）"豆"（多）么爱"泥"（你）。

她笑起来："好可爱。"

我递给她一根玉米，假装开始剥手中的玉米。她学我的样子剥开玉米叶，一张便笺掉落下来：你竟然"玉"（如）此"米"（美）丽。

她又咧嘴笑了起来，伸出手向我索要更多。

我递给她一瓶番茄酱，背面贴着一张纸：我真是"西"（喜）"红"（欢）"柿"（死）你了。

布列塔笑着说："效果越来越不错了。"

我说："这个季节产出的作物限制了我的发挥。"我递给她一块冰箱贴：你是我的配"油"（偶）。

---

① 党卫军：Schutzstaffel，为德文Schutz（护卫、防护、亲卫）与德文Staffel（团队、编群、队伍）的组合词，英文普遍简称为SS，是德国纳粹党中用于执行治安勤务的编制之一，与纳粹党武装战斗执行部队的冲锋队并立的另一支纳粹党情报和监视、拷问行刑组织。——译者注

然后我打开了冰箱门。

最上层架子上的4根意大利青瓜摆成了字母M的形状，三根胡萝卜组成A，两根雕刻过的香蕉组成两个小r，一块姜组成Y。

第二层架子上是用锡纸裹着的一包切肉，我捏成了ME的形状[①]。

最下面的一层架子上则摆着雕刻着布列塔名字的南瓜。

我跪下时，布列塔用手捂住了嘴。我递给她一个戒指盒子，里面有一枚蓝黄玉的戒指，和她的眼睛颜色完全一样。我乞求道："答应我吧。"

我站起身来，她把戒指戴到自己手指上说："我希望永远被你套住。"她边说边过来抱住了我。

我们拥吻起来。我把她抱上台面，她的双腿缠在我的身上，我在那个时刻想和布列塔共度余生。我开始设想我们孩子的样子，他们和她会像是从一个模子里刻出来的；以及他们本来应该有一个比我优秀百万倍的男性当父亲。

一个小时之后，我们躺在散落于厨房地板的衣服上，枕着彼此的臂膀。我把布列塔拉近。我说，我就当你答应我的求婚了。

她的眼睛发出光芒，她跑到冰箱那里，几秒钟之后回来。她说："是的。但是你要答应我一件事。我们……"她把一个瓜放到我的手中。

香瓜——我"香"（想）和你"瓜"（过）完这一生。

我从法庭回来之后走进家门，电视仍然开着。弗朗西斯到门口迎接了我。我看着他，一个问题就要脱口而出。但是我还没发问，就已经看到布列塔坐在起居室的地面上。她的脸距离电视屏幕不到1米。现在电视上正播放着午间新闻，出现了奥德特·劳顿正在和记者交谈的身影。

布列塔转过头来。自从我们的儿子出生之后，这几周时间里她第一次微笑起来。她再次恢复了活跃和美丽，说："宝贝，宝贝，你真是了不起。"

---

① 英文Marry me意为"请和我结婚吧"。——译者注

○　鲁斯　○

他们给我拴上了锁链。

他们就那么让我眼睁睁地看着自己被拴上了锁链。过去两百多年的耻辱历史像电流一样穿透了我全身的血管，我仿佛可以和站在拍卖场上的我的曾曾祖母和她的母亲感同身受。他们给我拴上了锁链，而我的儿子亲眼看到了这个过程。明明从他出生那天，我就不停告诉他你的成就会让你打破肤色的桎梏。

这件事远比穿着睡衣出现在公众视野中、比在牢房里毫无隐私地小便、比被特克·鲍尔往脸上吐痰、比一个陌生人在法官面前替我据理力争，都来得更耻辱。

她问我是否碰过那个婴儿，我撒了谎。这并不是因为我在这个节骨眼还想保住自己的工作，而是因为我没能短时间内想出最合适的回答，究竟哪个答案可以让我重获自由。而且我并不相信这个坐在我对面的陌生人。对她来说，我和她今天见过的另外20个委托人没什么区别。

我听着这个叫肯尼迪还是什么的律师说话，其实现在我已经忘记她的名字了，她正和另一个律师激烈地舌战。那个检察官也是有色人种女性，她甚至都不愿意和我进行眼神接触。我不知道是不是因为她的心中对我只有轻蔑，一个可耻的罪犯……还是说她只是为了保持公正，所以要拉开我们之间的距离。

肯尼迪说话算话，为我争取到了保释。我特别想拥抱这个女人表示感谢。我问："现在是什么情况？"旁听席的人听到了宣判结果之后突然开始躁动。

她告诉我："你很快就会出去了。"

"谢天谢地，大概要多久？"

我期待着几分钟之后就可以离开这里，最多一个小时。这之后肯定只剩一些书面工作了，然后我只要一边死守真相，一边证明这一切都只是一场误会就好了。

肯尼迪回答："就几天吧。"说罢一个身材结实的保安抓住了我的胳膊，使劲把我推回了这个罪恶的建筑物位于地下室的牢房里。

我又回到了出庭之前的那一间牢房。我数了煤渣砖的数量：360。然后我又数了一遍。我开始联想到特克·鲍尔头上那个张扬的刺青。我都不敢相信他竟然还能突破新的底线，但他竟然做到了。我甚至都没有意识到肯尼迪过了多久又再次出现。我爆发了："到底怎么回事？我在这里一天也待不下去了！"

她给我讲了抵押契据、税金，这些数字在我脑海中盘旋。"我知道你很担心你的儿子，但你姐姐肯定会照顾他的。"

我的喉咙中发出了呜咽之声。我想起我姐姐的家，孩子们的爸爸让他们去扔个垃圾他们也会回嘴。晚餐桌上没人交谈，充斥着中餐馆送外卖的声音和刺耳的电视声。我想起埃迪森在我上班的时候给我发短信，例如为大学预修读《洛丽塔》，纳博科夫真是浑蛋。

我问她："也就是说我还要待在这里？"

"你会被带到监狱。"

"监狱？"一阵寒流沿着我的后背流下来，"我不是保释了吗？"

“的确保释了，但是司法系统的运转非常迟缓，你需要在那里等到保释的流程走完。”

就在这时，一个我之前没有见过的保安出现在牢房门口说：“女士们，你们的茶话会到时间了。”

肯尼迪看着我，她说话语速很快，语气坚定，就像出膛的子弹：“在里面不要谈论你的案子，其他人会尽其所能从你这里获取信息，不要相信任何人。”

我内心升起一个问题：这些人也包括你吗？

保安打开了牢房的门，并让我伸出双手，又是那些铁链和脚镣。肯尼迪问：“必须这么做吗？”

保安说：“规矩又不是我定的。”

我沿着另一条走廊被带到上车的地点。我到的时候那里已经停着一辆厢式货车了，车里坐着另一名拴着铁链的女性。她穿紧身裙，画着闪光的眼线，从后背上垂下来一条编织围巾。她说：“你这么喜欢看我呀？”我听罢立刻移开了目光。

警长坐到了前面的车座上，打开了引擎。

那个女人叫他：“警官！虽然我是个喜欢首饰的女孩，但是这些手链把我的造型都破坏了。”

警官没有搭理她。她转了转眼球，转头对我说：“我叫丽萨。丽萨·劳特。”

我实在是绷不住笑了出来：“你的真名就叫这个？”

“我倒希望是我的真名，这是我自己挑的，这比我的本名好多了……我的本名是布鲁斯。”说这话的时候她噘了噘嘴，盯着我，等待着我的反应。我的目光游移在她做了美甲的大手，还有妆容无懈可击的脸上。她期待着我震惊的表现，这样才好说出下一个话题。我是一个护士。理论上讲我没有什么没见识过的，甚至包括一个因为妻子不育而做了变性手术之后怀孕的男性，还有长着两个阴道的女性。

我与她对视，没有表现出一丝退缩："我叫鲁斯。"

"你吃到赛百味的三明治了吗，鲁斯？"

"什么？"

"食物啊，甜心。在法庭上还是比在监狱里要好得多，我说的对吧？"

我摇了摇头："我之前可没进过监狱。"

"我应该给自己办张打卡的卡片。你知道，就是那种第10次入狱可以换一杯免费咖啡或是一小管睫毛膏的卡。"她咧嘴笑了起来，"那你是因为什么入狱的呀？"

我说："我也希望知道我是为什么入狱的。"说完我才想起来我不应该这么说。

丽萨说："你都进了法院了，已经被审讯了啊。你都没有听说自己是因为什么被起诉的吗？"

我别开头，专注地看向车窗外的风景："我的律师叮嘱我不能和任何人说这件事。"

她嗤之以鼻："能请您再复述一遍吗，女王陛下？"

车子的后视镜上突然出现了警长的眼睛，是一双蓝色的锐利的眼睛。他说："她是因为谋杀入狱的。"之后的车程中，再也没有人开口说话。

当我申请耶鲁大学护理学院的时候，妈妈让她的牧师专门单独为我祷告，祈祷如果我的大学成绩单没能打动招生官，上帝可以帮我打动他们。我还记得我们在教堂里，我坐在她的身旁，所有人精神昂扬地为了我向上帝祈求时那羞耻的感觉。明明有人正因为癌症不久于人世、不孕不育的夫妇在祈求得子、第三世界国家正在打仗……有太多更重要的事情需要上帝去处理。但是妈妈说我和他们一样重要，至少对我们这个集会的人来说我非常重要。我是他们中的成功典范，一个大学毕业生，即将去改变世界。

在开始上课的前一天，妈妈带我出去吃了顿晚餐。她告诉我："就像马丁·路德·金所说，你注定要去做渺小而伟大的事情。"她开始说她最喜欢的一段格言：如果我做不了伟大的事，那我可以用伟大的方式去做渺小的事。她话锋一转："但是，千万不要忘记你的来处。"当时我并没有完全理解她话中的深意。我们小区里只有十几个小孩上了大学，我是其中之一。而这些人里也只有几个人还会继续读研究生。我知道她以我为傲，我知道她为了让我走上一条不同的道路所付出的努力已经得到了回报。从我小的时候起，她就在努力把我推出巢穴。她怎么会希望我在树枝筑成的巢穴周围逡巡徘徊呢？我难道不能离开巢穴，飞向更高远的天空吗？

除了药理学和护士理论，我还修了解剖学和生理学的课。我将时间规划得很好，因此每天晚上都可以赶回家吃晚饭，可以和妈妈分享我一天的生活。我并不在乎每天往返到城里需要花上两个小时。我知道如果妈妈没有花上 30 年去擦麦娜太太房子的地板，我根本不可能坐上这列开往学校的列车。

妈妈会把她做的菜夹到我的盘子里，说："发生了什么事情都给我讲一下。"于是我就会从头开始讲我学到的那些了不起的知识——例如地球上有一半人的鼻子里都携带着耐甲氧西林金黄色葡萄球菌；硝酸甘油如果接触到人的皮肤会刺激排便；由于椎间盘内存在的液体，人在早上比晚上的时候要高 1 厘米左右。当然有些事情我还是不会和她分享的。

虽然我就读的护理专业在全国数一数二，但是这一点优势只在校园内有效。在耶鲁，其他护理专业的学生都会来借我记得工工整整的笔记，或者邀请我参加他们的学习小组。在医院里进行临床实习的时候，老师会夸奖我的专业性。但是当一天的实习结束，我走进便利店去买一瓶可乐的时候，店主会全程跟着我，以防我偷东西。我坐在火车上的时候，会避免和旁边走过的年长的白人女性有眼神接触，虽然我身旁明明就有一个空位，但没有人愿意坐在那里。

在护理学院学习了一个月之后，我买了一个耶鲁的旅行杯。我妈妈以为是因为我每天早上都要在天亮之前出发才能赶上去纽黑文的火车，所以她每天都会早早起床给我准备一杯新鲜的咖啡，灌到旅行杯里。但我需要的并不是咖啡因。这个旅行杯会给我带来完全不同的经历。每次坐上火车，我都会把旅行杯放到大腿上，并且会刻意把“耶鲁”的字样对着往来的乘客，这样每一个上车的人都能看到它。这是一面旗帜、一个标识，在向他们传达着“我是你们之中的一员”。

从纽黑文出发，要开好几个小时的车才能到达女监。把我们送到那里之后，我和丽萨被关到一个看起来和法院的牢房一模一样的监牢里。不过也有一点不同，这里很拥挤。这个牢房里已经有了 15 名女性，里面没有椅子。我贴着一面墙滑坐到了地板上，坐在两个女性中间。其中一个人把双手放在身体前面，低声地用西班牙语进行祷告。另一个人正在咬手指甲。

丽萨靠着铁栅栏坐下，开始把自己的长发编成鱼尾辫。我轻声问她：“不好意思，你说他们能不能让我打个电话呀?”

她抬起眼瞥了瞥我：“哦，你现在终于打算跟我说话了。”

“对不起，我也不想那么没礼貌。我……我只是对这些都不太熟悉。”

她开始玩起辫子上的皮筋来：“当然可以。等他们给你端上一道上好的鱼子酱，并给你精心按摩之后，你就可以打电话了。”

她的话令我感到震惊：“难道打电话不是囚犯的基本权利吗?”我小声嘀咕道，“电影里都是这么演的。”

丽萨把双手放到肋骨上，向上托起自己的胸部，说：“不要相信你看到的任何东西。”

这时一个女狱警走过来打开了牢房的门。那个正在祈祷的女性站了起来，她的双眼充满了希望。但是那个警官叫的是丽萨：“我的天哪，丽萨，你怎么又回来了?”

“你难道没有点经济学上的知识吗？这就是供需关系。警官，我并不打算做生意。要不是因为他们对我的服务的需求量有那么大，我也不会提供服务了。”

狱警听罢笑了起来：“你讲得还挺绘声绘色的。”说完，她就拽着丽萨的胳膊把她带出去了。

之后她们一个接一个被带离了牢房，没有一个人再回来。为了转移注意力，我开始在心中列出所有需要和阿蒂萨分享的事情，就是等我有一天从这里出去，再回顾这里时觉得好笑的事情：每天在几小时的等待时间中提供的饭，根本看不出来是蔬菜还是肉；我们在列队行进的时候，旁边擦地的那个同监狱的犯人和我二年级时的老师长得一模一样；虽然我穿着睡衣被逮捕，已经感到很羞耻了，但是我竟然还在这里发现了一个女人穿着像高中足球赛时吉祥物似的衣服。等到最后刚才带走丽萨的那个警官终于打开了牢门，叫了我的名字。

我向她报以微笑，想尽最大可能表现得顺从。我瞥了一眼她的名牌：盖茨。当我们终于走到这些囚犯听不见的地方时，我叫她：“盖茨警官，我知道你只不过是例行公事，我很快就会被保释出去了，但我现在需要和我的儿子取得联系。”

“这话留着和你的法律顾问说吧，狱友。”她带着我再次拍摄了面部照片，再次录入了我的指纹。为了填一个表格，她从我的名字、住址、性别，问到我有无艾滋病、药物滥用史等等。之后她把我带进了一间比橱柜大不了多少的房间，房间里只有一把椅子，此外空无一物。

她对我下命令：“把衣服脱掉，放在椅子上。”

我盯着她。

她只重复说：“脱。”

她交叉双臂斜靠在门框上。如果你在监狱里失去的第一个自由是隐私，那第二个就是自尊了。我转过身去，把睡衣向上拽到头顶，然后整齐地叠好放在椅子上。接着我褪去内裤，也把它叠好。我把拖鞋放在了衣服的上面。

作为一个护士，我早就学会了怎样在那些尴尬的时刻让病人感到舒适：比如在女性分娩的过程中，在她分开的双腿上进行遮挡，或者在已经剃光的下体上画个小人。如果一个正在生产的母亲因为婴儿的头露出来时的压力而不可自控地排便了，我也会迅速清理，并告诉她这是生产过程中非常正常的现象。你会面对各种各样尴尬的情境，但是你要学会减轻不适的感觉。当我一丝不挂地颤抖着站在那里时，我还是想，也许这个狱警的工作理念和我的完全相反。她想要做的事情似乎是尽可能地让我感到羞耻。

我决定不要让她得逞。

狱警说："张开嘴。"然后我像去医院看病时那样伸出了自己的舌头。

"向前弯腰，让我看到你的耳朵后面。"

我照她说的话做了，虽然我根本想不出来人能在耳朵后面藏什么东西，我还是按照指示把头发拨到前面。我还张开脚趾，或者抬起脚让她能看到脚底板。

警官说："蹲下来，咳嗽三次。"

我开始感到好奇，从解剖学来讲，女性的身体柔软得不可思议，那她们都能把什么东西走私到监狱里来呢？我回想起在学校学护理的时候，我们要学习怎样测量扩张的子宫颈的宽度：1 厘米的扩张程度就是一个指尖的大小；2.5 厘米是加上二指和三指的宽度，正好和一瓶卸甲油瓶口的宽度一样；当扩张到 4 厘米的时候，其宽度和 120 克烧烤酱瓶口相当；而等到 5 厘米的时候，则和 1 千克的亨氏番茄酱瓶口一样宽了；7 厘米的时候则是塑料搅拌器的宽度。

"使劲张大嘴。"

我曾经有几次帮助过性侵受害者，帮她们产下婴儿。一个正在分娩的身体本来就承受着压力，而生产的过程又极其容易激发她们被侵犯时的记忆。对于被性侵者来说，可能是出于求生的本能，会自动减缓甚至停止分娩的过程。在这种情况下，产房的安全就变得尤为重要了。在这里，需要让产妇感觉到有人愿意倾听她们的意愿，她们可以选择继续或停止正在发生的事。

现在的情况下，我可能无法表达太多我的想法，但是我还是可以想办法避免成为一个受害者。这个检查唯一的目的就是让我感觉自己比动物还要低贱，让我因为全身赤裸而感到羞耻。

但过去20年间，我不断地看到女性有多么美丽。并不是指她们的脸蛋，而是她们的身体无比坚韧。

所以我站起身来，直面狱警，看她敢不敢直接面对我光滑的棕色肌肤、深色的乳晕，我隆起的腹部、两腿之间的毛发。她递给我一件橙色的囚服，这是为了让我感到顺从的手段之一，因为上面印有我在监狱的编号，这代表着我是这个群体的一员，而不是一个独立的个人。我一直盯着她，直到她终于看向我的双眼。我说："我的名字叫鲁斯。"

那件事发生在五年级时，当时正在吃早餐。我正埋首在书堆里，大声地读出上面的内容："曾经出现过一对双胞胎，两个孩子前后出生相差87天。"

雷切尔坐在我的对面，正吃着她的玉米片："傻瓜，这样他们就不算双胞胎了。"

我习惯性地大叫："妈妈！雷切尔又管我叫傻瓜了！"然后我翻了一页，接着读了起来，"无所不能的希格尔被他亲手砍掉头颅的已死之人杀死了。他把那个人的头拴在自己的马鞍上，结果不小心碰到了头上的牙齿，然后因感染去世了。"

妈妈几步冲到厨房里："雷切尔，不要管你妹妹叫傻瓜。还有你，鲁斯，不要在大家吃饭的时候读那些让人反胃的故事。"

我极其不情愿地合上书本，但是在书页合上之前，我的眼睛捕捉到了一条信息：肯塔基州有一个家庭，几代人生来都长着蓝皮肤，这是近亲交配的遗传学结果。我想，真是太酷了。我伸出手，又翻了一页。

"鲁斯！"妈妈大声斥责我，我这才意识到她刚才已经叫了我半天了，

“去换衣服。”

我问：“为什么呀。”话一出口我才想起来，我是不能回嘴的。

妈妈猛地拉了一下我的制服裙子，我才发现在肋骨那里有一个大小和一角硬币差不多的污渍。我感到不悦，说：“妈妈，等我在外面套上毛衣，没有人会看到的。”

她问我：“那如果你把毛衣脱下来呢？你去学校的时候绝对不能穿着有污渍的衬衫。大家不会觉得因为你邋遢才这样穿，他们只会觉得因为你是一个黑人。”

在这种情况下，我已经知道怎么驾轻就熟地避免激怒妈妈了。我抄起书本，冲到我和雷切尔共享的卧室里，去找一件干净的白衬衫。当我系上白衬衫的扣子时，我的视线又不由自主地飘到了那本冷知识全集上。这本书随意摊开，扔在了我的床上。我看着上面的话。

世界上最孤独的生物是一条花了20年时间去寻找自己同伴的鲸鱼。但是它的声音波频和其他鲸鱼不同，所以永远都不可能得到回应。

牢房分发的铺盖里面包括床单、毯子、洗发水、香皂、牙膏和一支牙刷。我被托付给另一个狱友，她告诉我一些重要的事情：从现在开始，我个人的所有卫生用品都必须从监狱的杂货店购买；如果我想在录像室收看《朱莉法官》这个节目，需要尽早赶过去才能占到一个好位置；这里唯一可以入口的食物是清真食品，如果我想吃就必须宣称自己是穆斯林；还有一个叫“假发”的人，其实是这里技术最高超的文身师，她用的墨水里掺杂了尿液，因此颜色可以更加持久。

当我们经过一个又一个牢房时，我发现每间牢房里有两名犯人，而且绝大多数犯人都是黑人。警官却没有一个是黑人。这种感觉就像小时候妈妈让姐姐带着我，和她在这个社区里的朋友出去玩。那些女孩会取笑我是“奥利奥饼干”：黑人的外表，白人的内心。最后，因为害怕，我总是沉默不语。如果我的室友也是这样一个女人，我该怎么办？我们能有什么共同点呢？

好吧，我们至少有一个共同点，就是我们都在监狱里。

我转过了拐角，狱友夸张地张开双臂说：“啊，家，那甜蜜温馨的家。”我偷偷向里面瞥过去，看到一个白人女性坐在床铺上。

我把自己的铺盖放到空着的那张床垫上，开始扯出床单和毯子。

那个女人突然开口道：“我同意你睡在那儿了吗？”

我整个人僵住了：“我……啊，没有。”

“你知道我的上一任室友发生了什么吗？”她长着一头卷曲的红发，两个眼球似乎有些涣散。我摇了摇头。她向我迫近，直到快要贴到我身上才停下来。她小声地说：“其他人也不知道她发生了什么。”说完她爆发出一阵狂笑，“对不起，我刚才只是吓唬吓唬你。我的名字是旺达。”

我感到心脏都快跳出了喉咙。我试着让自己平静下来，说：“我叫鲁斯。”然后我示意了一下那张空着的床垫，“所以这是……”

“啊，你睡那儿无所谓。我这个人没有那么多事，只要你不插手我的事情。”

我点了点头，表示赞同，然后在旺达的注视下开始铺床。她问我：“你是从这附近来的？”

“从东区来的。”

“我是从班塔姆来的，你去过那儿吗？”我摇了摇头。“都没有人去过班塔姆。这是你第一次吗？”

我抬起眼睛看她，感到有些困惑：“第一次去班塔姆吗？”

“第一次来坐牢。”

“是的，但我不会在这里待多久，等保释手续办完我就可以出去了。”

旺达笑了起来：“好吧，你愿意这么想就这么想吧。”

我缓慢地转过身去，问她：“为什么这么说？”

“我也在等着保释手续办完，已经在这里等了三周了。”

三周……我觉得双膝一软，一屁股坐到了床垫上。三周？我告诫自己：我的情况和旺达不一样。但是没有什么区别：三周。

她问我：“你是因为什么进来的？”

我说：“我什么事也没做。”

她笑起来：“真是不可思议，每一个进来的人都说没有做过违法的事情。”她向后倒下，躺在自己的床铺上，双手向上举过头顶，然后转头看着我说，“他们说我杀了我丈夫，我都告诉他们是他自己冲到刀尖上的，这是一场意外。就像他折断我的胳膊、把我的眼睛打青、把我推下楼梯，这些不都是意外吗？”

她的声音给人带来沉重的感觉。我甚至开始想，会不会等到某一天，我的声音听起来也会是这个感觉。这时我想起了肯尼迪，她让我坚持做我自己。

我的脑海中不断地想起特克·鲍尔：我在法庭里看到的他头顶上的刺青，在他剃光头发的头顶上非常显眼。我很好奇他有没有进过监狱，如果他也进过，说明我们两个至少有一个相同点。

我又开始回想他的孩子，在停尸房里躺在我的怀中，身体冰凉，散发着隐隐的青色，就像一块花岗石。

我说：“我不相信意外。”之后我再也没有开口说话。

顾问拉米雷斯警官长着一张活像甜甜圈的脸，又圆又软。他正大声咂巴着嘴喝汤。他总是把汤溅在衬衫上，每次我都要尽量控制自己不要冲他看。他看着我的资料，读出我的名字：“鲁斯·杰斐逊，你是想问探监的事情吗？”

我回答道：“对，我的儿子，埃迪森。我需要和他取得联系，要不然他不知道怎么去找那些保释需要提供的文件。他才17岁。”

拉米雷斯拉开抽屉翻找起来。他取出一本杂志《枪和弹药》，还有一大摞关于抑郁症的传单，最后才递给我一张表格："在访客名单上写下你想见的人的姓名和住址。"

"然后呢？"

"然后我会把它寄出去，让对方签字，再寄回来。这张表格得到许可之后，你们就可以见面了。"

"但这得花上好几周吧？"

"一般来说是10天左右。"拉米雷斯回答完我，又咕噜咕噜地喝起汤来。

泪水从我的眼中滚落。这简直是一场噩梦。一般到了这个时候，总该有一个人过来摇着你的肩膀，告诉你这不过是一场大梦，可是他们说，这并不是梦。"我不能让他一个人等那么久。"

"我可以联系未成年人保护服务……"

我脱口而出："不！"然后立刻软化了语气，"请不要联系。"

不知道为什么，他终于放下了勺子。他看着我，语气并不刻薄："都是典狱官规定的。他可以破例，在官方申请流程完成之前让两名成年人来探望你。鉴于你的儿子只有17岁，他必须在另一名成年人的陪同下才可以来。"

我的心中立刻浮现出了人选：阿蒂萨。突然我意识到她恐怕永远都得不到典狱长的探视许可。她有过犯罪记录，大概5年前伪造过租金金额。

我把表格放回桌子上，又推回他面前。这个房间给我的感觉就像是布满照相机的密闭空间。我努力稳定情绪说："不用了，但还是谢谢你。"然后出门又走回我的牢房。

旺达正坐在床铺上，小口品尝着巧克力棒。她瞥了我一眼，掰下一小块递给我。

我接过来放在手心，握起了拳头。我感受到巧克力在我手心融化。

旺达问："没打成电话吗？"我摇了摇头，走到床铺上坐下，转身背对着她。现在，我面对着一堵墙。

她说："《朱莉法官》这个节目就要开始了，你想去看吗？"

我半天都没有回答。我听到她走出这个牢房的声音，可能是去录像室了吧？我让巧克力的汁水从我的掌心滴下来，然后我把两个手掌合在一起，冲着我唯一仅存的一丝希望说话。我祈祷道，上帝，请你一定、一定要听我说。

在我年纪还小的时候，我经常会在克里斯蒂娜家的大房子里过夜。我们两个在起居室铺开睡袋，萨姆·哈洛韦尔会用投影仪放一部老动画片，一定是他在电视台工作的时候弄到的。这在那个年代是一件相当了不起的事情，毕竟那时还没有录像机，或是视频点播；私人放映是电影明星（我猜还有他们的孩子）才能享受到的待遇。虽然晚上在离开家的地方过夜让我心里感到不安，但是这种度过夜晚的方式仅次于在家过夜：妈妈会帮我们洗澡，然后帮我穿上睡衣。她离开前会给我泡一杯热可可，准备一些饼干。等到我们起床的时候，她已经回来给我们做烤薄饼了。

当时我和克里斯蒂娜之间或许已经有些不同。随着我们成长，这种隔阂越来越深。我越来越难以掩饰我很在意妈妈为她家工作的事情了；或者是我在放学后需要去工作，而克里斯蒂娜则成了足球队的守门员；或者是在每个可以穿便装的周五，我穿的衣服都是克里斯蒂娜的。并非是她对我不友善。这道隔阂构建在我对自己的怀疑上，每次都为自卑添砖加瓦。克里斯蒂娜的朋友都是金发、漂亮、擅长运动的人，他们就像雪花一样洒在克里斯蒂娜周围。我告诉自己，我没有成为他们之中的一员是因为我不想给克里斯蒂娜造成压力，让她觉得她必须要带上我。但是我让自己远离他们的真正原因，是因为比起和他们在一起可能带来的伤害，我主动远离他们所造成的伤害要小得多。

远离克里斯蒂娜社交圈的唯一问题是，我自己没有多少其他的朋友。有一名从巴基斯坦来的交换生，她有白内障，所以我帮她辅导数学。但是我们唯一的共同点就是我们都没有从对方身上找到任何共同点。当然还有其他一些黑人孩子，但是他们成长的环境仍然和我的大相径庭：他们的父母是股票经纪人，他们学习击剑，夏天在楠塔基特岛[1]上的小别墅里消暑。当时还有18岁的雷切尔，她的肚子里已经有了第一个孩子。她可能的确需要一个朋友。但是就算我们两个在厨房的桌前面对面坐着，我也想不到任何一件想对她说的事，因为她对生活的看法和我对生活的期待实在相去甚远。而且说实话我也有点害怕，如果我和她混在一起，她一直努力保持的那种刻板偏见会影响我，我就更别想再融入道尔顿学校了。

可能正是出于这些原因，当克里斯蒂娜邀请我参加某个周五她举办的睡衣派对时，我下意识地就答应了，结果脱口而出之后便感到后悔。我答应了她，但我心中却希望她能证明我的想法完全错了。当着这些她的新朋友的面，我想分享只有我们两个人知道的笑话，例如小时候我和克里斯蒂娜用锡纸做头盔；还有我们两个藏在餐桌旁的上菜架后面，假装自己是在要飞往月球的宇宙飞船里；还有当麦娜太太的狗费格斯在她的床上大便之后，我们用白颜料遮住污渍，而且自信绝对不会有人发现。我希望自己是唯一一个知道零食藏在厨房的哪一个橱柜里的人，知道备用的寝具放在哪里的人，还知道克里斯蒂娜每一个旧毛绒动物玩具名字的人。我希望每个人都清楚我和克里斯蒂娜的友谊，比她们之间的友谊要久远得多。

克里斯蒂娜邀请了另外两位二年级学生：米斯蒂，据说她患有诵读困难，所以她的作业内容有特殊调整。但是她在大声朗读克里斯蒂娜带到屋顶平台上的成堆的《时尚》杂志时，我根本看不出来她有什么诵读困难。另一个是基拉，她迷上了罗伯·劳[2]，此外还觉得自己的大腿间距非常完美。我们在室外的地板上铺上了浴巾。克里斯蒂娜打开收音机时，正好传出了苦境乐队的歌声，我在心中默默地跟唱着歌词。我想起来我们原来经常播放麦

---

① 楠塔基特岛（Nantucket）：位于美国马萨诸塞州东南沿海的岛屿。——译者注

② 罗伯·劳：美国著名男演员。——译者注

娜太太的唱片，都是百老汇表演的原版录音，我们会假装成灰姑娘、伊娃·裴隆[①]或玛莉亚·冯·崔普，在屋子里翩翩起舞。

我从包里掏出了一瓶防晒霜。其他姑娘都在身上涂了婴儿润肤油，就像烤架上的牛肉。但是我生来最不希望的事情就是晒黑。我发现她们都盯着我看："你可以美黑吗？"

我说："啊，可以啊。"但是我还没开始涂，米斯蒂就插嘴开始说起来了。

她说："哇，真是太棒了。这是英国观念的入侵。"她把杂志弯过来，让我们看上面的模特。他们一个比一个纤弱，身上穿着的印有英国国旗的带褶皱的服饰是下一季新款，镶着金色纽扣的红色大衣让我想起了迈克尔·杰克逊。

克里斯蒂娜在我身旁半卧下来，指着上面说："怎么说呢，琳达·伊万格丽斯塔[②]就是完美的化身。"

基拉反驳她："呃，是吗？她看起来像个纳粹。辛迪·克劳馥[③]更加自然吧。"我瞥向那些照片。基拉又加了一句："今年夏天我姐姐要去伦敦，当背包客游欧洲。我已经让爸爸答应我了，白纸黑字写出来的，等我长到18岁我也可以去。"

米斯蒂抖了一下："当背包客？为什么？"

"废话，当然是因为浪漫啊。你想想，欧洲铁路通票、酒店、认识英俊的男孩……"

米斯蒂说："我觉得萨伏伊[④]也挺浪漫的。而且还能泡温泉呢。"

---

① 伊娃·裴隆：常被称为裴隆夫人，出生于阿根廷，阿根廷总统胡安·裴隆的第二任妻子，曾是阿根廷的第一夫人。——译者注

② 琳达·伊万格丽斯塔：已退役的加拿大超级名模，通常认为她是世界模特史上的加拿大之最，加拿大国家名人堂史上第一位模特行业入选者（至今共2位）。——译者注

③ 辛迪·克劳馥：美国超级名模。——译者注

④ 萨伏伊是英国伦敦的一座豪华酒店，位于西敏市河岸街。——译者注

基拉转了转眼珠："鲁斯，你替我说句话嘛。浪漫小说里可从没有男女主角是在萨伏伊酒店大堂遇到的。他们都是在火车站台上邂逅，或者是阴错阳差地错拿了对方的背包，对吧？"

我附和道："听起来就像命运的指引。"但心里想的却是暑假我不得不去工作，除非我不打算上大学了。

克里斯蒂娜扑通一声趴在了浴巾上："我好饿。咱们得吃点零食。鲁斯，你能不能帮大家去拿点吃的？"

妈妈看到我走进厨房的时候微笑了起来，就像散发着圣洁的光。一盘烤好的饼干已经凉得差不多了，而另一盘也已经准备好，可以放进烤箱里了。她取出搅拌勺，让我负责往面团上洒水："你们在'圣特罗佩'[①] 过得怎么样？"

我告诉她："大家都饿了，克里斯蒂娜想吃东西。"

"哦，她想吃东西是吧？那为什么站在厨房里问我要食物的人是你呢？"

我本想张口回答，但是却想不出答案。为什么她要让我来呢？为什么必须是我来呢？

妈妈的嘴唇绷紧了："宝贝，你为什么来这里？"

我低头看向自己的赤脚："我刚才告诉你了，因为我们饿了。"

她重复道："鲁斯，你为什么来这里？"

我再也不能假装我没有听懂。我用几乎听不到的声音说话，甚至希望连妈妈也听不见："因为……我没有其他地方可以去了。"

但她继续坚持："不是这个原因。我们会一直等着你，直到你准备好了。"

我抓起一个盘子，开始往上面堆饼干。我不知道妈妈是什么意思，我也

---

① 圣特罗佩：位于法国，欧洲大陆著名的旅游区。此处为鲁斯母亲调侃她们在楼上晒太阳的地方。——译者注

不想知道。那天下午我都在躲着她。晚上她离开之后，我们把自己锁在克里斯蒂娜的卧室里，大放赶时髦乐队的歌，在床垫上跳舞。我聆听其他女孩吐露那些让她们心动的男孩的秘密，我假装我也有一个暗恋的男孩，这样我才能参与到她们的对话中来。当基拉掏出一个装满伏特加的酒瓶时（她说“你们知道吗，如果你想喝醉的话，伏特加里的卡路里含量最少了。”）虽然我的心跳飙得很快，但我还是装作小事一桩的样子。我从不碰酒，如果我喝酒的话妈妈会杀了我的，而且我知道我必须要学会控制自己。每天晚上睡觉之前，我都会往身上涂润肤霜，在膝盖、脚踝和胳膊肘揉可可油，防止它们发灰；我会梳头顶附近的头发，刺激它们生长，然后包裹在头巾里；妈妈和雷切尔都会这么做，但我非常确信这次参加睡衣派对的人肯定从来没有见识过这种习惯，甚至连克里斯蒂娜也没有见过。我害怕被她们问来问去，或者让她们看到我更多的方面，所以我制订了一个计划：最后一个用洗手间，在洗手间等到大家都睡着了……然后在天亮之前起床，趁着她们还没醒来，把头发恢复原状。

所以我在米斯蒂使用洗手间的时候努力保持清醒，她的速度实在太慢了。而基拉还在洗手间里吐了。我让大家在我之前刷牙。我等了很久，直到听到打鼾的声音，我的身影才出现在漆黑的夜里。

我们挤在一起，排列成楔形睡觉。四个人挤在克里斯蒂娜的双人床上。我拎起了被角，躺在克里斯蒂娜身旁，我闻着她从来没有变过的桃子味洗发水的清香。我本以为她睡着了，结果她翻过身来看向我。

我的头巾围在头上，就像一圈红色的伤痕，头巾的角从我的脖颈垂落。我发现她的目光游走在头巾上，然后才看向我的眼睛。不过她没有提头巾的事，她小声说：“你来了我可真高兴。”有那么短暂的一刻，我也发自内心地和她一样高兴。

那天深夜，旺达的鼾声充斥着整间牢房。我躺在床上，非常清醒。每半小时都有狱警来巡查一次，手电筒的光扫来扫去。他们来确认每个人都睡着了。每当狱警来时，我都会闭上眼睛装睡。我开始想，听到周围上百个女人的声音会不会有助于睡眠。

其中一次巡视时，手电筒的光随着狱警的脚步微微起伏，然后停在了我们的牢房。旺达腾地坐了起来，怒视着狱警。狱警说："起床。"

旺达质问他："你干什么？你大半夜的在监狱里折腾什么？你有没有听说过犯人的权利……"

狱警把头歪向我说："不是叫你，是叫她。"

听到这句话，旺达举起双手倒退。在吃巧克力棒的时候她可能还和我有福同享，但现在这个情况她是不会和我有难同当的。

我起身走向打开的牢房门，双腿在颤抖："你要带我去哪里？"

狱警没有回答我，只是引领我沿着逼仄的通道前进。走到一处门廊时，他停了下来，按响了控制室的门铃，一阵刺耳的声音响起后，锁开了。我们迈进了一间密封舱。我本来正等待着身后的门关上，但此时下一扇门出乎意料地开了。

他一声不吭地领着我走进了一间小房间，看起来就像个衣柜一样。然后他递给我一个纸质的杂货店袋子。

我向里面看了看，是我的睡衣和拖鞋。我立刻把身上的囚服脱下来，出于习惯，我开始叠衣服，然后堆放在地上。我穿上了我的旧衣服，也仿佛找回了我过去的生活。

狱警一直等到我再次开门。这次他带着我经过我第一次进来时待过的那间牢房，现在这里关着的女人只剩两个了。她们都蜷缩在地上睡着，散发着酒气，地上还有呕吐物。突然，我们走到了外面，穿过一道缠绕着电线的栅栏。

我惊恐地转向他，说："我现在身无分文。"我知道这里距离纽黑文大约有一个小时车程，我身上没有钱坐公交车，也打不了电话，甚至没有钱去买一套合体的衣服。

狱警只扬了扬下巴，示意我看远处，这时我才注意到月光稀薄的夜晚有黑影在移动。黑影在不停变换形状，最后我才认出来那是一辆车。车里坐着一个人，他跳出车向我跑来："妈妈！"埃迪森的脸埋在我的脖子里，"咱们回家吧。"

○ 肯尼迪 ○

有两种人会成为公共辩护律师：其中一种人坚信自己有能力改变世界，而另一种人清楚地知道自己无力改变世界。前者是眼睛散发着光芒的法律专业毕业生，他们秉持着改变世界的信念。而后者就是像我这类人，已经在这个体系里工作了一段时间，这个体系存在的问题甚至比我们自己，或者是我们所代表的委托人严重得多。当一颗心被现实伤得流血，再结痂，胜利这个概念就化为一件又一件具体而微的事情：能让一个经过康复治疗后的母亲与她那被送进寄养中心的孩子团聚；尽力消除委托人曾经有过毒瘾史对他的不利影响；尽最大可能同时兼顾上百件案子，并且优先处理那些难以斡旋的棘手案件。经历了这些之后，公共辩护律师褪去了耀眼的光环，沦为苦工。有相当数量的律师因为数不尽的案子、毫无意义的工作内容和少得可怜的工资而放弃了这一行。鉴于此，为了让我们的生活还能保有那么一丝神圣感，我们从来不把工作带回家去做。

因此当我连续两晚都梦到鲁斯·杰斐逊的时候，我意识到事情严重了。

在第一场梦中，我和鲁斯进行正常的律师和委托人的见面。我按照询问每一个委托人的流程问她基本的问题，但每当她开口说话，她都在说一种我听不懂的语言。之后我发现那甚至不能被称为一种语言。我感到非常羞愧，所以我不停地请她再重复一遍自己说的话。最后她张开嘴，一群蝴蝶从她的口中喷薄而出。

第二场梦中，我梦到鲁斯邀请我去吃晚餐。那是一张极尽奢华的餐桌，上面摆的食物都足够一支足球队享用了。我每吃到一盘新菜，都发现总是比刚才吃过的还要美味。我喝了一杯水，然后是第二杯、第三杯，直到大水罐见了底。我问她我能不能再接一罐，鲁斯看起来惊恐不已。她说："我以为你知道呢。"等到我抬起头时，才意识到我们被关在了一间牢房里。

我醒来之后感到渴得要命，于是翻身去够我平时放在床头柜上的水杯，把一整杯都灌了下去。我感觉到迈卡的胳膊搂着我的腰，把我向他身边拉过去。他吻了吻我的脖子，用手拉起我的睡衣。

我突然脱口而出："如果我被关进监狱你会怎么做？"

迈卡睁开了眼睛："我非常确信，鉴于你是我的妻子，而且已经年满 18 岁，我们做这个是不违法的。"

我转身面向他："不，我是说如果我做了一些事……然后被宣判有罪了呢？"

迈卡咧嘴笑了起来："这个想法还挺刺激的。监狱里的律师。好吧，来吧。我想玩这个。你要做什么？宣布我的公然猥亵罪吗？请你一定要宣布我的公然猥亵罪。"他紧紧地搂着我。

"我是认真的。如果那样的话维奥莱特会怎么样？你会怎么向她解释？"

"肯，你是想通过这个方式告诉我，你真的对你的老板下杀手了吗？"

"这只是一个假设。"

"如果真的那样的话，我们可以 15 分钟之后再讨论吗？"他眯起了眼睛，然后开始吻我。

迈卡在旁边刮胡子的时候，我试着给自己扎丸子头。他问我："今天要去法庭吗？"

他的脸上仍然泛着潮红，我的脸也同样如此。"今天下午去。你怎么知道的?”

“如果不是去法庭，你是不会把这些针插到头上的。”

“这些叫发夹，因为这样梳会显得更专业。”

“你专业的样子真是太性感了。”

我笑了起来：“希望我的委托人不会这么想。”我把一些散乱的头发抿了抿，靠着洗手池站着：“我在想让哈利分给我一个重罪案。”

迈卡略带嘲讽地说：“真是个不错的主意。毕竟你手头已经有大概500件案子了，你当然要接受这件更花时间和精力的案子啦。”

他说得对。作为一个公共辩护律师，我手上有着比正常律师多出10倍的案子，因此平均下来，我准备每个案子的时间不足一个小时。我的大部分时间都在工作，我不吃午饭，也不会留出休息的时间。

“他应该不会把那件案子交给我，这样你会不会感觉高兴一些?”

迈卡把他的刮胡刀放在陶瓷水池上。我们刚结婚的时候，我经常会好奇地看着水池里散落的细小的毛发，想着我可以从它们的分布里读出我们的未来，就像那些预言家看到茶叶就可以读出未来一样。“你突然发出的这个豪言壮语和你刚才问我去监狱的问题有关系吗?”

我向他承认：“可能有关。”

“如果是这样，我宁愿你接手这个案子，也不愿意你和那个男人一起被关在监牢里。”

我纠正他：“是个女人。叫鲁斯·杰斐逊，那个护士。我只是一直惦记着她的故事。”

就算一个委托人真的做了违背法律的事情，我还是多少会产生同情。我认为是因为他们做出了不恰当的选择，我还是相信只要每个人都可以接触和利用到法律系统，就会得到公正的结果。这也是我的工作内容。

但是鲁斯这件事上，似乎有哪里不太对劲。

突然间维奥莱特跑进了洗手间。迈卡连忙把围在腰间的浴巾重新系好，我也紧了紧我的浴袍。她说："妈咪，爸爸，今天我给米妮配了一套衣服。"

她手里攥着一个米妮老鼠的毛绒玩具，试着给米妮套上了一条圆点裙子、黄色球鞋、红色的比基尼上装，还有从化妆箱里偷出来的长长的白手套。我看着她，不知道怎么向她解释米妮是不能穿着比基尼上衣去学校的。

迈卡说："米妮已经是个过气的女人了，她都出现70年了吧。米奇应该给她戴上戒指了。"

维奥莱特问他："什么是过气的女人？"

我吻了吻迈卡，用平和的语气说："我要杀了你。"

他说："啊，你终于找到一个可以进监狱的理由了。"

我们的办公室里有一台电视，屏幕小小的，就放在咖啡机和开罐器之间。这是律师这个行业的必需品，因为有时我们的委托人需要释放压力。但每天早上还没有开庭之前，这台电视经常都会播放《早安美国》。埃德对劳拉·斯宾塞[①]的着装非常着迷，而对我来说，乔治·斯蒂芬诺伯罗斯则在记者的专业性和着装的甜美性上达成了完美的平衡。我们坐在那里看了一场针对美国总统候选人的探讨和争论，霍华德在煮咖啡。埃德正在策划和岳父岳母共进晚餐。虽然现在他们结婚已经9年了，他的岳母依旧管他叫他妻子的前夫的名字。埃德说："这次她问我，我一般用多少厕纸。"

"那你是怎么回答的？"

"我说够用。"

"她为什么会想知道这个？"

埃德说："她说她想节约，因为他们的收入是固定的。对了，他们每个月的4个周末，有3周都会去福科斯伍德。我们真的要给这种人的行为找一个合理的解释吗？"

---

① 劳拉·斯宾塞：美国演员、主持人。——译者注

我咧嘴笑了起来："真够可怕的，你看到我刚才做了什么吗？"

罗宾·罗伯茨正在采访一位粗壮的、一头红发的中年人，这个中年人的诗作刚刚被选入一本非常重要的文学诗集。但是他用一个日文笔名投稿之后才得以入选。这个男人说："我的投稿被拒绝了35次。所以我想试试是不是我能把我的名字改得更……"

罗伯茨接口道："有色人种一些？"

埃德哼了一声："净是这些新闻。"

站在我身后的霍华德把勺子弄掉了，撞击在水池里发出了声响。

埃德说："就没什么正经事吗？"

我说："这根本就是一个编出来的故事。他是一个白人保险经纪人，他利用别人的文化，这样可以争取到15分钟的出名时间。"

"如果这个方法可行的话，那日本诗人岂不是每年都可以发表上百首诗？很显然他写的诗应该不错。为什么他们不讨论这一点呢？"

老板哈利·布拉特突然冲进了休息室，大衣披在肩上。他大声说："我讨厌雨天。我为什么不搬到亚利桑那州去呢？"他这就算打完招呼了，然后抓起一杯咖啡径直走进了自己的办公室。

我跟着他走过去，门已经关上了。我轻轻敲了敲门。

我进门的时候，哈利正把皱巴巴的大衣挂起来。他问我："怎么了？"

"你还记得我负责的那件案子吗？鲁斯·杰斐逊那件。"

"嫖娼案吗？"

"不是，她是梅西-西黑文医院的一名护士。这个案子之后也可以由我负责吗？"

他在桌子后面坐下："我想起来了。杀死婴儿那桩案子。"

之后他没再说话，我急忙接上话茬："我参与实践的时间已经快满5年了，我真的觉得这桩案子和我的关系很大。我希望能给我机会尝试一下。"

哈利说："这可是谋杀案。"

“我知道，但是我真的、真的觉得我才是最适合这桩案子的公共辩护律师。而且你们早晚也会让我负责重罪案的。”我笑了起来，“所以在早和晚里，我选择早。”

哈利咕哝了一声，这比直接拒绝我要好。他说：“这种大案子还是让成熟的律师负责比较稳妥。鉴于你还是一个新手，我就让埃德辅助你吧。”

我宁可让尼安德特人辅助我。

哦，等一下。

我告诉哈利：“我可以自己做成这件事。”直到看到他点头的一瞬间，我才意识到刚才我一直屏住了呼吸。

我挨过了给其他委托人辩护的一分一秒，然后终于可以开车前往女子监狱了。我在车流中等待的时候，脑海中不断模拟着对话，好让鲁斯对我担任她的辩护律师产生信心。我之前没有负责过谋杀案，但是我曾经负责过几十起毒品、虐待和国内的陪审审理案。我对着汽车的后视镜大声说：“这不是我负责的第一桩案子。”说完我转了转眼球。“能为您辩护，我深感荣幸。”

不，听着像是去会见梅丽尔·斯特里普①的公共活动人士。

我深吸了一口气，又试着说：“你好，我是肯尼迪。”

10 分钟之后我停好车，重新给自己灌输信心，然后大踏步走进了楼里。一个肚子看起来足像怀孕 10 个月的狱警接待了我。他说：“探视时间已经过了。”

“我是来这里见委托人的，鲁斯·杰斐逊在吗？”

那名狱警在电脑上检索了一下：“你来得可真不巧。”

“您是什么意思？”

① 梅丽尔·斯特里普：美国舞台剧、电影、电视女演员，以及慈善家。其代表作品有《廊桥遗梦》《穿普拉达的女王》等。——译者注

他说："她两天前就被保释出去了。"

一股热浪"腾"地蹿上我的脸颊。我能想象出来现在我看起来多么愚蠢，竟然不知道自己委托人的行踪。"是啊！可不是嘛！"我装作才想起来的样子，似乎我只是想试探他一下。

当监狱的大门在我身后关上时，我仿佛还能听到他窃笑的声音。

几天之后，我向鲁斯家发了一封正式的信函。地址是我从保释记录上找到的，然后她来到了我的办公室。当她紧张又犹豫地推门走进来时，我正打算去用复印机。她满脸错愕，仿佛在说"我肯定找错地方了"。我们这里的办公室还未加修饰，成堆的箱子和纸质文件，看起来根本不像一间正规专业的律师办公室，而更像是即将开业，或是马上要关门大吉的公司。

我伸出手来向她打招呼："你好，鲁斯！我是肯尼迪·麦考瑞。"

"我记得你的名字。"

她比我要高，而且站姿非常有力量。我想，她肯定会给我妈妈留下深刻印象的。

我问了一个多余的问题："你收到我的信了？很高兴你能来，我们还有很多需要谈谈。"我四下看去，思考着应该把她带到哪里。我的办公小隔间只能勉强容下我一个人。休息室的环境太随意了。哈利的办公室倒是可以借用，但他现在正在里面。埃德正在使用唯一一间委托人会面室听取证词。"你现在想不想吃点什么？街角有一家帕尼罗面包店，你吃不吃……"

她简短地说："食物吗？我们走吧。"

我为她的汤和沙拉买了单，在不引人注意的角落找了一个位置。我们聊了聊刚才那场雨、下雨的必要性，还有什么时候可能会变天。我指了指她的食物说："请开始吃吧。"

我拿起三明治咬了一口。这时鲁斯低下头开始念到："上帝，感谢你赐予我们食物，为了上帝，要让我们的身体更健壮。"

我跟着说"阿门"的时候嘴里塞满了食物。

我终于把食物都咽下去的时候追问了一句："你是一个经常上教堂做礼拜的人？"

鲁斯抬起头看向我："这有什么问题吗？"

"完全没有。可能反而是件好事，因为这个，法官对你的好感可能会增加。"

这是我第一次仔细端详鲁斯。我上次看见她的时候，她的头发被包裹起来，而且穿着睡衣。现在她穿着得体的条纹上衣和海军裙子，鞋跟上贴着亮晶晶的饰品。她一头直发，在脖子下方盘成了一个发髻。她的肤色比我印象中更浅一些，几乎接近我小时候妈妈经常让我喝的咖啡牛奶的颜色。

紧张会导致不同的人做出不同的反应。我在紧张的时候就会话多，迈卡会变得沉默，我妈妈会变得自命不凡。而显然鲁斯会变得更僵硬。我把这一点也记了下来，因为陪审团可能会将其误解为生气或是傲慢。

为了保持对话的隐蔽性，我降低了声音："我知道这个过程很艰难，但我需要你对我百分百坦诚。虽然我对你来说不过是个陌生人，但我希望咱们两个很快可以混熟。最重要的一点是，你告诉我的每一句话都不会用来当作对你不利的证据。我的工作完全是以委托人为最优先的。"

鲁斯把叉子小心翼翼地放下来，点了点头说："好吧。"

我从钱包里掏出一个小笔记本，说："首先，你更倾向于哪种称呼：黑人、非裔美国人，还是有色人种。"

鲁斯盯着我看，思忖良久说："有色人种。"

我把这一点记了下来，并在下面画了一道线："我只是希望能让你感到舒服。说实话，我甚至都看不到肤色的差别，我的意思是，唯一的种族就是人类，对吧。"

她的双唇紧紧地绷着。

我清了清嗓子，打破尴尬："能不能再告诉我一遍你在哪里读的书？"

"纽约州立大学普拉茨堡分校，还有耶鲁大学护理学院。"

我小声嘟囔："让人印象太深刻了。"然后把这些信息记录下来。

她叫我："麦考瑞太太。"

"叫我肯尼迪就可以。"

"肯尼迪……我不能再回到监狱里去了。"鲁斯看着我的双眼，有那么一瞬间，我似乎能直接看到她的心底。"我有儿子，除了我以外，没有人能让他把能力发挥到极致，让他成为最好的人。"

"我知道，你听我说，我会尽我所能。对于处理像你一样的人，我有着丰富的经验。"

这句话让她僵住了："什么叫像我一样的人？"

我向她解释："那些被起诉重罪的人。"

"但是我什么也没有做。"

"我相信你。但是，我们也要说服陪审团相信你。所以我们要从那些基本点开始，总结出你为什么会被起诉。"

鲁斯平静地说："我觉得原因显而易见。那个婴儿的父亲不希望我靠近他的孩子。"

"那个白人至上主义者？他和你的案子毫无关系。"

鲁斯眨了眨眼："我不明白，为什么说他和这件事毫无瓜葛？"

"他不是那个起诉你的人，所以他的事情并不重要。"

她看向我，似乎我已经疯了："但我是那家妇产医院的护士里唯一的有色人种。"

"对于州法院来说，你的肤色是黑是白，甚至是蓝是绿，都无所谓。对他们来说，你的职责就是去照顾这个新生儿。如果单纯是因为你的老板告诉你不要碰这个婴儿，并不意味着你可以事不关己地站在一旁。"我向前探了探身子，"州法院甚至不用给这个谋杀罪定级，他们只要利用矛盾理论，你的罪名就可能被归为任意一类谋杀罪。他们可以随意对你进行攻击，哪怕只有一条被说中，你就有麻烦了。如果州法院证明你因为不被允许照顾那个婴儿而火冒三丈，暗藏杀机，并且指控你之前就策划了这起案子，那么陪审团就会确信你就是凶手。就算我们告诉陪审团这是一起意外，你也会被认为没有遵守自己的看护责任，以及因鲁莽放纵的疏忽而忽视了这个婴儿的安全。你就像端着银盘给他们呈上了因为疏忽大意而导致死亡的证据。不论是这两种里面的哪一个，都足以让你入狱。而这两种情况都不会将你的肤色纳入考虑范围。”

她吸了一口气：“你真的认为如果我是一个白人，我现在会坐在这里和你说这些话吗?”

的确，在这样一宗案子里：一个机构里唯一的有色人种雇员、一个白人至上主义的孩子父亲、一个医院管理者让人不齿的决定……这无一不让人联想到种族在其中扮演了多么举足轻重的角色。

但是，每一个和你说司法公正是笑话的人都是在向你撒一个大谎。收看那些有种族倾向性的关于法院的新闻，就能明显地意识到辩护律师、法官和陪审团都会用自己的方式说这个案子和种族无关。虽然看起来很明显，就是种族问题在其中作祟。任何一名公共辩护律师都会告诉你，我们的大部分委托人都是有色人种，但你还是不能走有色人种这步棋。

因为在法庭上提起种族问题无异于自杀。你不知道你的陪审团是怎么想的，也不能确定你的法官相信什么。其实，输掉一起案子的最简便的方法反而是能找到一个和种族有关的、导致这起意外的动机。而你应该做的是找到另一点，以便把陪审团的注意力引过去。有的证据可以洗清你的委托人的嫌疑，并且让陪审团这 12 名男女在回家的路上，仍然坚信我们生活在一个完全平等的世界里。

我承认：“我也不那么认为。我只是觉得在法庭上提及这个话题太过冒险。”我又向前倾了倾身体，“鲁斯，我的意思并不是说你没有遭到歧视，我只是说不应该在那个时间、那个地点提及这个话题。”

她问我：“那我应该什么时候说?”她的语气明显有些激动了，“如果没有人在法院里谈论种族问题，那这些问题什么时候可以得到更正呢?”

我不知道如何回答。系统公正的推进总是非常迟缓，但值得庆幸的是，个人公正的进度总是能够快上那么一点。他们会选择给受害者一些补偿，以此来减轻他们失去尊严的伤痛。“你想把它变成民事诉讼。我不能帮你这么做，但我可以帮你找找人，那些负责处理雇用歧视案件的人。”

“但是我请不起律师……”

我向她解释：“他们会先接受你的案子，然后给你找个第三方什么的。如果你的案子赢了，他们就给你支付费用。说实话，鉴于我们有那个便笺作为证据，我觉得你可以得到薪酬损失的相应赔偿，而且那个做出愚蠢决定的主管也需要支付相应赔偿。”

她吃了一惊：“你是说我还能得到赔偿？”

我向她坦言：“就算金额是几百万我都不会觉得吃惊。”

鲁斯·杰斐逊都说不出话来了。

“你有 180 天的时间可以向公平就业机会委员会提出起诉。”

“之后我应该做什么？”

“之后公平就业机会委员会将一直等到庭审结束。”

“为什么？”

我解释道：“因为给原告做出有罪裁定是一件大事。这会改变你的民事律师为你辩护的方式。有罪裁定是有资格成为证据的，但是会影响到你的民事案件。”

鲁斯在脑海中消化这些事情。她说：“正因如此，你才不希望在这次开庭的时候提到歧视这件事，不然有罪裁定就不会通过了。”她的双臂交叉撑在大腿上，陷入了沉思。中间她摇了一下头，然后又闭上了眼睛。

我温和地说：“他们阻止你进行正常工作，而你需要允许我来承担我的正常工作。”

鲁斯深深地吸了一口气，睁开双眼，看向我。她说：“好吧，现在你想知道些什么？”

○ 鲁斯 ○

从监狱被释放的第二天清晨，我睁开眼睛，盯着天花板上那道熟悉的裂痕。我总是说我一定找机会把它修好，但我从来没有去做。我能感觉到这张可折叠沙发床的铁杆顶着我的后背，进行亲密接触。我闭上眼睛，听着房子外面的街道上，垃圾车发出的动人声音。

我穿着睡衣（已经换上了另一件。我第一时间把我在出庭时穿着的那件捐出去了），开始煮咖啡，然后拍了拍埃迪森卧室的门。儿子好像睡死了过去。我拧开门把溜进屋去，坐在他的床垫边沿，他连动都没有动。

在埃迪森小的时候，我和丈夫会在他睡觉时注视着他。有时卫斯理会把手放在埃迪森的后背上，我们会测量他呼吸时胸口的起伏。不论我学习了多少次关于细胞、有丝分裂、神经传输，以及其他形成一个新生儿的原理，我仍然觉得创造出一个全新人类的原理真是非常不可思议。我仍然忍不住认为这个过程中一定有什么魔法。

埃迪森深深地吸了一口气，揉揉眼睛坐了起来。他立刻清醒了："妈妈，出了什么事？"

我告诉他："什么事也没有，这个世界上的一切都在正常运转。"

他长舒了一口气，看了看挂钟："我得准备上学去了。"

昨天晚上我们开车回家，在车里聊天。我才得知埃迪森为了帮我准备保释的材料，一整天都没有去上课。他在这天学习到的关于房屋抵押和房地产的知识可能比我知道的都多。“我会给学校秘书打个电话，解释一下昨天的事情。”

但是我们都知道，“请原谅埃迪森，他昨天缺席是因为闹肠炎了”和“请原谅埃迪森，他昨天缺席是在帮他妈妈准备出狱的保释材料”之间是有区别的。埃迪森摇了摇头：“没关系，我自己和老师说就好。”

他没有看向我的眼睛，我感觉我们之间有什么发生了巨大的转变。

我轻声说：“谢谢你，上一次和这一次都是。”

他喃喃地说：“妈妈，你不用谢谢我。”

我说：“不，我必须要感谢你。”这时我突然震惊地意识到，之前 24 小时里一直呼之欲出的泪水，突然间充盈了我的眼眶。

埃迪森伸出双臂来抱着我说：“嘿。”

我轻轻拍着他的肩膀：“对不起，我也不知道为什么现在我这么脆弱。”

“一切都会好起来的。”

我再次感觉到脚下大地的震动，我的骨骼甚至灵魂正在重塑。我花了一些时间才意识到在我的生命中，这是第一次由埃迪森来安慰我，而不是往常那样，由我来安慰他。

我过去常常想，一个母亲是否能见证“自己的孩子长大成人”这个转折。我很想知道这是不是像一个人进入青春期一样，是个必经的过程；或者像那些感情上的变化，例如他第一次心碎；或者是一个瞬间，例如他第一次说“我们结婚吧”。我一直在想，这个成长的瞬间是不是那些人生中有着重要意义的大事：毕业、第一份工作、生第一个孩子等等。它们的到来颠覆了原有的平衡。你会不会在见到这些事的瞬间，就意识到它们会给自己带来巨大的变化，比如衣服突然被泼上红酒，留下明显的痕迹。还是说这会是一种潜移默化的过程，就像在镜子里看到岁月爬上自己的眉梢。

现在我明白了：成熟的分水岭就像在沙滩上画出的一道线。在某一个瞬间，你的孩子就已跨过去，站在线的另一边了。

我以为他可能会犹豫。我以为那条线可能不一定总在那里。

我从来没想过，最终迫使他迈过那道线的事，是因我而起。

我花了很长时间才决定好去公共辩护律师办公室的时候应该穿什么。25年以来我一直穿着制服，我那些美丽的衣服都是留着去教堂的时候穿的。但是显然一条蕾丝领口、花朵纹样的连衣裙，配上一双高跟鞋，并不适合穿去进行这种正式的会面。我在衣柜深处找到一条海军裙，一般我都会穿着它去埃迪森的学校参加晚间的家长和老师见面会。这样可以配上一件条纹的上装，那是妈妈在圣诞节时从打折店给我买的，连标签都还没剪。我掏出了一双袜子（护士最爱的那种），又找到了一双配上有些奇怪，但是还算比较合适的鞋子。

当我找到信封上所写的地址时，我确定我一定是走错地方了。前台根本没有人，而且更准确地说，根本就没有前台。堆成山的箱子像一座迷宫。这里的雇员似乎都是参加一场大规模科学实验的小白鼠。我往里走了几步，突然听到有人叫我的名字。

“你好，鲁斯！我是肯尼迪·麦考瑞。”

她表现得就像我忘了她似的。我点了点头，和她握手，谁让她已经先伸出手来了呢。我都不明白为什么指派她来当我的律师。她给我讲过传讯之类的事，但这并不是我需要的。

她开始滔滔不绝地说起话来，我有些跟不上她的思路。但是没有关系，我紧张的时候本来就是什么都听不进去。我没有钱请私人律师，至少现在不必动用我为埃迪森的教育存的资金，就算我被判终身监禁都不会去动这笔钱。但是话又说回来，虽然这个国家的每个人都有律师，并不意味着这些律师的水平都是一样的。在电视上，那些拥有私人律师的人可以被无罪释放，但是使用公共辩护律师的人，结局则大不相同。

麦考瑞女士建议我们去吃个午餐。其实我紧张得根本吃不下东西。我们点完餐之后，我掏出了钱包，但是她坚持为我买单。起初我有些恼火，从我小时候开始，我就穿克里斯蒂娜淘汰下来的衣服，所以我非常厌恶旁人的施舍。但是在我开口反驳之前，我分析了一下：也许她对待每个委托人都是这样的呢，只是为了建立一种和谐的关系？也许她只是希望能增强我对她的喜爱呢？

在桌旁坐下后，我出于习惯开始餐前祈祷。这里需要提一句，就算同桌的其他人不祈祷，我也坚持这个习惯。科琳娜是个无神论者，每次看到我祈祷，向着我的便当鞠躬时，总是开玩笑说："天堂里有通心粉怪。"所以我祷告结束后看到麦考瑞女士盯着我看时，丝毫不感到奇怪。她说："你是一个经常上教堂做礼拜的人？"

"这有什么问题吗？"也许她知道一些我并不清楚的事情，例如陪审团更容易宣判那些信仰上帝的人有罪。

"完全没有。可能反而是件好事，因为这个，法官对你的好感可能会增加。"

听完她的话，我低头看向自己的大腿。是不是我天生不讨人喜欢，所以她要找一些能让别人支持我的理由？

她说："首先，你更倾向于哪种称呼，黑人、非裔美国人，还是有色人种。"

我脑海中想的是，我更希望你叫我鲁斯。但是我忍住了这个冲动，回答她："有色人种。"

有一次在工作中，一个叫戴夫的护理员被"有色人种"这个称呼激怒了。他伸出胳膊来说："我不否认我是有色人种，我又不是透明的，对吧？我只是觉得肤色更深一点的人还没有成为人们喜欢的主流。"之后他发现我也在休息室里，整张脸唰地就红了："对不起，鲁斯，不过你也知道，我基本不会认为你是个黑人。”

我的律师还在滔滔不绝地讲着：“说实话，我甚至都看不到肤色的差别，我的意思是，唯一的种族就是人类，对吧。”

如果我没有被警察从家里抓走的话，我可能更容易相信我们是同一战线。白人经常把这种话挂在嘴边，他们说这种话是因为他们觉得这是正确的话，而不是因为他们在故意卖弄口才。几年前，推特上的“终生平等”的话题大量转发，阿蒂萨看到其中有一些活动家举着上书“黑人的生命也很重要”的标牌后爆发了，她告诉我：“实际上他们要表达的是‘白人的生命也很重要’。这些黑鬼最好能在为了自己的利益变得越发猖獗之前记住这一点。”

麦考瑞女士轻轻地咳了几下，我才意识到我走神了。我强迫自己盯着她的脸，僵硬地笑起来。她问我：“能不能再告诉我一遍你在哪里读的书？”

我觉得自己就像在接受测验：“纽约州立大学普拉茨堡分校，还有耶鲁大学护理学院。”

“让人印象太深刻了。”

有什么可让她印象深刻的？我竟然读了大学这件事吗？还是我读了耶鲁这件事？这也是埃迪森在他接下来的人生里要面对的吗？

“麦考瑞太太。”

“叫我肯尼迪就可以。”

“肯尼迪……”我在开口的时候又产生了那种熟悉的不适感，“我不能再回到监狱里去了。”我还记得当埃迪森还在蹒跚学步的时候，他会把小脚踩进卫斯理的鞋里，拖着步子走路。埃迪森未来的一生都会逐渐目睹自己从孩童时代起就相信的那些魔法，会因为一场又一场的冲突一一在眼前破灭。我希望将这种时刻的到来拖得越晚越好。“我有儿子，除了我以外，没有人能让他把能力发挥到极致，让他成为最好的人。”

麦考瑞太太，也就是肯尼迪，向前探了探身子。“我会尽我所能。对于处理像你一样的人，我有着丰富的经验。”

又是一个标签。“什么叫像我一样的人?”

“那些被起诉重罪的人。”

这个瞬间我觉得被冒犯了。“但是我什么也没有做。”

“我相信你。但是，我们也要说服陪审团相信你。所以我们要从那些基本点开始，总结出你为什么会被起诉。”

我仔细地端详着她，希望她可以再想一下自己刚说过的话。她是解决我这个案子的唯一的人，但说不定她和很多委托人都是这么打马虎眼的。说不定她已经彻底忘掉了那个文着刺青的种族主义者，那个在法院向我吐痰的人。我说：“我觉得原因显而易见。那个婴儿的父亲不希望我靠近他的孩子。”

“那个白人至上主义者？他和你的案子毫无关系。”

我听罢，半晌都说不出话来。我因为自己的肤色被要求不能照顾某位病人，而当这位病人身体出现问题的时候，我又因为听从命令而被惩罚。这两件事怎么可能毫无关联呢？“但我是那家妇产医院的护士里唯一的有色人种。”

肯尼迪向我解释道：“对于州法院来说，你的肤色是黑是白，甚至是蓝是绿，都无所谓。对他们来说，你的职责就是去照顾这个新生儿。”她开始列举陪审团可以用来起诉我的原因。每一条听起来都可以把我攻击得体无完肤，把我困在其中。我意识到自己犯了一个严重的错误：我此前以为司法就是完全公正的，那些陪审团成员会假设我是清白的，直到他们找到我有罪的证据。但是偏见则是完全相反的运作原理：在证据存在之前就可以做出判断。

我没有任何机会了。

我平静地说：“你真的认为如果我是一个白人，我现在会坐在这里和你说这些话吗?”

她摇了摇头："我觉得在法院里提及这个话题太过冒险。"

所以我们要假装导致一件案子的原因不存在，以此来赢下这场官司吗？这明明很违背诚实的原则。就像一个病人开始长倒刺，但是却忽略他患了糖尿病的事实。

我说："如果没有人在法院里谈论种族问题，那这些问题什么时候可以得到更正呢？"

她把双手交叠向前伸，摆在桌子上。"你想把它变成民事诉讼。我不能帮你这么做，但我可以帮你找找人，那些负责处理雇用歧视案件的人。"她从法律的角度给我讲了相关流程。

我做梦也想不到她提到的赔偿金数额竟然如此惊人。

总有出路的。不管怎样总是有出路的。这场官司也许可以让我得到这笔钱，让我有能力去雇用一名私人律师。他首先会在法院里提到的就是种族歧视是造成这件事的原因，起诉结束之前都会围绕着这个话题深入。也就是说，如果现在他们认定我有罪，我是绝无可能拿到任何赔偿的。

突然间我意识到肯尼迪拒绝在法庭上提及种族并不是出于无知。恰恰相反，因为她很清楚如果我要得到我渴求的东西，我应该怎么做。

我对现在的境况不知所措，而肯尼迪·麦考瑞是我在地图上唯一的指向标。于是我看向她的双眼，说："好吧，现在你想知道些什么？"

○ 肯尼迪 ○

第一次与鲁斯会面的那天晚上，我回到家里时，迈卡还在医院加班，所以由我妈妈看着维奥莱特。房间里充斥着刚刚烤好的面包的香气。我大声说："今天是我的幸运日吗？"维奥莱特本来正在桌子上涂色，看到我便径直跑了过来。她让我瞬间摆脱了工作的疲劳："家里还有自制比萨可以给我当晚餐吗？"

我把女儿抱起来，和她一起玩。她的小拳头里正攥着一根大红色的蜡笔。"我给你做了个东西，猜猜是什么？"

妈妈举着一个盘子从厨房走了出来，盘子上摆着一张比萨。"这明显是一个……外星……"我对上了妈妈的视线，她摇了摇头。她在维奥莱特的身后举起了双手，龇起了牙。我立刻更正道："很简单嘛，是恐龙。"

维奥莱特笑得很开心。她指着奶酪上的斑点说："但是他病了，所以他才长了皮疹。"

我边问边咬了一口："这是天花吗？"

她说："不是，只是爬行动物机能不良。"

听到这句话，我差点没把嘴里的比萨吐出来。我把维奥莱特放到地上，她跑回桌子继续去涂色了。我挑起眉毛，用平静的语气问妈妈："你们刚才看什么了?”

她知道我们唯一允许维奥莱特看的电视节目是《芝麻街》和迪士尼少儿频道。但是我一看到妈妈脸上假装出来的无辜的表情就知道，她肯定有什么事情瞒着我：“没看什么。”

我开始踱步，盯着已经关上的电视屏幕。突然之间，我捡起了沙发上的遥控器打开了电视。

屏幕上立刻出现了站在曼哈顿市政府大楼外光彩照人的华莱士·默西。他凌乱的银发立了起来，看起来就像整个人通了静电。我也不知道他现在正在宣传反对什么不公正的现象，他坚定地挥舞着拳头：“我的兄弟姐妹们！让我问问你们，从什么时候开始，‘误解’这个词成了种族分隔主义的同义词？我们要求纽约市的警署负责人公开道歉，为给这位备受尊崇的运动员带来的羞耻和麻烦道歉……”福克斯新闻频道的标识上浮现出了一张有些眼熟的英俊面容，是一个深色肤色的男人的脸。

福克斯新闻。我和迈卡都不怎么看这个频道。这个频道经常广告泛滥。

“你竟然让维奥莱特看这个?”

妈妈说：“当然不是了。我只是趁着她睡觉的时候才打开看的。”

正在上色的维奥莱特抬起头来大喊：“五人谈!”

我以一副濒临崩溃的表情看着妈妈：“你竟然和我 4 岁的女儿一起看《五人谈》?”

她投降似的甩了甩手：“哎呀，好吧，我承认，有时候我会和她一起看。怎么说这也只是新闻啊。我又没有给她放什么不该看的东西。难道你没听过这件事吗？这只是一场简单的误会。这个可笑的家伙把枪塞进嘴里开了枪，就为了把那些只是想要例行公事的警察拉下水。”

我看向维奥莱特说：“宝贝，你现在去挑一件今晚想穿的睡衣，再挑两本今晚想听的睡前故事吧?”

看着她跑上了楼，我又转回电视：“如果你想看华莱士·默西，至少调到 MSNBC[①] 台看吧？”

“我并不想看华莱士。其实我觉得他插手了马利克·撒顿的事情之后，并没有带来什么好处。”

原来是马利克·撒顿。怪不得他看起来这么眼熟。几年前他刚赢下了美国公开赛。我问：“发生了什么？”

“他刚一走出酒店大门就被 4 名警察抓住了，很显然他们是认错人了。”

艾娃走到沙发旁，在我身边坐下。此时镜头拉近到了华莱士·默西脸上。他脖子上的青筋暴起，太阳穴上的血管也绷了起来。这个男人似乎马上就要宣布什么惊天动地的大事。妈妈说：“如果他不是一直保持这种愤怒的状态，可能有更多人会愿意听他的话。”

我都不用问她所说的“更多人”是谁。

我又咬了一口“恐龙”比萨：“要不我们现在调到没有宣传奇怪思想的广告的频道，你看怎么样？”

妈妈听罢抱起了手臂：“肯尼迪，你总要让你的孩子从世界上学习各种东西。”

“妈妈，她还是个小宝宝。她根本不用担心某一天警察会把她给抓走。”

“哦，行了。维奥莱特刚才在画画。在她看来现在世界上的一切都很完美。她唯一能发表的评论也就是华莱士·默西的发型做得不怎么样。”

我用手指按了按太阳穴：“好吧，我累了。我们不要再聊这个话题了。”

妈妈取过我的空盘子站了起来，面露愠色：“我希望对你来说，我不仅仅是被你雇来帮忙的。”

说罢她的身影便消失在厨房。我去维奥莱特的房间哄她睡觉。她已经挑好了一本故事书，讲的是一只小老鼠，它知道很多连它的朋友都不知道该怎

---

① MSNBC 是美国的一个全天播放的有线电视新闻频道，在加拿大也可收看。频道名称 MSNBC 结合了 Microsoft（微软）和 NBC Universal 两家公司的名称。——译者注

样发音的名字。还有一本《冲吧！狗狗》，这个书名应该是她所有故事书里我最讨厌的。我和她一起爬到床上，在她的额头上轻吻了一下。她身上散发着草莓味泡泡浴和强生洗发露的味道，和我小时候一模一样。当我开始大声读故事时，我在心里默默地感谢妈妈帮我给维奥莱特洗澡、给她食物吃，并且和我一样强烈地爱着她，即便她还是让维奥莱特看到了华莱士·默西道貌岸然的愤怒模样。

在那一刻，我的思绪飘到了鲁斯那里。我刚才对妈妈说，维奥莱特才不用担心哪一天突然被警察抓走呢。

坦白说，我的孩子因为被错认身份而成为受害者的可能性的确比别人小，这个“别人”里包括了鲁斯。

维奥莱特突然大声唤我：“妈咪!”这时我才意识到自己不知不觉已经停止了读书，完全陷入其他事情中去了。

我大声读起来：“你喜欢我的帽子吗？才不喜欢呢。”

○ 鲁斯 ○

阿蒂萨说我应该为自己庆祝一下，她提议请我吃午餐。我们去了一家小酒馆，这家酒馆有特色面包，而且菜量极大，所以每次来这里吃，总是有一半的菜被打包带回家。店里客人很多，我和阿蒂萨坐在了吧台上。

我和姐姐共处的时间增加了，这对我来说是莫大的安慰。但从另一个角度讲也很奇怪。在出事之前，如果没有和埃迪森在一起，我基本上总是在工作；现在我工作的时间已经全部空出来了。

阿蒂萨对我说："现在情况进展不错。但你有没有想过，以后你可能连午餐钱都付不出来了？"

我想起昨天肯尼迪和我说的民事诉讼案的事。这是幽暗通道的终点闪烁的那点光芒，但是还有一种可能：在我走到通道尽头的光芒之前，通道便坍塌了。这件事可以通过钱解决，但不是我现在能够支付的数额，甚至我可能穷尽一生也挣不出这么多钱。我承认："其实我更关心的是怎么能不饿着我儿子。"

她眯起了眼睛："你的银行存款能撑多久？"

我没有必要向她撒谎："大约三个月。"

"如果过不下去了，我还是可以帮忙的，知道吧？"

听到这句话，我发自心底地笑了起来："你是认真的吗？我上个月才借给你钱呢。"

阿蒂萨咧嘴笑了起来："我的意思是你可以找我帮忙。但我可没说我有能力借钱给你。"她耸了耸肩，"而且，你也知道不管怎么样，总是有出路的。"

在过去一周里我学会了很多东西：我不论在纽黑文重新进入哪个行业都是屈才，比如当秘书、接待员。我姐姐建议我应该因为被解雇起诉医院，但我认为这是一种不光彩的举动，等到这一切尘埃落定，我还打算继续回去工作呢。当然我也可以选择去做兼职工作，我有当护士的能力，只是我的营业执照被吊销了。最终我还是选择不再继续这个话题。

阿蒂萨说："蒂安娜的男朋友因为犯了盗窃罪被解雇，被告上法庭后，不到8个月就判刑了。这么算下来的话，你只需要再挣出5个月的收入就好。那个瘦瘦的白人律师给了你什么建议？"

"她的名字是肯尼迪。我们俩只顾上讨论怎样能不去监狱，所以根本没有时间去想在等待审判的日子里我应该怎样挣来生活的钱。"

阿蒂萨哼了一声："可不是嘛，毕竟她从来不需要考虑这种小事。"

我说："你只见过她一面，你对她一无所知。"

"我知道一个人选择当公共辩护律师，是因为对他们来说道德比金钱更重要，要不然他们就去大城市里找其他律师一起工作了。也就是说肯尼迪女士或者是有笔信托基金，或者是有个干爹。"

"她可是正在帮我保释啊。"

"我要纠正你一下，正在帮你保释的是你的儿子。"

我狠狠地瞪了阿蒂萨一眼，把注意力转向正在擦玻璃杯的酒吧侍者。

阿蒂萨转了转眼球："好吧，你不就是不想聊嘛。"她抬头看起了挂在高处的电视，里面正播放着商业广告。她突然对侍者说："嘿，我们能换个台吗？"

他说："请自便。"然后递给她电视遥控器。

一分钟之后，阿蒂萨已经在各大有线电视台之间跳来跳去了。她听到熟悉的祈祷福音时突然停了下来：上帝，上帝，仁慈的上帝！突然，镜头固定在了社会活动家华莱士·默西身上。今天他正在严厉责骂一所得克萨斯州的学校，一个年幼的穆斯林男孩被捕，只因为把自制的钟表带到学校给科学课的老师看，而被误认为是炸弹。华莱士说："艾哈迈德，如果你正在看电视，我有话对你说。我想对所有那些黑色和棕色皮肤的小孩说，我知道你们都在担忧着未来的某一天自己可能也会因为肤色而被误解……"

我很肯定华莱士·默西原来是个传教士，但我觉得他可能不知道，如果别着麦克风在电视上说话，是不用像传教时那样大声嚷嚷的。

"我也曾经因为自己的长相被别人看扁。而且我也不打算掩饰这件事。有时，恶魔在我耳边低语让我产生自我怀疑，我还是觉得这些人是对的。但是大部分时间，我抵抗住了所有欺凌。虽然有这种人存在，我还是取得了成功。所以你们也会成功的。"

阿蒂萨喘着粗气说："哦，我的天啊。鲁斯，这就是你需要的。华莱士·默西。"

"我百分之百肯定华莱士·默西是我最不需要的人。"

"你说什么呢？在你身上发生的事不正是他所经历过的人生吗？由于种族遭受的工作上的歧视？他会详细了解这一切。他会让全国人民都知道你被误解了。"

电视屏幕上的华莱士正在挥舞着拳头。"他一定要每时每刻都保持愤怒吗？"

阿蒂萨笑了起来："哦，天啊，小姑娘。我不是也每时每刻都保持愤怒吗？生为一个黑人让我每天都感觉身心俱疲。至少他代表了像我们一样的人，为我们发声。"

"而且发的声还挺大。"

“没错，鲁斯，你最近一直在盲从别人的话吧？你一直都在和鲨鱼一同游泳，所以你都忘了自己不过是一只磷虾。”

“什么？”

“鲨鱼不是吃磷虾吗？”

“鲨鱼吃的是人。”

阿蒂萨叹了口气道：“反正我想表达的就是这个意思。那些白人家伙花了很多年，在文书上赋予了黑人自由，但在内心深处他们仍然期待着我们说‘好的，先生’，并且不论我们分到什么，我们都应顺从而感激。如果我们表达出内心所想，就可能丢掉饭碗、家庭，甚至还可能包括我们的生命。华莱士正是那个为了我们而表达愤怒的人。如果不是因为他的存在，白人永远都不可能有一丁点儿意识，知道他们让我们有多难过，而黑人则会因为不敢反驳而变得越发愤怒疯狂。华莱士·默西阻止了这个国家的最终大爆发。”

“好吧，你说得挺有道理。也挺好，但我上法庭并不是因为我是一个黑人。我上法庭只是因为在我值班期间一个小婴儿死了。”

阿蒂萨轻蔑地笑了一下：“谁告诉你的？你那个神圣洁白的律师吗？她当然不会认为这和种族有关了。大部分时间她甚至都不会想到种族，毕竟这与她无关。”

“好吧，等你拿下了律师资格证，你再建议我这桩案子应该怎么处理吧。在此之前，我都会听她的。”我犹豫了一下说，“你知道吗，对于一个痛恨被人以刻板印象对待的人来说，你总是自己就先强加上刻板印象了。”

我姐姐举起双手，摆出投降的姿势：“好吧，鲁斯，你说得对。是我错了。”

“至少到目前为止，肯尼迪·麦考瑞只是在履行自己的职责。”

阿蒂萨说：“她的工作就是拯救你，这样她会觉得好受。怪不得这种高尚的行为被称作‘白色骑士’。”她眯起眼睛看向我，“你知道这个颜色的相反面是什么吗？”

我不希望她得逞，所以没有回答。但是我们都对答案心知肚明。

黑色。代表坏人的那个颜色。

克里斯蒂娜和拉里结婚之后，我只去过一次她在曼哈顿的家。我只是为了过去送一下新婚礼物，结果整个过程让人非常不愉快。克里斯蒂娜和拉里旅行结婚去了特克斯和凯科斯群岛，为此克里斯蒂娜不停地表示她多么遗憾不能邀请所有的朋友一起前往，被迫精简邀请的宾客名单。她打开了我送的礼物：一整套亚麻布的茶巾，上面印着她最爱的我妈妈自制的饼干、蛋糕和水果派的手写配方。她的泪水夺眶而出，伸手拥抱我，说这是她收到过的最私人、最体贴的礼物，她会每天都使用的。

现在 10 年过去了，我甚至都怀疑这期间她有没有下过厨房，更不要说是用这套茶巾了。花岗岩的厨房台面泛着光，一个蓝色的玻璃碗里摆着闪亮的新鲜苹果，看起来就像抛过光。这栋房子没有一处透露出这里还住着一个 4 岁的孩子。我突然有一阵冲动，想打开双层的维京牌烤箱，就为了看一眼里面会不会有面包屑或是油脂留下的痕迹。

克里斯蒂娜示意我坐到厨房的一把椅子上："请坐吧。"

我便依她的话坐了下来。背后的墙上突然传来轻柔的音乐，吓了我一跳。

她看到我的样子笑了起来："就是一个扩音器，镶嵌到墙上了。"

我非常好奇，住在这样一个似乎只应存在于照片上的房子里是什么感觉。我从前认识的克里斯蒂娜每次刚从学校回家，都会从门厅到厨房一路留下来一串风卷残云的痕迹，把她的大衣、书包随地乱扔，鞋也随便脱掉。就在这时，一个女人毫无声响地出现。也许她也像那音乐一样，是从墙里现身的。她在我面前摆上一盘鸡肉沙拉，也在克里斯蒂娜面前摆上一盘。

克里斯蒂娜说："谢谢你，罗莎。"这时我想到她可能还像过去一样乱扔大衣、包和鞋子。罗莎就是我妈妈的角色。现在只不过是换了一个人收拾她留下的烂摊子罢了。

女佣完成工作后又离开了，克里斯蒂娜开始谈论一个医院的筹款者，以及布莱德利·库珀[①]同意出席活动，却在最后一秒因为链球菌性喉炎决定退出，结果《美国周刊》在同一天晚上拍到他携女友出入切尔的一家桌球酒吧。她一直在围绕我丝毫不感兴趣的话题高谈阔论。我的沙拉还没吃完一半，就意识到了她今天为何邀请我前来。

于是我打断她的话："你已经听我妈妈提到了吗？"

她的脸色沉了下来："不是她，是拉里说的。他现在为了竞选总是要处理很多文件，我们必须每天 24 小时不停关注新闻。"她咬了咬下嘴唇说，"是不是特别糟糕？"

我差点失声笑出来："你说哪部分糟糕？"

"当然是整件事情：被解雇、被逮捕。"她瞪大了眼睛问，"你需要坐牢吗？是不是就像《女子监狱》里演的那样？"

我看着她说："对，只不过没有性那部分情节。克里斯蒂娜，这件事不是我的问题，你要相信我。"

她坐在桌子对面，伸手过来握住我的手："我信你，我当然信你。我希望你也能感受到。你知道，我肯定希望能帮你。我已经告诉拉里从他原来的公司雇一个人代表你。"

听到这句话我顿时愣住了。我试图将它解读为友善的行为，但听起来我就像是一个亟待解决的问题。我说："我……我恐怕不能接受……"

"好吧，拉里拒绝了我的要求。说实话，拉里和我一样为这件事担心。但他毕竟要参加竞选，这个时间段他最好不要和丑闻扯上关系。"

丑闻。我玩味着这个词，就像咬了一粒梅子，感受它在唇齿间突然破裂。

---

① 布莱德利·库珀：美国知名男演员。——译者注

“我们为了这件事大吵一架。为此我还勒令他搬到次卧去睡。我觉得事情没有这么简单。现在种族关系一片混乱，警察和执勤者甚至会为此交火。拉里最近必须尽可能远离这类事情，不然就会影响他的选举。”她摇了摇头，“对不起，鲁斯。”

我紧紧地抿住嘴。我问：“你就是为了这个请我过来的吗？告诉我你需要和我断绝关系？”

我是不是想得太多了？这是不是真的只是一场礼节性的拜访？10年过去之后，克里斯蒂娜突然第一次决定邀请我来吃个午饭？还是说我一直期待着只要我能来到这里，就已经见证了哈洛韦尔家族的人发生转变的奇迹？虽然我可能因为太骄傲了，都不好意思承认。

良久，我们相对无言。克里斯蒂娜说：“不是。我需要亲眼看看你，我需要确保你……就是……一切都好。”

骄傲是一头邪恶的龙：它沉睡在你的内心深处，当你需要宁静的时候，它却咆哮起来。

我苦涩地说：“你的行善列表上又完成了一项，我过得非常好。”

“鲁斯……”

我举起了手：“克里斯蒂娜，不要这样好吗？请不要这样。”

我试图回溯找出我们之间出现这种障碍的根源，以便来弥补我们之间的裂痕。我们曾经是对彼此知根知底的小女孩，知道对方最喜欢的冰激凌口味、最喜欢的新街边男孩乐队的成员、心仪的人……到最终成长为两个都不知道对方怎样生活的女人。我们是在成长过程中渐行渐远，还是从刚开始就根本是我自作多情？我们对彼此的熟悉是基于友谊，还是仅仅基于住得近？

克里斯蒂娜用低得难以听到的声音说：“对不起。”

我轻声回答：“我也应该说对不起。”

她突然从桌子边跳了起来，过了一会儿又回到桌旁，把包里的东西尽数掏了出来。几副墨镜、几串钥匙、几支口红，还有收据，它们四散在桌面上。还有一包止痛退烧药，瓶口松动了，药丸撒了一桌。她拿出钱包，取出厚厚一沓钱塞到我的手中。克里斯蒂娜说："拿着吧，这只是我们俩之间的事。"

当我们两人的手相碰时，仿佛两个人之间出现了一股电流。我跳了起来，就像被雷劈了似的。我边后退边说："不。"这是一道线，如果我越过去，我和克里斯蒂娜之间的关系就会发生翻天覆地的变化。虽然我们可能从来没有平等过，但至少我还能假装情况没有那么糟糕。如果我收下这笔钱，我就再也装不下去了。

"请恕我不能收。"

克里斯蒂娜很固执，拉过我的手攥住那笔钱。她说："就赶紧收下吧。"之后她看向我，仿佛这个世界依旧幸福快乐，似乎没有什么事情改变，似乎我并没有成为一个摇尾乞怜的人，一个她善心施舍的对象。克里斯蒂娜说："该吃甜点了，罗莎？"

我为了尽快逃离碰倒了椅子。我移开目光说："其实我不太饿，我要走了。"

我抓过大衣，从门厅的架子上一把抓过钱包，就冲出了门。大门在我身后重重地关上了。我使劲一遍又一遍地按电梯按钮，就好像这样做能让电梯来得快一些。

在这个间隙我数了数钱的总额。556 美元。

电梯叮的一声响。

我几个箭步冲到克里斯蒂娜家门前，把这笔钱塞在了小地毯下面。

这天早上，我告诉埃迪森我再也不能开车了。注册日期已经逾期，但我也没有余钱去更新了。当然如果可以的话，我不想卖掉它，在我努力攒钱去支付州赋税、联邦赋税和燃气费的时候，我们要先保持乘公交车出行。

我闭着眼睛走进电梯，直到电梯到达 1 楼才睁开。我沿着中央公园西路一直奔跑，直到我喘不上气才停住。我也是在这时才确信我是不会改变主意的。

汉弗莱街上的那栋建筑的外表就是一栋标准的政府大楼：四四方方、水泥砌成。这里是福利办公处。里面非常拥挤，每一把塑料椅都已经裂开，坐满了低头敲打键盘的人。阿蒂萨带着我走向柜台。现在她找到了一份工作：当一个兼职的收银员，这样可以挣来最低限度的工资。她在换工作的间隙，已经出入过这间办公室好几次了，所以对这个流程了如指掌。她大声说："我妹妹需要申请国家资助。"就好像她不知道这番言论会让我的尊严又死去一点点。

秘书看起来也就和埃迪森一般年纪。她戴着一副长长的弯曲的耳环，造型有点像墨西哥玉米薄卷饼。她给我递过来一个剪贴板，上面是一份申请表。"把这个填了。"

这里也没有什么可以坐的地方，我们只能靠墙站着。阿蒂萨在单肩包里翻找钢笔，我趁着这个间隙盯着周围的女性看，她们正抬起膝盖顶着书写板，摇摇摆摆地保持平衡。屋里还有一个个浑身散发着酒气和汗液味道的男子；一个把一头银发扎成辫子，却拿着一个洋娃娃唱歌的上了年纪的女人。房间里有超过半数人都是白种人，有个妈妈在用手纸帮孩子擤鼻涕，穿着立领衬衫神情紧张的男子边逐字读着表格上的内容、边在大腿上磕着钢笔盖。阿蒂萨发现我在盯着他们看，她说："福利金里有三分之二都发给了白人，你就想吧。"

我第一次这么感激姐姐陪在我身边。

我先填完了前几个问题：姓名、住址、需要抚养的未成年人数量。

然后我读了出来，收入。

我开始计算我的年收入，把它们勾选出来。阿蒂萨说："直接写 0 美元。"

“但卫斯理还有一点儿……”

阿蒂萨重复道：“就写0美元。我知道有些人的申请被补充营养援助计划拒绝，就是因为他们有价值不菲的汽车。你需要压榨这个系统，想想这个系统是怎么压榨你的。”

她发现我还是没有开始写，于是抢过了表格，在空白处填了起来。然后直接把它交给了秘书。

一个小时过去了，但这个屋子里一个人都没有被叫到。我小声问姐姐：“这个流程要花多久？”

阿蒂萨说：“他们想让你花多久就花多久。这些人找不到工作要有一半归功于他们不得不一直坐在这里等救济，根本没有时间去别的地方找工作。”

等到负责处理的人员开门进来时，都已经快3点钟了。此时我们已经在这里等了4个多小时。她念我的名字：“卢比·杰斐逊。”

我站起来问：“是‘鲁斯’吗？”

她瞥了一眼表格后承认：“好像是吧。”

我和阿蒂萨跟着她沿着走廊下楼，来到一间小隔间。我们坐了下来。她用非常刻板的语气说：“我要问你一些问题，你现在还有工作吗？”

“情况比较复杂，我的工作被暂停了。”

“什么意思？”

“我是一个持有执照的护士，但是我要等一桩诉讼案结束，在此之前我都不能工作。”我脱口而出，好像这些是我内心深处最想说的话。

阿蒂萨说：“别管这些，我来给你解释解释。她现在既没有工作，又没有钱。”我盯着姐姐，我本来指望着这个工作人员能和我有一些共同点，比如她不会将我视为那种典型的政府资助的申请者，而是一个遭遇临时困难的中产阶级。而阿蒂萨则正相反，她把我的伎俩最大限度地粉碎了。

工作人员把眼镜推上了鼻梁：“那你儿子的大学基金呢？”

我说：“那是529大学储蓄计划，只能用在教育上。”

阿蒂萨说："她还需要钱看病呢。"

那个女人上下打量了我："那你现在付多少钱续交团体保健计划?"

我红着脸回答："每个月 1100 美元，但是下个月的我就已经交不出来了。"

那个女人例行公事地点了点头："以后不要再交团体保健计划的钱了，你符合奥巴马医改的条件。"

我赶紧解释："哦，不，您没有理解。我不想取消我的团体保健计划，我只是想得到资助渡过暂时的难关。这是医院提供的保健计划，最后我还是可以重新回去工作的……"

阿蒂萨反驳我："那如果在此期间埃迪森摔断了腿，你怎么办?"

"阿蒂萨……"

"你以为你是辛普森[①]吗？你想就这么起身离开吗？鲁斯，新闻很快就会过去的。你不是辛普森，你也不是奥普拉，你更不是凯莉·华盛顿。他们能得到白人的豁免，是因为他们很有名。而你只是另一个陷入人生困境的黑鬼。"

我很肯定工作人员看到了我头顶上冒出的怒气。我的手指紧紧攥成拳头，我都能感受到我的血液即将喷涌而出。我也不知道她说的这番话到底为什么伤害到了我，但我现在对姐姐起了杀心。

天啊，我竟然冒出了伤害别人的想法。

工作人员的视线在我和阿蒂萨之间摇摆，最后才把视线落回到申请表格上。她清了清嗓子，听她的语气，她为马上就能摆脱我们感到很高兴："你还可以保留团体保健计划，并接受现金资助。你等着我们的消息吧。"

阿蒂萨挽上了我的手臂，把我从椅子上拉起来。她拽着我离开隔间时，

---

① 前美式橄榄球明星、演员 O. J. 辛普森被指控于 1994 年犯下两宗谋杀罪，受害人为其前妻妮克尔·布朗·辛普森及其好友罗纳德·高曼。该案被称为是美国历史上最受公众关注的刑事审判案件。在经历了创加州审判史纪录的长达 9 个月的马拉松式审判后，辛普森被判无罪。——译者注

我小声地说："谢谢。"

当我们走到电梯不远处的一盆植物旁边，肯定这个工作人员不会再听到我们的对话了，这时姐姐问我："你现在是不是觉得没那么糟糕?"她突然恢复成她平日的样子。

我质问她："刚才你到底是什么意思？你真是个彻头彻尾的浑蛋。"

阿蒂萨指出重点："正是一个浑蛋帮你弄到了你需要的钱。你之后再感谢我吧。"

培训我的人是一个叫南迪的姑娘，我的年纪大到足以当她的母亲了。她告诉我："总的来说，基本分为5种工作：收银员、配餐员、咖啡区配餐员和送餐员。当然也会有人在工作台工作，他们是负责制作食物的。"

我跟着她穿上了制服，脖子那里有一个奇痒无比的标签。我的工作是8小时一轮班，在此期间我可以享受半个小时的休息时间和免费餐点，当然拿的也是最低限额的工资。我把临时工作介绍所里所有岗位找了一圈之后，最后应聘了麦当劳。我曾经说过我会把从工作里省出来的时间用来做一个更好的母亲。我在应聘时甚至都没有提到"护士"这个词。我只是希望他们能雇用我，我愿意为此放弃一些我从失业处享受到的福利。对我来说，我需要相信不管怎样，至少我有能力照顾自己和儿子。

经理给我打电话说愿意雇用我，她那里缺少人手，问我能否立刻上手工作。我在厨房的台面上给埃迪森留下了一张纸条，说我有一个惊喜给他，然后就冲上公交车，向下城区进发了。

南迪说："薯条是从薯条机里装填的。机器上有三种大小的框子，我们根据忙碌程度选择用哪一个。你把篮子放进去之后，就按下这个计时器，等到2分40秒的时候，你就要摇一摇篮子，不然所有薯条都会黏成一大坨了，明白了吗?"

我点了点头，看向一个叫迈克的大学生，他是流水线上的装配员工。他正完全按照她的说法操作。“等计时器时间到了，就把篮子举到大桶上，让油滴10秒钟左右。之后把它们倒在工作台上，一定要小心，薯条非常烫。接着撒上盐。”

迈克补充了一下：“除非客人点的是不加盐的薯条。”

南迪说：“待会儿再说这些事吧。撒盐器会在每一批薯条上撒上等量的盐。你先用煎炸勺子翻动它们，然后再按下计时器。所有薯条都必须在5分钟之内卖出，如果没卖出就要扔掉。”

我点了点头。流程还挺复杂。虽然作为一个护士我大概要记忆1000件事，但是20年过去了，这些事情已经变成条件反射了。而现在我面对的是全新的内容。

迈克让我试试煎薯条，我惊讶地发现篮子在滴油的时候竟然那么沉。我的手戴上塑胶手套之后感觉滑滑的，我可以感受到挽起的头发里滴落下来的汗水。南迪说：“你做得太棒啦！”

我还学习了装袋的流程、每种食物在暖炉上最长放多久就必须被扔掉、哪一种材质应该用哪一种工具进行清洁、怎样向经理表达你需要更多的足三两汉堡[①]、怎样在按套餐1之前按下最小号的按钮，要不然餐点就不会包含薯条了。有时我会忘了加入蘸酱，或者是把双层芝士汉堡错拿成双层堡（这两种汉堡的包装非常像，只是多了一片芝士而已）。南迪的耐心好得惊人，她对我充满了信心。才过了一个小时，她就让我去工作台上准备食物了。

我从来不会惧怕困难的工作。毕竟原来作为一个护士，我不仅要帮呕吐的病人举着盆子，还要负责更换被病人弄脏的床单。我总是告诉自己，每当发生这种事情，病人比我还要感到不舒服，可能是身体上的，也可能是精神上的不适，有时二者兼有。我的工作职责就是尽可能用最专业的方式改善当

① 足三两汉堡：麦当劳推出的一种汉堡包，继巨无霸后的另一招牌食品。英文名称的意思是“四分之一磅”，因为牛肉重量大约等同四分之一磅（烹调前计），而四分之一磅大约等于三两重，故在香港被称为“足三两”。——译者注

下的情况。

所以当一个快餐店的员工对我来说真的不是什么难事。我到这里工作又不是为了争荣誉。我只是想用这里的工资付清我的账单，虽然这里是按最低工资标准付的。

我深吸一口气，取过被分切成三部分的面包，把它们分别放在烤箱里相应的位置上。同时，我还打开了一个装巨无霸汉堡的盒子。戴上橡胶手套之后的实际操作就没有刚开始讲得那么轻松了。放在最上面的一片面包上撒着芝麻，倒着放在盒盖里；中间那片面包放在它上面，最下面那片倒着放在盒身里。我用巨大的金属喷枪在两边分别浇上巨无霸酱料，然后在上面撒上切好的生菜叶和剁碎的洋葱块。中间那层面包还会在特定的位置放上两片腌黄瓜（南迪说，这是“搭配”，不是“交配”）。底层的面包上再摆一层奶酪。完成后我从加热器里取出两个 10∶1 的肉饼，在两侧各摆上一片。把中间那片面包拿起来，摆在底层面包上，然后再把顶层面包摆在最上方。之后盖上盒子，交给一个负责打包的同事去打包，或者交给前台分发给顾客。

这和助产不一样，但将工作出色完成后我感到了同样的喜悦。

连续工作 6 个小时之后，我的脚开始疼，身上也开始散发出油的味道。我清理了两次洗手间，其中有一次是一个 4 岁的小女孩吐了一地。我刚刚开始为担任收银员的南迪做送餐员，就有一个女人点了 20 块鸡块。我把盒子放在架子上之前逐一检查，这是培训过的一部分内容，然后我才叫了她的号码。在递给她时祝她今天生活愉快。她坐在距我也就 2 米远的地方，把每一块炸鸡都吃了。突然间她走回了柜台，她告诉南迪：“这个盒子是空的。我白付钱了。”

南迪向她道歉：“真对不起，我再给您拿盒新的。”

我走过来，小声对她耳语：“我亲自检查过那个盒子，而且我亲眼见到她把那 20 块都吃了。”

南迪小声说：“我知道，她总是这么做。”

这段时间的值班经理是一个下唇长着一小撮胡子的面色惨白的男子。他见状走了过来："这里没什么问题吧？"

南迪说："没事。"她从我手中接过一盒全新的鸡块递给了这位顾客，她直接拿着它走向了门口的停车场。值班经理又回到了自己的岗位上，给开车路过的司机派发食物。

我小声说："怎么能这么做呢。"

"如果你把这件事记在心上，你连一班岗都值不完。"南迪说完把注意力转向了刚走进大门的一群叽叽喳喳的小孩，他们的笑声一浪高过一浪。她警告我："现在到了放学之后的学生高峰期，快做好准备。"

我又回到了屏幕那里，等着接到我的下一个订单。

那边传来南迪的声音："欢迎来到麦当劳。请问您需要点什么？"

我暗自祈祷客人可不要点奶昔。只有这台机器我还用得没有那么纯熟。南迪还给我讲了她第一周来上班的时候，她的杯盖没有扣好，结果接过牛奶时喷了自己一身，还洒了一地。

我听到有人说："嗯，我来份巨无霸套餐。伙计们，你们想吃什么？"

"我把钱包忘在家里了。"

这是我熟悉的声音，我转头看过去。站在那里点餐的是埃迪森的朋友布赖斯，而站在他身旁，把双手插进夹克衫口袋里的，正是我的儿子。

埃迪森的视线扫过我的发网、我的制服，或者说"我的新生活"时，我能感受到他眼中无比的恐惧。我没有向他微笑，更没有向他打招呼，我趁着布赖斯也认出我之前赶紧转过身去。之后我又听到埃迪森找了另一个理由拒绝点餐，而这一切都是我给他造成的。

我到家的时候埃迪森并不在家。我脱掉制服，洗了个澡冲去油脂的味道。我给他发了短信，但他并没有回复。我干脆开始做晚饭，假装什么事也没发生过。等到他终于回家，我往桌子上摆了一盘法式砂锅。我告诉他：

“小心烫。”但他径直走回了自己的卧室。我猜他还在对我的新工作感到不满，但没几分钟他又过来了，举着一个装满了硬币的大密封罐，还有一本支票簿。他把这些扔在桌子上，大声说：“2 386 美元。罐子里应该还有几百美元。”

我说：“这是存着给你上大学用的。”

“我们现在就需要这笔钱。我整个春天和夏天都可以工作，我还可以挣回更多。”

我深知埃迪森攒下这笔钱是多么的不易。他 16 岁就开始在杂货店打工了。我们一直都把这笔钱当作他的教育基金，我们从他还是婴儿的时候就开始筹划奖学金、助学金和 529 大学储蓄计划。一想到要拿走专门为儿子读大学而存的钱，我内心就一阵痛苦：“埃迪森，不要用这笔钱。”

他拉下脸来：“妈妈，我不能。我做不到在我手上有一笔咱们两个可以用的钱时，却只能眼睁睁地看着你在麦当劳工作。你有没有想过我的感受？”

“首先，这不仅仅是钱，这是你的未来。再有，勤奋认真地工作并没有任何羞耻，即使工作内容只是炸薯条。”我紧紧地攥住他的手，“而且这样的生活不会持续多久，等到这一切结束，我就可以回到医院工作了。”

“如果我少上一门课，我就可以在 Stop & Shop 超市有更多的轮班时间了。”

“我不许你少上课。”

“我才不想去做傻乎乎的运动呢。”

我告诉他：“其他的我都不在乎，我只在乎你。”我在他身旁坐下，“宝贝，让我来解决这个问题吧，好吗？”此时我突然发觉泪水已经溢满了眼眶，“如果你在一个月前问我谁是鲁斯·杰斐逊，我会回答她是一个优秀的护士，也是一名出色的母亲。但现在有很多人告诉我，我并不是一个优秀的护士。如果现在我不能让你吃饱穿暖，那我觉得自己连个出色的母亲也不是了。如果你让我陷入这种境地，如果你不让我照顾你，那连我自己都不知道我是谁了。”

他的双手紧紧在胸前交叉，避开了我的目光：“现在每个人都知道这件事了，我听到他们窃窃私语，他们一发现我靠近就立刻噤声了。”

“那些学生吗？”

他承认：“还有老师。”

我气得头发都立起来了：“这太过分了。”

“不，不是你想的那样。只是他们对待我的方式和平时不太一样了。比如因为他们知道现在家里的情况比较艰难，考试的时候会让我多答一会儿卷子。他们每一个人都这样，对我非常友善、非常理解，让我都想去揍个什么东西发泄一下，因为这种情况比他们假装不知道我没去上学是因为我妈妈入狱更糟糕。”他做了个鬼脸。“我没有通过的那场考试，并不是因为我不知道考试的内容，而是因为我逃课了。赫尔曼老师还把我拉到没有人的地方，问我他能不能帮上什么忙。”

“哦，埃迪森。”

他突然爆发了：“我才不要他们帮助。我不想成为一个需要他们帮助的人。你明白，我就想成为一个和别人一样的人，而不是一个特殊的存在。之后我又对自己生气，因为我的表现简直就像我是全世界唯一一个遇到问题的人，而你……”他说到这里突然停了下来，手掌在双膝上不住地揉搓。

我向前将他揽入怀中：“别说出来，不要再想了。”我松开他，目光牢牢注视他美丽的面庞，“我们不需要他们的帮助。我们会渡过难关的，你会相信我的吧？”

他看着我，极其认真地看着我，就像一个看着星空寻找生命意义的朝圣者：“我不知道。”

我语气坚定地说：“我知道就可以了。现在去把盘子里的食物吃干净。我非常肯定，这些食物都已经凉了。”

埃迪森拿起叉子，似乎很感激我岔开了话题。我努力避免去想，我有生以来第一次对我儿子撒了谎。

一周之后的某一天，我正跑来跑去找工作服的帽子。这时门铃响了。我站在门廊向外看去，惊恐地发现来人竟然是华莱士·默西。他一头丝线般的银发，完全按照“穿着三件式套装，揣着怀表”这个模式打扮。我惊呼道：“我的天啊。”这句感叹随着呼吸自然地说了出来。然后我陷入了沉默，只感到难以相信。

他大声叫道：“我的姐妹，我的名字是华莱士·默西。”

我咯咯笑了出来。我的确笑出了声。说实话，谁能不认识他呢？

我环顾四周，看看他是不是被记者和闪光灯团团包围了。但唯一能显露出他身份的也仅仅是一辆停在路边的时髦的黑色林肯车，打着双闪，司机还坐在驾驶座上。他说：“不知道我能否占用您一点时间？”

我和名人有过的最近距离的接触是午夜电视节目主持人怀孕的妻子在医院附近出了车祸，被送进24小时监护的病房。她最后恢复得相当好，我的角色从健康看护者转换成了公关人员，将那些发誓要把监护室翻个底朝天的记者拒之门外。也就是说，除了现在这个时刻，我唯一一次遇到名人的时候还穿着涤纶制服。我说：“当然可以。”说完我领着他进门，在内心里偷偷感谢上帝，刚才已经把可伸缩的沙发床推回了原状。“您想喝点什么吗？”

他说：“如果能有杯咖啡就最好不过了。”

我打开了咖啡机。我在想如果阿蒂萨现在在这里，她一定会激动得昏死过去。我甚至在想如果和华莱士·默西拍张合影然后把照片发给她，会不会太粗鲁。他对我说：“你的家真温馨。”然后他的视线锁定在我摆在遮尘布上的照片。“这是你儿子吧？我听说他是个与众不同的人。”

我开始有点警觉：从谁那里听说的？“您的咖啡要加牛奶吗？糖呢？”

华莱士·默西说：“两个都加。”他从我手中接过马克杯，问道：“我可以坐在沙发上吗?”我点了点头。他向沙发走去,我在他旁边的椅子上坐下。“杰斐逊太太,您知道我为何而来吗?”

“说实话,我现在都不敢相信您竟然就在这里,更顾不上去想是为什么来了。”

他听到这话笑了起来。他拥有我所见过的最整齐的洁白的牙齿,在他深色皮肤的映衬下泛着光。离他这么近看他,我才意识到他比我想象中的还要年轻。他说:“我来是要告诉您,您并不是孤军奋战。”

我不解地摇了摇头:“非常感谢您的好意,但我已经有精神导师了……”

“但你的社区比你的教堂要大得多。我的姐妹,这已经不是第一次我们的人被人视为眼中钉了。也许现在我们的力量还不足,但是至少我们拥有彼此。”

我在脑海中努力拼接这些话的时候,嘴下意识张得很大。就像阿蒂萨所说,我的案子只是他为了让更多人知道自己的另一块垫脚石罢了。我说:“非常感谢您今天到来,但我不觉得您会对我的故事感兴趣。”

“恰恰相反,我非常感兴趣。请恕我冒昧,我可以问您一个问题吗?当您被排挤出去,不允许再照顾那个白人小婴儿时,有没有任何一位同事为您辩护?”

我想到了科琳娜,当我抱怨玛丽有失公允的指令时,她也连声讨伐,之后在抗议卡拉·卢翁戈的时候也为我抱不平。我说:“我的朋友知道我为此感到很沮丧。”

“那她为了您去争辩了吗?她为了您赌上她的工作了吗?”

我有些不悦:“我不会让她为我做这些。”

华莱士生硬地问:“您的那位同事是什么肤色?”

“我是黑人这件事和我与同事的交往向来没有什么关系。”

“但是当你需要一个借口的时候,情况就完全不一样了。鲁斯,我是想和你说……啊,我能叫您鲁斯吗?我想说,我们站在你这边。你的黑人兄弟姐妹会为了你的利益而斗争。他们会为了你赌上自己的工作。他们会为了你游行，发出无法被忽视的怒吼。”

听到这里我站了起来：“感谢您……感谢您对我的故事感兴趣。但是这些是我需要和我的律师讨论的事情，不管怎么说……”

华莱士突然打断我：“您的律师是什么肤色？”

我反驳他：“什么肤色对整件事有什么影响？如果你自己就一直不停地挑白人的毛病，又怎么能指望他们对你友善呢？”

他笑了起来，似乎他之前也面对过这个问题：“您应该听说过特雷沃恩·马丁①吧？”

我当然听说过。这个男孩的死对我的冲击很大，不仅仅因为他是个和埃迪森同龄的孩子，更是因为他像我儿子一样是一个没有做错任何事情的荣誉学生。或许他唯一的错误就是他生为一个黑人。

“那您是否知道在庭审过程中，法官，白人法官，取缔了在法庭上使用‘反种族’这种表达？他希望确保陪审团认为这件事不是关于种族，而是关于谋杀。”

他的话语像箭一样刺中了我的心。这简直就跟肯尼迪和我说的那番话如出一辙。

“特雷沃恩是一个好孩子，一个聪明的男孩。而您是一位受人尊敬的护士。一般律师不想提到种族，您的律师努力躲避这个话题的原因，就是因为像您和特雷沃恩一样的黑人本来应该属于例外。您自己就是一个好人办了坏

---

① 特雷沃恩·马丁命案于2012年2月26日发生在美国佛罗里达州的桑福德郡。事发时，特雷沃恩·马丁是17岁的高中生，非裔美国人。一名28岁的白人、混血拉丁裔美国人乔治·兹莫曼看见马丁在该小区建筑后面而非道路上步行，怀疑他将要犯罪，遂用手机给警察局打电话并开车跟踪。之后两人发生暴力冲突，兹莫曼用他自2009年合法配备的手枪射死了马丁。2013年7月13日法院依陪审团决议宣布兹莫曼无罪。此案件调查过程就已牵扯到美国白人文化对黑人历久不去的种族歧视，加上NBC的夜间新闻误称陪审团里没有一个是黑人（其实有一位南美洲裔的黑人女性），还有奥巴马和黑人组织的推波助澜和CBS、NBC、《纽约时报》等媒体将舆论引致不利于兹莫曼的一面，因此判决一出，立即激化美国社会的种族对立。此外本案还涉及美国人民的拥枪权、自卫权和司法公正等等争议。——译者注

事的最典型的例子。因为这是白人为自己行为开脱的唯一方式。”他边说身体边向前倾，双手扣住马克杯：“但如果这不是真相该怎么办？如果您和特雷沃恩并不是个例，而是代表普遍情况呢？如果标准不是公平，而标准本身便是不公呢？”

“我唯一想做的就是继续做我的工作、过我的生活、养我的儿子。我不需要您的帮助。”

他说：“也许你不需要，但显然外面还是有很多人想要帮助你。上周我在我的节目里简要提到了你的案子。”他把手伸进西装内侧胸前的口袋里，取出一个小小的马尼拉纸信封。他站起身来，把信封递给我说：“我的姐妹，祝你好运，我会为你祈祷。”

他身后的门刚关上，我就打开了密封的信封，迫不及待地读起了内容。里面都是钞票，10 美元、20 美元、50 美元。里面还有十几张支票，都是陌生人写给我的。我开始看支票上的地址：塔尔萨①、芝加哥、南本德②、奥林匹亚、华盛顿……最下方则是一沓华莱士·默西的名片。

我把所有东西又都塞回到信封里，把它塞进客厅的架子上的一个空花瓶里。之后就看到我一直找不到的那顶帽子正静静躺在电缆盒上。

我陷入了不知怎样选择的境地。

我戴上帽子，抓起了钱包和大衣，出门去赶我的那一班岗。

我在房子里的壁炉架上摆着我和卫斯理拍得最满意的那张合影。那是在我们的婚礼上，我们没有看向镜头时他表弟抓拍的。照片上的我们站在举办婚礼的富丽堂皇的酒店大厅里，婚礼的费用是萨姆·哈洛韦尔作为结婚礼物替我出的。我的手臂环绕着卫斯理的脖颈，我的头看向旁边，他俯身过来，

---

① 塔尔萨（Tulsa）：美国俄克拉何马州东北部城市。——译者注

② 南本德（South Bend）：美国印第安纳州北部城市。——译者注

闭着眼睛，在向我耳语着什么事情。

我一直竭尽全力地去想我那个穿着礼服、帅得让我屏住呼吸的丈夫当时在和我说什么。我倾向去相信他说的是诸如“你是我在这世上见过最美的人”或是“我已经迫不及待要和你携手步入新生活了”之类的话。但那是小说和电影里的情节。因为对话发生在现实中，所以我非常确信当时我们是在商量怎么从一屋子前来祝福我们的人面前逃走，那样我就能去上厕所了。

我之所以这么想，是因为我实在想不起来拍照片的瞬间卫斯理和我说的究竟是什么了。但我记得之后我们两个人的一次对话。大厅的女洗手间门口排了长队，卫斯理便自告奋勇地在男洗手间门口给我站岗放哨，确保我使用期间没有别的男性进去。我花了相当长的时间才完成了穿着婚纱礼服上厕所这件事。当我终于从门口走出去时，已经足足过去了 10 分钟。卫斯理仍然站在门口，但是手上多出一张服务员提车单。

我问他：“那是什么？”当时我们还没有买车，连参加婚礼都是坐公共交通工具来的。

卫斯理摇了摇头，咯咯笑了起来：“有个家伙朝我走过来，让我帮他把他的梅赛德斯奔驰开过来。”

我们开心地大笑了一场，然后把单子交给了前台人员。我们遇到这件事大笑是因为我们沉浸在爱情之中。当生活中充斥着美好的事情时，我们并不会特别在意一个上了年纪的白人把一家豪华酒店里的黑人自然而然地视作服务人员。

在麦当劳工作了一个月之后，我发现提供服务和准备洁净的食品之间存在矛盾。虽然理论上应该在 50 秒内准备出所有食物，但菜单上的大部分菜品都不可能在这个时间内做出来。麦乐鸡和麦香鱼的煎炸需要花 4 分钟。做鸡肉则需要 6 分钟。在煎锅里停留时间最长的是脆皮鸡胸肉。汉堡里的 10∶1 肉饼需要 39 秒做出来，4∶1 的需要 79 秒。烤鸡肉其实是在烹调的过程中蒸出来的。两人份苹果派烘烤的时间要 12 分钟。即便如此，我们这些员工还是必须让顾客在 90 秒之内就能走出大门，其中 50 秒供我们做准备，40 秒用来进行高效顺畅的交流。

那些值班经理都非常爱我，因为我和大部分员工不一样，我不用为了自己的学习课表调整换班。这 20 年来我都在上夜班，我并不介意早上 3 点 45 分就要到这里开烤箱，因为它需要在早上 5 点开门前花一段时间预热。正是因为我时间上的灵活性，我总是能做我最喜欢的工作——收银员。我喜欢和顾客交谈。我觉得让他们笑着离开柜台是一项针对自我的挑战。在工作最忙的时候真的遇到一个女人往我头上扔东西之后，被另一个男士斥责已经再也不会吓倒我了。

我们的常客多在早上光顾。比如玛吉和沃尔特，他们总是穿着一眼就能认出来的黄色汗衫，从他们家走 5 公里来到麦当劳，然后点热蛋糕和橙汁组合。还有 93 岁的爱兰歌娜，她一周来一次，每次来都穿着皮草大衣，不管外面天气多热。她每次必点猪柳蛋麦满分，不加肉、芝士和小松糕。常客里还有康斯薇拉，她总是为她工作的沙龙里的女孩们点 4 大杯带冰的咖啡。

这天早上，一个在纽黑文街上游荡的无家可归的人走进了店门。有时我的值班经理会给他们分发食物，都是些马上要到保质期的食物，例如 5 分钟内没卖出去的薯条。有时他们进来只是为了取取暖。有一次，一个流浪汉在洗手间的水池里小便。今天进门来的这个男子一头长发打了结，长长的胡子垂到肚子。他的 T 恤上印着睡前合十礼，手指上还沾着土屑。

我向他打招呼："您好，欢迎来到麦当劳，请问您要点些什么？"

他盯着我，目光阴沉而忧郁："我想点首歌。"

"请您再说一次？"

这回他的声音更大了："点歌，我要点首歌！"

我的值班经理是一个个子矮小的女人，名叫帕齐。她闻声走到柜台来："先生，请您去别的地方吧。"

"我他妈就想点首歌!"

帕齐的脸唰地红了:"我要叫警察了。"

"不,请等一下。"我看着男人的眼睛,开始低声哼唱鲍勃·马利的歌。我过去每晚哄埃迪森入睡时,常给他唱《三只小鸟》。可能直到我死的那天,我都记得歌词。

他不再大声叫喊,转身摔门出去。我的脸上堆着微笑,以便下一个顾客进门时能看到。我说:"欢迎来到麦当劳。"说完才发现我对面站着的人是肯尼迪·麦考瑞。

她穿着一件贴身的烟灰色套装,牵着一个小姑娘的手。小姑娘的头上是卷曲的金发,她说:"我想要松饼还有鸡蛋三明治。"

肯尼迪坚决地回绝她:"菜单里没有这一项。"说完她发现了我,"哦,天啊,鲁斯,你……你在这里工作。"

她的话语让我感觉自己仿佛赤条条地站在这里。处理这个案子的期间她觉得我会做些什么呢?享用我永远花不完的存款吗?

肯尼迪说:"这是我女儿维奥莱特。今天是答应了她才带她来的。我们,呃,不常来麦当劳。"

维奥莱特突然插嘴:"妈妈,才没有呢,我们经常来啊。"肯尼迪听到这话脸更红了。

我意识到她不希望我认为她是经常会让孩子早餐吃快餐的那种母亲,从我的角度来说,如果我有其他选择,我也不愿意让她知道我在这里工作。我意识到我们都极其渴望成为一种并不是现在这样的人。

这个想法让我勇敢了一点儿。

我对维奥莱特小声说:"如果我是你的话,我会点松饼。"

她笑着拍起了手:"那我就点松饼。"

"还需要其他的吗?"

肯尼迪说:"我要一小杯咖啡。我会在办公室喝酸奶。"

我边点击屏幕边说："嗯，费用是5.07元。"

她拉开钱包的拉链，数出金额递给我。

我小心翼翼地问："那件事有什么进展吗？"我的口吻仿佛我只是在问问天气。

"现在还没有，但这是正常现象。"

正常。肯尼迪牵着她女儿的手离开了柜台，逃离的急促样子和我自己想逃离的心情一样迫切。我堆上笑容，又补充了一句："您忘了拿找零了。"

我在道尔顿学校上学一周之后，突然开始肚子疼。虽然我没有发烧，妈妈还是让我待在家里，带着我一起去哈洛韦尔家上班。每次我想到要迈进学校的门，就会觉得腹中一紧，仿佛我要生病了。

在麦娜太太的准许下，妈妈用毛巾包裹住我，让我待在萨姆先生的书房，并给我准备了咸饼干、姜汁还有电视来陪着我。她把她的幸运围巾给我戴，她说这样就像她本人陪在我身边。妈妈每半个小时来查看一次我的情况，所以当其中一次我看到是萨姆先生亲自前来时，我非常震惊。他向我问好，走过书桌，在一堆纸质文件里翻找，直到找到了他需要的一个红色文件夹。他转向我问："你的病会传染吗？"

我摇了摇头说："不会传染的。"其实只是我自己觉得不会。

"你妈妈说你肚子疼。"

我点了点头。

"而这是在你这周上学之后才发生的……"

难道他觉得我是在装病吗？但我是真的生病了。这些疼痛都是真实存在的。

他问我："学校怎么样？你喜欢你的老师吗？"

"我很喜欢他们。"托马斯老师是一位身材矮小的漂亮女人，她从一个学生的桌子跳到另一个学生的桌子时，活像夏天露台上蹦着走的琼鸟。她在提到我的名字时总是面带微笑。完全不像去年我在哈林区上的那所学校，我姐姐现在还在那所学校里。道尔顿学校里都是大窗户，阳光透过窗户洒满走廊。我们在美术课上用的蜡笔也不会碎成渣，教科书上没有别人的笔记，而且没有缺页漏页。这所学校就和我们在电视上看到的那种学校一样，我一直以为是虚构出来的，直到我真正踏入学校的大门才明白它是真实存在的。

萨姆·哈洛韦尔在我身旁的沙发上坐下："嗯。你是不是感觉和吃了坏掉的玉米煎饼一样？肚子里一阵一阵地疼？"

没错。

"尤其是当你想到要去学校的时候？"

我直勾勾地看向他，思考着他是不是会读心术。

"鲁斯，我刚巧知道是什么在困扰着你。因为有一次我也因为这种虫子生过病。当时我刚刚接手电视台的节目规划，我有一间富丽堂皇的办公室，每个人都极力向我献殷勤表示祝贺。你知道之后发生了什么吗？我病得非常严重。"他瞥向我，"我确定每个人一看到我，就知道我没有和他们沉浸在同样的快乐中。"

我幻想着坐在有木质地板的漂亮咖啡厅里，但只有我一个人是自带食品，会是什么感觉。我还记得托马斯老师向我们展示美国英雄的照片，每个人都认识乔治·华盛顿和埃尔维斯·普雷斯利[①]，我却是班里唯一认出来罗莎·帕克斯的人，我感到既骄傲又害羞。

萨姆·哈洛韦尔告诉我："你不是一个空降的学生。你能上这所学校不是因为运气好，或者是你正好出现在正确的时间正确的地点，或者是像我这种人认识学校的管理者。你能上这所学校是因为你就是你，这件事本身就已经是一项了不起的成就了。"

---

① 埃尔维斯·普雷斯利：美国的歌手、音乐家和电影演员，被视为20世纪最重要的文化标志性人物之一。他也被称为"猫王"。——译者注

当我听着埃迪森高中的校长给我讲我儿子的事情时，我的脑海中又浮现出这段对话。他说我那个连虫子都不舍得伤害的儿子，在感恩节假期回来的第一天，就在午餐时间一拳揍在他最好的朋友的鼻子上。校长说："虽然我们知道您家正在度过一段……艰难的时光，杰斐逊太太，但是显然我们不能容忍这种行为。"

"我可以向您保证这种事不会再发生了。"突然间我仿佛回到了道尔顿学校。

"请相信我，我考虑到了特殊的情况。这件事应该记录在埃迪森的永久档案上，但我愿意删去它。不过下周他还是需要被禁足。这件事我们是绝对不会让步的。我们不能让学生每天为自己的安全提心吊胆。"

我小声说："那当然。"我溜出了校长办公室的门，觉得非常屈辱。我已经习惯每次来学校的时候都被荣誉感包围着：见证儿子因为全国法语测试的成绩而获奖，因为他得到了年度学者或运动员奖而鼓掌。但是现在埃迪森走过桌子去和校长握手时，脸上并没有明显的笑容。他蜷缩在办公室门口的一把长椅上，眼神仿佛对世界上的一切都非常不屑。我想用手捂住他的耳朵。

他发现我的时候拉下了脸："你怎么穿成这样就来这儿了？"

我低头看了看自己的制服说："因为校长办公室给我打电话的时候，我的班正上到一半。他们告诉我要开除我的儿子。"

"是禁足……"

我抱住了他："你现在不用说话。而且你最不应该做的就是纠正我的话。"我们一起走出学校，迎接我们的是仿佛昭示着冬天即将到来的寒风。我问他："你愿意告诉我你为什么打了布赖斯吗？"

"我不想谈论这个。"

"不许反驳我。埃迪森，你在想什么？"

埃迪森故意向车窗外看去，似乎他对学校的隔开校园和停车场的水泥墙格外着迷。“你认识叫季拉的人吗？你见过她。”

我的脑海中闪现出一个瘦削的满脸粉刺的女孩形象：“她是不是特别瘦？”

“对，在此之前我一句话都没有和她说过。今天午饭时间，她走过来说她知道你在麦当劳工作，而布赖斯觉得我妈妈在那种地方工作是件特别好笑的事情。”

我回答说：“你就应该忽视他。除非你用枪抵住布赖斯的头，不然他永远都不能理解诚实努力地工作是件多么好的事情。”

“他之后开始嘲笑你。”

“我告诉过你，他都不值得你为他花心思。”

埃迪森扬起了下巴：“布赖斯问我，‘你妈妈为什么喜欢麦当劳？因为她身上都是肥肉？’”

我突然感到无法呼吸，我解开了安全带。我要再去和那个校长表达一下我的想法。

儿子拽住了我的胳膊：“不！我的天啊，我已经沦为每个人的笑柄了，别让情况愈演愈烈了！”他转开脸，不再看向我。“我受够了。我恨死这所浑蛋学校、浑蛋奖学金，这些都是假的。”

我甚至都没有让埃迪森注意他的言辞。我觉得自己难以呼吸。

我这一生都在向埃迪森保证“只要你努力工作、表现出色，你就会赢得自己的一席之地”。我说过我们不是闯入者，我们付出努力才得到了我们想要的，我们值得拥有这些东西。而我特意没有告诉他的是，这些成就依然可能随时都会被剥夺。

能清晰地看透自己的一生是一种相当奇妙的感觉。某一天你终于撕下了谎言编织成的灰色的膜，你才发现你从来没有真正看清过自己。

我在尽自己所能思考如何处理现在的状况：首先，告诉埃迪森他做得对，但也要告诉他，即使他可以把学校里所有男生都揍一遍，从长远的角度来看他也无法改变什么。我试图让他相信，虽然发生了这种事情，我们每天还是要双脚轮换向前行进，并祈祷第二天到来时情况能变得好一些。即使我们无法得到权利，我们也要保持心怀希望。

因为如果连希望都失去了，我们会变得更不知所措。只能到处游荡，被打倒、被征服。我们会成为他们认为的那种样子。

我和埃迪森一言不发地一起坐公交车回家。当我们转过拐角看到家时，我告诉他他被禁足了。他问："禁足多久?"

我说："一周。"

他有点不高兴："但是这件事明明都不会记在我的档案里。"

"我告诉你多少次了？如果你希望被别人认真对待，你就要表现得比别人出色两倍。"

埃迪森说："如果想被认真对待，或者我还可以选择揍更多白人。我做这件事的时候校长倒是非常认真地对待了我。"

我使劲抿了抿嘴，说："两周。"

他生气地从我身边跑开，一下跃过了门前的台阶，推开前门，差点撞倒了站在门口的一位女士，她手里抱着一个巨大的箱子。

是肯尼迪。

埃迪森的禁足把我气得够呛，气得我都忘了我约了今天下午查看州法院的调查报告。肯尼迪小心翼翼地问："你现在方便吗？我们可以改天……"

我感到一股热浪从脖子蹿到脸上："没事，现在可以，发生了一些……意外的事情。真不好意思让你见到这一幕。我儿子平时没这么粗鲁。"我为她抵着门请她进来。"现在从背后直接拍他一下真是越来越难了，他可比我高大多了。"

她看起来有点震惊，但很快脸上换上了礼貌的微笑。

我去挂她的大衣时，瞥了一眼沙发、唯一的一把扶手椅和小小的厨房，试图想象她看到这些时的想法。“你想喝点什么吗?”

“我喝水就可以。”

我走到厨房给她倒了杯水。其实离她不过几步远,但我们之间隔了一个工作台面,肯尼迪正在看壁炉架上摆放的照片。埃迪森在学校照的最新的照片就摆在上面,还有一张我们两个人在华盛顿特区逛商场的照片,一张卫斯理穿着制服的照片。

她从她带来的盒子里取出文件,我则在沙发上坐下。埃迪森正在他的卧室里生闷气。肯尼迪开口道:“我看了一遍这些新调查,发现我需要你的帮助。就是关于这个婴儿的表格,我可以读一些学术名词,但是我对医学领域没有那么了解。”

我打开文件。在看到玛丽那张便笺的翻拍照片时我的肩膀僵住了。我说:“这些都是准确的:身高、体重、阿普伽新生儿评分、眼睛和大腿……”

“什么?”

“给他注射维生素 K,一种抗生素眼膏。这是对待新生儿的标准流程。”

肯尼迪探身过来指向一个数字:“这是什么意思?”

“新生儿的血糖很低,他还没有喝奶。他妈妈患有妊娠高血糖,所以不喂奶是正常的。”

她问我:“这些都是你的手写笔迹吗?”

“不是,我不是负责接生的护士。这是露西尔写的,她值班结束之后我接手了她的工作。”我又翻了翻,“这是新生儿的测量情况,这个表是我填的,体温是 36.7 度。”我读出了数字,“他的头发漩涡和囟门没什么问题。血糖值是 52,他的血糖有好转的趋势。他的肺部也没什么问题。头骨没有挤压,也没有变形。体长 49.5 厘米,头围 38.8 厘米。”我耸了耸肩,“测试结果显示一切良好,只是心脏可能有杂音。你可以看到我在档案里记录的,备注给新生儿组建儿科心脏小组。”

“那么心脏专家怎么说?”

“他还根本没有时间进行检查。新生儿在那之前就死了。”我皱起了眉。“他脚跟取血的结果哪里去了？”

“那是什么？”

“是常规检查。”

肯尼迪不在意地说：“我会用传票让对方交出这个证据。”她开始翻找纸张和文件，最后终于找到了带有药物检验标签的密封文件袋，“啊，你看这个，死因是：血糖过低导致的低血糖发作，最终导致呼吸停止及心跳停止。”肯尼迪说，“心跳停止？就像天生心脏缺陷那种？”

她把报告递给我，我说：“看来我是对的，这个婴儿有一级动脉导管未闭。”

“这种病会致死吗？”

“不会，一般在出生后第一年会自己愈合。”

她重复着我的话：“一般，也就是说不是每个人都会自己愈合。”

我摇了摇头，感到有些困惑：“如果这个孩子的心脏没有愈合，也不能说这是一种病。”

“辩护律师并不需要麻烦地去查找证据，我们说什么都可以，比如婴儿接触了埃博拉病原、他的一个远方表兄死于心脏方面的疾病、他是第一个出生就患有染色体发育不全的孩子等等。我们只需要给陪审团洒上一路的面包屑，期待着他们由于太饿了而跟着面包屑走。”

我在医学档案里又翻找了一下，直到找到了便笺的照片存档：“可以给他们展示这个。”

肯尼迪直白地说：“这不会点燃他们的疑惑。说实话，这样反而会让陪审团觉得你有理由从一开始就不必参与这件事。鲁斯，不要想这件事了。目前什么才是重点呢？是自尊心受挫带来的痛苦？还是悬在你头顶的铡刀？”

我的手紧紧地攥着纸，我都能感受到纸张切到我的手时的痛楚：“这件事并没有挫伤我的自尊心。”

“太好了，那我们就达成一致了。你想取得诉讼的胜利吗？那就帮我找到证据——证明就算你竭尽全力去救治他，他还是有死亡可能性的证据。”

当时我差点和盘托出。我差点说：“我曾试过去给那个孩子刺激。”但是那样就等于承认我一开始就对肯尼迪撒谎了，毕竟现在我正在指责她不应该凭空捏造婴儿的心脏畸形的事。所以我选择把手指放进嘴里，吮吸我的伤口。我在厨房里找到一盒创可贴，包扎起中指上的伤口。

这并不是关于心脏是否有杂音的问题。我和她内心都清楚这一点。

我低头看向厨房的桌子，用大拇指的指甲蹭着桌面。我问她：“你给你的小女儿做过花生酱配果酱三明治吗？”

肯尼迪抬头看着我：“什么？啊，做过。”

“埃迪森在小的时候可挑食了。有时他不想吃果酱，我就要把涂上的果酱都刮掉。但你也知道，只要涂过果酱，你无法把三明治上的果酱都刮干净，你还是能吃出那个味道。”

我的律师用一种讶异的表情看着我，好像我现在已经神志不清。

“你告诉我，这个案件和种族无关。但它就是因种族问题而起的。不管你能不能说服陪审团我就是南丁格尔什么的，这都不重要。你无法抹去的事实就是，我是一个黑人。而如果我像你一样是个白人，这件事根本不会发生在我身上。”

她的眼里闪过了一丝情绪。肯尼迪语气平稳地说：“首先，不管你是什么种族，你可能都会被指控。痛失爱子的父母为了得到保险的赔偿会竭尽所能找一个承担罪名的家伙。其次，我并不是不赞同你的说法，这个案子里当然有很明显的种族因素。但是我从专业的角度来看，在法庭中提到这件事对你的确是有害无益，我不认为你应该冒这个险，只为了让自己心里稍微好受一些。”

“心里稍微好受一些。”我重复着她的话。我在嘴里反复品味着这个词，任舌尖在口腔里游走，“心里稍微好受一些。”我使劲抿嘴质问肯尼迪，“做白人是什么感觉?”

她摇了摇头，脸上面无表情：“我从来不考虑做白人的感受，我第一次和你坐下来谈的时候就告诉过你，我不觉得我们之间有肤色的差别。”

我说：“不是所有人都这么想。”我拿过创可贴盒子，把创可贴撒在表格、文件夹和文件上。我读起了盒子上的字：“肉色。告诉我，哪一种是肉色？我的皮肤的颜色?”

肯尼迪的双颊上冒出了两团红晕：“你不能因为这个怪我。”

“为什么不能?”

她挺直了脊背：“鲁斯，我不是一个种族主义者。我也理解你的沮丧，但是你把火气撒在我身上也未免有些不公平吧。我只是在尽我所能，用我的专业知识来帮助你。看在上帝的分上，如果我走在街上，迎面走来一个黑人男子，而我意识到自己走错路了，我还是会沿着错误的方向走下去，而不是掉头回去，以免他下意识地认为我是因为害怕他。”

我说：“你想得太多了，而且这个选择也没好到哪儿去。你说你看不到肤色的差别，但你看到的正是这种差别。你对这件事太警觉了，所以竭力表现得没有那么偏见，你在说出种族不是问题的时候其实连你自己都不理解，我听到的都是你在说自己的感觉、自己的生活，你根本不知道我的肤色被贬低是什么感觉。”

不知我们两个之中究竟哪个对我的突然爆发更感到惊讶。肯尼迪现在正被她的委托人当面斥责，而她一直认为这个委托人对她提供的专业指导感恩戴德；而对我来说，终于放出了这么多年深藏在心底的那头野兽。它一直在我心底潜伏，等待着我看似难以动摇的乐观被什么松动之后释放出来。

肯尼迪的嘴唇绷得很紧，点了点头：“你说得对。我并不知道作为一个黑人生活是什么感觉，但我知道法庭里的规矩。如果你在法庭里提到种族，你就会输掉官司。陪审团喜欢清晰明了。他们喜欢说‘因为这样，所以导致那样’。如果在这里面加入种族的成分，整件事就变得相当模糊不清了。”

她开始整理桌上的文件和报告，把它们重新塞进文件夹里。“我并不是对你的感觉置若罔闻，或是我觉得这里面没有种族歧视。我只是希望你了解情况。”

怀疑就像寒霜，侵蚀着我的思维。

肯尼迪用非常官方的口吻说：“也许我们两个都需要冷静一下。”她站起来向门口走去：“鲁斯，我向你保证。我们会赢下这场官司，哪怕不提及这些事情。”

我抠着手指上创可贴的边缘，走向电视旁边摆放花瓶的架子。我把马尼拉纸的信封掏出，过了好一会儿我才想起我在找什么。

华莱士·默西的名片。

○ 特克 ○

弗朗西斯喜欢在周日下午为参加白人势力运动的家伙们敞开家门，每两周一次。但是之后这些人再也没有上街去找人挑衅，我们从此就没再见面。你可以在互联网上结识许多人，但这是一个冰冷的、并非人与人直接交流的社区。弗朗西斯也意识到了这一点，他还是每月召集大家聚会两次，每次街上都挤满了车，车牌号最远有来自新泽西和新汉普顿的。大家齐聚一堂，享受一个下午的时光。我会给大家打开电视播放球赛，女士们在厨房里和布列塔交谈，整理每个人自带的菜肴，像收集卡片一样交换各种信息。弗朗西斯则亲自上阵给年龄大一点的孩子生动地讲课。就算站在一定距离之外也能看到他一张一合的口中吐出的单词，男孩们都围坐在他脚边，着迷地听着。

距我们上次开办周日集会已经有4个月了。自从德维斯葬礼之后我们就没有拜访过别人。说实话，我根本没有认真考虑过这件事，我仍然如行尸走肉一般浑浑噩噩地混着日子。但当弗朗西斯让我在孤狼网上贴出邀请函的时候，我还是照做了。没有人可以拒绝弗朗西斯的请求。

正因为如此，这个房子又热闹了起来。尽管气氛有了些微的不同，每个人都想问问我过得怎么样。布列塔留在卧室里，她有些头疼，甚至都不想伪装出想要见人的样子。

但弗朗西斯仍然是个快乐的主人，帮大家开啤酒罐，赞美女士的发型，夸奖蓝眼睛的婴儿，或者是称赞他们带来的布朗尼有多么美味。他在车库旁不远处发现了我，我正自己坐着，我本来是去那里倒垃圾的。他说："大家看起来都过得很开心。"

我点了点头："谁不喜欢免费的啤酒。"

"可对我来说不是免费的。"说完他狡猾地看着我，"都还好吧？"其实他是想问布列塔的情况。看到我耸肩，他噘起了嘴。"你知道吗，当布列塔的妈妈离开的时候，我都不理解为什么我还在这里。我当时想过结束这一切，你一定明白我的意思。当时我照顾着6个月大的宝宝，但我实在找不到我生活的重心和意义。后来某一天我恍然大悟，我们失去自己关心的人是为了让我们更珍惜还留在自己身边的人。这是唯一可能的解释。否则，上帝就是个浑蛋。"

他拍了拍我的后背，走进筑着篱笆的小小的后院。那些被父母拽到这里的十几岁出头的小孩突然变得很警觉，被他的磁力唤醒，像被吸铁石吸引一样慢慢靠近。他在一根树桩上坐下，开始了他的周日课程教学："谁喜欢听悬疑故事？"有人点头，有人大声喊想听。"很好，谁能给我讲讲以色列是谁？"

其中一个人小声说："这个悬疑故事听起来可不太妙。"坐在他旁边的男孩用胳膊肘捅了捅他。

另一个男孩叫了出来："那是一个住满了犹太人的国家。"

弗朗西斯说："回答问题的人请举一下手。我问的不是以色列是什么，而是问以色列是谁。"

一个刚刚闭上嘴的小孩举起手。"雅各布。在他和神的使者摔跤得胜之后，就给以色列起了毗努伊勒这个名字。"

弗朗西斯说："正是他。以色列之后有了12个儿子，这也就是以色列12

部落的来源，然后……”

我走回了厨房，那里有几位女士在交谈。其中一位抱着一个正在大声哭泣的小宝宝说：“现在她夜里经常闹，我太困了，所以昨天我竟然穿着睡衣走出家门去工作，出门之后才发现。”

其中一个女孩说：“我告诉你个方法，我试过把威士忌涂在宝宝叼着的玩具上。”

一个年长的女性说：“别让他们太早就喝酒。”大家都笑了起来。

后来她们发现我站在旁边，对话突然就像石头坠落悬崖一样戛然而止了。那个上了年纪的女士说：“特克，不好意思，我没注意到你来了。”我叫不出她的名字，但我见过她，之前她曾经来过。

我没有回答。我的眼睛无法从婴儿身上挪开。这个孩子小脸红红的，正挥舞着小拳头。她哭得太厉害了，都快喘不上气了。

我下意识地就把手伸过去要抱她：“我可以抱抱吗？”

几个女士互相交换了一下眼色，孩子的母亲把她放入我怀中。我都无法想象孩子竟然只有这么轻，在她哭的时候手臂和腿四处动来动去。我拍着她说：“嘘，不要出声。”

我的手在她后背揉搓。我让她在我的肩膀上像睡着了一样趴着。她的哭声变成了一下一下打嗝。她妈妈笑着说：“瞧瞧你，还挺会和婴儿沟通的。”

事情本来可以这样发展的。

事情本来应该这样发展的。

突然间我意识到这些女士的注意力都不再集中在婴儿身上了。她们都盯着我身后的什么东西看。婴儿睡得正熟，她的嘴唇边正冒出小泡泡。我也转过身看去。

布列塔用责怪的口气大叫：“天啊！”她转身跑出了厨房。我听到卧室的门重重砸上的声音。我尽可能用最快的方式轻柔地把婴儿还给她母亲：“失陪一下。”说罢我冲出去追布列塔。

她躺在床上背对着我："我恨死他们了，我恨他们来到我的房子里。"

"布列塔，他们只是想表现得友善一些。"

"我恨的就是这一点，"她的语气咄咄逼人，"我痛恨他们看待我的方式。"

"这并不是……"

"我只是想从我自己的厨房里接点水喝。难道这点要求都算过分吗？"

"那我去给你倒杯水……"

"特克，这不是重点。"

我轻声问："那重点是什么？"

布列塔翻了个身转过来，她的眼眶里噙满了泪水："说得好。"她说完便哭了起来，就像刚才那个婴儿一样哭得撕心裂肺。就算我把她揽入怀中使劲地抱着她，抚摸她的后背，她都没有停下来。

这种感觉非常奇怪，我在安抚啜泣的布列塔，就像在照顾一个新生儿。这不是与我结婚的那个女人。我怀疑我是不是把她性格中尖锐的部分连同我儿子的灵魂一并埋葬了。

我们一直待在卧室里，两个人紧紧贴在一起。直到太阳西沉之后，过了很久，车子才陆陆续续地驶离了房子，房子再次变得空空荡荡。

第二天晚上，我们还是坐在客厅里面看电视。我的笔记本电脑开着，我正在撰写要发在孤狼网上的帖子，讲述在辛辛那提发生的事情。布列塔给我端来一杯啤酒，在我身旁蜷坐下来。我都不记得有多久没有这样做了，这是她第一次主动接触我。她问："你在忙什么？"她伸长了脖子想要看到我屏幕上的内容。

我说："又一个白人小孩在学校被两个黑人给揍了。他们打断了他的腿，但是没有被起诉。事情甚至可能变得更糟，白人小孩还可能因为攻击而被起诉呢。"

弗朗西斯手拿电视遥控器开始抱怨起来："这是因为辛辛那提的学校99%都是垃圾学校，那里都是由黑人统治的。我们到底希望我们的孩子得到什么？"

我说："这句话说得好。"然后把这句话加在了文章里。"这可以作为我文章的结尾。"

弗朗西斯在不同的电视台之间跳转："为什么会有黑人娱乐电视台，却没有白人娱乐电视台？人们还说反过来的种族歧视不存在呢。"他关上电视站起了身，"我要回房间休息去了。"

他亲吻了布列塔的额头，回到自己的房间。我希望布列塔也站起身来，但她并没有离开的意思。

布列塔说："漫长的等待没有让你感到痛苦吗？"

我抬起眼看她："你是指什么？"

"现在似乎没有什么事是立刻便知的了。你也不知道是谁在读你写的帖子。"她盘着腿，转向我说，"过去的事情比现在要清楚太多。我是通过看我父亲会见的人所穿的鞋的鞋带，学会分辨颜色的。白人势力和新纳粹主义者用红色或白色的鞋带，光头党反种族偏见组织则用蓝色或绿色。"

我扑哧笑了出来："我很难想象你父亲见光头党反种族偏见组织的人的场景。"光头党反种族偏见组织是最大的种族主义爱国者团体，他们会竭尽全力打击那些试图减少少数族裔数量的人。他们觉得自己都是了不起的蝙蝠侠，每一个成员都是。

布列塔说："我并没有觉得这种见面很愉快。但是说实话，有时气氛也是相当不错的。你要完成你需要做的事情，可能一时难以理解，但你选择这么做正是因为你看到了全局。"她抬起眼看我，"你知道理查德叔叔吗？"

布列塔虽然不认识他，但是知道他。他就是理查德·巴特勒，雅利安国家的首领。布列塔大约10岁那年他去世了。

“理查德叔叔和路易斯·法拉堪①是朋友。”

“伊斯兰民族组织的统治者？这我还真不知道。但是……他是……”

“黑人？没错，但是他和我们一样对犹太人和联邦政府深恶痛绝。爸爸经常告诉我，敌人的敌人就是朋友。”布列塔耸了耸肩，“这是一种不言自明的共识。当我们一起齐心协力摧毁这个系统之后，就会互相做斗争了。”

我们会赢的，我对此丝毫没有怀疑。

布列塔仔细地端详着我的脸，说：“我们究竟希望为我们的孩子做些什么？”她重复着弗朗西斯此前和我说的话，“我知道我希望为我的孩子做些什么：我希望他被人铭记。”

“宝贝，你知道我们都不会忘记他。”

布列塔说：“不只是我们。”她的口气突然强硬起来，“我要让所有人都记住他。”

我看着她，我明白她话里的意思。也许坚持写博客可以动摇他们的根基，但我们还可以通过一种更戏剧性、更快速的方法把一栋大楼完全摧毁。

从某方面来说我加入光头党组织的时间未免太晚了。在我出生的10年前，这个运动迎来了最高峰。我幻想着一个世界，大家看到我的时候都转身逃跑。我开始回想过去两年间弗朗西斯和我一直试图说服别人匿名传播比直接威胁更加不为察觉，也更加可怕。我说：“你的父亲不会接受我们这么做的。”

布列塔俯下身来，轻柔地吻了吻我。然后她抽身离开，独留我在那里期待着她更多的吻。天啊，我好想念这种吻，我好想念她。

她说：“我父亲不知道的事情，是不会影响到他的。”

雷恩接到我电话的时候喜出望外。我上次见到他已经是两年之前了，他

---

① 路易斯·法拉堪是伊斯兰民族组织（the Nation of Islam，简称NOI）的领导者，曾在波士顿和哈林的清真寺担任牧师。——译者注

没能来参加我的婚礼，因为当时他的妻子刚刚生下第二个孩子。当我告诉他今天我要在伯瑞特波罗办事时，他邀请我去他家共进午餐。他搬家了，所以我在一张餐巾纸上抄下新地址。

刚开始我以为自己走错地方了。这是一条道路尽头的大牧场，门口的信箱是猫咪的形状。房子前面的草坪上有一个亮红色的塑料滑梯，随处可见的那种木质雪人挂在前门上。摆在门口的地毯上写着“你好！我们是特斯科公司!”

我的脸上缓缓绽放出微笑。这个聪明的家伙，他现在躲藏的技术越发高超了。估计没有人会觉得住在隔壁，让自己的孩子骑着训练自行车在车道上骑来骑去的男人会是一个白人种族主义至上者吧?

我还没有抬手敲门，雷恩就为我开了门。他的臂弯中抱着一个胖嘟嘟的小宝宝，两条粗壮的腿后面躲着一个害羞的小姑娘，穿着芭蕾舞短裙，头戴一顶公主皇冠。他咧嘴笑了起来，伸出手拥抱我。我下意识地注意到他涂着亮晶晶的粉色指甲油。

我盯着他的指甲说：“哥们儿，挺紧跟潮流的嘛。”

“你更应该看看我现在有多擅长办茶会。进来吧！伙计，见到你可真高兴。”

我走了进去，小姑娘依旧躲在雷恩的腿后面。他弯下腰叫她：“米拉，这位是特克，爸爸的朋友。”

她嘬着拇指，就像是在掂量我。

雷恩解释说：“她不太擅长和陌生人相处。”他又转头看向怀中的婴儿给我介绍，“这头小野兽是艾萨克。”

我随着他走进房间，走过散乱得像撒了一地五彩纸屑似的玩具，走进了起居室。雷恩给我拿了瓶冰镇啤酒，但他没有给自己拿一瓶。我问：“就我一个人喝吗?”

他耸了耸肩：“萨尔不喜欢我当着孩子们的面喝酒，觉得会起到不好的示范作用。”

我问他：“萨尔现在在哪里？”

“在工作呢！她在弗吉尼亚州研究放射学。我现在刚辞掉旧工作，在找新工作呢，所以我可以在家看护这些霍比特人。”

我说：“不错嘛。”然后灌了一大口啤酒。

雷恩把艾萨克放在地上。他开始像醉酒似的摇摇晃晃地走来走去。米拉沿着走廊跑进了卧室，她跺脚的声音就像大炮轰鸣。雷恩转向我：“伙计，说说你吧，过得好吗？”

我把胳膊肘撑在膝盖上：“我本来应该过得更好的，这就是为什么我今天来找你。”

“天堂般的生活遇到了麻烦？”

我意识到雷恩可能都不知道我和布列塔有了孩子这件事。更不用说知道我们已经失去这个孩子这件事了。我开始给他从头讲起：从那个黑人护士，到德维斯停止呼吸的那一刻。“我现在在召集所有成员。从北美敢死队佛蒙特州分队，一路到马里兰州的光头党。我希望用某一天来纪念我的儿子。”

雷恩没有出声回答，我见状向前倾了倾身体。“我说的是到处打砸。以前的那种斗争方式。也许还可以用火焰炸弹，只要不造成太多人员伤亡。具体用什么方式由每个分队及其领导者决定。但是至少用一些看得见的东西，可以让我们被人注意到。我知道我这个想法对我们的入侵工作产生了反作用，但也许现在是时候显露出我们的一点力量了。你知道吗？我们的队伍现在太壮大了。如果我们进行一场人数可观的宣言，他们无法把我们所有人都抓起来吧。”我直直地看着他的眼睛，“我们应该这么做。德维斯值得我们这么做。”

就在这时米拉从门廊跳着舞跑过来，把皇冠戴到她父亲头上。他把皇冠扯下来，低头一脸悲伤地看着这个廉价的薄金属片做的皇冠说：“宝贝，你能去帮我画幅画吗？好孩子。”他的目光一路目送她远去，直到她回到自己的房间。雷恩说："我估计你没有听说吧。"

"听说什么？"

"伙计，我已经退出了，我再也不参加这项运动了。"

我震惊地盯着他。毕竟雷恩是刚开始带领我进入白人势力运动的人。我刚加入北美敢死队的时候，我们是生死与共的朋友。这不是一个你可以中途离开的工作，这是一种召唤。

我突然想起雷恩在胳膊上文了几排纳粹标识的文身。我的目光看向他的肩膀和二头肌。本应是纳粹标识的地方变成了爬藤植物的图案。你根本看不出来这里原本文着什么标识。

"这已经是几年前的事情了。我和萨尔那年夏天参加了一次集会，就像我和你，以及其他男孩原来经常去的那种。集会非常顺利，可突然有一队男孩排队往她的帐篷里扔东西。萨尔被吓坏了，立刻把我们的孩子带走了。所以之后每次参加集会都只有我一个人，萨尔和孩子留在家里。后来我们被学前班的老师叫去，因为米拉试图把一个中国孩子埋到沙箱里，她说她在扮演小猫咪，而小猫咪都会把自己的粪便埋起来的。我假装被这件事震惊了，但是当我们从楼里走出来之后，我告诉米拉她是一个多么优秀的小女孩。之后有一天我和米拉逛杂货店。她当时，哦，可能快三岁了，我们推着满满的一车东西等待结账。大家都在盯着我看，你懂得的，因为我身上的文身什么的。我已经习惯了。言归正传，我们后面的队伍里站着一个黑人男子。米拉用最甜美的声音说，爸爸，快看那个黑鬼。"雷恩抬起头说，"我当时没有任何感觉。但是站在我们前面的女人突然对我说，'真为你感到羞耻'。结账的营业员说，'你怎么敢向一个单纯的孩子灌输这种东西？'我还没反应过来的时候，整个店里已经充斥着此起彼伏的叫喊声。米拉哭了起来。我拽着她，留下满满一车物品离开了现场，我们快速跑向我的卡车。就是从那一刻我开始回想也许我做的不是一件正确的事。我是说，我觉得我的职责就是把我的孩子养成一个种族斗士，但也许我这么做并没有帮上米拉一点忙。也许我所做的事情会让她余生被每个人痛恨。”

我盯着他：“你还想给我讲点什么？你在本地寺庙里当志愿者？你最好的朋友是个亚洲佬？”

“也许我们这些年所做的一切都不合法。伙计，他们就是要用一点小利引诱我们上钩。他们向我们承诺我们融合在一起后会成为更壮大的群体，我们会为自己所遗留下来的文化和种族而自豪。这也许就占所有的10%。剩下的都是单纯痛恨别人的存在。自从有一次我开始认真思考，就再也停不下来了。可能这就是为什么我总是觉得生活特别糟糕，似乎我总是特别想揍别人的脸，只是为了提醒我自己我能做到。这对我来说没什么。但我不希望我的孩子在这样的环境中长大。”他耸了耸肩，“我要退出的消息渐渐传开了，这是早晚的事。萨尔和我去看电影之后，我团队里的一个家伙突然在停车场跳出来拦住我。他把我狠揍一顿，我差点都要去缝针了。但是也就这样，就结束了。”

我看着雷恩，他曾经是我最好的朋友。我的眼前就像走马灯一样闪过画面。我突然意识到我正看着的是一个全然不同的人。一个懦夫，一个丧家之犬。

雷恩说：“这并不会改变什么，咱俩还是兄弟对吧？”

我说：“对，一直都是兄弟。”

他提议：“今年冬天你也可以和布列塔过来，我们一起去滑雪。”

“那真是太棒了。”我喝完了瓶中的啤酒站了起来，借口天黑之前要回家，就迅速离开了。我开车离开时，雷恩向我挥手告别，小婴儿艾萨克也挥舞着小手。

我知道这辈子我都不会再来见他们了。

两天之后，我在东海岸会见了很多原来小分队的头领。虽然出了雷恩这档子事情，但是这些人都是孤狼网的活跃用户。在我开始撰写德维斯的故事之前，他们就已经知道他了。他们都与弗朗西斯有过交集，有的在集会时听过他讲话，有的认识被他杀掉的人，有的因为折服于他的个人魅力而成立了一支小队。

我又累又饿，把车停在了家门口的路边。这时已经将近凌晨2点了，我却看到客厅电视机发出了光。我屏住呼吸。我原本希望在没人注意到的情况下偷偷溜进房子里，但是现在我不得不想出理由向弗朗西斯解释。

让我吃惊的是，失眠的人并不是弗朗西斯。布列塔正坐在沙发上，裹在我的运动衫里，这件衣服垂到了她的大腿，仿佛一条连衣裙。我穿过房间弯下腰，在她的头顶落下一吻。我说："嘿，宝贝，睡不着吗?"

她摇了摇头，我瞥了一眼电视，电视里正播放着《绿野仙踪》里西方邪恶女巫向桃乐茜步步逼近恐吓她的一幕。她问我："你之前看过这个吗?"

我开玩笑道："看过，需要我给你讲讲故事的结局吗?"

"不，我的意思是真的认真看过。这就像一个讲述白人势力的童话故事。这个女巫有一点像犹太人，反面角色的肤色是一种奇怪的颜色，还与猴子为伍。"

我在她面前跪下，让她看向我："我按照我承诺的去做了。我和那些原来领导小分队的家伙们见面了，但没有人甘冒风险。我猜是你父亲把他们灌输得太好了，所以我要找一种新的方式渗透进去。他们不想冒着被抓进监狱的风险。"

"那咱们两个可以……"

"布列塔，如果事情泄露出去，警察首先会去找和白人势力运动相关的人。还得感谢这次诉讼，我们的名字已经出现在媒体上了。"说到这里我有些犹豫，"你知道我会为了你奋不顾身。但是你现在才刚刚开始慢慢'回到我身边'。如果我离开你去做事情，感觉像是我又失去了你一次。"我用臂膀包围着她，"对不起，宝贝，我本来以为这一步行得通的。"

她吻了吻我，说："我知道，试过就可以了。"

"回房间吗?"

布列塔把电视关上了，跟着我回到了卧室。我慢慢地褪去她穿着的运动衫，然后我让她把我的靴子和牛仔裤脱下来。之后我们钻到被子里，我压在她身上。我让她打开双腿，但是我没有硬起来。

她在黑暗中看着我，半眯着眼，两只手交叉放在柔软的腹部上。她问我："是我的问题吗?"声音小到如果不用尽全力去听都听不到。

我向她发誓："不是你。你非常美，是我脑海中愚蠢的想法。"

她翻身远离了我。即使她这么做，我都能感觉到她皮肤的温度上升，因为羞愧而泛红。

我对着她的后背说："对不起。"

布列塔没有说话。

半夜我醒了过来，伸手想去抱她，我没有思考就下意识去抱她。也许我可以通过自己的方式让自己感到安慰。我的双手在床单中四处摸索，但是布列塔已经不在我身旁了。

刚开始我们的人数众多，而且每个人都非常不同。你可以加入雅利安国家，而不是光头党，这取决于你是否引入基督教徒的思想意识。白人种族至上主义者更学术一些，会去发表论文；光头党则更多采用暴力手段，倾向于通过拳头让别人长记性。白人优越主义者则在北达科他州购买土地，试图以此方式分裂国家，将所有非白人的人种都驱逐出他们划分的土地。新纳粹主义者则是在监狱中的雅利安国家成员和雅利安兄弟联盟的中间态。如果运动中出现了暴力、街头火拼，那准是他们。此外还有日耳曼新异教徒、创造论者和创世主世界教会成员。虽然思想意识将我们区分开来，我们每年仍会在同样的日子里聚集在一起庆祝：4 月 20 日，阿道夫·希特勒的生日。

全国各地都分别举行生日庆祝，就像我十几岁的时候参加的那种古老的

3K 党集会。我们一般会选择在大庄园周围未被开垦的地带，或是保留地上进行，这里人烟稀少。或者是在阿尔派恩的某一处村庄。具体的参会方式只通过口头相传，我们使用的小旗子和铁丝网上的标志大小相当，唯一不同的是我们用的不是粉色的塑料，而是党卫队使用的红色。

自从我加入白人势力运动之后，我已经去过 5 次雅利安节了。但这次非常特别。在这一次集会中我举办了婚礼。

至少是精神上结婚了。其实我和布列塔下周才去市政厅填写法律文件。但精神上，我们即将在今晚结为夫妻。

那年我 22 岁，这是我人生中最巅峰的时光。

布列塔正被姑娘们团团围住，她不希望我也过去掺和一脚，所以我就在庆典中独自游荡。不得不说，今天到场的人数同我 5 年前参加集会时相比人数锐减，主要是因为每次我们集会都会被发现然后遭到打击。虽然有这种风险，我们还是像别的集会一样聚在一起喝酒，偶尔会有人起争执，有的人在可移动帐篷后面撒尿，还有售卖爆米花、热狗、丁字裤这些东西的移动车，前面立着“光头党最爱”的牌子。还有一个儿童区域，摆放着填色书、充气城堡，背后插着一面印有党卫军的大旗子，模拟希特勒演讲时的场景。在售卖食物等商品的一排小摊的尽头，还有文身师坐镇，这种集会期间我们对文身的需求量很大。

我插了个队，当然我知道这么做会让被挤到后面的人很生气。果然，我们两人扭打了起来，我把他的鼻子揍出了血，之后他就闭嘴让我排到他的前面了。我在文身师对面坐下，他看了看我，问：“你想文什么？”

我和弗朗西斯花了半年时间劝服这些小分队的人不要再招摇过市地文太阳轮图案、剃光头、穿吊裤带，而是让他们表现得普通得不能再普通，包括穿长袖的衣服，或是修复掉脸上刺青的墨迹。但是今天是个特殊的日子。今天我希望每个人都能感受到我是为什么而奋斗的。

当我离开文身的帐篷时，我的十指指关节上多出了 8 个哥特字体的字母。在右手，当我握拳的时候，指节上就会露出“仇视万物”，而左手，也就是更靠近我心脏的那一侧，则文着“挚爱永生”。

日落时分，不远处充斥着摩托车的咆哮声，适合的时机终于到来了。集会上的人自觉排成了两队。我等待着，双手在身前交叉，皮肤还因为新文的字而红肿着。

突然人群中分开了一条路，我可以看到布列塔伫立在橙黄色的夕阳下。她穿着白色的蕾丝裙子，看起来有点儿像杯子蛋糕，脚下蹬着马丁靴。我微笑起来。我笑得非常用力，下巴都要裂开了。

当她走到我伸手可及的范围内时，我让她挽上了我的臂膀。如果世界就要在这一刻毁灭，我都觉得无妨。我们沿着临时铺就的小路向下走去。随着我们走过，所有人都扬起胳膊，每个人都向我们行纳粹礼。弗朗西斯在道路的尽头等着我们。他对我们微笑，他的眼睛明亮而犀利。他曾经主持过十几场雅利安人的婚礼，但这一场对他来说则有特殊的意义。他用沙哑的声音说：“瓢虫小姐，你今天真是太美了。”然后他转向我，“如果你敢动她，我就杀了你。”

我唯唯诺诺地说：“好的，先生。”

弗朗西斯开始说话：“布列塔妮，你愿意听从特克的话，并继续将白人人种的遗产延续下去吗？”

她起誓：“我愿意。”

“特克，你愿意将这个女人视为你在战斗中的雅利安新娘吗？”

我说：“我愿意。”

说完我们面向彼此而立。我坚定地看向她的双眼，我们开始背诵十四字真言：保护民族存续，给白人孩子以未来。

我吻了她。在我们身后，有人点燃了一个木质纳粹党标识来纪念这一刻。我发誓那天开始我产生了变化。似乎我真的把我的心的一半交给了这个女人，而她把她的心给我，我们为了继续活下去，就必须两颗心紧紧连在一起。

我只隐约记得弗朗西斯说话，人群在鼓掌。我被布列塔深深吸引，仿佛这个地球上只剩下我们两个人。

之后我也一直是这种感觉。

○ 肯尼迪 ○

我和迈卡站在厨房里一起刷碗的时候，我说："我的委托人恨我。"

"我确定她不恨你。"

我瞥了他一眼："她觉得我是个种族主义者。"

迈卡温和地说："她说的也不是没有道理。"听到这句话我转向他，眉毛气得立了起来。他继续说，"你是白人，而她不是，但你们都要生活在一个白人掌控所有权力的世界里。"

我争辩起来："我并不是说她的生活没有比我的生活更加艰难，我也不是那种觉得我们选出了一个黑人总统就意味着所有种族都奇迹般地获得平等的人。我每天都和少数族裔的委托人打交道，他们要不就被健康系统压榨，要不就被犯罪公平系统和教育系统歧视。毕竟现在监狱都当成生意来做了。有的人通过保持让一定量的人进监狱而获利。"

我们邀请了迈卡的几位同事来吃晚餐。我由衷地希望可以提供一顿精美的佳肴，但因为我做的派的边缘有点破损，实在不完美，最后还是改做了墨西哥卷饼，我还把从店里买来的烤派假装成自己做的端上了餐桌。整个晚上我的思绪都在游荡。当话题转换到单边青光眼患者的两侧视网膜神经纤维层厚度等话题时，也不能怪我去想其他事情吧。此时我早已全身心沉浸在之前和鲁斯的争执中。如果我是正确的，为什么我不能换一种方式表达我的想法呢？

我对迈卡说："在刑事审判中不能提起种族这个话题。这是一种不成文的规定，就像不要对着对面来车开远光灯一样。和陪审团说话要小心措辞。就算这个案子从她的角度来看，很显然是种族问题，我也不能如此表述。在法庭上，和种族有关的案件都是类似于这样的，比如在佛罗里达的一个白人被黑人小孩扣动扳机的行为给吓坏了。我能理解鲁斯觉得受到雇主的不公正对待，但是这些都和她杀人的指控没有什么关系。"

迈卡递给我一个要烘干的盘子，说："宝贝，说真的，有时候你想解释一件事情的时候，你以为自己解释清楚了，但对方就是会觉得一头雾水。"

我转向他，挥舞着手中的擦碗巾说："如果你负责的一个病人患了癌症，你想努力把她治好，但她只是不停告诉你她接触了毒葛[①]产生过敏反应。你是否应该告诉她，你们现在要集中精力去对付癌症，在此之后你才会去管毒葛的事情，对吗？"

迈卡仔细想了想我的话："我不是肿瘤专家，没办法回答。但有的时候，你觉得身体发痒，你一直去挠，但你却意识不到你正在抓痒。"

我听得云里雾里："什么意思？"

"这是你自己刚提出来的比喻。"

我叹了一口气，然后又说："我的委托人恨我。"

正在此时，电话铃声突然响起。现在将近夜里 10 点半了，一般此时打来的电话都是有人心脏病发作了，或者出了什么意外。我用湿乎乎的手抓起话筒说："喂？"

"请问是肯尼迪·麦考瑞吗？"话筒里传来低沉的声音。我听过这个声

---

① 毒葛：一种漆属野生植物，广泛生长于美洲，其油质具有很强的致敏性，可引起接触性皮炎，其树叶燃烧时的烟雾可使敏感的人发生变态反应。——编者注

音，但是想不起来是谁。

“是我。”

“太好了，麦考瑞太太，我是华莱士·默西牧师。”

就是那个华莱士·默西吗？

我听到他咯咯的笑声传来，才意识到我刚才大声喊出了自己的疑问。他解释道：“我所谓的名声都是大家吹捧出来的。我打电话是为了一位我们共同的朋友——鲁斯·杰斐逊。”

突然之间我的大脑停顿了。“默西牧师，我没有权力和你讨论我委托人的事情。”

“我向你保证你有这个权利。鲁斯已经在某种程度上把我当作顾问。”

我咬了咬牙：“我的委托人没有签署任何文件可以证明这一点。”

“哦，当然。我一小时前给她发了封邮件，明天早上你就会在桌子上看到签署好的文件了。”

怎么会这样？为什么鲁斯会在没有向我咨询的情况下签署这类文件？她为什么都没有提到过她和华莱士·默西这种人联系过了？

但我的心里已经有了答案。因为我告诉过鲁斯她的案子和种族歧视没有任何关系，这就是原因。而华莱士·默西不负责别的，专门负责种族歧视。

我说：“你听着，”我的心跳非常急促，我在说出每一个词的时候都可以听到自己心跳的声音。“让鲁斯·杰斐逊无罪释放是我的工作内容，和你无关。你就是想提高收视率吧？别想背着我偷偷摸摸下手。”

我挂上了电话。由于用力过猛，它从我手中转着圈砸在了厨房的地板上。迈卡关上水龙头说：“这个该死的无线电话。还是过去那种你可以任意泄愤的电话比较好，对吧？”他向我走过来，双手插在兜里。“你愿意给我讲讲这电话是怎么回事吗？”

“给我打电话的是华莱士·默西。鲁斯·杰斐逊雇用他做她的顾问。”

迈卡长长地吹了声口哨。他说：“你说得对，她的确恨你。”

鲁斯穿着睡衣和浴袍打开了门。我说："求求你，我就和你谈5分钟。"

"现在是不是太晚了？"

我不知道她说"太晚了"的意思是现在已经晚上11点，还是今天下午我们产生了严重的分歧，已经无可挽回。我宁可相信是前者。"我知道如果我直接给你打电话，你看到是我的号码可能根本不会接电话。"

她想了想说："有这个可能。"

我拉紧了身上的毛衣。华莱士·默西给我打电话之后，我就立刻钻进汽车出门了。我甚至都忘了先抓一件外套。我唯一想到的就是要在鲁斯把签好的授权协议书发回去之前阻止这件事。

我深深地吸了一口气说："我并非不在乎别人是怎样对待你的，我很在乎。我知道让华莱士·默西参与到这件事中，这个后果就算短期不会显示出来，长期来看也会有影响的。"

过了良久，鲁斯看着瑟瑟发抖的我说："进来吧。"

沙发上已经铺上了枕头、床单和毯子，我在厨房的桌子旁坐下，这时她儿子从卧室探出头来问："妈妈，发生什么事了？"

"没事，埃迪森，去睡觉吧。"

他一脸怀疑的神色，但还是上楼关上了房门。

我请求她："鲁斯，请不要签那份授权协议书。"

她也在桌子旁边坐下："他向我保证不管你在法庭上做什么，他都不会干涉……"

我坦率地说："你是在把自己往火坑里推。你想想，街上都是暴徒，你的脸还每晚都出现在电视上。法律顾问在收看早餐节目的时候会考虑你这个案子，你不希望他们抢在我们之前抢走话语权吧。"我边说边示意埃迪森的房间，"你考虑过你的儿子吗？你已经准备好将他置于公众的视野中吗？当你成为一种标志之后，这些情况都是不可避免的。世界上所有人都对你了如指掌，你的过去，你的家庭，这些都会折磨着你。你的名字会和特雷沃恩·

马丁一样知名。你再也回不到过去的生活了。”

她与我对视着：“他也回不去了。”

这句话在我们之间隔出了一道鸿沟。我低头看向深渊，看到了鲁斯不应该这么做的所有理由；而她低下头，反而看到了她应该这么做的所有理由。

“鲁斯，我知道你没办法相信我，尤其是考虑到近期白人对待你的方式。但是如果华莱士·默西哗众取宠，你也不会安全。你现在最应该避免的就是让你的案子出现在媒体上。就用我的方式解决它吧。就试一下。”我停顿了一下，说，“求求你了。”

她交叉着双臂：“如果我告诉你，我希望让陪审团知道我的身上发生了什么事呢？我想让他们从我的角度听听这个故事呢？”

我点了点头，思考应该如何和她争辩。最后我承诺：“我让你出庭。”

杰克·德纳迪这个人最有意思的一点就是他的桌子上摆着和新生儿头颅一般大小的橡皮圈彩球。除了这一点，他完全符合常人想象中在梅西－西黑文医院办公室昏暗的小隔间里工作的人：大腹便便，皮肤发灰，梳个大背头。他是一个办公室小职员，我来这里找他只是为了调出一点信息。我想看看大家口中对于鲁斯的评价是能帮到她，还是会让她陷入窘境。

杰克·德纳迪说：“20 年了，她在这里都工作这么久了。”

我问：“那在过去 20 年间，鲁斯被提拔了几次？”

他翻看着材料说：“我来看一下，一次。”

我用怀疑的口吻说：“20 年来只有一次吗？你不觉得太不合理了吗？”

杰克耸了耸肩：“我没有权利讨论这件事情。”

我向他施压：“为什么会这样？你也是医院的一名员工，你的工作不是帮助别人吗？”

他纠正我：“我只帮助病人，而不是雇员。”

我哼了一声。每个机构都有权利审查他们的员工，去查找有无失职之处，但是员工却没有相应的权利。

他开始翻其他文件："她最新的工作反馈报告里用到的词是容易动怒。"

这点我倒不打算反驳。

"很明显鲁斯·杰斐逊可以胜任这份工作，但是从我收集到的她的档案来说，在提拔的时候没有考虑她是因为她的管理者认为她有一点，傲慢自负。"

我皱起了眉："鲁斯的管理者……玛丽·马龙……她在这里工作多久了？"

他在电脑里键入了几个关键词后告诉我："工作快满10年了。"

"只在这里工作了10年的人给鲁斯下指令，他们的指令很值得深思，说不定鲁斯也会时不时地质疑他们？这听起来是不是就是傲慢自负，或者是武断自大？"

他转向我说："我也说不好。"

我站了起来："德纳迪先生，感谢您花时间回答我的问题。"我拿起外套和公文包，在刚刚要迈出门槛的时候，我又转身看他，"无论是傲慢自负，还是武断自大，如果她的肤色改变的话，这种形容词有没有可能有变化？"

"麦考瑞太太，我很不喜欢您这种假设。"杰克·德纳迪的双唇紧紧地抿着，"梅西－西黑文医院不会基于种族、信仰、宗教或性取向进行歧视。"

我说："好吧，我知道了。那看起来鲁斯·杰斐逊不过是一个被你们扔向狼群的不走运的雇员了。"

当我走出医院时，我很清楚刚才的对话我是不会在法庭上提及的，也不能提及。我甚至都不太确定是什么促使我在最后一刻转身回去，对人力资源管理部的员工问出最后那个问题。

可能只是因为我已经越来越在意鲁斯的事情了。

那个周末，冰冷的雨水击打着窗棂。我和维奥莱特坐在咖啡桌旁给画上色。维奥莱特正在书页上涂涂画画，根本不管纸上已经事先画好的浣熊的线条。我女儿告诉我："外婆喜欢把颜色涂在线里，她说那样才是正确的方式。"

我下意识地说："根本没有正确和错误之分。"我指着她肆意涂出的红色和黄色说，"你看看你涂得多漂亮。"

到底是谁提出的规则？为什么会有线的存在？

当我和迈卡去澳大利亚度蜜月时，我们在澳大利亚的红土中心支了三个晚上的帐篷。这里的地面像干裂的喉咙，夜空看起来就像一碗倒过来的钻石。我们遇到了一名当地的土著男子，他向我们展示天空中的星星组合而成的"鸸鹋"，也就是靠近南部大十字的星座。这个星座并不像平时看到的其他星座那样，是零零散散一颗一颗的星星。星云在银河前面旋转，形成了一只鸟型的长脖子和摇摆的双腿。刚开始我找不到这个星座。但当我突然找到之后，我的眼里就只有这个星座了。

这时手机响了起来，我发现是鲁斯的号码，于是立刻接听。我问："一切都还好吗？"

鲁斯的声音有些僵硬："挺好的。我想问一下你今天下午会不会有时间。"

我看了看正走进起居室的迈卡，用唇语告诉他，是鲁斯。

他一把抱起了维奥莱特，挠她的痒痒，让我知道我想什么时候去见她都可以。我说："当然了，你是想谈谈新收集的证据吗？"

"倒也不是。我需要去给我妈妈挑一件生日礼物，我觉得也许你愿意和我一起去。"

我感觉这是她抛给我的橄榄枝。我说："我很乐意。"

当我向鲁斯家开去时，我一直在想为什么这是一个巨大的错误。我刚开始当公共辩护律师时，我那笔连每天的日常开销都无法涵盖的微薄薪水，都被我用来给委托人买一套干净的衣服或是一顿热饭了。我花了一段时间才意识到，尽力帮助我的委托人并不能让我增加收入。不过鲁斯看起来绝对不是那种会把我拉到商场里然后暗示我她需要一双新鞋的人。我猜也许她只是想找话题缓和我们之间的气氛吧。

在我们开车去商场的路上，我们只讨论了天气：雨什么时候会停，会不会转而变成冰雹。然后我们谈起下一个假期去哪里，根据鲁斯的提议，我停在了靠近打折店的地方。我问："你有什么特别要买的东西吗？"

她摇了摇头："我看到就知道该买什么了。那种装饰着亮片的东西特别适合我妈妈。"鲁斯微笑了起来，"她穿着去教堂的衣服，你都会觉得她是要去参加一场极其正式的婚礼。我总觉得这是因为她整整一周都要穿着制服，这可能只是她用来放松的方式。"

我们下车的时候我问她："你是在康涅狄格州长大的吗？"

"不是，是纽约州的哈林区。我原来每天都和妈妈一起坐公交车进城工作，然后我们在道尔顿学校下车。"

"你和你姐姐上的都是道尔顿学校？"

"只有我是，阿蒂萨不是那么的有……学习头脑。我是因为卫斯理才定居在康涅狄格州的。"

"你们是怎么相识的？"

鲁斯说："是在一家医院里。我还是一个学习医护的学生，在产科实习。当时有个临盆的孕妇，她丈夫在军队工作。她一直在想方设法联络他。她要提前一个月早产生下一对双胞胎，她很害怕，觉得自己以后要独自抚养这两个孩子了。她已经开始阵痛了，一个男子突然飞一般冲了进来，穿着迷彩服。他只来得及看了她一眼就重重地倒在了地上。当时我还只是个学生，所以由我来照顾这个晕倒的人。"

我说："等一下，也就是说你们初次相遇的时候，卫斯理已经和别人结婚了？"

"我当时也是这么想的。当他开始不断向我示好时，我觉得他是我遇到过的最愚蠢的人，在他的妻子为他生双胞胎的时候竟然和别人调情。我还当面和他这么说了。结果最后发现这不是他的孩子。孩子的父亲是他最好的朋友，但是他被外派进行训练，没能得到准假，所以卫斯理答应代替他照看他妻子，直到他自己赶过来。”鲁斯笑了起来，“我也是在这时才觉得，也许他并不是最蠢的人。我们度过了快乐的几年，我和卫斯理。”

“他是什么时候去世的？”

“埃迪森 7 岁那年。”

我根本想象不出失去迈卡会是什么境况，也无法想象独自抚养维奥莱特。我意识到鲁斯经历过的人生比我经历的任何事情都要艰难。我说：“对不起。”

鲁斯叹了口气说：“我也觉得很遗憾。但是毕竟生活还是要继续下去的，对吧？你还能有其他选择吗？”她转向我，“这些都是妈妈告诉我的。也许我能发现一个绣着这些话的枕头。”

我们走进店门的时候我加了一句：“还是用亮闪闪的线绣的。”

鲁斯给我讲了萨姆·哈洛韦尔的事情。我似乎对这个名字有点印象。还有她母亲在他家做了将近 50 年家政的事。她也讲了克里斯蒂娜，她 12 岁的时候第一次尝到了白兰地酒的味道，那是从她父亲的酒柜里偷的。她在考三角形考试时，通过自己的方式从一个来自北京的学生那里买考试答案。她还给我讲了克里斯蒂娜试图给她一笔钱。我坦率地说：“她这个人听起来可不怎么样。”

鲁斯听完陷入沉思：“她人不坏，她只知道这些，因为她从来没有学习过其他为人处事的方式。”

我们沿着走道往里走，一家一家商店看过去。她对我讲她想当一名人类学家，直到她学习了关于南方古猿露西[①]的事情：多少个你认识的来自埃塞俄比亚的女性叫露西？我给她讲了我的水杯在开庭过程中破裂，有个可恶的

① 南方古猿露西：露西是标本 AL 288－1 的通称。此标本具有约 40% 的阿法南方古猿骨架，由唐纳德·约翰森等人于 1974 年在埃塞俄比亚阿法尔谷底阿瓦什山谷的哈达尔发现。露西生活于约 320 万年以前，被归类在人族，在发掘出阿尔迪之前被视为“人类最早的祖先”。——译者注

法官竟然不准许我诉讼延期。她还给我讲了阿蒂萨，她在鲁斯5岁那年努力让鲁斯相信她的肤色之所以更浅，是因为她快要变成鬼魂了。她刚生下来的时候像煤炭一样黑，但正在一点一点褪色。我给她讲了我的一个委托人，因为她坚定地认为她丈夫会来杀她，所以我让她在我家的地下室躲了三周。她还给我讲了一个男人在女朋友生产的过程中告诉她需要涂润滑油。我承认我有一年没见过父亲，他在一家研究阿尔茨海默病的机构工作，我这么长时间都没去看他让我感到很沮丧。鲁斯还承认走在阿蒂萨的社区里让她感到很害怕。

我肚子很饿，所以我从货架上拿下一盒焦糖爆米花，边吃边继续聊，结果发现鲁斯盯着我。她问我："你在做什么？"

我的嘴里塞满了爆米花："在吃啊？你也吃点吧，我请客。"

"但你还没付钱呢。"

我看着她，似乎她疯了："我待会儿当然会付钱啊，出门的时候。这很严重吗？"

"我是说……"

她还没来得及回答我，我们就被一个工作人员拦下了。她直接看着鲁斯问："请问您需要帮助吗？"

鲁斯说："我们就是看看。"

那个女人微笑起来，但是没有离开。她在我们不远处跟着，就像那种由一根绳子牵着的儿童玩具。鲁斯要么是真的没有注意到她跟着，要么是有意忽略掉这件事。我建议她买一副手套，或是一条不错的冬季的围巾，但是她说她母亲已经有一条幸运围巾了，她永远只戴那一条，不会换的。鲁斯的对话一直保持在一个节奏上，直到我们走到地下，发现可以砍价的光碟，她激动了起来："肯定会很好玩。我可以给她买一堆她喜欢的节目的光碟，和一包爆米花一起打包送给她，礼物就是'电影之夜'。有《救命下课铃》《浪漫满屋》《吸血鬼猎人巴菲》。"

我说："还有《恋爱时代》。天啊，真是一下让我想起从前。我当时确信我长大之后一定会和佩西结婚的。"

"佩西？这是个什么名字？"

"你没看过吗？"

鲁斯摇了摇头："我比你差不多大10岁，而且很明显这是专门给白人女孩看的节目。"

我把手伸进盒子里面摸索，抽出了《考斯比一家》[①] 的其中一季。我本来想拿给鲁斯看，但最后还是把它藏到了一盒《X档案》的下面，我担心如果她觉得我挑这张盘只是因为他们的肤色该怎么办？但是鲁斯把它从我手中抽走了："在电视上播的时候你看了吗？"

"当然，每个人都会看吧。"

"重点就是这个。如果能在电视上多播出一些关于黑人家庭的节目，也许白人就不会这么怕我们了。"

我沉默了，不知该如何措辞来接她的话。店里的员工又向我们走来。

"一切都还好吗？"

我有点被惹恼了："挺好的，如果我们需要帮助再叫您。"

鲁斯最后决定买《急诊室的故事》[②]，因为她妈妈非常喜欢乔治·克鲁尼，她还买了边上缝着真的兔子毛的连指手套。我给维奥莱特挑了一套睡衣，还给迈卡挑了一包汗衫。我们走向收银台的路上，经理一直跟着我们。我先付款，把我的信用卡递给收银员，然后等待鲁斯付款。

收银员问："你有身份证件吗？"鲁斯掏出了她的证件和社会安全卡。收银员对比了她本人和证件里的照片，最后才包上了商品。

当我们要离开商店的时候，一个保安拦住了我们。他对鲁斯说："女士，

---

① 《考斯比一家》：讲述一个黑人家庭的节目。——译者注

② 《急诊室的故事》：美国电视剧，讲述芝加哥一家急诊室的故事。乔治·克鲁尼在该剧中因扮演"儿科大夫"而一举成名。——译者注

可以出示一下您的收据吗?”

我开始在包里翻找，这样也可以给他看我的收据。但是他向我摆了摆手，不屑一顾地说：“你没事。”说完又把注意力转回到鲁斯身上，一一对比包装起来的商品。

我就是在这一刻意识到，鲁斯叫我一起来并不是为了帮她妈妈买生日礼物。

鲁斯让我来，是希望我了解她日常生活的真实情况。

经理为了防止她偷东西，一直跟随左右。

收银员的警觉。

而且其实同时有十几个人离开这家店，但鲁斯是唯一一个被开包检查的。

我觉得热气蹿上了脸颊，我对鲁斯感到抱歉，因为事情发生的时候我竟然毫无觉察。当保安把背包还给鲁斯后，我们离开了商店，冒雨一路小跑，跑到我的车边。

我们坐进车里，浑身湿透了，还上气不接下气。雨水隔绝了我们和外部世界。我说：“我明白了。”

鲁斯看着我，她不带感情地说：“你还没开始明白呢。”

我说：“但是你什么都没说，你已经习惯了吗?”

“我觉得没有人能习惯吧，只能找到方法让自己不要太放在心上。”

她当时讲述克里斯蒂娜的话回荡在我的脑海里：她从来没有了解过其他的为人处事的方式。

我们互相对视着。“说真心话? 我在大学里分数最低的一门课程是关于黑人历史的。我是那个研讨会里唯一的白人姑娘。我的考试成绩还挺不错的，但是一半的分数都要参考课堂参与度。可那一整个学期我都没有开口，一次都没有。我觉得如果我开口，我会说出错误的话，或者说出一些愚蠢的让人感觉是在歧视的话。之后我又开始担心其他孩子觉得我从来不肯参与讨论，是因为我毫不关心这门课程。”

鲁斯半晌没有说话，过了许久才开口：“我也说一句真心话？我们不讨论种族的原因是我们的根本立场不同。”

我们静静坐了一会儿，听着雨声。“我再说一句真心话吧？我从来没喜欢过《考斯比一家》。”

鲁斯咧嘴笑了起来：“那我也再说一句，我也没喜欢过。”

刚到12月，我就投入双倍的努力开始工作了。我翻看新的案件调查、写审前动议的材料，我同时兼顾除了鲁斯案之外的其他三十几个案子。午饭过后，我本来要给一个23岁的委托人做证，她的男朋友发现她和自己的哥哥上床之后打了她。但是，目击者在来的路上出了场轻微车祸，我们只好改了时间，因此我突然多出两个小时的空闲时间。我低头看向堆在我的桌子上成山的文件，决定小憩一下。我把头伸向办公桌隔板的边缘，就是霍华德坐的那一侧。我告诉他：“如果有人问起，你就说我出门去买卫生棉条了。”

“等等，你真的要去买吗？”

“不是，但这样说他们就会觉得很不好意思，就不会总来问我的动向了。”

今天格外温暖，将近10摄氏度。我知道天气好的时候，妈妈会从学校接上维奥莱特，带着她一起走到游乐场。她们会一起吃零食、苹果和坚果一类的东西，维奥莱特会在立体方格铁架上玩一会儿才回家。维奥莱特看到我时，她正倒挂在双杠上，裙子垂下来盖到了她的下巴。她大叫道“妈咪！”然后用一种肯定是遗传自迈卡的运动细胞优雅地从双杠上翻下来，落到地上向我跑来。

我把维奥莱特抱进怀里，坐在长椅上的妈妈转过身来问我：“你是被解雇了吗？”

我挑了挑眉毛：“你脑子中的第一反应就是这个吗？”

“上次你突然在中午出现，我还以为是因为迈卡的父亲过世了呢。”

维奥莱特说：“妈咪，我在学校给你做了圣诞节礼物，是一条项链，小鸟也可以吃的。”她在我的臂弯中挣扎，我便把她放在地上。她立刻迫不及待地跑回去接着玩了。

妈妈拍了拍长椅，她身旁的位置。虽然天气炎热，她仍然裹了不少衣服，大腿上放着Kindle阅读器，身边放着一个迷你密封盒，里面是苹果片和混合坚果。她说：“如果你没有辞职，为什么会这么突然出现给我们惊喜呢？”

“因为出了场车祸，不过不是我。”我抓了一把坚果塞进嘴里：“你在读什么？”

“哦，宝贝，我的外孙女在铁架子上玩的时候我是永远不会低头读书的。我的目光不会离开她。”

我转了转眼睛又问了一遍：“你在读什么？”

“我不记得书名了。讲的是一个患了癌症的荷兰人和一个主动提出给她永生的吸血鬼。显然这种文学体裁可称为病人文学①。我是为了读书俱乐部的活动才看的。”

“谁挑的书？”

“不是我。我不负责挑书，我只负责挑红酒。”

我说：“我读过的最后一本书是《所有人都要便便》，所以我觉得我也没资格评判你读的书。”

我向后靠在椅背上，把脸转向快要落下的夕阳。我妈妈拍了拍大腿，于是我枕着她的大腿躺了下来。她玩弄着我的头发，我像维奥莱特那么大的时候她就经常这么做。我懒懒地说：“你知道做一个母亲最困难的是什么吗？就是你再也没有时间当一个孩子了。”

---

① 病人文学：一种以个人遭逢并对抗致命性或毁灭性疾病为主题的文学类型。——译者注

我妈妈说：“还是偶尔有机会的。你还没反应过来的时候，你的小姑娘就已经长大成人了。”

我伸出手来抓更多的坚果吃：“现在你的小姑娘只想塞一嘴吃的。”我刚把一颗坚果放在嘴里，就立刻吐了出来：“啊，天啊。我最恨巴西坚果了。”

妈妈说：“这些是巴西坚果吗？一股脚丫子的味道。它们就是混合坚果罐里可怜的继子，没人喜欢它们。”

我突然想起我和维奥莱特一样年龄的时候，有一次去外婆家一起吃感恩节晚餐。屋子里挤满了阿姨、叔叔、表亲。我非常爱她做的甜番茄派，还有她在家具上摆的装饰桌巾，每一块都不一样，就像永不重复的雪花。但是我要尽最大努力避开里昂爷爷，他是我祖父的兄弟。他说话总是大嗓门，还酗酒。每次他想亲你脖子的时候，都会亲在嘴唇上。外婆经常会放一大碗坚果当开胃菜，里昂爷爷则负责去掉坚果的硬壳，把它分发给孩子们：这是胡桃、这是榛子、这是山核桃，还有腰果、杏仁和巴西坚果。只是他从来不管巴西坚果叫巴西坚果。他会举起这种表皮皱巴巴的长长的棕色坚果说：“现在卖‘黑鬼’的脚趾啦，谁想吃‘黑鬼’的脚趾啊？”

我突然坐了起来，问她：“你还记得里昂吗？他原来管这些叫什么来着？”

妈妈叹了口气：“对，里昂是有点夸张了。”

当时我甚至都不知道“黑鬼”这个词是什么意思。我会像其他人一样笑起来。“为什么从来没人纠正他呢？你们为什么不让他闭嘴？”

她一脸难以置信地看着我：“我不觉得里昂会变。”

我说：“如果大家都不听他的，他就会变的。”我朝沙坑点了点头，现在维奥莱特正和一个黑人小姑娘肩并肩坐在一起，用一根棍子戳沙包。“如果孩子们没有办法得到更多信息，就只能一直重复里昂的话呢？你觉得这个问题要怎么解决？”

妈妈说："那个时候的北卡罗来纳州和现在这里情况不一样。"

"也许等像你一样的人不再不停给自己找借口之后，情况会有所改善的。"

话一说出口，我就后悔不已。我知道我本来是想说自己不对，结果说出来却变成了批评我妈妈。我非常清醒地知道对鲁斯来说，最好不要在法院里提到种族；但是从感情上讲，我也很难接受这个决定。也许导致我快速做判断不去提种族的原因，并不是因为我们的司法系统不接受，而是因为我生长在一个把开黑人的玩笑当作普通的节日传统的家里，是否会是这样呢？再说到我的妈妈，她生长在一个和鲁斯的妈妈工作的家庭一样的环境中，小时候都是黑人为她做饭、清洁、领她去学校，带她去这样的游乐场玩。

妈妈半晌都没有说话，我知道我的话伤害到她了。她开始给我讲起来："1954 年，那年我 9 岁。根据法院规定，会有 5 个黑人小孩到我的学校来。我记得我们班的一个男孩说他们长着角，就藏在他们的卷发下面。我的老师警告我们，他们可能会偷我们的午餐钱。"说到这里她转向我，"他们来学校的前一天晚上，我爸爸给我们开了个会。当时里昂也在。大家讨论白人小孩会怎样被欺凌。黑人小孩会成为课堂里不听管教的人。里昂叔叔非常生气，他的脸涨得通红，挂满了汗水。他说他不希望自己的女儿成为任人欺凌的小老鼠。他们打算第二天围在学校外面，确保他们的孩子可以进学校。虽然他们知道肯定有警察在场。我爸爸发誓他再也不会卖车给霍桑法官了。"

她开始收拾苹果片和坚果，把它们包起来："我们的女仆贝蒂那天晚上也在，给我们端来当天下午做的柠檬蛋糕。会议开到一半我就觉得很无趣了，所以溜进了厨房，结果发现她正在哭。之前我从没见贝蒂哭过。她说她的小儿子就是那 5 个孩子之一。"说到这里妈妈摇了摇头，"我甚至都不知道她有个小儿子。早在我学会走路和说话之前，贝蒂就已经在我们家里了。我甚至从来没觉得她是我们家庭之外的人。"

我问："之后怎么样了？"

"那些孩子去了学校，是警察陪着他们进去的。其他孩子用非常可怕的叫法称呼他们。有一个男孩被人吐了口水，我还记得他走过我身旁的时候，口水顺着他白色的领子流下来。我在想他是不是就是贝蒂的儿子。"她耸了耸肩，"之后学校里的黑人孩子越来越多。他们抱团，总是一起吃午饭，一起在休息时间玩。而我们只和自己人在一起。其实我也说不好这究竟是不是真的废除种族隔离了。"

我妈妈朝维奥莱特和她的小伙伴点了点头，她们正给自己用泥土做的派上放上亮晶晶的草："肯尼迪，这件事发生的时间比我们的出生都要早上太久。从你对这件事有所觉悟之后，我们仍然有很长的路要走。"她朝着孩子们的方向微笑起来，"我看着她们，才惊觉我们已经取得了多大的成就。"

等到圣诞节和新年结束，我的手上就承接了两名公共辩护律师的工作量，因为埃德去科苏梅尔岛和家人度假了。我正在法庭上为埃德的委托人辩护，这个委托人违反了禁令。我打算顺便查一下备审案件目录表，看看是哪位法官被指派去负责鲁斯的案子。律师们最喜欢的消遣时间的方式之一就是探寻法官的私人生活，他们和谁结婚，是不是有钱，是不是每周末都去教堂，还是只在假期高峰期才去，他们是不是很愚蠢，是不是喜欢音乐剧场，他们会不会在工作之余外出和辩护律师喝酒。我们像小仓鼠为冬天的到来囤粮一样，收集这些信息和传言，这样当我们看到谁负责我们的案子时，就可以立刻抽取出需要的信息，并判断是否有获胜的可能。

当我看到负责的法官时，我的心一沉。

洛雷法官无愧于他的名字。他是一名"绞刑法官"，而且对案子有倾向性，如果你被起诉，就会被判处很长时间。雪上加霜的是，这个情况不是我听来的，而是我亲身经历的。

在我当上公共辩护律师之前，我曾经为一位联邦法官做速记员，当时我的一位同事被卷入一起种族纠纷，牵扯到他原来所在的一家律所的权益。我是为他辩护的团队成员之一。我们花了几年筹备立案调查，终于等到出庭的时候，那次就是洛雷法官负责审理。他痛恨任何和媒体相关的事情，而且痛恨联邦法官的速记员竟然卷入一起种族纠纷案中。虽然我们的案子无懈可击，但洛雷似乎还是想为其他辩护律师树立一个典型，于是给我的同事判处有罪，服刑 6 年。这还不是最震撼的，这个法官面向我们所有在辩护队伍中的人说："你们应该为自己感到羞愧，丹尼希先生欺骗了你们所有人。"洛雷法官冷笑了一声，"但所幸没能骗过这个法庭上的人。"对我来说，这句话就是压倒我的最后一根稻草。我已经连续一周忙前忙后，基本没有休息过。这时我的身体已极度虚弱，不得不靠药物和大剂量的泼尼松支撑。在输掉这场官司之后，我身心俱疲，可能那个时刻我的头脑没有那么清晰，也有些不听使唤。

我当时未经思考就对着洛雷法官出言不逊。

最后的结果是我恳求法官不要判他入狱，并保证我实际上没有提及任何粗暴的词语，其实是他听错了，我说的是："酷毙了！"因为我实在是太臣服于他的魅力了。

从那之后，我还有两起案件是由洛雷法官判决的。两起我都败诉了。

我决定不告诉鲁斯我和这名法官的过往，也许事不过三呢。

我系上大衣的扣子，准备离开法庭，全程都在思考着这件事。我不会让这么一点小挫折影响整个局面，尤其现在距离我们挑选陪审团成员不到一个月的时间了。

我走出大楼时，听到有传教的福音声。

在纽黑文绿地广场（就在法院的对面)，聚集了大量黑人。他们的手互相握在一起，他们和谐的声音充斥着天空：我们会渡过难关。他们正拿着印着鲁斯的名字和类似内容的海报。

站在前面正中央的是华莱士·默西，他正沉醉地歌唱。站在他身旁挽着他手臂的，正是鲁斯的姐姐阿蒂萨。

○ 鲁斯 ○

我正要轮完我在收银台的那班岗时，足弓突然酸痛，后背也疼了起来。虽然我已尽可能多地值班，这个圣诞节仍然过得凄凉而寒酸。大部分时间埃迪森还在闹着情绪。他回学校上课已经一周了，但是他身上出现了巨大的转变：他不怎么和我说话，回答我问题的时候含糊其词，有时表现粗鲁，直到我忍无可忍地提醒他。他不再在厨房的桌子上写作业，而是把自己关在房间里，大声放着德雷克或者某个叫肯德里克·拉马尔的家伙的歌；他的手机总是会响起来，收到很多短信。我问他是谁这么急切地想要找他，他说是我不认识的人。之后校长再也没有打电话联系我，也没有老师给我发邮件说他的作业表现变差了，但我还是暗自盼着他们联系我。

这种情况下我能做些什么呢？我是不是应该鼓励我的儿子表现得比别人对他的期待更出色？我有什么资格绷着脸说，你的梦想都会实现的，尤其是当我自己还在为没有做过的事情而挣扎的这个节骨眼？每次我和埃迪森提及此事，我都可以看到他挑衅的神色，仿佛在说：我就不信你还能继续圆这个谎。

最近学校课程变少了。因为孩子们像过节一样蜂拥涌进麦当劳，这里充斥着笑声和打趣的声音。他们让一些认识的店员给他们提供免费的小食和圣代冰激凌，一般他们都不会来打扰我。比起慢悠悠的生活，我更喜欢忙碌一些。但是今天有一个女孩向我走来，她金色的马尾辫一摇一摆。她举着手机，而她的朋友们正在看她手机上的短信。我说："欢迎光临麦当劳，有什么想吃的吗?"

她身后排着一队人，但是她却看向她的朋友问："我应该怎么回他呀?"

其中一个女孩说："说你现在要见人，所以没时间和他聊。"

另一个女孩摇了摇头："不，别回复，让他继续等着。"

后面排队的顾客好像已经有点不悦了。我保持微笑，又说了一次："不好意思，您选好要点什么餐了吗?"

她抬头看了看。她的脸颊上涂了粉，还有点亮晶晶的，这使她看起来显得年纪很小，我觉得她化妆本来是想让自己显得更成熟的。她问："你们这里有洋葱圈吗?"

"抱歉，没有。汉堡王提供洋葱圈，我们的菜单在这里。"我指向头上，"如果您还没有选好，不如先到旁边挑选吧?"

她看向她的两个朋友。她的眉毛立了起来，仿佛我说了什么冒犯她的话："别担心，妈妈，我就是问问①……"

我整个人僵住了。这个女孩不是黑人，而且她从哪方面来看都和黑人不沾边。那她为什么要和我这么说话?

她的朋友插到她前面，点了大薯条；另一个朋友点了健怡可乐和小食装。这个女孩点了欢乐套餐。我气鼓鼓地把食物装进盒子里，这时我的气还没有完全消除。

又给三位顾客点完了餐，我看到她还在那个角落里吃着芝士汉堡。

我对和我一起在收银台工作的配餐员说："我马上就回来。"

我走到用餐区，那个女孩仍然在那里和朋友聊天："……所以，我直接

---

① 此处女孩故意用黑人口音说话。——编者注

当着她的面说‘你被谁睡了’……”

我打断她：“不好意思打扰一下，我觉得你刚才在柜台和我说话的方式不太礼貌。”

她的脸唰地红了：“哦，好吧对不起。”她虽然这么说，但她仍然噘着嘴。

我的老板突然出现在我身旁。杰夫之前是滚球轴承工厂的中层经理，但是因为经济原因被裁员了，他运营这个餐厅的方式给我感觉仿佛我们卖给顾客的不是薯条，而是国家机密。他问：“鲁斯，有什么问题吗？”

问题实在是太多了：包括我不是这个女孩的“妈妈”，以及不到一小时她就会把这段对话忘得一干二净了。但是如果这一刻我一定要为自己争一口气的话，是要付出代价的。我对杰夫说：“没有问题，先生。”然后我便沉默着走回了收银台。

下班之后，我的人生陷入了更糟糕的境地，我发现有6通来自肯尼迪的未接来电，立刻拨了回去。她不停地说：“我还以为你也觉得和华莱士·默西共事是一件糟糕的事呢。”她连招呼都没有打就连珠炮似的说了起来。

“什么？我确实觉得与他合作不明智，我到现在也是这么认为的。”

“这么说你完全不知道他今天打着你的旗号在法庭门口游行示威？”

我停下脚步，任由行人从我身旁来来往往走过。“你在开玩笑吧，肯尼迪，我根本没和华莱士·默西谈过。”

“你姐姐就和他肩并肩站在一起。”

好吧，谜团揭开了。“阿蒂萨总是想做什么就去做。”

“你不能控制她吗？”

“我已经试了44年了，但还没能成功过。”

肯尼迪说：“你再努力试一下。”

接到电话之后我没有直接回家，而是改道坐公交车去了我姐姐的公寓。

丹特请我进去时，阿蒂萨正坐在沙发上用手机玩糖果消消乐。虽然现在已经马上就要到晚餐时间了。她说："看看我们的小猫咪把什么带回家了。你去哪儿了?"

"这几周都乱得要命，工作、讨论庭审的事情穿插着，我连一分钟都不得闲。"

"我前几天去看你了，埃迪森告诉你了吗?"

我把她的脚从沙发上踹下来，给我自己腾地方。"你来我家是想告诉我你最新交的好朋友叫华莱士·默西吗?"

阿蒂萨的眼睛唰地亮了："你看到今天的新闻了吗？虽然只拍到了我的手肘往上到我脖子这里，但你一看大衣就能认出那是我了。我穿了那件有豹纹领子的。"

我说："我希望你别再这么做，我不需要华莱士·默西。"

"这是你那个白人律师告诉你的吗?"

我叹气道："阿蒂萨，我从来没想要当谁手中的棋子。"

"你甚至都没有给过默西牧师机会。你知道有多少像咱们一样的人有过你这种经历吗？他们有多少次被别人劝解根本不是他们肤色的问题？这件事远远不是你个人的案子这么简单。如果你的经历可以带来好的影响，为什么不这么做呢?"阿蒂萨说到这里坐了起来，"他唯一的诉求就是和我们坐下来谈谈。鲁斯，在一档全国播放的电视节目上谈谈。"

我的脑海中突然敲响了警钟，我重复她说的那个词："我们。"

阿蒂萨挪开了目光。她承认："好吧，我的意思是我也许可以改变你的想法。"

"所以这件事根本就不是要帮助我取得进展，只是为了你自己获得名声。天啊，阿蒂萨。这对你这种人来说都未免太下贱了。"

"你这话是什么意思?"她噌地站了起来，低头看向我，双手扶在臀部，"你真的觉得我会利用我亲爱的妹妹的事情出名吗?"

我反驳她："你真的想等到浑身都湿透了，还坚持告诉我根本没有下雨吗？"

她还没来得及回答，就传来门撞上时巨大的声响。塔巴里和一个朋友大摇大摆地从卧室走了出来。他大笑道："你为了那顶帽子就抢了那个卡车司机，哈？"他们情绪激动，嗓门很大。他们穿的裤子滑到非常低的地方，我甚至都不知道他们还有什么穿裤子的必要。我唯一想到的是我从来不会让埃迪森穿成这样出门去，看起来就像是他要去威胁别人。

当塔巴里的朋友转过身来的时候，我才意识到，那正是我的儿子。

"埃迪森？"

阿蒂萨微笑着说："与表兄弟一起玩是不是很棒？"

埃迪森问我："你在这里做什么？"从他的口气可以听出，看到我并不令他惊喜。

"你没有作业吗？"

"写完了。"

"大学入学申请呢？"

他半眯着眼看向我："下周才截止呢。"

他竟然使用了黑人才说的方言。

他问："有什么问题吗？你不是总告诉我家庭有多么重要吗？"他重重地念出"家庭"这个词，就像在发誓一样。

"你和塔巴里到底要去哪里？"

塔巴里看向我说："我们去看电影，小姨。"

"电影。"我如坠深渊，"你们看什么电影？"

他和埃迪森交换了一下眼神然后笑了起来。塔巴里说："我们到了那儿再挑。"

阿蒂萨向前走了一步，胳膊交叉在一起："鲁斯，你觉得这有什么问题吗？"

我立刻爆发了："当然，我当然觉得有问题。我觉得你儿子更可能是要带着埃迪森去篮球场抽大麻，而不是带他去看下一届奥斯卡奖候选人的表演。"

我姐姐吃惊地张大了嘴。她发出咝咝的声音："你在猜疑我的家庭。你自己明明都因为谋杀上法庭了。"

我拽过埃迪森的胳膊，坚定地说："你跟我走。"我又转向阿蒂萨，"你就去接受华莱士·默西的采访吧。你正好利用这次机会告诉他，还有可爱的公众，你和你妹妹再也不会接受采访了。"

说完这些，我就把我儿子从她家拽了出来。走到楼下时，我把他头顶的帽子扽下来，告诉他把裤子拽上去。我们快要走到公交车站时他才开口说了第一句话。埃迪森说："对不起。"

我伸出手去抱他："你最好是真心觉得抱歉。你疯了吗？我养你可不是为了让你长成那种人的。"

"塔巴里没有他的朋友那么坏。"

我向前走，没有回头。我说："塔巴里可不是我的儿子。"

当我怀着埃迪森的时候，我明确知道我不想经历阿蒂萨生产的那个过程。她一直说她怀第一个孩子的时候，直到第6个月才意识到自己怀孕了，而第二个孩子是在地铁上生的。而我，我希望全心全意备产，找最专业的医生。由于当时卫斯理被外派执勤，我让妈妈照顾我生产。即将分娩的时候，我们打车去梅西－西黑文医院。因为妈妈不会开车，而我那个状态也不能开车。我之前计划要顺产，因为自己是产科护士，我已经在脑海中设想了上千次，但是计划毕竟赶不上变化。当我坐在轮椅上被推到产房去做剖腹产的时候，妈妈在旁边给我哼唱浸信会的赞美诗。当我终于生下埃迪森，她抱过了我的儿子。

她叫我："鲁斯。"她眼中是我此前从未见过的骄傲的神色，"鲁斯，看看上帝给了你什么。”

她把婴儿抱给我，我突然意识到虽然我把生第一个孩子的过程规划得特别精确，但是生出孩子之后的事情我一点都没有考虑。我根本不知道应该怎么做妈妈。我的儿子在我怀中一动不动，之后他张开嘴开始号哭，就好像全世界都在和他作对。

我不知所措，急忙抬头看妈妈。我是一个优等生，成绩超过平均值。我从来没有想过这种自然界最自然的关系会令我阵脚大乱。我逗弄着怀中的婴儿，但是这样只会让他哭得更响亮。他的两只小脚乱踢，就好像他在蹬一辆不存在的自行车；他的双臂捶打着，每根小小的手指都僵硬地蜷曲着。他的叫声越来越坚定，这种不知从何而来的怒火被小小的打嗝声中断了。他的脸颊因为使劲而泛红，就好像他想告诉我一些我现在还不能理解的事情。

我向妈妈求助：“妈妈，我应该怎么做?”

我把宝宝递给她，希望她能接过去安抚他。但是她只摇了摇头。她指导我：“你要告诉他，你是他的什么人。”然后她向后退了一步，好像是在提醒我，我要自己面对这一切。

我弯下腰，把自己的脸贴近他的小脸。我把他的脊背托起，靠近我的心脏，他已经对这个声音熟悉好几个月了。我小声说：“你的名字是埃迪森·卫斯理·杰斐逊，我是你的妈妈。我会尽我所能让你过上最好的生活。”

埃迪森眨了眨眼睛。他用深邃的目光盯着我，就好像我是一个影子，他需要把我从这个崭新而陌生的世界中区分开来。他的哭声骤停了两次，就像一列脱轨的火车，在一声猛烈的撞击之后趋于安静。

我都可以描述出我儿子对周围的新环境感到安心的那一个瞬间。我之所以知道这个细节是因为，我在相同的瞬间产生了相同的感受。

妈妈站在我身后，也就是我和埃迪森两个人之外的那个世界说：“你瞧吧，我都告诉过你了。”

就算没有新的进展，我和肯尼迪也保持每两周见一次面。有时她会给我发短信，或者经过麦当劳和我打个招呼。其中一次她邀请我和埃迪森去她家共进晚餐。

在去肯尼迪家之前，我换了三次衣服。最后埃迪森开始敲洗手间的门说：“我们是去见你的律师，还是去觐见女王陛下？”

他说得对。我都不知道为什么我会紧张。不过我的确觉得我是越过了一道界限。请她来我家一起看案件信息是一回事，但是这次的邀请是另一回事，和工作完全没有关系。这次邀请感觉更像是……一种社交层面的。

埃迪森穿着身前一排扣子的衬衫，卡其色的裤子，并且向我发了毒誓会表现得像他往日一样绅士，不然我会在回家之后暴打他一顿。当我们按响门铃的时候，她的丈夫（名字叫迈卡）应了门，他的身后躲着一个活像洋娃娃的小女孩。他说：“你一定就是鲁斯了。”边说边接过我递过去的花束，热情地和我握了手，然后和埃迪森握了手。他欠了欠身，然后转过身去。他说：“我女儿维奥莱特应该就在这附近，我刚才还看到她了。她肯定也想和你们打招呼。”当他转身的时候，小女孩倏地现身，她的头发肆意地飞扬着，她的笑声如同泡泡在我脚旁散落了一地。

她从爸爸的胳膊底下钻出来，我蹲了下来。维奥莱特·麦考瑞看起来就像她妈妈的缩小版，唯一的不同可能就是穿了一身蒂安娜公主的衣服。我递给她一个装满了白色小灯管的玻璃瓶。我告诉她：“只要拧开开关就可以点亮这些灯。这个是给你的，这是一个魔法罐头。”

维奥莱特睁大了眼睛，她喘着气说：“哇！”她接过罐头兴奋地跑开了。

我站起来告诉迈卡：“这个灯夜间照明用也很不错。”这时肯尼迪从厨房走出来，穿着牛仔裤、毛衣，还系着围裙。

她微笑着说：“你成功找来啦！”她的下巴上还沾着通心粉的酱。

我说："我成功了。我开车绕过你家得有上百次了，只是没有想到你会住在这儿。"

如果不是因为我被指控谋杀，我可能永远都不会来这里，我知道她也在这么想。但是迈卡立刻化解了尴尬："想喝点什么吗？鲁斯？我们有红酒、啤酒、金汤力……"

"红酒就可以。"

我们在起居室坐下。咖啡桌上已经摆上一盘奶酪。埃迪森小声对我说："快看，有满满一篮子的饼干呢。"

我狠狠地瞪了他一眼。这一眼的力道都足以把天空中飞着的鸟儿射下来了。

我礼貌地说："非常感谢你们，邀请我们来做客。"

肯尼迪说："现在先别谢我，和一个4岁的孩子一起吃晚餐可不一定是什么甜美的回忆。"她对着正在咖啡桌另一头填色的维奥莱特微笑，"而且不用我说你们也知道，这一段时间很辛苦。"

"我还记得埃迪森这么大的时候。整整一年的晚上，我们轮换着吃不同种类的通心粉和奶酪。"

迈卡跷起了二郎腿："埃迪森，我的妻子告诉我，你是一个非常出色的学生。"

是的。因为我并没有告诉肯尼迪最近他被学校禁足的事情。

埃迪森说："谢谢您，先生。我正在申请大学。"

"哦，真的吗？太棒了。你想学什么？"

"可能是历史，或者政治。"

迈卡点了点头，表示很有兴趣："你是奥巴马的超级粉丝吗？"

为什么白人总是有这种假设？

埃迪森说："他竞选的时候我年纪还小，但是我跟着妈妈四处奔走为希拉里游说，当时他们两个是竞争对手。我猜可能因为父亲的缘故，我对军队相关的事情非常敏感，那时她对伊拉克战争的立场更有说服力，她一直主张进攻，而奥巴马从一开始就表示反对。”

我的内心充斥着自豪。他这番话也给迈卡留下了深刻的印象。迈卡说：“哦，我期待着看到你的名字将来出现在候选人名单中。”

很显然维奥莱特觉得这个对话非常无趣，她迈过我的腿给埃迪森递过一根蜡笔，问：“想填色吗？”

埃迪森说：“嗯，好吧。”他蹲了下来，和肯尼迪的小女儿并肩趴着，这样才能够到填色书。他开始给灰姑娘的裙子涂上绿色。

维奥莱特有点蛮横地制止他：“不，这条裙子应该是蓝色。”她指着填色书里灰姑娘的裙子说。这幅画有一半被埃迪森的大手掌挡住了。

肯尼迪说：“维奥莱特，还记得吗？我们要让客人自己选择的。”

埃迪森说：“没事的，麦考瑞太太。我也不想把灰姑娘的颜色涂失败。”

小姑娘满脸骄傲地递给他颜色正确的那根蜡笔，一根蓝色的蜡笔。埃迪森低下头开始重新上色。

我问：“下周你就开始挑选陪审团成员了？我应该参与这件事吗？”

“你不用担心，那只是……”

这时维奥莱特突然说：“埃迪森？那是一根链子吗？”

他摸了摸脖子那里，最近他和表哥混在一起，就开始戴这根项链：“嗯，应该是吧。”

她义正词严地宣布：“那就意味着你是一个奴隶了。”

迈卡和肯尼迪同时大吼她的名字：“维奥莱特！”

肯尼迪大叫着：“哦，我的天啊！埃迪森，鲁斯，太对不起了，我都不知道她是从哪里听来的……”

维奥莱特还特意给我们解释：“是在学校里听来的。约西亚告诉泰莎，像她一样的人过去都会戴着链子。他们在历史上就是奴隶。”

迈卡说：“我们稍后再讨论这个问题，好吗，维奥莱特？现在不适合说这个。”

虽然我也能感觉到房间里紧张的气氛，仿佛有人把房间里的空气都抽走了。但我还是说：“没关系。你知道什么是奴隶吗?”

维奥莱特摇了摇头。

“就是当一个人拥有另一个人的时候。”

我看着这个小姑娘在努力理解：“就像一个宠物吗?”

肯尼迪的手抚上我的胳膊，静静地说：“你不用这么做的。”

“你不觉得我曾经被迫解释过吗?”说完我又瞥向她女儿，“是有点像宠物，但也有不同。很久很久以前，长得像你、你妈妈和爸爸的人找到了一片土地，在那片土地上居住着长得像我、埃迪森和泰莎的人。我们在那里过得很好，修建家园、种植食物，把荒芜的土地变得富有生机，而他们也希望他们的国家能变成这样，所以他们没有经过我们同意，就带走了长得像我们的人。我们没有选择。所以所谓奴隶只是一个没能力选择他们能做什么，或者接受什么的人。”

维奥莱特看着蜡笔，她的五官因为思考而拧在一起。

我告诉她：“我们不是第一批奴隶。在一本我很喜欢的书里有相关的故事，那本书叫《圣经》。埃及人让犹太人变成他们的奴隶，为他们修建外形像巨大三角形的用砖头砌出来的庙宇。埃及人之所以能让犹太人当他们的奴隶，是因为他们掌握着权力。”

维奥莱特就像其他4岁的孩子一样挪回到我儿子身旁。她宣布：“我们还是来给长发公主涂色吧。”但说完她也有点犹豫，“那你想不想给长发公主涂色呢?”

埃迪森说：“好啊。”

我可能是唯一一个注意到的人：在我解释的过程里，他摘掉了脖子上挂的那条链子，偷偷塞进了口袋里。

迈卡诚挚地说：“谢谢你，这真是一堂非常棒的黑人历史课。”

我指出："奴隶制可不是黑人历史，奴隶制是无关种族的历史。"

计时器响起来了，肯尼迪站起身来。她走进厨房的时候，我小声说想要帮忙，就跟着她走了进去。她立刻转过身来，脸颊红得似火："鲁斯，我真是感到太抱歉了，非常抱歉。"

"别这样，她还是个小宝宝，还不分是非呢。"

"你比我解释得可好多了。"

我看着她从烤炉里端出意大利千层面。"那年埃迪森从学校回家问我们是不是奴隶，当时他的年龄和现在的维奥莱特差不多。我最不希望发生的事就是和他谈论完，反而让他感觉自己是个受害者。"

"上周维奥莱特还告诉我她希望像泰莎一样呢，那样就可以在头发里面戴小珠子了。"

"你是怎么说的?"

肯尼迪有点犹豫："我也不知道。我可能搞砸了。我告诉她每个人都是不一样的，世界也因此才变得很伟大。我发誓，每次她问到种族的问题我就像个做可口可乐广告的。"

我笑了起来："毕竟从你的角度，你可能没有我说的次数这么多。熟练了就好了。"

"但是你知道吗? 当我和她一样大的时候，我的班里也有个像泰莎的孩子，只不过她的名字是莱斯利。哦，天啊，我太想成为她了。我经常做梦，梦到自己醒来就变成黑人了。我没开玩笑。"

我挑起眉毛，假装一脸惊恐的样子："你就为此放弃中彩票的梦吗? 不可能吧。"

她看着我，我们都笑了起来。在这个瞬间我们只是两个女人，站在一盆意大利千层面旁互相吐露着真心。在这个瞬间，我们坦诚地向对方展示自己的内心。我们身上的共同点要比不同点多得多。

我微笑着，肯尼迪也微笑了起来，至少在这个瞬间，我们真的完全理解了彼此。这是一个起点。

突然埃迪森拿着我的手机走进了厨房。我开玩笑道："发生什么事了？你可别告诉我因为你把小美人鱼涂成深色皮肤，所以现在被解雇了？"

他说："妈妈，是麦娜太太打来的电话。我觉得你最好还是接一下。"

10 岁那年的圣诞节，我得到了一个黑人芭比娃娃。它的名字是克里斯蒂，它长得和克里斯蒂娜的娃娃一模一样，只是肤色不同。还有一个不同点是克里斯蒂娜有整整一鞋盒子的芭比衣服，而我妈妈买不起那么多。但是，她用旧袜子和擦盘子布给克里斯蒂自制了衣服。她还用鞋盒子给我粘了一个梦幻房屋。我高兴坏了。我告诉妈妈，这比克里斯蒂娜的收藏还要好，因为全世界只有我一个人有。我的姐姐雷切尔那年 12 岁，她取笑我说："你把它们当宝贝，但它们只是冒牌货。"

雷切尔的朋友基本上都和她同龄，她们的行为举止简直就像 16 岁。我不常和她们一起出门，因为她们去哈林区上学，而我坐车去道尔顿学校。但是到了周末，如果她们到家里来，这些人都会取笑我，因为我有一头波浪形的头发，而不像她们那样是小卷。此外我的肤色更浅。她们会说："你以为你是谁？"说完她们会把头埋在彼此的肩上咯咯笑，就好像她们听到了一个隐秘的笑话。如果妈妈让雷切尔在周末照看我，我们就会一起坐公交车去购物中心，我坐在前排，她们都坐在后面。她们不会叫我的名字，而是叫我"非裔撒克逊人"。她们会一路唱我没听过的歌曲。每次我告诉雷切尔我不喜欢她的朋友取笑我，她都劝我不要那么敏感。她说："她们只是在开玩笑。你稍微让步的话，她们可能会更喜欢你的。"

有一天放学回家的路上，我正好遇到了她的朋友。但是这一次，雷切尔并没有和她们在一起。其中个子最高的范塔西说："哇哦，瞧瞧我们遇到谁了。"她猛拉我的辫子，这是我们学校的女孩子最近流行的发型。三个人围住了我。她说："你以为你看起来很时髦，是吗？你不会自己反抗吗？还是你必须要让你姐姐替你传话啊？”

我说：“住手，请你不要碰我。”

“我必须要让你记住你是从哪儿来的。”她们抓住我的书包，拉开拉链，把我的作业扔进地上的水坑里，又把我推到泥地上。范塔西抓过我的克里斯蒂娃娃，把它大卸八块。突然间，雷切尔像天使一样降临了。她把范塔西推开，一巴掌扇在她脸上。雷切尔还绊倒了另一个女孩，然后用拳头猛打最后一个人。当她们都倒地不起时，雷切尔站在那里傲视着她们，又恶狠狠地挥了挥拳头。她们好不容易挣扎着爬起来，就像丧家之犬一样急忙跑开了。我连忙爬到破损的克里斯蒂身旁。雷切尔在我身边跪下：“你还好吧？”

我说：“我没事。但是你呢？你伤害了你的朋友。”

雷切尔说：“我还有其他朋友呢。但你可是我唯一的妹妹。”她搀着我站起来，“走吧，我们回家去把你身上弄干净。”

我们一言不发地走回家。妈妈刚看了一眼我的头发和我被扯坏的衣服，就把我轰去洗澡了。她给雷切尔的膝盖也敷上了冰块。

妈妈用胶水把克里斯蒂重新粘好，但是她的胳膊总是掉出来，后脑勺也有了一个无法修复的凹痕。那天稍晚些时候，雷切尔爬到我的床上。从小时候起，只要打雷下雨她就经常这么做。她递给我一把用空香烟盒子、酸奶盖子和报纸做成的小椅子。她把这些要扔掉的东西用胶水和胶条粘到了一起。她说：“我觉得克里斯蒂可以用上这个。”

我点了点头，在手里翻来覆去地看。估计克里斯蒂刚一坐上去它就要散架了，但是这不重要。我掀起了被子，雷切尔过来贴着我，她抱着我的后背。我们一晚上都像这样躺着，就像双胞胎一样，共同分享一样的心跳。

妈妈在用吸尘器清洁时发生了第一次中风。麦娜太太听到她身体摔下去的声音，然后发现她倒在波斯地毯上，脸深埋在流苏里，就像她在凑近仔细检查这些流苏一样。第二次中风则是在救护车送往医院的路上。她刚到医院就不行了。我们赶到时她已经去世了。我找到了等着我们的麦娜太太，她一脸悲伤和不安。埃迪森陪着她，我则去看妈妈。

某个善良的护士还把她的遗体留在病房，等我去看最后一眼。我走进了那个小小的、挂着帘子的隔间，在她身旁坐下。我握住她的手，她的手掌余温尚存。我小声说："我昨晚为什么不给你打电话呢？我上周末为什么没有去看你呢？"

我坐在病床的边缘，把头埋在她的臂弯下面。过了一会儿，我用耳朵贴住她已经僵硬的胸部。这是我最后一次有机会再当一次她的宝宝了。

突然之间失去母亲是一种非常奇怪的感觉，就像突然间失去带着我航行的舵。而之前恐怕我从来没有那么在意过这个舵的存在。还有谁能教我如何教养孩子、如何应对来自陌生人的恶意、如何做一个谦卑的人呢？

我突然意识到，你已经都教会我了。

我沉默着走到洗手池旁，把水盆倒满温水，打上肥皂，然后端到妈妈身旁。我拉下盖在她身上的床单，这是紧急抢救失败之后盖上去的。我已经很多年没见过妈妈裸体的样子了，但这感觉就像是通过镜子看着未来的我。我的胸部、我的腹部以后也会变成这个样子。这些都是她生我养我的证据，是为了让自己成为有用之人而努力工作留下的痕迹，还有这些从眼睛溢出的微笑留下的皱纹。

我开始帮她擦洗，就像我给新生儿擦洗那样。我用布擦她的胳膊，然后向下去擦她的腿。我把脚趾缝也擦了一下。我扶她坐起来，让她靠在我的胸口。她已经轻若无物了。水滴沿着她的后背滑落，我把头靠在她的肩头，从侧面拥抱她。是她把我带到这个世界上，而我则要帮助她离开这个世界。

给她擦洗完毕后，我环抱住她，轻柔地帮她重新躺到枕头上。我把床单拉上来，拉到她的下巴那里。我轻声说："我爱你，妈妈。"

这时帘子被猛地扯开，阿蒂萨站在那里。和我安静悲伤的状态不同，她号啕大哭，大声地抹着眼泪。她一下扑到妈妈身上，两只手死死攥住床单。

我知道她会像火一样爆发出来，所以我一直静静等到她的号啕变成啜泣。当她转过头来，发现我站在一旁时，我真心相信这是她刚刚意识到，原来我也在这个房间里。

我都记不起是她先主动伸出双手拥抱我，还是我先主动的，但是我们紧紧地相拥在一起。我们互相询问，麦娜给你打的电话吗？妈妈有没有觉得很痛苦？你最后一次和她说话是什么时候？震惊和痛苦在我们之间轮转，从我身上转到她身上，然后又转回来。

阿蒂萨用尽全力抱着我，我的手指插在她的辫子里。她小声说："我让华莱士·默西自己去找个新的采访对象了。"

我抽身出来，很久很久才对上她的目光。

阿蒂萨耸了耸肩，就好像我问了她问题。她说："因为你是我唯一的妹妹嘛。"

妈妈的葬礼的每一处细节都合乎她想要的样子。她一直都去的哈林区的教堂里挤满了认识她多年的教友。我和阿蒂萨肩并肩坐在前排，盯着黑色墙上挂着的巨大的木质十字架。十字架位于两片巨大的、满是污渍的玻璃之间。十字架下面则是一眼喷泉。妈妈的棺材摆放在祭坛上，我们一切都用了最好的东西，麦娜太太坚持这样做，葬礼的钱也是她出的。埃迪森站在哈罗德牧师旁边，看起来满脸恐慌。他穿的黑色西装已经短得不合身了，露出了手腕和脚踝，脚上还穿着篮球鞋。虽然我们待在室内，他还是戴着反光的太阳镜。刚开始我觉得有些不敬，但之后我意识到了原因。作为一个护士，我对死亡已经屡见不鲜了。但对他来说，这还是第一次。他爸爸被放进一个盖着国旗的棺材抬进家里的时候他太小了，已经不记得了。

一条长长的队伍沿着走道走向妈妈的棺材。她穿着她喜欢的紫色连衣裙，肩部有闪光装饰片，还有一双总是让她的脚很疼的漆皮舞鞋，别着麦娜太太和萨姆先生某一年圣诞节送给她的钻石领扣。她之前从来没有戴过，因为她担心如果丢掉一个就再也找不到了。我想让她戴着她的幸运围巾下葬，但是我把她的公寓上下翻了个遍，还是找不到这条围巾。人们不断在我耳边重复：她走得很安详，或者，她看起来就和平常一样。这两句话都说得不对。她看起来应该就像是书中的一幅插画，二维的。她应该从书页中跳出来。

当每个人都瞻仰了遗容之后，哈罗德牧师开始了仪式："女士们先生们，我的兄弟姐妹们。今天我们不应该悲伤。"他对我的侄女蒂安娜温和地微笑，她正在抹眼泪。"今天是个值得高兴的日子，我们聚集在此，庆祝我们受人爱戴的朋友、母亲和祖母路易斯·布鲁克斯终归平静，回到了上帝身边。现在开始祈祷吧。"

我低下头，但偷偷环顾教堂，这里面都是在低声唱诵的教友，他们都和我们一样。除了麦娜太太和克里斯蒂娜，以及坐在后面的肯尼迪·麦考瑞和一个上了年纪的女士。

她出现在这里让我很吃惊，但是转念一想，她的确也知道妈妈的事。我得知这个消息的时候正在她家做客。

但这感觉仍像是模糊了一种界限，就像她请我去她家，端给我奶酪和红酒。我一直在尽力保持我们之间律师和客户的关系，不要再有更进一步的发展，但她似乎总想突破界限，和我建立工作之外的友谊。

牧师说："我们的朋友路易斯生于1940年，是杰曼和麦迪·布鲁克斯四个孩子里最小的一个。她养育了两个女儿，在孩子的父亲去世后尽自己所能抚养她们长大，帮助她们成长为善良、坚强的女性。她的一生都致力于服务他人，为雇用她50年的家庭创造了快乐的家庭氛围。她通过自制的美味派和蛋糕赢得我们教堂集会中最多的丝带奖，我相信我肚子上至少有5公斤的赘肉都要归功于路易斯制作的甜食美味。她热爱福音音乐、《观点》、烘焙和上帝。她子孙绕膝，有两个女儿和六个她所爱的孙子辈。”

唱诗班唱起了妈妈最喜欢的赞美歌：《亲爱主，牵我手》和《我会飞去》。唱完后牧师又回到了讲坛上。他看着下面聚集的人群，开始大声喊：“上帝真好！”

所有人齐声大喊：“永远好！”

“他已经召唤他的天使回到了天堂之上！”

在大家陆陆续续念了阿门之后，他邀请那些感动的人站起来，分享妈妈在她们生命中留下的印迹。我看到她的一些朋友站起身来，缓慢走去排队，似乎知道自己就会是下一个。一个人说，她帮助我度过了乳腺癌的难关。还有的人说，她教我怎么绣褶边。她从来没有输过填字格游戏。这个做法给人新的视角，让我了解妈妈的其他方面。对他们来说，妈妈是另外一个人：一个老师、一个闺密、一个死党。随着他们描述自己的见证，妈妈这个人物被塑造成形，人们开始呼喊、大叫，念着祷告词。

阿蒂萨紧紧地握着我的手，然后走上了演讲台。她说：“我妈妈是个严格的人。”人们因为对这句话感同身受而笑了起来。“她对礼仪、作业和约会都很严格，包括我们去公共场合的时候可以裸露多少皮肤。有一个比例的，对不对，鲁斯？而且还根据季节有所变化，但是一整年我的穿衣风格都受限制。”阿蒂萨笑得很灿烂，开始陷入回忆。“我记得有一次，她因为我的态度在餐桌上给我讲了一课。她说，小姑娘，就算你离开了桌子，你也会记得我说的这些话。”

我听到身后有人议论：“这就像她做的事。”

“但问题是，我是个不服管教的孩子。我可能现在还是这样。妈妈会因为其他家长并不关心的问题而制约我们。当时我觉得非常不公平。我问她，既然上帝这么宽宏大量，那我穿一条红色人造皮革短裙又怎么样呢？她的回答我一生都忘不了。她说：雷切尔，我和你相处的时间短暂而宝贵，我要确保这个时间不会再缩短了。当时我年纪还太小，而且还是个捣蛋鬼，所以还不能理解她的话中深意。现在我终于明白了。当时我根本没意识到这句话从另一个角度看的意思：她当我母亲的时间也是那么的短暂而宝贵。”

她满眼泪水地从讲台上走下来，我站了起来。说实话，我从来没想到阿蒂萨竟然这么擅长演讲。但是其实深想一下，她总是比我勇敢。我比较喜欢隐匿到角落里。我不想在葬礼上说话，但是阿蒂萨说大家都等着我发言呢，所以我想，还是说一说吧。她建议我讲一件具体的事。我登上演讲台，清了清嗓子，异常紧张地攥着讲台的边缘。我说：“谢谢。”结果麦克风发出了刺耳的声音。我后退了一步。“谢谢你们今天来送别妈妈。她如果知道你们这么关心她会很高兴的。如果你们没有来，也会知道她会在天堂里庇佑着你们。”我向大家看去，这本来是个笑话，但是并没有人笑。

我吞了吞口水，继续说：“妈妈总是把自己放在最后。你们都知道，她会确保每一个人吃饱穿暖。上帝是不会同意你让自己的家人饿着的。就像哈罗德牧师那样，我相信你们每一个人都吃过她的蓝丝带派和蛋糕。有一次，她为了教堂的比赛烤了黑森林蛋糕，我坚持给她打下手。当然以我当时的年纪我什么忙都帮不上。做到一半的时候，我把量勺掉到了蛋糕粉里，但是羞愧得不敢告诉她，所以我就把勺子留在里面继续烤蛋糕。当比赛的评委切开蛋糕，结果发现里面有勺子的时候，妈妈就完全明白发生了什么。但是她没有冲我发火，反而告诉评委这是她保持蛋糕湿润的特殊方法。你们可能还记得第二年有好几个参赛的蛋糕里都放了量勺，现在你们都知道是为什么了吧。”人群里传来了哧哧的笑声，我长舒了一口气，这时我才发现自己刚才屏住了呼吸。“我听到人们说妈妈为自己烹饪赢得的丝带奖而骄傲，但并非如此。她为烘焙努力，她无论做什么事都很努力。她告诉我们，骄傲是一种罪恶。实际上我知道她唯一感到骄傲的事情就是我姐姐和我。”

说到这里的时候，我的脑海中突然浮现出我告诉她我被起诉时她脸上的神色。当我出狱回家，她希望当面见我确保我一切安好的时候，她说：“鲁斯，这种事怎么会发生在你身上？”我知道她的意思。我是她最优秀的孩子。

我逃出了诅咒。我成功了。我打破了她穷尽一生都在努力顶开的天花板。我重复道："她是那么地为我骄傲……"但是我突然说不下去了，气球飞到天花板发出了"砰"的爆炸声，现场是一片尴尬的沉默。

我从人群中听到：没事的，宝贝。还有，嗯，你没问题。

妈妈的话从来不多，但从那之后她还以我为傲吗？她是不是已经受够了我当她的女儿？还是说我因为自己未曾做过的事担下谋杀的罪名，就如她一直通过努力想要摆脱的那些污点？

我本来还要说很多，但突然都忘记了。我在一张小便笺纸上写的提示仿佛是象形文字，虽然盯着它们，但是我已经完全无法理解它们的意义了。我无法想象我可能要去狱中服刑多年的世界。我也无法想象没有我妈妈的世界。

这时我突然想起来有一次她和我说的话，就是我去参加克里斯蒂娜睡衣派对的那一晚。"我们会一直等着你，直到你准备好了。"就在这个瞬间，我感受到了此前从未感受过的情感。也许只是我从来没有注意过。它像墙壁一样坚硬，又如肌肤一般温暖。这是一群知道我的名字的人，虽然我并不能记全他们的名字。这就是当我展翅高飞的时候从来没有停止为我祈祷的人。我都不知道自己拥有的朋友，我把关于他们的记忆远远抛诸脑后，连我自己都忘记了。

我听到身后传来喷泉潺潺的流水声，我想到了水，它们会以蒸汽的形式上升，形成云朵，然后以雨水的方式重新回归。你会称其为降临，还是回家？

我也不知道自己在讲台上站着哭了多久。阿蒂萨走上前来，她张开双臂，就如展开巨大双翼的苍鹭。她用无条件的爱像羽毛一样包围着我。

等唱诗班唱完《快了，非常快了》之后，妈妈的棺材被抬出教堂。我们跟在后面鱼贯前行。牧师在下葬的地点又致了辞。葬礼结束后我们集中到妈妈的公寓里，就是我长大的那个狭小的地方。教堂的人员已经完成了他们的工作。我们在漂亮的粉红色桌布上摆上大碗的土豆沙拉、凉拌生菜丝和大盘炸鸡。每个角落都摆着丝绒花，还有人贴心地带来了折叠椅，虽然这里的地方并不够每个人都坐下。

我在厨房找到了容身之地。我看着那些摆满布朗尼和柠檬块的盘子，走到了水池上方的小书柜前。那里摆着一本黑白相间的书。我打开书，映入眼帘的是妈妈遒劲有力的手写字，我差点跪在地上。我读起来，甜土豆派、可可之梦、征服男人的巧克力蛋糕。我看到最后一份菜谱的时候微笑了起来，那是卫斯理向我求婚之前，我给卫斯理做过的菜。妈妈知道他吃完晚餐就向我求婚之后只说了一句，我都告诉你了。

“鲁斯。”我听到有人叫我。我转过身看到肯尼迪和她带来的另一位白人女性，她站在妈妈的厨房里似乎有些不知所措。

我深吸了一口气，恢复了常态：“感谢你们今天前来，我不知道怎样表达我的感激之情。”

肯尼迪向我靠近一步：“我想让你见见我的母亲艾娃。”

这个上了年纪的女士用南部的方式伸出手，就像一条柔软无力的鱼，仅仅用她的指尖碰了碰我的指尖：“请节哀顺变，感谢您的招待。”

我点了点头。说真的，这种时候我应该怎么回她呢？

肯尼迪问：“接下来你有什么打算？”

我总是觉得妈妈会告诉我怎么做，比如让我告诉哈罗德牧师在她那张特别好的咖啡桌上记得用杯托。我不知道怎样用语言准确表达我这一刻的感受。我看到她和自己的妈妈在一起，而我已经一无所有了，就像是一个气球，而有人放开了气球上的线。

肯尼迪低头看向我手里打开的书：“这是什么？”

“一本食谱。妈妈告诉我，她会把最拿手的食谱都写下来给我，但她总是忙着给别人做饭。”我意识到我语气中的苦涩，“她浪费自己的生命为别人奉献：擦亮银器、每天做三顿饭、清洁厕所，所以她的皮肤总是很粗糙，还有照顾别人的小孩。”

说到最后一个字的时候我哽咽住了，感觉就像从悬崖坠落。

肯尼迪的妈妈打开自己的钱包，她说：“是我今天要求和肯尼迪一起到这里来的。我不认识你的母亲。但我认识和她相似的人。一个我非常关心的人。”

她掏出了一张旧照片，还是那种圆齿状的边缘。照片中是一个穿着女仆制服的黑人女性，怀中抱着一个小女孩。女孩的头发颜色和雪一样浅，她用手抚摸着这个照顾她的人的脸颊，形成了强烈的对比。她们之间远远不止是雇用的关系。这是一种自豪，是爱。“我虽然不认识你的母亲，但是鲁斯，她没有浪费她的生命。”

泪水夺眶而出。我把照片还给艾娃。肯尼迪一把拉过我，给了我一个拥抱。这个拥抱不像麦娜太太或是我高中校长那种僵硬的拥抱，而是一种没有压力、没有任何自以为是和虚情假意的拥抱。

她放开了我，我们看向彼此的眼睛。肯尼迪说：“请你节哀顺变。”我们之间有什么发出了裂开的响声。

○ 肯尼迪 ○

在我第 6 年结婚纪念日当天，迈卡把肠胃感冒传染给我了。

最开始是上周维奥莱特先发病的。和平时进入我家里的传染性病毒一样，总是她先中招。之后轮到迈卡开始呕吐。我告诉自己我没有时间生病，我一直以为自己能幸免于难。结果我还是在半夜浑身大汗地惊醒，直接冲到了洗手间。

我醒来的时候，脸贴在瓷砖地面上，迈卡居高临下地站在我旁边。我说："别用那种眼神看着我，你这么扬扬得意是因为你的病已经熬过去了。"

迈卡向我保证："会好起来的。"

我哀号了一声："那就好。"

"我本来想把早餐给你送到床上，但我看你还是喝姜汁吧。"

"你是一位绅士。"我支撑着想站起来，发现整个房间似乎在旋转。

"哦，慢点儿。"迈卡在我身后蹲下，扶我站稳。之后他一把抱起我，走回卧室。

我说："如果是其他情况下，这还是相当浪漫的。"

迈卡笑了起来，"下次再给你补上。"

"我非常努力地忍住不吐在你身上。"

他沉重地说："你都不知道对此我有多感激。"然后他的双臂交叉起来，"你现在是想先考虑今天怎么去办公室呢？还是先把你的姜汁喝完？"

"你真是班门弄斧。这是我给维奥莱特提供的二选一……"

"看到没有，你还以为我从来不听你说话呢。"

我说："我要去工作。"我试着站起来，但立刻眼前一黑，过了一会儿才恢复知觉。我眨了眨眼，迈卡的脸近在咫尺。我小声说："我不去工作了。"

"这个回答好。我已经给艾娃打电话了。她会过来照顾你。"

我咕哝了一声："你还不如直接杀了我呢。我可搞不定我妈妈。她觉得一杯波旁威士忌包治百病。"

"我会把酒柜锁上的，你还需要什么吗？"

我祈求道："我的文件夹。"

迈卡知道他还不如干脆闭嘴。他下楼帮我取文件夹时，我艰难地爬到了枕头上。我有太多理由不应该工作，但是我的身体根本不听使唤。

等待迈卡回到卧室的几分钟里，我又迷迷糊糊地睡过去了。他尽量轻柔地把文件夹放到地上以免打扰我。我伸出手去够它，但我过于高估自己的能力了。皮质文件袋里装的东西撒了一床和一地。迈卡蹲下来开始捡。他突然举着一张纸说："哈，你跟实验室报告有什么关系？"

这是一张皱皱巴巴的纸，从其他纸张里滑落出来的，压在了我的包的底部。我眯眼看去，突然间一堆图像出现在我眼中。这是我从梅西－西黑文医院拿到的新生儿扫描图像，这张纸在德维斯·鲍尔的文件里是缺失的。我费尽周折才搞到手。由于我对医学不那么了解，我根本没怎么看这些表格，心里想着等到鲁斯妈妈的葬礼结束后给她看。我说："这只是常规检查。"

迈卡说："显然不是。血液这里不正常。"

我从他手中抢下纸："你怎么知道？"

迈卡指着我根本没注意的文字说："你看，因为这里有大字写着'血象不正常’。”

我仔细看着这些文字，上面显示寄给穆尼奥斯·阿特金斯医生。“这种情况可能致命吗?”

“我不知道。”

“你可是个医生。”

“我是眼科医生，对酶可不了解。”

我抬头看向他：“今年结婚纪念日你本来要送我什么?”

迈卡只好坦白：“我本来想带你出去吃晚餐。”

我提议：“那改成带我去见新生儿专家吧。”

在美国，所谓你有权选择和你背景相似的人担任陪审团成员，其实并不是真的。陪审团候选人的挑选并不像想象中那样随机。这要归功于辩护律师和检察官的仔细甄选，以及对正态分布曲线两端极端人员的筛除，也就是删掉那些最后可能会反对我们委托人最大利益的人。我们筛掉了那些相信“一个人除非被证明无罪，否则就是有罪的”的人，以及那些声称他们能看到死者的人，还有因为曾经被捕而对法律系统心怀怨恨的人。但是我们也会具体问题具体分析。如果我的委托人是一个逃兵役者，我会试着限制那些为自己服役而骄傲的陪审团成员人数。如果我的委托人有毒瘾，我不希望陪审团成员里有谁的亲属因为过度嗑药过世。每个人都会有偏见。我的工作就是要确保他们会对我辩护的人有利。

就像我之前花了几个月对鲁斯解释的那样，开庭之后我一次都不会打出种族这张牌。但我要现在就先人一步出手了。

在我们开始进行陪审团成员资格审查之前，我走到我老板的办公室，告诉他我错了。我对哈利说：“我觉得工作量还是超过了我的承受能力。我可能需要一个帮手。”

他从桌子上的罐子里掏出一根棒棒糖。“埃德这周负责了一个摇晃婴儿致死的案子，本周就要开庭了。”

“我说的不是埃德。我在考虑霍华德。”

他一脸困惑地看着我：“霍华德，就是那个还在用饭盒装午饭来的小孩吗？”

的确，霍华德才刚刚从法学院毕业。在他来办公室的短短几个月时间里，他也犯过不少小错，有自己造成的，也有因为我们秩序混乱造成的。我绽放出了最自然的微笑：“是啊，你也知道，他会当我的帮手，实际跑一些事情。这个过程里他也能积累一些法庭经验，这也未尝不是好事。”

哈里剥开棒棒糖的糖纸，一把塞进嘴里。他用牙咬着棒棒糖的棍儿说：“随你的便。”

在他的“祝福”之下（这是我能从他那里得到的最接近祝福的话了）我走回自己的小隔间，把头越过我和霍华德之间的隔板。我对他说：“你猜猜发生了什么？你要坐上杰斐逊案子里的第二把交椅了。本周和我一起选择陪审团成员吧。”

他抬眼看我：“等一下？什么？真的吗？”

这对还在办公室做单调枯燥工作的新手来说是一件大事。我宣布：“我们走吧。”然后抓起大衣走了出去。我知道他会跟上来。

我的确需要另一个人的帮助。

而且这个人还需要是个黑人。

我们穿过法院大厅的时候，霍华德紧张得手忙脚乱。我告诉他：“除非我让你和法官说话，否则不要说话。不论奥德特·劳顿演得多么动情，你都不要表现出情感。检察官通过这种方式自我沉醉，觉得自己就是《杀死一只知更鸟》里的格利高里·派克。”

“谁？”

我瞥了他一眼：“哦天啊，算了。对了，你多大了？”

“24岁。”

我喃喃自语：“我有的毛衣都比你年纪大。我今天晚上把最新线索交给你过目。今天下午我需要你进行实地调研。”

“实地调研？”

“对，你是不是有辆车？”

他点了点头。

“那等到我们真的把陪审团候选人请进来后，你需要做我的人眼摄像机。她们每一个人对我问题的反应，有一点风吹草动都要给我记录下来。之后我们再回顾就可以知道哪些候选人会挡我们的路了。这件事主要决定的不是谁当选陪审团成员，而是千万不能让谁当选。你有什么问题吗？”

霍华德有点犹豫，但还是问出来：“你真的有一次对洛雷法官出言不逊吗？”

我停下脚步，转向他。我的手插在腰上：“你都还不知道怎么清洗咖啡机呢，你就已经知道这个了？”

霍华德把眼镜推上鼻梁：“我行使自己保持沉默的权利。”

“好吧，不管你听到什么，你都不知道当时的情景和前因后果。现在闭上嘴，看在上帝的分上，成熟一点吧。”我推开了通往洛雷法官房间的门，发现他就坐在办公桌后面，检察官也已经在房间里了。“尊敬的法官大人，您好。”

他看了一眼霍华德：“这是谁？”

我回答：“这是我的法律顾问。”

奥德特抱起了胳膊：“什么时候开始当的？”

“大约半小时前。”

我们都盯着霍华德看，等着他自我介绍。他看着我，双唇紧闭。*除非我让你和法官说话，否则不要说话。*我小声说：“说话。”

他伸出一只手：“我叫霍华德·莫尔。见到您很荣幸，尊……嗯……尊敬的法官大人。”

我翻了个白眼。

洛雷法官给我们分发了一大摞已经填完的调查问卷，是由轮值陪审团候选人填写的。里面有很多实用信息，例如被调查人的住址、工作地点。但是其中也有一些尖锐的问题：你对无罪推定有什么异议吗？如果一个被告拒绝提供证词，你会认为他在隐瞒什么吗？你是否了解宪法赋予被告保持沉默的权力？如果州法院证明犯罪事实无疑，你是否会质疑对被告的判决？

他把文件一分为二。“劳顿女士，你有 4 小时时间看这一部分。麦考瑞女士，你看这一部分。我们下午 1 点再见面，交换卷宗。然后明天早上见面开始筛选陪审团成员。”

我开车带霍华德回办公室的路上，向他解释了我们要从材料里看什么。“对被告最有利的陪审是上年纪的女性。她们最富同情心，最有经验，而且最不挑剔，她们对像特克·鲍尔这种年轻的叛逆的人最为苛刻。还有一定要小心千禧一代。”

霍华德惊讶地问：“为什么？年轻人不是会主张平等，反对歧视吗？”

我说：“比如说特克吗？千禧一代和我是一代人。他们通常认为万物都围绕着他们自己运转，根据自己生活中发生的事情和这些事情将怎样影响他们的生活来做决定。换句话说，他们就是以自我为中心的。”

“明白。”

“所以我们最理想的陪审团成员是在社会上享有高等地位的人，因为这种人会在最后审议意见的时候影响其他成员的决定。”

霍华德说：“听起来我们要找的是独角兽啊。一个异常敏感、对种族问题很警觉的正直的白人异性恋男性。”

我严肃地说：“他是同性恋也无妨。同性恋、犹太人、女性，任何自己会受到歧视的人，都会对鲁斯有所帮助。”

“但是我们和这些候选人都不认识。我们怎么能在一夜之间成为灵媒呢?”

“我们不会成为灵媒。我们会变成侦探。你要拿走一半调查问卷，然后开车到上面所列的地址。你想调查什么就调查什么吧。他们信教吗？他们富有还是贫穷？他们的草坪上有没有支持某个政党的宣传牌？他们是不是就住在自己工作地点的楼上？他们的前院里有没有插旗杆的洞?”

“知道这些又能怎么样呢?”

我解释:“总有机会发现那些非常保守的人。”

他问:“那你去哪里?”

“去干同样的事。”

我把第一个地址输入到霍华德的手机导航软件上，然后目送他离开。我在办公室的大厅里走来走去，询问其他公共辩护律师之前有没有遇到过这个列表上的人，毕竟很多人不止当过一次陪审团成员。埃德正要出门去法庭，但是他看了一眼我堆成山的文件，拽出其中一张调查问卷说:“我知道这个人。他周一的时候是我陪审团的一员，是一起重大盗窃案。他在我开庭陈述的时候就举手，问我有没有名片。”

“你在开玩笑吗?”

埃德说:“很遗憾，并不是开玩笑。祝你好运啦，小姑娘。”

10 分钟后，我把地址输入到我的导航仪上，开车前往纽哈芬。为了安全起见我锁上了车门。总统公园小区是位于谢尔顿街和狄思威街之间的公寓楼群，是城市中收入较低的人群居住的地方，其中四分之一的居民都生活在贫困线以下。这里的街道上毒品交易是常态。内瓦・赫琼斯就住在这栋楼里的某个地方。我看到一个小男孩从一栋楼里跑出来，没有穿外套，冷风打在他身上。他迈着大步，正用袖子擦鼻涕。

住在这片区域的女性会不会觉得鲁斯的罪名是捏造的呢？还是她会因为两人社会地位和经济上的差别而变得满怀怨恨?

这真的很难说。在鲁斯这个案子里，最好的陪审团成员可能反而不应该像她一样是个黑人。

我在调查问卷上端画了个问号，我会再进一步考虑这个人的。我慢慢开出这片住宅区，一直等到有小孩出来在街上玩耍，才把车停到路边。我拨通了霍华德的手机。他刚一接起来我就问他："你那边有什么进展吗？"

他说："嗯，我现在卡住了。"

"你在哪儿？"

"东海岸。"

"什么问题？"

霍华德说："这是个有大门的社区。有一道矮栅栏，我可以看到里面，但我需要从车里下来。"

"那你就从车里下来。"

"不行。我还在上大学的时候，给自己定下了一条规矩，除非我的视线范围里有一个开心的，并且活着的黑人，不然就不要下车。"他叹了口气，"我已经等了45分钟，但是纽黑文的这片区域只有白人。"

这对鲁斯来说倒不是个坏消息。"你不能直接从墙的这边偷看吗？确认一下她的草坪上有没有支持特朗普的标语。"

"肯尼迪……这一片区域到处是'注意'的牌子。你觉得如果一个黑人男子试图越过墙偷看别人家里会是什么下场？"

我觉得很羞愧，说："哦，我明白了。"我看向车窗外，三个孩子在往一堆落叶上跳。我想起了那个我在总统公园小区看到的迈着大步离开的黑人小男孩。埃德告诉我他上周为一个12岁的小孩辩护，那个小孩卷入了和两个17岁少年的火拼之中，而起诉倾向于将他们三人都视为成年人。"给我一个小时，然后我们在东区的西奥多街560号见。对了，霍华德，你到那里之后下车没有问题，我就住在那儿。"

我把一袋中餐轻轻放在家里办公的桌子上。我说："我有好东西哦。"

然后掏出捞面。

霍华德说："我也有好东西。"他指了指刚打印出的一沓纸。

现在是晚上10点，我们在我家支起了帐篷。我留下霍华德去网上搜索信息，然后自己去和奥德特交换问卷。同时我穿过晚高峰的车流，按照街区去查看更多陪审团候选人住的地方。我浏览了法庭的原告和被告名单，看看这些候选人有没有人曾因犯罪被起诉，或有被起诉的亲戚。

"我找到3个因为家庭内部犯罪被起诉的家伙，一个女人的妈妈因为纵火罪被判刑，还有一位个子矮矮的、迷人的年长女士，她孙子的制毒工场去年爆炸了。"

霍华德逐页浏览时，屏幕发出的绿光打在他的脸上。他打开一个塑料盒子装的汤，直接仰头沿着边缘喝了起来。他说："天哪，我快饿死了。我现在总结出一个经验，你可以在脸书上挖到不少料，但是也要看他们的隐私设置。"

"你试过领英了吗？"

他说："试过了，也挖出一堆料。"

他示意我往地上看，每张调查问卷上都摆着相应的打印文件。霍华德说："这个家伙，我们会爱死他的。他是耶鲁大学社会公平专业的教员。更妙的是，他母亲是一名护士。"我抬起手，和他击了个掌。"这个人是我第二喜欢的。"

他把调查问卷递给我。坎迪斯·怀特，今年48岁，非裔美国人，一个图书馆管理员，养育了3个孩子。她看起来不仅会做出对鲁斯有利的判断，甚至像是一个会和鲁斯做朋友的人。

她最喜欢的电视节目是《华莱士·默西》。

我也许不希望默西牧师搅乱鲁斯的案子，但是看他节目的人一定会对我的委托人抱有同情之心。

霍华德还在逐一列举他的发现。"我找到了3个美国公民自由联盟的成员。这个女孩在她的博客上对埃里克·加纳[①]大肆赞美，写了一系列名为‘我也感同身受’的文章。”

“不错。”

霍华德说：“看纸堆的那一边，这位可爱的绅士在他所在的教堂担任执事，而且也是兰德·保罗[②]的支持者，呼吁废除所有民权法律条款。”

我从他手中接过调查问卷，在名字上方打了个红色的叉。

霍华德说：“两个人发帖说希望减少福利的费用支出。不知道这两个人你想怎么办。”

我说：“把他们放在中间那堆。”

“这个女孩三小时前更新了自己的状态：天啊不知道是哪个天杀的刚把我车的侧面给划了。”

我把她的调查问卷放在兰德·保罗的支持者上面，那堆里还有人在推特上的用户头像是格伦·贝克[③]的照片。霍华德又排除了两个候选人，因为他们给“头骨”和“审判之日”的脸书主页点赞了。我问：“这是和《权力的游戏》有关吗?”

霍华德说：“这两支都是宣扬白人力量的乐队。”我很确信他的脸红了。“我还找到了一支叫作‘阴道上帝’的乐队，但是咱们的候选人里没有听那支乐队的。”

“感谢上帝这点细微的仁慈，中间这一大堆是什么?”

霍华德解释：“这是还不能决定的。我找到了几张他们用枪支火拼的照片，照片的几个人看上去像吸过很多毒品，有一个拍下自己注射海洛因过程

---

① 2014年7月17日，在纽约史泰登岛，一名警察在巡逻中发现43岁的黑人埃里克·加纳在贩卖无印花税票的香烟，因而前往查询。将他扑倒在地时，用15秒使其窒息死亡。此案引起广泛的抗议活动。——编者注

② 兰德·保罗：美国肯塔基州的医生与政治人物，美国茶党人士，于2011年代表共和党当选美国参议员。——译者注

③ 格伦·贝克：美国著名网络电视制片人，同时是媒体名人、广播台主持人、作家、企业家，以及政治评论员，被称为保守派政治评论家。——译者注

的傻瓜，还有30张喝到不省人事的自拍。”

“一想到我们对法律系统的信任建立在这些家伙上，是不是就感到胸中有阵暖流呢？”

我本来只是开玩笑，但霍华德一脸悲伤地看着我：“我和你实话实说吧，其实今天有点吓人。我真不知道大家是怎么生活的，还有他们觉得没人在看的时候会做出什么事来。”他看着一个女人炫耀一个红色游戏杯的照片说，“就算有人看着，他们也会做出格的事。”

我用筷子分开一个饺子：“当你看到美国满目疮痍的内里后，你就想在加拿大生活了。”

霍华德指着电脑屏幕说：“哦，还有这个，你想怎么弄就怎么弄吧。”他伸手越过我夹了一个饺子。

我看着推特上的用户名“白人无所不能”，皱起了眉头：“这是哪个候选人？”

他说：“这不是陪审团候选人，而且我确定万里·雄起是一个化名。”他在那个人的头像上点击了两下，这张头像是一个新生儿。

“为什么我之前见过这张照片……？”

“这是在传讯之前，人们在法院门外举着的德维斯·鲍尔的那张照片。我对比了新闻素材，觉得这是特克·鲍尔的账号。”

我满心骄傲地看着霍华德：“互联网是个多么美妙的发明啊，干得漂亮。”

他越过白色的纸盒满脸期待地看着我：“那我们今晚的工作就算完成了吧？”

我笑了起来：“哦，霍华德，我们才刚开始呢。”

我和奥德特在第二天早上开庭之前再次碰面，去掉我们每个人想删掉的陪审团候选人。有时，在非常罕见的情况下我们想去掉的人一样（比如一个刚从精神病院出来的25岁青年，还有上周刚被逮捕的男子），我们就经过一致同意把他们去掉。

我和奥德特没有那么熟。她很强硬、严肃。在法律会议上，当其他人都喝醉酒或是唱卡拉OK时，她就只坐在角落喝着加酸橙的苏打水，努力记住当下的一切以便日后反驳我们。我总觉得她是一个易怒的人。但现在我会想象，她去购物的时候会不会也像鲁斯一样，在离店之前被要求出示自己的小票？她会不会毫不反驳就递过去？还是她会突然大声说她要把店主告到法庭上？

为了让她给我抛出橄榄枝，我对她微笑着说："今天的庭审应该挺累人的吧。"

她把装着陪审团问卷调查的文件夹塞到公文包里："这些都是大型庭审。"

"但是这个……我是说……"我顿住了，搜肠刮肚地找合适的词汇。

奥德特，与我对视着，她的眼睛就像打火石擦出的火花。"我对这起案子感兴趣的原因和你一样。我负责起诉是因为我办公室的其他人工作量都太大，已经无暇顾及了，所以这个案子就落到了我的桌子上。我不在乎你的委托人是黑人、白人，还是长着圆点花纹的，谋杀案是非常单调的。"说到这里她站起了身，"法庭上见。"奥德特说完就走远了。

我咕哝着说："和你聊天真愉快。"

就在这个瞬间，霍华德闯了进来。他的眼镜歪了，后背的衬衫扯开了，看起来连灌了10杯咖啡的样子。他一屁股在奥德特刚刚离开的椅子上坐下说："我刚才做了一些背景调查。"

"什么时候？洗澡的时候吗？"我准确地知道昨天我们是什么时候结束工作的，剩下的时间也只够他勉强赶到这里。

"纽约州立大学石溪分校在1991年和1992年由奈达·特希尔德森做过一项调查，关于白人对竞选公职的黑人政治家的喜好、偏见对结果有什么影响，以及偏见怎样改变那些试图表现得不那么歧视的人。”

我说：“首先，我们的辩护不会基于种族，而是基于科学。其次，鲁斯又不参加竞选。”

霍华德说：“话虽如此，但是这个研究里有一些启示，我觉得可以帮我们更加了解那些陪审团候选人。你先听我说，好吧？特希尔德森从肯塔基州杰斐逊县的陪审团人才库中随机抽取大约350人。她编造了一个政府议员候选人，用了相同的介绍、简历、政治倾向。唯一不同的是一些人拿到的候选人是白人，而另一些人拿到的，则是用软件把肤色调暗的黑人男子，或是肤色极深的黑人男子。投票者被要求确定自己是否有种族倾向性，以及是否意识到了自己的种族倾向性。”

我摆手示意他快点说。

霍华德说：“白人政治家得到了最多的支持。”

“那可真是意想不到。”

“是的，但这并不是最有趣的部分。随着偏见的增加，肤色浅的黑人男子比肤色深的黑人男子的支持率下降更快。但是当那些有偏见的投票者被按照‘是否意识到自己有种族倾向性’分成两组之后，事情就发生变化了。那些不在意自己是不是表现得有偏见的人对待肤色深的黑人男性比对浅肤色的黑人男性更苛刻。那些担心别人认为自己是种族歧视的投票者，对肤色深的黑人的评价比肤色浅的要高。这下你明白了吧？如果白人非常努力让自己看起来不是种族歧视者，他们会通过压抑自己对黑肤色人种的真实感觉而过度表现。”

我盯着他：“你为什么告诉我这个？”

“因为鲁斯就是黑人。肤色是比较浅，但也是黑人。如果陪审团候选人告诉你他们没有偏见，你也不能相信这些白人。他们可能比他们展现出来的更加种族歧视，他们就成了陪审团的未知因素。”

我低头看向桌子。奥德特错了，谋杀案不是单调的案子。我们都知道现在的学校，在学生犯错时更倾向于把他们投入监狱，而不是对他们进行教育。这其中少数族裔学生、残疾学生的比例格外高。有太多因素导致这种循环难以被打破，其中一个原因就是白人陪审团成员参加庭审的时候心怀偏见。比起和他们外表不像的人，他们更容易为外表更像自己的人陈情。

我对霍华德说："好吧，你的计划是什么？"

那天晚上我爬上床的时候，迈卡已经睡着了，但他还是伸出胳膊环抱住我。我说："不，我现在累得什么都不想做。"

他说："都没劲和我道谢了？"

我转身面对他："为什么道谢？"

他说："因为，我给你找到了一个新生儿专家。"

我立刻坐了起来："然后呢？"

"我们这周末就去拜访他，他是我在医学院认识的朋友。"

"你怎么和他说的？"

"我那个痴迷工作的律师妻子要通过吕西斯忒拉忒[①]的手段胁迫我，直到我能给她找到这个领域的专家才会罢休。"

我笑了起来，然后用手捧住迈卡的脸长久地吻了他。

"想不到吧，我还有余力再亲一次呢。"他一把抓过我翻了个身，把我固定在他的身下。月光照着他微笑的面庞。他小声说："如果你因为一个新生儿专家就愿意这么回报我，那如果我再给你找到一个让你真正印象深刻的东西的话，你怎么回报我呢？比如寄生虫学专家？麻风病理学家？"

"你宠坏我了。"我边说着，边把他拉到我身上。

---

① 吕西斯忒拉忒是古希腊戏剧中的人物，她曾通过"性罢工"的方式向男人宣战，最终达到目的。——译者注

我在法院大楼背面入口和鲁斯见面，以防华莱士·默西觉得陪审团选举也值得他花时间和精力来干扰一下。她穿着绛紫色的套装，是我上周陪她去折扣店买的，里面穿了一件活泼的白色衬衫。她把头发拢到身后，在脖子那里扎起来。她从各个角度看都是个专业人士，我甚至觉得她来到法庭是来担任辩护律师的，唯一能看出破绽的就是她的两个膝盖不受控制地颤抖，不断地碰撞在一起。

我挽过她的手臂："放轻松，说实话，这件事都不值得你紧张。"

她看向我："只是这一切突然变得……特别真实。"

我把她介绍给霍华德。他们握手的时候我感到他们之间有一种难以察觉的东西呼啸而过，出于很多原因发现对方也在这个法庭时的惊讶。我和霍华德站在鲁斯的两侧，陪她走进法庭，在辩护桌后面坐下。

虽然洛雷法官对我们这些律师来说是个浑蛋，陪审团却能制住他。他看上去就是那种人：卷曲的银发，嘴角周围是坚毅的线条，似乎标志着不管他开口说什么，都会是富有智慧的言论。当我们的上百位陪审团候选人拥挤地站在法庭里时，他讲解起了规则。

我用鲁斯作掩护，歪过身子对霍华德说："记住，你的工作就是做笔记。要记的东西太多，你可能会手抽筋。如果某一个陪审团成员说某个词的时候有点退缩，我必须知道是哪个词。如果他们睡着了，我需要知道是什么时候。"

他点了点头，我扫视了一下候选人的脸庞。我认识其中一些人，因为看过他们的脸书照片。但就算是那些我想不起来的人，他们脸上的神色也是我见过的。我私下里管长着这种脸的人叫"童子军"，他们为能给国家贡献自己的力量感到高兴。还有摩根士丹利人（那些不停看手表的生意人），他们觉得把时间花在外面比花一整天在庭审上重要得多。这里还有已经来过的人，他们之前已经经历了这个流程，在懊恼地抱怨着为什么自己又被叫过来了。

"女士们先生们，我是洛雷法官，欢迎大家来到法庭。"

哦，可怜的人们。

“在这个案子里，州法院的代表是我们的检察官奥德特·劳顿。她的工作是通过证据证明这起案子，一切基于推理之上。辩护律师是肯尼迪·麦考瑞。”接着他开始宣布鲁斯被指控的罪名：谋杀和过失杀人罪。鲁斯的膝盖开始抖得厉害，我把手伸到桌子底下安抚她。

洛雷法官说：“稍后我会向你们解释这些指控的含义，但是现在，研讨会上有没有人认识这次案件参与的双方？”

一个陪审团的人举起了手。

法官发出请求：“能否走到前面的长椅这里。”

随着人群中的交谈声突然大起来，我们听不到这个人在说什么。于是我和奥德特都向他靠近了一些。他指着奥德特说：“她指控我哥哥嗑药，把他关了起来。她就是个骗人的婊子。”

不用说，这就是他的借口。

又确认了几个根本性的问题后，法官对人群微笑着说：“好了，我现在要失陪一下，法警会带着你们去陪审团休息室。我们每次会叫一个人进来，以便法律顾问可以询问一些个人的情况。请不要和其他陪审团成员分享你的经验。就像我说过的，州法院肩负提供证据之责任。我们现在还未开始采证，所以我在此恳请大家畅所欲言，面对询问时保证答案的真实性。我们需要确保你们作为陪审团参与这起案件时感到舒适，就像这个案件的参与方有权利感觉他们的案子是被一些公正公平的人判决的。”

我想，要是法官本人也这样就好了。

庭前交流酒会是一场不会过量饮酒的鸡尾酒会。你可以和陪审团候选人闲谈，你希望他们喜欢你。就算他们只是在凡士林工厂里做质量监控，你也希望能假装对他们的事业感兴趣。当每一个陪审团候选人轮番从你面前经过时，你会给他们打分。最优秀的是 5 分，最低是 1 分。

霍华德会列出一个候选人不称职的原因列表，这样就方便我们排除了。

最后我们可能选出三四个人，也可能是5个。我们只有7次机会，可以不陈述理由就强制把某个候选人剔除。我们不想一次性就把机会用光，如果后面还有候选人，身上有更大的问题没发现怎么办？

第一个站在证人席上的男子是德里克·威尔士。他今年58岁，牙齿不太好，穿一件敞开的格子花呢上衣。奥德特对他微笑了一下："威尔士先生，您今天过得怎么样？"

"我觉得还可以吧，我有点饿。"

她仍然保持微笑："我也是。请您告诉我，我们之前在其他案子中有过合作吗？"

他说："没有。"

"威尔士先生，您从事什么行业呢？"

"我开五金店。"

她又问了问他的孩子以及孩子们的年龄。霍华德拍了拍我的肩膀。他正在疯狂研究这些调查。他小声说："这个人的哥哥是个警察。"

我转回身去的时候威尔士正在说："我看《华尔街日报》，还有哈兰·科本[1]的书。"

"您之前听说过这起案件吗？"

他承认："从新闻上听过一点，我知道这个护士被指控杀死了一个婴儿。"

我身旁的鲁斯缩了缩身子。

奥德特说："您是否知道为什么被告被认为有罪？"

"据我所知，在这个国家里，一个人被证明有罪之前都是无辜的。"

"您怎么看待自己陪审团的角色？"

他耸了耸肩："我觉得就是听听证据……然后按照法官的话执行。"

---

① 哈兰·科本：美国悬疑小说作家。——编者注

“谢谢您，先生。”奥德特说完又坐了下来。

我从椅子上站起来，说：“您好，威尔士先生。您有亲人在司法机构工作是不是？”

“我哥哥是一名警察。”

“他在这个社区工作吗？”

候选人说：“工作 15 年了。”

“他有没有给您讲过他的工作？他和哪些人打交道？”

“有时会说。”

“您的商店有没有被肆意破坏过？”

“我们有一次遭到过盗窃。”

“您认为犯罪率的上升是不是由于社区里涌入的少数族裔？”

他思考了一下：“我觉得这和经济的关系更大。人们失去工作，就会陷入绝望。”

我问他：“您认为谁更有权力决定采用哪些药物治疗，是病人的亲属，还是医学领域的专家？”

“这件事要具体问题具体分析。”

“您有没有亲人在医院不治身亡？”

威尔士的嘴紧紧地抿了起来：“我妈妈在常规的内窥镜检查中死在了手术台上。”

“您是否责怪了医生？”

他犹豫了一下说：“我们之后已经解决了这件事。”

这个人有问题。我说：“谢谢您。”我坐下来看着霍华德，摇了摇头。

第二个进来的候选人是将近 70 岁的黑人男性。奥德特询问了他的最高学历、是否已婚、和谁住在一起、有什么兴趣爱好。大部分问题在调查问卷上都出现过了，但有时你还希望再问他们一遍，例如让这个人给你讲述一遍国内战争的时候直接看着他的眼睛，看看他是不是真的熟知这段历史，还是只是一个枪械迷。她说："我知道您是商场的一名保安，您认为自己是法律体系的一员吗？"

他回答："在某种程度上来说是吧。"

奥德特说："约翰森先生，您应该知道我们在选择一名公正的陪审团成员。您应该不难发现您和被告都属于有色人种。这一点会影响您做出公正的判决吗？"

他眨了几下眼睛。过了一会儿，他对奥德特说："您自己的肤色会让您的判断有失公允吗？"

我觉得约翰森先生应该是现在我在全世界最喜欢的人。奥德特问完之后，我站了起来："您认为黑人比白人犯罪的概率更大吗？"

这时我已经知道答案了，所以我并不是为了答案而问的。

我想看看他对此做出的反应，一个白人女性抛出了这样的问题。

他缓慢地说："我相信，黑人比白人更容易出现在监狱里。"

"谢谢您，先生。"然后我转向霍华德，用不易察觉的方式点了点头，仿佛是在说：他能得 10 分。

还有几名候选人的表现比较平庸，这个情况一直持续到第 12 号陪审团成员站到了台前。莱拉·费尔克劳是当陪审团的最佳年纪，金发碧眼，又活泼好动。她在城中心一家多种族混杂的学校教书。她对待奥德特非常礼貌又专业。我一站起来，她就转向我微笑了。我告诉她："我女儿就要去您工作的街区上学了，我们也是为此才搬过去的。"

这位女士说："她会喜欢那里的。"

"费尔克劳女士，现在我是一位代表黑人女性的白人女性，她被以最严重的罪名起诉。我有一些顾虑想要与您分享，因为我需要您在当陪审团的时候感到舒适，就像我为我的委托人辩护一样。你知道，虽然我们都说偏见是一件不好的事情，但偏见是真实存在的。例如，某些案子里我永远都不会被列在陪审员名单上。我很爱动物。如果看到有人虐待动物我就不能保持公正了，我的怒火会掩盖住我理性的思考。如果是这样的话，我可能再也无法相信辩护律师和我说的任何话。”

费尔克劳女士向我保证：“我完全理解您所说的，但我没有潜藏的偏见基因。”

“如果您上了一辆公交车，上面只有两个空位，一个在非裔美国男性身旁，一个在上了年纪的白人女性身旁，您会坐哪一个？”

她摇了摇头说：“离我最近的那个空座位。我知道您想说什么了，麦考瑞女士，但是说实话，我对黑人没有任何偏见。”

霍华德就在这个瞬间把钢笔掉在了地上。

这一声就像枪声，我转过头去，对上了他的目光，然后开始用能赢得奥斯卡奖的出色演技——一阵剧烈的咳嗽，掩饰过去。这是我们之前安排好的信号。我仿佛要把肺都咳出来了，不得不停下来去喝辩护律师桌子上的水。我用粗哑的嗓音对法官说：“尊敬的法官大人，请让我的同事帮我完成剩下的部分。”

当霍华德站起身时，他先有点痉挛似的咽了咽口水。当我看到费尔克劳脸上的反应时，我立刻感到了不对劲。

霍华德站在她面前的一刻，她整个人都僵住了。

从她僵住到嘴角挂起微笑之间是极短的间隔，但我仍然捕捉到了。霍华德说：“不好意思，费尔克劳女士，还有几个问题要问。”

“您的班里的黑人孩子比例是多少？”

“嗯，我们班一共有 30 个孩子，今年有 8 个孩子是非裔美国人。”

“您有没有觉得非裔美国孩子比白人小孩更需要管教？”

她转动着手指上的戒指说：“我用平等的方式对待他们。”

“那现在我们先不讨论您班上的事。您是否认为从更宏观的角度来讲，非裔美国小孩比白人小孩更需要管教？”

“呃，我没有做过相关的研究。”转动，还在转动。“但我可以告诉您我没有这么认为。”

这意味着，她的确认为存在这个问题。

当我们终于完成了所有问询之后，前14个陪审员又被叫到了等待室里，我和霍华德一起快速挑出我们想要去掉的人。洛雷法官问：“现在可以确定谁被免除了吗？”

奥德特说：“我想免除10号陪审员，他认为黑人无法获得一份公正的工作，更别说公平的审判了。”

我说：“没有异议。我还想免除8号，他的女儿被一个黑人强奸了。”

奥德特说：“没有异议。”

我们还免除了一个妻子已在弥留之际的男子、一个小宝宝生病的母亲，还有一个要养育6个孩子的父亲，他不能冒着被开除的风险一周都不去上班。

我说：“我想免除12号陪审员。”

奥德特说：“不行。”

洛雷法官对我皱起了眉头。“您还没说出是为什么，法律顾问。”

我解释说：“因为她种族歧视。”但这个理由即使在我自己听来也颇为可笑。这个女人给黑人学生教课，还发誓她并没有偏见。但我从她对霍华德的反应，还有转动戒指表现出来的紧张，看出她隐藏很深的偏见。如果我向奥德特或者是法官解释我们的小实验，我的麻烦就大了。

我也知道即使现在我把她叫进来问更多问题，也不会有什么帮助。所以现在我要么接受她当一名陪审员，要么就用强制删除名额把她去掉。

奥德特已经动用她的名额去掉了一名护士，还有一个社区管理者，因为他认为他在哪里都会发现不公正的事情。我去掉了一个失去婴儿的女人，一个起诉过医院玩忽职守的男人，还有一个（感谢霍华德和脸书）去参加过白人力量音乐会的家伙。

霍华德向鲁斯倾身过去，这样可以对我耳语。他说：“用这个权力吧，她会给我们造成麻烦，虽然她看起来很单纯。”

法官要求我：“法律顾问，你能让我们都听听你们在小声谈论什么吗?”

“很抱歉，尊敬的法官大人，请允许我和我的共同顾问讨论一下。”我又转向霍华德，“不行。我还有70个陪审员没看呢，只有4次机会了。我们都知道，撒旦说不定就在下一组里。”我碰上了他的目光。“你说得对，她有偏见，但她根本意识不到她有。她也不希望被这样看待。所以说不定，只是说不定，这反而对我们有利。”

霍华德看了我半天。我看出他想表达内心的想法，但最后他只点了点头。他说：“你拿主意。”

我告诉法官：“我们接受12号陪审员。”

奥德特继续说：“我想排除2号陪审员。”

这就是我的黑人保安，我的完美10分。奥德特也知道这一点，因此她希望用无条件剔除名额排除掉他。但是我在她说完这句话之前就像箭一样冲了出来。“法官大人，请稍等。”我们走到长椅前，“法官大人，这是对巴特森的公然违抗。”

詹姆斯·巴特森是一个在肯塔基州公然入室抢劫被起诉的非裔美国男性，但是他的陪审团都是白人。在庭前交流酒会上挑选陪审员的时候，检察官用无条件剔除名额一下去掉了6名候选人，其中4名是黑人。辩护律师尽自己最大的努力劝服法官，巴特森的陪审团未能代表社区的多样性。但是法官拒绝了，巴特森最终被判有罪。1986年，最高法院做出了对巴特森有利的判决，宣布检察官针对犯罪案件用无条件剔除的时候不应该仅仅基于种族。

从那之后，只要有黑人从陪审团被删除掉，任何一个希望留下他或她的辩护律师都会高喊巴特森的名字。

我接着说：“尊敬的法官，第六修正案保证了被告在陪审团保留他或她同类人的权利。”

“麦考瑞太太，谢谢您的提醒，我熟知第六修正案的内容。”

“我没有别的意思。纽黑文的构成群体非常复杂，而陪审团应该反映出这种多样性，现在这位先生是这 14 名候选人中唯一的一名黑人陪审员。”

奥德特说：“你在开玩笑吧，你是在说我种族歧视吗？”

“不，如果你完全出于州法院的利益挑选一个陪审员，就不会被认为是种族歧视了。”

法官转向奥德特：“顾问，你使用无条件剔除的理由是什么呢？”

她说：“我觉得他喜欢争辩。”

洛雷法官警告我：“这只是第一组候选人，你们别无理取闹了。”

也许就是因为他现在大张旗鼓地支持检察官。也许就是因为我想向鲁斯展现我要为她说话。也许就是因为他这番强势的话，让我想起来我过去对他的那种怒火。不论是因为什么（当然也可能是因为全部），我挺直了背脊，我要利用这次机会，在我们还没正式开始交锋之前先削弱奥德特的气焰。我向法官要求：“我请求暂停，我希望奥德特能提供她的询问笔记。我们候选人里还有其他喜欢争辩的人，我想知道她有没有给其他陪审员记录下来这个特点。”

奥德特转了转眼珠，去证人席上翻找。我必须承认，作为一个公共辩护律师，我非常喜欢看到检察官陷入困境。我走过去的时候她看了看我。“你说 2 号陪审员喜欢争辩，你听了 7 号陪审员的回答了吗？”

“我当然听了。”

“你觉得他的行为怎么样？”

“我觉得他很友善。”

我低头看向霍华德完美的笔记。“你所说的友善是否包括：当你问他如何看待非裔美国人犯罪时，他从椅子上站起来，指控你暗示他是种族主义者？这难道不是喜欢争辩的表现吗？”

奥德特耸了耸肩："他的语气和2号陪审员不一样。"

"当然，他们的肤色也不一样。请问，你有没有记录关于11号陪审员喜欢争辩的事?"

她低头看向表格："当时我们的进行速度很快。我没有写下我看到的每一件事，因为这不重要。"

我追问道："因为这不重要，还是因为这个陪审员是一个白人?"我转向法官，"谢谢您，法官大人。"

洛雷法官转向检察官："这次无条件剔除予以驳回。现在游戏才刚开始，不要这么快就让我陷入巴特森困境，劳顿女士。2号陪审员继续留在小组里。"

我气喘吁吁地回到鲁斯身旁的座位上，霍华德朝我眨眼睛，满脸崇拜之情。鲁斯突然递给我一张便笺。我打开，发现上面简单地写了两个字：谢谢。

那天法官终于让我们离开之后，我让霍华德回家去补充睡眠。我和鲁斯一起走出法院。我先向外张望，确保外面没有被媒体包围。现在的确还没事，但是我知道等到庭审开始的时候一切都会不同了。

到达停车场，我们两个人都没有急着离开。鲁斯仍然低着头，我对她太熟悉了，知道她现在有心事。"你想不想去喝杯红酒？还是你要回家找埃迪森?"

她摇了摇头："他最近比我出门的时间还要长。"

"你似乎不太开心。"

鲁斯说："因为现在我并不是他的榜样。"

我们走过拐角来到酒吧，之前我来过这里很多次，欢庆胜利或是为失败买醉。这里挤满了我认识的律师，所以我带着她来到后面的座位上。我们都点了黑皮诺酒。酒端上来的时候，我提议碰杯："为了无罪干杯。"

我注意到鲁斯没有举起杯子。

我温和地说："鲁斯，我知道这是你第一次上法庭，但是你要相信我，今天的进展真的非常、非常顺利。"

她把玩着手中的玻璃杯："妈妈经常给我们讲起一件事，有一次，在我们所住的哈林区，她用婴儿车推着我，两个黑人女士经过她身旁。其中一个对另一个说，她又带着这个假装是她孩子的婴儿走来走去了。这才不是她的孩子呢。我最恨保姆带孩子了。因为我的肤色比妈妈的要浅，别人总以为她是带着主人家的小孩出门。她大笑了出来，因为她知道真相，我如假包换是她的孩子。但问题是随着我长大，让我讨厌自己的并不是那些白人小孩，而是那些黑人小孩。"鲁斯抬起眼看我，"那个检察官今天的表现让我重新想起了这件事。就好像，她专门是来打压我，给我难堪的。"

"我不知道奥德特是不是出于私人恩怨，她只是喜欢获胜。"

我突然意识到自己从来没有和一位非裔美国人进行过这样的对话。通常我都会非常警觉，以防被人视为一个有偏见的人，所以我时刻担心自己说出可能冒犯别人的话。之前我的委托人也有非裔美国人，但是在那些案子里我给自己设定的是知道所有答案的人。鲁斯见证了这个假面松动的过程。

和鲁斯在一起的时候，我知道我可以放松地问一些白人女孩的愚蠢问题，她绝不会说我无知而是认真地回答我。以此类推，如果我激怒了她，她也会直白地告诉我。她还给我解释了编头发和接发之间的区别。此外她还会问我关于晒伤的事，以及多长时间之后结痂会开始脱落。这个区别就类似于在并不安全舒适的地方和一个相识的人一起跳舞。这种关系很脆弱，也不会持久。但是因为这种关系根植于尊重，所以是不会动摇的。

鲁斯承认："你今天可真是让我大吃一惊。"

我笑起来："因为我竟然很擅长自己的工作？"

"不是。因为你所问的一半问题都是关于种族的。"她看着我的双眼，

“而之前你一直告诉我在法院里是不会谈论这个问题的。”

我生硬地说：“的确不会。你等到周一开庭再来，就会发现一切都改变了。”

鲁斯向我确认：“你还会让我说话吗？因为我有话要说。”

我把红酒杯放到桌子上说：“我向你保证。鲁斯，你知道，我们假装种族和一个案子毫无关系并不意味着我们没有意识到它的存在。”

“那为什么要假装呢？”

“因为律师都是这么做的。我们无法做到百分之百诚实，谎言是获胜的必要手段。如果能让你无罪，我甚至都可以告诉陪审团德维斯·鲍尔是一个狼人。”

鲁斯看向我的眼睛：“这是一种转移注意力。一个小丑对着你挥手，于是你就注意不到他背后的小动作。”

听到我的工作被如此形容的感觉很奇怪，但并不是全无道理。我举起杯子说：“现在我们唯一能做的就是一直喝酒，喝到忘记这件事情。”

鲁斯终于抿了一口酒：“黑皮诺我怎么也喝不够。”

我用手指玩弄着餐巾的边缘：“你觉得会不会最终出现种族主义完全消失的那一天？”

“不会的，这意味着白人要为了平等付出代价。谁会选择去瓦解自己的体系，失去一切优势和利益呢？”

热浪涌上了我的脸。她是在说我吗？她是在暗示我不反抗这个体系是因为我害怕损失个人利益吗？

“但是，也许我是错的。”鲁斯突然沉默了。

我举起了酒杯，和她碰了个杯。我说了祝酒词：“为了迈出的这一小步干杯。”

又经过一天的陪审团筛选，我们挑出了 12 名成员和 2 名候补。我整个周末都把自己关在家里的办公室，为周一的开庭辩护做准备，只有周日下午抽空去见了新生儿专家。

迈卡第一次见到伊凡·凯利·加西亚的时候，还是大一新生。那天是期中考试，伊凡冲进考场的时候，距离考试结束只有半小时了，他穿得很臃肿，慌里慌张地坐下答题，结果还考了高分。原来考试前一天晚上是万圣节，他在女学生联谊会上喝醉了，醒来之后才意识到还有一场重要的考试，险些因此断送他的医学生涯。伊凡后来不仅与迈卡成为学习搭档，还以优异成绩毕业，又去了哈佛医学院继续深造，成为这片区域最出色的新生儿专家之一。

他和迈卡已经很多年没见了，非常期待听到他的近况，也很想见见他那个疯狂的律师妻子以及一个坏脾气的 4 岁小孩（刚才她在车座上打盹，把她叫起来就是一个巨大的错误）。伊凡和妻子住在康涅狄格州的西港区，那是一片安静的区域。他妻子早上跑完 24 公里的马拉松训练跑之后，给我们亲手制作了鳄梨酱和萨尔萨辣酱。他们还没有孩子，但养了一只巨大的伯尔尼兹山地犬，现在它正陪维奥莱特一起玩。

伊凡说：“兄弟，看看我们两个，都结婚了，有工作，还很上进。还记不记得那次咱俩吃了迷幻药，我决定爬树，结果忘了自己恐高？”

我转向迈卡问：“你吃过迷幻药？”

伊凡突然沉默了：“你肯定没和她讲过瑞典的事吧。”

“瑞典？”我的视线在两个男人身上挪来挪去。

伊凡说：“这是我们保持沉默的暗号。兄弟之间的暗号。”

一想到迈卡这种连所有短裤都喜欢熨得平平整整的人，也会和人称兄道弟，我都忍不住想笑。

迈卡继续说：“我妻子正在接手她第一起谋杀案的官司，我要事先向你道歉，也许她会问上一万个问题。”

我用低到听不见的声音说：“过后你再完整向我坦白你的事。”然后我微笑着转向伊凡，“我想请您给讲解一下新生儿的扫描检测。”

“简单来说，这个检查会对新生儿的死亡率带来革命性的影响。这要归功于一种叫串联式质谱法，在州立实验室完成，通过这种方法我们可以识别出一些先天性疾病，这样就可以进行相应的治疗了。我确定你女儿也做过这个测试，这是一个非常明智的选择。”

我问：“这种检测可以检测出哪些疾病？”

“哦，所有科学怪人词典里才会有的名字：生物素酶缺乏症，这种疾病会导致婴儿无法分泌出足够的游离生物素；先天性肾上腺皮质增生症和先天性甲状腺机能低下症，这两个是激素缺陷；半乳糖血症，这种疾病导致婴儿不能将牛奶、母乳、婴儿食品里的特定糖分转化；血色素疾病则是血红细胞的问题；氨基酸代谢紊乱，会导致血液或尿液里的氨基酸含量增加；脂肪酸氧化作用缺陷症导致身体无法将脂肪转化为能量；有机酸血症算是以上两种病的集合。你可能听说过其中一些，例如镰刀形红细胞贫血症，很多非裔美国人都会得这种病，或是苯丙酮尿症，得这种病的婴儿不能分解特定种类的氨基酸，导致它们在血液或尿液里堆积。如果你不知道你的孩子得了这种病，日后会导致他认知损伤和突然发病。但如果在出生后就检查出来，就可以通过特殊饮食和预测得到有效治疗。”

我把实验结果递给他：“实验室说这个病人的新生儿扫描检测有异常。”

他翻看了前几页：“你说对了，这个孩子有中链脂肪酸去氢酵素缺乏症。你通过这个质谱图的 C6 和 C8 就可以看出来，这是说明酰肉碱的数据。”伊凡抬头看向我们，“哦，对，我忘了。应该说英语。这个是中链脂肪酸去氢酵素缺乏症的缩写。这是一种脂肪酸氧化异常的常染色体隐性遗传病。你的身体需要能量才能运转：移动、发挥功能、消化，甚至是呼吸。我们通过氧化脂肪酸获取能量。但是一个患有脂肪酸氧化异常的婴儿做不到这一点，因为他缺少一个关键的酶。从这个检测可以看出，他患有中链脂肪酸去氢酵素缺乏症。这意味着一旦他的能量存储耗尽，他就要出问题了。”

“意思是……？”

他把这沓文件递给我：“他的血糖会下降，他会变得疲劳、行动迟缓。”

这些话立刻使我警觉了起来。德维斯·鲍尔的低血糖难道是她妈妈的妊娠糖尿病造成的？“这种情况可能会造成死亡吗？”

“如果前期没有检查出来的话是可能的。很多有这种病的孩子都没有表现出症状，直到某个契机触发了疾病：感染、免疫力下降或是禁食。之后情况急转直下，看起来就像是很糟糕的婴儿致死并发症，一般来说婴儿会呼吸停止。”

“如果一个婴儿已经患有中链脂肪酸去氢酵素缺乏症，之后发生了呼吸停止，还有可能获救吗？”

“这的确要依情况而定。可能可以，也可能不行。”

我想，可能，这对陪审团来说真是个好词。

伊凡看着我：“如果这和法律案件相关的话，我猜病人是不是没有获救。”

我摇了摇头：“他一共就在这世上停留了三天。”

“这个孩子是周几出生的？”

“是周四，他的脚跟抽血是周五做的。”

伊凡问：“他的检测结果是什么时候被送去州立实验室的？”

我承认：“我也不知道，这有什么影响吗？”

他靠回到椅背上，看着正企图骑到狗身上的维奥莱特说：“有影响的，因为康涅狄格州的实验室周六和周日关门。如果扫描样本是……比如周五下午才从医院送出的，那实验室最早周一才能收到。”伊凡看着我，“意思就是如果这个孩子出生在周一，他还是有存活下来的可能。”

第 二 阶 段

临 盆

她希望了解他们所有的恨意，仔细审视，详尽研究，
直到找出那道微不可察的裂痕，从里面先是抽出鹅卵石、
小石子、砖头，再到墙，然后，随着这个过程开始启动，
整栋宏伟的大楼可能就在顷刻间拔地而起了。

——雷·布拉德伯里，《图案人》

○ 鲁斯 ○

我们每个人都在想办法让自己分神，以免注意到时间的流逝有多么迅速。我们醉心于工作。我们关注西红柿植株有没有枯萎，我们给汽车加满油，给地铁卡充值，去杂货店买东西，所以每一周看起来都过得差不多。然后突然有一天，你转过身才发现，你的小宝宝已经长大成人了。某一天，你看着镜子里，发现了新长出的白发。某一天，你意识到你生命中剩下的日子少于你已经活过的日子了。这时你会想，这一切怎么就发生得这么快？我才第一次到达法定喝酒年龄，我才第一次给他换尿布，我年轻的时光都恍然在眼前。

而当你意识到的瞬间，你就会开始计算了。我还剩下多少时间？我在这么有限的时间里还能做些什么？

有的人可能会让这种觉醒引导他们。他们规划去西藏的旅行，学习雕刻和跳伞。他们假装人生并不是马上就要走到终点了。

而有的人还是继续日复一日地给汽车加满油，给地铁卡充值，去杂货店买东西，只是因为如果前方已经是一条平坦的路，就不用担心突然出现悬崖，坠落下去。

有的人永远学不会新东西。

而有的人比起周围的人，早早便成熟了。

开庭的当天早上，我轻轻地敲埃迪森的门。我问："你准备得差不多了吗?"半天没有听到他的回音，我拧开门把走了进去。埃迪森埋身在一堆被子下面，用胳膊挡住眼睛。我提高音调说："埃迪森。快点！我们可不能迟到！"

通过他的呼吸我敢断定他没有睡着。他喃喃地说："我才不去呢。"

肯尼迪要求埃迪森向学校请假，来参加庭审。我没有告诉她这些天他已经不怎么去学校了，因为学校已经很多次打电话联系我说他旷课。我请求过、争辩过，但是让他听我的话已经变成一项极其困难的任务。我的小学者、我的小认真、我的心肝儿子，现在变成了一个叛逆的人，把自己关在房间里大声听音乐，音乐震得墙都在颤动。他还给我不认识的朋友发短信，又或者深夜才回家，有时带着一身浓烈的酒气，有时带着一身大麻味。我曾经反对过，为此哭过，但是现在，我都不知道还能做些什么了。我们生活的这列火车正在渐渐脱轨，而这还只是其中一节车厢。

我对他说："这件事咱们讨论过的。"

他眯眼看我："没有，是你在自说自话。"

"肯尼迪说一个看起来有母性的人更难和杀人犯联系到一起。她说你给陪审团展现出来的印象有时比证据更重要。"

"肯尼迪说。肯尼迪说。你说话的口气就像她是上帝似的。"

我打断他："她就是。至少她现在是。我每次祈祷都是为她，因为她是唯一一个在我和罪名之间斡旋的人，埃迪森，因此我要求……不，是恳求你，就为了我做这么一件事。"

"我还有其他事要忙。"

我挑起了眉毛："要忙什么？忙着逃课吗?"

埃迪森一翻身，离我更远了："你为什么不赶紧走呢?"

我突然爆发："一周之内，你的愿望说不定就要实现了。"

说出口的话容易一语成谶。我连忙用手掩住嘴，似乎这么做就能收回刚才的话。埃迪森使劲眨眼睛，才没让泪水涌出。他喃喃地说："我不是这个意思。"

"我知道。"

他向我坦白了他的想法："我不想去参加庭审，是因为我不想听到他们怎么说你，我会受不了的。"

我用双手捧住他的脸："埃迪森，你是了解我的，但他们不知道。不论你在那个法庭里听到什么，不管他们想撒什么谎，你都要记住：我做的所有事都是为了你。"我用拇指划过他脸上的泪痕。"你会成为一个了不起的人。人们都会记住你的名字。"

我脑海中回响着妈妈对我说过的相同的话。我想，一定要小心你渴望的东西。过了今天，大家的确都会知道我的名字。但不是出于她希望的那种原因。

我告诉埃迪森："发生在你身上的事情才更重要。而发生在我身上的事情不重要。"

他伸手握住了我的手腕："但发生在你身上的事对我很重要。"

我看着埃迪森的眼睛说："哦，原来你在这里。这才是我认识的那个男孩。就是那个我把全部希望寄托在他身上的男孩。"

我用开心的语气说："看起来，我得感谢一下起诉我的案子了。"

埃迪森松开了我的手腕。他伸出胳膊，弯了起来，用一种隆重而古老的方式拥抱我。虽然他现在还穿着睡衣，虽然我的头发上包着一条头巾，虽然我们不是在参加舞会，但是这个拥抱非常庄重。他说："这是我的荣幸。"

昨天晚上，肯尼迪突然出现在我家门口。她是和丈夫、女儿一起来的。

她从大约两小时车程外的某个镇上直接开车过来，迫不及待地要和我分享她的新发现：德维斯·鲍尔的新生儿扫描检测中已经出现了中链脂肪酸去氢酵素缺乏症。

我瞪着她给我展示的结果，也就是她丈夫的一个当医生的朋友看过的那份。“但这……这……”

她最后说：“对你来说太幸运了。我不知道这份结果在文件里缺失是不是出于偶然，还是有人故意拿掉的。如果这份文件存在，你的罪名就没有那么有力了。重要的是我们现在知道这件事了，我们要利用它得到无罪赦免。”

中链脂肪酸去氢酵素缺乏症比导管未闭的第一阶段还要严重。这本来是肯尼迪希望提及的一个心脏小疾病。现在说鲍尔家的孩子患有一种威胁生命的疾病已经不再是撒谎了。

她不会在法庭上撒谎，只有我会。

我有十几次都想向肯尼迪坦白，尤其是当我们的关系从纯粹的工作关系发展到私人关系之后，但是结果这种转变却让事情变得更糟糕了。起初我没法告诉她在德维斯·鲍尔的孩子出现呼吸停止的时候我曾经碰触他并进行干预，因为当时我不知道她是否可信任，以及这件事会怎样影响我的案子。而现在，我又不能告诉她，是因为我对从刚一开始就撒谎感到很羞愧。

我的泪水夺眶而出。

她说：“我希望这是喜悦的泪水，或者是对我出色的法律天赋的感激。”

我言不由衷地说：“那个可怜的婴儿，真是太……跌宕起伏了。”

但其实我不是为了德维斯·鲍尔而哭泣，我也不是为了自己的不诚实而哭泣。我哭泣，是因为肯尼迪到现在为止一直是对的，德维斯·鲍尔这件事和护士是白人、黑人甚至是紫人都没有任何关系。而我有没有试着救过这个孩子也没有关系。这些因素都不会对这件事造成影响。

她抚着我的胳膊，提醒我道："鲁斯，好人身上每天都会发生坏事。"

向下城开的公交车刚在我们面前的车站停下，我的手机响了。我和埃迪森往车厢走去，阿蒂萨的声音突然冲进了耳朵："天啊，你一定要相信我接下来的话。你现在在哪儿？"

我看了一眼牌子："大学路。"

"哦，那你往格林路走。"

我克制着自己不要爆发，和埃迪森转身按照她说的方向走过去。法院就在公园绿地对面，肯尼迪已经指导过我不要从这个方向走过去，不然我就会被媒体蜂拥围住了。

但是从一定距离之外远远地看一眼发生了什么，肯定是不会对我造成伤害的。

还没看到人影，声音就已经涌到耳边了。他们坚定的声音和谐地交织在一起，像杰克的魔豆一样攀爬，升上天空，抵达天堂。那里挤满了人，很多棕色皮肤的人，高唱着"哦，自由"。在他们前面，搭建了一个临时小讲台，站在印着标志的背景板前的是华莱士·默西。警察用身体筑成了一道人墙，他们伸出双手，似乎正打算念魔咒阻止暴乱。榆树街上排了一排新闻车，车上的信号盘指向太阳。别着麦克风的记者背对着格林街，摄影师正在给他们拍摄。

我吸了一口气："我的天啊。"

阿蒂萨骄傲地说："虽然这件事和我没有关系，但是这都是为了你啊。你应该直接走到法院前门的台阶上，高高地昂起你的头。"

"我不能那么做。我之前已经和肯尼迪约好见面地点了。"

阿蒂萨说："好吧。"但是我能听出她语气中的失望。

我告诉她："我们在法院碰面吧。阿蒂萨，谢谢你今天能来。"

她叹了口气："我还能去哪儿呢？"然后电话就被挂断了。

我和埃迪森用不引人注意的方式经过了耶鲁的学生，他们背着像乌龟壳的书包，又走过了哥特式建筑的住宿楼，它们被黑色的大门隔在安全的空间里；然后我们走过了流浪女诗人，她是一个无家可归的女人，为了乞讨她总是会悲伤地念上那么几行诗。当我们走到华尔街上的教区办公所时，趁别人不注意溜到了建筑物后面，来到一块空地上。

埃迪森问我："现在我们要做什么？"他穿着当时去妈妈葬礼时的西服。如果除了这两次之外他还能有一次会穿这身衣服，可能就是去大学面试了。

我告诉他："在这里等着。"肯尼迪计划带着我偷偷从后门溜进去，这样我就不会引起媒体的注意了。她让我相信她。

我的确是个傻瓜。

○ 特克 ○

昨天晚上我实在睡不着的时候，打开电视看了一个凌晨 3 点播出的节目。讲述的是印第安人过去的生活方式。他们采用了情景重现，有个家伙穿着缠布就出场了，在一棵纵向劈开的树干和一堆树叶上生火。等到木头点燃，他又刮出了一个类似蛤壳的东西，一直重复这个过程，直到掏空树干中心，挖出一艘独木舟。这就是我今天的感觉。似乎有人把我从内部一直挖呀挖，直到把我挖空。

我等待这一天已经等了很久。我原先很肯定，我的体内有超人一般源源不断的能量。我要为了自己的儿子战斗，谁也别想阻止我。

但奇怪的是，我觉得自己已经走到了战区，结果发现那里什么都没有。

我累了。今年我 25 岁，我觉得自己已经遍历了 10 个人的人生。

布列塔从洗手间出来说："现在轮到你了。"她穿着文胸和连裤袜，这是检察官建议她穿的，这样她看起来就像个保守派的人了。

她建议我："你嘛，应该戴顶帽子。"

在我的观念里，这是我儿子应得的纪念。如果我没法再让他活过来，我要确保应该为这件事负责的人得到应有的惩罚，这样那些和她一样的其他人就会因恐惧而颤抖。

我拧开了水龙头的热水，把手放在下面。然后我挤出了剃须膏，冲出泡沫。我把这些涂在头上，用一把剃须刀把头发剃干净。

或许是因为我一夜未睡，也可能是我内心渴望破坏的一面反而让我变得懦弱，或者出于其他什么原因，总之我把左耳上方划破了。肥皂泡跑到伤口里，疼得钻心。

我把一块抹布按在头上，但是看起来头上的伤口还需要一点时间才能愈合。过了一分钟我松开了手，亲眼看着血流到脖子上，又流进领子。

那就像是从我的文身绽放出的一面红旗。我被这种组合迷住了：白色的肥皂、苍白的皮肤和深红色的伤口。

我们先是开到了法院的相反方向。小卡车的前车窗上结了霜，天气晴朗，这是那种看起来非常棒，但是一打开车门才意识到有多冷的天气。我们都已经装扮好了，我穿着和弗朗西斯轮流穿的西服外套，布列塔穿着一条黑裙子，原来非常合身，现在裙子下瘦削的身体轻飘飘的。

这片空地上只有我们这辆车。停好之后，我下车绕到布列塔那一侧。这倒不是因为我多么绅士，而是因为她拒绝下车。我在她身旁跪下，把手放在她的膝盖上。我说："没事的，我们还有彼此可以依靠。"

她扬起了下巴，每次有人认为她是一个软弱无能的人时她都会这么做。之后她终于肯从卡车上下来了。她穿着平底鞋，是奥德特·劳顿告诉她这么穿的，但是她的大衣太短了，刚刚碰到臀部，我敢说风很快就会穿透她裙子的纤维。我试着站在她面前挡风，似乎我能为她改变天气。

等我们到达墓地，阳光洒落在墓碑上，折射出光芒。墓碑是白色的，令人眩目的白色。布列塔弯下腰，仔细看着德维斯·鲍尔的名字。从他出生的日期再到他去世的日期。下面只刻了三个字，"爱着你"。

布列塔本来想刻"爱过你"的。她本来告诉我让刻墓碑的人刻这个，但是最后一秒我改了主意。我不会停止爱他，所以为何用过去式呢？

我告诉布列塔是刻字的人刻错了。我没有承认这都是我的主意。

我很喜欢这个想法：我儿子墓碑上的字和我左手关节上的文身浑然一体，就好像我带着他到处走。

我们一直站在坟墓前，直到布列塔冷得受不了。葬礼结束后，我们在这片空地上撒了草的种子，但现在草已经枯黄了。这是这里的第二起死亡。

我在法院看到的第一个东西就是“黑鬼”。

看起来纽黑文中部的整个公园都被“黑鬼”攻占了。他们有的摇着旗子，有的唱着赞美歌。

这都要怪电视上那个浑蛋，叫什么华莱士的。就是那个传教的家伙，你甚至可能在网上付他5美元就能受洗。他正在讲类似于黑鬼历史课的东西，讲到了贝肯叛乱。他说：“我的兄弟姐妹们，结果白人和黑人被分离开了。人们相信如果他们团结起来，他们结合在一起可以造成更大破坏。等到1705年，信奉基督教的契约劳工，当然也是个白人，被赠予土地、枪支、食物和财富。而他们把原先自由的人变成了奴隶。我们的土地和牲畜被夺走，我们的武器被夺走，如果我们向一个白人男子伸出手，我们的命也会被夺走。”他说到这里举起了胳膊，“历史都是盎格鲁后裔的美国人说的。”

太他妈会蛊惑人心了。我看了一眼听他说话的人的规模。我想起了阿拉莫遗址，几个得克萨斯人成功将一支美籍西班牙人的军队拖延了12天之久。

虽然输了，但还是很了不起。

突然间，在黑人组成的浪潮里，我看到一个白色的拳头举起来。这是一个象征。

这个人向我走来的时候，人群有了变化。他块头很大，光头，蓄着长长的红色络腮胡。他在我和布列塔面前停下，伸出了手。他自我介绍：“我叫卡尔·索海德森，但你应该知道我的另一个名字，奥丁45。”

这是孤狼网上一位活跃发帖的网友。

他的伙伴也和我握了手："我叫埃里希·杜瓦尔。网名白色恶魔。"

和他们同来的还有一个带着一对双胞胎的女人，一手抱着一个银发、还在蹒跚学步的小孩。还有一个穿着迷彩服的哥们儿。三个画着浓重眼线的女孩。一个穿着军靴的高个子男子，嘴里还叼着一根牙刷。戴着一副时髦的厚片眼镜的年轻男孩，胳膊下夹着笔记本电脑。

不断有人涌到我的身边，这些人都和我在孤狼网上秉承相同的价值观。他们中有裁缝、会计师、老师，他们有的是在亚利桑那边境巡逻的义勇军，也有在纽黑文山丘上驻扎的自卫队。他们是热情从不消退的新纳粹主义者。他们曾经隐姓埋名，利用网上的用户名掩藏身份，现在他们站了出来。

为了我的儿子。他们愿意再次挺身而出。

○ 肯尼迪 ○

开庭的当天早上，我睡过头了。我像炮弹一样从床上冲下来，往脸上胡乱拍着护肤水，迅速扎了个辫子，套上连裤袜，并穿上了我最正式的一身出庭穿的深蓝套装。我化妆最多花了三分钟，等我走进厨房的时候，迈卡正站在那里。我责怪他："你怎么不叫醒我呢?"

他微笑起来，轻吻了我一下："我也爱你，我生命的月光。你坐到维奥莱特旁边去吧。"

我们的女儿坐在桌子旁看着我："妈咪？你脚上穿了两只不一样的鞋。"

我惊呼："哦，我的天啊。"我连忙要回卧室，但是迈卡扶着我的肩膀，一把将我按到座位上。

"你要趁热吃。你需要能量才能干掉那个光头党还有他妻子。否则你运转的动力就不够了。我可亲身经历过法院里唯一提供的那种食物，他们自己都不想吃，还有咖啡，还有一台大概是恐龙时代的贩售燕麦棒的自动贩卖机。"他把盘子摆在我面前，上面是两个荷包蛋，涂了果酱的烤面包片，甚至还有炸薯饼。我实在饿得前胸贴后背，他把最后一样早餐摆到桌子上的时候，我已经把荷包蛋吃完了。他用他的哈佛医学院马克杯给我端来一杯冒着热气的拿铁，开玩笑说："你看，我用体现白人优势的杯子给你端咖啡呢。"

我听到这里大笑了起来："那待会儿我得把它带到车上去呀，会保佑我好运的，也可能会带来失误，或者带来别的。"

我亲吻了维奥莱特的头顶，从卧室的衣橱里找出成对的鞋子，带上手机、充电器、电脑和公文包。迈卡正用那个马克杯端着咖啡在门口等我。"你是认真的吗？我真为你骄傲。"

我让自己全身心享受这一刻。"谢谢你。"

"冲吧，我们的玛西亚·克拉克[①]。"

我眨了眨眼："她可是检察官。我能不能当格罗丽娅·阿尔弗雷德[②]呀？"

迈卡耸了耸肩："反正直接揍得他们再也起不来就好了。"

我抬脚向车走去，对他说："对于一个第一次负责辩护谋杀案的律师来说，恐怕最不应该给的祝福就是这个了。"然后我端着杯子，一滴都没洒地钻进了驾驶座。

我觉得，总还得有个打倒的过程才好吧？

我沿着法庭前面开了一圈，就是想看看发生了什么，虽然之前我已经和鲁斯约好见面地点了。唯一能确切形容现在情况的词就是"马戏团"。在绿地的一侧，疯狂的华莱士·默西正在直播，对着一群人用扩音器喊："1691年，第一次在法庭中使用'白人'这个词。那时，这个国家还采用一滴血原则。只需要一滴血，你可能就会被判定为这个国家的黑人……"

而在草地的另一端，站着一群白人。刚开始我以为他们是站在那里看华莱士的鬼把戏的，然后我看到了死去的那个婴儿的图片。

白人开始向着聆听华莱士演讲的人群涌去。他们之间发生了咒骂、推搡和殴打等冲突。警察立刻冲进人群，把白人和黑人分开了。

---

① 玛西亚·克拉克：O. J. 辛普森案中的检察官。——译者注

② 格罗丽娅·阿尔弗雷德：知名律师，曾是明星比尔·科斯比性侵案受害者的代表律师。——译者注

看到此情此景，我想起去年为了逗维奥莱特而变的那个魔术。我往做派的锅里倒水，在上面撒上辣椒粉。然后我告诉她辣椒粉非常怕象牙皂，当然，当我把肥皂水倒进去的时候，辣椒粉都集中到了容器的边缘。

对维奥莱特来说，这真的就是魔术了。当然我懂得比她多一些，比如让辣椒粉远离肥皂水的秘密是表面张力。

那时的情景，和这里发生的事情非常相似。

我开车绕到华尔街上的教区办公所，立刻就看到了埃迪森，他正站在那里四下张望，但是我没看到鲁斯。我下车，觉得心一沉："她难道是……？"

他指了指旁边，鲁斯正站在人行道上，看着街道上的人流。到现在为止还没有人注意到她，但还是挺冒险的。我过去要拉她，刚碰到她的胳膊，她就把我的手甩开了。她很正式地请求："我想要独处一会儿。"

我走远了。

有学生和教授经过我们，风把他们的衣领吹起来。有自行车呼啸而过，又开过一辆公交车，刹车时发出了堪比恐龙怒吼的声音，放下几名乘客，然后又开走了。鲁斯开口道："我经常忍不住……这么想。你明白，我整个周末都这么想。我还能坐几次公交车呢？或者是做早餐？这会不会是我最后一次写下付电费的支票？去年 4 月份水仙花刚开的时候为什么我没有仔细观察，明明再也见不到它们了。"

她向排列整齐的小树迈了一步。她的手抚上一棵树，仿佛是要扼住它的喉咙，然后她抬头看向光秃秃的树枝。

鲁斯说："你看看天空。这是你能在油画颜料里找到的那种蓝色。像是最本真的那种颜色。"说到这里她转向我，"我要花多长时间才能忘记这件事情？"

我用手抚上她的肩膀。她在颤抖。我知道她颤抖并不是因为觉得冷。我告诉她："如果让我说，你可能永远都不知道答案。"

○ 鲁斯 ○

埃迪森小的时候，我总是清楚地知道他什么时候想使坏。虽然有时我没有亲眼看见，但我总是有感觉。我经常对他说，我的背后也长着眼睛呢。我背对着他的时候，也总是能知道他企图在晚餐前偷零食吃，这让他惊讶不已。

可能这就是为什么，虽然我现在按照肯尼迪的叮嘱面冲前方，我还是能感受到从背后旁听席投来的目光。

它们就像针、箭、小虫子的叮咬。我需要非常集中注意力才不会去拍打脖子后面，把它们轰走。

我也需要非常集中注意力才不会站起来沿着走道跑出法庭。

肯尼迪和霍华德弯腰激烈地探讨着，他们根本没时间探过壁架和我说话。法官已经声明不允许旁听席干扰法庭秩序，他是零容忍的，只要犯一次就会被轰出去。显然这招是为了制住这些白人种族至上主义者的。但是除了他们，还有别人的眼睛落在我身上。

这里还有一大群黑人，很多人我都在妈妈的葬礼上见过，他们曾经专门为我祈祷。坐在我正后方的是埃迪森和阿蒂萨。他们把手搭在椅子的扶手上，握在一起。我能感受到这种强有力的联系，就像一种气场。我听着他们的呼吸声。

突然间我觉得自己回到了医院，做着我最擅长的事情，我的手扶在一个正在生产的女人的肩头，我的目光盯在显示她生命体征的监视器上。我告诉她："吸气。呼吸。深吸一口气……慢慢把它呼出来。"这样一来她体内的压力就释放出来了。而没有这种压力，接下来就顺利多了。

我自己也应该用用这种方法。

我使劲吸进了最多的空气，我的鼻子都快着火了，因为吸得太深，我想象着自己造成的真空，肺壁向外凸，肺和胸部都快炸裂了。我足足憋了一分钟气。

然后，我吐出了气。

奥德特·劳顿和我完全没有眼神交流，她全身心都放在陪审团身上。她也是其中一员。她和辩护桌保持的距离也在提醒人们谁会决定我的命运，以及她和我没有任何共同点。不管他们看到我们的肤色时会怎么想。

她说："陪审团的各位先生和女士，你们即将听到的案件既可怕又悲伤。特克和布列塔妮·鲍尔像我们之中的很多人一样，期待着成为父母。他们一生中最美妙的日子就是 2015 年 10 月 2 日。那天，他们的儿子德维斯出生了。"她把手放在陪审团座位的扶手上。"但是，和其他父母不同，鲍尔家的两个人因为个人喜好，对非裔美国护士照看他们的孩子感到不太舒服。你们可能并不认同他们的价值观，也可能会反感，但是你们不能否认他们作为父母有选择给孩子怎样医疗照顾的权利。他们也行使了这一权利，特克·鲍尔要求只有特定的护士可以照顾他的婴儿。被告并不在其列，女士们先生们，就这点要求她都忍不了。"

如果我不是因为太紧张，恐怕都要笑出来。这是什么？奥德特就是通过这种方式掩饰那个文件夹里种族歧视的便笺纸的吗？这个方法还挺奇特的，她就这么趁着陪审团发现这个丑恶的真相前，将这件事一语带过。她把他们带到了另一个角度：父母的权益。我看向肯尼迪，她略微耸了耸肩。意思是说，我早告诉你了。

“周六早上，小德维斯·鲍尔为了做微型包皮环割术而被带到了新生儿室。婴儿身体不适的时候被告人独自在那个房间里。那她做了什么呢？”奥德特犹豫了一下，“什么都没有做。这个护士拥有超过20年的经验，这个女人曾经发过誓，要尽自己所能救治别人，而她就那么站在那儿。”她转过身来用手指着我，“这个被告人就那么站在那儿，眼睁睁看着婴儿呼吸不上来，让婴儿死去了。”

现在我可以感到陪审团对着我指指点点，像豺狼闻到了腐肉。他们之中有的人好奇，有的人一脸厌恶。那些眼神令我无地自容。这时我感受到肯尼迪放在我大腿上的手紧紧握住了我的手，我扬起了下巴。她说，别让他们看到你虚汗淋漓的样子。

“鲁斯·杰斐逊的行为荒唐、鲁莽，而且有意。鲁斯·杰斐逊是个谋杀犯。”

我听到话锋直指我，虽然我知道肯定会是这样，但还是感到震惊。我试着让自己平复震惊，开始想象我在怀里抱过的所有婴儿，我是他们来到世上之后第一次带来慰藉的触碰。

“证据显示在婴儿挣扎求生的时候，这个护士就站在那里什么也没做。当其他医护人员赶来的时候，催促她采取行动，她则使用了过度的力量，违反了护理的专业标准。她的行为太过粗暴，你们可以从照片里看到这个小婴儿的瘀青。”

她又把脸转向陪审团：“女士们先生们，我们都会有觉得受伤的时刻。但是就算你们觉得某个人做出了错误的选择，甚至这个选择可能冒犯到你们，你们也不会报复。你们不会伤害一个无辜的人，也不会对让你蒙冤的人以牙还牙。但被告恰恰违背了这条原则。如果她真的按照她所接受的医学专业人士的培训行事，而不是满心都是怒火和仇恨，那么今天德维斯·鲍尔还会活着。但是把这份工作交给鲁斯·杰斐逊之后，”她毫不掩饰地盯着我，“那个婴儿就连一丝生还的机会也没有了。”

我身旁的肯尼迪徐徐站了起来。她走向陪审团，她的高跟鞋踩在瓷砖地板上咯嗒作响。她开口：“检察官，可能你觉得这件案子的原因在于白人和黑人的参与。但是这件案子与此无关。下面我来介绍一下鲁斯·杰斐逊。她毕业于纽约州立大学普拉茨堡分校，毕业后前往耶鲁大学取得护理学位。她作为产科护士至今已在康涅狄格州工作了20余年。她的丈夫卫斯理·杰斐逊，在海外为我们国家战斗的时候捐躯了。她独自抚养她的儿子埃迪森长大。她的儿子是荣誉学生，现在正在申请大学。鲁斯·杰斐逊不是一个怪物。她是一个慈爱的母亲，体贴的妻子，而且是护士的模范榜样。”

说完她走回了辩护桌，把手放在我的肩膀上：“证据会显示出在某天鲁斯值班期间，有一个婴儿去世了。但这并不是一个普通的婴儿。这个婴儿是特克·鲍尔的孩子，他因为鲁斯的肤色而痛恨她。然后发生了什么？当这个婴儿去世的时候，他去了警察局，把错误都归咎于鲁斯。待会儿你们可以听到儿科医生的证词，她赞扬了鲁斯在婴儿陷入呼吸困难后采取救治的措施。而此前鲁斯的上级，曾经告诉她不许她再碰这个婴儿，作为医院一方是没有权利让她放弃作为一个护士的责任的，待会儿你们也可以听到她上级的证词。”

肯尼迪再次走向了陪审团：“你们可以从证据中看到，鲁斯面临了一个不可思议的两难处境。她是应该听从自己的监管护士，以及思想不正确的婴儿父母所言呢？还是应该尽自己一切全力救助婴儿的生命？

“刚才劳顿女士曾说这个案件是一场悲剧，她说的没错。但是悲剧的原因和你们所想的不同。这个悲剧在于，无论鲁斯·杰斐逊做了什么，还是没做什么，都不会对德维斯·鲍尔的结局产生任何影响。当时鲍尔夫妇和医院方都不知道一件事，就是这个婴儿本身患有威胁生命的疾病，但是当时并未监测出来。所以这件事无关乎在房间里和他单独在一起的是鲁斯，还是南丁格尔。德维斯·鲍尔不论怎样都是无法存活下来的。”

她摊开手，做出让步：“检察官今天想劝你们相信这个案子发生的原因是玩忽职守。但是玩忽职守的人并不是鲁斯，而是医院和州立实验室，他们没能立刻监测出这个婴儿身上的致命隐患，而如果早点诊断出来，可能就能挽救这条生命。检察官会劝你们相信这个案子发生的原因是迁怒和报复。这的确是真的。但是迁怒的人并不是鲁斯。而是特克和布列塔妮·鲍尔，他们在痛失爱子之后，想要找到一个替罪羊。如果他们的儿子没有健康地活着，他们就需要找到一个人去为此承受痛苦。因此他们盯上了鲁斯·杰斐逊。”她看着陪审团说，“已经有了一个无辜的受害者了，我请求你们阻止第二个无辜受害者的产生。”

我已经有几个月没有见过科琳娜了。她看起来苍老了一些，眼睛下方也出现了黑眼圈。我很想知道她是不是还在和那个男朋友交往、她有没有生病、最近她的生活中又出现了哪些困难。我还记得我们去咖啡厅一起买沙拉，然后端回休息室吃，她会把自己的西红柿分给我，而我会把我的橄榄分给她。

如果说过去几个月的时间里我学到了什么东西，那就是所谓友谊其实脆弱得不堪一击。你曾经以为坚不可摧的关系到头来也不过是水月镜花。你低头看去才意识到，还有一些你并不在意的人，他们才和你拥有强烈的纽带。一年前，我会告诉别人我和科琳娜的关系很好，但这只是一种亲近，而不是一种联结。我们是熟人，互送圣诞节礼物，周四晚上一起出门去西班牙餐馆吃饭，这并不是因为我们有很多共同点，而是因为我们在一起那么久，一起努力工作，所以和这种人快速交流比起和一个新人熟悉起来要容易得多。

奥德特让科琳娜报出自己的名字和住址。之后她问：“你现在有工作吗？”

科琳娜站在证人席上和我眼神交流了一下，然后移开了目光：“是的。我受雇于梅西－西黑文医院。”

“你是否认识此案的被告人。”

科琳娜承认：“是的，我认识她。”

但是她不认识我，完全不认识，从来没认识过。

不过我又想，公平地说，我也不认识我自己。

奥德特问：“你们相识多久了？”

“7年，我们都在产科担任产科护士。”

检察官说：“我知道了。2015年10月2日你们都在工作吗？”

“是的，我们的值班从早上7点开始。”

“那天早上是你负责照顾德维斯·鲍尔吗？”

科琳娜说：“是的，但是我是从鲁斯那里接手的。”

“为什么？”

“我们的监管护士玛丽·马龙让我这么做的。”

奥德特夸张地抽出了一份授权过的医疗记录复印件，作为证据。“请你看着你面前的这份证据。能否请你给陪审团介绍一下？”

科琳娜解释说：“这是医疗记录档案，德维斯·鲍尔的档案。”

“这份文件的前面有笔记吗？”

科琳娜说：“有的。”然后她大声读了出来，“不能派非裔美国人照顾这个病人。”

每一个字都像一发子弹。

“因为这张字条，这个病人就从被告转交到你手上，对吗？”

“是的。”

奥德特说：“你有没有注意过鲁斯对这张字条的反应？”

“我注意了。她很生气，也很沮丧。她告诉我玛丽不让她插手管这件事就是因为她是个黑人，我说这听起来不像是玛丽做的事。你知道，肯定有除此之外的原因。但她听不进去，她说‘这个婴儿对我来说丝毫不重要’，说完她就气冲冲地跑走了。”

气冲冲地跑走了？我那天没有坐电梯，而是走楼梯下去的。同一件事情竟然有如此不同的解读方法，真是让人吃惊。世上并没有真正的真相，只有你在某一个特定时刻如何去看待这个真相。你怎么描述这个真相。你的大脑怎么理解这个真相。每个身在其中的人都不能摆脱这种束缚。

检察官继续问：“德维斯·鲍尔是一个健康的婴儿吗？”

科琳娜说：“要看从哪个角度判断。他没怎么喝奶，但这并不是什么了不得的大事。很多婴儿刚生下来都反应迟钝。”

“周五，10 月 3 日那天你工作了吗？”

科琳娜说：“是的。”

“那鲁斯呢？”

“没有。那天没有她的班，但是我们那天缺人手，所以她那天来连值两班，从周五晚上 7 点一直到周六。”

“所以周五一整天都由你来负责德维斯？”

“是的。”

“你对这个婴儿采取了什么常规的处置吗？”

科琳娜点了点头：“在 2 点 30 分左右我给他脚跟取血。这是常规血象检查，不只针对生病或特殊的新生儿。所有新生儿都要接受这个检查，结果会送到州立实验室进行分析。”

“那天你觉得你的病人有什么异常吗？”

“当时他喝母乳还有些问题，但是就像我刚才说的，这对于第一次做母亲的人和一个婴儿来说，都是很正常的现象。”她面对陪审团微笑，“就是大眼瞪小眼。”

“当被告人前来到岗值班的时候，你有没有和她进行关于德维斯·鲍尔的对话？”

“没有，说实话她看起来完全不想搭理这个婴儿的事。”

我感觉自己就像灵魂出窍了，我就坐在这儿，亲眼看着，听着别人讲述我的事情，就好像我并不存在。

“你再见到鲁斯是什么时候？”

“我早上 7 点值班回来后她还在当值。她值了个大夜班，按照日程应该在上午 11 点离开。”

奥德特问：“那天早上发生了什么？”

“那个婴儿接受了微型包皮环割术。大部分情况下父母不想亲眼见证这个过程，所以我们会把婴儿带到新生儿室。我们会给婴儿一些甜的东西，基本都是甜水，让他们不再那么紧张，然后由儿科医生进行手术。我推着婴儿车进去时，鲁斯正在新生儿室等着。那天早上实在太忙了，她就去那里稍微透透气。”

“手术进行得顺利吗？”

“很顺利，没什么难的。按照规定应该在术后监看婴儿 90 分钟以防流血或出其他状况。”

“这件事是你做的吗？”

科琳娜承认：“不是。当时有一个紧急剖腹产的病人，是我负责的另一个病人，我被紧急叫走了。我们的监管护士玛丽陪我一起去了产房，这也是她的工作。因此鲁斯是这个楼层剩下的唯一的护士了。所以我问她能不能帮我看着德维斯。”她犹豫了一下说，“请你们理解，我们医院规模不大，人手也有限。当出现紧急医疗情况时，必须立刻下决断。”

霍华德在我身边做了笔记。

“紧急剖腹产手术 20 分钟，最多 20 分钟。我当时觉得我完全可以在婴儿醒来之前就回到这里。”

“你当时对把德维斯交给鲁斯照顾是否有顾虑？”

她坚定地回答："没有，鲁斯是我见过的最优秀的护士。"

奥德特问："你离开了多久？"

科琳娜柔和地说："很久。等到我回来的时候，婴儿已经死了。"

检察官转向肯尼迪："轮到你询问了。"

肯尼迪向证人席走去时，微笑地看着科琳娜："你说你和鲁斯共事了7年。你觉得你们是朋友吗？"

科琳娜看向我："是的。"

"你是否质疑过她对工作的付出？"

"没有，她对我来说就像榜样一样。"

"当对德维斯·鲍尔采取医疗抢救的过程中，你曾经回到过新生儿室吗？"

科琳娜说："没有，当时我在照顾另一名病人。"

"所以你并没有看到鲁斯采取措施。"

"没有。"

肯尼迪又加了一句："你也没有看到鲁斯没有采取措施。"

"没看到。"

她举起一张霍华德递给她的纸条："你曾经亲口说的证词，我记录在这里，'当出现紧急医疗情况时，必须立刻下决断'，你说过这句话吧？"

"是的……"

"你说紧急剖腹产是医疗紧急情况，对吧？"

"是的。"

"那在你看来，新生儿呼吸停止是不是也可以算作医疗紧急情况？"

"嗯，是的，当然。"

"那你是否知道文件夹里有一张纸条，上面要求鲁斯不得照顾这个病人？"

奥德特大喊："反对！那张纸条不是这个意思。"

法官宣布："反对有效。麦考瑞女士，请做出解释。"

"那你是否知道文件夹里有一张纸条，上面要求不能派非裔美国人照顾这个病人？"

"是的。"

"你的部门有几名黑人护士？"

"只有鲁斯一个人。"

"那你是否知道，在你对鲁斯说请求她替你完成任务的时候，婴儿的父母却表达了禁止她照顾这个新生儿的意愿？"

科琳娜在木质椅子上扭动了一下："我当时不觉得会发生什么特别的情况。我离开的时候婴儿还好好的。"

"在微型包皮环割术结束后还要看护婴儿整整 90 分钟的意义正是在于对于一个新生儿来说，形势瞬息万变，我说得对不对？"

"是的。"

"而事实是，科琳娜，你把婴儿交给了一个被禁止对他采取行动的护士，对吗？"

科琳娜为自己辩驳："可我没有别的选择。"

"但是你的确把婴儿交给鲁斯看护了？"

"是的。"

"但你当时也知道，她不应该碰触那个婴儿？"

"是的。"

"所以你最终算是做错了两件事？"

"这个嘛……"

肯尼迪打断她："有意思，竟然没人起诉你杀了那个婴儿。"

昨天夜里我梦到了妈妈的葬礼。屋里坐满了人，而且不是冬天，而是夏天。教堂里没有开空调，人们也没有扇扇子，每个人都大汗淋漓。而教堂也不是教堂，而是一间像教堂的大仓库，在经历了一场大火之后被改造了。祭坛后面的十字架是用两根烧焦的房梁组成的。

我努力想哭出来，但是我已经一滴眼泪都没有了。我体内的液体全都化为汗水。我试着给自己扇风，但是我没有扇子。

坐在我旁边的人递给我一把："用我的吧。"

我转过头去说谢谢，这时才意识到妈妈就坐在我旁边的椅子上。

我说不出话。踉踉跄跄地站了起来。

我向棺材中看去，想看看如果不是妈妈，是谁躺在那里。

棺材里都是死婴。

我工作 10 年之后，玛丽才到这里来。当时她还是一名产科护士，和我一样。我们都熬过了连值两班的生活、抱怨那些糟糕的事情，还熬过了医院的重组。当监管护士退休的时候，我和玛丽都提出了申请。当人力资源管理部的人去找玛丽时，她来找我，一脸歉意。她说她希望是我当选，其实她根本不必为了自己当选而来和我道歉。我并不介怀这件事，因为对我来说最重要的还是照顾埃迪森。而当选监管护士就要面临更多的管理工作，实际照顾病人的工作就少了。当我看着玛丽进入她的新角色，我对我的幸运星表示感谢，我希望一切都顺顺利利的。

玛丽开始回答检察官的问题："这个婴儿的父亲，特克·鲍尔，要求和负责人谈话。他对谁照顾自己的孩子有疑虑。"

"你们对话的内容是什么？"

她看向自己的大腿："他不希望有任何黑人碰他的孩子。他告诉我的时候还给我展示了他小臂上的联邦旗图案文身。"

陪审团席传来了清晰可闻的吸气声。

"你此前从其他病人那里接到过这种请求吗？"

玛丽犹豫了一下："我们总会接到病人的请求。有的女人希望由女性医生帮助她们生产，或者要求不能是医学院的学生。我们都会尽我们所能让病人感到舒适，不论要付出什么。”

“在这个案子里，你是怎么做的？”

“我写了张便笺纸，放进了档案里。”

奥德特请她看了医疗记录的档案，并请她大声读出便笺上的内容：“你和你的员工就这个病人的要求沟通过吗？”

“沟通过。我向鲁斯解释了病人要求她不要再插手，出于这个父亲的哲学信仰。”

“她的反应是什么？”

玛丽平静地说：“她将其视为对她个人的冒犯，我并没有那个意思。我告诉她这就是个正式流程，但是她走出我的办公室重重摔上了门。”

奥德特问：“你再次看到被告人是什么时候？”

“周六早晨。我当时正在抢救室处理另一名病人，她在生产中遇到了复杂的状况。作为一名监管护士，我需要一名助理护士和我一起处理这个情况，也就是科琳娜。科琳娜留下鲁斯照看她的另一个病人德维斯·鲍尔，他刚刚接受了微型包皮环割术。所以当时我用最快速度跑回了新生儿室。”

“玛丽，请给我们描述你的所见。”

她说：“鲁斯站在婴儿车旁边。我问她在做什么，她说，什么都没做。”

我感到这间屋子越来越狭小，我脖子和手臂上的肌肉绷紧了。我感到自己再次僵住了，看到婴儿冰凉发青的脸颊、僵硬的小身体，我整个人陷入眩晕。我仿佛再次听到她下的指令：

急救包。

打电话召集人手。

我仿佛在游泳。我无法自控。我动弹不得。

开始按压。

我用两根手指开始按压那脆弱的小肋骨，用另一只手助力。新生儿室也突然挤满了赶来抢救的人。针插进了头皮的皮下组织，找到静脉之前大家焦急地讨论。一小瓶药水从桌子上滚落。沿着塑料管子注射到肺部的阿托品。突然冲进新生儿室的儿科医生。不得不将急救包扔到垃圾桶里时的一声叹息。

时间？10 点 04 分。

肯尼迪轻声叫我："鲁斯？你还好吗？"

我的嘴唇无法张开。我呆若木鸡。我动弹不得。我如坠深渊。

玛丽继续说："病人开始出现情况复杂的心动过缓。"

墓碑。

"我们无法给他成功输氧。最后儿科医生宣布了死亡时间。我们没意识到婴儿的父母也在新生儿室。当时发生的事太多了……还有……"她支支吾吾地说，"孩子的父亲，鲍尔先生，冲到了垃圾桶捡起急救包。他试着把管子重新插到婴儿喉咙那里突出的接口上。他请求我们指导他该怎么做。"她擦了擦眼泪。"我不是有意的……我……对不起。"

我努力稍稍转了转头，看到陪审团里有几个女性，也在抹眼泪。但是我自己早已没有眼泪了。

我淹没在其他人的眼泪中。

奥德特走向玛丽，递给她一盒纸巾。我身边充斥着轻柔的啜泣声，像是棉花撑破外壳的声音。检察官问："之后发生了什么？"

玛丽轻轻擦了擦眼睛："我用毯子将德维斯·鲍尔包起来。我把他的小帽子又戴上了。然后把他交给了他的父母。"

我动弹不得。

我闭上眼睛，任由自己下沉，下沉。

我花了 5 分钟才把注意力重新集中在肯尼迪身上，在我清理思绪的时候已经轮到她和玛丽对质了。"在特克·鲍尔之前，是否曾有病人就鲁斯的专业性对你提出过抱怨?”

“没有。”

“鲁斯的看护有没有不达标的时候?”

“没有。”

“当你在婴儿的表格中写下那句备注的时候，你意识到了同时只会有两名护士当值，因此某些时间有病人被留下无人照管的可能性存在?”

“并不是的，其他当值的护士可以来搭把手。”

“那如果这个护士很忙呢?例如……”肯尼迪说，“她被叫去处理紧急剖腹产，而这个楼层唯一剩下的护士是个非裔美国人?”

玛丽张了张嘴，又闭上了，但是她什么也没有说。

“不好意思，马龙女士，我不太明白。”

她坚称:“德维斯·鲍尔没有一刻是无人看护的。当时鲁斯在的。”

“但是你，作为她的监管护士，已经禁止她干预这个病人的任何事情了，对不对?”

“不，我……”

“你的笔记禁止她对这个病人采取任何主动行为……”

玛丽解释:“只是一般情况下，当然紧急情况要另当别论。”

肯尼迪的眼里闪过一道光:“那这一点写在病人的档案里了吗?”

“没有，但是……”

“那这一点写在那张补充的便笺上了吗?”

“没有。”

“那你有没有当面和鲁斯说过，在某些特殊情况下，她的南丁格尔誓言[①]可以凌驾于你的命令之上?”

---

① 南丁格尔誓言:“余谨以至诚，于上帝及会众面前宣誓，终身纯洁，忠贞职守，勿为有损之事，勿取服或故用有害之药，尽力提高护理之标准，慎守病人家务及秘密，竭力协助医生之诊治，务谋病者之福利，谨誓!”——译者注

玛丽小声说："没有。"

肯尼迪抱起胳膊，问道："那请问，这样的话鲁斯怎么能知道呢？"

法庭午餐休庭的时候，肯尼迪提议她去帮我们买点吃的回来，这样我和埃迪森就不用担心出门被媒体包围了。我告诉她我不饿。她说："我知道你可能没感觉出来，但是今天的开场真的很不错。"

我用眼神向她传达了我现在所想：陪审团是绝对会考虑特克·鲍尔试图救活自己儿子这件事的。

肯尼迪离开后，埃迪森在我身旁坐下。他松了松领带。我紧紧攥着他的手问他："你没事吧？"

"我真想不到，竟然是你问我这个问题。"

我们坐在法庭外的长椅上，一个女士走过来，坐到埃迪森身旁。她正专心致志地发着短信。她时而大笑，时而皱眉，时而打字，好像在自导自演。最后她终于抬起头，一副如梦初醒的样子。

她看到埃迪森坐在身旁，极力不动声色地挪开了一点，让两人之间保持距离。之后她微笑起来，似乎一笑就能遮掩所有问题。

我说："我都有点饿了。"

埃迪森咧嘴笑了起来："我总是特别饿。"

我们从座位上站起来，从法院的后门溜出去。这个节骨眼我已不在乎我会不会撞上媒体了，或者碰到华莱士·默西本人。我挽着埃迪森的手臂，沿路向下走去，最后找到了一家比萨店。

我们点了几片比萨然后找座位坐了下来，等待着叫我们取餐。埃迪森用一根吸管大声喝着可口可乐，直到喝到玻璃杯见底。我也沉浸在自己的思绪和回忆之中。

我才发现自己之前没有意识到，法庭不仅是一个做出判决的地方，更是一场头脑的交锋，所以每次交锋被告人的武器就会被缴械一件，直到最后连你自己都开始怀疑，检察官所说的是不是就是真相。

如果我真的是有意为之呢？

如果我当时犹豫并不是因为玛丽的那张便笺纸，而真的是遵从了我内心深处的渴望呢？

我都没有听进去埃迪森说的话。我眨了眨眼，定了定神："是叫我们去取餐了吗？"

他摇了摇头："妈妈，还没呢。我能不能……能不能问你一个问题？"

"随便问。"

他仔细思忖了一下，似乎在挑合适的词："事情……事情真的是那样的吗？"

前台突然铃声大作。我们的食物可以取了。

但我没有起身，而是看向我儿子的双眼说："比那个还要糟糕。"

那天下午作为州法院方证人的麻醉医师我不太熟。艾萨克·海格和我不在同一个楼层工作，直到那天紧急救援才有合作。他带着一队人来了。他来处理德维斯·鲍尔的时候我连他的名字都不知道。

奥德特问："在接到紧急救援通知之前，你是否曾见过这名病人？"

海格医生说："没有。"

"你见过他的父母吗？"

"没有。"

"能否给我们讲述一下你到达新生儿室之后做了什么吗？"

海格医生说："我给病人插管子，然后我的同事穿刺遇到问题，我就去帮忙了。"

奥德特问："在这个过程里你有没有对鲁斯进行评价？"

"有的，她当时在进行心脏按压，我有几次告诉她停止按压，以便看一下病人的反应如何。有一次我觉得她按压得有点过于用力，我也告诉她了。"

“你能描述一下她当时的行为吗?”

“对婴儿进行胸部按压要按压胸骨向下 1 厘米处，每分钟约按压 200 次。当时机器上显示的数值太高了，我认为鲁斯按压得过于用力。”

“你能向外行解释一下这个意思吗?”

海格医生转向了陪审团:“胸部按压是在心脏无法自主恢复心跳时，采用人力促进心脏跳动。也就是用人力按压心脏外部……但是也要松手足够长的时间以便让血液流入心脏。这和冲厕所有些类似。你需要向下按，但是如果你一直按着而不松手造成吸力，那水就无法回流到马桶中。因此，如果心脏按压过快或者用力过猛，就等于在不停地抽水、抽水、抽水，但是没有血液在体内循环。”

“你还记得你对鲁斯说的原话是什么吗?”

他清了清嗓子:“我让她轻一点儿。”

“一名麻醉医师对一个正在进行按压的人提出建议是不是很少见的情况?”

海格医生说:“不是的，这是一个互相制衡和平衡的系统，我们在紧急抢救的时候都会互相监督。我可能同时也在看是不是婴儿两侧的胸部都有起伏，如果不是，我也会告诉玛丽·马龙鼓气再使劲点儿。”

“鲁斯过度用力的时间维持了多久?”

肯尼迪说:“反对! 她是在诱导证人说话。”

“我再换一种方式。被告胸部按压过度用力的时间维持了多久?”

“她只是力气稍微有点大，不到 1 分钟。”

奥德特问:“医生，从你的医学专业角度来看，被告的行为是否可能对病人造成伤害?”

“劳顿女士，拯救生命的过程看起来可能非常暴力。我们会切开皮肤、折断肋骨、用极高的电压进行电击。”说到这里他转向我，“我们只是做我们应该做的事情，如果运气好的话，就能将病人救活。”

检察官说："我没有要问的了。"

肯尼迪向海格医生走去："那间新生儿室里的气氛非常紧张是不是？"

"是的。"

"鲁斯所做的按压，有没有对婴儿的生命造成不利影响？"

"正相反。正是这些按压让我们在准备进行医疗干预时能保证他活着。"

"她做的按压有没有加速婴儿的死亡？"

"没有。"

肯尼迪靠在陪审团席的栏杆上："那么如果我说当时在那间新生儿室里，每个人都在努力拯救那个婴儿的生命，这么描述准确吗？"

"当然。"

"包括鲁斯？"

海格医生直接看向我说："是的。"

麻醉医师做证之后有一段休息时间。法官离开了，陪审团成员也从席中离开。肯尼迪带着我去了一间会议室，让我待在里面，这样就不会被媒体找到了。

我想走过去找埃迪森。我希望阿蒂萨能抱抱我。现在我却坐在一个房间里，一张小小的桌子旁边，荧光灯发出滋滋的声响。我试着在脑海中理清这个混乱的棋局。

我问："你有没有好奇过？如果你没有当律师的话，你会去做什么？"

肯尼迪瞥了我一眼："你就是通过这种方式告诉我我表现得超烂吗？"

"没有。我只是在想。想……从头来过的事。"

她打开一片口香糖，然后把剩下的一盒都递给我："你别笑我，我曾经想当糕点师。"

"真的吗？"

"我在厨艺学校上过三周课，结果败在了擀出极薄的生面上。我没有耐心做这个。”

我不由自主地绽放了一个微笑：“真不敢相信。”

肯尼迪问我：“那你呢？”

我抬起头看她，只得承认：“我也不知道。我从5岁开始就想当护士了。但是我现在觉得自己要重新来过年纪已经太大了，而且如果真要转行，我也想不到要往哪方面发展。”

肯尼迪说：“重要的是你对什么拥有冲动。工作不仅仅是用来谋生的。”

冲动。是不是正是内心的冲动促使我发现德维斯·鲍尔没有呼吸后，解开了他的毯子？“肯尼迪，我有件事……”

但是她打断了我，给我提建议：“你可以回去上学呀。得到一个医学学位或者当医生助理。或者自己开护理公司。”

我们两个人都没有提及我们一起挤在这个小房间里的原因。如果这么重的罪被定罪，写在简历上可不太好看。

她看向我的脸，眼神变得温柔：“都会解决的，鲁斯。还要有更大的计划呢。”

我语气轻柔地说：“如果？如果这个更大的计划行不通呢？”

她严肃起来：“那我就会尽我的最大努力让你的刑罚减至最轻。”

“我必须要去坐牢吗？”

“现在州法院有几项针对你的不同级别的指控。如果他们发现没有能支撑结论的证据，他们就会将高级指控向下降级。也就是说，如果他们不能指控谋杀，但是他们觉得还可以指控失职渎职谋杀罪，奥德特可能就会变成求稳了。”她看向我的双眼，“谋杀罪刑期最短为25年，但是失职渎职谋杀罪？刑期连1年都不到。而且说实话，这样他们的压力就会很大。奥德特要用非常谨慎小心的方式询问特克·鲍尔，不然陪审团会恨他的。”

“就像我恨他那么深？”

肯尼迪的目光犀利了起来，她警告我：“鲁斯，我再也不想听你大声说出这种话。你明白吗?”

我突然明白了，肯尼迪不是唯一一个落一步棋子之前会提前想好六步的人。奥德特也是。她希望陪审团痛恨特克·鲍尔。她希望他们发怒、觉得被冒犯、对他厌恶。

她就是要通过这个方法解释我的动机。

我一向崇拜儿科医生阿特金斯医生。当听到她快速列出她简历上的一项一项内容时，我的崇拜之情进一步加深了。很少有人能像她一样获得过超乎你想象的奖项和荣誉，但她为人谦逊，自己从来不提及此事。她也是所有证人里唯一一个站上证人席时直接微笑着和我对视的人，之后才转向检察官。

阿特金斯医生说:“鲁斯已经完成了新生儿检查。她当时担心有可能存在心脏杂音。”

奥德特问:“这个问题很严重吗?”

“不严重。很多婴儿刚出生后都是动脉导管未闭。就是在心脏上有很小很小的一个洞。一般这个洞都会在第一年里自动愈合。但是为了安全起见，我还是安排了一个小儿心脏病顾问在病人出院前进行检查。”

我从肯尼迪那里得知，奥德特会认为肯尼迪在开场陈述时提到的那个致命的疾病就是这个心脏杂音。所以现在奥德特在想办法（而且已经奏效了）让陪审团认为这个病没有那么严重。

“阿特金斯医生，你在10月3日周六上班了吗?就是德维斯·鲍尔去世那天。”

“上班了。我早上9点去给他做微型包皮环割术。”

“你能否解释一下这个过程?”

“当然。这是一场非常简单的手术，就是去掉男性婴儿生殖器上的包皮。当时我到得有点晚，因为处理了另外一名情况紧急的病人。”

“当时还有其他人在场吗?”

"是的，两名护士。科琳娜和鲁斯。我还问了鲁斯病人是不是已经准备好了，她说她不再负责这个病人了。科琳娜和我确认婴儿已经做好手术准备了，所以我直接就进行了手术。"

"鲁斯就这场手术和你说了什么吗？"

阿特金斯医生犹豫了一下："她说我可能应该给这个婴儿做绝育。"

我听到我身后的旁听席传来窃窃私语：婊子。

"你是怎么回答的？"

"我没说话，我还有工作要做呢。"

"过程顺利吗？"

儿科医生耸了耸肩："做完手术他哭了起来，每个婴儿都会这样。我们把他紧紧包裹起来，他就迷迷糊糊地睡过去了。"她抬起了头，"我离开的时候，他睡得像……嗯……婴儿那么香。"

奥德特转向肯尼迪说："轮到你问了。"

肯尼迪开始发问："医生，你在这家医院工作 8 年了？"

"是的。"说完她扑哧笑了一声，"真是时光飞逝。"

"在 8 年里，你之前和鲁斯有过合作吗？"

阿特金斯医生说："经常合作，而且合作都很愉快。她是一名出色的护士，对她的病人的照顾已经超越了一般的要求范围。"

"当鲁斯提出要给婴儿做绝育的时候，你是怎么理解她这个话的？"

阿特金斯医生说："我觉得就是开玩笑。我知道她就是在开玩笑。鲁斯不是那种会对病人恶毒的人。"

"德维斯·鲍尔的手术完成之后，你是否还在医院里工作？"

"是的。在另一个楼层，在儿科门诊。"

"你是否知道新生儿室发生了紧急情况？"

"是的。玛丽发出了紧急通告。我到达的时候，鲁斯正在进行胸部按压。"

“鲁斯所采取的一切行动都符合护理最高行为准则吗?”

“根据我看到的，是的。”

肯尼迪问：“她有没有体现出针对这个孩子的恶毒或偏见?”

“没有。”

肯尼迪说：“我想再往前面问一下。在德维斯·鲍尔出生之后，你有没有要求进行针对他血液的检查?”

“有的。按照康涅狄格州的要求进行了新生儿扫描检查。”

“这些血样被送到哪里?”

“位于罗基希尔的州立实验室负责检测。我们医院自己不负责检查。”

“那血样是怎么送到州立实验室的呢?”

阿特金斯医生说：“是快递送过去的。”

“德维斯·鲍尔送检的血样是什么时候采集的?”

“10 月 3 日，周五下午 2 点 30 分。”

“那你们收到了康涅狄格州州立实验室送回的检测结果吗?”

阿特金斯医生皱起了眉头，思考这个问题：“说实话，我不记得我看过。当然都到了那个时候了，这个也不重要了。”

“这个检测的目的是什么?”

她列举了一些罕见的疾病。有一些是基因突变造成的，有的发病原因是体内没有足够的酶或蛋白。还有的发病原因是无法分解酶或蛋白。阿特金斯医生说：“你们之中的大部分人从来都没有听过这些症状。因为大部分新生儿不会有这些疾病。但是患有这些疾病的婴儿，其中一些失调如果是在早期发病的话是有治愈可能的。如果我们立刻开始进行饮食调节、服药或者激素调节进行治疗，我们一般都可以阻止严重的发育迟缓和认知障碍。”

“这些疾病里有致命的吗?”

“有一些是，如果不加治疗的话。”

肯尼迪问：“当德维斯·鲍尔呼吸停止的时候，你没有收到检测的结果作为参考，对吧？”

“没有收到，州立实验室周末关门。一般周五送去的血样，要到下周二才能拿回结果。”

肯尼迪仔细斟酌：“那么按照你所说，如果一个婴儿不幸于工作日的最后一两天出生，那么拿到他的检测结果的时间是其他婴儿的两倍长。”

“虽然不太好，但是事实的确如此。”

陪审团的气氛开始活跃起来，每个人都在屏息聆听。我身后的埃迪森动了动。也许肯尼迪是对的，也许他们需要的就是科学的证明。

肯尼迪问：“你是否知道一种疾病，叫作中链脂肪酸去氢酵素缺乏症？”

“知道。这是一种脂肪酸障碍症，患有这个疾病的婴儿氧化脂肪酸时会遇到困难，因此血糖会降低到非常危险的低数值。如果早期发现就能控制，通过严格的饮食控制，以及频繁的喂食。”

“那么如果没能检测出来，会导致什么结果？”

“患有中链脂肪酸去氢酵素缺乏症的婴儿在低血糖症第一期会有很大的死亡概率，这时血糖值会掉下来。”

“他们会有什么表现？”

“他们会嗜睡、行动迟缓、暴躁，而且哺乳效果不佳。”

“那如果现在我们假设，一个患有中链脂肪酸去氢酵素缺乏症的婴儿没有被检测出这种疾病，因此没有采取治疗措施，现在这个婴儿要被送去做微型包皮环割术了。这个手术的过程有没有可能导致他原先的疾病恶化？”

儿科医生点了点头。“一般为了进行手术，会提前从6点开始不再给婴儿喂食。如果婴儿患有中链脂肪酸去氢酵素缺乏症，这样做就会导致血糖降低，很可能导致低血糖症。为了防止这种情况，在婴儿手术前后都会给他服用10%的葡萄糖。”

“你在抢救德维斯·鲍尔的过程中给他取血了是不是？”

“是的。”

肯尼迪说："那能否请你给陪审团介绍一下他当时的血糖值？"

"20。"

"新生儿低血糖症的数值应该是多少？"

"40。"

"所以说德维斯·鲍尔的血糖低到很危险的程度是吗？"

"是的。"

"那么对一个患有中链脂肪酸去氢酵素缺乏症，但是没有检测出来，也没有采取相应治疗措施的婴儿，他会不会停止呼吸？"

"我不能肯定，但是非常可能。"

肯尼迪举起了一份文件，说："现在我想将这份文件加为第24份证据，这是德维斯·鲍尔的新生儿检测结果，我强制要求得到了这份证据。"

奥德特像箭一样跳了起来。"尊敬的法官大人，这是什么哗众取宠的伎俩？被告方并没有和检方分享这个证据……"

"这是因为我刚拿到这份证据没几天，因为它们很巧妙地从检证材料中消失了，几个月。"肯尼迪告诉她，"我可以宣布这是对司法公正的干预……"

法官说："请你们过来。"于是双方律师都走了过去。旁边有一台机器在轰鸣，所以我听不见他们在说什么，陪审团也听不清。我只看到他们不停挥舞手臂。但是等他们商量完之后，我看到肯尼迪面有愠色。这份证据被交给速记员，作为证据登记在案。

肯尼迪问："阿特金斯医生，能请你向大家描述一下你在看的这份文件吗？"

"这是一份新生儿检测结果。"儿科医生翻看着说，突然她停了下来，说："我的天啊。"

"你是发现了什么有趣的情况吗，阿特金斯医生？因为州立实验室周末不开门所以这份结果没能及时送回吗？这份结果是在德维斯·鲍尔死后才拿到手的？"

儿科医生抬起了头："对。德维斯·鲍尔的检测结果显示，他的确患有中链脂肪酸去氢酵素缺乏症。"

第一天开庭结束后，肯尼迪情绪非常高涨。她说话语速很快，就像连灌了4大杯咖啡，那感觉就像是她现在已经赢下这桩案子。虽然起诉阶段才刚刚开始，而且我们连辩护都还没开始。肯尼迪说我应该喝一杯红酒庆祝一下今天做证阶段了不起的表现，但是说心里话，我唯一想做的就是赶紧回家窝到床上去。

我的头很疼。我的脑海中不断闪过德维斯·鲍尔的画面，以及阿特金斯医生意识到检查结果那一瞬间的表情。的确，肯尼迪两天之前和我分享了这个证据，但是这个证据让情况更加糟糕了。看到医院的另一位同事（尤其还是一位我喜欢和信赖的同事）面露默默思索"当时要是……就好了"的表情的时候，我一下子又清醒了许多。

是的，这是针对我的指控。

是的，我因为不是我的过错而受到指责。

但是等到这一天结束，那个婴儿还是没有活下来。还是有一个没能亲眼看到他成长的妈妈。我可以被无罪释放，我可以成为华莱士·默西的头条，我还可以起诉民事法庭要求赔偿精神损失费，这可以用作埃迪森的大学费用——但即使这样，我也明白，没有一个人是这个案子真正的赢家。

因为你没法改变一个刚刚开始的小生命就此夭折这个事实，只能承受巨大而惨痛的损失。

在等待法院大厅的人走光的时候，我不停在脑海中思考着上述问题。等人都走了，我和埃迪森才能不引起别人注意地回家。他坐在法庭门外的一个长椅上等着我。我问他："你的大姨呢？"

他耸了耸肩："她说她想在雪下大之前赶紧回家。"

我透过窗户向外看去，已经有雪花飘落下来了。我一直沉浸在自己的思索之中，的确都没怎么注意到风暴就要来了。我对埃迪森说：“等我去一趟洗手间。”然后我向着空无一人的大厅走去。

我走进洗手间，冲水，然后走出来洗手。奥德特·劳顿正站在洗手池边。她透过镜子看我，把口红的盖子盖上。她承认：“你的律师第一天表现不错。”

我不知道该怎么回答，所以我任由热水流过我的手腕。

“但如果我是你，我可不会自鸣得意。或许你可以说服肯尼迪·麦考瑞你是克拉拉·巴顿[①]，但是我很清楚那个种族主义者把你推到这个境地之后你在想什么。这些想法也许见不得光。”

我觉得我要到极限了。我体内有什么东西正在聚集，一股涌泉、一种思想的迸发。我拧上水龙头，擦干手，转向她：“你知道吗？我这一生所做的事情都是正确的。我努力学习、亲切微笑、按照规则行事，才成为今天的我。我知道你也是这么走过来的。所以我是真的不明白，为什么一个有智慧的、职业的非裔美国人会不择手段地干掉另一个有智慧的、职业的非裔美国人。”

奥德特的眼中闪过一道光，就像火焰即将燃起的前兆。但是这道光来得快，去得也快，立刻就变作坚定的注视：“这件事和种族无关，我只是在履行我的职责。”

我把手纸扔进垃圾桶，伸手握住门把说：“你真幸运啊，从来没有人告诉你你做不到。”

当天晚上我坐在厨房的桌子旁，沉浸在自己的思绪之中。埃迪森给我端来了一杯茶。我微笑着问他：“为什么给我端茶呀，宝贝？”

他说：“我觉得你需要喝点茶。你显得很疲劳。”

---

① 克拉拉·巴顿：美国女人道主义者、美国红十字会的创建人。——译者注

我承认：“我的确很累，疲惫不堪。”

我们两个都心知肚明，我所说的并不是这两天的举证环节。

埃迪森在我身旁坐下，我紧紧握住他的手：“是不是挺累的？要那么努力地证明你比他们期待的更为优秀？”

他点了点头。我知道他明白了我在说什么。“法庭和我想象的不太一样，我之前都是从电视上看来的。”

我说：“时间更长。”与此同时他脱口而出，“更加无聊。”

我们两个都大笑起来。

埃迪森说：“有一次休息的时候，我和那个叫霍华德的家伙简短地聊了聊。他的工作还挺酷的，肯尼迪也是。你知道吗，虽然不是每个人都有钱，但是每个人都应该有权去雇用一个好律师。”说到这里他看着我，周身被一个问题环绕着，“妈妈，你觉得我能成为一个优秀的律师吗？”

“你比我聪明，上帝知道你是多么能争辩。”我开起了他的玩笑，“埃迪森，不论你选择哪个领域，你都会成为闪亮的明星。”

他说：“真棒。我想做的就是他们所做的：为没钱雇用法律顾问的人工作。但是似乎我过去所有的人生经历都是在为另一个角色做准备：检察官。”

“这是什么意思？”

他耸了耸肩，说：“因为州法院有举证责任。这不就像我们现在每天在做的事情吗？”

那天晚上，雪下得又大又急。第二天清雪的速度跟不上，天地之间一片白色。我穿着这周一直穿的那条裙子，上衣倒是每天都换，脚下配了一双冬靴。我把我的皮鞋塞到了 Stop & Shop 商店提供的便利袋里。广播里一直播放着学校停课的新闻，我和埃迪森一直坐的公交车也停运了，我们两个要抓紧时间赶到另一条线，中间倒两次车。因此，我们到达法庭的时候迟到了 5 分钟。我给肯尼迪发过短信，知道我们已经没有时间从后门偷偷溜进去了，她会在法庭大门前的台阶上等我们。刚到那里，麦克风立刻蜂拥着伸到我面前，还有人大喊“刽子手”。埃迪森的胳膊环绕着我，我躲在他的胸口，让他为我构成一道屏障。

肯尼迪小声说：“如果我们幸运的话，洛雷法官今天都很难把自己的车从雪堆里刨出来了。”

“我是因为公交……”

“我不关心，你不能再给法院提供让他们更不喜欢你的理由了。”

我们快速跑到法庭，奥德特正沾沾自喜地坐在检方座位上，看起来她早上 6 点就已经到了法庭。我知道，她就睡在这里。洛雷法官走进法庭，全体起立。他说：“我来的路上车被追尾，撞到后背。很抱歉我迟到了。”

肯尼迪说：“法官大人，您还好吗？需不需要叫一个医生？”

“麦考瑞女士，很感谢您表达出来的关心，我想您或许更希望我现在躺在某家医院里，丧失行为能力吧。要是连止疼药也没有就更好了。劳顿女士，趁着我还能坚强地在法庭中忍着不去吃止疼药，叫你的证人出庭吧。”

今天代表检方的第一位证人是一名侦探，在我被捕之后曾经和我谈过话。奥德特和他核对了姓名及住址之后终于开口说：“麦克杜格尔侦探，请问您在哪里工作？”

“在康涅狄格州东区的小镇上。”

“您是怎么和我们今天讨论的案件产生关联的？”

他向后靠去，庞大的身躯似乎已经把证人席塞得满满当当。“我接到了鲍尔先生打来的电话，我让他到警察局来，当面记录他的问题。他当时看起来心烦意乱。他相信是那个负责照顾他儿子的护士有意干扰急救护理过程，因此导致了婴儿的死亡。我和与案件有关的医疗专家谈过，并且和验尸官开过几次会……除此之外就是和你见面了，女士。”

“你是否询问过被告人？”

“是的。获得逮捕证之后，我们前往杰斐逊女士的家并且敲门，非常大声，但是她没有应门。”

听到这里，我差点直接从椅子上站起来。霍华德和肯尼迪一左一右按住我的肩膀，没让我动。当时是凌晨3点。他们并没有敲门，而是直接撞击大门门柱，直到把它撞坏。他们还用枪指着我。

我朝肯尼迪侧过身去，鼻孔张得大大的：“这都是谎言，他竟然在证人席上撒谎。”

她说：“嘘。”

检察官接着问：“之后发生了什么?”

“没有人应门。”

肯尼迪抓着我肩膀的手更用力了。

“我们当时担心她从后门逃走。所以我让我的队伍用破门槌，这样才进入她家中。”

“也就是说最终你们还是进去了，并且逮捕了杰斐逊女士?”

那个侦探说：“是的，但是我们一进去就遇到了一个巨大的黑色物体……”

我低声说：“不。”霍华德从桌子下面踢了我一脚。

“……之后我们才确认是杰斐逊女士的儿子。我们也很担心警官的安危，所以我们铐住了杰斐逊女士，并且对卧室进行了粗略的检查。”

他们推倒了我的家具。他们打破了我的碗碟。他们拽掉了我挂着的一幅画。他们还按住了我的儿子。

麦克杜格尔侦探接着说：“我提醒了她所拥有的权利，并且宣读了对她的指控。”

“她是什么反应?”

他摆出痛苦的表情：“她并不配合。”

“然后又发生了什么?”

“我们把她带到了东区警察站。给她录了指纹，拍了照片，然后关进了拘留室。之后我的同事梁侦探和我一起把她带到了会客室，并且告知她有权利把律师叫到那里、有权利保持沉默，如果她不想再回答问题可以随时停下来。我们告诉她，她的回答可以并且会被用于庭审做证。之后我问她是否明白了。她重新逐字看了一遍，然后表示她明白了。”

“那么被告人要求请律师了吗?”

“当时没有。她非常希望可以从她的角度解读这个案件，她坚称她在婴儿出现症状之前都没有碰过他。她还承认她和鲍尔先生并没有……她怎么说的来着？……直接的眼神接触。”

“之后发生了什么?”

“我们希望她能理解我们在帮她搜集证据。我们说，如果这真是一起意外，那就直接告诉我们，法官也会从轻处理，我们可以把这些混乱的事情理出头绪，她还可以继续去抚养她的儿子。但是她拒不开口，并且说她不想再说了。”他耸了耸肩，“我猜是因为这并不是一起意外吧。”

肯尼迪说：“反对。”

洛雷法官眨了眨眼，试图向法庭记录员示意。“反对有效。把证人的最后一句证词从记录中删除。”

但是这句话已经发生作用，就像被拔掉电源之前闪烁着的霓虹灯。

我突然感觉肩膀上的压力变小，才发现肯尼迪已经松开了我。她站在证人面前问：“你有逮捕令?”

“是的。”

“你给鲁斯打过电话告知你会前去吗？或者是让她自己主动去警察局?”

麦克杜格尔说：“我们对待谋杀嫌疑犯逮捕不是这个流程。”

“你们是什么时候拿到逮捕令的?”

“差不多下午5点吧。”

“那你们实际是什么时候到达鲁斯家的呢?”

“大约凌晨3点。”

肯尼迪看向陪审团席，仿佛在说，你们能相信吗？“有没有什么特别的理由导致这个延误？”

“我们特意挑选的这个时间。法律执行的一条纲领就是在对方觉得你最不会来的时候到达。这样嫌疑人就不会携带武器，以便流程继续推动下去。”

“当你敲了她家的门，而她并没有立刻端着咖啡蛋糕并且热烈地拥抱你欢迎你的到来，你觉得是否有可能是因为她在凌晨3点时仍在熟睡？”

“我不能对被告的睡眠习惯做评判。”

“还有你所谓的粗略的检查……但实际上你难道不是把她抽屉和柜子里的东西都扔了出来，把家具推倒，总结来说就是把她的家毁掉了吗？而且这些都发生在你们把杰斐逊女士铐住，她已经没有能力取得任何武器之后？”

“女士，你永远不知道武器是不是在他们可以够得到的范围内。”

“而且你难道不是把她的儿子也按到地上，把他的胳膊扭到身后控制住了他吗？”

“这是出于保护警官安全的标准程序。我们当时并不知道他是杰斐逊女士的儿子。我们只看到了一个高大、气愤的年轻黑人男孩，而且很明显对发生的一切相当不悦。”

肯尼迪说：“真的吗？难道他当时也穿着连帽衫吗①？”

洛雷法官从记录中去掉了那句问话。等到肯尼迪坐下之后，她和我一样震惊于自己的突然爆发。她小声说：“对不起。我实在忍不住说出来了。”洛雷法官非常愤怒。他把法律顾问都叫到一侧，又发出了吵闹的机器声音，防止我们听到对话的内容，但是从他脸上的神色判断，他对我的律师有显而易见的不满，我能看出来他把她叫过去并不是去夸奖她的。

肯尼迪回来的时候脸色有些发白，她说：“这就是为什么不能在法庭提

---

① 此处肯尼迪指特雷沃恩·马丁案。在该案中，枪杀无辜黑人男孩的白人声称，他觉得穿连帽衫的这个人看起来就像是罪犯，是出于正当防卫而开枪。——译者注

到种族话题的原因。”

洛雷法官声称自己的后背开始痉挛，因此今天接下来的时间不得不休庭。

因为下雪，我们回家路上花的时间更长了。我和埃迪森转过街道的转角时，早已浑身湿透，而且非常疲惫。一个男人试图用戴手套的双手徒手刨出自己的车。社区里的两个男孩打雪仗打得不亦乐乎，其中一个雪球砸到了埃迪森后背上。

我家门前停着一辆车。是一辆有司机的黑色轿车，这可不是附近常见的车，至少耶鲁大学的校园里我可从来没见到过有人从这种车上下来。我走近时，车的后门打开了，一个女人走了出来。她穿着滑雪衣、毛茸茸的靴子，整个人埋在羊毛中：羊毛的帽子、羊毛的围巾。我花了一点时间才认出这是克里斯蒂娜。

我的确非常吃惊：“你在这里做什么？”我搬到东区这么多年，克里斯蒂娜一次都没有来过。这么多年以来，我一次都没有邀请过她。

这倒不是因为我感到自卑。我很爱我的生活居所，以及我的生活方式。我只是觉得不知道该怎么回应她夸张地赞美家里有多么可爱、多么舒服、多么有我的风格。

她坦白：“过去两天我也都在法庭里。”我相当震惊。我扫视过旁听席，但是没注意过她在那儿。克里斯蒂娜可不是那么容易被忽略的。

她拉开了大衣的拉链，露出一件破破烂烂的法兰绒衬衫和宽松的牛仔裤，和她平日所穿的专门设计的紧身女装天差地别。她害羞地笑着说：“我伪装了一下。”她越过我的肩膀向后看向埃迪森。“埃迪森！我的天啊，我上次看见你的时候你还没有你母亲高呢……”

埃迪森的下巴动了一下，算是生硬地打了个招呼。

我提议：“埃迪森，你不进家门吗？”他往家里走去。我对上了克里斯蒂娜的视线。“我不明白。如果媒体发现你在这里……”

她坚定地说："那我就叫他们滚蛋。管它什么法院呢。我已经告诉拉里了，我必须要去，这一点是没有商量余地的。如果有媒体来问，我就直接告诉他们真相：我们之间的友谊可以追溯到很久很久之前。"

我又问了一遍："克里斯蒂娜，你到这里做什么？"

她可以发短信和我说。她可以打电话和我说。她可以直接坐在法庭里给予我精神上的支持。但是她没有这么做，而是在我家门口等了不知多久。

她语气平静地说："我是你的朋友。鲁斯，不管你信不信，朋友之间就是这么做的。"她抬起头看我，我发现她眼中有泪水。"他们说的那些发生在了你身上：警察冲进来。手铐。他们攻击埃迪森的方式。我从来没想过……"她支支吾吾，之后理清思绪，用最伤心、最真诚的语气说，"我都不知道。"

我用一种并非生气、并非受伤，而只是陈述事实的口气说："你又怎么能知道呢？你从来不用面对这些。"

克里斯蒂娜抬手擦了擦眼泪，蹭脏了她的睫毛膏。她说："我不记得有没有给你讲过这个故事。是关于你母亲的。事情发生在很久以前了，当时我还在上大学。我从瓦萨学院开车回家过感恩节，在泰康利专用路的路边遇到一个要搭便车的人。是一个黑人男子，一条腿是瘸的。准确地说他拄着拐杖走路。所以我就停到路边，问他是不是需要载他一程。我一直开车把他送到了宾夕法尼亚车站，这样他就可以坐火车去华盛顿特区探望家里人了。"她把身上的大衣又拉紧了一些。"等我回到家，路到我的房间帮我打开背包，我给她讲了我刚才做的事情。我以为她肯定会为我骄傲，夸我是一个乐善好施的人。结果她却生气了。鲁斯！我发誓，我从来没见过她那个样子。她扶着我的胳膊摇我，刚开始她甚至连话都说不出来。她说，'我再也、再也不许你这么做了'。我吓坏了，并且发誓我再也不那么做了。"克里斯蒂娜看向我，"今天我坐在法庭里，听到那个侦探描述他是怎么在大半夜冲进你们家，把你按在地上，把埃迪森的胳膊扭到后面的时候，路的声音一直回荡在我的脑海里，就是我告诉她关于搭车的黑人之后她和我说的话。我知道你妈妈对我那个反应是因为她吓坏了。这么多年，我都以为她这么做是想保证我的安全。今天我才知道，她是想保住那个人的安全。”

我才意识到，这么多年以来，我一直假设在克里斯蒂娜眼里，我是一个需要她一直容忍、帮助的不幸的人。当我们还是孩子的时候，我觉得我们是平等的。但是随着年龄的增长，随着我们越来越强烈地意识到我们之间的不同，我觉得似乎有什么东西变质了。我私下里抱怨她有问题不来当面问我，就无端评判我和我的生活。她是歌剧中的首席女主角，而我是她演出中的配角，但是我主动忽略了其实我才是那个把她当成配角的人。我一直责怪克里斯蒂娜建起了我们之间那堵看不见的墙，但是却没有承认我自己也往上面添砖加瓦了。

我突然说：“我把你的钱塞在你门口的地毯下面了。”

克里斯蒂娜说：“我知道，我应该用强力胶把钱粘到你手上的。”

克里斯蒂娜和我之间存在着差距，我们生活在有云泥之别的世界。但我也很清楚我无法揭开我们表面平等的假象，让那巨大的鸿沟暴露出来。就好像你身处一个房间，意识到差距之前，房间一切如旧。意识到差距之后，才发现房间里的摆设早就有了变化。你必须找一条新的出路，但是过程非常缓慢，在寻找出口的路上还会跌跌撞撞，被击打得头破血流。

我伸出手来，紧紧握住克里斯蒂娜的手：“快进屋来坐吧！”

第二天天气寒冷，天空澄澈。高速公路上已经看不到昨日暴雪的痕迹了，但是骤降的气温还是让法庭大门前台阶上的人少了很多。今天连洛雷法官看起来都心情不错，不停夸赞着不知道是哪种药缓解了他后背的酸痛，也对控方举证这个流程终于要结束了表示高兴。

今天第一位出庭做证的是本州的验尸官比尔·宾尼医生。他师从著名的亨利·李。他比我想象的要年轻得多，精致的双手在他做证时不停轻轻颤动，就如两只经过训练的小鸟卧在他的大腿上。他的长相如电影明星般俊俏，陪审团的女士们都期待着他开口说的每一个字，即使有时他只是在自我夸耀他冗长而枯燥的简历上的内容。检察官发问：“医生，请问你第一次听说德维斯·鲍尔是什么时候？”

“我们办公室接到了科琳娜·麦卡沃伊打来的电话，她是梅西－西黑文医院的一名护士。”

“你们受理了吗？”

“是的。等到婴儿的尸体运来之后，我们就开始进行验尸。”

“你可以在法庭上介绍一下详情吗？”

他转向陪审团：“当然。我进行了外部和内部检查。在进行外部检查时，我主要检查尸体身上是否有瘀青等痕迹。我量了一下体长、头围，并且给尸体拍照。我还取了血液和胆汁的样本。之后就是进行内部检查了。我在胸部切下Y字形刀口，拉开皮肤，检查了肺、心脏、肝脏及其他器官，查看是否有破裂及明显异常。我们测量了器官的长度并进行称重。我们取了组织样本，然后将这些样本送到毒理学实验室等待结果反馈。这样才能就死因得出合理、真实的结论。”

奥德特问：“在验尸过程中你有什么发现？”

“肝脏有轻微膨胀。心脏有些肥大，动脉导管未闭合为一级。但是并没有其他先天性缺陷，没有其他心脏瓣膜和导管的不正常。”

“这是什么意思？”

“器官有些胀大，心脏上有个小孔。但是血管的连接都非常正常。并没有心室间隔缺损。”

“这些情况可以说明死因吗？”

验尸官说：“不太充分。可以有其他理由解释它们的存在。根据病人的医学记录，婴儿母亲在怀孕期间患有妊娠期高血糖。”

“那是什么病？”

“就是会导致母亲在怀孕期间患高血糖。而一般母亲的高血糖也会影响到胎儿。”

“什么影响？”

“患有妊娠期高血糖的母亲生下来的婴儿一般都比其他婴儿大。他们的肝脏、心脏和肾上腺可能都会膨胀。婴儿出生之后还可能出现低血糖，因为他们血液里的胰岛素含量会上升。而且基于我所读过的医学报告，这个病人出生后的确患有低血糖，这个结果和紧急抢救时从大腿处取样的结果一致。而验尸过程中的发现，以及低血糖的存在，都和婴儿母亲患有妊娠期高血糖是一致的。”

“那婴儿心脏上的那个小洞呢？那个听起来可是很严重的……”

宾尼医生扫视着陪审团说：“它实际上没有听起来那么严重。大部分情况下，动脉导管未闭都会自动愈合。”

陪审团的12号陪审员，一个当老师的女人，开始给自己扇风。

“那你可以判定这个婴儿的死因吗？”

验尸官说：“其实判定死因比绝大部分人想象得都要复杂。我们这些专门从事医学的人会区分一个人的死亡方式，以及真正导致生命终结的身体变化。例如，假如有个人被枪射死了。他的死亡方式是枪击。但是导致死亡的机理，也就是实际导致他死亡的身体变化，则是失血过多。”

他把注意力从奥德特转向陪审团：“然后就要说到死亡性质了，也就是死亡怎么发生的。这个枪伤是意外吗？是自杀吗？还是有意为之的呢？这一点很重要，尤其是对于现在坐在这间法庭里的人来说。”

奥德特对陪审团发出警告：“你们马上要看到的画面，会让人非常不适。”

她在架子上摆出德维斯·鲍尔的尸体照片。

我觉得心都提到了嗓子眼。那些小手指、弯曲的膝盖。他的生殖器在手术完成后仍然出了血。如果不是他身上的瘀青和肌肤发出的微微的青色，他看起来和睡着了没有什么两样。

我曾经从停尸房取出过他的尸体。我将他抱在自己怀中。是我把他送上了天堂。

奥德特说："医生，你能不能告诉我们……"但是她话音未落，旁听席就传来了一阵骚动。我们都转过头去，看到布列塔妮·鲍尔站了起来，眼睛睁得老大。她的丈夫站在她身前，抓着她的肩膀。不知他是想把她按下去，还是在扶着她站起来。

她尖叫着："让我过去。那是我的儿子！"

洛雷法官敲了敲小木槌，他的语气中并没有不悦："我要求，女士，请您重新坐下……"

但是布列塔妮用颤抖的手指直接指着我。我感到一阵电流冲遍全身。她摇摇摆摆地走到走廊上，向我逼近："你他妈杀了我的孩子。"而我就那么站着，承受着她的所有咒骂。"就算我马上会死，我也会在死前让你付出代价的。"

肯尼迪向法官抗议的时候，法官又敲了敲小木槌，叫法警入场。布列塔妮·鲍尔的父亲也在试图让她冷静下来，但是没有什么效果。她被送出法庭时，下面响起了一阵震惊的低呼和窃窃私语。她的丈夫呆立在原地，不知道是应该追出去安慰她，还是继续留下来听庭审。过了片刻他冲出了双扇门。

法官要求恢复秩序的时候，我们都把头转回来，又重新把注意力集中在死婴的大幅画面上。其中一个陪审团成员哭了出来，另外两个人开始安慰她。然后洛雷法官宣布休庭。

在我身边的肯尼迪呼了一口气。她说："去她的。"

15 分钟过后，除了布列塔妮和特克·鲍尔之外的所有人都在法庭里重新落座。但是这样显得他们的缺席更加明显。这两个空着的座位似乎就在不断提醒着我们为什么会开这个庭审。奥德特让验尸官给我们讲解了几张婴儿尸体的照片，从什么角度拍的都有。她让验尸官解释不同测试的结果，标准是多少，有哪些部分是异常的。最后她问：“那你可以判定出德维斯·鲍尔的死因了吗？”

宾尼医生点了点头：“德维斯·鲍尔的死亡方式是低血糖症，它导致了呼吸停止和心脏停搏。换句话说，低血糖让婴儿不再呼吸，也直接导致了心脏不再跳动。死亡机理是窒息。死亡性质还没有定论。”

奥德特问：“没有定论？那是否能说明被告的行为和婴儿的死亡没有任何关系？”

“正相反。这只能说明还不能完全确定是暴力导致死亡，还是自然死亡。”

“你是怎么得出这个结论的？”

“我读了医学记录，还有一篇提供了不少情况的警方报告。”

“例如？”

“鲍尔先生告诉警方鲁斯·杰斐逊过激地敲打了他儿子的胸部。在胸骨上检查出的瘀青正可以证明这个指控。”

“警方记录上是否还有其他内容导致你得出这个结论？”

“根据多方证词，在其他人员进入房间之前，鲁斯女士并没有对婴儿采取刺激等急救措施。”

“为什么这件事对验尸结果关系重大？”

宾尼医生说：“因为这对死亡性质有影响。我不知道这个婴儿呼吸停止的时间有多长。如果当时尽早干预呼吸停止的话，有可能心脏停搏根本不会发生。”他看向陪审团，“如果被告采取行动，可能我们今天根本都不用坐在这里了。”

奥德特对肯尼迪说：“轮到你了。”

肯尼迪站了起来：“医生，警方报告里是否提到过这个婴儿遭受了违规暴力或是有意伤害？”

“我刚才已经提到了胸骨上的瘀青……”

“你的确提到过，但是这个瘀青有没有可能是按照医疗要求进行的有力的心脏复苏造成的?”

他承认：“有可能。”

“有没有可能有其他情况，不是违规暴力，导致了这个婴儿的死亡?”

“有可能。”

肯尼迪请他阅读她刚才加入证据中的新生儿检测结果。“医生，能否请你看一下第42号证据?”

他取出文件夹翻看起来。

“能否请你向陪审团描述你在看什么?”

他抬起眼：“德维斯·鲍尔的新生儿扫描结果。”

“在你验尸之前是否曾经阅读过这上面的信息?”

“没有。”

“你就在州立实验室工作，而就是州立实验室做这个检测，是不是?”

“是的。”

“能否请你解释一下第一页的高亮部分?”

“这是一种脂肪酸氧化紊乱的疾病，叫作中链脂肪酸去氢酵素缺乏症。这个检测结果显示异常。”

“意思是?”

“州立实验室会把结果返回给医院的新生儿部门，而医生会立刻得知结果。”

“新生儿会在出生后就显示出中链脂肪酸去氢酵素缺乏症的症状吗?”

验尸官说：“不会。这也就是为什么康涅狄格州要求进行这项检测。”

肯尼迪说：“宾尼医生，你之前就知道婴儿的母亲患有妊娠期高血糖，并且婴儿有低血糖，对吧?”

“是的。”

“你刚才曾说过，正是母亲的高血糖导致新生儿动脉导管未闭的，对吧？”

“是的。这是我验尸时得出的结论。”

“那么动脉导管未闭是否有可能是中链脂肪酸去氢酵素缺乏症造成的？”

他点了点头：“是的。”

肯尼迪问：“那有没有可能新生儿的精神萎靡和行动迟缓可能也是中链脂肪酸去氢酵素缺乏症造成的？”

他承认：“可能。”

“那么胀大的心脏，可不可能不仅仅是妊娠期高血糖症造成的副作用……而也是这种特殊的新陈代谢紊乱造成的？”

“可能。”

“宾尼医生，你是否从医院的记录里看到过婴儿患有中链脂肪酸去氢酵素缺乏症？”

“没有。”

“如果这些结果及时送到你手中，你会不会在得出死亡方式和死亡性质的结论时考虑它们？”

他说：“当然。”

“如果一个婴儿患有这个疾病，但是没被检测出来，会怎么样？”

“一般都不会有具体症状，除非有一个契机触发导致了代偿机能障碍。”

“比如说什么？”

“疾病，感染。”他清了清嗓子，“禁食。”

肯尼迪重复道：“禁食？比如婴儿在做微型包皮环割术前需要禁食？”

“是的。”

“如果在没有诊断出一个婴儿患有中链脂肪酸去氢酵素缺乏症的情况下，这个病突然急性发作，会有什么症状？”

“他会惊厥、呕吐、行动迟缓、低血糖……昏迷。”医生说，“在差不多20%的案例里，婴儿可能死亡。”

肯尼迪向陪审团席走去，然后转过身背对着他们，这样她就和他们一起看向证人："医生，如果德维斯·鲍尔患有中链脂肪酸去氢酵素缺乏症，而医院没有一个人意识到这一点，并且为了进行微型包皮环割术，让他和其他正常婴儿一样术前禁食三小时，这种情况有没有可能触发他小小身体里的代谢失调……那么即使鲁斯·杰斐逊采取了所有可能的急救手段，德维斯·鲍尔还是会死？"

验尸官看向我，他灰色的眼睛温柔地看着我，充满歉意。他承认："是的。"

哦我的天啊。哦我的天啊。法庭里的气氛一下子翻天逆转。旁听席鸦雀无声，我可以听到衣服布料摩擦的声音，小声讨论可能性的声音。特克和布列塔妮·鲍尔现在仍不在场，在他们不在的时候，希望一下子迸发了出来。

坐在我身边的霍华德只说了一句话："干得漂亮。"

肯尼迪说："我没有其他要问的了，尊敬的法官大人。"她走回辩护桌，冲我眨了眨眼。我都告诉你啦。

但我的信心没能持续多长时间。奥德特说："我请求再次直接询问。"她在宣布宾尼医生退席之前就站了起来。"医生，假设这个不正常的检测结果及时送达了新生儿室。那么会发生什么？"

验尸官解释说："有一些不正常的结果需要及时通知孩子的父母，建议进行基因咨询。但是他这种情况是非常危险的，所有新生儿专家都会认为这是紧急情况。他们会密切监视婴儿动态，进行检测，以便确认这个诊断结果。有时我们会把这家人送到新陈代谢疾病治疗中心。"

"医生，我这个说法是否正确，有很多患有中链脂肪酸去氢酵素缺乏症的婴儿，在几周，甚至几个月之内都没有官方确认出他们患有这个疾病？"

他说："是的。这取决于我们要花多长时间可以请父母来完成复检。"

她重复了这个词："复检。也就是说这个新生儿检测记录并非最终检测结果？"

“不是。”

“那么德维斯·鲍尔有来进行过进一步测试吗?”

宾尼医生说:“没有,他在此之前就去世了。”

“所以你并不能说,从医学上来讲百分之一百确定,德维斯·鲍尔患有中链脂肪酸去氢酵素缺乏症对吧?”

他犹豫了一下:“不能。”

“那么你也不能说,从医学上来讲百分之一百确定,德维斯·鲍尔死于代谢失调吧?”

“不能完全肯定。”

“那么实际上,被告和她的辩护团队只是抓起稻草扔向另一个方向,引开我们的注意力,他们希望导向的结论是鲁斯·杰斐逊并没有有意伤害一个无辜的婴儿,但是哪一项证据不是在表明,她刚开始没有进行治疗,之后又大力伤害这个婴儿的身体?”

肯尼迪大吼:“我反对!”

奥德特说:“我问完了。”她带来的破坏已经显示出效力了。就因为她这最后几句话,陪审团的讨论就像子弹一样向我射来,这些子弹打得我的乐观荡然无存。

那天晚上回家的路上埃迪森很沉默。我们刚刚回到家,我开始做晚饭的时候,他突然告诉我他头疼,然后拿着大衣回到起居室,告诉我他需要出门透透气。我没有阻止他。我又怎么能那么做呢?我说什么能抹去他最近经历的一切,每天像影子一样坐在我身后,听着一个人一直力图将我描绘成和他所相信的完全不一样的我?

我独自吃了晚饭,但其实我只吃了两口。我用锡纸包好剩饭,坐在厨房的桌子旁等着埃迪森。我对自己说要等他回来之后一起吃。

但是一个小时过去了,两个小时也流逝了。当午夜过后他还没有回来,也不回我的短信，我枕着双臂趴了下来。

我满脑子都是医院的“袋鼠套间”。这个房间的名字是个昵称，得名于房间内部的墙壁上画着有袋类动物。我们把失去骨肉的母亲安置在那个房间里。

说心里话，我一直非常痛恨失去这个词。这些母亲都知道自己的孩子在哪里。她们愿意做一切事情，献出一切，哪怕是自己的生命，只要能让自己的孩子回来。

在袋鼠套间里，我们会让父母和自己死去的孩子待在一起，想待多久待多久。我确信特克和布列塔妮·鲍尔也曾和德维斯一起待在那间房间里。这是一个僻静的房间，就在监管护士办公室隔壁，我们有意把这个房间设置在离待产室和产房远的地方，因为悲痛也是一种会传染的疾病。

这个房间的独特位置使得这些失去孩子的父母不用经过那些有健康婴儿的病房。他们不必听到新生儿降临到世界上的啼哭，毕竟他们自己的孩子才刚刚离开这个世界。

我们还会请那些即便生下来也会不久于人世的婴儿（感谢超声波）的母亲前往袋鼠套间。还有那些因为某些异常因素延迟生产的母亲，以及那些虽能正常生产，但是很快就从人生最快乐的时光一下子跌落到人生低谷的母亲。

如果我负责照顾失去孩子的母亲，我会用石膏留下婴儿的小手印。或者留下胎毛。我们有一个技术高超的摄影师，知道找哪个角度拍出来照片，再经过润色修改，就能让照片上的婴儿看起来漂亮又富有生机。我还会整理回忆盒子，当父母离开医院的时候，不会空手而去。

我上一个经手的去过袋鼠套间的母亲名叫娇。她丈夫在耶鲁大学攻读硕士学位，她自己则是一名建筑师。在她怀孕的整个过程中，都是羊水过多，几乎每周都会来一次，进行羊膜穿刺，排出多余羊水，检查一下胎儿的情况。有一天晚上，我给她排出了 4 升羊水。这个情况显然不太正常。我咨询医生这是由什么原因引起，这个胎儿会不会是食道缺失？在子宫里的胎儿一般会摄取羊水，但如果羊水这么大量集中，胎儿就无法吞咽了。但是超声波检测结果显示正常，所以没有人能得出结论说胎儿出问题了。她很确信胎儿会平安无事。

有一天胎儿出现积水，她到医院来检查，胎儿的皮肤下面出现积水。她在医院住院一周，虽然医生进行刺激，但是胎儿不再吞咽羊水。娇被送去进行紧急剖腹产。结果胎儿的肺发育不良，肺部无法运转。他刚出生没多久就死在她的怀中，全身肿胀，就像是用棉花糖做成的小人。

我们把娇送到袋鼠套间，她和其他母亲一样的是，要接受她们的宝宝没能活下来这件事。她行动机械、迟缓。但她和其他很多母亲不一样，她并没有哭，并且拒绝看向婴儿。似乎她不能接受和她脑海中那个完美小男孩的形象不一样的东西。她丈夫想办法让她抱着婴儿，她母亲也想办法让她抱着婴儿，医生也想办法让她抱着婴儿。等到她的紧张性抑郁障碍发作到 8 小时的时候，我把婴儿用热毛毯裹起来，给他的头上戴了顶小帽子。我把他抱到娇的房间。我说："娇，你愿意帮我给他洗个澡吗？"

娇没有回答我。我看向她丈夫，她可怜的丈夫，他点了点头鼓励我。

我用一个盆接满温水，拿来几块布。我在娇的床脚轻柔地解开她的孩子的襁褓。我把一块布用温水沾湿，按顺序擦拭婴儿肿得像香肠的腿和发青的胳膊。我擦了他浮肿的小脸和僵硬的手指。

然后我把湿润的布递给娇，一把塞到了她的手中。

我不知道是湿乎乎的触感唤醒了她，还是那个婴儿唤醒了她。随着我的手的指引，她把自己的孩子仔仔细细地擦了一遍。她用毯子将他裹起，把他抱到自己胸口。最后，随着撕心裂肺的哭泣声，她把婴儿的尸体还给了我。

我在抱着她的婴儿走出袋鼠套间的时候努力保持镇定。等到她一下扑到丈夫怀中的时候，我也支撑不住了。我就是控制不了，我抱着婴儿去停尸房的一路上都在哭泣。等我到达停尸房的时候，我根本放不下他，就像他母亲一样。

现在，随着钥匙转动的声音，埃迪森偷偷溜了进来。他的眼睛在适应黑暗，他以为我睡着了，就蹑手蹑脚地进了门。但是，我从我在厨房坐着的地方，用清晰的声音喊了他的名字。

他问："你怎么没去睡觉？"

"你为什么不回家？"

我可以清楚地看到他，黑暗中的一重轮廓。"我想自己一个人待着，在外面走了走。"

我脱口而出："走了6个小时？"

埃迪森也不示弱："对，6个小时。你要是不信任我，为什么不干脆在我身上放个卫星定位芯片呢？"

我字斟句酌地说："我当然信任你。我对除了你以外的整个世界才没有那么确定。"

我站了起来，这样我们两个就靠得更近了。所有的母亲都免不了担心孩子，尤其作为一个黑人母亲，我们担心得更多一些。"就算只是走走也很危险。如果你在错误的时间出现在错误的地点，就算只是出现也很危险。"

埃迪森说："我又不傻。"

"我比其他所有人都更清楚这一点。问题就是这个。你聪明到可以为没那么聪明的人寻找理由。你聪明到可以从质疑中获利，而其他人做不到。就是这些让你成为你，也是这些让你变得了不起。但你要学会更小心。因为我不知道还能在这里待多久……"说到这里我突然顿住了，然后接着说，"我可能要离开你了。"

我看到他的喉结沉了一下，又恢复原位，我也知道这段时间他都在想些什么。我想象着他漫步在纽黑文的街头，试图甩掉庭审马上就要结束这个事实。当庭审真的要结束的时候，一切都会不一样了。

他小声地说："妈妈，我应该做些什么呢？"

有那么一个瞬间，我想要把毕生对人生的思考倾囊相授。我看向他，目光闪烁，我说："成长壮大。"

埃迪森突然猛地抽身离开我。很快，他房间的门"砰"的一声砸上了。巨大的音乐声掩盖了一切。

我现在终于明白为什么那里叫袋鼠套间了。因为就算你不再有孩子，也会一生都背负着他们。

当父母被强行带离孩子身边时也是如此，那个套间对他们来说就是全世界了。在妈妈的葬礼上，我从她的墓地取来几捧泥土，塞进我那件上好的羊毛大衣的口袋里。有些时候我在家里穿着这件大衣，就是为了这个而穿。我把手伸进口袋里，握着那些土。

我很想知道埃迪森会留下什么作为对我的思念。

○ 特克 ○

我用双手捧住布列塔的脸，用额头抵住她的额头。我告诉她："吸气。想想维也纳。"

我们两个都没去过维也纳，但是布列塔在一家古董店找到了一张老照片，她一度把这张照片挂在我们卧室的墙上。照片上是维也纳时髦的市政大楼，楼门前的广场上挤满了行人，以及抱着孩子的母亲。而且，他们都是白人。我们一直觉得某一天我们会攒钱去那里旅行。当布列塔开始备孕的时候，"维也纳"就是我用来帮助她集中注意力的一个词语。

当她生德维斯的时候，我也对她轻语这个词，以便让她冷静下来。但现在我念着这个词，是为了让她不要再想起我们去世的儿子的样子。

会议室的门突然打开，检察官走了进来。"这一招不错，陪审团就喜欢悲痛欲绝、难以自控的母亲形象。但是在一个公开的法庭里这么做，可不是最佳的选择。"

布列塔气得发抖。她一把推开我，站起身面对着检察官。她的语气温柔，但是句句尖刻："我不是在演戏。另外不用你告诉我什么主意好，什么主意烂。婊子。"

我抓住她的胳膊："宝贝，你要不去洗把脸吧？我来处理这里的事。"

布列塔连眼睛都没眨一下，整个人就像一堵墙一样伫立在奥德特·劳顿面前，就像一条站在另一条杂种狗身前的领头狗，无论发生什么，都决不退缩。但是，突然间她走开了，重重地摔上了门。

虽然我和布列塔也需要做证，但是我也知道让我们旁听审理已经是很难得的了。为了让我们旁听，在审理开始前曾经举行过听证等大小事宜。那个浑蛋公共辩护律师觉得可以利用证人隔离[①]，让我们陈述完证词就必须离开法庭。但是法官说我们应该出席，因为我们是德维斯的父母。我敢肯定检察官希望法官不再深想，而且立刻做出决定同意我们出席。

检察官说："鲍尔先生，我需要和你谈谈。"

我抱住胳膊："你为什么不去直接做你该做的事，赢了这场官司？"

"当你的妻子表现得像个可怕的暴徒，而不是悲伤的母亲时，打赢官司可有点困难。"她瞪着我，"我没法叫她来做证了。"

我说："什么？但是我们都练习过了……"

"是的，但是我不相信布列塔妮。"她直截了当地说，"你的妻子是个未知数，而你可不希望把一个未知数放在证人席上。"

"陪审团需要听到德维斯母亲的证词。"

她冰冷地看着我："但是在我不能确定她是否会一上来就尖叫着用种族歧视的脏话咒骂被告的情况下，我是不会让她做证的。你和你的妻子可能厌恶我和像我一样的人，鲍尔先生。说实话我不在乎。但是我是你们最好的，也是唯一的机会，可以为你的儿子伸张正义。所以我不光会告诉你们什么是好主意，什么是不好的主意，还会完全由我安排掌控所有流程。所以，你的妻子不能出庭做证。"

"但是如果她不做证，法官和陪审团都会觉得出了什么问题。"

---

① 证人隔离命令是指要求所有证人除了在法庭上做证外，其他时间必须离开法庭，并警告他们不许与其他人讨论证词。——译者注

“法官和陪审团只会觉得她悲痛欲绝，而你可以代表你自己冷静地出庭做证。”

她的意思是我爱德维斯相对少一些？因为我不是像布列塔一样，我内心的悲痛不会影响我做出冷静的判断？

“昨天你听到了证人介绍的理论，你儿子患有未被诊断出来的新陈代谢疾病。”

那是儿科医生在证人席说的一堆我听不懂的医学术语，但我还是抓住了要点。我说：“对，对，我明白了，那是他们最后的王牌了。”

“那倒不是。你走了之后，验尸官也证实了检查结果。德维斯的中链脂肪酸去氢酵素缺乏症检查结果为阳性。我尽我所能让陪审团低估这个证词的重要性，但问题是她的话已经种下种子、生根发芽了：你的孩子检测显示他可能患有致命的紊乱疾病，而检查结果送达得太晚了。如果不是这样，他现在可能还活着。”

我觉得膝盖一软，一屁股坐到了桌子上。我的儿子得了病，而我们都不知道？医院怎么会没检查出来呢？

这实在是……太出乎意料了。太让人不知所措了。

检察官伸手拍我的肩膀，我不由自主地退缩了。“别这样。别被自己的想法困住。我告诉你这件事之后，等到交叉询问的时候你就有准备了。肯尼迪·麦考瑞所做的所有事情不过就是找到了一份可能的检查结果，这个结果从来未被最终证实。他们没有给德维斯采取治疗手段，她甚至可以说你儿子就算长大成人之后也可能得心脏病，因为他的基因就含有这种诱因。但这并不意味着这件事就一定会发生。”

我想起了我的祖母，因为心脏病发摔倒在地，去世了。

奥德特说：“我告诉你这些是因为等我们回去，我就会叫你上证人席。你就按照在我办公室里排练过的方式说。你唯一要记住的是这个庭审上容不下‘可能’二字。不能出现‘可能会发生’这样的说法。这件事已经发生了。你的儿子死了。”

我点了点头。已经出了一条人命了。必须有人来承担这个责任。

你能发誓你所言句句属实吗？

我的手放在《圣经》的皮质封面上。我不再频繁地读《圣经》了，但是对着《圣经》发誓让我想起了在监狱里的时光，想起了“万事通”。还有笨笨。

说实话，我经常想起笨笨。我猜他现在应该出狱了。也许正在大快朵颐他心心念念的番茄牛肉酱。如果我在街上遇到他会发生什么呢？在星巴克？我们会不会像哥们儿那样拥抱？还是我们会假装不认识对方？在监狱外，他会知道我的过往，正如我也熟知他的。但是在监狱里情况不太一样，我在那里学的东西都不是真的。如果我们碰到，他还会是当初那个笨笨吗？还是说，对我来说不过是另外一个黑鬼？

布列塔最后回到了法庭里，由弗朗西斯陪伴。她从洗手间回来之后，用毛巾抹完的脸上仍然湿乎乎的，鼻子和脸颊红红的，我告诉她，我已经和检察官说过，没有人应该教我的妻子如何表达悲痛。我不能让布列塔再次倒下，所以我告诉奥德特·劳顿不许她再让我妻子上证人席。我告诉布列塔我爱她，看到她这么伤痛也让我痛不欲生。

她全盘相信了。

你能发誓你所言句句属实吗？

检察官发问：“鲍尔先生，这是否是你和妻子布列塔妮的第一个孩子？”

我的后背沁出了汗水。我可以感觉到陪审团盯着我头上的纳粹标识的刺青。即使有的人假装不在意，也禁不住偷偷瞥一眼。我用手握住椅子的下沿。木头的质地很好，坚硬，可以做武器。“是的，我们很期待这个孩子的降生。”

“你们知道会是个男孩吗？”

我说："不知道。我们希望享受惊喜的感觉。"

"在怀孕期间是否遇到什么困难？"

"我妻子患有妊娠期高血糖症。医生告诉我们这不是严重的事，只要她控制饮食就可以了，她也做到了。我们两个都希望能拥有一个健康的孩子。"

"鲍尔先生，那生产过程如何呢？正常吗？"

我说："一切都非常顺利。但是说实话，孩子并不是我生出来的。"陪审团里的女士都微笑起来，和检察官预测的一样，这样我看起来就和其他父亲没有什么区别了。

"你和妻子去哪里生产的？"

"梅西－西黑文医院。"

"鲍尔先生，你的儿子德维斯出生后，你有没有抱过他？"

我说："有的。"我们在检察官的办公室排练的时候，就像演员学习课程一样，她告诉我如果我流泪效果会有多么明显。我说我做不到为了表演而流眼泪，但是现在，一回想到德维斯出生的瞬间，我就开始哽咽了。这可真是折磨人，你可以那样深爱一个女孩，因为爱而产生爱情的结晶。就像摩擦两根棍子取火，突然之间就出现了一个活生生的东西，明明一分钟前那里还什么都没有。我还记得德维斯的小腿踢我的样子。他的头枕在我的手掌上。那双无邪的、单纯的眼睛，让我多么想读出其中的答案。我承认："我人生中第一次有这种感觉。"这时我已经没按稿子说了，但是我不在乎。"我一直以为人们说他们看到婴儿的第一眼就坠入爱河是骗人的，但其实是真的。我似乎可以在他的脸上看到我的整个未来。"

"你在选择去这家医院之前，认识这家医院里的任何员工吗？"

"不认识。负责布列塔妮的妇产科医生在那家医院工作，所以我们就去那家医院生产了。"

"鲍尔先生，你在这家医院的经历愉快吗？"

我坚定地说："不，一点都不愉快。"

“这种不愉快是从他们同意你妻子去这家医院生产开始的吗?”

“不是。当时没什么，待产和生产也没什么问题。”

检察官向陪审团走过去:“那么事情是什么时候开始发生变化的?”

“当另一个护士替代了第一个值班结束的护士的时候，那个新护士是个黑人。”

检察官清了清嗓子:“鲍尔先生，这会造成问题吗?”

我下意识地伸手摸起了头顶的刺青:“因为我坚信白人人种的优越性。”

几名陪审团成员更使劲地盯着我，充满好奇。有的人摇了摇头，有的人低头盯着自己的大腿。

检察官说:“所以说你是个白人至上主义者。你认为像我一样的黑人，是次等人。”

我告诉她:“我不是反对黑人，我只是力挺白人。”

“你是否知道世界上的很多人，其实这间法庭里就有很多人，都会觉得你的想法冒犯了他们。”

我说:“医院有义务照顾每一个病人，就算他们的想法医院不喜欢。如果一个人在学校开枪，警察追捕他的时候，他受伤了，他照样要被送去急诊，哪怕他此前杀死了十几个人，医生也仍旧要动手术挽救他的生命。我知道我和我妻子的观念和别人不同，但这个国家的好处就是，我们都可以坚持我们自己所相信的。”

“当你发现由一个黑人护士照顾你刚出生的儿子时，你是怎么做的?”

“我提出了请求，我希望她不要碰我的孩子。”

“你所说的非裔美国护士就是今天出席的这位吗?”

“是的。”我指向鲁斯·杰斐逊。我猜她可能在椅子上向后缩了缩。

至少这么想让我比较满意。

检察官问:“你向谁提出的请求?”

我说:“护士长玛丽·马龙。”

“那在沟通结束后发生了什么？”

“我不知道，后来她换了个护士。”

“被告之后还有什么机会和你的儿子有过接触吗？”

我点了点头。“德维斯做了微型包皮环割术，本来这不是什么大事。他们要把德维斯带去新生儿室，做完手术就把他送回来。但是送走他之后，所有事情都不受控制了。人们都在尖叫、呼救，急救车推到大厅里，每个人都往新生儿室跑过去。我的孩子就在那儿，我……我觉得我和布列塔妮都意识到了。我们到了新生儿室，有一群人围着我的儿子，那个女人，她的手又在碰我的孩子。”我咽了咽口水，“她在伤害他。她在使劲敲打他的胸部，都快把他敲成两半了。”

另一个律师说：“我反对！”

法官皱了皱嘴：“反对有效。”

“鲍尔先生，你当时是什么反应？”

“我什么也没有说。我和布列塔都吓呆了，毕竟他们之前和我们说这场手术毫无困难。我们本来当天下午就要回家了，当时我完全不能理解眼前看到的场景。”

“之后发生了什么？”

我意识到，陪审团都听得全神贯注。每一张脸都对着我。“医生和护士都在快速移动，我都分不清哪双手是谁的。然后儿科医生进来了，阿特金斯医生。她在我儿子身上忙活了一小会儿，然后她……然后她说已经没救了。”这些词句都变成了立体的场景，我无法从中逃离。儿科医生看向挂钟。其他人后退了一步的样子，他们把手举到空中，似乎有人在拿枪指着他们。我的儿子，一动不动。

突然一阵悲伤喷涌出来。我紧紧抓住椅子。如果我放手，我的手就会变成拳头，我就想揍到某个人身上。我抬起头，有那么一秒，我让他们看到我现在整个人都是虚脱的。“她说我的儿子死了。”

奥德特·劳顿举着一盒面巾纸向我走来。她把纸巾盒放在我们之间的栏杆上，我没有伸手去拿。现在我很高兴，布列塔不用经历这个过程，我不希望她再回忆起那一刻的场景。

“之后你做了什么？”

“我不想让他们停下来。”这些话就像划在我舌尖的玻璃。“如果他们不再抢救他了，那我来。所以我走到垃圾桶，拽出那个他们帮德维斯呼吸的小包，我努力研究怎么能把它再连起来。我不会放弃我自己的孩子。”

我听到了一个声音，一声尖锐的痛哭。这个哭声是那么熟悉。在布列塔不肯下床的那几周时间里，她发出的凄厉的哭声响彻了我家的房子。她在旁听席的座位上弓着腰，摆成了问号的形状，似乎她在用整个身体发问，为什么这件事会发生在我们身上。

检察官柔和地说话，引回我的注意力：“鲍尔先生，这里可能有些人会说你是白人至上主义者，他们可能会觉得正是你禁止那个非裔美国护士照顾你的孩子，才让这一切发生的，他们甚至还可能责怪你自己的不幸。你怎么回应这些观点？”

我深深地吸了一口气：“我所做的一切不过都是给我孩子的人生提供我所能提供的最好机会。这样就让我变成一个白人至上主义者了吗？”我发问道，“还是这样，就让我变成了一个父亲？”

在休息期间，奥德特在会议室给我做指导。“我的职责是尽我所能让陪审团痛恨你。稍微有一点就可以，因为这样可以给陪审团提供那个护士的动机。你的工作是让他们看到他们和你的共同点，而不是你们的相异点。这个案子应该集中在你有多么爱你的儿子。千万不要因为你的仇恨而搞砸这件事。”

她留下我和布列塔独处了几分钟，然后我们才被叫上法庭。大门刚在我们身后关上，布列塔就说：“我恨她。”

我转向了我的妻子："你觉得她说得对吗？你觉得我们应该自己处理这件事吗？"

我一直思索着奥德特·劳顿所说的那些话：如果我没有表达出对那个黑人护士的反对，这个事情会以另一种结局收尾吗？她会不会刚一意识到德维斯停止呼吸就采取施救措施？她会不会像对待其他紧急病人一样对待他，而不是像我伤害她那样地伤害我的儿子？

到现在，我的儿子应该5个月大了。他现在是不是应该能自己坐起来了？他看到我的时候会不会笑起来呢？

我相信上帝。我也相信上帝能理解我们在这片土地上为他做的事情。他要惩罚他的战士吗？

布列塔站了起来，五官因为厌恶的表情而扭曲起来，她问："你什么时候变得这么胆小怕事了？"然后她转身离开了我。

布列塔临产前的几周，我们的邻居，两个来自危地马拉的讲西班牙语的人（估计是跳过了铁丝网的封锁逃进这个国家的）新养了一条小狗。这个毛乎乎的东西看起来就像是长着牙的邪恶的毛球，而且一直在不停地吠叫。那条狗叫弗里达，经常跑到我家的草坪上大便，要么就来大声地汪汪叫。每次布列塔躺下来想要小憩一下，那条讨厌的狗就跑来捣乱，把她吵醒。她非常生气，我也很生气。我就"腾腾腾"地走到隔壁家，狠狠砸门，告诉他们如果不把这个天杀的狗嘴套上，那就别怪我干掉它。

之后有一天，我下班回来，看到那个危地马拉人在一棵杜鹃花下挖洞，他妻子怀里抱着一个鞋盒子。我走进屋里，布列塔正坐在沙发上。他说："估计是他们家的狗死了。"

"我也觉得是。"

她伸手从身后拿过一瓶防冻剂："这个是甜的。我小的时候，爸爸告诉我不能让我家的小狗接近它。"

我瞪着她看："你毒死了弗里达？"

布列塔直视着我。她的眼神那么坚定，和弗朗西斯的眼神如出一辙。她说："我连觉都睡不了。只能保一个，要么是我们的孩子，要么是那个蠢狗。"

肯尼迪·麦考瑞可能喝南瓜拿铁。我猜她肯定投票给奥巴马，看到电视广告中播的那些可怜的狗时会捐款，并且认为只要我们都能好好相处，这个世界会变成一个光明闪亮的地方。

她正是我最受不了的那种老好人。

她经过我身旁的时候我脑海中想的都是这些事。"你听到阿特金斯医生证实你的儿子患有中链脂肪酸去氢酵素缺乏症了，是不是？"

我说："这个嘛，我听她说检查结果是阳性。"

这件事检察官也已经指导过我了。

"鲍尔先生，你是否知道，如果一个婴儿被诊断出中链脂肪酸去氢酵素缺乏症，那么他的血糖就会降低，并导致呼吸衰竭？"

"知道。"

"鲍尔先生，你是否知道如果一个婴儿呼吸衰竭，那么可能进一步导致心脏停搏？"

"知道。"

"以及最终可能导致这个婴儿的死亡？"

我点了点头："我知道。"

"鲍尔先生，你是不是还知道，在这种情况下不论一个护士是不是动用了所有可能的医疗干预来救治他的生命，可能都不会改变结果？这个婴儿还是有可能死去？"

我重复道："有可能。"

"你知不知道，基于以上论述，如果你儿子就是我所说的那种婴儿，即使是特蕾莎修女本人也救不活他？"

我抱起双臂："但我儿子不是那种婴儿。"

她听到这句话抬起了头："你已经听到阿特金斯医生的证言，这个证言和宾尼医生所言一致。你的儿子的确患有中链脂肪酸去氢酵素缺乏症。鲍尔先生，这些是否属实？"

我冲着鲁斯·杰斐逊扬起下巴。"我不知道，她在我儿子可以再次检测获得最终结果之前就杀了他。"

她问："你确实、真心相信这一点吗？即使面对科学的证据？"

我坚定地说："我相信。"

她的眼睛开始闪烁。她重复："你相信，还是你不得不信？"

"什么？"

"你相信上帝对吧，鲍尔先生？"

"是的。"

"那么你相信事情发生都是有原因的？"

"是的。"

"鲍尔先生，你的推特账号是不是'白人无所不能'？"

我说："是的。"但是我完全不知道这和她的问题有什么关系。感觉就像是风每次都从不同的方向吹来。

她把一份打印的文件加入了证据。"请问这是不是去年7月你用自己的推特账号发的推文？"我点了点头。"能否请你大声读出来？"

我念道："我们都要承受自己的命运。"

"那你的儿子也要承受他自己的命运，对吧？"

我的手紧紧攥着证人席的栏杆。我的声音低沉但激动："你说什么？"

她重复了一遍："我是说你儿子必须承受他应得的命运。"

"我的儿子是无辜的，他是一个雅利安战士。"

她没有理睬我的话："你好好想想，我觉得你也应该承受你应得的命运……"

“给我闭嘴。”

“这就是为什么你要专横地起诉一个完全无辜的女人来为这起死亡负责，对不对？因为如果你去相信真相，也就是你儿子有基因缺陷……”

我怒不可遏地站起来：“住口……”

检察官叫了起来，但这个贱人律师的声音更大。“你根本接受不了真相，你儿子的死根本就是毫无异议的，最多就是运气不好。你必须要怪到鲁斯·杰斐逊头上，因为如果你不这么做，那你就要怪到自己头上了，因为你和你妻子不知道为什么生下了一个有基因缺陷的雅利安小孩。我说得对吗，鲍尔先生？”

我用眼角的余光看到奥德特·劳顿走向法官。此时我已经站了起来，扒在证人席的栏杆上。沉睡在我体内的猛兽突然间醒来，开始喷火。我冲着肯尼迪·麦考瑞怒吼：“你这个贱人！”我已经快要翻过栏杆了，结果被几名笨蛋法警制住了。我还在大喊：“你他妈就是个种族的叛徒！”

我听到遥远的地方传来法官敲小木槌的声音，让法警把证人请出去。我被拽出了法庭，我的鞋在地上摩擦。我听到布列塔呼唤我的名字，我听到弗朗西斯等很多人的叫声，还有那些孤狼网常客如雷鸣般的掌声。

我不太记得之后发生的事了。我只记得自己眨了眨眼，突然发现我已经不在法庭里了。我在一间牢房里，四周是水泥铸成的墙，里面有一张小床和一个马桶。

我觉得自己等了一辈子那么久，但其实只过了半个小时奥德特·劳顿就出现了。负责人打开牢房的门的时候我差点笑了出来，她就站在那里。想想看，我的救世主竟然是一个黑人。

她说：“你那个做法，实在蠢透了。虽然我自己也曾无数次想要杀死被告的辩护律师，但我可没有一次真的去下手。”

我脸色阴沉地说：“我都没碰到她。”

“法官才不在乎呢。鲍尔先生，我必须告诉你，你在法庭上的突然爆发使得州法院在这件案子中的优势荡然无存。我已经做不了什么来弥补了。”

“你是什么意思？”

她看着我：“检方退出。”

但是我不会退出。永远不会。

○ 肯尼迪 ○

如果我能翻着跟头去洛雷法官的办公室的话，我肯定就翻着跟头去了。

我把霍华德留在会议室里陪鲁斯。现在有一个绝妙的机会可以让我把整个案子搞定。我已经提出请求，要求无罪释放。我敢说，等我进入法官的办公室，奥德特肯定已经知道自己输了。我开口道：“法官，我们知道这个婴儿的去世是一场悲剧，但是完全没有证据显示这件事是由鲁斯·杰斐逊轻率地或有意识地不顾他人权利的行为造成的。州法院所做出的谋杀指控没有证据支持，从法律的程序来说，这一指控需要被撤回。”

法官转向了奥德特：“检察官，她早有预谋的证据在哪里？能体现她的怨恨的？”

奥德特绕开了话题：“我认为她在公共场合说要给婴儿做绝育是一个强有力的证明。”

我据理力争：“尊敬的法官大人，这是一个遭受歧视的女人无奈的带有玩笑性质的一句话。这句话很不巧因为之后发生的事情而被关注，但是这并不能表明规划了一起谋杀。”

洛雷法官说：“在这一点上我同意麦考瑞女士的说法。怀恨在心？有；但从法律的角度看并没有谋杀倾向。如果每个律师都因为在输掉案子之后咒骂法官的话而判刑，那你已经被判谋杀了。我宣布罪名不成立。此外，麦考瑞女士，你的无罪释放请求通过了。”

我沿着走廊走向会议室，要告诉我的委托人这个天大的喜讯。我回头确保走廊上没有别人，这才蹬着我的高跟鞋轻轻地跳着走起来。毕竟不是每天都能赢下一桩谋杀案，而且也不是每个人都能在第一次接手时就出师告捷。我想象着哈利会怎样把我叫到他的办公室，用他粗暴的方式告诉我，我的确给了他一个惊喜。我幻想着他从今往后让我也可以参与到他的大案子中去，然后给霍华德升职，接手我现在的工作。

我笑容满面地走进了会议室。霍华德和鲁斯转向我，满脸期待。我咧嘴笑着说：“他撤回了谋杀起诉。”

“太好了啊啊啊!!!”霍华德在空中挥舞着拳头。

鲁斯则更显冷静：“我知道这是个好消息……但是有多好?”

我说：“好极了。从法律角度讲，过失杀人是种完全不可同日而语的罪名了。即使是最糟糕的情况，也就是你被证实有过失杀人罪，基本也不用服刑。而且说实话，我们的医学证据这么有力，如果陪审团不判定你无罪释放我都会觉得震惊的……”

鲁斯一把搂住我的脖子：“谢谢你。”

我说：“你就这么想，等到这个周末，这些事情就全部结束了。明天我会去法院告诉他们被告人休息了。如果陪审团做出裁决，我觉得他们最快肯定……”

鲁斯突然打断我：“等等，什么?”

我后退了一步：“我们已经创造了一个合理的质疑，只要有这个我们就赢了。”

鲁斯说：“但是我还没有做证呢。”

“我可不觉得你应该上证人席。现在，事情对我们真的是相当有利。如果陪审团脑海中留下的最后一幕是特克·鲍尔试图来揍我，那你就已经赢得了他们的全票支持。”

她站得非常、非常直：“可你答应过我的。”

“我答应你我要尽我所能让你无罪释放，现在我做到了。”

鲁斯摇了摇头：“你答应我我可以上去说话。”

我指出：“但现在的好处是你用不着这么做啦。等到陪审团反馈他们的裁决，你就可以继续回去工作了。你得假装这件事从来没有发生过。”

鲁斯的语气温柔却坚定：“你觉得我能假装这件事从来没有发生过吗？每天不论我走到哪里，我的脑海中都挥之不去这件事。你觉得我能就这么直接回去重新工作吗？你觉得我作为一个黑人护士，下次会不会又成为带来问题的隐患？”

我难以置信地说：“鲁斯，我99%确定陪审团会裁决你无罪，你还想要什么呢？”

她摇了摇头：“这还用问吗？”

我知道她在说什么。

其实也就是所有我拒绝在法庭上提及的内容：一个人就因为自己的肤色而被人当成怀疑的目标是什么感觉。这意味着即使你努力工作，你是一个毫无瑕疵的员工，这些在歧视面前都无足轻重，不值一提。

的确，我的确和她说过她可以找个时间和陪审团讲讲从她这个角度感受到的故事。但是如果无罪释放已经是板上钉钉的事了，这就不是重点了。

我说：“你想想埃迪森。”

鲁斯有点急切：“我就是因为正在想我的儿子！我在想他会怎么评价一个不为自己发声的母亲。”她眯起了眼，“肯尼迪，我不知道法律是个什么规矩。我知道州立法院有举证责任。我还知道如果我要求，你就必须让我站到证人席上去。问题是——你要不要履行自己的工作职责？还是你不过是另一个向我撒谎的白人？”

我转向霍华德，他看着我们互相密集进攻，就像在看一场美国公开赛的女子单人决赛。我温和地说："霍华德，你愿不愿意暂时出去一下，让我和我们的委托人单独谈谈？"

他撇了撇嘴，溜了出去。我转向鲁斯："你在搞什么？现在不是你坚持原则的时候，这一点你一定要相信我。如果你站上证人席开始大谈特谈种族问题，你会导致我们失去现在已经在陪审团那里取得的优势，你所说的话题会让他们不舒服。此外，你的沮丧和愤怒会被清晰地放大，削弱他们现在对你的那些同情心。我已经说出了所有我们需要让陪审团听到的东西。"

鲁斯说："除了真相。"

"你在说什么？"

"我试过去救那个婴儿。我告诉你刚开始我没有碰过他，我对每个人都保持了这个口径，但其实我碰过他。"

我觉得心里如石头一沉："你之前为什么不告诉我？"

"我刚开始撒谎是因为我觉得我会因此丢掉工作，之后撒谎是因为不知道能否信任你。再之后，每当我想告诉你真相，我都感到非常羞愧。就这样，我隐藏的时间越久，就越难说出口了。"她深吸了一口气。"我应该在我们见面的第一天就告诉你这件事，根据他的档案里的要求，我本来不应该碰那个婴儿，但是他脸色开始发青，我解开了他的包裹。我挪动他，拍了他的脚还给他翻了个身。这些都是为了唤起婴儿的反应。之后我听到了脚步声，就把他又紧紧包裹起来了。我不希望被人看见我在做一些我不该做的事。"

过了半晌我说："为什么要推翻历史呢？陪审团会听到你认为自己尽了最大努力的事。但是他们也会认为是你搞砸了一切，你做的事情导致了婴儿的死亡。"

她说："我希望他们知道我尽了自己的职责。你一直告诉我这件事和我的肤色没有关系，而是关乎我的职业能力。除了我们已经说过的事情，我还希望他们知道我的确是一个优秀的护士。我尝试过去救那个婴儿。"

“你以为你可以站到证人席上，用平静的口吻讲述你的故事吗……事情不会这样发展的。奥德特会把你撕成碎片，她会无所不用其极地证明你就是个骗子。”

鲁斯看着我：“我宁愿他们觉得我是个骗子，也不要他们觉得我是个杀人犯。”

我耐心地解释：“如果你站上去，说出一个和我们所说的完全不同版本的故事，你就失去了信任。我也失去了我的信任。我知道那对你来说是最好的方式。我们叫法律顾问是有原因的，你应该听我的。”

“我已经受够了听从指令。上一次我因为听从指令，就被这一大摊事情缠上了。”鲁斯抱住了双臂，不容反驳地说，“明天你要让我上证人席，不然我就要告诉法官你不让我做证。”

在那个瞬间我知道，我要输掉这个案子了。

有一天晚上，我和鲁斯正在为庭审做准备。我们在厨房里工作，维奥莱特像上了发条一样，穿着一条内裤绕着房子转圈跑，假装自己是一只独角兽。她的尖叫不断打断我们的讨论，突然间这个叫声变成了痛苦的嘶喊。维奥莱特马上开始哭泣，我们两个连忙跑到起居室，维奥莱特正躺在地上，太阳穴汩汩地冒血。

我一阵头晕，有些站立不稳，我的手还没有碰到女儿，鲁斯就把她抱到怀中，将自己的 T 恤衫下摆拉起来，按到她的伤口上。她安慰维奥莱特：“现在给我说说，发生什么啦?”

维奥莱特抽噎着说：“我摔倒了。”她的血浸红了鲁斯的 T 恤衫。

鲁斯冷静地说：“我看到你这里划破了，我会处理好的。”她开始指挥我在房间里迅速找到一块湿毛巾、抗生素药膏，还有从急救箱里取出来的创可贴。她一刻也没有放开维奥莱特，而且还不停和她对话。即使在我们开车去耶鲁 - 纽黑文医院看看是不是要给她缝针的路上，鲁斯也冷静、坚强如钢铁，而我吓得不知所措，担心维奥莱特会不会留下伤疤，或者儿童保护服务中心会不会盯上我，指责我没有密切关注孩子，或者让她穿着袜子在光滑的木质地板上跑。最后医生说维奥莱特需要缝两针，她抱紧的不是我，而是鲁斯，她向维奥莱特保证如果我们特别大声地唱歌，她就什么疼痛都感觉不到了。所以我们三个人扯着嗓子大声唱起了《冰雪奇缘》的主题曲，维奥莱特一点也没哭。

那天晚些时候，她的头上已经贴好了干净的创可贴，乖乖睡着，我对鲁斯表达了感谢。

我说，你对你的工作真擅长。

她说，我知道。

她想要的就是这个。让所有人知道她因为自己的种族，没有得到公正的对待，自己作为看护者的名誉受损，甚至还会因为有罪判决而留下污点。

迈卡从医院回到家，看到我在一片漆黑的厨房里拿着一瓶席拉酒，问我："你在自斟自饮吗？你知道吗，这是第一个前兆。"

我举起酒杯，缓缓地喝了一口："什么的前兆？"

他说："可能是长大成人的前兆吧。今天办公室的工作不顺利？"

"应该说刚开始非常顺利，甚至可以说是史诗级的顺利，但是我们很快就被打入地狱了。"

迈卡在我身旁坐下，松开领带："你愿不愿意给我讲讲？还是我应该去给自己拿一瓶酒？"

我把酒瓶推给他，完整地讲述了一遍事情经过。从特克·鲍尔将他的怨恨大声吼出来，到他试图朝我冲过来时眼中的神情。还有鲁斯的无罪释放请求获批时我发自内心的喜悦，以及鲁斯向我坦白她曾经试图救过这个婴儿，还有如果鲁斯要求，我将不得不让她登上证人席。而这样会冒着输掉我第一起谋杀案官司的风险。

我问："明天我应该怎么做呢？不论鲁斯站在证人席上的时候我问她什

么，她都会把罪责揽到自己身上，这都还没有将检察官可能采取的行动纳入考虑。”我耸耸肩，想到了奥德特，她现在都不知道将天降“横福”。我柔声说：“真不敢相信，我离胜利都这么近了，我不敢相信她竟然要亲手毁掉这一切。”

迈卡清了清嗓子：“重要思想第一条：你应该抽身出来，客观地看待这个问题。”

我喝多了，他的边缘看起来都没有那么清晰了，所以我可能是听错了。“你能再说一遍吗?”

“你没有接近胜利。鲁斯才是那个接近胜利的人。”

我哼了一声：“你不要玩文字游戏。我们要么一起赢，要么一起输。”

迈卡温柔地说：“但是比起你，她的处境才更加危险。她的名誉，她的职业生涯，她的生活，都面临威胁。这对你来说是第一个有意义的案子，肯尼迪，但这对她来说是唯一的案子。”

我用手揉揉头发：“重要思想第二条是什么?”

迈卡说：“对于鲁斯来说，如果没有打赢这场官司，她最好的结果是什么？如果她要这么做的最重要的原因并不是她打算说什么……而是她终于有机会说出心中的想法呢?”

如果你说出自己心中所想的机会，会导致你入狱，那这样还值得吗？如果这会导致你背负罪名呢？这和我从小到大被教过的所有知识相悖，和我所相信的所有东西相悖。

但我不是那个上法庭的人。

我按了按太阳穴。迈卡的话在我脑海中回荡。

他举起酒杯，把剩下的酒倒进了我的酒杯。他说：“你比我更需要这些。”然后他吻了吻我的额头，“不要熬得太晚了。”

周五早上，我急着去停车场见鲁斯的路上，经过了市政大楼绿地附近的纪念碑。这是为了纪念山克的，他是“爱米斯塔特号”叛乱中的一个奴隶。1839年，一艘船载着一船人离开他们的家乡，去加勒比海做奴隶。这些非洲人起义了，杀掉了船长和厨师，并强令其他水手把船开回非洲。水手欺骗了这些非洲人，转而向北航行——结果这艘船登陆了美国。这些非洲人被关在纽黑文的一间仓库里，等待审判。

非洲人起义是因为一个黑白混血的厨师恰巧听到白人船员商量杀掉黑人，吃他们的肉。而船上的白人相信这些非洲人是食人族。

两边都错了。

等我到达停车场的时候，鲁斯甚至都拒绝看向我。她快速走向法庭，埃迪森走在她身旁。我一把抓住她的胳膊：“你到现在仍然决定这么做吗？”

她问：“你觉得我想着这个入睡的话，第二天早上起来就会改变主意吗？”

我只得承认：“我倒是希望如此。我求求你了，鲁斯。”

“妈妈？”埃迪森看看她，又看看我，一脸疑惑。

我挑了挑眉毛，暗示她，你想想你的决定会对他有什么影响。

她挽上了儿子的手臂，说：“咱们走吧。”然后继续向法庭走去。

法院门口挤满了人，媒体已经报道了这个案子的控方举证环节结束。现在腥风血雨的味道更浓烈了。我用眼角余光看到了华莱士·默西和他的团队，他们仍然没有放弃坚守。也许我应该让鲁斯去找华莱士，也许他能成功劝她噤声，这样就可以向对她有利的方向发展了。但是说到华莱士这个人，他不会放弃任何一个说出自己想法的机会。他可能已经对鲁斯说过，不管她有什么感想需要倾诉，他都会在。

霍华德正在法院门口走来走去。他紧张地对我们说：“我们已经结束了吗？还是……”

我生硬地说：“是的。就是你猜的‘还是’。”

“顺便和你说一下，鲍尔的家人回来了，他们就在旁听席。”

我用讽刺的口气说："谢谢你，霍华德。听到这个我觉得好多了。"

我和鲁斯在那之后只说过一次话。那是在法官入场，全场起立的时候。我小声说："我再和你说最后一个建议。尽可能保持冷静沉着，你提高音调的那一刻，检方就会提出异议了。你在交叉询问环节回答奥德特时，需要和当时和我说话时的方式一样。"

她看了我一眼。我们的目光交汇非常迅速，但是足够我看清她的眼神了，有一丝恐惧在闪动。我张开嘴，希望能让她冷静下来，却一时不知道说什么。我突然想到迈卡对我说的话，于是对她说："祝你好运。"

我站起身，叫鲁斯·杰斐逊上了证人席。

不知道为什么，她站在证人席上时显得身形小了很多。她的头发梳到脑后，垂下来一个发髻。我之前注意过这个打扮有多么严肃吗？她的双手紧紧握拳，放在大腿上。我知道她是想让自己停止发抖，但是对陪审团来说，她的装束看起来只是格外的拘谨和呆板。她平稳地念完了誓词，没有一丝感情。我知道这是因为她觉得现在自己就是一个展品。但是自卑也可以被解读为傲慢，这可能会变成她最致命的缺点。

我开始发问："鲁斯，你今年多大？"

她说："44 岁。"

"你出生在哪里？"

"纽约城，哈林区。"

"你在那里上的学吗？"

"只在哈林区上了几年。之后我获得奖学金转到道尔顿学校就读。"

我问："你读过大学吗？"

"是的，我在纽约州立大学普拉茨堡分校读本科，之后在耶鲁得到了护理学位。"

"能否告诉我们那个项目是几年的？"

"三年。"

“当你作为一个护士毕业之后，你是否进行过宣誓？”

她点了点头，她说：“那个叫作‘南丁格尔誓言’。”

我将一份加入证据的纸递给她：“这就是那份誓言吗？”

“是的。”

“能否请你大声读出来？”

“余谨以至诚，于上帝及会众面前宣誓，终身纯洁，忠贞职守，勿为有损之事，勿取服或故用有害之药，尽力提高护理之标准，慎守病人家务及秘密。竭力……”她读到这里顿了一下，“协助医生之诊治，务谋病者之福利。”读完她抬起头看我。

“这个誓词对于一个护士来讲是不是最基本的要求？”

鲁斯肯定了我的说法：“我们非常认真对待这个誓词。这和医生宣读的希波克拉底誓词是一样的。”

“你为梅西－西黑文医院工作多长时间了？”

鲁斯说：“刚刚满20年，我的所有职业生涯都是在这里度过的。”

“你的职责是什么？”

“我是一个新生儿护士。我协助生产过程，紧急剖腹产情况下在产房协助医生手术，在母亲生下孩子后照顾她们，以及新生儿。”

“你每周工作多少小时？”

她说：“超过40个小时，我们经常需要加班。”

“鲁斯，你结婚了吗？”

她说：“我是未亡人。我丈夫是一名士兵，死在了阿富汗。大约是10年前的事情了。”

“你有孩子吗？”

“是的，我有儿子，埃迪森，他今年17岁。”她的眼神开始闪烁，在旁听席里寻找埃迪森的身影。

“你还记得2015年10月2日早上来上班时的情景吗？”

鲁斯说："记得。我早上 7 点钟来，要上 12 小时的班。"

"你被指派去照顾德维斯·鲍尔了吗？"

"是的，他母亲当天早些时候生下了他。我被指派对布列塔妮·鲍尔进行产后护理，以及护士所要做的新生儿检查。"

她描述了一下这个检查，说是在医院的病房里完成的。

"当时布列塔妮·鲍尔在场？"

鲁斯说："是的，当时她和她丈夫在一起。"

"在检查过程中有什么重要发现吗？"

"我在档案中记录了心跳有杂音。我并不觉得这是需要我们特别注意的情况，因为新生儿经常出现这种情况。但是也需要等儿科医生下次来的时候再检查一下。所以我才把这个情况写下来。"

"在孩子出生之前，你认识鲍尔夫妇吗？"

鲁斯说："不认识。我进入房间才第一次见到他们。我恭喜他们生下了一个漂亮的男婴，并解释了我是来做常规检查的。"

"你在房间里和他们待了多久？"

"10 到 15 分钟。"

"你当时和孩子父母有言语上的交流吗？"

"我提到了心脏杂音，并且说不需要担心这件事。我还说自从出生之后他的血糖已经有所改善了。之后我给婴儿擦洗了一下，还建议尝试给婴儿喂母乳。"

"那他们是怎么回复你的？"

"鲍尔先生让我离开他的妻子。之后他说想和我的监管护士谈一谈。"

"鲁斯，你当时是什么感觉？"

她承认："我很震惊。我不知道我做了什么，让他们这么不愉快。"

"之后发生了什么？"

"我的上级玛丽·马龙在婴儿的档案里夹了一张便笺纸，说非裔美国员工不能接触这个婴儿。我对她提出过质疑，她说这是婴儿父母要求的，我将被分配其他工作。”

“你再次见到婴儿是什么时候。”

“周六早上。当时我和科琳娜在新生儿室，科琳娜是在我之后照顾这个婴儿的护士，她把婴儿推进来做微型包皮环割术。”

“那天早上你的职责是什么？”

她皱起了眉：“我有两个……哦不，三个病人。前一天晚上累过度了，我多值了一个本来不该我负责的班，因为另一个护士病了。我去新生儿室取干净床单，随便塞了两口能量棒。因为我在值班的过程中一口东西也没吃。”

“给婴儿做完手术之后发生了什么？”

“当时我不在房间里，但我觉得手术应该很顺利。后来科琳娜拽住我，问我能不能看着这个婴儿，因为有另一个病人需要她立刻赶到产房，而根据规定在做完这个手术后必须有人看着婴儿。”

“你同意了吗？”

“其实我根本别无选择。因为除了我，实在没有人能做这件事了。我知道科琳娜和玛丽，也就是我的监管护士，她们很快就会回来接手的。”

“你刚看到这个婴儿的时候，他是什么样子？”

鲁斯说：“非常安静。他裹在襁褓里，睡得很香。但过一会儿我再低头看，发现他肤色苍白，发出呼噜呼噜的声音，能看出来他呼吸有问题。”

我走向证人席，把手放在栏杆上：“鲁斯，在那个瞬间你做了什么？”

她深吸了一口气：“我解开了包裹。开始碰那个婴儿，拍他的脚，希望他能有反应。”

陪审团看起来困惑不解。奥德特紧靠椅子背坐着，紧抱双臂，脸上绽放出微笑。

“你为什么这么做？你的监管护士不是告诉过你不许碰那个婴儿了吗？”

鲁斯坦言："我不得不这么做。"我可以看出来，这一刻她终于获得了自由，像是破茧而出的蝴蝶。她的语调更轻松了，嘴角的线条也变得柔和。"任何一个优秀的护士在那一刻都会选择这么做。"

"之后发生了什么？"

"之后就是紧急召唤医疗人手，让一整支队伍来抢救。我听到了脚步声。我知道有人来了，但我不知如何是好。我觉得如果被别人看到我接触这个婴儿，我就有麻烦了，毕竟上级已经告诉过我不能这么做。所以我又把他包了起来，然后后退，玛丽走进了新生儿室。"鲁斯低头看向她的大腿，"她问我在做什么。"

"鲁斯，你是怎么说的？"

她抬起头，眼中充满了羞愧："我说我什么都没有做。"

"你撒谎了？"

"是的。"

"显然不止一次。之后警方问话的时候，你说你没有进行任何紧急抢救。为什么？"

她转向陪审团，解释起自己的情况："我担心丢掉工作。我身体中的每一个细胞都在告诉我要去救那个婴儿……但我也知道如果违反监管护士的指令，就会遭到惩罚。如果我丢掉工作，谁来照顾我的儿子？"

"所以你当时陷入了要么被认为玩忽职守，要么违抗监管护士指令的困境？"

她点了点头："我怎么做都是错。"

"之后发生了什么？"

"紧急抢救小组被叫来，我的工作是进行心脏按压。我尽了全力，我们所有人都是，但是到最后我们还是没能成功。"她抬起头，"当宣布死亡时间，鲍尔先生从垃圾桶里捡出急救包，试着自己继续抢救的时候，我的情绪也崩溃了。"她的目光就像找到箭靶的箭羽，插在坐在旁听席的特克·鲍尔身上。“我当时想：我错过了什么？我本来能扭转局面吗？”她犹豫了一下，“之后我想：他们会允许我这么做吗？”

我说：“两周之后你收到了一封信，能给我们讲讲吗？”

“这封信是公共卫生部寄来的，宣布取消我的护士执照。”

“你读到这封信的时候想了些什么？”

“我意识到他们认为我应该为德维斯·鲍尔之死负责，我知道我会被暂停工作，医院也的确暂停了我的工作。”

“从那之后到现在你有工作吗？”

鲁斯说：“我曾很短时间里接受过公共援助，之后我在麦当劳找到一份工作。”

“鲁斯，因为这个事件的影响，你的生活有什么转变？”

她深深地吸了一口气。“我没有存款了。我们一周一周挨过去。我很担心我儿子的将来。我也不能开车，因为我连注册的钱都掏不出来。”

我转过身去，但是鲁斯还没说完。

她柔声说：“真是太有意思了。我一直以为，我的工作，我供职的医院，让我成为社区中受人尊敬的一员。我一直认为，我有值得骄傲的工作，我有亲如家人的同事，我住在让我自豪的家里。但这些只是错觉罢了，我从来没有真正融入过其中任何一个群体。他们能忍受我，但并不欢迎我。我过去一直，未来也一直将是和他们不同的人。”她抬起头，“就是因为我的肤色，所以我总是承受责难的那个人。”

哦我的上帝，我心想。哦我的上帝，哦我的上帝，快住口，鲁斯，别说到这个话题上。我说：“我没有什么要问的了。”我希望能及时止损。

因为鲁斯已经不再是证人了。她现在是一颗定时炸弹。

当我回到辩护桌坐下时，霍华德目瞪口呆。他塞给我一张纸条，上面写着：发生了什么???

我在下面给他写了回复：这就是给你示范一下以后永远不要让证人做这件事。

奥德特趾高气扬地走向了证人席："他们指示你不要碰那个婴儿？"

鲁斯说："是的。"

"直到今天之前你说的都是在你的监管护士同意之前，你都没有碰那个婴儿？"

"是的。"

"但是现在你又做证，实际上你在他出现异常的时候的确碰了他？"

鲁斯点了点头："的确如此。"

奥德特向她施压："那到底哪一句是真的？你在德维斯·鲍尔刚开始停止呼吸的时候就碰他了吗？"

"我碰了。"

"让我来理清一下，你对你的监管护士撒谎了？"

"是的。"

"你对你的同事科琳娜也撒谎了？"

"是的。"

"你对梅西－西黑文医院风险控制部门的团队也撒谎了？"

她点点头："是的。"

"你对警察撒谎了？"

"是的，我撒谎了。"

"即使你知道他们有责任和义务查找出那个死婴发生了什么？"

"我知道但是……"

奥德特纠正她："你只想着保住你的工作，因为你的内心深处明白自己在做一些见不得人的事。我这么说对吗？"

"这个……"

奥德特说："如果你对所有这些人都撒谎了，那么陪审团又凭什么相信你现在所说的话呢?”

鲁斯转向挤在陪审席上的男男女女:“因为我告诉他们的就是真相。”

奥德特说:“是的,但是你还有其他的小秘密没告诉他们对吗?”

她接下来要说什么?

“婴儿死去的那个时刻……也就是当儿科医生宣布死亡时间的时刻……你的内心深处,根本不在乎对吗,鲁斯?”

“我当然很在乎这件事!”她在椅子上坐直,“我们那么努力地抢救,对病人没有区别对待……”

“啊,但这个病人不一样啊。这是一个白人至上主义者的孩子,这个孩子的父亲刚刚抹杀了你多年的经验和护士的专业性……”

“你错了。”

“……这个男人质疑你的能力,只是因为你的肤色。你痛恨特克·鲍尔,因此你也恨他的儿子,不是吗?”

奥德特现在离鲁斯只有几步远了,直接对着她的脸大叫。鲁斯在她每次爆发的时候都闭上眼睛,仿佛是在躲避飓风。她小声说:“不,我从来没有那么想过。”

“但是你听到你的同事科琳娜做证,你在不允许再照顾德维斯·鲍尔之后表示了愤怒,对吧?”

“是的。”

“你在梅西–西黑文医院工作了20年?”

“是的。”

“你在证词里说过自己是个有经验的、相当专业的护士,并且你热爱你的工作,这么表述正确吗?”

鲁斯说:“是的。”

“这家医院如果在考虑问题时把病人的需求放在自己员工之前,让你从这么多年保持的专业角色中退下来,也是没有问题的对吧?”

“显然没有问题。”

“但这件事让你感到愤怒，对吧？”

她承认：“我很沮丧。”

我心想，鲁斯，保持冷静。

“沮丧？下面我引用一下你说过的原句：‘这个婴儿对我来说丝毫不重要’。”

“毕竟说这句话的时候刚刚发生了……”

奥德特的眼睛闪光：“刚发生的时间！是不是也是在这个前后，你在阿特金斯医生进行微型包皮环割术的时候，你说要给这个婴儿做绝育？”

鲁斯说：“我就是开个玩笑，我不应该这么说，这是个错误。”

奥德特说：“那还有什么其他错误呢？例如在婴儿呼吸困难的时候你停止了救治，只是因为你担心这么做会怎么影响你自己的利益？”

“因为他们让我不要碰他了。”

“所以对着那个可怜的发青的小婴儿，你还是在想着，我会不会丢掉工作？”

“不……”

“又或者你当时在想：这个婴儿根本不值得我的帮助。他的父母因为我是黑人而不愿意让我碰他，那我现在就让他们得偿所愿吧。”

“不是这样的……”

“我明白了。那你当时就是在想：我恨他那两个种族歧视的父母？”

“不！”鲁斯把手举到头旁边，试图阻止奥德特的声音灌进来。

“哦，或者是这样的：我恨这个婴儿因为我恨他种族歧视的父母？”

“不！”鲁斯怒喊了出来，声音之巨大，连法庭的墙似乎也随之颤动。“我当时想的是，那个婴儿宁可死了，也比被他这种人养大要好。”

她用手直指特克·鲍尔，寂静突然席卷了陪审团和旁听席，当然，连我也说不出话来。鲁斯用手捂上嘴。我心想，太晚了。

“反对！”霍华德气急败坏地喊，“删除动议[①]！”

就在同一个瞬间，埃迪森转身跑出了法庭。

刚刚宣布休庭，我就拽住了鲁斯的手腕，把她带到了会议室。霍华德立即明白了，留我们独处。刚一关上门，我就转向她：“恭喜你，鲁斯，你完美地做了你最不应该做的事情。”

她走向窗户，背对着我。

“你真的说清你想要表达的东西了吗？你站到证人席上做证了，你开心吗？现在所有陪审团成员看到的都是一个愤怒的黑人女性。看到这个人这么怒不可遏，满心都是复仇，就算法官后悔撤销谋杀指控我都不会觉得奇怪。你刚刚自己亲自向这14名陪审团成员奉上了充足的理由，让他们相信你已经疯了，会做出来眼睁睁地看着婴儿死在你面前的事。”

鲁斯缓缓地转过身来。午后的阳光从她背后照射下来，勾勒出金光。“我当时并不愤怒。我现在才很愤怒。其实这个状态已经很多年了，我只是没有表露出来。大概你想象不到，每年365天，我都要想办法让自己的外貌和言语感觉不那么像黑人，所以我一直都在表演。我用假面示人，就像戴了一层石膏面具。我很累，我身心俱疲。我这么做，因为我付不出保释金；我这么做，因为我还有个儿子；我这么做，是因为我害怕丢掉工作、失去我的家、失去自我。所以我只能工作、微笑、点头、付账单，保持安静，假装很满足，因为这才是别人想要，不，需要我成为的人。而最让我羞耻、也是最悲伤的事，是在我这么多年遗憾的人生中，我已经陷入错觉。我以为如果我做了所有这些事情，我就能成为你们之中的一员。”

她向我走来，冷笑着：“你看看你。你作为一个公共辩护律师，经常和

① 删除动议：在美国的法庭上书记员所做的庭审笔录并不是原封不动地记录下法庭上发生的所有事情。法庭上经常可以听到律师要求删除动议，使证人违反证据、规则的话不出现在笔录中。——编者注

需要帮助的有色人种一起工作，你是多么为此自豪。但是你有没有想过，我们的不幸和你的幸运是直接相关的？你父母在超市旁边买了房子，也许正是因为卖家不希望和我妈妈一起住在这个社区里。那些让你最终就读法学院的优秀成绩，也许正是由于你妈妈不用每天工作 18 个小时、晚上可以陪你读书，或者有时间确认你做完了作业。你有多少次感激过可以拥有自己的房子？你可以通过一代又一代积累财富，而有色人种家庭是做不到的。你有多少次在工作中开口表达自己的想法，并因没人认为你是在为与自己同样肤色的人代言发声而庆幸？你为了找一张和你祝福生日快乐的孩子肤色一样的贺卡有多难？① 你有多少次看到的耶稣画像是和你肤色一样的？②”她突然停了下来，喘着粗气，脸色泛红：“你也知道，歧视的作用是双向的。有的人为此承受，有的人因此获益。是哪些人的牺牲成就了你这个罗宾汉③？哪些人说过他们需要拯救？现在你这么傲慢自大地告诉我是我搞砸了你一直这么用心的案子，你安慰着自己你是一个为穷人、为了像我一样挣扎的黑人女性发声的人……但是你其实就是我一开始会陷入这种境地的原因之一。”

我们现在挨得很近，我都能感受到她的皮肤散发出的热度。她再次开口的时候，我都能看到她瞳孔中折射出的我的影子：“肯尼迪，你对我说你可以代表我。但其实你无法代表我，你都不了解我，你甚至从来没有试过了解我。”鲁斯死死地盯着我的眼睛。她说：“你被解雇了。”说完她就走出了房间。

有那么几分钟时间，我独自一人站在会议室里，内心充斥着各种各样的

---

① 生日贺卡上的孩子的肤色一般不会特意画成黑色，但是送给黑人孩子一张画着白人小孩的贺卡又非常不合适，因此挑选贺卡很困难。——编者注

② 耶稣的形象是白人。——编者注

③ 罗宾汉：英国民间传说中的人物。他武艺出众、机智勇敢，仇视官吏和教士，是一位劫富济贫、行侠仗义的绿林英雄。——译者注

感情，所以这就是为什么这个过程叫审讯。我此生从未感觉到如此愤怒、惭愧、羞耻。我从事了这么多年法律工作，我也曾经痛恨过我的委托人，但是从来没有人解雇过我。

这就是鲁斯的感受。

好的，我明白了：她被很多白人伤害过。但即使这样，她也不能随随便便将我和那些人混为一谈，用她对大多数人的判断来判断我。

这就是鲁斯的感受。

她凭什么指责我无法代表她，就因为我不是黑人吗？她凭什么说我都没有试过了解她？她凭什么胡乱代表我的想法？她凭什么告诉我我在想什么？

这就是鲁斯的感受。

我呻吟着向门口挪动，法官还在房间里等着我们呢。

我刚一打开门，就看到霍华德在走廊里。我的天啊，我把他给忘了。他问我："她把你解雇了？"然后羞怯地加了一句，"我刚才偷听到了。"

我沿着走廊大步下楼："她不能解雇我，庭审都进行到这么靠后的环节了，法官才不会让她这么做呢。"鲁斯可以针对法律顾问的无效帮助提出自己的合理诉求，但是如果说这个案子里有谁提供了无效帮助的话，那就是委托人本人。她搞砸了自己的无罪释放。

"那现在是什么情况？"

我转过身看向他："你应该可以猜到的。"

等到案子接近尾声，被告辩护流程会提出请求，要求无罪释放。但这一次，当我走到洛雷法官和奥德特面前时，洛雷法官同情地看着我，仿佛我连开口都觉得紧张。"没有证据显示德维斯·鲍尔的死亡是由鲁斯主动的行为或者被动的行为导致的。"我无力地说，因为事已至此，连我都不知道该相信什么了。

奥德特说："尊敬的法官大人，很明显这是辩方无力的最后一搏了，毕竟我们都已经在做证环节听过证词了。我在此请求法庭驳回，此前无罪释放的请求。很明显，鲁斯·杰斐逊已经证明了自己谋杀的动机。”

我的血液都凝固了。我知道奥德特会出来挑拨，但是我没想到会是这样。“尊敬的法官大人，请您维持原判。您已经通过了无罪释放的请求。一个人被控某个罪行受审并得到裁决后，不得再因同一罪行再次受审。鲁斯不能被以相同的罪名起诉两次。”

洛雷法官不情愿地说：“就这个案子来看，麦考瑞女士是正确的。奥德特女士，你已经有过一次失败的尝试了，我已经取消了谋杀的指控。但是，我会利用我的权利重新考量被告的无罪释放请求。”他轮流看向我们，“各位法律顾问，终结辩论于下周一上午举行。请大家不要让这个案子更加丢人了好吗？”

我让霍华德今天剩下的时间休息，然后我便开车回家了。我的头脑很混乱，我的思绪在脑海里挤在一起，感觉就像在忍受感冒时那种头疼。当我走进屋子，我闻到了一阵香草的清香。我走进厨房里，看到妈妈正穿着神奇女侠的围裙，而维奥莱特跪在一把高脚椅上，她的手插在一碗做饼干的生面团里。她大叫：“妈咪！”挥舞着黏糊糊的小拳头，“我们正在给你准备一个惊喜，你现在要假装你什么都看不见。”

她的话让我喉头一紧。假装你什么都看不见。

这句话是从这么小的孩子口中说出的。

妈妈看了我一眼，转头冲维奥莱特皱了皱眉。她轻声问我：“你还好吗？”

我在维奥莱特身旁坐下，用手指挖出了一块生面团，开始吃了起来。

我的女儿是个左撇子，虽然我和迈卡都不是。在怀孕期间做超声波检测时，甚至还拍到了一张她吮吸左手大拇指的照片。我轻声说：“要是能有那么简单就好了。”

“要是能有那么简单就好了，这是什么意思？”

我看着妈妈：“你觉不觉得这个世界对左撇子是不公平的？”

“嗯，老实说我从来没有考虑过这个问题。”

我指出：“这是因为，你不是左撇子。但是你想想：开罐器、剪刀，甚至连大学里那些从侧面打开的折叠桌子，都是为右撇子设计的。”

维奥莱特举起了拿着勺子的那只手，皱着眉头盯着它看。妈妈说：“小宝宝，你不如现在去洗个手，这样能赶上吃烤出来的第一批饼干。”

她从高脚凳上滑下来，双手高高举起，就像迈卡走进手术室前的样子。

妈妈斥责我：“你希望让孩子做噩梦吗？肯尼迪！说实话，你都怎么想出来这些问题的？这个问题和你的案子有什么关系？”

“我读到一个统计，左撇子年轻时去世的概率更高，因为他们更容易出事。在你成长的过程中，那些修女不是会殴打用左手写字的小孩吗？”

妈妈把手指放在嘴唇上：“未必有那么糟，也许还是好事呢。左撇子更加有创造力，米开朗琪罗、达·芬奇、巴赫不都是左撇子吗？而且回到中世纪的时候，左撇子更幸运，因为大部分男人战斗时都用右手持剑，左手持盾，这样你就很容易偷袭他们了。”她拿着抹刀的手伸过来，假装捅进我的右胸，“就像这样。”

我大笑了起来：“你怎么连这个都知道？”

她说：“甜心，我读浪漫小说啊。不用担心维奥莱特。你要知道，如果她愿意，她随时可以训练自己灵活运用双手。你爸爸就是右手和左手用得一样好：书写、敲锤，一样自如。”

我的思绪又转了起来：如果你的形状塞不进世界这个拼图里怎么办？那么你唯一的生存方式就是伤害自己，削去自己的棱角，用砂纸磨光自己，改变你的形状，以便适应这个世界吗？

为什么我不反过来改变世界拼图呢？

我问：“妈妈，你可以陪维奥莱特多待几个小时吗？”

我还记得有一次读过一本小说，说阿拉斯加原住民刚开始接触到白人传教士时，觉得他们就是鬼。他们怎么可能不这么想呢？白人就像鬼一样，轻松地跨越了国界和边境。白人就像鬼一样，可以到达所有我们想到达的地方。

我决定开始仔细感受我周围的“墙”了。

我做的第一件事是把车留在车道上，走了1公里多到公交车站。寒冷侵入骨髓，我钻进了便利店取暖。我站在一排货架面前，之前我从来不会在此停留，取下一个紫色的盒子，“深色发色可爱款光泽直发膏”。我看着上面印着的美丽女性。我读出了上面的文字：中等发质专用，让头发顺直、光滑、闪亮。我扫了一眼介绍，按照上面的很多步做完，就可以得到我直接吹干头发之后的效果了。

然后我又找到一个瓶子：悦仙子牌粉葡萄柚滋润洗发水。一罐黑色的造型啫喱。一个绸缎软帽，标签上声称可以在夜间防止头发卷曲和修复受损发质。

我对这些产品非常陌生。我也不知道它们是做什么的，为什么它们对黑人来说是必需品，以及怎么用它们。但是鲁斯可以立刻说出5款白人用的洗发水，这都要感谢无孔不入的电视广告。

我向下城走去，在那儿坐在长椅上等公交车，看着两个无家可归的人向街上的陌生人乞讨。他们的目标基本上都是穿着体面工作装的白人，或者是戴着耳机的大学生，这些人有六分之一到七分之一的概率会掏出口袋里的钱给他们。对于这两个无家可归的人来说，其中一个人得到施舍的次数更多。她年长，而且是个白人。另一个人是年轻的黑人男子，得到施舍的次数较少。

纽黑文的希尔社区是这座城市里最声名狼藉的社区之一。我有十几个委托人都来自那里，大部分都牵扯到在教堂南街低收入地区贩卖毒品。而鲁斯的姐姐阿蒂萨就住在那里。

我在街上四处游荡。有小孩子互相追着跑来跑去，两个女孩靠在一起用西班牙语紧张地交谈。站在街角的男子抱着双臂，安静地站在那里。我是这附近唯一的一个白人。天色渐暗的时候我溜进了一家酒吧。收银台的收银员在我走过走道的时候一直盯着我。我能感觉到她的目光锁定在我的肩胛骨上。她最后终于发问："您有什么需要吗?"我摇摇头走了出去。

周围没有一个人像我，这让我感到不安。经过我身旁的人不会和我进行眼神交流。我在他们中间就是一个陌生人，是突兀的人，是和他们都不一样的人。也就是在这个瞬间，我突然隐形了。

等我走到教堂南街的时候，我绕着建筑走了走。其中一些公寓已经发霉了，因为安全隐患而被人谴责。这里就像一座鬼城：窗帘紧紧地拉着，居民都把自己锁在家里。我看到两个年轻男子在楼梯井下面交易。一个上了年纪的女士试图把她的氧气罐拽到楼梯上。我大声喊："不好意思，我能帮上忙吗?"

这三个人都瞪着我，吓得一动不动。那两个男人抬起头，其中一个把手放在裤子的腰带上，我隐隐约约看到一把枪的形状。我的腿发软了。我还没来得及退后，那个上了年纪的女士用西班牙语说："我不会讲英语。"然后她又开始向楼上走。

我想体验鲁斯的生活，就算只有一个下午，但是这不能以牺牲安全为代价，然而危险也是她生活的一部分。我的丈夫有份体面的工作，房款也已付清，所以我不用担心我说的话和做的事会导致我们吃不上下一顿饭，付不起下一份账单。对我来说，危险是另一种东西：是会迫使我和维奥莱特、和迈卡分离的东西。但不论对你来说最恐惧的是什么，都会让你寝食不安，让你为了保证自己安全，迫使自己去做平日不会做的事。

比如我现在做的就是趁着夜幕降临之前狂奔，直到我确认自己没有被跟踪。跑过了几个街区之后，我在一个十字路口放慢了脚步。我的心跳渐渐放缓，腋下的汗水也变得冰凉。一个和我年纪相仿的男人向我走近，也按下了同一个行人过马路的按钮。他深色皮肤，脸上有很多麻子，就像一张他人生的行路图。他的手上攥着一本厚厚的书，但是我看不清书的标题。

我打算再试一次。我低头看向那本书说："这本书写得好吗？我最近在找书看。"

他瞥了我一眼，挪开了目光。他没有回答。

绿灯亮起的时候我能感觉到我的脸颊发烫。我们沉默着肩并肩过了马路，然后他转身走开，沿着另一条路越走越远。

我很怀疑他是不是真的要往那条路上走，还是只是想和我保持距离。我的脚很疼，全身都因为寒冷而发抖，我觉得自己一败涂地。我这才明白，这是一个坚持不了很久的试验，但至少我试过去理解鲁斯所说的话了。我试过了。

我。

当我拖着沉重的步伐艰难地走向迈卡的医院时，我的脑海中冒出了"我"这个代词。我想到几百年来黑人男性会因为和白人女性交谈而陷入麻烦。在这个国家的某些地方，情况仍是如此，非执法人员会私自"执法"。对我来说，进行刚才的对话最悲惨的后果也不过是遭到冷落。对他来说，却完全是另外一件事。这是两百多年的历史。

迈卡的办公室在三层。我有一个非常明显的感受，我刚踏进医院的大门，就完全变回了自己。我知道这些医疗保健系统，我知道别人会怎么对待我，我知道会得到什么回应。我可以大踏步经过咨询台，没有人会问我要去哪里，以及我为什么会在那里。我可以和迈卡部门里的员工挥手，自行走进他的办公室。

今天是他的手术日。我坐在他的办公椅上，大衣没有系扣，还脱了鞋。我盯着他摆在桌子上的人眼模型看起来，那是一个三维拼图。我的思绪像旋风一样旋转起来。每当我闭上眼睛，我都可以看到教堂南街的那个上了年纪的女士，在我提出帮助她之后逃走了。我听到了鲁斯的声音，宣告我被解雇了。

也许我就应该被她解雇。

也许是我错了。

我这几个月一直都专注于让鲁斯无罪释放，但是如果真让我说心里话，这个无罪释放解放的其实是我。因为这是我负责的第一个案子。

我这几个月一直都专注于告诉鲁斯在刑事诉讼里绝对不要提及种族问题。如果提了就会输掉案子。但如果你不提，也要付出代价，因为你没有尝试改变这个系统，导致这个漏洞在法律系统里长存。

这就是鲁斯一直试图和我传达，但我并没有认真听的东西。她非常勇敢，冒着失去自己的工作、自己的生计、自己的自由的风险来说出真相，而我才是那个撒谎的人。我告诉她法庭不欢迎关于种族的话题，但是在内心深处我知道这个问题就是存在的。这个问题一直存在着。就算我闭上了眼睛不去看，也不代表这个问题消失了。

证人在法庭上会对着《圣经》宣誓自己将说真话，每一句都是真话，容不得一点虚假。但是故意不说真相和其他谎言一样可恶。很显然，鲁斯这个案子里，她因为肤色而输掉的东西可能比输掉这个案子更严重。

如果能有律师比我更勇敢，我们可能就不会在最应该谈论种族的时候，因为害怕而闭口不谈了。

如果能有律师比我更勇敢，可能就再也不会出现像鲁斯一样基于种族原因而被起诉的人了，况且还没有人愿意承认是种族原因导致的。

如果能有律师比我更勇敢，修复这个系统可能就和为委托人争取到无罪释放一样重要了。

也许我应该更勇敢一些。

鲁斯指责我妄图拯救她，也许她的表述是正确的。她并不需要拯救。她并不需要我的建议，因为我都没有体验过她的生活，又怎么能给她建议呢？她只是需要一个能说出心声的机会，被别人听到的机会。

我不知道迈卡走进来之前我等了多久。他穿着医院工作服，我一直觉得这身衣服很性感，脚上穿着洞洞鞋，这个就一点也不性感了。他看到我的瞬间喜笑颜开：“真是一个不错的惊喜。”

我告诉他：“我刚才在住宅区里，你能开车带我回家吗？”

“你的车呢？”

我摇了摇头：“说来话长。”

他收拾了几份文件，检查了信息，然后伸手去拿大衣。“一切都还顺利吧？我走进来的时候你的思绪在宇宙另一端呢。”

我拿起那个眼睛模型把玩起来：“我觉得自己站在一扇敞开的窗户下，这时一个婴儿被扔了出来。我接住了这个婴儿，对吧，谁会不去接呢？但接着又一个婴儿被扔了出来，我把手中的婴儿交给另一个人，又接住了这个。但是一直有婴儿被扔出来。你当时只是想到有很多人非常擅长接住婴儿，就像我一样，但是从来没有人问一句刚开始到底是谁把这些婴儿扔出来的。”

迈卡歪了歪头：“嗯，你说的是什么婴儿呢？”

我有点恼火：“我说的不是婴儿，这只是个比喻。有谁仔细思考过自己的工作呢？这个系统一直在创造需要我处理的工作内容。我们难道不应该从更宏观的角度去分析问题吗，而不是来一个问题才解决一个问题？”

迈卡看着我，一副猜不透我在想什么的神情。越过他的后背我可以看到贴在墙上的一张海报：人眼的解剖图。这个是视神经，这个是水状液，这个是结膜。这个是睫状体，这个是视网膜，这个是脉络膜。我小声说：“你通过让人们重见光明来谋生。”

他说：“嗯，没错。”

我与他对视着说：“这也是我的使命。”

○ 鲁斯 ○

不仅埃迪森不在家，连我的车也不见了。

我在家等他、给他发短信、打电话，甚至祈祷，但是都没有任何回音。我想象着他行走在街上，听着我的声音在他耳边回荡。他也在反思他的体内是不是也隐藏着这股怒火。可能是天生的，可能是后天的，更糟糕的是，也可能两种都有。

是的，我恨那个贬低我、对我抱有种族歧视的父亲。是的，我恨坚持和他站在同一方的医院。我不知道这会不会影响我照顾病人的能力，我也不能否认这些念头一直盘旋在我的脑海。我更不能否认我低头看向那个婴儿的时候，想象过他会成长为什么样的怪物。

我恨他们，是因为我真的心地恶毒，还是仅仅出于我生而为人的尊严。

再说到肯尼迪。我说的话并非冲动，全都是我积蓄已久的心里话。我对我说出的任何一个字都不后悔。每次我想到哪怕只有一次，如果我不用再被肤色来束缚，我一定会激动得要飞起来。

我听到外面有脚步声，飞奔到门前打开门，但站在门前的不是我的儿子，而是我的姐姐。阿蒂萨插着手站在那儿："我就知道你在家。"她说完就径直走了进来。"发生了这种事以后，我觉得你肯定不会在法院周围逗留了。"

她自来熟地把外套扔在厨房的椅子上，自己在沙发上坐下，把脚搭在咖啡桌上。

我问：“你看到埃迪森了吗？他和塔巴里在一起吗？”

她摇了摇头：“塔巴里在家看孩子呢。”

“我很担心，阿蒂萨。”

“担心埃迪森？”

“担心其他事情。”

阿蒂萨拍了拍她身旁的位置。我坐下来，她抓住我的手紧紧握住。“埃迪森是个聪明的男孩。他会回来的。”

我咽了咽口水：“你能不能……帮我看着他？确保他不会就那么，你懂，放弃？”

“如果你是在列遗嘱，我倒是一直挺喜欢你那双黑皮靴子的。”她摇了摇头，“鲁斯，放松。”

“我放松不下来。我不能就坐在这里，想着我的儿子因为我的过错而毁掉自己的一生。”

她看着我的眼睛：“那你就应该确保你留在这里监督他。”

但我们都知道事情不在我的掌控之中了。突然之间，我弯下了腰，因为我突然意识到了那个让我难以呼吸的赤裸裸的可怕的真相：我已经无法掌控自己的将来了，而这都是我自己造成的。

我没有按规则行事，我做了肯尼迪叮嘱我千万不要做的事，现在我要为发出自己的声音付出代价了。

阿蒂萨环抱着我，把我的脸埋在她的肩膀。她抱住我的时候，我才意识到我哭了。我喘着气说：“我怕。”

阿蒂萨发誓：“我知道你害怕，但你还有我呢。我给你烤个蛋糕，把那些文件塞进去烤。”

听到这里我笑着打了一声嗝：“你才不会呢。”

她说："的确不会。我才不会烤那种无聊的东西呢。"她突然间从沙发上"腾"地站起来，把手伸进大衣口袋："我觉得你应该拿着这个。"

我刚一闻到就知道是什么了。她给我的东西散发着香水的味道，以及刺鼻的洗衣皂味。阿蒂萨把妈妈那条幸运围巾团成一团扔到我的大腿上，它落下时微微摊开，像一朵玫瑰的形状："原来是你拿了这个？我到处都没有找到。"

"对啊，因为我觉得你要么会自己把它拿走，要么会把它和妈妈葬在一起。反正她现在已经不需要好运了，但是天晓得，我需要。"阿蒂萨耸了耸肩，"你也需要。"

她再次在我身旁坐下。这个礼拜她的指甲是亮黄色的。我的指甲油已经剥落，露出了肉色。她拿起围巾裹在我脖子上，把围巾的两端塞好，我原来也经常这么给埃迪森系围巾。她伸过手来，搭在我的肩膀上。她说："好了。"似乎现在已经准备好送我去迎接风暴了。

入夜之后，埃迪森回来了。他满脸不安，瞪大了眼睛，衣服被汗水浸湿了。我质问他："你去哪儿了？"

"跑步。"

但谁会背着背包跑步啊？

"咱们俩得谈谈。"

他说："我没有什么可和你谈的。"然后就摔上了卧室的门。

我知道他肯定对今天看到的我的样子感到厌恶：我的怒火，我承认自己是个撒谎的人。我走到他的门口，把手掌贴在门上，攥成拳，敲了敲门。我必须强迫他和我谈谈，但是我还是做不到。我的内心已经空荡荡了。

我没有把沙发拉出来睡觉，而是直接在沙发上迷迷糊糊地睡着了。我又梦到了妈妈的葬礼。这次，她和我一起并肩坐在教堂里，教堂里除了我们空无一人。祭坛上摆着一口棺材。妈妈说，这件事多羞耻啊。

我看着她，然后转头看向棺材。我看不到里面的样子。所以我艰难地站了起来，结果发现我的双脚已经在教堂的地上生根了。从我脚踝的地方长出了爬藤，然后延伸到木质地板里。我试图移动，但是被定住了。

我使劲去拽自己的鞋，试图通过打开的棺材盖看看棺材里死去的人是谁。

脖子以下的部位是一具骨架。

脖子以上的部分，是我的脸。

我醒来的时候心跳很快，但马上我就意识到这个砰砰砰的声音是从别的地方传来的。我把头转向门口的时候心想，这是似曾相识的感觉。这个砰砰砰的声音正是使劲砸门的声音。我跳了起来，冲到门口，我刚冲过去，门就被猛然推开，差点没把我砸回去。涌进来的警察粗暴地把我推到一边。他们拉开抽屉，推倒椅子。其中一个人大喊："埃迪森·杰斐逊?"我儿子走了出来，头发乱蓬蓬的，睡眼惺忪。

他立刻被抓住，扣上了手铐，又被推到了门口。其中一个警察说："现在你因为仇恨犯罪三级重罪被捕了。"

什么?

我大叫道："埃迪森，等等！这是场误会!"

另一个警察从埃迪森的卧室出来，手上拿着他的背包。他拉开拉锁，掏出一瓶红色的涂鸦喷雾。他说："我说对了。"

埃迪森尽最大可能转向我："对不起，妈妈，我不得不这么做。"说完他就被推出门外。

我听到："你有权保持沉默……"这些警察像来的时候那样又突然消失得无影无踪。

寂静让我变得瘫软无力。我要窒息了。我要被打垮了。我试图伸手去够放在咖啡桌上的手机，它正在充电。我一把把手机拽下来，开始拨号，虽然现在已经是深夜了。我说："我需要你的帮助。"

肯尼迪可靠又坚定的声音传来，似乎她一直都在等着这通电话。她问："出什么事了?"

○ 肯尼迪 ○

我的手机响起来的时候刚过凌晨2点，我看到鲁斯的名字出现在屏幕上。我立刻就清醒了。迈卡坐了起来，这是医生一直有的那种警觉性，我对他摇了摇头。我来处理。

15分钟之后，我就开往了东区的警察局。

我自信满满地走到接待处，似乎我有权力来这里。我说："你们带来了一个叫埃迪森·杰斐逊的男孩。是什么罪名？"

"你是谁？"

"我是这个家庭的律师。"

但我心里接了一句，不过几个小时之前刚被解雇。这个警察眯起了眼睛："这孩子可没有说过任何关于律师的事。"

我指出："他只有17岁。他可能紧张到连自己的名字都记不住。咱们现在就不要再把事情搞得更复杂，尽快解决它好吗？"

"医院的摄像头拍到了他，对着墙上喷颜料。"

埃迪森？涂鸦？"你们确定抓对人了吗？他可是个荣誉学生，要上大学的。"

"保安确认了他的身份。他开车的时候我们跟着他，车牌已经过期了，注册在鲁斯·杰斐逊名下。我们一直跟到他家门口。”

哦，完蛋了。

“他画了一个纳粹党标识，然后写了‘去死吧，黑鬼’。”

我呆若木鸡：“什么?”

这样的话事情已经不只是涂鸦了，这是仇恨犯罪。但是这说不通啊。我打开钱包，看了一眼我还有多少现金。“好吧，你听我说，能让他参加一场特殊提审吗？地方法官的费用我来支付，这样他今天晚上就可以出来了。”

我被带到了牢房，埃迪森正坐在地上，后背贴着墙，他的下巴贴在膝盖上，脸颊上泪痕犹在。他看到我的一瞬间立刻站了起来，走到了牢房的门口。我质问他：“你在想什么啊?”

他用袖子擦了擦鼻子：“我就是想帮妈妈。”

“现在你把自己整到监狱里了，这怎么就帮上你妈妈了?”

“我想让特克·鲍尔被盯上。如果不是因为他，这一切都不会发生。从今天开始，过去所有责怪妈妈的人，都会转而去责怪特克·鲍尔了……”他抬起头看我，眼睛红红的。“她是这件事的受害者，为什么都没有人能明白这一点呢?”

我告诉他：“我会帮助你，但是我们之间的谈话都是特别的信息，这些话你都不能告诉你妈妈。”可不管怎样鲁斯都会很快知道的。也许等她看到报纸头版的时候就知道了。标题骇人：杀手护士的儿子因仇恨犯罪被捕。“还有，看在上帝的分儿上，你在地方法官面前千万一个字也别说。”

15 分钟之后，地方法官就来到了牢房。特殊提审就像游戏一样，只要你愿意多付钱，所有规则都有余地。由一个警察扮演检察官，现场还有我、埃迪森和一个雇来的法官。他们宣读了针对埃迪森的指控，还有米兰达警告[1]。地方法官问："这是什么情况？"

我抢过话题："尊敬的法官大人，这个情况非常特殊，是一起孤立的案件。埃迪森是一个大学运动队代表，也是一个荣誉学生，之前从来没有违法行为。他的母亲正在因为失职渎职谋杀罪接受庭审，所以他情绪很躁动，他犯了这个严重错误来尝试支持自己的母亲。"

地方法官看了看埃迪森："年轻人，这些都是事实吗？"

埃迪森看向我，不确定他能否回答这个问题。我点了点头。他轻声说："是的，先生。"

地方法官说："埃迪森·杰斐逊，你被以基于种族的仇恨犯罪起诉。这是重罪，周一你就要被传讯出庭。你不用回答任何问题，并且有权雇用律师。我看到你有麦考瑞女士代表你，这个案子将被正式送到高级法院的公共辩护律师办公室。你不能离开康涅狄格州，如果你在这个案件的审理过程中因为犯下其他错误而再次被捕，那你就要被移交到州立监狱了。"他向下瞪着埃迪森，"孩子，放聪明点儿。"

整个过程持续了一个小时。我们一起进我的车里的时候，都清醒得很。我开车送埃迪森回家。我偷偷地瞥向坐在副驾驶座上的他，他正拿着一个维奥莱特的玩具，一个长着粉色翅膀的小仙女。在他的大手掌里，这个玩具显得那么小。我轻声说："怎么回事，埃迪森？像特克·鲍尔那种人已经够糟糕的了，你为什么要堕落到他那种境地？"

他转向我问："那你又为什么这么做？你一直在假装他们做的事情无关紧要。我整个审讯都坐在那里，这个话题甚至连提都没提。"

"没提什么？"

---

① 米兰达警告是指美国警察（包括检察官）根据美国联邦最高法院在1966年米兰达诉亚利桑那州一案的判例来确立的规则。在讯问刑事案件嫌疑人之前，警察必须明白无误地告知嫌疑人有权援引宪法第五修正案，即刑事案件嫌疑犯有不被强迫自证其罪的特权，有权行使沉默权和要求得到律师协助的权利。——译者注

他说："种族主义。"

我吸了一口气："虽然在法庭上从来没有详细讨论过这个问题，但是特克·鲍尔的种族偏见已经暴露无遗。"

他看着我，一条眉毛挑了起来："你真的认为特克·鲍尔是那间法庭里唯一的种族主义者吗？"

我们开到鲁斯的门前停下。屋里的灯立刻亮了，发出温暖的奶油色的光。鲁斯一把推开前门跑下台阶，把身上的羊毛衫裹得更紧了。她小声说："感谢上帝。"然后一把抱住埃迪森，"发生了什么？"

埃迪森瞥向我："她让我不要告诉你。"

鲁斯哼了一声："是的，她很擅长这个。"

"我在医院里喷涂了纳粹党的标识，还有……还有点别的东西。"

她站在他一臂远的地方，等着他说完。

埃迪森小声说："我还写了'去死吧，黑鬼'。"

鲁斯扇了他一记耳光，他后退了几步，捂着脸。"你怎么这么傻，为什么要这么做？"

"我觉得这样大家会谴责特克·鲍尔，我希望大家不要再讲关于你的难听的话了。"

鲁斯闭上眼睛站了一会儿，似乎在艰难地控制自己："那现在会怎么样？"

我说："周一他会被传讯出庭，媒体可能会过去。"

她问："那我应该怎么做？"

我告诉她："你什么都不用做，我来处理。"

我目睹着她思想斗争，挣扎，最终接受了我的好意。鲁斯说："好的。"

我注意到在这么长一段时间里，她一直在试着和儿子建立联系。即使扇了他一巴掌，她还是抚摩了他的手臂、肩膀、后背。我开车离开后，他们还一起站在门廊边，互相倾诉着自己的后悔。

等我回到家已经是凌晨4点了。现在再爬上床也睡不着，而且我的大脑无比兴奋。我打算打扫一下房间，烤个薄饼当早餐，等维奥莱特和迈卡起床之后吃。

不得不说在庭审的过程里，我在家里的办公室变得越来越拥挤。鲁斯的案子已经尘埃落定了，所以我蹑手蹑脚地走进房间，把所有证据规整到自己的盒子里。我把文件、文件夹、我所做的关于证据的笔记都塞进了盒子里，试图把办公桌收拾整齐。

我不小心把桌子上的一沓文件碰到了地上。捡起这些纸的时候，我看了看布列塔妮·鲍尔的证词，不过她根本没有机会在法庭上亲口说出来，以及州立实验室检查结果的复印件，这份检查说明德维斯·鲍尔患有新陈代谢紊乱。这是一项很长的紊乱列表。大部分的结果都显示正常，中链脂肪酸去氢酵素缺乏症那一行除外。

我看了看列表剩下的部分，之前我的确没有关注过，因为我中了那个“大奖”之后就无心再去关注其他。德维斯·鲍尔从各方面的测试标准来说看起来都像个正常的婴儿。

我把这页纸反过来，才意识到在纸的背面也有内容。

在无数正常的结果之中，又有一个不正常出现了。这个结果在更靠下的地方，可能没有那个那么重要，没有那么致命？我把检测结果和法庭证据里的州立实验室的结果比对了一下，有一堆我念都念不出来的蛋白质名字，还有一个我不知道该怎么理解的锯齿状的光谱图。

我看到一张像扎染的图案时停了下来，我读了出来：电泳、血红蛋白病。在这一页的最下方是检测结果：镰状细胞性状/血红蛋白异型合子。

我坐在电脑前把结果敲进了谷歌搜索里。如果这是德维斯·鲍尔的另一个医疗错误，即使到了现在我也能把它加进证据。我可以要求重新庭审，因为加入了新的证据。

我就可以重新挑选陪审团了。

我读起来：一般携带病原体是良性的。我的希望落空了，这不是一个可能导致自然死亡的因素。

家庭成员应接受检查/寻求建议。

血红蛋白按照顺序排列（F > A > S），其中 FA 代表正常，FAS 代表携带者，有镰状细胞特点，FSA 代表乙型地中海贫血和镰状细胞性状。

我突然想起伊凡说的话。

我拿起一沓摞在一起的记录读了起来。

虽然现在只是凌晨 4 点 30 分，我拿起手机翻看来电记录，直到终于找到想找的那个号码。华莱士·默西接起电话的时候，能听出来他还睡意蒙眬。我说："我是肯尼迪·麦考瑞。我需要你的帮助。"

周一早上，法庭门口的台阶上挤满了摄像师和记者，很多人是从其他州赶来的，他们都来报道一个黑人小孩写下了咒骂自己种族的脏话，而他的妈妈因为涉嫌谋杀一个白人至上主义者的小孩也在同一家法院参加庭审。虽然我提前为霍华德准备了一套说辞，以防他们不同意我出席，但是洛雷法官又一次让我震惊了，他竟然同意我将终结辩论推迟到早上 10 点。所以我在代表鲁斯出庭之前可以先代表埃迪森出庭，尽管我已经被正式解雇了。

虽然我护着鲁斯，并让霍华德照顾埃迪森，摄像机还是一直跟着我们走进走廊。开庭总共不超过 5 分钟。埃迪森做了自我担保，预审的日期也确定了。然后我们避开媒体，来到鲁斯一案的庭审现场。

这是我第一次这么开心地参加洛雷法官主持的庭审，因为摄像师和媒体都不许进来。

我们走进去，走到辩护桌。埃迪森安安静静地走到后排去了。但是我们才刚走到辩护桌，鲁斯就皱着眉头问我："你在做什么？"

我眨了眨眼："什么？"

她说："虽然你代表了埃迪森，但这并不意味着其他事情有改变。"

我还没来得及开口说话，法官就落座了。他看看我（很明显我和委托人正在针锋相对地说话）又看看奥德特，最后扫视了所有人。他问："现在哪一方想发言？"

鲁斯说："尊敬的法官大人，我不想用我这个律师了。"

我很确定之前洛雷法官觉得法庭里再也没有什么事情能让他吃惊了，但这一刻他输了。"杰斐逊女士？被告都答辩完毕了你怎么又要解雇你的律师了？我们只剩下终结辩论了。"

鲁斯动了动嘴："尊敬的法官大人，这是出于私人原因。"

"杰斐逊女士，我强烈建议你不要这么做。她很了解这个案子，我们都没想到，这次她准备得非常充分。她牢记着你的最大利益。我的职责是维持法庭秩序，确保这个案子不会一拖再拖。我们的陪审团已经坐在那里听完了所有的证据，我们没有时间让你再去找一个辩护律师了，而且你也没有资格代表你自己。"他转向我，"麦考瑞女士，估计你预料不到，我现在会再给你 30 分钟休庭时间，让你和委托人好好沟通。"

我派霍华德在这里陪着埃迪森，以防媒体靠近他。如果要去我们常去的那间会议室，就不得不从媒体中间跑过去，所以我把鲁斯带到后门那里的女卫生间了。我对一个跟着我们的女士说："不好意思。"接着我把门锁上了。鲁斯靠着洗手池，抱着双臂。

我说："我知道你觉得什么都没有改变，但只是对你来说。对我来说，改变已经发生了。我听到你大声清晰说出的话。虽然你还是不信任我，但是我求你再给我最后一次机会。"

鲁斯有些挑衅："我为什么要这么做？"

"因为原来我和你说过我看不到肤色……但是现在，我的眼里只有肤色了。"

她向门口走去："我不需要你的同情。"

我点点头："你说得对，你需要的是公正。"

鲁斯停下脚步，但还是看着别处："你想说的是平等。"

"不，我说的是公正。平等是用同样的方式对待每一个人。但是公正会把不同点纳入考量，每个人才都能有成功的机会。"我看着她，"第一种听起来公平，第二种才是真正公平。给两个孩子一样的考试卷是平等，但是如果其中一个孩子是盲人，另一个人有视力，那就不是了。你应该给其中一个盲文的试卷，给另一个打印出来的试卷，两份上面的内容一样。这段时间我一直试图给陪审团塞一份考卷，因为我没意识到他们什么都看不见，而且我自己也看不见。鲁斯，求求你了，我知道你待会儿听完我说的话一定会很开心的。"

鲁斯缓缓地转过身来。她同意了："最后一次机会。"

当我站起来的时候，我知道自己不是孤单一个人。

是的，现在整间法庭都在等待我的终结辩论。环绕在我周围的都是被媒体铺天盖地报道但是在法庭里未被提及的故事：塔米尔·莱斯枪杀案[①]、迈克尔·布朗[②]命案、特雷沃恩·马丁案。还有埃里克·加纳死亡案、沃尔特·司各特案、弗雷迪·格雷案、伊利诺伊州非裔女子桑德拉·布兰德案、约翰·克劳福德枪杀案。还有那些非裔美国女性士兵，她们想让自己的头发保持在自然状态；最高法院警告在西雅图学校校区里的孩子，保持种族

① 塔米尔·莱斯枪杀案于2014年11月22日发生在美国俄亥俄州克里夫兰市。时年12岁的男孩塔米尔·莱斯死亡。事故中，两名警察在接到调度中心关于城市公园中"有一名黑人男性坐在秋千上用手枪瞄准路人"的报告后赶往现场。在报警电话开头和中间，报警人两次提到手枪"有可能是假的"。在报警电话的结尾，报警人认为"他可能是未成年人"。但这些信息没能在调度中心第一次与两名警察联系时被反馈给二人。他们后来在报告中表示，莱斯在他们到达现场后有将枪从腰带中拔出的动作。在到达现场的两秒钟后，鲁曼在警车停稳之前向莱斯开枪两次，击中了莱斯的躯干部位。两名警察在开枪后均没有对莱斯进行现场急救。事发后第二天莱斯在城市健康医疗中心去世。莱斯的枪后来被证实是没有橙色记号的软气枪（仿真枪枪口一般有橙色记号），而不是真的手枪。——译者注

② 迈克尔·布朗是一名非洲裔美国人，2014年8月9日在弗格森地区被白人警官枪杀身亡。这起事件造成多场抗议、游行示威活动。——译者注

多样性是违宪的。在南方的少数族群，他们缺乏联邦的保护，他们所在州的政府通过了限制他们投票权的法律。此外还有几百万非裔美国人是住房歧视和工作歧视的受害者。在教堂路上无家可归的黑人男孩的杯子永远都没有无家可归的白人女性的杯子那么满。

我转向陪审团："女士们先生们，如果我今天告诉你们，今天坐在这里的所有周一、周二、周三出生的人现在就可以离开法庭了，你们会怎么想？而且，他们可以分到这个城市最中心的停车位和最大的房子。他们可以比他们之后出生的人更早接受工作面试，医生也会第一个给他们看诊，不管后面有多少人正在排队。如果你生在周四至周日，你可能会努力争取赶上。但因为你在后面掉队，媒体总是会指出你是多么没有效率。如果你抱怨，就会因为你'利用出生日期'这个理由解雇你。"我耸了耸肩，"听起来很愚蠢对吧？如果你只能突破这个专制的制度才能获得成功，但是每个人却不停地对你说其实现在所有事情都很公平呢？"

我走向他们继续说："这个案子刚开始的时候我和你们说过，鲁斯·杰斐逊被置于一个无所适从的两难选择面前：如果她履行她作为护士的职责，就意味着违抗她的上级的命令。我告诉过你们有证据显示德维斯·鲍尔有潜在的健康隐患，从而导致了他的死亡。这是事实，女士们先生们。但是对于这个案子来说，事情却不仅仅是这么简单。

"所有在德维斯·鲍尔短暂的生命里，在梅西－西黑文医院和他有过接触的人中，只有一个人现在坐在被告席前，就是鲁斯·杰斐逊。只有一个人被起诉有罪，就是鲁斯·杰斐逊。整个庭审期间我都在回避一个非常重要的问题：为什么？"

我直截了当地说："就因为鲁斯是黑人。这让那个白人至上主义者特克·鲍尔怒不可遏。他无法忍受黑人，或者是亚洲人，或者是同性恋，或者是任何一个和他不一样的人。所以他自己串起了一系列事件来证明他儿子死亡的悲剧是鲁斯造成的，让鲁斯当了替罪羊。但是我们的刑事司法体系不允许提及‘种族’。我们只会觉得种族话题就是蛋糕上的糖霜，而我们并不认为糖霜是蛋糕的一部分。我们应该守护这个后种族社会[①]的法律。但是你也知道，视而不见这个词的核心概念：忽视。我觉得我们不应该再忽视真相了。”

我直接看向12号陪审团成员，那个老师。我说：“如果我请大家接完我的句子，我是……”我停了一下，“也许你会接：害羞的人，或者金发的、友善的、紧张的、聪明的人，但你们中的大部分人不会说‘白人’。为什么不会说呢？因为你们习惯了。你们觉得这个身份是理所应当的。我们中的很多人生来就是白人，觉得这个好运就是应该的。现在，幸福的我们忽略了很多事情。你们可能不会感谢清晨可以洗澡，或者昨晚可以睡在室内。可以吃上早餐，可以有干净的内衣裤。因为你们很容易对这些隐形的福利淡然处之。

“当然，我们很容易就看到有色人种被歧视的事件。当警察意外开枪打了黑人男性，或者一个棕色皮肤的女孩因为头戴希贾布被同学欺凌的时候，我们都知道是歧视。但是有一件事更难，就是亲身体会种族歧视的点点滴滴，我们这些不是有色人种的人能享受到那些便利仅仅因为我们是白人。我们去看电影的时候很确定电影里的绝大部分主角都和我们相似。我可以走到洛雷法官的房间里提出正当请求，而不会被人说我是在打种族牌。”我停了一下，“我们之中的大部分人下班回到家不会说‘耶！今天我没有被拦下来搜身！’我们之中的大部分人上了大学之后不会想‘我能到心仪的学校上学因为教育系统对我很有利’。我们都不会去想这些事，因为我们没有必要去想。”

陪审团的人开始躁动不安了。他们混乱地转来转去，我通过眼角的余光看到洛雷法官有些不悦，虽然终结辩论都应该由我一个人陈述，而且理论上说如果我想大声朗读《远大前程》都没有人能管我。

---

① 后种族社会：奥巴马开创黑人当选总统的先例时，一些美国舆论乐观地认为，奥巴马带来了“后种族社会”，黑人和白人真的达到了情同手足的境界。——编者注

“我知道你们都在想：我不是种族主义者。为什么呢，我们甚至都能想出一个例子，一个真正的种族主义者是什么样子的，就是特克·鲍尔那样的。我怀疑在陪审席上的各位有没有人像特克一样，觉得自己的孩子是个雅利安战士，或者黑人实在太低等了，都不配碰白人小孩。但就算我们把所有白人至上主义者都塞到飞船里送上火星，种族主义依旧存在。因为种族主义不仅和‘恨’有关，因为我们每个人都有偏见，即使我们不觉得自己有。因为种族主义也关乎谁拥有权力……以及谁能得到权力。

“女士们先生们，我开始负责这个案子之后，我也不觉得自己是个种族主义者。现在我意识到了，我是。并不是因为我痛恨其他种族的人，而是因为我有意无意地因为自己的肤色获益，就像鲁斯·杰斐逊会因为自己的肤色受到歧视。”

奥德特坐在检方台，低着头。我不知道我正在用语言把自己送上死路是不是让她感到开心，还是她只是因为对我在最后关头还要和陪审团作对感到震惊。“主动和被动种族主义是有区别的。这就像你踏上商场的扶梯。如果你自己走下来，会比你站在那里不动更快到达终点。但两种方式都会到达同一个地点。主动种族主义会告诉监管护士不能让非裔美国人护士碰他的孩子。那被动种族主义呢？就是注意到你的办公室只有一个有色人种，但不问你的老板为什么；就是你检查四年级孩子的课本时发现唯一的黑人历史就是奴隶史，却不问为什么；就是在法庭上为一个女人辩护，她被起诉就是她的种族造成的……你却忽略这些事实，仿佛一点都不重要。

“我相信你们现在一定觉得很不舒服。你们知道吗，我也是。说这个话题既不冒犯到对方，或者感觉自己被冒犯，是很困难的。这就是为什么像我们一样的律师不应该对像你们一样的陪审团说这个话题。但是在内心深处，你们是否扪心自问这个庭审究竟是关于什么的，你们知道，这件事的重点不在于鲁斯有没有做什么事情，导致她的一个病人死亡。其实这件事和鲁斯基本没什么关系。而是关乎已经存在了400年的我们的系统，这个系统保证了像特克这样的人可以作为病人提出恶毒的请求，并且得到同意。这个系统保证了像鲁斯一样的人被限制在他们的地盘里。”

我转向陪审团，恳求他们：“如果你们不想思考这个问题，就不必思考了，你们仍然可以裁定鲁斯无罪释放。我已经提供了充足的医疗结果，证明了很多可能导致婴儿死亡的原因。你们听到验尸官说如果这份新生儿检测结果更快反馈的话，德维斯·鲍尔到现在可能都还活着。是的，你们也听到了鲁斯在证人席上发怒，那是因为当一个人等了 44 年才有了发声的机会，她不一定会说出最理智的那番话。鲁斯·杰斐逊只希望能有个机会做她应该做的事。按照她的经验照顾那个婴儿。”

我最终转向鲁斯。她吸了口气，我感到仿佛吸进了我的肺里。“如果在周一、周二、周三出生的人永远都不需要在申请贷款时接受比别人更长时间的信用核查会怎么样？如果他们可以毫无恐惧地停车，不用害怕一直跟在身后的警车呢？”我停顿片刻，“如果新生儿检测结果及时送到医院儿科医生的手中，进行医疗干预阻止死亡呢？”我说，“这种‘专制的歧视’看起来就没那么愚蠢了，对吧？”

○ 鲁斯 ○

经历了这么多事之后。几个月以来肯尼迪·麦考瑞一直和我说种族这个话题不应该在法庭上被提及之后，她终于把大家都在假意忽略的事情举到了他们面前，塞到了陪审席的小格子里，让那些男男女女不得不为之思索和苦恼。

我盯着陪审团，他们全都沉浸在思绪里，一言不发。肯尼迪走过来，在我身边坐下，有那么一会儿，我只是盯着她看。我心中的想法凝结在嘴边。肯尼迪和那些陌生人说的话全然就是我的生活，我每一天的生活。但是就算我能站在高处对他们大吼，也并没有什么作用。如果想让那些陪审团听到，并且听到心里，就需要由一个他们的同类说出口。

我还没开口她就转向我，她说："谢谢你。"似乎我帮了她一个忙。

不过话又说回来，可能还真是这样。

法官清了清嗓子，我们都抬起头，发现他正盯着我们。奥德特·劳顿站了起来，就站在肯尼迪刚才站的那个点上。我拉了拉围在脖子上的妈妈的那条幸运围巾，这时奥德特·劳顿开口说话了："首先，我很尊敬麦考瑞女士为社会公平奔走疾呼，但是我们今天不是为了这个来的。我们聚集在这里是因为被告鲁斯·杰斐逊违反了她作为产科护士的伦理道德，在一个婴儿遇到危险的时候没有采取准确的应对措施。”

检察官向陪审团走过去：“刚才麦考瑞女士所说的……都是真的。人们都有偏见，有时候他们做出的决定在我们看来都不能理解。我上高中的时候，曾经在麦当劳工作。”

我吃了一惊。我开始想象奥德特炸薯条的样子，但是想象不出来。

“我是在那里工作的唯一的黑人小孩。有时我会站在收银台，看到一个顾客走进来，看看我，然后走到另一个收银员那里点餐。这让我有什么感觉？”她耸了耸肩，“感觉没那么好，但我在他们的食物里吐口水了吗？没有。我把汉堡肉扔到地上然后再捡起来塞到面包片里了吗？没有。我仍做我该做的工作。

“现在我们再看看鲁斯·杰斐逊好吗？她继续坚持做自己应该做的事了吗？没有。她没有把不让她看护德维斯·鲍尔看作一个简单的病人的需求，她将其夸大为种族主义事件。她没有尊重她的南丁格尔誓言，不论在什么情况下都应该帮助她的病人。她仅仅因为愤怒就全然不顾这个婴儿的安危，并且把自己的怒火发泄在这个可怜的孩子身上。

“女士们先生们，的确玛丽·马龙让鲁斯不再照顾德维斯·鲍尔是出于一个种族主义的决定，但是今天被起诉的并不是玛丽，而是鲁斯，因为她没有遵守作为一个护士的誓言。的确，特克·鲍尔本人和他的信仰可能让你们之中的很多人都感到不舒服，因为他是极端种族主义者，但是在这个国家里，他有权利表达这些思想，就算这些想法会伤害他人。如果你们认为特克·鲍尔充满仇恨的样子让你们不安，那你们也必须承认鲁斯也让你们感到不安。你们都听到了，她亲口说她宁愿这个孩子死去，也不希望他长大成为和自己父亲一样的人。也许那是她唯一对我们坦白的时刻吧。至少特克·鲍尔对自己的信仰还是很诚恳的，即使让人不悦。而且我们知道，鲁斯是一个骗子。根据她自己的陈述，她的确通过在新生儿室碰触那个婴儿进行干预，但之后她和她的监管人、风险控制部和警察都说她什么也没有做。鲁斯·杰斐逊开始救治这个婴儿了，是什么让她停了下来？是对丢掉工作的担忧。她把自己的利益放在了病人之上……而这是医疗专业人士最不职业的行为。”

检察官停了下来：“鲁斯·杰斐逊和她的辩护律师可以针对实验室的检查返回结果的不及时大作文章，也可以对这个国家种族关系的状况猛烈抨击。但是这都不能改变这个案子的事实。而且再也不能让那个孩子活过来了。”

法官对陪审团下指令之后，他们被带离了法庭。洛雷法官也离开了。霍华德跳了起来：“我从来没见过这样的事！”

肯尼迪喃喃地说：“是的，估计你以后再也遇不到了。”

“我是说，感觉就像对着汤姆·克鲁斯大吼：‘你承受不了真相！’①就像……”

肯尼迪接上他的话：“就像用枪射自己的脚，故意射的。”

我把手放在她的胳膊上：“我知道你刚才说的那些话会让你付出代价。”

肯尼迪冷静地看着我说：“鲁斯，这件事让你付出的代价会更大。”

她向我解释，因为现在谋杀指控已经在我做证之前被取消了，陪审团只需要决定失职渎职谋杀罪的指控就可以了。虽然我们提供的医学证明的确可以引发合理的质疑，但是我愤怒的面孔也将在陪审团心中挥之不去。虽然他们现在不是在判定是否为故意谋杀，但他们还是会觉得我没有尽自己最大的努力照顾那个婴儿。在这个情况下，事情会往哪个方向发展，我也不知道。

我想起了我在监狱度过的那一晚。我设想着在里面度过几晚、几周、几个月。我想起丽萨·劳特，如果现在我们再对话的话恐怕和当时完全不同了吧。我会开场就说我已经不再是一无所知了。我已经在严酷的考验中历练一

---

① 此台词出自由汤姆·克鲁斯和杰克·尼科尔森主演的法庭电影《军官与魔鬼》，最后汤姆·克鲁斯一步一步揭穿这场军中闹剧后，杰克·尼科尔森以这句台词大声斥责由汤姆·克鲁斯饰演的年轻律师。——译者注

番了，就像钢铁一样。钢铁最神奇之处在于你把它捶打得那么轻薄，轻薄到极限，但它也不会断开。我告诉肯尼迪："你的那番话还是值得听的。"

她微微笑了起来："也是值得说的。"

奥德特·劳顿突然站在了我们面前。我有点惊慌失措。肯尼迪也说过检察官可能会选择另一个决定：撤销所有的指控，由大陪审团重新走一遍流程，利用我的证词来证明在那一刻我内心的恶毒，并以此用二级谋杀罪起诉。

奥德特迅速地说："我已经撤销了针对埃迪森·杰斐逊的案子。你可能想知道，我就过来告诉你一下。"

我震惊得合不拢嘴。我能想象她和我说其他所有事情，唯独想不到这一件。

她转向我。从庭审以来这是她第一次与我对视。除了之前在洗手间的偶遇，在整个过程中当我坐在辩护桌前的时候，她再也没有和我进行过眼神交流，只是盯着我头顶上方看。肯尼迪说这是标准程序，检察官就是通过这个方式提醒被告他们并不是人。

的确奏效了。

奥德特开始陈述原因："我有一个15岁的女儿。"说完她转向肯尼迪，"法律顾问，这个收尾做得不错。"说完她就走开了。

我说："那现在该做什么？"

肯尼迪深深地吸了一口气，说："现在。我们就是等。"

但首先，我们要处理媒体的问题。霍华德和肯尼迪想出一个计划，可以不用和媒体接触就走出法院。她嘱咐我："如果还是有媒体过来采访，那正确答案就是无可奉告。这个时间段我们正在等待陪审团的决定。"

我对她点了点头。

"鲁斯，我觉得你还是没明白。他们会像潮水一样蜂拥而至的，他们会挑你的刺、刺激你，直到你忍无可忍爆发，他们才有内容好拍。接下来的5

分钟，直到你离开这栋大楼，你就是一个看不见、听不见、说不出话的人。你明白了吗？”

我告诉她：“我明白了。”

我们打开法庭两扇大门的时候心跳如擂鼓。闪光灯立刻出现在眼前，话筒塞到了我的脸上。霍华德负责开路，把他们全部推开，肯尼迪掩护我们一路穿过那些疯狂的记者，而鲍尔夫妇正在热火朝天地接受一个保守派新闻台的采访。迎面走来的是华莱士·默西。他和他的支持者把手臂相互固定在一起，形成了一道保护墙。所以我不可避免地要直接面对他了。华莱士和一个女人站在中间。我看向他们的时候，这两个人都向前走了一步。那个女人穿着粉色的羊毛套装。一头短发染成了火红色。她像箭一样站得笔直，手臂紧紧挽着华莱士。

我看向肯尼迪，用眼神问她：我们应该怎么做？

答案不言自明了。华莱士和那个女人并没有向我们靠近。他们反而转向走廊的另一侧，特克·鲍尔还在那里和记者交谈，他妻子和岳父站在他两侧。

那个女人的眼中充满泪水，大喊：“布列塔妮。哦，上帝啊，你现在都这么漂亮了。”

她向布列塔妮·鲍尔走去，摄像机包围过来。我看着那个女人的双手逐步接近布列塔妮·鲍尔，就像在看慢动作镜头，我知道在她碰到她之前，布列塔妮·鲍尔就会把她推开的：“你他妈快离开我。”

华莱士·默西上前一步：“鲍尔女士，我觉得你可能希望认识一下这个人。”

那个女人小声说：“华莱士，她不必这么做。我们26年前见过，当时我生下了你。布列塔，甜心，你还记得我吧？”

布列塔妮·鲍尔脸上的表情很复杂：羞耻，或是愤怒，或是二者兼有。“骗子，你这个让人恶心的骗子！”她冲上前撞击这个年长的女性，那女人立刻就倒下了。

人们聚集过来要把布列塔妮拉开，把这个女人扶起来。我听到有人喊：快帮帮她！还有：这个镜头拍到了吗？

突然有人高喊："停！"这是一个低沉、有力、不容置疑的声音，话音刚落，布列塔就向后退去了。

她转过身，一脸凶狠地盯着自己的父亲："你能允许那个'黑鬼'那么说我？那么说我们？"

但他父亲的视线不在自己女儿身上。他面色苍白，盯着那个现在和华莱士·默西站在一起的女人，华莱士正用手帕按住她流血的嘴唇。他开口道："你好，阿黛尔。"

我看着肯尼迪，小声说："我都没有想到事情会这么发展。"

但看到她的时候，我就知道，她想到了。

○ 特克 ○

情况失去控制的时候那些摄像机还运转着。当时布列塔和弗朗西斯站在我的身旁，听我向一家右翼广播电视台的名人讲述我们的斗争才刚刚开始，之后就变成了宣言。这时一个黑人女性向布列塔走来，碰她的胳膊。布列塔很自然地推了她。然后那个女人撒了一个弥天大谎：布列塔妮·鲍尔，白人势力运动的公主，其实有一半黑人血统。

我看向弗朗西斯，用我这么多年一直看他的那种目光。他教会我关于仇恨的一切事情；我会和他并肩踏上战场；而且更准确地说，我已经和他一起踏上战场了。我后退了一步，等着弗朗西斯用他有名的雄辩能力来进攻，把这个婊子骂得体无完肤，谁让她为了这 15 分钟的出名时间甘当投机主义者，但是弗朗西斯没有这么做。

他叫出了布列塔妮的母亲的名字。

我对阿黛尔所知不多，因为布列塔自己也并不了解。只知道她的名字，她为了一个黑人背叛了弗朗西斯，所以他才那么愤怒地给她下了最后通牒：把婴儿留下来，并永远从他的生活中消失，或者干脆在睡梦中死去。她很明智地选择了前者，布列塔只需要知道这些关于她的事就够了。

我看向布列塔长长的深色头发。

事实已经不言自明。

她抬起眼，也看着弗朗西斯："爸爸？"

突然间我感到不能呼吸。我不知道我的妻子是谁。我不知道自己是谁。这么多年我和他们坐下一起喝咖啡之前我都会轻松地说我用刀捅了个黑人，而这么长时间里，我竟然和一个黑人的女儿生活在一起。

我还和她生了一个孩子。

也就是说我的儿子，也有一部分血统是黑人。

我耳鸣不止，感觉就像从飞机上背着降落伞跳下来，自由落体。而地面在飞速向我迎来。

布列塔妮站了起来，转了一个圈，她脸上的表情极其痛苦，让我心碎。弗朗西斯对她说："宝贝。"

她从喉咙里发出了低沉的声音。"不。"她说，"不。"

她转身飞快地跑走了。

她个子很小，但跑起来速度却很快。光影快速地在布列塔身上掠过。她跑得快是必然的，因为她和我一样，都是从最厉害的人那里学来的。

弗朗西斯试着让今天去了法院的孤狼网用户齐心协力帮我们寻找布列塔，但是现在我们之间已经隔了一堵墙。有的用户已经消失了。我很确信他们再也不会使用这个账户，除非弗朗西斯可以想办法将损害控制在最小。

我都不确定我是不是还在乎了。

我只想找到我的妻子。

我们开车去了所有地方去找她。我们广大但是无形的联络网已经不复存在了。这件事我们只能独自面对，孤立无援。

这可能就是为什么要小心你所渴望的东西吧。

我开车的时候，把这座城市最边边角角的地方都找遍了。我转过身看着弗朗西斯："你现在愿意和我说真相了吗？"

他安静地说："那是很久很久以前了。在我加入运动之前。我在一家小餐馆遇到了阿黛尔。她给我端上来一份派。她在账单上写下了自己的名字和电话号码。我就拨了过去。"他耸了耸肩。"三个月之后，她怀孕了。"

我一想到和黑人女人睡觉，就觉得反胃。但话说回来，我自己也已经做过了，不是吗？

"特克，我的天啊，我爱她。无论是傍晚一起去跳舞，还是坐在家里看电视，只要她不在我身旁，我就觉得失魂落魄。后来我们有了布列塔，我开始觉得恐惧。我觉得一切都很完美，但是完美就意味着会有什么事情发生。"

他揉了揉额头："她每周日都会去教堂，她从孩童时代起就一直去同一家教堂，是一个黑人教堂，而我周日会去钓鱼，钓鱼的地方才是我的圣殿。但是唱诗班的指挥开始对阿黛尔感兴趣了。他告诉阿黛尔她有着天使般的歌喉。他们就花大量时间，日日夜夜在一起。"他摇了摇头，"我也不知道。从那开始我变得有点疯狂了。我指责她出轨。也许她做了，也许她没有。我把她搞得精神崩溃，我知道是我错了。但是我根本控制不住。她狠狠伤害了我，这些伤痛迫使我去报复。你也知道这种感受，对吧？"

我点了点头。

"她去找那个家伙寻求安慰，那个人接纳了她。上帝啊，特克，是我开车送她过去的。之后她说要离开我，我对她说如果她要走，什么也不能带走。我才不会让她把女儿带离我身边。我说如果她敢这样做，我会杀了她。"他看向我，眼神空洞，"那之后我再也没有见过她。"

"你也从来没对布列塔讲过这些事吗？"

他摇了摇头："我应该说些什么呢？我威胁过要杀死她的母亲？我开始带着布列塔去酒吧，把她留在车座上睡觉，我自己去酒吧里喝得酩酊大醉。我就是在那里遇到汤姆·梅茨格的。"

我难以想象白人同盟军的领导人会疯狂喝酒。但是接下来的事情更加离奇。

“他当时带着几个兄弟。他看到我回车里，也看到了在车里的布列塔，因此开车送我回家，还告诉我要赶紧为了我的孩子行动起来。那时我喝得醉醺醺的，告诉他阿黛尔是怎样为了一个黑鬼离开我的。大概我从来没有提过她也是一个黑人。汤姆给了我一本小册子。”弗朗西斯的嘴唇紧皱，“事情就是那么开始的。恨他们比恨我自己容易多了。”

我的车的远光灯穿过了火车铁轨，弗朗西斯的小分队过去在这里碰头。弗朗西斯说：“现在，我连女儿也要失去了。她知道怎么掩盖自己的行踪，怎样让自己销声匿迹。都是我教给她的。”

他正在痛苦和震惊的边缘徘徊，说实话我没有时间去理会他受到的打击。我还有更重要的事情要做，比如找到我的妻子。

突然，我想到了一个地方。

天已经黑了，墓地的大门也锁了，所以我们要想办法闯进去。我翻过栏杆，用从后备厢找到的一把大锤撬开锁，把弗朗西斯也放了进来。我们让眼睛适应了一下黑暗，因为我们知道布列塔可能一个眨眼的瞬间就会跑走。

刚开始，我根本看不见她；现在天色已黑，她还穿着深蓝色的裙子。但是随着我接近德维斯的坟墓我听到了声响。有那么一瞬间，遮挡月亮的云层散开了，墓碑反射着月光，还有金属的反光。

布列塔说：“不许再靠近我了。”

我把手掌举起来，表示投降。我非常非常缓慢地迈出了另一步。她立刻拿刀砍过来。那是一把袖珍小刀，她平时带在钱包里的。我还记得她买这把刀的那一天，当时是在一场白人势力的集会上。她当时拿起很多东西看：红玛瑙、珍珠母。她拿起一个不知是什么的东西抵住我的喉咙，开玩笑似的问我，哪一个更适合我呢？

我温柔地说：“嗨，宝贝。咱们该回家了。”

她小声说：“不行。我很混乱。”

“没关系的。”我弯下腰，用一种类似野狗的方式向前挪动。我伸手去够她的手，但她抽走了自己的手。

我低下头，发现我的手上血迹斑斑。

我大喊：“上帝啊！”与此同时弗朗西斯用他的苹果手机从我背后用闪光灯晃她。她用后背抵着德维斯的墓碑坐着，她的眼睛大睁，眼神狂乱又呆滞。她的左臂已经被深深地划过七八道伤口了。她说：“我找不到它，我在努力让它滚出去。”

我向刀片靠近时问她：“甜心，让什么滚出去?”

但是她把小刀藏起来了。“她的血液。”当着我的面，她用小刀划向了自己的手腕。

小刀从她手中滑落，她很快昏迷过去，我将她抱在怀中，向卡车奔去。

又过了一段时间布列塔才大致稳定下来。我们一直在耶鲁－纽黑文医院接受治疗，和她生德维斯的医院不是同一家。她的伤口已经缝合，手腕也包扎了，身上的血迹被擦干净。她已经获批前往精神病病房，不得不说，我对这个决定深表感激。我根本解不开她心中那个结。

我甚至都解不开自己心中的结。

我让弗朗西斯回家休息一下。而我会在访客室待一整晚，以免布列塔醒来之后需要我，她会知道有人在等着她。但是现在她已经服用了镇静剂，还昏迷不醒。

午夜过后的医院阴森森的。灯光很暗，声音却很可怕：护士鞋子的吱吱声、病人的呻吟声、血压机的“嘀嘀”声以及放压的声音。我从礼品店买了一顶针织帽，这种帽子本来是给化疗的病人用的，不过我不在乎。现在我不想那么引人注目，这顶针织帽刚好可以遮上我的刺青。

我坐在咖啡厅里，喝着咖啡，开始梳理我混乱的思绪。世界上可供你痛恨的东西实在是太多了。可供你痛打的人实在是太多了。可供你一醉方休的夜晚实在是太多了。可供你推诿自己烂摊子的替罪羊实在是太多了。这就像一种毒品。但是现在它失效了。那么之后呢？

我内心都是矛盾的想法，我简直头痛欲裂：1. 黑人是低等的；2. 布列塔有一半黑人血统；3. 我全心全意爱着布列塔。

选项1和选项2加在一起，不是不可能导致选项3吗？还是说她是不受规则约束的？阿黛尔是不是也是这样一个人？

我想到我和笨笨被关在牢笼里时梦想着吃到美食。

还需要多少个破除规则的特例，才能让一个人意识到也许别人告诉你的真相其实并不是真相？

我喝完这杯咖啡，在医院的大厅里溜达起来。我拿起一份丢在会客室里的报纸读了读，透过急诊室的玻璃门看着救护车的灯光。

我走错了，结果走到了早产重症监护室。相信我，我绝对不想靠近产科。那些伤疤还是我内心脆弱的一部分，虽然这已经不是那家医院了。我和另一个男人并肩站在窗边。他给我指着一个小得可怜的小婴儿，用粉色毯子裹着的："她是我的女儿。她的名字是科拉。"

我有点惊慌失措，有谁会像我一样，和里面的婴儿都没有关系，还在新生儿室附近晃来晃去？所以我指向了一个用蓝色毯子裹着的婴儿。他的保温箱有点反光，但是即使从这里我也能看到他的皮肤是棕色的。我撒了个谎："他叫德维斯。"

我的儿子和我一样是个白人，至少从外表来看是的。他和这个新生儿长得完全不一样。但我现在意识到了，如果他生下来真的是棕色皮肤，我也会一样爱他。而且如果那个婴儿真的是德维斯，他的肤色比我深这一点并不重要。

最重要的是他活着。

我把我颤抖的双手插进大衣口袋，想起了弗朗西斯，想起了布列塔。也许你有多么爱一个人，就会多么恨一个人。

○ 肯尼迪 ○

在等待陪审团做出裁定的时间里，我又经历了 40 场传讯，其中 38 场的委托人都是黑人男性。迈卡做了 6 台外科手术。维奥莱特参加了一场生日聚会。我读了一篇报纸头条的文章，讲的是耶鲁大学有色人种的学生举行了一场游行，其中一个诉求是希望一所叫约翰 · C. 卡尔霍恩的联邦大学更名。这个校名取自美国一任副总统，他支持奴隶制和南方各州脱离联邦。

连续两天，我和鲁斯都在法院里坐着等待结果。埃迪森回去上学了，重新燃起了热情。法律的一点影响就可以让一个失足的孩子改变，真是不可思议。鲁斯在我的祝福和陪伴下，也通过远程连线出现在了华莱士 · 默西的电视节目上。他赞美她的勇敢，并给了她一张支票，可以弥补她这几个月没工作的一部分损失。这些都是大家的捐款，有的人就住在东区，有的人住在遥远的约翰内斯堡。之后，我们读了几张捐款者寄来的纸条：

> 我会想起你和你的儿子。
>
> 我的钱也不多，但我想让你知道你并不是孤单一个人。
>
> 感谢你那么勇敢地站了出来，我就没有这个勇气。

我们也听到了布列塔妮 · 鲍尔的消息。检察官说她是压力导致发疯，但按鲁斯的话来讲就是普通的发疯而已。没有人见过特克·鲍尔和弗朗西斯·米彻姆的踪影。

“你怎么知道的?”当时那场闹剧刚刚结束，鲁斯就向我发问。华莱士·默西带着阿黛尔·亚当斯来到法庭“很巧地”遇见了弗朗西斯和他女儿。

我告诉她:“我有一种预感。当时我在看新生儿检测结果，我看到了一个之前没有人注意到的事情，因为之前我们的注意力都集中在中链脂肪酸去氢酵素缺乏症上。那就是镰刀形红细胞贫血症。我还记得新生儿专家告诉我有些细胞在非裔美国人群的发病率要高出很多。我也记得布列塔在证词中提到过她对自己的母亲一无所知。”

鲁斯说:“这可真是风险很大的赌注。”

“是啊，所以我才又做了进一步调查。非裔美国人有十二分之一都携带镰状细胞性状。而白人的概率是亿万分之一。这突然就变成一个撒手锏了。所以我给华莱士打了电话。之后的事情就靠他了。他从布列塔的出生证明上找到了她母亲的名字，然后找到了她。”

鲁斯一直看着我:“但是这和你的案子其实没有关系。”

我承认:“是没有关系。这是你送给我的一样礼物，我意识到没有什么能一下揭开所有伪善的面具。”

现在两天过去了，但我们还是没有从陪审团那里听来任何消息。我有点坐不住了，问霍华德:“你在干什么呢?”他正在手机上愤怒地敲字。“和热情火辣的约会对象聊天?”

他说:“我正在查拥有快克和拥有可卡因的量刑区别。2010 年，有一个人被以有意贩卖 3 克快克的罪名起诉，判了最少 10 年。如果因为贩卖可卡因被判 10 年，你得卖 300 克。到现在为止，量刑差异的比例还是 18 : 1。”

我摇了摇头:“你为什么要查这个?”

他语气轻松地说:“我在考虑上诉。显然在量刑里存在一定比例的偏见，因为 84% 被定罪贩卖快克的人都是黑人，而黑人毒贩比白人毒贩被关进监狱的可能性高20%。”

我揉着太阳穴说：“霍华德，快把你的破手机关了。”

鲁斯说：“现在是不是情况很糟糕？”虽然暖气片还在发出热量，但她紧紧抱着双臂，缩成一团。“我敢打赌，如果他们裁定无罪释放，肯定不会拖这么久的。”

“没有消息就是好消息。”我撒了个谎。

那一天接近尾声的时候，法官把所有陪审团重新叫回了法庭：“你们有最终裁决了吗？”

陪审团主席站了起来：“还没有。尊敬的法官大人。我们现在意见有分歧。”

我知道法官会提出艾伦指示[①]，说一段相当鼓舞士气的话。他转向陪审团，用威严的声音让他们尽快达成一致：“你们要知道，州政府为了这个案子已经投了不少钱，你们是对这个案子最了解的人。你们互相谈谈。都听一听对方的观点。我鼓励你们尽快做出裁决，那就不用再经历一轮这个过程了。”

他解散了陪审团，我看向鲁斯：“你可能得回家了。”

她看了看手表：“我还有点时间。”

我们沿路向下城走去，在冷风中挤在一起，去找地方喝咖啡。我们终于摆脱了刺骨的寒风，走进一家闹哄哄的小店。“当我意识到我可能当不了糕点师之后，我就梦想着开一家咖啡厅。”我顿了一下，“我想给这家店起名叫‘撤销诉讼的理由’。”

轮到我们点餐了，我问鲁斯想喝什么咖啡，她说：“黑咖啡。”突然我

---

① 艾伦指示：美国法律术语。在陪审团难以达成一致意见而形成僵局时，法官向陪审团做出指示，要求陪审员应认真听并尊重彼此的意见，努力做出一致裁断。——译者注

们两个都爆发出一阵狂笑，咖啡师看着我们，还以为我们疯了呢，以为我们在说一种她听不懂的语言。

不过其实这句话也多少接近真相了。

第二天早上，洛雷法官召集我和奥德特去他的办公室。“我从陪审团主席那里收到一封信。现在已经陷入陪审团僵局了。11 比 1。”他摇了摇头，“女士们，我感到非常抱歉。”

他叫我们离开后，我找到正在房间外踱步的霍华德。他问：“怎样？”

“无效判决。他们僵持住了，11 比 1。”

霍华德问：“谁是那个不一样的？”但这只是象征性地问一下，他也清楚我不知道。

但是突然之间，我们都停下脚步互相看去，同时脱口而出：“12 号陪审员。”

霍华德说：“赌 10 块钱？”

我说：“我赌。”

“我们当时就应该用强制删除名额的。”

我提醒他：“你这场赌还没赢呢。”但是我在内心深处也觉得他是对的。这个不肯承认自己其实是种族主义者的老师可能被我最后的陈词深深冒犯了。

鲁斯在会议室等着我们。她抬起头，脸上满是期待。我说：“他们无法达成一致裁决。”

“那么现在怎么样了？”

我解释道：“这个要看情况，我们之后也可以重新找陪审团再过一遍这个案子。或者是奥德特自己放弃，不再深究。”

“你觉得她……”

“我很久之前就学到了一课，永远不要假装我能像检察官一样思考问题。

我们只能等了。”

陪审团涌入了法庭，看起来都面色疲惫。法官说：“陪审团主席，我的理解是陪审团无法达成一致裁决。我的理解正确吗？”

陪审团主席站了起来：“是的，尊敬的法官大人。”

“你们觉得如果多给你们一点时间可以解决州法院和杰斐逊女士之间这起案子吗？”

“尊敬的法官大人，我们之中有的人就是无法达成一致观点。”

洛雷法官说：“谢谢大家的工作。我将解散这个陪审团。”

陪审团的男男女女鱼贯而出。旁听席响起了窃窃私语，大家都在努力理解现在的情况。我试图在脑海中构想奥德特现在要去大陪审团以过失杀人罪重新起诉了。

洛雷法官说：“这个法庭上还有一件事需要完成。我准备就新的无罪释放请求发表结论。”

霍华德越过鲁斯的头顶看着我。什么？

我的天啊。当时我只是例行公事地提交了无罪释放的请求，没想到他现在真的要利用这个请求了。我屏住了呼吸。

“我已经翻看过法律条文，并且非常认真地审查过这个案子里的证据。并没有可信的证据证明这个婴儿的死亡和被告的直接或间接行为有任何关系。”他转向了鲁斯，“女士，我对你在工作中经历的一切表示很抱歉。”他敲了木槌，“我通过被告的无罪释放请求。”

在这个让我感觉羞愧的瞬间，我明白了我不仅无法做到像检察官一样思考，我还很不幸地对法官的行为判断大错特错。我转过身，头脑昏昏沉沉的，却忍不住想笑。鲁斯眉头紧锁：“我没明白。”

他根本没有宣布无效审判。他直接授予了“真实无罪释放”。

我咧嘴笑了起来：“鲁斯。你自由了。”

○ 鲁斯 ○

在最漫长的冬季过去之后，自由就像水仙花的花茎一般脆弱。自由就是你可以发声，而不会被别人的声音淹没。自由就是可以优雅地表示同意，更重要的是，也有表示拒绝的权利。在自由的“核心”，是跳动的希望：是一种叫可能性的韵律。

我和5分钟前相比没有一点变化。我仍旧牢牢地坐在同一把椅子上。我的手抚摸着同一张伤痕累累的桌子。我的两个律师仍然站在我左右。头顶的荧光灯像爬动的蟑螂一样噼啪作响。什么都没有变化，但什么都变了。

我在恍惚中走出了法庭。一大堆麦克风塞到了我面前。肯尼迪告诉大家，虽然她的委托人很明显对裁决结果感到高兴，但是明天开官方的新闻发布会之前我们是不能做任何评述的。

而且现在她的委托人要回家和儿子团聚了。

还有几个不死心的人，想录一点新闻原声，但是最后也慢慢走掉了。他们又去包围一个因为私藏儿童色情片被起诉的教授。

这个世界还会运转下去，还会出现新的受害者，新的欺凌者。但那已经是别人的故事了。

我给埃迪森发了短信。虽然他必须从教室出来回复，但他还是给我回了电话，我能听出他宽慰的语气。然后我给正在工作的阿蒂萨打了电话，她因为太兴奋而尖叫的时候我不得不把电话举得离耳朵远一些。我突然收到了克里斯蒂娜的短信：一排微笑的表情，跟着一个汉堡包、一杯红酒和一个问号。

我回了一条短信：下次再说吧？

“鲁斯，”肯尼迪发现我拿着手机站在原地，眼睛盯着虚空的时候叫我，“你还好吧？”

我说：“我不知道。”这是真心话。“都结束了吗？”

霍华德微笑起来：“确定，肯定，尘埃落定了。”

我说：“谢谢你。”我抱了抱他，然后转向肯尼迪：“还有你……”我摇了摇头，“我都不知道该说些什么好。”

肯尼迪抱了抱我：“那你好好想想。你可以下周一起吃午饭的时候想好了和我说。”

我后退了一步，看着她的眼睛。我说：“好啊。”我们之间有什么转变了。我意识到这是一种力量，我们棋逢对手了。

突然我想起来，因为听到裁决太过震惊，我把妈妈的幸运围巾落在法庭没有带上来。“我忘了样东西。待会儿楼下见。”

我刚走到双扇大门的时候，有个法警站在门口。

“不好意思，有一条围巾……我能不能……”

他示意我可以进去：“当然。”

法庭里只有我一个人。我沿着旁听席的走道向前走，经过了围栏，走到刚才我坐过的那个地方。妈妈的围巾在桌子下面盘成一团。我捡了起来，紧紧地攥在手中。

我环顾法庭。将来某一天，埃迪森可能就在这里就某个案子进行辩论。而不是像我一样，坐在一个律师旁边。某一天他甚至可能坐在法官的座位上。

我闭上眼睛，这样就能留住这一刻。我倾听着寂静。

距离我上次因为提审而走进走廊下面的另一间法庭时，似乎已经过了千年万年。当时我还戴着锁链，穿着睡衣，不能为自己说话。似乎从那时开始我一直被告知有什么是我不能做的。

我轻声说："可以的。"因为这句话正是束缚的相反面。因为这句话能斩断锁链。因为我能做到。

我把手握成拳头，头向后仰。让这句话从我的喉咙中喷薄而出。可以的。

可以的。

我可以的。

第 三 阶 段

新 生

6年后

一定要教人以恨，如果人能学会恨，便也能学会爱。

——纳尔逊·曼德拉[①]，《漫漫自由路》[②]

① 纳尔逊·曼德拉：南非著名的反种族隔离革命家、政治家和慈善家，亦被广泛视作南非的国父。——译者注

② 《漫漫自由路》是曼德拉在狱中写成的自传，从曼德拉出生一直写到他当选并宣誓就任新南非总统，时间跨度达76年。此书全面展现了曼德拉的人生和南非人民为结束种族歧视、争取自由而英勇抗争的斗争过程。——译者注

○ 特克 ○

我从诊所检查室的药剂师那里拿过了一个橡胶手套。我把它吹了起来，然后把开口扎紧。我拿过一支笔给它画上眼睛。我女儿说："爸爸，你给我做了一只母鸡。"

我说："母鸡？你怎么会觉得这是母鸡？这明明是一只公鸡。"

她皱起眉头："有什么区别啊？"

现在我正陪着三岁的女儿等着给她打链球菌疫苗，所以没法给她描述公鸡和母鸡的区别。等黛博拉下班回来，让她解释吧。

我妻子黛博拉是一个股票经纪人。我们结婚的时候我改成了她的姓氏，希望可以重新来过，过得更好。她是那个朝九晚五上班的人，而我在家陪着嘉莉丝。我的生活就是在家陪着她玩，或者陪她去幼儿园。我在本地的反诽谤组织工作。我去高中、监狱、寺庙和教堂，给大家讲解"恨"。我告诉这些人，原来就因为我受到严重的伤害，就去打别人，我伤害的要么是别人，要么是自己。我解释说这样我才觉得我有一个目标。我给他们讲了我去的那些集会，歌手唱的都是关于白人优越的歌曲，小孩子们玩的是种族主义的游戏和玩具。我描述了我在监狱里的时光，以及我作为管理员运营一个散播仇恨的网站的经历。我讲了我的第一任妻子。我说仇恨已经将她从内到外吃了个精光，而且实际情况要更惨烈一些：她把一瓶药就着伏特加吞下去了。她永远无法承受看到这个世界本来的样子，所以最后，她找到了一个将眼睛永远闭上的方法。

我告诉他们，只因为别人和你的想法不一样，就要改变他的想法，这是最自私不过的举动。别人和你有所不同并不意味着不应该得到尊重。

我还告诉他们：大脑里让我们把一切责任都推到我们不认识的人身上的那一部分，和让我们对陌生人产生同情的那一部分，处于大脑的同一个位置。纳粹组织让犹太人当了替罪羊，甚至到了赶尽杀绝的地步。但是正是大脑中的这个部分，让我们远隔半个地球也会送去金钱、补给和救济品。

在我的讲话里，我还描述了摆脱他们的过程。大半夜有一些其他有权势的人派出的戴头巾和蒙面的家伙冲进我们家殴打我们。弗朗西斯被从楼梯上推下去，而我，断了三根肋骨。这可能就是我们绝交的起点了。第二天我就停掉了孤狼网。然后在我起草离婚协议书的时候，布列塔结束了自己的生命。

直到现在我还是会犯错。有时我还是会产生砸东西或是打人的冲动，但是我现在只通过打冰上曲棍球发泄。我和黑人在一起时可能变得更警觉了。但是更让我警觉的是，看到白人开着后窗挂着联邦旗的皮卡开过去的时候。因为我曾经和他们一样，我也知道他们会做出什么事。

很多我见过的群体都不敢相信我竟然有如此翻天覆地的变化。尤其是当我讲起我妻子的时候。黛博拉知道我的一切，包括我的过去。她试着原谅了我。如果她都可以原谅我，我为什么不能原谅我自己呢？

我每周会做三到四次忏悔，我在听众面前重新提及我的错误。我知道他们恨我，但我觉得这是我应得的。

嘉莉丝说：“爸爸，我喉咙痛。”

我对她说：“我知道，宝贝。”我刚把她抱到大腿上，门就开了。

一个护士走进来，看着嘉莉丝的免预约登记表。她说：“你好。我叫鲁斯·沃克。"

她抬起头，脸上带着笑容。

她和我握手的时候我重复道："沃克。"

"是啊，这家诊所就叫沃克诊所。这是我的诊所……同时我也在这里工作。"她咧嘴笑了起来，"别担心。我的护理技能可比我的算账能力好多了。"

她没有认出我，至少我觉得她没有。

说实话，这是因为登记表格上写的是黛博拉的姓氏。而且，我现在的样子已经和从前大不相同了。我只保留了一个刺青，把其他的文身都洗掉了。我的头发又长了出来，我理了非常规矩的发型。自从开始跑步，我的体重减掉了 13 公斤。当然也可能是我内心的变化导致外形的改变。

她转向嘉莉丝："是不是有哪里不舒服啊？让我瞧瞧？"

她让嘉莉丝坐在我的大腿上，然后她温柔地看了看我女儿肿大的腺体，给她测了体温，她提议进行唱歌比赛，成功让嘉莉丝张开了嘴，还让她赢了。我的目光扫视着房间的其他地方，注意到了我之前没注意到的细节：墙上挂着一张证书，上面用手写体写着鲁斯·杰斐逊。还有一个相框里，是一个帅气的黑人男孩穿着学士服、戴着学士帽，在耶鲁大学的草坪上拍的照片。

她扯下了手套，我把注意力又转回她身上。我这才注意到她戴着一枚小小的钻石戒指，左手还戴着一枚结婚戒指。

她告诉我："可以 99% 肯定是链球菌。嘉莉丝对什么药物过敏吗？"

我摇了摇头，我发不出声。

"我可以给她进行咽拭标本采集，进行链球菌快速培养观察，根据结果，服一个疗程的抗生素。"她摸着嘉莉丝的辫子说，"还有你，你马上就又会生龙活虎了。"

她向我们点点头，就向门外走去，去拿她需要的做测试的东西。"鲁斯。”她刚把手放在门把上，我就叫了出来。

她转过身来。有那么一瞬间，她的眼睛难以察觉地眯了一下。我很想知道她有没有认出我。但是她没有问我们之前是不是见过，她没有说出我们的过往。她只是静静等着，等着我说出我想说的话，不论我想说什么。

“谢谢你。”我对她说。

她点了点头，走出房间。嘉莉丝在我的大腿上扭动。“爸爸，可是还是很疼啊。”

“护士会解决这个问题的。”

嘉莉丝听到这个答案很满意，她指向我左手的指关节，那里是我全身唯一保留的刺青了。她问：“这是我的名字吗?”

我说：“差不多吧。在一种叫威尔士语的语言里，你的名字和这个词是一个意思。”

她才刚刚开始学认字母。所以她按顺序读起了关节上的字母。她说：“挚……爱永生。”

我自豪地说：“你念对啦。”我们等着鲁斯回来。我牵着女儿的手，也可能是她主动牵着我，仿佛我们站在十字路口，而牵着她安全地走到另一边，是我的义务。

○ 作者后记 ○

我的写作生涯差不多进入第4年时，我萌生了写一写美国种族主义的念头。我的注意力被发生在纽约城的一桩真实案例吸引了：一名黑人便衣警察在当天还戴着“每天分辨自己人的颜色”的手环的情况下，被他的白人同事从背部开了好几枪。我开始着手写小说，结果失败，便搁置了。不知道为什么，我在这个主题上做不到公正。我不知道作为一个黑人在这个国家长大是什么感受，而且我很难创造出一个有说服力的角色。

再向前回溯20年。我曾经一度极其渴望写种族主义这个主题。我意识到白人作家在将种族主义写入小说里的时候，总是基于历史进行描写，这让我很不舒服。但是话又说回来，我都没有体验过他们的生活，我自己又有什么资格去写呢？但是，如果我只写我了解的部分，故事岂不是既短暂又无趣。我作为一个白人长大，而且在阶层上也有优势。我做了很多年研究和调查，进行了大量个人采访，通过这些渠道了解那些我很少或根本没有经历过的人生：男人、青少年、想自杀的人、被虐待的妻子、强奸受害者。有两个原因激励我写出这部小说：我内心的怒火，还有我代表这些人发声的愿望。我希望让那些没有经历过他们人生的人更加了解他们的处境。那么描写有色人种和描写其他主题的区别在哪里？

因为种族就是差异。种族主义就是差异。这个问题一直存在，而且很难讨论，所以结果就是，我们经常避而不谈。

之后我读到了一篇新闻，讲的是一个在密歇根州弗林特的非裔美国人护士。她作为产科护士工作了20多年，但是有一天婴儿的父亲要求见她的主管。他要求那个护士以及和她外表一样的人，不能碰自己的孩子。事后证明他是一个白人种族优越主义者。监管护士将要求写进了档案，一群非裔美国人以歧视的罪名起诉并且获胜。这个故事引发了我的思考，我开始构思这个故事。

我想从一个黑人护士的角度出发写这个故事，还有光头党的父亲，以及一个公共辩护律师。这个律师是一个像我、像我的很多读者一样的女性，是一个心存善意的白人女性，她永远不会觉得自己是一个种族主义者。突然之间我知道我可以写完这部小说了，并且我一定会写完的。这次不再像我第一次那个半途而废的尝试，我不再去试图描写有色人种的生活。我的读者变成了和我一类的人：白人，我们会轻松地指着新纳粹主义光头党说他是个种族主义者……但这种人不能意识到自己内心潜藏的种族主义。

说实话，不久之前我也会说自己不是。我的读者经常会告诉我他们从我书中学到了很多东西，而在我写作的过程中，我自己也学到了很多。但是这一次，我是在自我学习。我探索自己的过去、我的成长、我的偏见，我才发现我并不像自己想象的那样是一个无可指摘的进步分子。

大部分人都会认为种族主义和偏见是同义词，但是种族主义不仅仅是针对肤色的歧视，它也关乎谁在制度上享有权力。就像种族主义给有色人种设置屏障，让他们更难取得成功，它同时也给白人带来了优势，让他们更容易取得成功。那些优势是很难见到的，人们也很难联想到种族主义。之后我意识到，我必须要写这样一本书。每每说到社会公平，白人联盟的角色却并不是负责解决或修复问题的。相反，它的作用是找到其他白人，和他们交谈，使他们看到有多少在生活中乐享的事情是别人不能享有的。

我开始和有色人种的女士见面，展开我的调查。虽然我知道向有色人种问问题并不是教育自己的最好途径，但我还是希望能邀请这些女人一起进行这个过程，最后她们的确给了我一份礼物：她们向我分享了作为一个黑人的真实感受。我对这些女性实在心存感激，不仅容忍了我的冒昧，还愿意教给我很多东西。因此我得以和斯佩尔曼学院前校长、知名社会教育家贝弗利·丹尼尔·塔特姆展开愉快的谈话。我读了塔特姆博士、黛比·艾文、麦克尔·亚历山大和戴维·希普勒的书。我加入了一个叫“停止种族主义”的社会公平小组，每天晚上参加完活动都是含泪离开的，我开始慢慢撕掉自己虚假的外表，从我所认为的自己，变成真实的自己。

然后我见了两个曾经是光头党的人，他们给我提供了很多白人至上主义角色的素材。我的女儿萨米找到了蒂姆·扎尔，他原来是一个光头党，通过网络视频和女儿的班级分享过自己的经历。几年之前，蒂姆曾经殴打了一个男同性恋并留他在那里等死。等到他自己退出运动后，他开始在纽约的西蒙·维森塔尔中心[①]向人们讲述仇恨犯罪，之后有一天他发现，那个差点被他杀死的男子也在这家机构工作。他向他道歉，并取得了原谅，现在他们已经是朋友了，每周都结成小组，讲述自己这段特殊的经历。现在他已有一段幸福的婚姻，对方是一个犹太女性。弗兰基·明克是另一个前光头党成员，在反诽谤中心工作。他曾经在费城自己组建了仇恨小分队，现在他则组建了曲棍球友谊项目，这个项目旨在增加社区儿童的种族多样性。

这两个男人让我了解白人势力组织相信种族隔离，并且相信自己是一场神圣种族战争中的战士。他们向我介绍了仇恨小组的招募者会盯上被欺凌、被孤立，或是家中有虐待情况的小孩。他们会在白人社区分发反白人传单，

---

① 西蒙·维森塔尔中心：一个为了纪念在第二次世界大战中被纳粹杀害的犹太人而成立的国际人权组织。他们通过社区参与、教育拓展和社会行动，培养忍耐与谅解。此中心正视当代的重要问题，例如种族歧视、反犹太主义、恐怖主义及种族灭绝，是被联合国、联合国教科文组织及欧洲委员会公认的非政府组织。——译者注

看看谁的反应会是白人正在遭受攻击。他们之后就会接近这些人说，你不是单独一个人。这么做是为了将被招募者的怒火转移到种族主义中去。暴力成为发泄的途径，并且成为生活的日常。他们两个还告诉我大部分光头党组织并不都是出去打人的，大部分人都潜藏着，扩大联络网。现在白人至上主义者穿得和普通人别无二致。他们隐藏在人群中，造成另一种完全不同的恐惧。

再说到这本书的题目，我又开始矛盾了。你们之中有一些人很久之前就是我的书迷，所以应该知道这本书原本不叫这个。《渺小的伟大》来自我尊敬的马丁·路德·金博士经常被引用的一句话："我也许不能成就伟业，但我能以伟大的方式做好小事。"作为一个白人女性，我是否有资格重新解读这种感情呢？很多在非裔美国人社区的居民都对白人引用马丁·路德·金的话来讲述他们自己的生活尤为敏感，而且他们的担忧不无道理。我也知道在这本书中，鲁斯和肯尼迪都有一些瞬间在做着渺小而伟大的事情，对别人产生了深重而长远的影响。此外，对很多种族主义自我认知刚刚开始觉醒的白人来说，马丁·路德·金的话往往是开启他们这段历程的第一步。他的语言可以将我们不知如何准确表达的这种感情，说得鼓舞人心又温和平静。此外，虽然个人的改变并不可能完全根除种族主义，还有很多系统和机构也需要重新改造，但就是人们的一个又一个行动，才能成就种族主义，或者局部瓦解它。基于以上这些理由，加之我希望大家可以对马丁·路德·金更加了解，才最终选择了这个书名。

在我写过的所有小说里，这本书对我的意义尤为特殊，因为撰写的过程中它激励我思考自己，让我意识到现在的我和我希望成为的我之间的差距，我在种族主义意识上还需要提高。在美国，我们总是认为我们成功是因为我们努力工作或是天资聪颖。如果要承认种族主义是我们成功原因的一部分，就像承认美国梦不是每个人都能实现一样困难。一个叫帕吉·麦金托什的社会公平教育家指出了其中一些好处：例如拥有获得工作、买到房屋的便捷途径。或者是随意走进一家美发沙龙就能找到一个给你理发的人。买娃娃、玩具、儿童书，上面的角色都是你这个种族的。得到晋升的时候别人也不会怀疑是因为你的肤色。当你需要和一个负责人谈话的时候，两人见面发现彼此是同一个种族。

为这本书做调查的时候，我问白人母亲她们和自己孩子讨论种族主义的频率是什么。有一些人说“有时”，有的人承认她们从来没有提过。当我问黑人母亲同样的问题时，她们全都说，每天。

我渐渐发现忽视也是一种在心理上的优越感。

那我学到了哪些有用的东西？那就是如果你像我一样是白人，你无法摆脱你天生的优势，但是你可以利用它做好事。不要说我都没觉得我们之间有种族差异！并且认为这是一句积极的话。相反，意识到人和人之间的差异，才能意识到成功的难度对每个人来说都不同，才能为不同的人通向成功创造公平的途径。如果你认为有的人的发声被忽视了，就让别人注意去听。如果你的朋友开了一个种族主义的玩笑，让他停下来，而不是袖手旁观。如果我见过的那两个前光头党的内心能有如此彻底的转变，那我有信心普通人也可以做到。

我相信这本书也会受到质疑。会被有色人种的读者质疑我为什么挑选了这样一个并不属于我的主题。会有白人读者质疑我将他们定义为种族主义者。请相信我，我并不是出于好玩和随意的理由才写这本书。我之所以写它，是因为我相信这是一件我应该去做的正确的事。就像罗克萨娜·罗宾逊所说：“作者就像音叉，当别的东西给我们造成震动时，我们会做出回应……幸运的话我们可以传达出一个强有力的、纯粹的音符，一个不属于我们的音符，但是通过我们传达了出去。”对于所有阅读《渺小的伟大》的黑人读者，我希望我对和你们一样的人足够认真地倾听了，他们向我敞开心扉，他们的经验足以准确地代表你们。对于所有阅读《渺小的伟大》的白人读者，我们都还在进步的途中。就我个人而言，我没有标准答案，我自己每天也在进步。

当面对熊熊大火时，我们有两种选择：我们可以转身忽视，也可以与之抗争。是的，谈论种族主义着实困难，是的，我们会字斟句酌，但是我们作为白人，需要互相讨论这个话题。如此一来，大家都会有意无意地听到这个话题，我希望，让这个话题扩散开去。

朱迪·皮考特

2016 年 3 月

○ 致谢 ○

如果没有以下人士和资源的帮助，我将永远无法写成此书。

感谢帕吉·麦金托什提供了“隐形的包袱”这一观点。感谢贝弗利·丹尼尔·塔特姆冒着冰雪风暴在亚特兰大和我见面，她是我的英雄，希望她不介意我借用了她给自己儿子讲述肤色时所提到的观点：他比别人拥有的更多，而不是更少。在此我还必须感谢黛比·艾文，她作为一个社会公平教育家，拥有专业经验，不论日夜都乐于帮助我推敲文字，并且慷慨地让我借用了她的比喻和最经典的话，包括光头党的概念、与生俱来的优势等等（弗娜·迈耶对此曾经有过精妙的描述），还有视而不见这个词里包含了忽视这个概念。此外还要感谢马尔科姆·格拉德威尔，他于2009年12月8日在美国有限电视C－SPAN上回答问题的时候，引用了他自己的书《异类》中的一个观点，在取消了年轻的加拿大曲棍球运动员的出生日期限制后，反而成就了全国曲棍球联合会的成功，我将这个比喻用于肯尼迪最后的陈述中。感谢人民生存与福祉机构，我所参加的“停止种族主义”小组就是由波士顿秣市农贸市场人民基金会资助的，正是参加这个小组才让我注意到我自己的优势，肯尼迪所说的扔婴儿的那段比喻就要归功于他们。

我要对阿比盖尔·贝尔德教授表示感激，她提供了关于偏见的研究（以及为我介绍了了不起的西恩·纳布朗)。还要感谢贝蒂·马丁，每次我想塑造一个虚构的婴儿时，第一个想到的就是找她。还有与我分享每日生活的詹尼弗·特威切尔、辛迪·拉威尔、霍普·莫里斯、丽贝卡·汤普森、卡伦·布拉德利，以及鲁斯·歌珊。感谢比尔·宾尼，我借用了他的名字，并感谢他对“转变家庭”机构的慷慨捐助，这个机构提供安全、可承担的住房，以及多样化的社会服务，这些社会服务是针对南新罕布什尔州无家可归和濒临无家可归的人提供帮助的。而麦当劳部分的建议来自：娜塔莉·霍尔、雷切尔·达尔、雷切尔·帕特里克、奥特姆·库珀、凯拉·艾林、比利·肖特、杰西卡·霍利斯、M. M. 、内奥米·道森、乔伊·克林克、金柏莉·赖特、艾米莉·布拉特、撒古娜·阿尔-哈桑尼。

还需要感谢多名医生和护士，他们贡献了自己的经验、术语和自己最精彩的故事：莫林·利特菲尔德、肖娜·皮尔斯、伊丽莎白·约瑟夫、明迪·杜比、塞西莉亚·布兰斯福德、米根·史密斯、琼·巴特霍尔德医生、艾里特·里博尔特、丹·凯莉医生。

感谢我杰出的法律团队，你们向我发誓从来没有在法庭中提到过种族，希望你们现在改变想法了。还有利兹·埃文、利兹·盖沙特、莫林·麦克布莱恩-本杰明，以及珍妮特·吉利根，你真是太有意思了，很多时候都不能将你简单地定义为我的同事。还有詹尼弗·萨金特，感谢你在最后时刻赶来，帮我检查我描写的法院场景的准确性。

另外我还要感谢简·皮考特和劳拉·格罗斯，感谢你们在阅读初稿的时候在每一个场景都准确地感到了愤怒、感动和挫败。感谢奥里奥尔·毕肖普帮我确定了书名。并且我还要对全球最优秀的出版团队表示感激，他们是：吉娜·森屈罗、卡拉·威尔士、金·霍维、黛比·阿罗夫、萨纽·狄龙、蕾切尔·金德、丹尼斯·克罗宁、肖特·香农、马修·施瓦兹、安妮·斯派尔、波斯卡·伯克、特丽萨·索隆、保罗·柏比、凯瑟琳·米库拉、克莉丝汀·米奇迪辛、凯莉·巴伦。另外还要特别感谢独一无二的编辑詹尼弗·赫尔歇，她一直不断通过质疑力求使我的作品至臻完美。此外我还受到了来自苏珊·科克伦的帮助，她是无可置疑的最佳领队、空中飞人，兼办公室主任。这本书的出版她功不可没，我都无法想象这么长时间里如果没有她在，我应该怎么活下去。

此外还有弗兰基·明克和蒂姆·扎尔，你们的人生经历所赋予你们的勇气、热情启发了我的灵感。谢谢你们陪伴我走进那个充满仇恨的世界，并且向那么多人展示了离开这个世界的路。

还有我亲如姐妹的好友伊夫林·卡林顿。还有西恩纳·布朗，你是我从这本书的写作中收获的最好的礼物之一。感谢你的诚实、你的勇气和你愿意接纳的心灵。当然还有尼克·斯通，谁承想我被困在亚特兰大期间竟然交到了一个一生的挚友呢？如果不是你牵着我的手，告诉我不要质疑自己，我也写不出这本书。还有所有那些深夜频繁往来的短信，才帮助我写出了这个版本。感谢你们给我信心，让我改正白人女性的错误，也感谢你们相信我可以写出这本书，也应该写这本书。我已经迫不及待看到“你们”的作品上架了。

感谢凯尔和凯文·费雷拉·范·莱尔，你们两个就是我想成为的那种人，是社会公平的典范。谢谢你们帮助我睁开眼睛，正视我所享有的特权。还有萨米，谢谢你放学回家之后对我说：“你知道吗，我认识的一个人可能对你写书有帮助。”还有杰克，谢谢你告诉我停车场在纽黑文县法院后面，还有向我解释最高法院的裁决，我知道你终有一天会成长为可以改变世界的那种律师。以及蒂姆，谢谢你用哈佛大学的“白人特权”马克杯盛咖啡给我喝。我爱你这一点，也爱你其他所有的一切。

○ 参考书目 ○

下列书籍及文章是本书的调研素材及/或灵感来源：

Alexander, Michelle. *The New Jim Crow: Mass Incarceration in the Age of Colorblindness*. New Press, 2010.

Coates, Ta – Nehesi. *Between the World and Me*. Spiegel & Grau, 2015.

Colby, Tanner. *Some of My Best Friends Are Black: The Strange Story of Integration in America*. Viking, 2012.

Harris – Perry, Melissa V. *Sister Citizen: Shame, Stereotypes, and Black Women in America*. Yale University Press, 2011.

Hurwin, Davida Wills. *Freaks and Revelations*. Little, Brown, 2009.

Irving, Debby. *Waking Up White: And Finding Myself in the Story of Race*. Elephant Room Press, 2014.

McIntosh, Peggy. "White Privilege: Unpacking the Invisible Knapsack," *Independent School* 49, no. 2 (winter 1990): 31. Excerpted from "White Privilege and Male Privilege: A Personal Account of Coming to See Correspondences Through Work in Women's Studies" (Working Paper 189, Wellesley Center for the Study of Women, 1988).

Meeink, Frank, and Jody M. Roy. *Autobiography of a Recovering Skinhead.* Hawthorne Books, 2009.

Phillips, Tom. "Forty – two Incredibly Weird Facts You'll Want to Tell All Your Friends," https://www.buzzfeed.com/tomphillips/42-incredibly-weird-facts-youll-want-to-tell-people-down-the#.kuYgj5yGd.

Shipler, David K. *A Country of Strangers: Blacks and Whites in America.* Vintage Books, 1998.

Tatum, Beverly Daniel. *Assimilation Blues: Black Families in White Communities: Who Succeeds and Why?* Basic Books, 2000.

——. *Can We Talk About Race? And Other Conversations in an Era of School Resegregation.* Beacon Press, 2008.

——. "*Why Are All the Black Kids Sitting Together in the Cafeteria?" And Other Conversations About Race.* Basic Books, 1997.

Tochluk, Shelly. *Witnessing Whiteness: The Need to Talk About Race and How to Do It.* Rowman & Littlefield Education, 2010.